Anna Jonas
Wiedersehen am Drachenfels

PIPER

Zu diesem Buch

Die Nachkriegszeit stellt Hotelier Karl Hohenstein vor neue Herausforderungen. Er tut alles dafür, um sein Grand Hotel zu einstigem Erfolg zurückzuführen. Da es auf Seiten der Hohensteins niemanden gibt, der das Anwesen übernehmen wird, beordert er seinen Enkel Sebastian aus Amerika nach Deutschland. Sebastian verliebt sich Hals über Kopf in die hübsche Ärztin Annemarie, die als Vertretung für den früheren Hausarzt in das Hotel kommt. Obwohl sie bereits verlobt ist, lässt sie sich auf eine Beziehung ein. Dann überschattet jedoch ein Todesfall das junge Glück, und der Verdacht fällt auf Sebastian. Als aus Karls Vergangenheit gut gehütete Geheimnisse ans Licht kommen, steht auf einmal nicht nur Sebastians Ruf auf dem Spiel, sondern auch der des Hotels …

Anna Jonas wurde im Münsterland geboren, hat einen Teil ihrer Kindheit im hohen Norden verbracht und lebt seit ihren Studententagen in Bonn. Nach ihrem Germanistikstudium widmete sie sich dem Schreiben. Sie reist gerne und liebt das Stöbern in Bibliotheken, wo sie für ihre Romane intensive Recherchen betreibt. Sie lebt mit ihrem Mann und ihren Kindern in Rheinnähe mit Blick auf das Siebengebirge.

Anna Jonas

WIEDERSEHEN AM DRACHENFELS

Roman

PIPER

Mehr über unsere Autoren und Bücher:
www.piper.de

Von Anna Jonas liegen im Piper Verlag vor:
Das Hotel am Drachenfels
Das Erbe der Hohensteins
Wiedersehen am Drachenfels

Das Zitat im vorliegenden Roman entstammt der folgenden Quelle:
Motto S. 5: König Sigurds Brautfahrt. Eine nordische Sage.
Herausgegeben von Emanuel Geibel. Berlin, Wilhelm Besser 1846.

MIX
Papier aus verantwortungsvollen Quellen
FSC® C083411
FSC
www.fsc.org

Originalausgabe
ISBN 978-3-492-31235-6
September 2018

Umschlaggestaltung: U1 berlin/Patrizia Di Stefano
Umschlagabbildung: © ILINA SIMEONOVA/Trevillion Images
Karte: cartomedia, Karlsruhe
Satz: Uhl + Massopust, Aalen
Gesetzt aus der Aldus
Druck und Bindung: CPI books GmbH, Leck
Printed in the EU

»Durch diesen Herbstestag voll Sturm
Zum Drachenfels empor die Steige!
Schon winkt zu Häupten mir der Turm,
Der breite durch die falben Zweige.
Da steh ich – roter Sonnenschein
Umlodert königlich die Klippe;
Zu meinen Füßen braust der Rhein.«

Emanuel Geibel

Teil I

Heimkehrer

⁂ 1 ⁂

»Dieser Rotzbengel hat mich altmodisch genannt!« Karl Hohenstein stand im Vestibül, die Hände in die Seiten gestemmt, und sah in die Richtung, in die sein Enkel verschwunden war.

»Du hast deinen Vater seinerzeit mit demselben Wort belegt, erinnerst du dich?«, antwortete seine Ehefrau mit einem nachsichtigen Lächeln.

»Er *war* altmodisch, ich bin lediglich auf Stil bedacht.«

»So begründete er es seinerzeit auch.«

»Ich bin nicht altmodisch.«

»Wäre dir Altersstarrsinn lieber?«

Karl bekam den Eindruck, dass Julia dieser Disput Spaß machte, und gab es seufzend auf. Man krempelte sein Hotel um, und er sollte als Zuschauer danebenstehen. Langsam ließ er seinen Blick durch das Vestibül gleiten, über die geschwungene Treppe, die Rezeption aus poliertem Holz mit ihren goldverzierten Kästen für Zimmerschlüssel und Post, die Säulen, die eleganten Sitzgruppen – Bilder schoben sich darüber, lachende Gäste in Abendroben, Soldaten, Offiziere … Karl spürte einen Stich in der Brust und sah wieder zu dem Aufzug, dessen Türen sich hinter seinem Enkel geschlossen hatten. Vielleicht war es nicht das Schlechteste, einen klaren Schnitt mit der Vergangenheit zu machen, und Sebastian brachte in der Tat frischen Wind hier hinein.

Karl verließ das Hotel und trat auf den Hof. Es war Anfang März und die Temperaturen immer noch empfindlich kalt. Schneereste klebten an den Wegesrändern, waren auf dem Hof zu matschigen Pfützen geschmolzen. Zwar bemühte sich Karl nach wie vor um einen gepflegten Eindruck, aber es war unübersehbar, dass das Hotel einmal bessere Zeiten gesehen hatte, daran änderte auch der Anblick der glänzend polierten Limousinen – »altmodisch, Großvater!« – in der Remise nichts. »Du kannst deine Gäste doch nicht in diesen Vorkriegsmodellen durch die Gegend kutschieren«, hatte sein Enkel sich beschwert.

Aber für neuere Wagen war schlechterdings gerade kein Geld da, und Karl war – so ungern er es gestand – zu alt, um sich allein um das Hotel zu kümmern. Solange Konrad noch gelebt hatte, war es immer noch irgendwie gegangen. Außerdem hatten sie dessen Sohn Andreas gehabt, der ebenfalls mit der Leitung betraut gewesen war, aber auch der war aus dem Krieg nicht zurückgekehrt. Wie so viele andere, unter anderem Karls Neffe Jacob, dessen Bruder Hans zwar nach wie vor im Hotel in der Buchhaltung arbeitete. Doch seit seine Frau auf und davon war und ihn mit der kleinen Tochter Greta allein gelassen hatte, war er nicht mehr so recht mit dem Herzen bei der Sache. Karls Cousine Emma half zwar ebenfalls, aber auch für sie wurde es langsam zu viel.

Karl zitterte ein wenig in der Kälte, blieb jedoch dennoch draußen stehen und spürte alten Zeiten nach – wie so oft in letzter Zeit. Er hoffte nicht, dass das bedeutete, er würde sich eines Tages gänzlich in der Vergangenheit verlieren, aber er vermisste sie alle so furchtbar, die Gefährten, die ihn auf dem letzten Stück seines Weges nicht mehr begleiteten.

»Willst du dir eine Lungenentzündung holen?«, fragte Julia, die ihm nun nach draußen gefolgt war. Im Gegensatz zu ihm hatte sie sich jedoch vorher noch einen warmen Mantel geholt und ihm seinen gleich mitgebracht.

»Denkst du, es war die richtige Entscheidung?«, fragte er und sah seine Frau an. »Ihn aus Amerika kommen zu lassen? Ist es nicht, als wolle man einem Toten neues Leben einhauchen?« Er drehte sich um und sah zum Hotel, während seine Hände in die warmen Ärmel des Mantels glitten.

»Es ist nicht tot«, antwortete Julia. »Es hat all das überlebt. Ebenso wie wir.« Sie hakte sich bei ihm ein, und er drückte ihre Hand.

Im Sommer hatte er nach langem Überlegen seinem Sohn in Amerika geschrieben und diesem das erste Mal gestanden, dass er das Hotel nicht länger allein halten konnte. Da das Haus zur Hälfte seinem Sohn zustand, wollte er diesen darüber in Kenntnis setzen, dass er mit dem Gedanken spielte, es zu verkaufen, wenn nicht die Möglichkeit bestand, Hilfe zu bekommen. Sein Sohn hatte darauf reagiert, indem er Karls Enkel Sebastian schickte. Sebastian, der kaufmännisch ausgebildet war und ohnehin oft davon gesprochen hatte, nach Deutschland zu gehen, musste nicht lange überredet werden. Die Aussicht, hier etwas aufzubauen, kreativ zu werden, hatte ihn zu sehr gereizt, als dass er hätte widerstehen können.

Für Karl und Julia, die die Familie ihres Sohnes das letzte Mal vor dem Krieg gesehen hatten, war es wunderbar, dass ihr Enkel nun sozusagen heimkehrte. Und Sebastian war ein Hohenstein durch und durch, wenngleich er optisch mehr nach der Familie seiner Mutter kam mit seinem dunklen Haar und den Augen, die mehr grau als blau waren.

Und nun hatte auch noch seine Schwester Johanna aus Ungarn geschrieben und angekündigt, ihm ihren Enkel Adrián zu schicken, um ihm unter die Arme zu greifen. Da Karl und seine Schwester sich sehr nahestanden, machte ihn das Angebot überglücklich, und nur zu gerne würde er ihren Enkel hier aufnehmen. Julia hatte recht, sie mussten zuversichtlich in die Zukunft blicken. Es war das Jahr der Heimkehrer.

»Das kann einfach nicht dein Ernst sein«, beklagte Margot Rebein sich bei ihrer Mutter, während sie sich im Zimmer umsah. »Warum kann ich nicht mit Papa in Bonn bleiben?«

Emma, die diese Diskussion wieder und wieder geführt hatte, war es langsam leid. »Weil dein Vater und ich nicht getrennt leben wollen, nur weil es dir hier zu ruhig ist.«

»Es ist nicht zu ruhig, es ist todlangweilig.«

Emma sah sich in den vertrauten Räumlichkeiten um. Hier war sie aufgewachsen, hatte auch nach ihrer Eheschließung immer wieder ihre Eltern besucht, und nicht im Traum wäre ihr eingefallen, dass sie je wieder hier einziehen würde, obwohl sie nach wie vor im Hotel arbeitete. Doch jetzt fühlte es sich richtig an, als sei dies immer ihr wahres Zuhause geblieben und habe nur auf ihre Rückkehr gewartet.

Nachdem ihr Vater, Konrad Alsberg, gestorben war, hatte ihre Mutter sich allein um Andreas' Kinder gekümmert. Emma glaubte nach wie vor, dass der Kummer um den Tod seines Sohnes ihren Vater, der immer gesund gewesen war, so plötzlich hatte sterben lassen. Sein Herz hatte einfach aufgegeben. Auch ihre Mutter hatte sich so sehr gegrämt, und allein die Erinnerung daran ließ Emma die Tränen in die Augen steigen. Aber Katharina Alsberg war nach wie vor gebraucht worden von den Kindern ihres Sohnes. Und so hatte sie sich um sie gekümmert, bis eine Erkältung, der eine Lungenentzündung gefolgt war, sie vor zwei Monaten das Leben gekostet hatte. Und da Emmas Cousin Karl – der ihrem Vater vom Alter her nähergestanden hatte als ihr, aber das war dem umtriebigen Leben ihres Großvaters geschuldet – neben dem Hotel nicht auch noch Andreas' Kinder Ruth, Nele und Curt versorgen konnte, hatte Emma beschlossen, die Wohnung ihrer Eltern im Hotel zu beziehen.

»Bei uns wäre auch Platz gewesen für die drei«, beklagte sich Margot nun erneut.

»Das hatten wir alles schon.«

»Sie wolltest du nicht aus ihrer gewohnten Umgebung reißen, aber bei mir ist das nicht so schlimm, ja?«

Emma schloss die Augen und atmete tief durch, dann sah sie ihre Tochter an. »Du hast deine Eltern immerhin nicht verloren.« Andreas' Ehefrau war bei der Geburt von Curt, ihres einzigen Sohnes, verstorben. Der würde nun später der Haupterbe sein, war aber gerade mal dreizehn Jahre alt und ging noch zur Schule. Emma bemühte sich um einen versöhnlichen Ton. »Du bist doch hier nicht aus der Welt.«

»Ich bin so weit entfernt von jedem fröhlichen Treiben, als wäre ich's. Warum verkauft Karl diesen alten Kasten nicht einfach? Als würde derzeit auch nur irgendeiner Urlaub in Deutschland machen. Ich zumindest würd's nicht tun, und ich kann auch Sebastian nicht verstehen. Wer verlässt denn New York, um *hier* zu leben? Entweder hat er dort etwas ausgefressen, oder er ist nicht bei klarem Verstand. Wie ein ausgemachter Langweiler wirkt er nämlich nicht gerade.«

Emma ersparte sich eine Antwort darauf, da sie wusste, dass diese ihrer Tochter nur als weitere Vorlage gedient hätte, sich erneut zu echauffieren. »Pack deine Koffer aus«, sagte sie. »Und wenn du genug geschmollt hast, kannst du dich zu uns in den Hotelsalon gesellen.« Damit verließ sie das Zimmer und ging durch den Korridor zur Wohnungstür.

Die Wohnungen lagen im privaten Wohntrakt der Familie, der durch eine Tür vom Hotelbetrieb getrennt war. Unten wohnte Hans mit seiner Tochter Greta, darüber Karl und Julia in der Beletage, darüber nun Emma mit Georg und Margot, und im dritten Obergeschoss hatte einstmals Emmas Bruder Andreas mit seiner Familie gelebt, nun wohnten dort nur noch seine drei Kinder, wobei die älteste Tochter Ruth gerade einundzwanzig geworden war, zwei Jahre älter als Margot. Da sich die beiden allerdings nicht gut verstanden, war das für Emmas Tochter nicht gerade ein Anreiz gewesen, sich mit der neuen Wohnsituation abzufinden.

Als Emma das Vestibül betrat, sah sie Sebastian in ein Gespräch mit dem Concierge vertieft. Sie gesellte sich dazu, schenkte dem jungen Mann, der so unverkennbar amerikanische Weltgewandtheit ausstrahlte, ein Lächeln und sah in das Buch, in dem die Reservierungen verzeichnet waren. So mager hatte das zuletzt 1920 ausgesehen, aber da hatte sich der Hotelbetrieb irgendwann wieder erholt. Nun jedoch schien es, als verschlinge das Haus nur noch Geld, ohne auch nur annähernd genug einzubringen, um die laufenden Kosten zu decken. Karl war schon vor drei Jahren an sein Privatvermögen gegangen und hatte dieses in den Betrieb investiert, nachdem sämtliche finanzielle Rücklagen des Hotels aufgebraucht waren. Auch am Personal waren Einsparungen vorgenommen worden. Es gab keine Dienstboten mehr, die nur für die Familie zuständig waren, keine Stubenmädchen, keine Lakaien, keine Kammerdiener und Zofen. Die Zimmermädchen kümmerten sich auch um die Privaträume, und die Speisen für die Familie waren von jeher schon in der Hotelküche zubereitet worden, dort waren keine weiteren Einsparungen mehr möglich.

»Sieht nicht gerade erfreulich aus, nicht wahr?«, bemerkte Sebastian, der ihr über die Schulter blickte.

Sie drehte sich zu ihm um. »Wir haben die Hoffnung gehabt, dass sich der Tourismus irgendwann erholen würde, so wie in den Zwanzigern.«

»Das waren andere Zeiten.« Und eine andere Vergangenheit, schwang ungesagt mit.

»Wie ist dein bisheriger Eindruck?«

Er deutete in Richtung Salon, und Emma verließ mit ihm die Rezeption. »Es war einst sicher ein Treffpunkt mit mondänem Flair, aber jetzt wirkt das meiste ziemlich altbacken.«

»Hast du das deinem Großvater mit diesen Worten gesagt?«

»Ja.«

»Da war er sicher sehr erfreut.«

»Er konnte kaum an sich halten.« Ein kurzes Lächeln glitt über Sebastians Lippen. »Aber er wird sich den Änderungen auf Dauer nicht verschließen können, und dafür hat er mich ja immerhin kommen lassen, nicht wahr?«

»Vielleicht solltest du das ein klein wenig taktvoller formulieren.«

»Ich werde mir Mühe geben«, versprach er. »Und du wohnst jetzt dauerhaft hier?«

»Ja, ab heute.«

Sie betraten den Salon. Emma steuerte einen Tisch am Fenster an und versuchte dabei, den Raum mit Sebastians Augen zu sehen. Für sie war er von klein auf der Inbegriff von Eleganz gewesen, aber sah ein Besucher aus dem Ausland das ebenfalls so? Oder wirkte in der Tat alles ein wenig angestaubt?

»Der Salon ist hübsch«, bemerkte Sebastian, als habe er ihre Gedanken gelesen. »Ich sage ja nicht, dass das Hotel von Grund auf renoviert werden muss, einen Hauch von Nostalgie schätzen die Gäste. Aber die Zimmer sind einfach hoffnungslos veraltet. Und die Automobile erst recht.«

»Wie wirst du vorgehen?«

»Ich erstelle einen Finanzplan, dafür brauche ich einen Überblick über sämtliche Konten.«

»Ich sage Hans Bescheid, damit er sich darum kümmert.«

Ein Sonnenstrahl brach durch die Wolkendecke und tastete sich in den Raum, ließ den polierten Parkettboden in buttrigem Gold glänzen. Seltsamerweise machte das den fast leeren Raum noch trostloser.

»Du hättest es früher erleben sollen«, sagte sie.

»Habe ich doch«, antwortete er, und Emma erinnerte sich an das Jahr, als Karls Sohn das letzte Mal mit den Kindern hier gewesen war, 1937, zwei Jahre vor Ausbruch des Krieges, dessen Ende nun schon acht Jahre zurücklag.

»Erinnerst du dich noch daran?«, fragte sie.

»Vage. Aber ich muss sagen, die Bilder, die später zu uns rüberschwappten, waren prägnanter, und ich habe mich oft gefragt, wie ihr seinerzeit so sorglos habt feiern können.«

Wenn du wüsstest, dachte Emma.

»Magdalena Schürmann?«, fragte eine hagere Frau in mittleren Jahren, und Magdalena erhob sich rasch von dem Stuhl, auf dem man sie gebeten hatte Platz zu nehmen.

»Mein Name ist Erna Weiß, ich bin die Haushälterin.« Die Frau gab ihr die Hand und deutete dann einen schmalen Korridor hinunter. »Kommen Sie bitte mit in meine Räumlichkeiten, dort können wir in Ruhe alle Formalitäten besprechen.«

Magdalena nahm ihre Tasche, folgte der Frau über den leicht verschlissenen Teppich und stellte fest, dass der leise Hauch von Verfall hier unten stärker sichtbar war als oben. Ein Relikt, das nur noch durch die Zeit geschleppt wurde, ohne deren Wandel mitzumachen.

»Nehmen Sie bitte Platz.« Frau Weiß deutete auf einen Stuhl und ließ sich auf der anderen Seite des kleinen Schreibtisches nieder. Dann streckte sie die Hand aus, und Magdalena reichte ihr die Mappe mit ihrem Zeugnisheft. Dieses musste lückenlos geführt werden und enthielt Empfehlungen und Tadel vorhergehender Arbeitgeber – glücklicherweise in Magdalenas Fall nur Ersteres. Bisher hatte sie für die Betreiberin einer kleinen Pension gearbeitet, die sie nur ungern hatte ziehen lassen, daher war sie voll des Lobes für sie. Magdalena vermutete, dass man hier nach wie vor auf einen untadeligen Lebenslauf Wert legte.

Langsam blätterte Frau Weiß das Heft durch, während Magdalena die Hände in ihrem Schoß faltete und den Blick aus dem Fenster richtete. Da sie wusste, dass an ihrem Zeugnis nichts auszusetzen war, brachte sie dessen Prüfung nicht aus der Ruhe. Sie hörte Papier rascheln, als Frau Weiß umblätterte, und hielt den Blick weiterhin aus dem Fenster gerichtet, betrachtete das diesige Grau, das dann und wann von einem zögerlichen Sonnenstrahl durchbrochen wurde. Der Frühling schien sich in diesem Jahr viel Zeit lassen zu wollen.

»Also gut«, hörte sie Frau Weiß sagen und wandte sich ihr wieder zu. »Das sieht alles so weit erfreulich aus. Herr Hohenstein wird den Vertrag vorbereiten, und ich zeige Ihnen schon einmal Ihr Zimmer.« Sie erhob sich, und Magdalena tat es ihr gleich.

Sie verließen den Raum und gingen durch den Dienstbotenkorridor zur Personaltreppe und hoch in das Dachgeschoss. »Es gibt auch zwei Aufzüge«, erklärte Frau Weiß, aber die sind nur für die Gäste und die Herrschaften. Die einzigen Dienstboten, die sie nutzen dürfen, sind der Concierge und die Pagen. Den Zimmermädchen ist es nur erlaubt, wenn sie den Putzständer mit sich führen müssen. Das wäre zu mühsam über die Dienstbotentreppe.« Sie öffnete eine schwere Holztür und führte Magdalena durch einen Korridor, von dem zu beiden Seiten Türen abgingen. »Sie kommen in den Luxus, eine eigene Kammer zu bewohnen. Das ist nicht selbstverständlich, aber wir haben derzeit nur wenig Personal.«

Da Magdalena nicht so recht wusste, was sie darauf antworten sollte, sagte sie lediglich, dass sie sich darauf freue, die Stelle anzutreten. Die Haushälterin öffnete eine Tür und deutete auf eine kleine, saubere Kammer. Außer zwei Betten mit dazugehörigen Kommoden gab es einen zweigeteilten Schrank, einen kleinen Tisch mit zwei Stühlen und eine Kommode mit vier Schubladen.

»Es ist sehr hübsch«, lobte Magdalena, weil sie das Gefühl hatte, etwas sagen zu müssen, und stellte ihre Tasche auf den Boden. »Vielen Dank.«

»Sie können sich hier einrichten, ich erwarte Sie dann in einer halben Stunde in meinem Zimmer, damit Sie den Vertrag unterschreiben. Danach werden Sie eingewiesen.« Damit ließ sie Magdalena allein und schloss die Tür hinter sich.

Langsam ging Magdalena durch den Raum, ließ eine Hand über den Schreibtisch gleiten, überlegte, welches Bett sie nehmen sollte. Sie entschied sich für das auf der Wandseite und ging hernach zum Fenster, das so hoch war, dass sie sich ein wenig recken musste, um hinausschauen zu können. Von hier aus hatte sie einen herrlichen Ausblick auf die bewaldeten Berge und einige Minuten lang stand sie einfach nur da und sah hinaus. Dann sah sie auf die Uhr und machte sich seufzend daran, ihre Kleidung in eine Hälfte des Schrankes zu räumen. Sie hoffte, dass die Personalsituation blieb, wie sie war, denn sie war nicht sonderlich erpicht darauf, mit einer Fremden den Schlafraum zu teilen. Schlimm genug, dass sie überhaupt hier arbeiten und *ihnen* zu Diensten sein musste.

Nachdem sie alles eingeräumt hatte, blieb ihr noch ausreichend Zeit, sich in aller Ruhe auf den Weg zu Frau Weiß zu machen. Langsam ging sie durch den Korridor auf die Tür zu, öffnete sie und trat in einen weiteren Korridor, von dem aus eine Tür zu den Kammern der männlichen Dienstboten führte. Sie dachte an die Geschichten, die sie über das Hotel während der Kriegsjahre gehört hatte, und fragte sich, was diese Räume wohl zu erzählen wüssten. Aber alles zu seiner Zeit, jetzt musste sie erst einmal ihre Stelle antreten, und wenn sie diese behalten wollte, bis sie wusste, was sie wissen wollte, durfte sie sich keine Verfehlung leisten.

»Ah, Sie sind pünktlich, sehr gut.« Frau Weiß nickte

anerkennend. »Damit haben Sie auch gleich eine der wichtigsten Regeln des Hotelbetriebs erfasst. Wenn viel Betrieb ist, können wir uns keine Verzögerungen erlauben, da läuft alles nach einem Zeitplan ab, der unbedingt eingehalten werden muss. Und natürlich haben Sie immer dann zur Verfügung zu stehen, wenn ein Gast außer der Reihe wünscht, dass sein Zimmer aufgeräumt wird. Aber dazu später mehr. Darüber hinaus ist absolute Diskretion wichtig. Nichts, was Sie in diesem Haus erfahren, wird an die Öffentlichkeit getratscht. Sollten wir Sie bei einer derartigen Verfehlung ertappen, werden Sie fristlos und ohne Zeugnis gekündigt.«

»Ja, Frau Weiß.« Magdalena nickte gehorsam.

»Gut, dann habe ich hier die Verträge. Frau Rebein wird Ihnen später das Haus zeigen und Ihnen Ihre Aufgaben erklären.«

Magdalena hatte sich vorher eingehend mit den Familienverhältnissen befasst und wusste, dass Emma Rebein die Cousine von Karl Hohenstein war. Sie unterschrieb den Vertrag, und Frau Weiß legte ein Löschblatt darauf.

»Gut, da wären wir also. Ich begleite Sie jetzt zu Frau Rebein. Den restlichen Tag können Sie dann damit verbringen, sich hier einzufinden, ehe Sie morgen früh um sechs Ihren Dienst antreten.«

Frau Rebein war eine elegante Frau Ende vierzig, deren blondes, von nur wenigen grauen Strähnen durchzogenes Haar zu weichen Locken gedreht war. Sie saß an einem Schreibtisch und erhob sich, als Frau Weiß mit Magdalena das Arbeitszimmer betrat. »Unser neues Zimmermädchen, wie schön.« Ihr Lächeln wirkte entwaffnend, und obwohl Magdalena keinerlei freundliche Gedanken für die Familie hegte, stellte sie fest, dass es schwer war, Emma Rebein nicht zu mögen.

»Danke, Frau Weiß.« Die Frau nickte der Haushälterin zu und wandte sich an Magdalena. »Sie kommen aus der Region?«

»Aus Bonn, gnädige Frau.« Gespannt beobachtete Magdalena, ob ihr Name in Verbindung mit ihrer Herkunft eine Erinnerung in Emma Rebein wachrief, aber deren freundliches Lächeln blieb unverändert, weder schlich sich Vorsicht hinein noch verblasste es. Entweder wusste sie es nicht, oder aber es war bedeutungslos für sie.

Lange Zeit war das Siebengebirge vom Krieg verschont geblieben, und so war auch der Tourismus weitergegangen. Die Vergnügungssucht der Menschen, die aus allen Teilen Deutschlands angereist kamen, hatte schon fast etwas Verzweifeltes gehabt. Auch NS-Funktionäre waren hier abgestiegen, was Karl zähneknirschend hatte dulden müssen. Er hatte seine weltoffene Haltung nie aufgegeben, wenngleich er sie zeitweise nicht gar zu offen hatte zeigen dürfen.

Zum Kriegsende hin hatten Wehrmachtssoldaten das Hotel besetzt und es in ein Lazarett umgewandelt. Karls Zimmermädchen waren in die Krankenpflege eingewiesen worden, und männliches Personal hatte er zu dem Zeitpunkt ohnehin nicht mehr gehabt, da alle Männer im entsprechenden Alter eingezogen worden waren. Lediglich der Concierge, Herr Wolff, war noch bei ihnen geblieben, da er für den Kriegsdienst als untauglich befunden worden war.

Nach Kriegsende waren die Verwundeten auf die Krankenhäuser verteilt worden, das Hotel stand leer und war in einem desolaten Zustand. Da in den ersten Jahren niemand auch nur an Reisen denken konnte, verdingten sich die Mitglieder der Familie in der Stadt, um beim Wiederaufbau zu helfen. Das weibliche Personal arbeitete in Bonn, behielt das Wohnrecht im Dienstbotentrakt und zahlte eine geringfügige Miete, die Karl wiederum als Einkommen geltend machen konnte. Es waren eigenartige Zeiten, in denen das Verhältnis zwischen den Herrschaften und dem Personal sich veränderte und sie alle eine Hausgemeinschaft bildeten. Gemeinsam brachten sie schwere Winter hinter sich, in denen Rationierungen und Kälte an ihnen zehrten. Einige bewarben sich später woanders, andere kamen hinzu, und als Karl nach der Währungsreform langsam den Hotelbetrieb wieder aufnahm, tat er dies mit einer Haushälterin, acht Zimmermädchen, einem Pagen und drei Kellnern, während er selbst die Aufgaben des Concierge übernahm, nachdem Herr Wolff in den Ruhestand getreten war.

Das Hotel warf so wenig ab, dass sich in den letzten Monaten drei der Zimmermädchen anderweitig bewarben, und Karl beschloss, diese zunächst nur durch ein Mädchen zu ersetzen. Dafür stellte er mehr Kellner ein, denn in letzter Zeit gab es wieder vermehrt Ausflügler ins Siebengebirge, die auf dem Hin- oder Rückweg in seinem Restaurant einkehrten. Er hoffte, dass sein Enkel Sebastian und Johannas Enkel Adrián die richtigen Ideen hatten, denn ansonsten würde er sich in der Tat mit dem Verkauf des Hotels auseinandersetzen müssen. Aber er fühlte sich mit seinen fünfundsiebzig Jahren zu müde, um hier wegzuziehen und seinen Lebensabend in der Stadt zu verbringen. In diesem Haus war er geboren, hatte hier wundervolle Zeiten erlebt, Kinder großgezogen, Enkelkinder willkommen geheißen, und wenn es nach ihm ging, wollte er hier auch seinen letzten Atemzug tun.

Er saß an seinem Schreibtisch und ging die Bilanzen durch, als sein Neffe Hans eintrat. »Sebastian war gerade bei mir«, sagte er. »Er fragte, welches Bureau er beziehen kann.«

»Ach ja, richtig, darum wollte ich mich ja kümmern.«

»Das kann ich doch auch machen.« Hans ließ sich auf einem der beiden Besucherstühle nieder. »Er kann einen der beiden Schreibtische in dem großen Arbeitszimmer haben. Oder ich räume dieses hier, ganz wie du möchtest.«

Karl schüttelte den Kopf. »Nein, du behältst deinen Platz. Das große Arbeitszimmer reicht vollkommen, dann setzen wir Adrián zu ihm. Ich hoffe ja, die beiden wirken mit ihren Ideen aufeinander ein.«

»Oder sie streiten die ganze Zeit.«

»Das bekommen wir hier ja dann glücklicherweise nicht mit.« Karl teilte mit seinem Neffen eines der seltenen, verschwörerischen Lächeln. Er hatte den Arbeitsplatz, an dem er derzeit saß, schon vor Jahren an Hans abgetreten, als dieser offiziell seine Nachfolge antrat, aber gelegentlich zog es ihn doch wieder hierher. Er war immer schon ein ruheloser Geist gewesen, und offenbar wurde das auch hochbetagt nicht besser. Da Karls Sohn sich gegen eine Laufbahn als Hotelier entschieden hatte und mit seiner Ehefrau nach Amerika gegangen war, hatte Karl seinen Neffen an dessen Stelle gesetzt. Nun stand dessen Platz wiederum seinem Enkel zu, aber Sebastian sollte sich erst einmal bewähren, danach würden sie weitersehen.

Sooft Karl auch bedauert hatte, dass seine Kinder so weit weg wohnten, war er in den Kriegsjahren froh darum gewesen, seine Tochter in der Schweiz und seinen Sohn in Amerika zu wissen. Sein Schwiegersohn war der beste Koch, den er je gehabt hatte, und so traf Karl dessen Abschied nicht nur persönlich, sondern auch beruflich. Andererseits hatte er durchaus verstehen können, dass die Familie seiner Tochter Deutschland verließ, denn sein Schwiegersohn hatte bereits Mitte der Dreißiger gesagt, ihm bereite die Richtung, in die das Land sich entwickelte, tiefstes Unbehagen, und so hatte er eine lukrative Stelle in einem großen Hotel in Genf angetreten.

Hans' Bruder hatte sich mit demselben überbordenden Eifer in den Krieg gestürzt wie ihr Vater seinerzeit, Karls Bruder Alexander. Die Desillusionierung war recht schnell gekommen, Tod und Verzweiflung anstelle von Heldentum, und am Ende der Kampf für eine Sache, hinter der man nicht einmal stand. Karl beobachtete Hans, der wiederum einen Stapel Akten zu sich gezogen hatte, um darin zu lesen. Wenn man ihn ansah, war es, als sähe man seinen Vater vor sich, in einem Alter, das dieser nicht hatte erreichen dürfen. Wenn er einmal geht, dachte Karl, dann erinnert nichts mehr an Alexander.

⁂ 2 ⁂

Magdalena fand sich recht schnell ein in den Hotelbetrieb, was dadurch erleichtert wurde, dass nicht viele Gäste da waren. Auch mit dem übrigen Personal verstand sie sich gut. Es gab ein Dienstbotengesellschaftszimmer – das inzwischen ein Raum für alle Angestellten war, den alten Namen jedoch behalten hatte –, wo sowohl die Speisen eingenommen als auch Pausen gemacht wurden, und Magdalena kam immer mal wieder mit einem der anderen Zimmermädchen oder einem der Köche ins Gespräch. Die Kellner und Rezeptionisten wohnten nicht im Hotel, und die Pagen hatten ihren eigenen Raum, um immer schnell verfügbar zu sein, wenn Gäste kamen, sodass Magdalena ihnen außerhalb der Arbeit nur selten begegnete.

Im Dienstbotenzimmer zu rauchen verbot man ihr ausdrücklich. »Nicht auszudenken, wenn die Küche, das Personal – gar die Speisen! – nach Rauch stinken«, empörte sich Frau Weiß, als habe Magdalena explizit darum gebeten, hier rauchen zu dürfen, und nicht nach einem Platz gefragt, wo ihr dies gestattet war. Erst nach dieser Standpauke wies Frau Weiß auf eine Tür hin, die zum seitlichen Hof hinter der Remise führte. »Dort ist es gestattet«, sagte sie. »Allerdings stehen dort gelegentlich auch die Herrschaften, sehen Sie also zu, dass Sie nicht Zeugin von Gesprächen werden, die nicht für Ihre Ohren bestimmt sind.«

Wenn die *Herrschaften* sich über pikante Details unterhalten wollten und das an einem so öffentlichen Ort taten, so waren sie nach Magdalenas Dafürhalten selbst schuld, wenn man sie belauschte. Aber da sie keinen Anlass zu Beschwerde geben wollte, fügte sie sich, und ohnehin war es bisher nur zu kurzen Begegnungen gekommen. Herr Hans Hohenstein hatte einmal draußen gestanden und geraucht und ihr erzählt, sie trage denselben Namen wie seine Cousine. Und einmal war ihr Sebastian Hohenstein begegnet, als sie gerade aufgeraucht hatte und er nach draußen trat. Er hatte ihr freundlich zugenickt und sie gefragt, wie es ihr hier gefalle.

Als sie an diesem Nachmittag draußen stand und sich gerade eine Zigarette angezündet hatte, trat ein Mann aus der Remise, bemerkte sie und fragte mit einem Lächeln, ob es ihr etwas ausmachte, wenn er sich dazugeselle. Ein wenig befremdet über so viel Höflichkeit nickte Magdalena lediglich. Während er einem silbernen Etui eine Zigarette entnahm, musterte Magdalena ihn unauffällig. Er hatte einen leichten Akzent, den sie jedoch nicht einordnen konnte. Ein Gast, vermutete sie und reichte ihm ihre Streichhölzer, da er sein Feuerzeug offenbar nicht finden konnte.

Er dankte ihr, und kurz darauf flammte die Zigarettenspitze rot auf, als er den ersten Zug nahm. Mit einem langen Seufzer stieß er den Rauch aus. Da er keine Anstalten machte, sich mit ihr zu unterhalten, und Magdalena ihrerseits dazu angehalten war, den Herrschaften keine Gespräche aufzudrängen, rauchten sie schweigend. Weil sie befürchtete, man könne die falschen Schlüsse aus der Art ziehen, wie sie hier mit ihm stand, drückte sie den Zigarettenstummel aus, warf ihn in einen Abfallkübel und ging zurück ins Haus.

»Da bist du ja«, kam es von Hertha, einem der Zimmermädchen. »Frau Weiß sagt, du sollst mit mir zusammen eine Suite in der Beletage aufräumen, die Familie ist gerade abgereist.« Sie schnupperte. »Du riechst nach Zigaretten.«

»Ich habe gerade geraucht.«

»Na, dann hoffe ich, dass nachher nicht das ganze Zimmer nach dir riecht.«

Magdalenas Antwort erschöpfte sich in einem Verdrehen der Augen hinter dem Rücken der Frau, ehe sie diese in die Wäschekammer begleitete, wo sie frische Laken und Bezüge holten, die sie auf ein Gestell legten, an dessen Haken sie Eimer mit Wasser und Tücher hängten. Glücklicherweise durften die Zimmermädchen die Aufzüge benutzten, wenn sie die Zimmer reinigten. Das ging schneller, als alles die Dienstbotentreppe hochzutragen. Wichtig war, darauf zu achten, dass die Gäste immer Vorrang hatten und bestimmte Zeiten eingehalten werden mussten.

»Das hat Karl Hohenstein vor einigen Jahren so eingeführt«, erklärte Hertha. »Er ist ein guter Arbeitgeber, man könnte es wirklich schlechter treffen.«

»Ich dachte, Hans Hohenstein leitet jetzt alles.«

»Na ja, offiziell schon, aber der alte Hohenstein zieht die Fäden immer noch im Hintergrund.«

Die Suiten in der Beletage waren geräumig und luxuriös, die hochpreisigsten Räume im ganzen Hotel. Magdalena machte sich daran, die Betten abzuziehen, während Hertha weiterplauderte. »Der Familienvater, der hier gewohnt hat, war im Widerstand«, erzählte sie. »Daher hat er nur noch ein Bein, sie haben wohl einige üble Dinge mit ihm angestellt.«

Magdalena schwieg.

»Die Hohensteins waren auch im Widerstand.« Herthas Stimme hatte etwas Prahlerisches bekommen, als sei dies auch ihr Verdienst.

»Warst du da schon hier?«

»Ja, ich war schon vor dem Krieg hier als ganz junges Ding.«

Langsam zog Magdalena das Bettlaken des Doppelbettes ab. »Und wie war das so?«

»Im Nachhinein aufregend, aber eigentlich hatte ich die ganze Zeit über furchtbare Angst. Offiziell durfte ich ja nicht mal was wissen, falls die Sache herausgekommen wäre. Herr Hohenstein wollte uns schützen, aber natürlich konnte er so etwas nicht vor allen verheimlichen.«

»Gab es keine Verräter darunter?«

»Nein, zumindest nicht unter denen, die ich kannte. Für die anderen lege ich meine Hand nicht ins Feuer. Na ja, und wenn du nach dem Krieg gefragt hast, waren sie ja alle von Anfang an entweder ahnungslos oder gegen das Regime.«

Magdalena nickte nur und dachte an all das, was sie verloren hatte. Sie berührte ihre Schürze, spürte das Knistern von Papier und blickte zu Hertha, um zu sehen, ob diese etwas davon mitbekommen hatte, aber sie war damit beschäftigt, den Frisiertisch abzuwischen.

»Man wird sagen, du seiest frivol.«

Ruth Alsberg, die sich gerade im Spiegel des Vestibüls betrachtet hatte, drehte sich um und sah Karl an der Rezeption stehen und sie mit kaum verhohlenem Amüsement beobachten. Sie spürte, wie ihr das Blut ins Gesicht stieg. »Findest du es schlimm, dass ich kein Schwarz trage? Großmutter sagte immer, den Toten nützt es ohnehin nichts, und Trauer trägt man innerlich, nicht äußerlich.«

»Ja, das klingt ganz nach ihr.« Karl lächelte.

Ruth hatte nach dem Tod ihres Vaters Schwarz getragen, weil die Gesellschaft es von ihr erwartet hatte. Doch nach dem Tod ihres Großvaters hatte ihre Großmutter es ihr ausdrücklich untersagt. »Konrad hätte es scheußlich gefunden!«

Als ihre Großmutter vor zwei Monaten gestorben war, hatte Ruth sich erneut dem gesellschaftlichen Diktat gebeugt, aber an diesem Morgen war sie erwacht, hatte gesehen, wie die Sonnenstrahlen das letzte bisschen Schnee schmolzen, und gewusst, dass die Zeit der schwarzen Kleider, die Zeit des Schattendaseins, vorbei war. Sie trug ein hellblaues gepunktetes Kleid mit schwingendem Rock und langen Ärmeln. Die Farbe harmonierte mit ihren blauen Augen, und ihr dunkelbraunes Haar bildete einen reizvollen Kontrast dazu.

»Findest du es schlimm?«, fragte sie an Karl gewandt.

»Nein, trag, was du möchtest. Es gibt wahrlich schlimmere Laster als ein hübsches Kleid.«

Ruth ging zu ihm an die Rezeption. »Margot ist wütend auf mich, sie denkt, wir hätten Emma dazu gedrängt, hierherzuziehen. Dabei habe ich ihr gesagt, ich kann mich um meine Geschwister selbst kümmern.«

»Wir wissen, dass du das kannst, aber du bist jung, und du hattest wahrhaftig bisher wenig Gelegenheit, deine Jugend zu genießen. Willst du jetzt die nächsten Jahre damit verbringen, deine Geschwister zu erziehen?«

Ruth mochte keinen Streit, mochte die Art nicht, wie Margot sie von oben herab behandelte, als sei sie hoffnungslos provinziell. Aber Margot hatte sich viel darauf eingebildet, in der Stadt zu leben, von Männern umworben zu werden und einen reichen Vater zu haben, während Ruths Leben sich in einem Hotel abspielte, das seine Glanzzeiten lange hinter sich hatte.

»Es ist entschieden«, kam Karl einer Antwort von ihr zuvor. »Und Margot tut gut daran, sich damit abzufinden.« Er wandte sich dem Buch mit den Reservierungen zu, und der diensthabende Rezeptionist, der im angrenzenden Arbeitszimmer gewesen war, kehrte an seinen Platz zurück.

»Der Brief ist nicht auffindbar, Herr Hohenstein«, sagte er bedauernd.

»Das ist nicht gut«, antwortete Karl.

»Was ist denn passiert?«, wollte Ruth wissen.

»Heute Morgen wurde ein Brief für einen Gast abgegeben, und gerade bemerken wir, dass er aus dem Fach verschwunden ist.«

»Hat der Gast ihn vielleicht schon erhalten?«

»Nein, er war eben hier und fragte danach, da er ihn für heute erwartete.« Karl drehte sich zu den Fächern um und ging die Briefe durch, vermutlich nicht zum ersten Mal.

»Aber wer klaut denn Briefe?«

»Wenn ich das wüsste, würde ich ihn nicht suchen.«

Ruth trat hinter die Rezeption, hob das Buch für die Reservierungen an und sah die Papiere durch, die dort lagen. »Was stand denn Bedeutsames darin?«

»Das habe ich natürlich nicht gefragt.«

Nach einigen Minuten gab Ruth die Suche auf. »Was

sagst du dem Gast nun? Dass der Brief nicht angekommen ist?«

»Nein, die Wahrheit.« Karl seufzte.

»Vielleicht taucht er ja wieder auf.«

»Hmhm«, machte Karl unbestimmt. Dann sah er an Ruth vorbei, und ein überraschtes Lächeln glitt über seine Lippen. »Adrián?«

Ruth drehte sich um und sah einen jungen Mann durch das Vestibül kommen. Schlank, elegant, dunkles Haar, dunkle Augen.

»Seit wann bist du hier?«, fragte Karl.

»Seit einer Stunde.«

»Da war ich noch in Königswinter, tut mir leid, dass ich dich nicht persönlich empfangen habe.« Karl musterte den jungen Mann. »Du siehst wirklich aus wie dein Großvater.«

»Das sagt meine Großmutter auch ständig. Allerdings klingt es bei ihr immer so, als wolle sie damit auf meinen einzigen Vorzug hinweisen.« Er lachte, und Karl stimmte ein.

»Ja, das klingt nach Johanna. Wo ist dein Gepäck? Hast du dein Zimmer schon gesehen?«

»Alles bestens, dein Neffe hat sich um alles gekümmert.« Nun wandte Adrián sich an Ruth, die immer noch hinter der Rezeption stand, und er lächelte, was ihr – ein ständiges Ärgernis – das Blut ins Gesicht trieb. Karls Miene war nachsichtige Belustigung, und er legte ihr in großväterlicher Manier die Hand auf die Schultern.

»Ruth Alsberg, die Tochter meines Cousins.«

»Sehr erfreut«, begrüßte Adrián sie.

»Warum erzählst du unserem Neuankömmling nicht bei einer Tasse Kaffee ein wenig über das Hotel?«, schlug

Karl vor, und wieder wurden Ruths Wangen heiß. »Unsere Ruth«, erklärte er Adrián, »wohnt schon ihr ganzes Leben hier. Zu den geschäftlichen Details kommen wir dann später, das machen Hans und ich.«

Adrián schenkte Ruth ein charmantes Lächeln. »Es wäre mir eine Ehre.« Er reichte ihr seinen Arm, und nach kurzem Zögern legte sie die Hand darum.

»Später machen wir dich dann mit Sebastian bekannt«, fuhr Karl fort. »Der ist momentan noch mit Emma in Bonn.«

»Ich würde dich gerne galant zum Salon geleiten«, sagte Adrián, während sie das Vestibül durchquerten, »aber in Ermangelung meiner Ortskenntnis befürchte ich, musst du die Führung übernehmen.«

»So gehört sich das«, ging Ruth auf seinen scherzenden Tonfall ein.

Im Salon befanden sich nur wenige Gäste, und so hatten sie freie Platzwahl. Ruth schlug den Weg zu einem Tisch an einem der hohen Fenster ein. »Ist das deine erste Reise nach Deutschland?«, fragte sie.

»Ja. Wir waren früher oft in Österreich in der Villa meines Großvaters, aber auch dort seit Ende des Krieges bisher nur einmal. Mein Onkel ist der Haupterbe, und ich vermute, er wird sie nicht behalten. Seit dem Krieg hat sich viel verändert, und unser Leben spielt sich inzwischen fast ausschließlich in Ungarn ab.«

Ruth reichte ihm die Karte und öffnete eben den Mund, um die Plauderei fortzusetzen, als sie Margot bemerkte, die den Salon betrat, sich kurz umsah, sie erspähte und auf sie zukam. Und wie erwartet gehörte in diesem Augenblick, als Adrián sie bemerkte, seine Aufmerksamkeit ganz und gar ihr. Das war nicht ungewöhnlich, Männer reagierten so auf Margot, die mit ihrem fast schwarzen Haar und den grauen Augen fast schon klassisch schön war. Neben ihr fühlte Ruth sich nahezu unsichtbar, obwohl sie sich eigentlich gar nicht so unähnlich waren, aber Margot hatte etwas an sich, vielleicht jene mondäne Eleganz, die Ruth fehlte.

»Weißt du, ob meine Mutter wieder da ist?«, fragte Margot.

»Karl sagte, sie sei noch in Bonn mit Sebastian.«

»Ich habe einen Termin Bonn, und es steht kein Wagen zur Verfügung.«

Da Ruth nicht wusste, was sie an dem Umstand ändern sollte, sah sie ihre Cousine nur schweigend an. Deren Blick wanderte zu Adrián, und da dieser dem Gespräch mit fragender Miene gefolgt war, machte sich Ruth seufzend daran, die beiden miteinander bekannt zu machen.

»Margot, das ist Adrián, unser Verwandter aus Ungarn.«

Ihre Cousine hob überrascht die Brauen. »Ah, tatsächlich?«

»Adrián, meine Cousine Margot, die Tochter von Emma.«

Er erhob sich und reichte Margot die Hand. Bildete Ruth sich das ein, oder hielt er sie einen Moment länger als es nötig gewesen wäre? »Ich befürchte, ich habe mir noch nicht alle Namen und Verwandtschaftsgrade gemerkt.«

»Oh, ich helfe nur zu gern.« Margot schenkte ihm eines jener Lächeln, die wirkten, als gehörten sie nur ihrem Gegenüber. Und Adrián reagierte darauf wie jeder andere Mann und schenkte Margot das, was Ruth insgeheim immer das Schafslächeln nannte.

»Ich dachte, du willst nach Bonn?«, fragte sie, als Margot einen Stuhl zurückzog, um sich zu setzen.

»Wie du mitbekommen hast, ist kein Wagen verfügbar.«

»Ich gehe bei dem Wetter gerne zu Fuß zur Fähre und nehme dann die Bahn.«

Margot taxierte sie. »Ja, das glaube ich dir aufs Wort.« Dann wandte sie sich an Adrián. »Habt ihr schon bestellt?«

»Nein, wir waren eben dabei.« Adrián reichte ihr die Karte, und sie studierte sie, als wisse sie nicht auswendig, was darin stünde. Ruth warf einen Blick aus dem Fenster, dann sah sie Adrián an, der gerade eine Frage beantwortete, die Margot ihm gestellt hatte. So viel zum Ende des Schattendaseins, dachte Ruth.

»Du wirst sehr überzeugend sein müssen, wenn du Karl zu der Ausgabe solcher Summen überreden möchtest«, erklärte Emma, während sie den Wagen in die Einfahrt des Hotels lenkte.

Sebastian ließ seinen Blick über die Fassade des Hauses gleiten, über den Hof, die Remise und überlegte, wo er mit den Investitionen beginnen sollte. Die Wagen konnte man zunächst vernachlässigen, entschied er. Den einen oder anderen Gast mochte der nostalgische Chic sogar ansprechen, wenngleich dieser Zustand natürlich nicht auf Dauer bestehen bleiben konnte.

Nachdem Emma geparkt hatte, öffnete Sebastian die Tür und stieg aus. »Ich spreche nachher noch mit Großvater«, sagte er zu ihr.

»Viel Glück dabei. Lass es mich bitte wissen, wenn du Hilfe brauchst.«

Sie hatten sich in Bonn Möbel angesehen sowie Stoffe für Vorhänge und Bezüge. Als Nächstes würde Sebastian sich um einen detaillierten Einblick in die Finanzen bemühen. »Macht Hans die Buchhaltung?«, fragte er.

»Ja, aber das letzte Wort hat immer noch dein Großvater. Wenn es um Geld geht, musst du also wohl oder übel mit ihm sprechen, auch wenn Hans sicher leichter zu überzeugen wäre.«

Sebastian nickte und trat in das Vestibül, sah Karl Hohenstein an der Rezeption stehen und ging zu ihm.

»Ah, ihr seid zurück«, begrüßte sein Großvater ihn. »Wie war es?«

»Sehr aufschlussreich«, antwortete Sebastian.

»Adrián Rados ist vorhin angekommen«, erzählte Karl Hohenstein.

»Ach was? Schon?«, fragte Emma. »Wo ist er?«

»Mit Ruth im Salon.«

»Und wie ist er so?«

»Das kann ich bisher noch nicht so recht sagen. Er sieht Victor sehr ähnlich.«

»Na«, antwortete Emma, »wenn er charakterlich auch nach ihm schlägt, können wir uns sicher nicht beklagen.« Sie legte die Hand auf Sebastians Arm. »Komm, machen wir uns mit ihm bekannt.«

Sebastian wusste zwar, dass ihm ein weiterer Verwandter an die Seite gestellt wurde, aber ihm war noch nicht so recht klar, was er davon halten sollte. Immerhin war er der Haupterbe, während der Besuch aus Ungarn im Grunde genommen keinerlei Ansprüche an das Hotel hatte. Er hoffte, dass es nicht zu einem stetigen Kompetenzgerangel kommen würde.

Im Salon entdeckte er den Neuankömmling zusammen mit Margot und Ruth an einem Tisch am Fenster. Während sich Margot gut zu unterhalten schien, saß Ruth schweigend daneben und nippte an ihrem Kaffee. Sebastian mochte Ruth, ihre ruhige Gelassenheit und den Humor, der immer wieder durchschimmerte, obwohl sie derzeit wahrhaftig nicht viel zu lachen hatte.

»Guten Tag«, sagte er, und die drei blickten auf. Er sah Ruth an und zwinkerte ihr zu. »Hübsches Kleid.«

Nun wandte sich auch Margot ihr zu. »Tatsächlich«, sagte sie, als falle es ihr erst jetzt auf, was Sebastian nicht einen Moment lang glaubte. »Du trägst ja gar kein Schwarz mehr.«

Ruth hob das Kinn, wirkte, als wolle sie einen Angriff abwehren, und sah dann Sebastian an, lächelte zögernd. »Danke für das Kompliment.«

»Sehr gern.«

»Margot, Liebes«, hörte er Emma sagen. »Es tut mir leid, die ganze Angelegenheit hat länger gedauert als geplant.«

Margot nickte, als sei dies nur ein weiteres Ärgernis in einem Leben, das dergleichen zuhauf zu bieten hatte.

»Und du bist Adrián, ja?«

Der junge Mann erhob sich, und Emma reichte ihm die Hand. »Emma Alsberg, ich bin die Cousine deiner Großmutter.«

»Margot war so freundlich, mir durch die Irrungen den verwandtschaftlichen Beziehungen zu helfen.«

Sebastian bemerkte, dass Ruth die Augen verdrehte, und lächelte verstohlen, dann wandte er sich an Adrián. »Sebastian Hohenstein.«

»Ah, das ist leicht. Der Enkel von Karl Hohenstein, ja?«

»Ganz recht.«

»Ich bedaure, aber ich muss euch jetzt verlassen.« Margots Blick galt Adrián. »Aber wir sehen uns ja bald wieder.«

»Gewiss.« Er lächelte, sah ihr nach, dann wandte er sich Sebastian zu. »Also, wir beide arbeiten künftig zusammen, ja?«

»Ja, allerdings hat mir mein Großvater noch nicht gesagt, wie genau das vonstattengehen soll.«

»Ich habe in Budapest an einer Hotelfachschule gelernt.«

Das war ihm neu. »Tatsächlich?«

»Danach habe ich im Hotel Gellért gearbeitet.«

Sebastian ließ seinen Blick kurz über den Tisch gleiten. »Wie ich sehe, habt ihr die Kaffeestunde beendet. Also nutzen wir doch den Tag und tauschen Ideen aus. Beginnen wir mit einem Hotelrundgang?«

Adrián nickte. »Nur zu.«

Als Sebastian Ruths Blick bemerkte, der kurz zu Adrián zuckte und dann wieder aus dem Fenster, musste er lächeln. »Ruth, kommst du mit und zeigst Adrián alles? Ich befürchte, ich eigne mich nach der kurzen Zeit noch nicht so recht zum Hotelführer, und du kannst ihm sicher mehr erzählen als ich.«

Ruth wandte sich zu ihm um, erhob sich, und wieder streifte ihr Blick Adrián flüchtig. »Sehr gerne. Fangen wir mit dem Hotelbereich hier unten an und gehen später in die Zimmer?«

»Das überlassen wir dir«, antwortete Sebastian.

»Gut. Das Vestibül kennst du ja inzwischen«, sagte Ruth, die an Adriáns rechter Seite war, während Sebastian zu seiner Linken ging. »Aber wir fangen trotzdem dort an.« Sie steuerten auf die Rezeption zu, wo Sebastian seinen Großvater im Gespräch mit einem sichtlich aufgebrachten Gast entdeckte.

»Normalerweise sind unsere Gäste zufrieden«, erklärte

Ruth leise. »Aber wie du siehst, gibt es immer mal wieder Konflikte.«

»Ja, dergleichen kenne ich.«

Sie gingen an der Rezeption vorbei. »Früher einmal konnte man dort«, Ruth zeigte auf einen abgetrennten Bereich, »Fotos machen, aber seit unser Fotograf in den Krieg gezogen ist, wird das Atelier nicht mehr genutzt.«

Das säulenbestandene Foyer war groß und in weiß-goldenem Marmor gehalten, mit einem Brunnen in der Mitte, aus dessen Blütenkelchen Wasser floss, und Farnen in weißen Töpfen neben den Sitzgruppen. Zwei Aufzüge waren zurückgesetzt angebracht, sodass man sie beim Hineinkommen nicht sofort sah, und ein roter Teppich führte vom Eingang bis zur Rezeption. Es gab eine recht moderne Telephonzentrale, die mit drei Damen besetzt war und von wo aus die eingehenden Gespräche entweder zur Rezeption oder zu den Zimmern weitergeleitet wurden.

Weiter ging es durch die Halle, den großen Saal, den Wintergarten, den Lichtspielraum, die Bibliothek, den Innenhof, den Speisesaal, den Damensalon, das Schreib- und Lesezimmer, die Festsäle und die Bar. Zu guter Letzt fanden sie sich im Garten ein, in dem es trotz der frühlingshaft anmutenden Sonne recht kühl war.

»Für den Garten haben wir zwei Gärtner«, erklärte Ruth. »Früher einmal wurden hier regelmäßig Konzerte gegeben.«

»Jetzt nicht mehr?«, fragte Adrián.

»Nein.« Es mangelte am Geld, das musste sie nicht betonen.

»Das war sehr aufschlussreich.« Adrián klang, als habe der Rundgang sämtliche offene Fragen beantwortet. Er schob die Hände in die Taschen und zog fröstelnd die Schultern hoch. »Ich würde sagen, ich folge jetzt dem Gebot der Höflichkeit und suche Großtante Julia auf, dann werde ich mich mit Karl darüber unterhalten, was er sich genau vorstellt und wo er meine Aufgaben hier sieht.«

»Ich werde mit Emma darüber sprechen, ob ich in ihren Bereich für Werbung und Personal eingearbeitet werden kann«, sagte Ruth und klang ein wenig zurückhaltend, als käme ihr ein solches Anliegen gewagt vor. »Ich habe schon früher oft ausgeholfen«, fügte sie hinzu, als sei sie eine Erklärung schuldig.

»Hier muss einiges getan werden. In dieses Vorkriegsrelikt bekommen wir keine gut zahlenden Gäste«, fügte Sebastian hinzu.

Adrián drehte sich um und ließ seinen Blick über die rückwärtige Fassade des Hotels schweifen, dann wandte er sich erneut dem Garten zu, immer noch schweigend. Langsam nickte er, dann sah er Ruth und Sebastian an, lächelte verschwörerisch. »Also gut, packen wir es an.«

»Deine Art, an allem etwas auszusetzen, ist in höchstem Maße anstrengend«, sagte Emma, die nach dem Nachmittag mit ihrer Tochter in der Stadt in Stimmung war, das Auto vor die nächste Hauswand zu setzen, nur um zu hören, wie es schepperte.

»Du hättest mich bei Tobias lassen können.«

Margots Halbbruder, das Produkt jugendlichen Überschwangs Georg Rebeins, wohnte in der Rebein-Villa, seit er in die Firma seines Vaters eingestiegen war. Da er und Margot sich allerdings nicht besonders gut verstanden – was weniger an ihm als an Emmas maßlos verwöhnter Tochter lag –, waren für diese Idee weder er noch Margots Eltern zu begeistern gewesen. »Zum letzten Mal: Nein.«

»Ruth ist alt genug, um für ihre Geschwister zu sorgen.«

»Sie hat ein Leben, ebenso wie du. Und sie sollte ihre jungen Jahre nicht damit verbringen, die Muterrolle für ihre Geschwister zu übernehmen.«

»Ich fühle mich von allen im Stich gelassen«, klagte Margot.

»Du hast es nötig«, murmelte Emma. Die Rebein-Werke hatten schon vor dem Krieg ein Vermögen gemacht, das sich nun, in der Aufbauzeit, vervielfachte. Während Tobias und sein Vater bis spätabends arbeiteten, fehlte es Margot an nichts. Nicht einmal in der Zeit der Rationierungen hatte sie darben müssen, da Georg die Schwarzmarktpreise bezahlen konnte. Und nach der Währungsreform, als es endlich wieder bergauf ging, waren Margots Backfischjahre vorbei, und sie konnte als junge Frau das Leben rückhaltlos genießen.

Emma und Georg hatten sich mehrere Kinder gewünscht, aber Emma hatte nach einigen Fehlgeburten nur dieses eine austragen können und war hernach nicht mehr schwanger geworden. Und so hatten sie und Georg das Kind hingebungsvoll verwöhnt, dabei jede Mahnung zur Mäßigung ignoriert, und nun bekamen sie die Quittung dafür. Natürlich liebte Emma Margot über alles, aber sie machte sich auch Vorwürfe, denn dadurch, dass sie beständig um sich selbst kreiste und von ihrer Umwelt dasselbe erwartete, stand Margot sich fortwährend selbst im Weg, machte jedoch andere dafür verantwortlich. Einen Gefallen hatten sie ihr mit dieser maßlosen Hingabe nicht getan, das sah selbst Georg inzwischen ein. Und momentan kostete sie der ständige Kampf mit ihrer Tochter einfach so viel Kraft, Kraft, die Emma nicht mehr zu haben schien. Die Zeit nach dem Krieg, der Tod ihres Vaters und dann nach kurzer Krankheit der ihrer Mutter – das alles schien die letzten Reserven aufgezehrt zu haben. Und nun musste sie mit Ende vierzig einen Jungen erziehen, ein halbwüchsiges Mädchen, musste für ihre älteste Nichte da sein und ihre Tochter. Gelegentlich – und das tat sie nicht ohne schlechtes Gewissen – spielte Emma die Szenerie durch, sich einfach bei Nacht und Nebel mit gepackten Koffern in die Vereinigten Staaten abzusetzen, wo Karls Sohn Ludwig mit seiner Frau – Georgs Schwester – lebte.

»Ruth trauert gar nicht um Großmutter«, sagte Margot.

»Wie kommst du darauf?«

»Hast du sie vorhin nicht gesehen?«

»Ja. Ebenso, wie ich sehe, dass du ebenfalls kein Schwarz trägst.«

»Mir hat sie auch nicht über Jahre die Mutter ersetzt. Ich finde es schon fast frivol, wie gut sie gelaunt ist.«

»Stimmt, ich werde ihr sagen, dass sie bitte den ganzen Tag niedergeschlagen durch das Haus schleichen soll. Das wäre ganz im Sinne meiner Mutter gewesen. Und zusätzlich soll sie auch noch ihre Geschwister erziehen. Ist das das Dasein, das du ihr zugedacht hast?«

»Das hier«, sie deutete auf das Hotel, das vor ihnen auftauchte, »ist zumindest nicht das Dasein, das ich *mir* zugedacht habe.«

Emma lenkte den Wagen in die Remise und stieg aus. Den weißen Mercedes hatte Georg ihr vor einem Jahr gekauft, und sie hatte versucht, Margot zu überzeugen, auch fahren zu lernen. »Du wärst viel unabhängiger«, hatte sie ihr erklärt, aber bisher war ihre Tochter nicht dazu zu bewegen. Ruth konnte fahren, aber sie hatte kein Auto, sondern nahm meist das Fahrrad.

Da Margot ihre Jammertirade glücklicherweise für den Moment aufgegeben hatte, gingen sie schweigend zum Haus. Emma machte einen Abstecher in das ehemalige Arbeitszimmer ihres Vaters und suchte die Unterlagen zum Personal raus, da Sebastian darum gebeten hatte, um nachvollziehen zu können, wie sie aufgestellt waren. Eigentlich hatte sie sofort wieder gehen wollen, aber nun blieb sie doch, nahm in dem Sessel Platz, in dem ihr Vater so viele Jahre gesessen hatte, und schloss einen Moment lang die Augen. Eigentlich hätte dies nun das Bureau ihres verstorbenen Bruders Andreas sein sollen, aber noch ehe ihr Vater den Schreibtisch hatte räumen können, war er eingezogen worden, und nun würde es einige Jahre dauern, ehe hier wieder ein Alsberg saß.

Das Hotel hatte seinerzeit zu gleichen Teilen Karl Hohenstein und seinem nur wenige Jahre älteren Onkel Konrad Alsberg gehört, der uneheliche Bruder seines Vaters. Nach Konrad Alsbergs Tod wäre sein Teil des Hotels an Andreas gegangen, stand nun jedoch seinem Sohn Curt zu, sobald der groß genug war, um in die Fußstapfen seines Großvaters treten zu können. Von dem Privatvermögen hatte Emma einen Teil erhalten, der Rest teilte sich auf zwischen Andreas' drei Kindern. Ruth war bereits volljährig und bekam ihren Anteil als monatliche Rente ausgezahlt. Das Geld war fest angelegt, was Konrad Alsberg wohl im Hinblick auf mögliche Mitgiftjäger getan hatte. Gleich, ob sie heiratete oder nicht, sie verfügte über ein Auskommen. Die jüngere Tochter Nele – Helene sagte niemand zu ihr –

würde ebenfalls eine Rente ausgezahlt bekommen, wenn sie volljährig war, Curt jedoch würde bei seiner Volljährigkeit über den kompletten Betrag verfügen können.

Da die finanziellen Rücklagen des Hotels weitgehend aufgebraucht waren, zahlte Emma nun, da sie Curts Vormund war, laufende Kosten aus dem Privatvermögen ihres Mannes, da sie nicht wollte, dass Karl alles allein trug. Müde rieb Emma sich die Augen, und wieder überkam sie für einen Moment lang der Wunsch, alles hinzuwerfen und zu gehen. Sie nahm die Unterlagen, legte sie im Vorbeigehen auf Hans' Schreibtisch ab und ging hernach in ihre Wohnung.

»Ah, da bist du ja.« Georg trat aus dem Salon, ein Glas in der Hand, die Krawatte gelockert. Er kam zu ihr und küsste sie.

»Seit wann bist du hier?«

»Ich bin heute früher gegangen, um dann festzustellen, dass ihr gar nicht da seid.«

»Tut mir leid.«

»Das war kein Vorwurf.« Er küsste sie erneut. »Was ist mit Margot los? Sie hat kaum gegrüßt und ist direkt in ihrem Zimmer verschwunden.«

»Das, was los ist, seit wir hierhergezogen sind.«

»Soll ich noch mal mit ihr reden?«

»Das haben wir beide doch schon unzählige Male.«

In diesem Augenblick verließ Margot ihr Zimmer und ging, ohne ein Wort zu sagen, zur Tür.

»Wo willst du hin?«, fragte Georg.

»Raus.«

»Wohin?«

»In den Garten. Wohin soll man hier schon gehen?«

»Hältst du diesen Ton für angebracht?«, fragte er.

Sie krauste die Stirn. »Fängst du jetzt auch damit an? Schickt Mama dich vor, oder was?«

In Georgs Gesicht wetterleuchtete es Unheil verkündend, und da Emma gerade nichts weniger ertrug als einen handfesten Streit, legte sie begütigend die Hand auf seinen Arm. »Komm nicht zu spät hoch.«

»Keine Sorge, der Heimweg ist ja überschaubar.« Ehe jemand antworten konnte, knallte die Wohnungstür ins Schloss.

Georg machte Anstalten, ihr zu folgen, aber Emma hielt seinen Arm fest. »Nicht, lass sie.«

Er stellte sein Glas ab und zog sie an sich, gab ihr einen Kuss auf die Stirn.

»Ich muss noch hoch, nach den Kindern sehen«, sagte sie.

»Das habe ich schon gemacht. Ruth isst mit ihnen zu Abend, danach gehen sie zu Bett.«

»Danke«, murmelte sie.

»Und was tun wir zwei nun, hm?«

»Wenn du früher in diesem Ton gefragt hast, folgten darauf meistens atemberaubende Stunden.«

»Höre ich da einen leisen Vorwurf?«

»Nein, ich weiß ja, dass du viel arbeiten musst.«

Sein Lächeln hatte sie schon als junge Frau hinreißend gefunden, und auch jetzt, da sie mehr als fünfundzwanzig Jahre verheiratet waren, verfehlte es seine Wirkung nicht. Als er jedoch unvermittelt leicht in die Knie ging und sie hochhob, stieß Emma einen Schrei aus, der halb Lachen halb Schreck war. »Verausgabe dich nur nicht schon im Voraus.«

»Du wirst gleich merken, wie wenig verausgabt ich bin.«

Er trug sie zu ihrem Schlafzimmer, und Emma öffnete die Tür, die er anschließend mit dem Fuß wieder hinter sich ins Schloss stieß.

⁂ 3 ⁂

»Hilfst du mir nachher bei den Hausaufgaben?«, fragte Nele, während sie beim Mittagessen saßen.

»Natürlich«, versprach Ruth. »Curt, pass bitte auf, du kleckerst mit der Suppe«, ermahnte sie ihren Bruder, der sich während des Essens ständig zum Fenster drehte, als könne der Sonnenschein verblassen, wenn er hier noch länger sitzen musste. Es fiel Ruth schwer, ihn zu ermahnen, erst die Hausaufgaben zu machen, ehe er hinausdurfte.

»Du machst erst die Hausaufgaben«, sagte Hans, und so durfte Ruth weiterhin die verständnisvolle große Schwester sein, die bei diesem Wetter auch viel lieber draußen war, als über den Büchern zu sitzen. Er lächelte sie an und widmete sich wieder dem Essen. Seit seine Frau fort war, nahm Hans mit ihnen zusammen die Mahlzeiten ein, seiner Tochter zuliebe, damit diese Gesellschaft hatte. Und nun, da Ruths Großmutter verstorben war, kehrte es sich um, und er war es, der dem Essen etwas Familiäres und ihnen das Gefühl gab, keine echten Waisen zu sein.

»Was hältst du von unseren Neuankömmlingen?«, fragte Hans.

»Ruth ist in den Ungarn verliebt«, krähte Curt, und Ruth spürte, wie ihr das Blut ins Gesicht stieg.

»Ach, halt doch den Mund«, antwortete sie gereizt.

Hans sah sie interessiert an, dann lächelte er.

»Gestern«, fuhr Curt unbeirrt fort, »hat er mit ihr gesprochen, und sie hat *so* geguckt.« Er spitzte den Mund und verdrehte die Augen.

»Das ist doch gar nicht wahr«, fuhr Ruth ihn an. »Jetzt sei still und iss.«

»Und dann hat er …«

»Curt!« Jetzt sprach Hans ein Machtwort. »Noch ein Wort, und du isst in der Küche weiter. Weitere Respektlosigkeiten dulde ich nicht.«

Greta kicherte und tauschte einen verschwörerischen Blick mit Curt. Seufzend legte Ruth den Löffel nieder und erhob sich, um den nächsten Gang vom Servierwagen auf den Tisch zu stellen. »Nele, komm und hilf mir«, wies sie ihre Schwester an, während Greta sich daranmachte, die Suppenschüsseln einzusammeln.

Während des Hauptganges stießen sich Greta und Curt immer wieder unter dem Tisch an, tauschten Blicke und kicherten, was Hans irgendwann beendete, indem er beiden Stubenarrest androhte. Aber auch, wenn es oftmals an ihren Nerven zehrte, war Ruth froh darum, dass Curt mit dem Tod der Großmutter, die ihm zeitlebens die Mutter ersetzt hatte, zurechtkam. Natürlich hatten sie noch Julia, aber das war nicht dasselbe, und gelegentlich verfiel Curt in Traurigkeit und zog sich in sein Zimmer zurück. Aber das war wohl der Vorteil, den man als Kind vielleicht hatte – man akzeptierte den Tod als Teil des Lebens noch eher, als dies ein Erwachsener tat. Ruth fehlte die Großmutter sehr, und auch wenn sie nicht den ganzen Tag in brütende Trauer verfiel, so ertappte sie sich doch ständig dabei, dass sie sich mit Fragen an sie wenden wollte. Das waren Momente, wo der Verlust über ihr zusammenschlug wie eine Welle und sie für einige Augenblicke lang in einen Sog von düsterer Traurigkeit zog.

Nach dem Essen schickte sie die Kinder in die Zimmer für die Hausaufgaben.

»Darf ich meine Aufgaben hier machen?«, bat Greta.

»Nur, wenn du keinen Unsinn machst«, antwortete ihr Vater.

»Nein, mache ich nicht, versprochen.«

Ruth räumte den Tisch ab und bereitete alles vor, sodass die Küchenmagd den Servierwagen nur noch holen und den Tisch abwischen musste. Da Hans einen freien Nachmittag hatte und sich erbot, bei den Hausaufgaben zu helfen, konnte Ruth ins Hotel gehen, wo Sebastian und Adrián sich ersten Plänen widmen wollten. Curt hatte unrecht, sie war nicht in Adrián verliebt, sie kannte ihn ja kaum; ehe er vor drei Wochen angekommen war, hatte sie ihn noch nie gesehen. Aber er gefiel ihr gut, und sie konnte sich vorstellen, ihn näher kennenzulernen.

»Na, wohin des Weges?«, fragte Karl, als sie ihm im Korridor begegnete, der zu den Arbeitszimmern führte.

»Zu Sebastian und Adrián.«

»Die sind im großen Arbeitszimmer. Emma ist auch dort.«

Ruth setzte ihren Weg durch den Korridor fort, in dem ein dicker Läufer ihre Schritte dämpfte. Sie öffnete die Tür, und ihre Tante, Sebastian und Adrián, die um den großen Tisch im Vorraum standen, sahen auf.

»Ich wollte fragen, ob ich mich dazugesellen kann«, sagte sie und spürte zu ihrem maßlosen Ärger, dass sie wieder rot wurde. Was hatte der Ehemann von Karls Tochter Marianne – ein Arzt – noch gesagt? »Den Errötungstrieb kann man nicht steuern.« Und Ruth, die davon nicht überzeugt sein wollte, musste immer wieder feststellen, dass es wohl doch stimmte.

»Gerne«, antwortete Sebastian. »Haben dich die häuslichen Pflichten doch nicht gefesselt?«

»Nein, glücklicherweise übernimmt Hans die Aufsicht über die Hausaufgaben.«

Sebastian grinste. »Na, darum hätte ich mich an deiner Stelle auch nicht gerissen. Dann komm und sag uns deine Meinung.« Er deutete auf eine Skizze, die einen Grundriss darstellte. »Es ist natürlich nicht maßstabsgetreu, sondern es geht uns erst einmal nur um einen Überblick.«

Adrián trat einen Schritt zur Seite, sodass sie sich zwischen ihn und Sebastian stellen konnte, was ihr einen guten Blick ermöglichte.

»Nun, dann mal los«, sagte Emma. »Ich bin gespannt.«

»Also, wir dachten an Folgendes«, begann Adrián und deutete auf den Damensalon, wobei sein Arm Ruths streifte, was einen leisen Schauer in ihr auslöste. Sie war ja närrisch! »Hier könnte man ein Frühstückszimmer einrichten, wobei man an der Einrichtung selbst nicht einmal viel ändern müsste, es wirkt ja alles sehr filigran und elegant. Es müssten nur Tische hinein.« Mit einem Nicken bedeutete Emma ihm fortzufahren. »Im Grunde genommen sind drei Festsäle überflüssig, das mag früher anders gewesen sein, aber der große Saal ist verschenkter Platz, man könnte Wände setzen, ihn entsprechend teilen und zwei Konferenzräume daraus machen. Der Ausblick in den Garten ist großartig, das kann man nutzen. Bonn ist seit vier Jahren Bundeshauptstadt, es ist also mit einem großen Zustrom an Geschäftsleuten zu rechnen, und da ist es gut, das Hotel als

Ort für Konferenzen und Tagungen attraktiv zu machen.« Er trank einen Schluck Wasser und räusperte sich. »Aus dem größeren der beiden anderen Festsäle macht man einen kleinen, und aus dem geschaffenen Platz zwei weitere kleine Speisesäle. Das wäre optimal, wenn Menschen in kleineren Gesellschaften eine Feier ausrichten möchten, eine Verlobung vor schöner Kulisse oder was auch immer.«

»Klingt gut«, bestätigte Emma. »Was ist mit dem Kinderzimmer, das ja an den Damensalon grenzt?«

»Dafür besteht im Grunde genommen keine Notwendigkeit mehr, da heute die wenigsten Eltern mit ihrem Personal anreisen. Die Kinder frühstücken also mit den Eltern zusammen und müssen nicht mit den Kindermädchen betreut werden.«

Emma schien nicht gänzlich überzeugt, aber sie nickte.

»Kommen wir zu dem altmodischen Lichtspielraum, den braucht ohnehin kein Mensch mehr«, erklärte Sebastian. »Dort richten wir ein Café ein.«

Ruth bemerkte, dass Emma erstarrte. »Auf gar keinen Fall. Und was heißt überhaupt altmodisch?«

Ihre heftige Reaktion befremdete ganz offensichtlich nicht nur Sebastian, sondern auch Adrián. »Nun«, sagte dieser vorsichtig. »Siehst du das anders?«

»Natürlich. Oder hast du den Eindruck, dass die Menschen keine Filme mehr sehen wollen?«

»Natürlich nicht«, antwortete Sebastian, »aber die Leute gehen dafür ins Kino. Außerdem plane ich, die hochpreisigen Zimmer mit Fernsehapparaten auszustatten, das ist die Unterhaltung der Zukunft, da braucht es diesen Raum wirklich nicht mehr. Und mal ehrlich, rechnet sich das überhaupt noch, Filme in einem kleinen Raum zu zeigen? Für die Vorführrechte musst du doch auch bezahlen, und all das nur, damit die Gäste kostenlos einen Film sehen können, der schon lange nicht mehr im Kino läuft?«

Emma biss sich auf die Lippen, schwieg, aber man musste sie wohl so gut kennen wie Ruth, um darin keine Nachgiebigkeit zu erkennen.

»Du siehst also, dass wir recht haben?«, fragte Sebastian.

»Nein.«

»Aber …«

»Nein!«

Sebastian und Adrián wechselten über Ruth hinweg einen Blick. »Gut, verschieben wir das.«

»Wir können sowieso nicht alles auf einmal umsetzen«, fügte Adrián hinzu. »Zunächst müssen wir dafür sorgen, dass das Hotel wieder attraktiver wird und mehr Gäste anzieht. Fangen wir also klein an mit den Dingen, die finanzierbar sind. Ich habe mir die Kosten angeschaut und konnte bisher nichts finden, wo eingespart werden kann.«

»Das wissen wir«, antwortete Emma. »Die Kosten haben Karl und Hans gut im Blick.«

»Es geht also jetzt darum, darüber hinaus zu investieren, und da sieht es mit den verfügbaren Mitteln nicht so gut aus«, fuhr Sebastian fort.

Die Tür wurde geöffnet, und Julia sah hinein. »Sebastian, dein Vater ist am Telefon.«

»Entschuldigt mich.« Sebastian ging an Ruth vorbei und verließ den Raum.

»Ich werde mich dann auch mal langsam auf den Weg machen.« Emma warf einen Blick auf ihre Uhr.

»Hast du einen Termin?«, fragte Ruth.

»Nein, ausnahmsweise treffe ich tatsächlich mal nur eine

Freundin in Königswinter, und wir gehen ein wenig spazieren.« Emma lächelte. »Dann bis später, ihr zwei.« Damit verließ auch sie den Raum, und Ruth stand ein wenig unschlüssig neben Adrián.

»Hast du dich gut eingelebt?«, fragte sie schließlich, nur um überhaupt etwas zu sagen.

»Ja, es ist wirklich eine schöne Suite.«

Er und Sebastian hatten Räumlichkeiten im Hotel bezogen, da Karl ihnen ihre Freiheit lassen wollte, die sie als erwachsene Männer womöglich eingeschränkt gesehen hätten, hätte er sie dauerhaft bei sich oder Emma im Gästezimmer einquartiert. Auf diese Weise konnten sie sich einrichten sowie kommen und gehen, wie sie wollten.

Ruth beobachtete ihn dabei, wie er die Pläne zusammenrollte und ins Regal räumte. Unwillkürlich griff sie nach ihrem Haar, zupfte daran und spähte verstohlen in den Spiegel über der Kommode. Seit einiger Zeit trug sie das Haar hinten nur noch schulterlang, nach vorne hin kürzer gestuft. Ihr Haar war damit nur noch etwas länger als das von Emma, aber wie bei dieser fiel es in natürlichen großen Locken, die nur in Form gebracht werden mussten. Ihr Blick begegnete im Spiegel Adriáns belustigtem Augenzwinkern, und sie wandte sich rasch ab, räusperte sich.

»Was machen wir jetzt, wo wir allein sind?«, fragte sie.

»Wonach immer dir ist.« Ein Lächeln nistete in seinen Mundwinkeln, und Ruth fragte sich, ob sie sich den leicht anzüglichen Unterton einbildete oder ob er tatsächlich mit ihr flirtete. Ein kitzliges Kribbeln durchfuhr ihren Magen, und wieder schalt sie sich eine Närrin. Sie war in derartigem Umgang mit Männern einfach zu ungeübt, dafür war in den letzten Jahren so wenig Zeit und Gelegenheit gewesen. Um nicht ganz so provinziell und unerfahren zu wirken, versuchte sie sich an jener Art hintergründigem Lächeln, das Margot so meisterhaft beherrschte. Und in der Tat, an der Art, wie sich Adriáns Blick veränderte, erkannte sie, dass es wirkte.

»Machen wir einen Spaziergang?«, schlug sie vor.

Er reichte ihr seinen Arm, und Ruth, der diese gespielte Art altmodischer Galanterie gefiel, legte ihre Hand darum und ließ sich von ihm aus dem Raum führen. Sie gingen durch den Korridor in die Halle, die ins Vestibül führte, das sie gemeinsam durchquerten. Gerade kamen Gäste an, eine Familie mit zwei Söhnen in Curts Alter, deren Gepäck von einem Pagen zum Aufzug gebracht wurde. Eine Dame verließ das Hotel, einen Reiseführer in der Hand, zwei weitere – vermutlich Mutter und Tochter – lieferten sich eine heftige Diskussion darüber, ob diese allein zu einem Tanzabend in Bonn dürfe.

»Diese Idee hatte ich auch schon«, sagte Adrián.

»Zum Tanzabend zu gehen?« Sie verließen das Hotel und traten auf den Hof.

»Nein.« Adrián musste lachen. »Tanzabende im Hotel.«

»Wir haben gelegentlich Feiern hier. Bälle und Soireen.«

»So was doch nicht. Ich dachte an einen richtigen Tanzabend mit Musik, die eher die jüngere Generation anspricht.«

»Du meinst diese Art der Veranstaltungen, die Karl immer als frivole Unterhaltung abtut?«

Wieder lachte Adrián. »Ja, genau die.«

»Na ja, das klingt schon reizvoll. Wenn er euch lässt.«

»Er hat uns extra geholt, damit wir das Hotel wieder in Schwung bringen, nicht wahr?«

»Manchmal denke ich, er hat euch geholt, damit ihr es in seinem Sinne weiterführt und es trotzdem zum Laufen bringt.«

»Wir gehen es behutsam an, vielleicht kann er sich dann damit anfreunden. So wie jetzt geht es auf jeden Fall nicht weiter. Wohin möchtest du eigentlich?«

»Ich dachte, wir gehen ein wenig in den Wald. Für eine richtige Wanderung sind wir nicht passend gekleidet, aber die leichten Steigungen hier können wir auch mit diesem Schuhwerk bewältigen.«

»Da ich mich hier nicht auskenne, vertraue ich mich deiner Führung an.«

»Wo wollt ihr hin?«, hörte Ruth in diesem Augenblick Margot fragen und verdrehte die Augen, ehe sie sich umwandte.

»Spazierengehen im Wald«, kam Adrián ihr zuvor. Und jetzt schweig bitte, dachte Ruth. »Möchtest du mitkommen?«, fuhr er fort.

Margot lächelte diese besondere Art des Lächelns, bei der sie das Kinn leicht hob und ihre Zähne zwischen den roten Lippen hindurchschimmerten. Wie so oft fragte Ruth sich, ob es einfach die Art war, wie ihre Cousine lächelte, oder ob sie es immer und immer wieder vor dem Spiegel geübt hatte. Vermutlich lag es einfach in ihrer Natur, denn sie, Ruth, könnte sich noch so viel Mühe geben, so ein Lächeln bekäme sie nicht hin. Und die Art, in der Adrián dies erwiderte, war gänzlich anders als die, mit der er Ruth bedachte.

Ein Dreiergespann funktionierte in der Regel nicht, vor allem dann nicht, wenn zwei davon Margot und Ruth waren. Und so war dies praktisch der Anfang vom Ende des gemeinsamen Spaziergangs, denn wenn es etwas gab, das Ruth noch weniger erträglich fand als Margots perfekt wippenden Pferdeschwanz, dann war es ihre souveräne Art, jedes Gespräch an sich zu reißen, ehe man so recht wusste, wie einem geschah. Während Margot spannende Anekdoten aus dem Gesellschafts- und Nachtleben erzählte, ging Ruth schweigend nebenher. Adrián versuchte gelegentlich, sie in das Gespräch mit einzubeziehen, indem er das Wort an sie richtete, nach dem Leben im Hotel fragte, aber mit Margots Geschichten konnte sie nicht mithalten. Und so verabschiedete sie sich irgendwann mit Blick auf die Uhr und erklärte, sie müsse noch im Hotel aushelfen.

»Wir können zusammen zurückgehen und noch einen Kaffee trinken«, schlug Adrián vor, aber ein Blick zu Margot reichte, um Ruth von dieser Idee rasch Abstand nehmen zu lassen.

»Später gerne«, sagte sie und machte sich allein auf den Rückweg. Sie und Margot hatten sich nie gut verstanden, schon als Kinder nicht. Ruth konnte nicht einmal guten Gewissens behaupten, das sei allein Margots Schuld. Sie kamen einfach nicht miteinander aus. Normalerweise machte das nichts, denn im Alltag hatten sie wenig Berührungspunkte, und auf Familienfeiern funktionierte der oberflächliche Kontakt recht gut. Jetzt aber, da sie praktisch zusammen wohnten, war es nur schwer möglich, sich aus dem Weg zu gehen. Hinzu kam, dass Margot gar nicht hier sein wollte und Ruth deswegen grollte, als sei das ihre Schuld.

Als Ruth das Hotel betrat, sah sie Karl an der Rezeption mit einem Mann diskutieren, der einigermaßen aufgebracht wirkte. Gerade als sie zu ihnen gehen wollte, um zu erfahren, was los war, wandte sich der Mann abrupt ab und ging.

»Ein unzufriedener Gast?«, fragte sie.

Karl sah dem Mann einen Augenblick lang nach, dann wandte er sich ihr zu. »Er sagte, ihm wurde Geld aus dem Zimmer entwendet.«

Erstaunt weiteten sich Ruths Augen. »Kann das sein?«

»Na ja, der Brief mit der Geldsendung vor einigen Wochen ist nicht wieder aufgetaucht. Ich habe den Mann finanziell entschädigt, aber unserem Ruf tut dergleichen natürlich nicht gut.«

»Aber es hat doch immer mal Vorfälle gegeben.«

»Ja, mal ein Taschendieb, so etwas kommt vor. Aber dass gezielt Gäste beraubt werden, das hatten wir lange nicht mehr.«

»Lange nicht mehr? Gab es so etwas hier schon?«

»Das ist fast fünfzig Jahre her, und da war das was anderes, ein Ärgernis zwar, aber es hat uns nicht geschadet. Jetzt jedoch kann es verheerend sein, wenn man sich herumerzählt, dass unsere Angestellten in die Zimmer gehen und Gäste ausrauben.«

»War es denn sicher ein Angestellter?«

»Falls die Geschichte stimmt und dem Mann wirklich Geld aus dem Zimmer entwendet wurde, kann es nur einer unserer Angestellten gewesen sein.«

»Und wenn du die Kammern durchsuchst?«

»So etwas konnte man vielleicht vor fünfzig Jahren machen, aber heutzutage nicht mehr so ohne Weiteres.«

»Was ist mit der Polizei?«

»Die kann auch nicht einfach ohne Beweise die Dienstbotenräume durchsuchen. Wenn wir so anfangen, sind wir bald das Personal los und finden auch kein gutes mehr.«

Ruth strich sich das Haar zurück und beugte sich über

das Reservierungsbuch. »Ein anderer Gast kann es nicht gewesen sein?«

»Der kann ja gar nicht in die Zimmer.«

»Wenn er den Brief aus dem Schlüsselfach entwendet hat, warum dann nicht auch einen Schlüssel?«

Karl schwieg einen Moment lang nachdenklich. »Da könnte was dran sein, aber keiner der Gäste ist über diesen Zeitraum hier gewesen.«

»Vielleicht ein Tagesgast, der hier nur zum Essen einkehrt.«

»Wir werden das im Auge behalten.«

Er wirkte müde, und Ruth berührte seinen Arm. »Kann ich dir im Bureau helfen?«

»Warum gehst du bei dem schönen Wetter nicht raus? Wo ist Adrián überhaupt? Der Concierge hat euch zusammen gesehen.«

»Ach, der ist mit Margot spazieren«, antwortete Ruth obenhin und fügte rasch hinzu, da er sie aufmerksam musterte: »Also, kann ich helfen?«

»Du könntest die Unterlagen in der Ablage abheften. Eigentlich wollte Hans das machen, aber der ist noch nicht da.«

»Er überwacht die Hausaufgaben. Ich hole mir noch rasch einen Kaffee, dann mache ich mich an die Arbeit.« Sie verließ die Rezeption und ging in den Salon, um bei dem Kellner eine Bestellung aufzugeben. »Bringen Sie ihn mir bitte in das Arbeitszimmer von Herrn Hohenstein?«, bat sie.

Der Kellner, Anton, ein junger Mann, der immer ein keckes Lächeln zeigte, wenn er sie sah, nickte. »Sehr gerne, gnädiges Fräulein.«

Auf dem Weg zum Arbeitszimmer begegnete ihr Sebastian. »Wie war denn das Gespräch mit deinem Herrn Papa?«, fragte sie.

»Gut. Ich soll schön grüßen.«

»Dein Großvater sagt, wir hätten einen Dieb im Haus«, erzählte sie.

Sebastian runzelte die Stirn. »Ach was?«

»Ein Gast beschwerte sich wohl, dass ihm Geld gestohlen worden ist.«

»Wo ist mein Großvater?«

Ruth nickte in Richtung Vestibül, und Sebastian machte sich auf den Weg dorthin, während Ruth zeitgleich mit dem Kellner, der ihr den Kaffee brachte, das Arbeitszimmer betrat.

»Papa, ich habe schon wieder einen Tintenklecks im Heft«, beklagte sich Greta. »Der Federhalter taugt nichts.«

»Der Federhalter ist hervorragend, du bist einfach zu zappelig«, tadelte Hans. »Blätter um und schreib das noch mal.«

»Aber Papa!«

»Ich möchte nicht wieder einen Brief von Fräulein Mackert bekommen, in dem sie deine Handschrift beklagt.«

Greta sog bockig die Unterlippe ein und knabberte daran herum, dann blätterte sie um und machte sich übertrieben seufzend an die Arbeit.

»Fertig!«, rief Nele und schlug das Heft zu.

»Zeig her«, antwortete Hans, ließ sich die Mathematikhausaufgaben geben, rechnete alles rasch im Kopf nach und gab ihr das Heft zurück. »Bestens, du darfst nach draußen.«

Greta murmelte etwas von Ungerechtigkeit, aber da sie wusste, dass alles Bocken und Schimpfen nur eine weitere Verzögerung zur Folge hatte, fügte sie sich widerwillig.

»Ich warte auf dich«, sagte Curt großzügig, nachdem er ebenfalls seine Hausaufgaben vorgezeigt und weggeräumt hatte.

Greta sah auf, als er zur Tür ging. »Du wolltest doch warten.«

»Ja, ich warte im Garten auf dich«, antwortete Curt und lief rasch hinaus.

»Das ist nicht witzig, Papa«, empörte sich Greta.

»Das kommt auf den Blickwinkel an, Liebes.« Hans schlug ein Bein über das andere und griff nach seinem Buch. »Und ich täte wahrhaftig gerade auch so einiges lieber als hier zu sitzen, das kann ich dir versichern.«

Kurz darauf war nur noch das Kratzen des Federhalters auf dem Papier zu hören, während Hans über das Buch hinweg aus dem Fenster sah. Ein solch schöner Frühlingstag im letzten Kriegsjahr war es gewesen, als er heimkam und die damals vierjährige Greta weinend bei Julia gefunden hatte, während diese fragte, wo, um alles in der Welt, seine Frau abgeblieben sei. Sie habe ihr das Kind gegeben, gesagt, sie wolle kurz nach Königswinter, und seither sei sie nicht wieder aufgetaucht.

Sofort war Hans in Sorge geraten, eine Sorge, die gerade so lange währte, bis er den Brief in seinem Zimmer fand, wo seine Frau ihn mit knappen Worten darüber informierte, dass sie ihn verlassen hatte. Mit einem Parteimitläufer. Inzwischen dürfte ihr die Realität einiges an Ernüchterung eingeimpft haben, aber da Hans nach ihrem Weggang konsequent die Scheidung in die Wege geleitet hatte – was ihr nur recht gewesen war –, hatte sie wohl geahnt, dass es ein Zurück nicht mehr geben konnte.

Sein Onkel Karl hatte ihn seinerzeit vor dieser Frau gewarnt, ebenso wie sein mittlerweile verstorbener Onkel Paul mütterlicherseits, aber Hans hatte nicht hören wollen. All die Jahre hatte er sich nicht fest gebunden, dann hatte er mit Ende zwanzig diese unglaublich hübsche, lustige Frau kennengelernt und sich sofort in sie verliebt. Die Ernüchterung war ein Jahr nach der Hochzeit gekommen. Sie stellte Ansprüche, vor allem finanzieller Art, die Hans nur schwer aufbringen konnte. Zu der Zeit ging es dem Hotel noch gut, und sie wollte einfach nicht glauben, dass das nicht auch bedeutete, er, Hans, schwimme im Geld. Tatsächlich war sein Cousin der Haupterbe, und sie fühlte sich betrogen, als habe er ihr etwas anderes vorgegaukelt. War sie anfangs noch gerne mit ihm ins Bett gegangen, wurde es zunehmend weniger, und nachdem sie schwanger geworden war, entzog sie sich ihm ganz. Hans vermutete, dass sie nach Gretas Geburt Beziehungen zu anderen Männern unterhalten hatte, dafür sprach im Nachhinein so einiges, vor dem er seinerzeit noch die Augen verschlossen hatte.

»Du bist ja letzten Endes noch ganz gut geraten«, hatte sein Onkel Paul ihm gesagt, »aber mit den Frauen – da war klar, dass das nichts wird.«

Hans vermisste ihn und auch seine Tante, die nach dem Tod seines Onkels zu ihrer Tochter nach Hannover gezogen war. Seine Cousine vermisste er auch, Magdalena, die denselben Namen trug wie das neue Zimmermädchen.

»Papa, ist es jetzt besser?«, fragte Greta und zeigte ihm das Heft.

Er bestätigte ihr, dass nun alles sehr ordentlich geschrieben sei, und sie beendete die Aufgabe, schlug das Heft zu und stand auf. »Bis später«, rief sie, und die blonden Locken tanzten auf ihrem Rücken, als sie zur Tür lief. Hans' Brust zog sich ein wenig zusammen, und er dachte – wie so oft –, dass es all den Ärger mit seiner Ehe allein um Gretas willen wert gewesen war.

»Na, wenigstens ist die von dir«, hatte sein Onkel Paul gesagt, da Greta mit ihren blauen Hohenstein-Augen und dem blonden Haar ganz klar nach seinem Teil der Familie kam. Aber auch, wenn dem nicht so gewesen wäre, würde er sie lieben, denn er war ihr seit dem Moment, als er sie das erste Mal in den Armen gehalten hatte, rettungslos verfallen.

Die Tür ging auf, und ebenjenes Dienstmädchen, das denselben Namen trug wie seine Cousine, trat ein. »Entschuldigen Sie bitte. Soll ich später wiederkommen?«

»Nein, kommen Sie nur rein, ich wollte ohnehin gehen.«

Ihm fiel auf, dass sie einen leicht lasziven Blick hatte, und in jüngeren Jahren hätte er sich gewiss dazu hinreißen lassen, herauszufinden, was dahintersteckte. Vor allem angesichts dessen, dass sie recht hübsch war. Inzwischen jedoch reizten ihn die flüchtigen Abenteuer mit den Dienstmädchen nicht mehr, davon abgesehen, dass die meisten von ihnen jung genug waren, um seine Töchter zu sein.

Er nickte ihr freundlich zu und überließ sie ihrer Arbeit. Als er ins Vestibül trat, bemerkte er Karl im Gespräch mit Sebastian und ging zu ihnen. »Brauchst du mich hier, oder kann ich direkt an die Buchhaltung gehen?«

»Du kannst mich hier gleich vertreten, ich muss nach Königswinter zur Polizei«, antwortete Karl und erzählte ihm davon, dass Geld aus einem Zimmer entwendet worden war.

»Dieselbe Person, die den Brief gestohlen hat, denkst du?«, fragte Hans.

»Es wäre eine mögliche Erklärung. Im schlimmsten Fall hätten wir sonst bereits zwei Langfinger im Haus.«

»Soll ich gehen?«, bot Hans an.

»Nein, ich mache das schon«, antwortete Karl. »Julia fährt mich.«

Dass sein Onkel, obwohl er fahren konnte, sich seit jungen Jahren vehement weigerte, dies zu tun, hatte bei Hans und seinen Cousinen und Cousins immer zu Belustigung geführt. Karl Hohenstein schien dem Automobil nie so recht zu trauen, auch wenn es seit Langem Teil seines Alltags geworden war.

Nachdem er gegangen war, stand Hans mit Sebastian allein im Vestibül. »Wie kommt ihr voran?«

»Gut. Wir planen demnächst einen Tanzabend, darüber wollte ich eigentlich mit Karl sprechen.«

»Das können auch wir tun, die Planung übernehme in der Regel ich.«

»Gut, dann lass uns das doch direkt machen.«

Hans gab dem Concierge Bescheid, damit dieser wusste, wo er zu finden war, wenn er ihn brauchte, und ging mit Sebastian ins Bureau. »Wo ist Adrián?«

»Spazieren mit Margot.«

»Ah ja?« Hans musste an das Gespräch am Mittagstisch denken. Er öffnete die Tür und sah Ruth, die dabei war, Unterlagen abzuheften, und bei ihrem Eintreten aufblickte.

»Was machst du denn hier bei dem herrlichen Wetter?«, fragte Hans.

»Mich nützlich machen.«

»Das kannst du ein anderes Mal tun, genieß das schöne Wetter und geh ein wenig raus.«

»Wenn es euch nicht stört, würde ich gerne weitermachen«, antwortete Ruth, was Hans mit einem Schulterzucken beantwortete. Er würde sie gewiss nicht zu ihrem Glück zwingen. »Also gut. Dann kannst du bei der Gelegenheit auch gleich deine Meinung zu Sebastians Vorschlag abgeben.«

»Eigentlich stammt der Vorschlag von Adrián«, erklärte Sebastian und nahm an dem Besuchertisch Platz, wo sie zu dritt um einen kleinen Tisch in gemütlichen Sesseln sitzen konnten.

»Kaffee?«, fragte Hans und wählte über das Haustelefon das Restaurant an. Nachdem er die Bestellung aufgegeben hatte, setzte er sich zu Sebastian und Ruth. »So«, sagte er. »Dann leg mal los.«

⁂ 4 ⁂

Da Magdalena ihre Wirkung auf Männer kannte, war sie ein wenig enttäuscht von Hans Hohensteins so offensichtlichem Desinteresse. Sie hatte durch vorsichtiges Nachfragen herausgefunden, dass er früher einmal den Dienstmädchen gegenüber keineswegs abgeneigt gewesen war, aber – so Alice, die ehemalige Zofe von Julia Hohenstein – seit etlichen Jahren hatte man dergleichen nicht mehr von ihm gehört. Wenn er Geliebte hatte, dann zumindest nicht im Hotel, und er war diskret in dieser Hinsicht, jetzt noch mehr als früher, seiner Tochter zuliebe. Dabei war diese Art die beste Möglichkeit, Männer dazu zu bringen, einem alles zu erzählen, was man wissen wollte. Aber dann musste sie es eben bei jemand anderem probieren, auch wenn Hans Hohenstein am besten geeignet war, da er den Krieg im Hotel miterlebt hatte, während Sebastian Hohenstein und Adrián Rados noch neu hier waren. Nun gut, das ließ sich nicht ändern.

Es war ihr freier Nachmittag, und obwohl das Verhältnis zu ihrer Mutter nicht gerade das beste war, stattete Magdalena ihr regelmäßig einen Besuch ab. Seit Kriegsende war ihre Mutter verbittert und noch unzugänglicher als sonst, ihrer Ideale beraubt, das neue Deutschland, an das sie geglaubt hatte, zerschmettert und überrannt von feindlichen Soldaten, der Ehemann verschollen. Letzteres war das, was Magdalena am meisten zu schaffen machte. Als der Krieg ausgebrochen war, war sie gerade einmal sieben Jahre alt gewesen und hatte sich nicht um Politik geschert. Ihr Vater war Parteimitglied und Offizier gewesen und hatte viele wichtige Leute gekannt. Dementsprechend ging es seiner Frau und seiner Tochter sehr gut, und Magdalena wuchs behütet auf. Zwar war das Verhältnis zu ihrer Mutter nicht das innigste, aber ihre Großmutter, die bei ihnen gelebt hatte, hatte sich liebevoll um sie gekümmert. Magdalenas Mutter war zu beschäftigt damit gewesen, das gesellschaftliche Leben auszukosten, und schien sich immer nur dann an ihre Tochter zu erinnern, wenn sie das wohlerzogene Mädchen vorführen wollte. Ähnlich einem Schmuckstück, das man ab und an hervorholt, um sich damit bewundern zu lassen.

Dann war Magdalenas Vater verschwunden, von einem Tag auf den anderen, und er tauchte nicht wieder auf. Böse Zungen behaupteten, er sei mit einer anderen Frau durchgebrannt, aber das widersprach allem, woran er geglaubt hatte. Und warum hätte er das tun sollen? Auf Geld und Ansehen verzichten für eine Frau? Wo er sich jederzeit eine Geliebte hätte nehmen können? Während Magdalena als Kind nur traurig gewesen war, hatte sie als Halbwüchsige angefangen, Fragen zu stellen, und beschlossen, der Sache auf den Grund zu gehen.

»Und was ist noch mal der Grund, weshalb du für *diese* Leute arbeitest?«, fragte ihre Mutter sie, als Magdalena im Wohnzimmer Platz nahm.

»Das fragst du jedes Mal, und jedes Mal gebe ich dir dieselbe Antwort.« Magdalena legte ihre Tasche neben sich und fuhr mit einer Hand durch ihr adrettes kurzes Haar.

Sie fühlte sich in der Umgebung ihrer Kindheit zunehmend fehl am Platz. Das Haus, einstmals mit Sorgfalt und Geld eingerichtet, wirkte inzwischen wie ein Relikt aus Zeiten, die lange vorbei waren, die gesamte Einrichtung war verstaubt und altbacken. Nach dem Krieg war natürlich Schluss mit den Zuwendungen durch die Partei gewesen, und ihre Mutter, die nie gearbeitet hatte und sich auch weiterhin weigerte, bezog Geld durch die Wohlfahrt. Magdalena hatte sie gefragt, warum sie das Haus nicht verkaufte und sich eine Wohnung nahm, die doch weniger Arbeit bedeutete und günstiger zu bewirtschaften war, aber ihre Mutter wäre ihr fast ins Gesicht gesprungen.

»Hier.« Sie legte einen Umschlag mit Geld auf den Tisch, den ihre Mutter wortlos an sich nahm und in der Schublade einer Kommode verstaute. Dabei verdiente Magdalena nun wirklich kein Vermögen, und es war nicht leicht, ihre Mutter auch noch mit Geld zu versorgen, nur damit diese sich selbst einen gewissen Lebensstil vorgaukeln konnte.

Erika Schürmann stellte Plätzchen auf den Tisch und eine Kanne Kaffee. Man mochte über ihre Mutter sagen, was man wollte, aber ihre Gastgeberqualitäten ließen auch in diesen Zeiten nicht nach, und Magdalena griff nach dem buttrigen Gebäck. »Das Hotel gibt heute einen Tanzabend«, erzählte sie.

Auf das Gesicht ihrer Mutter trat ein Ausdruck verträumter Melancholie. »Auf solchen Veranstaltungen war ich so oft seinerzeit«, sagte sie.

»Ja, ich weiß.« Magdalena griff nach einem weiteren Plätzchen und trank einen Schluck schwarzen Kaffee.

»Übrigens habe ich Bertold gestern gesehen«, fügte Erika Schürmann gespielt beiläufig hinzu, und das Plätzchen fühlte sich in Magdalenas Mund auf einmal an wie ein pelziger Klumpen, den sie rasch mit Kaffee hinunterspülte.

»Aha«, sagte sie nur und bemühte sich um eine gleichgültige Miene. Aber so leicht vergaß man die erste Liebe eben nicht, und ihn hatte sie wirklich geliebt. So sehr, dass sie sich von ihm dazu hatte verführen lassen, mit ihm zu schlafen, noch ehe sie offiziell verlobt waren. Irgendwann hatte sie die Zeitung aufgeschlagen und von seiner Heiratsannonce gelesen. Selbst zwei Jahre später schmerzte der Gedanke daran noch. Ihre Mutter kannte die Details natürlich nicht, sie wäre entsetzt. Aber sie hatte Bertold kennengelernt und war von der Vorstellung sehr angetan gewesen, dass dieser junge Mann aus guter Familie ihre Tochter heiraten wollte. Magdalena war hernach mit seinem besten Freund ins Bett gegangen und hatte immer wieder angemerkt, wie schön es war, die körperliche Liebe mit einem Mann zu vollziehen, der etwas davon verstand. Bertold hatte selbstverständlich davon erfahren – auf das Bedürfnis der Männer, mit den Fähigkeiten als Liebhaber zu prahlen, war Verlass –, und als sie ihm das nächste Mal zufällig über den Weg gelaufen war, hatte er sie als rachsüchtige kleine Dirne bezeichnet und ihr gesagt, sie solle es unterlassen, ihn vor seinem Freund schlechtzureden, es stehe ihr nicht zu, sich zwischen sie beide zu drängen.

»Also wenn er sich von dir abwendet, weil du als Liebhaber nur mäßig bist, hat die Freundschaft ohnehin nie etwas getaugt. Oder aber einer von euch ist mit den falschen Vorstellungen darangegangen.« Es hatte sich hernach angefühlt, als zerspringe ihr der Kopf von seiner Ohrfeige, aber sein dummes Gesicht war es ihr wert gewesen. Trotzdem nagte die Erinnerung an ihn noch immer an ihr, daran, wie schön es gewesen war, in ihn verliebt zu sein.

»Vielleicht lernst du in dem Hotel einen netten jungen Mann kennen«, sagte ihre Mutter. »Dort steigt ja allerlei gut betuchtes Volk ab.«

Und das hatte garantiert kein Interesse an einem Dienstmädchen. Da Magdalena jedoch wusste, wie wichtig ihrer Mutter das Thema war, schwieg sie dazu, schenkte sich noch eine Tasse Kaffee ein und wechselte das Thema. Zwei Stunden später machte sie sich auf den Rückweg, fuhr mit dem Zug nach Mehlem und setzte hernach mit der Fähre über. Sie schlenderte noch ein wenig durch Königswinter, sah sich die Schaufenster an und stellte sich vor, was sie sich alles kaufen würde, wenn sie das Geld dazu hätte. Schließlich machte sie sich auf den Weg hoch zum Hotel, eine schöne Strecke, die sie immer recht gerne ging. Es gab noch einen anderen Weg, einen, der mit dem Auto befahrbar war. Der Weg, den Magdalena nahm, war die klassische Touristenroute durch den Wald.

Sie dachte an ihren Vater, an seine letzte Umarmung, den letzten Kuss auf die Wange, das Versprechen, ihr etwas mitzubringen, und dass sie die Mama nicht ärgern solle. Wenige Tage wollte er fortbleiben. Unklar war, wann er verschwunden war, bemerkt hatte man seine Abwesenheit erst am Morgen nach seinem Verschwinden. Abends hatte er noch mit seinen Parteifreunden im Hotel Hohenstein gegessen. Es war ein langer Abend geworden, und man konnte sich hernach nicht so recht erinnern, wann man ihn eigentlich das letzte Mal gesehen hatte. Magdalena blieb stehen, holte einen Umschlag hervor, den sie stets wie einen Glücksbringer bei sich trug und der eines der letzten Bilder ihres Vater enthielt. Sie mussten sich im Speisesaal des Hotels befinden. Ihr Vater saß mittig, lachend, aufgeräumt, um ihn herum seine Parteifreunde, ebenfalls in guter Stimmung, und auf der rechten Seite ernst und distanziert Karl Hohenstein und sein Neffe Hans, der auf einen Punkt hinter dem Fotografen zu blicken schien, als habe er dort in just jenem Moment etwas entdeckt.

»Du hättest mir sagen sollen, dass Ruth ebenfalls Blau trägt«, schimpfte Margot. »Wie soll ich denn jetzt so schnell ein neues Kleid finden?«

»Dein Schrank hängt voll mit schönen Kleidern«, antwortete ihre Mutter ungerührt.

»Ach, verdammt!«

»Margot!«

Verstimmt biss Margot sich auf die Lippen und schwieg.

»Außerdem«, fuhr ihre Mutter fort, »kann ich nicht hellsehen. Woher soll ich wissen, was Ruth anziehen möchte?«

Darauf wusste Margot auch keine Antwort, aber sie brauchte einen Schuldigen für die Misere, und das war nun einmal ihre Mutter.

»Wo gehst du hin?«, fragte diese.

»Das Problem lösen«, antwortete Margot über die Schulter und verließ den Salon und hernach die Wohnung. In der Wohnung darüber waren nur Ruth und Nele anwesend.

»Margot!« Nele kam zu ihr gelaufen. »Wie alt warst du auf deinem ersten Tanzabend?«

»Siebzehn«, antwortete Margot ein wenig überrumpelt.

»Siehst du«, kam es von Ruth, die nun ebenfalls auf den Korridor trat. »Ich hab es dir gesagt.«

»Aber das ist ungerecht«, fauchte Nele. »Karl sagt, ich wirke schon sehr erwachsen für meine fünfzehn Jahre.«

»Das mag sein, aber du gehst trotzdem nicht«, antwortete Ruth entschieden. »Emma hat es gesagt, und ich sage es ein weiteres Mal.«

»Das ist gemein! Ich gehe jetzt und frage Emma noch einmal.«

Margot gestand innerlich, dass sie verstehen konnte, dass Ruth auf die Erziehung ihrer Geschwister keine Lust hatte. Sie selbst reizte die bockige Miene ihrer Cousine dazu, mit einer Ohrfeige die Fronten zu klären. »Das ist keine Kinderveranstaltung«, sagte sie nun. »Und jetzt ist Schluss mit dem Theater. Meine Mutter hat genug andere Sorgen, und wenn sie einmal Nein sagt, heißt das Nein. Deine große Schwester hat es dir bestätigt. Jetzt geh in dein Zimmer und sei still.«

Nele starrte sie an. »Du hast mir gar nichts zu sagen.«

»Du wirst dennoch tun, was sie gesagt hat«, entgegnete Ruth. »Ob es dir passt oder nicht. Geh auf dein Zimmer, oder du hast morgen Hausarrest.«

»Kinder werden hier immer unterdrückt«, schimpfte Nele.

»Ach?«, antwortete Margot. »Also doch ein Kind?«

Ohne ein weiteres Wort stürmte Nele davon, und Ruth fuhr sich mit dem Handrücken über die Stirn. »Ich glaube, ich werde nie Mutter.« Dann schien ihr aufzugehen, dass Margots Auftauchen hier ungewöhnlich war. »Was gibt es denn?«

»Nur ein kleines Problem mit der Garderobe. Ich möchte heute Abend ein blaues Kleid tragen.«

»Ich auch, aber da sie sicher nicht identisch sein werden, dürfte das kein Problem werden.«

Die Art, wie Ruth sprach, die Erschöpfung, als ermüde der Disput sie schon jetzt, ließ Margot ihr Anliegen auf einmal lächerlich erscheinen. Da sie jedoch nicht einfach so klein beigeben wollte, verdrehte sie die Augen, wandte sich ab und verließ die Wohnung. Zurück in ihrem Zimmer, betrachtete sie das Kleid kritisch und entschied, es auf jeden Fall zu tragen.

Während sie sich umkleidete, wuchs die Vorfreude auf die Feier, sodass es ihr inzwischen gleich war, ob Ruth in einem ähnlichen Kleid auftauchte oder nicht. Sie würde tanzen, bis ihr schwindlig wurde. Nachdem sie ihr Haar sorgfältig mit einer Brennschere in Form gebracht und sich dezent geschminkt hatte, legte sie Parfum auf, ging zu dem großen Standspiegel, drehte sich einmal davor und verließ schließlich ihr Zimmer. An ihrem Hals schimmerte eine zierliche silberne Halskette, zu der sie passende Ohrringe und ein Armband trug, ein Geschenk ihres Vaters zu ihrem letzten Geburtstag.

»Sehr hübsch«, hörte sie ihre Mutter sagen, die gerade aus ihrem Zimmer trat, gekleidet in ein apfelgrünes Kleid. Sie hatte sich die Haare nachblondiert und somit die weißen Strähnen unsichtbar gemacht, und nun schmiegten sie sich schimmernd in weichen Locken an ihr Gesicht und ihren Nacken.

»Danke, Mama.«

Hinter ihrer Mutter trat ihr Vater auf den Korridor, der schwarze Anzug von jener legeren Eleganz, die passend war für diese Art der Veranstaltung. Auch ihr Halbbruder würde kommen, und mit ihm etliche Freunde und Bekannte aus den Industrie- und Wirtschaftskreisen. Es versprach also eine gut besuchte Veranstaltung zu werden.

»Früher einmal waren die Feiern hier legendär«, erzählte ihre Mutter. Margot hatte das schon oft gehört, aber da sie versöhnlicher Stimmung war, reagierte sie auf diese nostalgische Anwandlung mit einem Lächeln und nicht mit der üblichen Gereiztheit und der patzigen Antwort, dergleichen habe ihre Mutter gar zu oft erzählt, nur merke man vom einstigen Glanz nichts mehr.

Ihr Vater reichte jeder von ihnen einen Arm, und lachend hakten sie sich bei ihm ein.

»Sollen wir Ruth noch holen?«, fragte er.

»Hans holt sie ab«, antwortete ihre Mutter. »Ich war gerade noch oben und habe Curt zu Bett gebracht. Nele darf noch ein wenig aufbleiben, aber ich sehe nachher noch mal nach ihr.«

Sie trafen Hans und Ruth im Korridor, verließen gemeinsam den privaten Trakt und gingen durch die Verbindungstür ins Hotel. Es gab eine Treppe, die von der Beletage direkt in den großen Festsaal führte, und auf dem Weg dorthin erzählte ihre Mutter, wie seinerzeit die Töchter des Hauses auf den großen Bällen des Hauses dort hinuntergeschritten waren. »Aber niemand konnte so schreiten wie Valerie«, sagte sie, und da Margot Karls in der Schweiz lebende Tochter kannte, konnte sie sich dergleichen gut vorstellen. Sie hatte einfach Klasse, ebenso wie Julia Hohenstein, der man auch mit über siebzig noch ansah, was für eine schöne Frau sie einmal gewesen war. Margot fand sie großartig und hatte sich oft gewünscht, so zu sein wie sie.

Die Musik war bereits zu hören, ehe sie an der Treppe waren, und es kribbelte in Margots Beinen. Das Raunen unzähliger Stimmen schwappte durch den festlich erleuchteten Saal, hier und da ein Lachen, gut gelaunte Gesichter, Frauen in hübschen Kleidern – es versprach, ein wunderbarer Abend zu werden. Sie gingen die Treppe hinunter in den Saal, wo Karl und Julia die Gäste empfingen, und nach einigem Suchen erspähte Margot Adrián, der sich mit einigen jungen Damen unterhielt, Freundinnen von Ruth. Als er sie erblickte, lächelte er, entschuldigte sich und kam zu ihr.

»Das war eine ganz hervorragende Idee«, sagte Margot. »Diese Art von Tanzveranstaltung hatten wir hier schon lange nicht mehr.«

»Die letzten Jahre waren auch nicht gerade dazu angetan«, fügte ihre Mutter hinzu, ehe sie zusammen mit ihrem Vater weiterging. Hans schloss sich ihnen an, und so standen schließlich Margot und Ruth allein mit Adrián. Wenn Ruth jetzt auch noch ausreichend Taktgefühl besaß zu gehen, könnte das womöglich sogar ein schöner Abend werden. Solange sie zu zweit hier standen, würde Adrián mit keiner von ihnen tanzen, um die andere nicht vor den Kopf zu stoßen. Als die Musik einsetzte, beschloss Margot, die Sache selbst in die Hand zu nehmen, ergriff Adriáns Hand und zog ihn mit sich. Ein wenig überrumpelt – was ihm jedoch angesichts seines erstaunten Lächelns durchaus zu gefallen schien – folgte er ihr auf die Tanzfläche.

Emma beobachtete ihre Tochter, die ausgelassen tanzte und lachte. Zuerst mit Adrián Rados, dann mit anderen Männern, die einander ablösten, kaum, dass ein Tanz beendet war. So glücklich hatte sie Margot lange nicht mehr gesehen, und sie hoffte, dass diese sich mit dem Leben hier abfand und merkte, dass das Vergnügen nicht gänzlich aus der Welt war. Dann fiel ihr Blick auf Ruth, die zunächst ein wenig verloren dagestanden hatte, dann jedoch auch zum Tanz aufgefordert wurde.

Emma wandte sich an Georg. »Und, wie sieht es aus? Willst du mich nicht wie ein echter Gentleman auffordern?«

Er lachte und führte sie auf die Tanzfläche. Sie hatten immer schon gerne zusammen getanzt, und so schwebten sie über die Tanzfläche, bis sie außer Atem waren und es für Emma Zeit wurde, nach den Kindern zu sehen. Sie gab ihm einen Kuss. »Ich bin gleich zurück, lass dir die Zeit nicht lang werden.«

Auf dem Weg zum privaten Wohntrakt ging ihr der Atem immer noch schnell. Man wird eben nicht jünger, dachte sie und nickte dem Rezeptionisten im Vorbeigehen grüßend zu. Die Stufen hoch ins dritte Obergeschoss brachten sie ein wenig ins Schwitzen, was jedoch nicht nur dem Tanz zuzuschreiben war, sondern auch der Tatsache, dass in letzter Zeit häufig Hitze in ihr aufwallte, gerne in den unmöglichsten Augenblicken. Sie tupfte sich das Gesicht ab, überprüfte, dass ihr Kleid keine Schweißflecken aufwies, und setzte ihren Weg fort.

Zuerst ging sie in Curts Zimmer, sah den Jungen schlafend in seinem Bett liegen und zog die Decke, von der er sich frei gestrampelt hatte, wieder zurecht. Er war schon so groß, dachte sie, als sie ihn daliegen sah mit seinen langen Gliedern, und doch war er noch ein kleiner Junge. Er zeigte deutliche Ähnlichkeit mit ihrem Bruder und ihrem Vater, und einen Moment lang überkam sie Traurigkeit. Dann jedoch straffte sie sich und verließ das Zimmer, um nach Nele zu sehen.

Auch hier war alles ruhig, und sie ging zu dem Bett, auf dem die Decke so hochgezogen war, dass sich nur die Körperformen, nicht jedoch der Kopf ausmachen ließ. Da

Emma selbst einmal jung gewesen war, ließ sie sich nicht einen Moment lang täuschen, hob jedoch sicherheitshalber die Decke ein Stück weit an und war nicht überrascht, statt der schlafenden Nele ein Bündel Kleidung vorzufinden. Sie brauchte gar nicht in die Bibliothek oder den Salon zu gehen, denn um noch ein wenig zu lesen und die Bettgehzeit über das Erlaubte hinaus zu verlängern, hätte Nele gar kein solches Täuschungsmanöver gebraucht.

Emma seufzte und kehrte zurück in das Hotel, um nach der abtrünnigen Nichte zu suchen. Sie wollte wütend auf sie sein, wollte es wirklich, aber sie konnte sie so gut verstehen. Dennoch durfte sie ihr dergleichen natürlich nicht durchgehen lassen und hoffte, sie fand sie rasch und konnte sie ohne viel Aufhebens zurück in ihr Zimmer schicken.

Letzteres jedoch war ein vergeblicher Wunsch, denn offenbar war Margot schneller gewesen, in einer Art, die für einigen Aufruhr sorgte. Emma betrat den Tanzsaal in just dem Moment, als sie Margot mit jemandem schimpfen hörte, dann sprang Nele auf, die sich offenbar hinter einer Säule versteckt hatte und dort von Margot entdeckt worden war, stieß jemanden, der gerade an ihr vorbeiging, unwirsch zur Seite, und ein Glas Rotwein ergoss sich über Margots Kleid. Ausgerechnet, dachte Emma und ging mit raschen Schritten zum Ort des Geschehens, war jedoch nicht schnell genug, denn Margots Hand klatschte bereits auf Neles Wange.

Hans, der die Anwesenheit des Mädchens ebenfalls bemerkt haben musste, war schneller bei Margot als Emma und hielt ihr Handgelenk fest, als vermute er, sie sei im Begriff, ein weiteres Mal zuzuschlagen. Inzwischen hatten die Umstehenden mitbekommen, dass es einen Vorfall gegeben hatte, und die Gespräche verstummten, während die Musik weiterspielte.

»Tu das nie wieder«, mahnte Hans.

Noch ehe Margot antworten konnte, kam ihr Vater hinzu. »Lass sie los«, sagte er in einem Ton, der keinen Widerspruch duldete.

Hans sah ihn an, dann löste er den Griff um Margots Handgelenk, das diese mit einer Miene leidenden Erschreckens rieb, als habe sie ein Handeisen getragen. Emma ging zu ihr, berührte ihre Schulter. »Geh auf dein Zimmer, und zieh dich um«, sagte sie ruhig. Dann wandte sie sich an Nele. »Du ebenfalls, und warte dort auf mich.«

Die Sensationslust der Gäste wich größtenteils Belustigung, entweder, weil man selbst Kinder hatte und um solche Situationen wusste oder weil man jung war und die Sache irgendwie komisch fand oder aber aus schlichter Schadenfreude.

»Direkt Natron und Wasser darauf«, riet eine Frau. »Dann bekommt man die Flecken heraus.«

»Danke«, antwortete Emma.

Unter gutmütigen Ratschlägen, Lachen, aber auch einigen Kommentaren des Unverständnisses über die heutige Jugend – dergleichen hätte es früher nicht gegeben! – verließen Emma und Margot den Saal.

»Wie peinlich!«, fauchte Margot.

»Es könnte schlimmer sein. Zieh dir ein anderes Kleid an, und dann geh tanzen.«

»Wie soll ich so schnell eine geeignete Garderobe zusammenstellen?«

Emma seufzte. »Was ist mit dem hellblauen Kleid? Dazu passen auch die Schuhe und der Schmuck.«

»Das alte Ding?«

»Du hattest es doch kaum an.«

Margot schüttelte verständnislos den Kopf und stürmte in ihr Zimmer. Kurz darauf erschien Georg. »Was war das denn für ein Auftritt?«

»Frag deine Tochter, ich muss mich jetzt um Nele kümmern«, antwortete Emma.

Georg ging in Richtung Margots Zimmer, klopfte an und öffnete auf ihr unwirsches »Herein« hin die Tür.

»Was, um alles in der Welt…«, hörte Emma ihn sagen, ehe sie die Wohnung verließ.

Als sie Neles Zimmer betrat, fand sie dort bereits Ruth vor, die den Arm um ihre kleine Schwester gelegt hatte. »Sie sagt, es tue ihr leid.«

»Das kann sie mir bitte selbst sagen, Ruth. Im Übrigen wird sie sich mit Margot wieder vertragen.«

»Margot hat sie geschlagen!«, empörte sich Ruth.

»Das weiß ich, und dafür hört sie sich gerade das Entsprechende von ihrem Vater an. Nele?«

Das Mädchen blickte auf, bockig, trotzig und ängstlich zugleich.

»Komm, wir gehen nach unten.«

»Ich entschuldige mich nicht bei ihr. Schließlich habe ich den Wein nicht absichtlich auf ihr Kleid gegossen, aber sie hat mich absichtlich geschlagen.«

Das war nicht von der Hand zu weisen. »Ich möchte trotzdem nicht, dass diese Missstimmung bleibt.«

Als Nele nicht antwortete, sagte Ruth: »Sprechen wir morgen darüber, ja?«

Es war nicht erkennbar, an wen sich dies richtete, aber da Nele kaum merklich nickte, beschloss Emma, sich damit zufriedenzugeben. Da sie Margot gut genug kannte, um zu wissen, dass sich an diesem Abend keine Versöhnung herbeiführen lassen würde, insistierte sie nicht weiter. »Du hast drei Tage Hausarrest«, sagte sie stattdessen, und Nele fuhr auf. »Spar dir jeden Einwand«, kam es von Emma. »Du weißt genau, dass du dich falsch verhalten hast. Wärest du nicht unten gewesen, wäre das alles nicht passiert.«

»Aber ich wollte nicht …«

»Das ist mir gleich. Du warst dort, und dann wolltest du trotzig davonlaufen und hast nicht aufgepasst. Margot hätte dich nicht schlagen dürfen, dafür wird sie sich entschuldigen. Aber du bekommst Hausarrest für dein Benehmen, das ist mit der Ohrfeige mitnichten abgegolten.«

Nele sog die Wangen ein, schien nach den richtigen Worten zu suchen und beließ es dann bei einem: »Du bist gemein. Oma war viel lieber als du!«

»Deine Oma hätte dich für ein solches Verhalten ebenfalls mit Hausarrest bestraft.«

»Hätte sie nicht!«

Da Emma wusste, dass dergleichen Dispute sinnlos waren, denn Nele würde darauf beharren, dass die Großmutter wesentlich nachsichtiger gewesen sei, nickte sie ihr nur zu und verließ das Zimmer. Ruth folgte ihr.

»Reicht nicht ein Tag? Das Wetter ist so herrlich.«

»Nein, es bleibt bei dreien.«

Während sie die Treppe hinuntergingen, schwieg Ruth. Dann sagte sie: »Bei Oma hätte es auch Hausarrest gesetzt, du bist ihr eigentlich ziemlich ähnlich.« Ein zögerliches Lächeln folgte, das von Emma erwidert wurde.

»Ich weiß«, antwortete sie.

»Möchtest du einen Kräutertee?« Hertha stellte die Kanne auf einem hölzernen Untersetzer ab, und Magdalena, die gerade Zeitung las, blickte auf und nickte.

»Ja, vielen Dank.«

Frau Weiß, die Haushälterin, saß auf ihrem Stuhl am Kopfende des Tisches und besserte ein Kleid aus, während der Küchenmagd auf ihrem Hocker immer wieder die Augen zufielen.

»Geh ins Bett, Gerda«, sagte Frau Weiß, ohne aufzusehen.

»Aber in der Küche brauchen sie mich heute noch.«

»Das können Hanne und Brigitte machen.«

Die junge Küchenmagd erhob sich, murmelte ein »Gute Nacht« und verließ das Dienstbotengesellschaftszimmer. Es waren Momente der Ruhe in dem hektischen Kommen und Gehen, da die Kellner immer wieder neue Aufträge in die Küche schickten und Tabletts mit Getränken und Häppchen holten. Einige der Zimmermädchen saßen ebenfalls an dem Tisch und unterhielten sich, während andere sich in ihre Kammern zurückgezogen hatten. Im Grunde genommen gab es an diesem Abend für sie auch nicht viel zu tun. Der Saal würde in den frühen Morgenstunden von externen Zugehfrauen gereinigt werden. Die Reinigungskräfte kamen allesamt von außerhalb und wohnten nicht mehr im Hotel, so wie das früher einmal üblich gewesen war. Dafür mussten sie jedoch in aller Frühe hier sein und fertig sein, ehe die ersten Gäste in den Hotelräumen erschienen. Hernach übernahmen die Zimmermädchen anfallende Arbeiten, wenn jemand etwas in der Bibliothek verschüttete oder im Wintergarten unachtsam war. Meist jedoch beschränkte sich ihre Arbeit in der Tat auf die Zimmer der Gäste, und da war momentan kein Bedarf.

Magdalena trank ihren Tee aus und erhob sich, um eine Zigarette zu rauchen. Als sie durch die Tür in den seitlichen Hof trat, hörte sie die leisen Musikklänge, und summend wiegte sie den Körper.

»Hört sich von Weitem unterhaltsamer an, als es tatsächlich ist«, hörte sie eine Männerstimme sagen und fuhr herum. Adrián Rados saß rauchend auf einer Bank, hatte sich an die rückwärtige Hauswand gelegt, die Beine entspannt ausgestreckt und übereinandergeschlagen.

»Ich möchte keinesfalls stören«, sagte Magdalena und schob die Zigarette wieder zurück.

»Bleiben Sie ruhig.« Adrián Rados hielt seine im Mundwinkel und zückte sein Feuerzeug. Beide neigten sich vor, damit sie ihre Zigarette daran anstecken konnte, und in einem tiefen Zug inhalierte sie den Rauch, ließ ihn langsam zwischen den halb geöffneten Lippen entweichen.

»Keine Lust mehr auf Tanzen?«, fragte sie.

»Eine etwas steife Veranstaltung«, antwortete er. »Ich hatte mir das mit etwas mehr Schwung vorgestellt, und Sebastian kennt es aus Amerika auch anders, aber es ist immerhin ein Anfang.«

»Sehen die Gäste das auch so?«

»Wenn, dann merkt man es ihnen zumindest nicht an, sie scheinen sich bestens zu amüsieren.«

Erneut atmete Magdalena den Rauch in einer leicht lasziven Art aus, nicht so, dass es aufdringlich wirkte, aber ausreichend, um ihn ahnen zu lassen, worauf er hoffen durfte. Sie beobachtete ihn durch ihre Wimpern und bemerkte, dass er sie sehr aufmerksam ansah.

»Wenn Ihnen nicht der Sinn nach Tanzen steht, wonach dann?«, fragte sie.

Er lächelte. »Oh, da gäbe es so einiges, aber nichts davon ist tauglich für Ihre Ohren.«

Das war ja einfacher, als sie gedacht hatte. »Lassen Sie es drauf ankommen.« Sie nahm einen weiteren Zug, legte den Kopf leicht schräg.

»Man könnte uns hören.«

Ein übermütiges kleines Lächeln grub sich in ihre Mundwinkel. »Ich bin mir sicher, es findet sich ein Ort, der abgeschieden genug ist.«

»Sprechen wir beide von derselben Art der Zerstreuung?«

Sie hörte ein leichtes Spötteln in seiner Stimme, aber auch eine Art herausfordernder Erwartung. Nach einem letzten Zug drückte sie die Zigarette aus und warf den Stummel in einen Abfallkübel, dann ging sie zu Adrián Rados, neigte sich leicht vor und flüsterte ihm etwas ins Ohr.

Er sah sie überrascht an, und sie gönnte sich ein leises Lachen. »Zu untauglich für Ihre Ohren?«

Langsam erhob er sich, schien einen Moment zu zögern.

»Man erwartet Sie zurück?«, fragte sie.

»Ich bin mir sicher, man wird meine Abwesenheit nicht einmal bemerken. Karl Hohenstein war allerdings, was gewisse, hm, Vertraulichkeiten mit dem Personal angeht, recht deutlich.«

»Wir müssen es ihm ja nicht erzählen.«

»Also gehen wir besser nicht gemeinsam ins Haus?«

»Das halte ich für das Beste.«

»Ich werde auf mein Zimmer gehen. Wenn Sie in den nächsten zehn Minuten nicht anderen Sinnes geworden sind, erwarte ich Sie. Wenn Sie Ihre Meinung geändert haben, verlieren wir hierüber kein Wort mehr.«

Sie nickte und wartete, bis er gegangen war. Das war so leicht gewesen, dass es kaum zu fassen war. Vermutlich tickten Männer in dieser Hinsicht alle ähnlich, und in Magdalena stieg ein Anflug erwartungsvoller Erregung auf. Selbst wenn er nichts wusste, konnte sie ihn dazu bringen, sich zu erkundigen. Sie musste es nur klug anstellen.

»Warum«, hatte ihre Mutter wissen wollen, »fragst du nicht einfach nach ihm, anstatt dich für diese Menschen abzuschuften?«

»Weil sie bereits gefragt worden sind und mir nichts anderes sagen werden als den Ermittlern damals. Nein, Mama, ich muss es klüger anstellen.«

Und genau das tat sie nun. Sie ging ins Hotel zurück, schob sich zwischen den hin und her eilenden Kellnern zur Dienstbotentreppe und stieg hinauf in die Beletage. Ab hier hieß es aufmerksam zu sein, damit kein Gast sie dabei erwischte, wie sie in Adrián Rados' Zimmer verschwand. Die Sorge war jedoch unnötig, der Korridor war wie ausgestorben.

Er stand am Fenster und drehte sich um, als sie eintrat, lächelte und kam auf sie zu. Sie nahm ihr Häubchen vom Kopf, fuhr sich mit einer Hand durch das hellbraune Haar, dann ging sie ihm entgegen, legte einen Arm um seinen Nacken und küsste ihn. Er erwiderte den Kuss – überaus gekonnt, wie sie gestehen musste –, hob sie hoch und trug sie ins Bett.

Sie küssten sich, streiften sich die Kleider ab, und Magdalena überließ es ihm, den Takt vorzugeben, bog den Körper unter seinen Händen und kam jeder Bewegung und jeder Liebkosung entgegen. Er ließ sich Zeit, war überaus geduldig, anders, als sie es von den Männern bisher kennengelernt hatte, und schon bald versickerte jeder Gedanke in einer immer drängender werdenden Gier.

Später, als Magdalena atemlos an Adriáns Brust lag und die Lust langsam in ihr abklang, dachte sie, dass sich die Sache in mehr als einer Hinsicht gelohnt hatte. Mit Bertold war es immer ein verstohlener, von viel schlechtem Gewissen begleiteter Akt gewesen, den die Liebe jedoch zu etwas Einzigartigem gemacht hatte. Mit seinem Freund später hatte sie zu ihrer Überraschung festgestellt, dass Zorn und Rachebedürfnis das Verlangen und den Genuss auf eine gänzlich andere Art anfachten als die Liebe zuvor.

Und jetzt war sie an einen Liebhaber geraten, der diese Bezeichnung in jedem Sinne des Wortes verdiente, und ein wenig verstörte es sie, dass sie dergleichen mit einem gänzlich Fremden so genießen konnte, obwohl keinerlei Gefühle, weder Liebe noch Zorn, sie anstachelten. Vielleicht funktionierten arrangierte Ehen deswegen manchmal auch in dieser Hinsicht, dachte sie. Weil es nicht zwangsläufig Liebe brauchte, sondern eine Anziehung auf einer anderen Ebene ausreichte. Das änderte natürlich nichts daran, dass ihr Handeln nicht einmal ihren eigenen moralischen Maßstäben entsprach, aber in diesem Fall war ihr der Zweck wichtiger als das Mittel, das sie dorthin führte. Und sobald das alles ausgestanden war, würde sie ein anderes Leben führen, eines, in dem sie sich keinem Mann mehr so ohne Weiteres hingeben würde, sondern auf den wartete, der es verdiente, der bereit war, mit ihr durchs Leben zu gehen. Nun jedoch galt es fürs Erste, diesen hier bei Laune zu halten.

»Das war wirklich ziemlich gut«, sagte sie, gab sich erfahrener als sie war.

Er lächelte. »Ziemlich?«

»Ich denke, es ist … ausbaufähig.«

»Ach was?«

Bei ihrer Eitelkeit bekam man sie eigentlich immer, und sie schenkte ihm ein keckes Lächeln, das belustigt und herausfordernd zugleich war.

»Wann musst du gehen?«, fragte er.

»Wohl am besten, ehe die Gäste in ihre Zimmer zurückkehren.«

Ein leicht anzügliches Lächeln nistete in seinen Mundwinkeln. »Dann lass mich ein wenig zu Kräften kommen, und wir sehen, wie ausbaufähig es beim nächsten Mal wird.«

Sie schob sich hoch, küsste ihn und sagte dicht an seinem Mund: »Ich kann es kaum erwarten.«

✱✱ 5 ✱✱

»Das ist das dritte Mal«, schimpfte Karl, und obwohl es nicht ihre Schuld war, standen Hans, Emma, Sebastian und Adrián vor ihm wie gescholtene Kinder. »Es *muss* jemand vom Personal sein, sonst kommt doch niemand in die Zimmer.«

»Es wurde allerdings auch dadurch erleichtert, dass alle auf der Feier waren«, antwortete Hans. »Es hätte sich jeder zur Rezeption und zu den Zimmern schleichen können.«

»Der diensthabende Rezeptionist sagte, er sei die ganze Nacht an seinem Platz gewesen. Und wenn er mal kurz fortmusste, war der Concierge da.«

»Wir gehen dem nach«, entgegnete Emma.

»Warum stellen wir keinen Detektiv ein?«, fragte Sebastian.

»Weil wir die Kosten dafür derzeit nicht tragen können.«

»Ich bezahle ihn«, warf Emma ein, und Karl schenkte ihr ein blasses Lächeln.

»Du meinst, Georg bezahlt ihn.«

»Das kommt auf dasselbe raus.«

»Ich möchte nicht auf allen Seiten weiter Schulden machen.«

»Na, hör mal!« Jetzt wurde Emma sichtlich wütend. »Das Hotel gehört zur Hälfte meiner Familie, und aus welchen Töpfen ich das Geld nehme, ist meine Angelegenheit.«

Karl schwieg einen Moment lang, dachte nach und nickte schließlich. »Ich kann dich wohl nicht davon abhalten, ja?«

»Kannst du nicht. Im Übrigen machen wir dabei keine Schulden, du weißt, dass Georg nie Geld vom Hotel eintreiben würde. Du investierst schließlich auch dein Privatvermögen.«

Ja, das tat er, aber es fühlte sich einfach anders an. Würde Konrads Vermögen in das Hotel fließen, wäre das eine Sache, aber Georg Rebein hatte in die Familie eingeheiratet. Andererseits war er dem Hotel nicht nur über Emma, sondern auch als Sebastians Onkel familiär verbunden. Nun gut, dachte Karl, sei's drum. Er gab nickend sein Einverständnis. Damit wäre zumindest ein Problem gelöst.

»Wir erzählen aber niemandem von dem Detektiv«, sagte Sebastian. »Offiziell ist er ein Gast.«

»Ist das nicht ein wenig albern?«, fragte Karl. »Wir sind hier doch nicht in einem Kriminalroman.«

»Er hat recht«, wandte Adrián ein. »Wenn er für jeden offensichtlich herumläuft, nützt er uns nichts. Dann schlägt der Dieb eben zu, wenn er gerade mal nicht da ist. Er muss unauffällig sein.«

Seufzend gab Karl ein weiteres Mal nach. »Also gut.«

»Ich kümmere mich darum«, sagte Adrián.

Nickend gab Karl sein Einverständnis, und als alle seinen Salon verlassen hatten, ging er zum Fenster und sah hinaus in den Garten, der jetzt in voller Blütenpracht stand. Im Grunde genommen standen die Zeichen gut, das Hotel wieder zum Laufen zu bringen. Es hatte ein Wirtschaftswachstum eingesetzt, das man nach der Währungsreform, als die Löhne noch wie eingefroren waren und die Arbeitslosigkeit massiv anstieg, in dieser Schnelligkeit nicht erwartet hätte. Seit den letzten beiden Jahren fanden immer mehr Menschen Arbeit, die Löhne und das Bruttoinlandsprodukt stiegen.

Mit diesem wachsenden Wohlstand ging auch ein Anstieg der Nachfrage nach Urlaubsreisen einher, und obwohl der Trend sich allmählich in Richtung Italien verschob, steuerten die Deutschen immer noch überwiegend inländische Urlaubsziele an. Die besten Voraussetzungen also, um das Hotel wieder in Schwung zu bringen, wenn es ihnen nur gelang, neue Anreize zu schaffen. Die Zeit, in der das Hotel als Lazarett gedient hatte, hatte deutliche Spuren hinterlassen, ebenso die Unterbringung von Flüchtlingen aus dem Osten, die hier über ein Jahr gelebt hatten – das Hotel wirkte heruntergekommen, auch wenn das Schlimmste mittlerweile beseitigt worden war und zumindest die repräsentativen Bereiche wieder einigermaßen vorzeigbar waren. Aber wenigstens ging es ihm in dieser Hinsicht besser als den Dreesens, deren Hotel bei Kriegsende von den Alliierten beschlagnahmt worden war, erst für die Truppen der Amerikaner, dann als Erholungsheim für die britische Royal Air Force und schließlich von den Belgiern. Hernach hatte man Vertriebene aus dem Osten dort untergebracht, ehe man es erneut beschlagnahmte, dieses Mal waren es die Franzosen.

Karl konnte also in gewisser Weise sagen, dass er noch einmal ganz gut davongekommen war. Vor einigen Tagen hatte er mit seiner Halbschwester Henrietta gesprochen, die mit Julias mittlerweile verstorbenem Bruder verheiratet gewesen war. Sie lebte seit dem Tod ihres Mannes in England, und eigentlich war geplant gewesen, irgendwann nach Deutschland zurückzukehren, aber dann war Hitler an die

Macht gekommen, was den Anreiz, England zu verlassen, nicht gerade vergrößert hatte. Und dann, im Krieg, hatten sich Henriettas Söhne für den Dienst an der Front für England gemeldet. Dem war ein langes Zögern vorausgegangen, man hatte nicht gegen Verwandte kämpfen, gar einen Cousin töten wollen. Aber als die Deutschen näher rückten, hatten sie sich auf die Seite ihrer Freunde und der Familien ihrer Frauen geschlagen.

»Wenn sie nicht gegen uns kämpfen wollen, sollen sie uns in Ruhe lassen«, hatte Henriettas Jüngster gesagt. Und er war hernach derjenige gewesen, der lange unversöhnlich geblieben war. »Wie konntet ihr von alldem nichts mitbekommen?«

Aber sie hatten es mitbekommen, und Karl hatte seinerzeit einen überaus gefährlichen Weg eingeschlagen, hatte beinahe alles verloren. Henrietta hatte es ihren Söhnen und Enkelkindern später erklärt, und die Töne wurden wieder sanfter und freundlicher. Ihr ältester Sohn, der Erbe des Baronentitels der von Landau – Julias Familie – und des Familiensitzes im Taunus, war gerade lange genug nach Deutschland gekommen, um das Haus zu veräußern.

»Dergleichen Titel gelten heute nichts mehr«, hatte er bei einem kurzen Abstecher in Königswinter erklärt, und Julia hatte später zu Karl gesagt: »Und wir mussten seinerzeit heiraten, damit dieses Haus in Familienbesitz bleibt.« Sie hatten beide darüber lachen müssen.

Ein Besuch bei der Verwandtschaft war jedoch nicht der einzige Grund für den Abstecher von Henriettas Sohn bei ihnen gewesen, er bot auch finanzielle Hilfe an. Sie hatten Geld, da Henrietta seinerzeit reich geerbt hatte und die Söhne alle gut verdienten. Karl hatte sich bedankt und abgelehnt. Wer konnte schon wissen, was die Zukunft brachte und ob ihnen das Geld nicht irgendwann fehlte? Da war es keine gute Idee, es in dieses Fass ohne Boden zu stecken.

»Wenn du etwas brauchst – wir sind da«, hatte sein Neffe ihm zum Abschied gesagt.

Während Karl am Fenster stand, die Hände hinter dem Rücken verschränkt, und hinausblickte, alten Zeiten nachspürte, hörte er, wie jemand an die Tür klopfte. Er drehte sich um. »Herein!«

Der Concierge, Herr Hartmann, trat ein. »Entschuldigen Sie die Störung, Herr Hohenstein, aber einer der Etagendiener hat etwas beobachtet.«

»Wohin bist du eigentlich nachts verschwunden?«, fragte Sebastian, nachdem er mit Adrián das gemeinsame Arbeitszimmer betreten hatte.

»Ich habe eines der Zimmermädchen näher kennengelernt.«

Sebastian hob die Brauen. »Tatsächlich? Du weißt aber vermutlich, dass es Ärger geben wird, wenn mein Großvater davon erfährt?«

»Er muss es ja nicht erfahren, wenn du es ihm nicht erzählst.«

»Von mir erfährt er nichts. Bleibt es eine einmalige Sache?«

Adrián dachte an die letzte Nacht, daran, wie gut sich diese junge Frau in seinen Armen angefühlt hatte. »Nein, ich denke nicht.«

»Na dann, viel Glück dabei, das Geheimnis zu hüten. Sieh nur zu, dass du sie nicht schwängerst.«

»Ich passe schon auf.«

»Ich vermute, das hat mein Großvater auch gedacht, als er meine Tante Marianne gezeugt hat.« Sebastian setzte sich an einen Schreibtisch. »Es lief ganz gut gestern, ja?«

»Ja, aber nicht so gut, wie ich es mir gewünscht hätte.«

»Es hätte ein wenig mehr Schwung gebraucht.«

»In der Tat.«

»Und dann dieser peinliche kleine Aufruhr.«

»Die Leute fanden es weniger schlimm als die Familie, hatte ich den Eindruck.«

»Das liegt daran, dass die Kleine niedlich ist.«

»Allerdings war Margots Auftritt… nun ja…« Adrián ließ den Satz in der Luft hängen.

Sebastian tippte mit einem Federhalter auf die Schreibtischplatte. »Wir sollten es anders angehen, Tanzabende für die jungen Leute und etwas gediegenere Feiern für die Älteren oder bei offiziellen Anlässen. Und wir werden den Silvesterball wiederaufleben lassen.«

»Gab es so etwas früher einmal?«

»Ja, für ihre Silvesterfeier waren die Hohensteins berühmt. Die letzte fand mehrere Jahre vor dem Krieg statt. Mein Großvater sagte, dass einem die Entwicklung, die das Land nahm, das Feiern gründlich verleiden konnte.«

»Verständlich.« Adrián sah sich die Zahlen an. »Ich werde meinen Großvater um ein Darlehen bitten.«

»Denkst du, mein Großvater erlaubt das, wenn er schon bei Emma diskutiert hat?«

»Auf Dauer wird es ohne Geld nicht gehen, und unsere Mittel sind beschränkt. Was ist mit dem Lichtspielraum?«

Sebastian seufzte. »Da das Hotel zur Hälfte Emmas Neffen gehört und sie die Vormundschaft hat, kann ich ohne ihre Einwilligung nichts tun. Mein Großvater wäre im Prinzip nicht dagegen, sagte aber bereits, ich müsse mich diesbezüglich mit Emma auf einen harten Kampf einstellen. An diesem Raum hängt sie wohl.«

Da ihm, um Emma zu entlasten und weil er Erfahrung hatte, die Personalabteilung übergeben worden war, hatte Adrián den ganzen Vormittag über zu tun. Das Hotel hatte neben den Zimmermädchen, den Köchen, Unterköchen und Aushilfsköchen auch Auszubildende in der Küche, Küchenmägde, einen Hausverwalter, eine Haushälterin, Wäscherinnen, Pagen, Etagendiener, Kellner, Liftführer, Portier, Concierge und Rezeptionisten. Außerdem technisch geschulte Arbeiter für die Licht- und Kühlanlagen, wobei die nur bei Bedarf und für die Wartung gerufen wurden. »Haben wir eigentlich nicht in allen Zimmern Safes?«, fragte er.

»Ja, eigentlich schon, aber etliche funktionieren wohl nicht mehr richtig. Das wäre angesichts der Diebstähle eigentlich das Erste, was gemacht werden muss. Ich besorge mir ein paar Prospekte und hole ein Angebot ein. Aber das wird wohl ein ziemlich teurer Spaß. Wann sprichst du mit deinem Großvater über das Geld?«

»Ich kann ihn heute Abend anrufen.« Adrián klappte die Mappe mit den Gehaltslisten zu und erhob sich. »Ich mache eine Pause. Brauchst du noch etwas?«

Sebastian blickte nur kurz auf. »Nein, geh nur.«

Es war warm genug, um auf eine Jacke zu verzichten, und so beließ Adrián es bei dem Pullover, den er über Hemd und Krawatte trug. Die Sonne schien von einem milchigen Himmel, und auf dem Hof fand sich gerade eine Gruppe junger Damen mit Baedeckern in den Händen um einen Reiseführer ein. Adrián bemerkte Ruth, die ein Fahrrad aus der Remise schob, sich daraufsetzte und auf die Ausfahrt zufuhr. Als sie ihn sah, bremste sie ab.

»Wohin des Weges?«, fragte sie.

»Eigentlich habe ich kein bestimmtes Ziel, ich möchte mir nur ein wenig die Beine vertreten.«

»Ich fahre nach Königswinter, Fotos abholen. Kommst du mit? Du kannst Papas altes Fahrrad nehmen, es fährt noch gut, ich warte die Fahrräder ständig.«

»Du?«

»Ja. Komische Frauen gibt es heutzutage, was?«

Er lachte. »Verzeih mir mein Erstaunen.«

»Schon vergeben. Also los, ich warte hier auf dich. Es ist dunkelblau und steht an der rückwärtigen Wand.«

Er ging in die Remise, schob das Fahrrad rückwärts in den Seitenhof, warf einen kurzen Blick zu der Bank, auf der er letzte Nacht gesessen hatte, gönnte sich einen Moment lang die Erinnerung an Magdalenas mit seinen verschlungenen Gliedern und kehrte schließlich zu Ruth zurück.

»Ich hoffe, du kannst Fahrrad fahren«, sagte sie. »Wenn nicht, wäre jetzt vermutlich der richtige Moment, es zuzugeben.«

Er setzte sich auf das Fahrrad und fuhr los. »Ich kann nicht nur fahren, ich bin vermutlich auch bedeutend schneller als du.«

Mit einem Lachen folgte sie ihm, und die Fahrräder nahmen bergab ein ordentliches Tempo auf. Als sie um eine Kurve fuhren, konnte ein Auto nur knapp ausweichen, und Adrián erhaschte kurz einen Blick auf ein wütendes Gesicht, eine erhobene Hand und hörte dann nur noch die Hupe.

»Das war knapp«, rief Ruth, die ihn jetzt einholte. »Und

tschüß!« Sie fuhr an ihm vorbei und setzte sich vor ihn. Da wieder ein Auto kam, konnte er nicht überholen, und sie vergrößerte den Abstand rasch. Adrián neigte sich vor und trat in die Pedale, setzte zum Überholen an, musste einem entgegenkommenden Mann mit einem Lastfahrrad ausweichen, der ihnen »verrücktes Jungvolk!« hinterherschrie, dann zog er an Ruth vorbei, die etwas langsamer wurde. Er drehte den Kopf, wollte das spöttisch kommentieren, als er zu schnell in die Kurve fuhr und von der Straße abkam. Einen Moment lang konnte er sich mit dem Bein abfangen, dann jedoch rutschte sein Fuß ab, und er verlor den Halt. Das Fahrrad noch zwischen den Beinen, fiel er rücklings in den Graben neben der Straße und lag so unglücklich, dass er allein nicht wieder herauskam.

Oben stand Ruth und hielt sich den Bauch vor Lachen, versuchte ernst zu werden und prustete wieder los. »Entschuldigung«, sagte sie atemlos, »ich weiß, es ist nicht lustig, aber ...« Der Rest ging in Lachen unter. »Warte, ich helfe dir.« Vorsichtig beugte sie sich vor, versuchte, das Rad anzuheben, glitt aus und landete auf Adrián und dem Fahrrad. Er stöhnte auf.

»Entschuldigung.« Sie richtete sich auf, hatte den Rock aber irgendwie mit den Speichen des Fahrrads verhakt, und Adrián versuchte ihr zu helfen, sich zu befreien.

»Du guckst ja wohl nicht auf meine Beine, oder?«

»Aus meiner Position heraus ist mir das schlechterdings nicht möglich.« Davon abgesehen – wenn sie das Fahrrad noch ein wenig stärker in seine Weichteile quetschte, hätte sich das Thema Frauen für ihn vermutlich bis auf Weiteres erledigt.

»So, jetzt müsste es gehen.«

Als sie sich hochstemmte, konnte er einen Schmerzlaut nicht unterdrücken.

»Das tut mir leid. Wo tut es weh?«

»Das möchte ich in Hinblick auf deine jugendliche Unschuld lieber nicht ausführen.«

Sie wurde rot. »Ah, verstehe.«

Glücklicherweise hielt in diesem Moment ein Auto an, und Adrián hörte, wie Türen zugeschlagen wurden. »Na, junger Mann, wollten'se das Fräulein Alsberg beeindrucken, ja?« Mühelos hob einer von ihnen das Fahrrad hoch, der andere ergriff Adriáns Hand und hievte ihn aus dem Graben. »Demnächst ein bisschen weniger draufgängerisch«, sagte der ältere der beiden grinsend.

Adrián dankte den beiden und schob versuchsweise das Fahrrad.

»Geht es?«, fragte Ruth und wirkte wieder belustigt.

»Ja, ich denke schon.«

Sie grinste. »Und? Ist der Fortbestand der Familie in Gefahr?«

Er starrte sie an.

»Aber du hast noch zwei Brüder, nicht wahr? Der Schaden hielte sich also in Grenzen.«

»Das kommt vermutlich auf den Standpunkt an. Wäre ich schlecht erzogen, würde ich dir vorschlagen, wir suchen uns einen abgeschiedenen Platz und probieren es aus.«

»Wäre ich schlecht erzogen, würde ich dir für diese Unverschämtheit eine Ohrfeige verpassen. So jedoch werde ich sie als nicht gesagt betrachten und erlaube dir, mich in Königswinter zu Kaffee und Kuchen einzuladen.«

»Das ist ein Wort.« Er stieg auf und fuhr los. »Vorausgesetzt, du bist vor mir da.«

»Was wirst du jetzt tun?«, fragte Emma.

Karl zögerte. »Ich habe die Kammer diskret von der Haushälterin durchsuchen lassen, aber da war nichts.«

»Das ist nicht erlaubt, das weißt du, ja?«

»Ja, aber die Alternative wäre, es an die große Glocke zu hängen, was ich, falls sie unschuldig ist, noch schlimmer fände.«

»Warum hast du sie nicht gefragt?«, wollte Hans wissen.

»Dann wäre sie gewarnt, falls sie es doch war.«

Emma sog die Unterlippe zwischen die Zähne und nickte schließlich. »Gut, dann beobachten wir die Sache noch eine Weile.«

»Die beiden Handwerker für die Elektrik sind vorhin angekommen«, erzählte Hans, »und Herr Karmann sagte, er habe einen jungen Mann, der mit unserer Ruth unterwegs war, mit dem Fahrrad aus dem Straßengraben gehoben.«

»War vermutlich Adrián«, entgegnete Emma. »Ich habe die beiden vorhin wegfahren sehen.«

Karl lächelte verhalten. »Das hat mir gefehlt in den letzten Jahren, die jungen Menschen, die das Leben genießen, tanzen, sich verlieben …«

Zwar fand Emma, dass es noch zu früh war, um von Verliebtheit zu sprechen, aber sie wusste, was Karl meinte, und hoffte, dass Margot sich mit ihrem Leben arrangierte und nicht fortwährend damit haderte, nicht mehr in der väterlichen Villa zu leben.

»Was ist mit den Umgestaltungsplänen, die Sebastian und Adrián haben?«, fragte sie.

»Bisher findet alles meine Zustimmung«, antwortete Karl. »Aber ich habe gehört, du bist nicht mit allem einverstanden?«

»Der Lichtspielraum, ja?«, mutmaßte Hans.

Emma nickte.

»Natürlich will dir keiner reinreden«, sagte Karl. »Du hast fünfzig Prozent Entscheidungsrecht. Aber überleg dir, ob du an einer Sache festhältst, weil du sie als sinnvoll und wichtig erachtest oder nur weil sie dir persönlich viel bedeutet.«

Sie hatten hier geschäftliche Entscheidungen zu treffen, das wusste Emma natürlich. »Ich werde in Ruhe darüber nachdenken«, antwortete sie, obwohl sie dergleichen natürlich bereits getan hatte. Aber sie sollte versuchen, die Sache emotionslos zu sehen.

»Wir müssen das nicht heute entscheiden«, sagte Karl, als er mit Emma Hans' Arbeitszimmer verließ.

»Ja, das weiß ich. Aber ewig aufschieben können wir es auch nicht.«

Karl ging in seine Wohnung, und Emma machte sich auf den Weg zur Rezeption, wo momentan nicht viel los war. Sie durchquerte das Vestibül, und wie von selbst führten ihre Schritte sie zum Lichtspielraum. Im Krieg war er rege genutzt worden und hatte eine willkommene Ablenkung geboten. Sie öffnete die Tür und trat in den Raum, der still dalag, die schweren Vorhänge geöffnet, sodass man flirrenden Staub im Licht tanzen sehen konnte. Emma versuchte, den Raum mit den Augen eines Fremden zu sehen, und kam nicht umhin, zu bemerken, was auch Sebastian gesagt hatte und was sie nicht hatte wahrhaben wollen – der Raum war ein Relikt vergangener Zeiten, altmodisch und mit verstaubtem Flair. Sie ging langsam zwischen den Stuhlreihen entlang, ließ die Finger über die samtenen Bezüge gleiten. Als das Hotel noch als Lazarett gedient hatte, war der Raum bei den Soldaten, die ausreichend bei Kräften waren, sich vom Bett zu erheben, eine beliebte Zerstreuung gewesen.

Emmas Gedanken gingen weiter zurück, wanderten zu dem Tag der Eröffnung, der in mehr als einer Hinsicht bedeutsam gewesen war. Sie trat ans Fenster, sah hinaus, dachte an das, was der Eröffnung vorausgegangen war. Georg, der Streit mit ihrem Vater … Das Hotel war gut besucht gewesen, Automobile hatten im Hof geparkt, Gäste waren elegant gekleidet durch die Halle flaniert. Sie dachte an ihren Bruder Andreas und an Hans' Bruder Jacob, an ihre Eltern …

»Mama?«

Sie drehte sich um, als sie Margots Stimme hörte.

»Ich habe dich überall gesucht.« Margot trat näher. »Warum weinst du denn?«

Emma hob die Hand an die Wange, spürte Feuchtigkeit unter ihren Fingern. »Ach, nichts. Was ist denn, Liebes?«

»Ich … ist nicht so wichtig. Musstest du an etwas Trauriges denken?«

»Ich habe mich nur an einige Dinge erinnert.« Sie lächelte.

»Das hier war einmal richtig modern, ja?« Margot sah sich um.

»Ja, und ich war so stolz darauf.« Da sie wusste, dass sich ihre Tochter in der Regel nicht für alte Geschichten interessierte, verzichtete Emma darauf, diese aufzuwärmen.

»War das deine Idee?«, fragte Margot dann doch.

»Ja, ich habe alles hier entworfen.« Karls Sohn Ludwig hatte sie dabei unterstützt. Sie fragte sich, was dieser dazu sagen würde, dass sein Sohn den Raum nun umfunktionieren wollte. Ludwig war in dieser Hinsicht pragmatisch gewesen. So, wie er seinerzeit vorgeschlagen hatte, das Herrenzimmer in einen Lichtspielraum umzuwandeln. Da es obsolet war, würde er auch zustimmen, aus dem Lichtspielraum etwas Moderneres zu machen.

»Schaut sich hier überhaupt noch jemand Filme an?«, fragte Margot nun auch.

»Nein.«

Margot ging zum Fenster, sah hinaus, und Emma bemerkte, dass ihre Tochter das Interesse an dem Raum wieder verlor. Die Welt, in der sie aufwuchs, war modern, verheißungsvoll, mit neuen Möglichkeiten. Was interessierte sie da ein nahezu dreißig Jahre alter Raum mit veralteter Filmtechnik und einem Repertoire an ebensolchen Filmen? Wenn sie einen Film sehen wollte, ging sie mit ihren Freundinnen ins Kino. Natürlich könnte man es modernisieren und auf den neuesten Stand bringen, man könnte Filmabende anbieten, alles im entsprechenden Ambiente. Es stellte sich nur die Frage, ob sich diese Ausgaben lohnten, und das in einer Zeit, wo jede finanzielle Überlegung sorgsam abgewogen werden musste.

Emma sah ihre Tochter an, die am Fenster stand, das dunkle Haar zum Pferdeschwanz gebunden, gekleidet in ein weißes Kleid mit Blumenmuster, frisch und frühlingshaft. Dann stellte sie sich anstatt des Raums mit diesem düsteren Flair ein lichtdurchflutetes, in hellen Farben eingerichtetes Café um ihre Tochter herum vor. Junge Menschen lachend und plaudernd an Tischen, Kellner in adretter Kleidung, Blumengebinde, der Duft von Kaffee. Und Emma wusste, dass ihre Entscheidung in diesem Moment fiel.

Die Sonne warf lange Schatten, als Ruth mit Adrián zum Hotel zurückkehrte. Wind strich durch das Gras, in dem bunte Blumen wie hingetupft wirkten. Es war ein wirklich schöner Nachmittag gewesen, sie hatten ein Café aufgesucht – *er* hatte bezahlt, nachdem Ruth eine Fahrradlänge vor ihm angekommen war – und waren hernach durch die Stadt gebummelt. Ruth hatte im Blumengeschäft eingekauft und transportierte nun die blühende Pracht in ihrem Lenkerkorb. Der Rückweg war deutlich langsamer gewesen als der Hinweg, und sie hatten die Fahrräder bergauf geschoben, weil man sich leichter unterhalten konnte, wenn man nicht gänzlich außer Atem war.

»Jetzt wird es Zeit, dass du das Siebengebirge kennenlernst«, sagte Ruth, während sie die Fahrräder in die Remise brachten.

»Sag mir, wann, und ich werde da sein.« Er zwinkerte ihr zu, und ihr Herz machte einen kleinen Satz.

»Kommendes Wochenende?«

»Abgemacht.«

Ein erwartungsvolles Kribbeln stieg in Ruths Bauch auf, kitzelte in ihrer Kehle und reizte sie zu einem wohl recht undamenhaften breiten Lächeln. Sie lief durch den privaten Eingang ins Haus, ging rasch die Treppe hoch und betrat gleichzeitig mit dem Kellner, der das Abendessen brachte, das Speisezimmer, in dem Hans gerade dabei war, einen Streit zwischen Greta und Curt zu schlichten.

»Entschuldigt meine Verspätung«, sagte sie.

»Das macht nichts«, antwortete Hans. »Hattest du einen schönen Nachmittag?«

Wieder spürte Ruth, wie ein Lächeln an ihren Mundwinkeln zupfte. »Ja, sehr.«

»Mir streichst du das Abendessen, wenn ich zu spät bin«, maulte Nele.

»Wann hätte ich dir je das Essen gestrichen?« Hans wirkte ehrlich interessiert, und Ruth wusste, dass jetzt Vorsicht geboten war. Natürlich hatte Nele darauf keine Antwort.

»Gut, dann streiche ich es dir jetzt. Geh auf dein Zimmer, ich kann Lügner nicht ausstehen.«

»Du bist gemein.«

Ungerührt gab Hans ihr mit einem Kopfnicken zu verstehen, den Raum zu verlassen. »Wenn du die Tür knallst«, rief er ihr hinterher, »verhänge ich zudem zwei Tage Hausarrest.«

Nele, die ganz offensichtlich im Begriff gewesen war, genau das zu tun, schaffte es gerade noch, die Tür aufzufangen, und schloss sie leise.

»Und ihr beiden benehmt euch jetzt, ja?«, sagte Hans zu seiner Tochter und Curt. »Wo wart ihr?«, fragte er an Ruth gewandt, während diese Suppe mit einer Kelle aufgab.

»In Königswinter.«

»Hast du Adrián die Stadt gezeigt?«

»Ja, ein wenig. Am Wochenende wollen wir wandern gehen.«

Curt machte schmatzende Kussgeräusche, und Greta kicherte.

»So, das war's«, sagte Hans. »Curt, du isst in der Küche.«

»Au, fein«, rief Greta. »Darf ich auch?«

»Du kannst gleich ohne Abendessen zu Bett gehen, wenn du noch ein Wort sagst.«

Curt erhob sich, Greta schwieg, und Hans erzählte davon, dass der Entschluss feststand, aus dem früheren Lichtspielraum ein Café zu machen.

»Hat Emma sich dazu durchringen können?«

»Ja, überraschend schnell sogar.«

Ruth mochte das nostalgische Flair, das dem Raum anhaftete, und stellte sich gerne vor, wie es früher gewesen sein musste, hier Filme zu sehen, elegant gekleidet in der damaligen Mode. Aber geschäftlich gesehen war der Raum in der Tat überflüssig, und so nickte sie nur.

Nach dem Abendessen ging sie ins Hotel und suchte die Bibliothek auf. Vor einigen Tagen hatte sie *Demian* gelesen und hoffte nun, eine ähnliche Lektüre zu finden. Zu ihrer Überraschung – und Freude – sah sie beim Betreten des Raumes Adrián, der sich gerade über ein Grammophon beugte. Er blickte auf und lächelte.

»Offenbar meint es das Schicksal gut mit uns«, scherzte er.

Sie erwiderte das Lächeln und ging zu ihm. »Sieht ganz so aus. Was machst du?«

»Sebastian hat das Grammophon im Arbeitszimmer deines Vaters gefunden, und ich will mal sehen, ob man es wieder zum Laufen bringen kann.«

Es war ein Koffergrammophon, und Ruth erinnerte sich noch daran, wie ihr Vater es gekauft hatte. Über die Jahre war es jedoch in Vergessenheit geraten. Sie strich mit den Fingern darüber und erinnerte sich an den Tag, als er es im Salon aufgestellt hatte.

»Man kann es auch im Freien verwenden«, hatte er gesagt. »Wir können Gartenpartys damit veranstalten.« Er hatte eine Platte aufgelegt – *Der Wind hat mir ein Lied erzählt* von Zarah Leander –, und Ruth war durchs Zimmer getanzt. Sie war gerade sieben Jahre alt gewesen, ihre Mutter hatte mit Nele auf dem Schoß dagesessen und gelacht, während die Kleine in die pummeligen Händchen geklatscht hatte. Ruth biss sich auf die Lippen, spürte, wie ihr der Blick verschwamm.

»Es tut mir leid«, hörte sie Adrián erschrocken sagen. »Ich wollte keine traurigen Erinnerungen wecken.«

Ruth wischte sich rasch über die Augen, blinzelte und sah wieder klar. »Schon gut, es waren schöne Erinnerungen, keine traurigen.«

Er beobachtete sie einen Moment lang aufmerksam, dann senkte er den Blick wieder auf das Grammophon. »Soll ich es lieber später versuchen?«

»Nein, mach nur.« Sie nahm die Schallplatte zur Hand und las die Liste mit den Interpreten. Frank Sinatra, Doris Day, Miles Davis und noch etliche Namen, die sie aus dem Radio kannte.

»Die Platte hat Sebastian mitgebracht«, erklärte Adrián. Er nahm die Schallplatte aus der Hülle, hob den Plattenarm und legte einen Schalter um. Es funktionierte in der Tat, und begleitet von einem kratzigen Rauschen setzte *Smoke Gets in Your Eyes* ein.

Ruth schlug begeistert die Hände zusammen. »Wie schön!«

Adrián reichte ihr die Hand. »Darf ich bitten, gnädiges Fräulein?«

Lachend machte sie einen übertriebenen Knicks, dann legte sie die Hand auf seine Schulter, während er seine um ihre Taille legte, und sie bewegten sich langsam zum Takt der Musik.

⁂ 6 ⁂

Frau Weiß verhielt sich seltsam ihr gegenüber. Erst hatte Magdalena gedacht, sie würde sich das nur einbilden, aber inzwischen war sie sich sicher, argwöhnisch beäugt zu werden. Sie bewegte sich überaus vorsichtig, und auch als sie vor zwei Tagen noch einmal mit Adrián geschlafen hatte, war es ihr lieber gewesen, sich außerhalb des Hotels zu treffen. Denn wenn sie in der Tat unter Beobachtung stand, würde man es sicher auch bemerken, wenn sie in sein Zimmer ging und erst Stunden später wieder hinauskam.

»Da würde uns schon eine Ausrede einfallen«, hatte Adrián gesagt, während er sie im dunklen Garten auf dem Moos im Mondschatten der Bäume entkleidete.

»Die möchte ich hören«, kam es etwas atemlos von Magdalena. »Außerdem mag ich Unkonventionelles.«

»Na, da sind wir hier ja gerade richtig. Zum Glück haben wir Sommer.«

Es war wirklich schön gewesen, dachte Magdalena im Nachhinein, und sie war sich sicher, dass er es ebenso empfunden hatte. Aber darauf, dass er im Notfall hinter ihr stand und verhinderte, dass ihr gekündigt wurde, falls sie sich eine Verfehlung zuschulden kommen ließ, wollte sie lieber nicht vertrauen. Sie wäre nicht die erste Frau, die in dieser Hinsicht enttäuscht würde. Und Magdalena wollte nie wieder zulassen, dass ein Mann sie enttäuschte.

»Ist ja schon gruselig mit dem Dieb, nicht wahr?«, sagte Beate, die gerade mit ihr zusammen eine Suite aufräumte. Sie war eines der jüngeren Zimmermädchen und erst nach dem Krieg ins Hotel gekommen.

»Hmhm«, machte Magdalena.

»Meinst du, es war einer vom Personal?«

»Traust du es jemandem zu?«

»Nein, aber meine Mutter sagt immer, man schaut den Menschen nur vor den Kopf.«

»Da hat deine Mutter recht.«

Mit mechanischen Bewegungen zog Magdalena das Bett ab und warf die Wäsche auf einen Haufen.

»Gehst du heute Abend mit tanzen?«

»Ich weiß es noch nicht.«

»Ach, komm schon, das wird bestimmt lustig. Einige der Kellner kommen mit, ein paar wirklich schmucke Burschen.«

Da Magdalena derzeit einen solchen ihren Liebhaber nannte, hatte sie an näheren Bekanntschaften mit anderen Männern keinen Bedarf. »Mal sehen«, antwortete sie vage.

Sie lüfteten das Zimmer, staubten die Schränke und Kommoden ab, Magdalena bezog das Bett neu, leerte den Papierkorb aus und machte sich schließlich mit Beate daran, das Badezimmer zu putzen. Einmal in so einer Badewanne liegen, dachte sie, während sie die Armaturen polierte. Adrián hatte ebenfalls eine in seiner Suite. Sobald sie vertraut genug waren, dass eine solche Bitte nicht vermessen wäre, würde sie ihn darum bitten, einmal bei ihm baden zu dürfen. Sie könnte ihm auch anbieten, das Bad mit ihr zusammen zu nehmen, darauf würde er sich gewiss einlassen, aber das wollte sie nicht.

»Glänzender wird's nicht«, riss Beates Stimme sie aus den Gedanken.

Sie warf das Tuch in einen Eimer, hängte diesen an den Putzständer, sammelte den Haufen Bettwäsche im Zimmer ein und stopfte ihn in den Wäschesack. Obwohl inzwischen alles Routine war, dauert es immer, bis die Suiten fertig waren. Frau Weiß war streng und duldete nicht eine vergessene Staubfluse. Da Beate das Wischen übernahm, staubsaugte Magdalena den Teppich. Diese neuen, tragbaren Geräte waren ein echter Luxus, und Magdalena wusste, dass ihre Mutter gerne einen gehabt hätte. Früher hatten sie ein Dienstmädchen und eine Zugehfrau gehabt, die die Räume gesäubert hatten, aber inzwischen musste ihre Mutter alles allein machen, und da wäre ein Staubsauger wirklich eine große Hilfe.

Nachdem sie fertig waren, schob Magdalena den Putzständer in den Aufzug, während Beate schon einmal mit dem nächsten Zimmer begann. Sie fuhr nach unten, stieg aus und ging durch den Korridor, wo die Arbeitszimmer der Herrschaften lagen, in Richtung Dienstbotenbereich. Sie sah die verschlossenen Türen an, fragte sich, ob ihr Vater einmal hinter einer davon gesessen und sich bei einer Zigarre unterhalten hatte. *Wo hast du die letzten Schritte hier getan? Was hast du gesehen?*

»Welch zauberhafter Anblick zu früher Stunde.« Magdalena hielt inne und drehte sich um, lächelte Adrián an.

»Ich musste vorhin an dich denken«, sagte sie in einem Ton, als verrate sie ihm ein Geheimnis.

»Darf ich mich geschmeichelt fühlen?«

Anstelle einer Antwort schenkte sie ihm ein zweideutiges Lächeln. »Gehst du aus?«, wechselte sie das Thema.

»Ja, wandern mit Fräulein Alsberg.«

»Das wird sicher sehr schön. Ich gehe heute Abend tanzen«, entschied sie spontan.

»Tatsächlich? Wo?«

»In Bonn. Wo genau meine Freundin hinmöchte, weiß ich gar nicht.«

»Das bekomme ich heraus.«

»Viel Glück.« Sie zwinkerte ihm zu, wandte sich ab und schob den Putzständer durch eine Tür auf den Dienstbotenkorridor, ein kribbeliges Gefühl erregter Vorfreude im Bauch.

Ein Gast war der Mann, der sich ein wenig verloren im Vestibül umschaute und schließlich zögernd auf die Rezeption zukam, sicher nicht. Vielleicht ein Wanderer, der zum Kaffee einkehren wollte und sich fragte, ob er sich die Preise leisten konnte.

»Ich möchte gerne zu Karl Hohenstein«, sagte der Mann zu dem Concierge.

Herr Hartmann deutete auf Karl. »Er steht vor Ihnen, gnädiger Herr.«

»Worum geht es?«, wollte Karl wissen.

Der Mann nahm seinen Hut ab. »Ich bin Ralf Metzler, der Sohn von Carlotta.«

Der Halbbruder von Karls unehelicher Tochter Marianne. »Wie schön, Sie kennenzulernen«, sagte er, weil er nicht wusste, was er sonst sagen sollte.

»Leider sind die Umstände keine schönen«, antwortete der Mann.

Geld, dachte Karl. Er wollte Geld.

»Können wir unter vier Augen sprechen?«

»Nein, klären wir das direkt hier.« Seine Stimme hatte sich um mehrere Nuancen abgekühlt.

Der Mann nickte und holte einen Briefumschlag aus einer flachen Ledertasche. »Ich hätte Ihnen das auch schicken können, aber da Sie und meine Mutter sich ja, hm, recht gut kannten, dachte ich, ich sage es Ihnen persönlich. Sie ist vorgestern verstorben. Das hier ist die Einladung zu ihrer Beerdigung. Wir halten es klein, aber da Marianne auch kommt, erscheint es mir richtig, auch Sie einzuladen.«

Karl war erschüttert. »Grundgütiger. Ich wusste ja nicht …« Er trat hinter der Rezeption hervor und bereute, dass er den Mann so unfreundlich hatte abfertigen wollen. »Kommen Sie, setzen wir uns in den Salon.«

»Ich möchte Sie nicht aufhalten, ich wollte nur …«

»Sie halten mich nicht auf. Ich lade Sie auf einen Kaffee ein, das ist das Mindeste. Und Sie erzählen mir bitte von Carlottas letzten Tagen, wir haben uns während des Krieges aus den Augen verloren.«

»Ich war im Krieg, und sie hat sich um meine Kinder gekümmert.«

»Ja, das hatte sie mir noch erzählt.«

Mit Carlotta war es immer schwierig gewesen – zu Anfang zumindest. Das Versteckspiel vor Julia, dann das Geständnis, ehe Carlotta aus seinem Leben verschwunden war. Dann ihr plötzliches Auftauchen, sehr zu Karls Unwillen, und schließlich hatte sie nähere Bekanntschaft mit ihrer mittlerweile erwachsenen Tochter geschlossen.

»Marianne hat mir erzählt, dass Sie sich ab und zu treffen«, erzählte er, als sie sich setzten. Er stand seinen Kindern sehr nahe, ebenso seinen Enkeln. Mariannes Ältester und ihre mittlere Tochter sowie die älteste Tochter seiner

Tochter Valerie hatten ihn inzwischen schon zum Urgroßvater gemacht. »Ich fühle mich wie Methusalem«, scherzte er manchmal.

»Ja, wenngleich der Kontakt geringer geworden ist. Aber da unsere Kinder ja Cousinen und Cousins sind, wollten wir den Kontakt nicht gänzlich abbrechen, wenngleich ihrem Mann das in den Jahren vor dem Krieg zunehmend weniger recht war.«

Was Karl anging, war ihm Mariannes Ehemann – so sympathisch er ihn zu Beginn fand – ebenfalls zunehmend weniger recht gewesen. Er hatte sehr fragwürdige Rechtfertigungen vorgebracht für all die Menschenversuche, die später ans Licht kamen, hatte von Wissenschaft und notwendigen Opfern gesprochen.

»Warum hast du dann nicht deine eigenen Kinder der Forschung zur Verfügung gestellt?«, hatte Karl provokativ gefragt, und seither sprach Heinrich nicht mehr mit ihm. Für Marianne tat es ihm leid, aber daran konnte er nun nichts ändern.

»Woran ist Carlotta gestorben?«, fragte er nun.

»Sie hatte Krebs.«

»Das tut mir leid.« Karl war erschüttert. »Warum hat sie mir nichts gesagt?«

»Sie ist damit nicht hausieren gegangen.«

»Ich hätte ihr einen guten Arzt bezahlt.«

»Das war nicht nötig, ich verdiene als Konditor sehr gut. Sie lebte nicht mehr in dem Elend von einst, das tat sie schon zu Lebzeiten meines Vaters nicht mehr.«

»Ich wollte damit nicht sagen …«

Der Mann hob begütigend die Hand. »Ich habe es nicht falsch verstanden, ist schon gut. Man löst sich eben nur schwer von den Vorstellungen von einst, wo Leute wie meine Mutter in dem Stand verhaftet blieben, in den sie geboren war.«

»Wir sind selbst Bürgerliche, mein Bruder war mit einer Wäscherin verheiratet, meine Tochter ist die Ehefrau eines Kochs. Ständische Überheblichkeit liegt mir fern.«

Sie unterbrachen das Gespräch, als der Kellner die Bestellung aufnahm.

»Aber vor ein paar Jahren waren die Umstände noch anders«, fuhr Karl fort, »insofern haben Sie recht. Es tut mir leid, dass unsere Familien sich nie so nah waren, wie sie hätten sein sollen.«

»Meine Mutter war sehr glücklich, hier bis zum Krieg noch arbeiten zu dürfen. Sie hätte es nicht gemusst, aber es war schön für sie, eigenes Geld zu verdienen.«

»Ja, ich weiß.« Karl zögerte. »Darf ich meine Frau mitbringen?«

»Wenn sie kommen möchte? Ich vermute, das Verhältnis war eher schwierig?«

»Zum Schluss nicht mehr. Jeder hatte sein eigenes Leben, Carlotta ihres mit ihrer Familie und ich meines.«

Ralf Metzler nickte. »Natürlich können Sie in Begleitung kommen. Von der Familie meines Vaters lebt nur noch die Tochter seiner Schwester, ansonsten werden noch ein paar enge Freunde und Marianne mit ihrer Familie dabei sein.«

Der Kellner brachte die Bestellung, und Karl fragte Ralf Metzler, wo er arbeitete. Der nannte ein renommiertes Bonner Hotel und erzählte ein wenig, wie es ihnen jetzt, nach dem Krieg, erging. »Langsam läuft es wieder besser. Ich vermute, Ihnen kommt die herrliche Lage hier zugute?«

»Leider momentan nicht so recht, wir schwächeln derzeit auch noch.«

»Das wird bestimmt bald besser. Die Leute haben wieder Geld, um verreisen zu können.«

»Das wollen wir hoffen.«

Nachdem er seinen Kaffee getrunken hatte, verabschiedete Ralf Metzler sich, und Karl ging zu Julia.

»Das tut mir leid«, sagte diese, als er ihr von Carlottas Tod erzählte, und sie klang, als sei dem tatsächlich so.

»Ich weiß, dass du sie nicht mochtest, aber ich würde trotzdem gerne mit dir zur Beerdigung.«

»Das alles ist so lange her, Karl. Natürlich komme ich mit. Ich verweigere ihr nicht die letzte Ehre, nur weil sie vor fünfzig Jahren deine Geliebte war.«

Karl gab ihr einen Kuss und zog sie kurz an sich. »Die Menschen, die sich an die Zeit damals erinnern, werden immer weniger …«

Sie lächelte und berührte seine Wange. »Das ist nun einmal der Lauf der Dinge. Freu dich über die Menschen, die noch da sind, und über die Jugend, die ihre eigenen Erinnerungen schafft.«

Er nickte nur.

»Und so schön die Erinnerungen an früher sind, es gibt Zeiten, die möchte ich um keinen Preis wieder erleben.« Ihr Blick verdunkelte sich, und Karl wusste, woran sie dachte.

Ruth hatte feste Wanderschuhe angezogen und trug einen grünen Rock mit einer dazupassenden hellgrünen Bluse. Um die Taille hatte sie einen Ledergürtel gebunden, und nach einigem Suchen fand sie auch einen Hut, der nicht gänzlich aus der Mode war. Obwohl sie sich im Gebirge mit schlafwandlerischer Sicherheit bewegte, packte sie außer zwei Flaschen Wasser auch eine Wanderkarte ein.

»Ah, gut, du bist noch nicht weg«, sagte Emma, die in dem Moment die Wohnung betrat, als Ruth gerade gehen wollte. »Georg hat vorhin die Gebühr für deinen Schreibmaschinenkurs bezahlt, als er in Bonn war.«

»Vielen Dank!« Ruth zog den Gurt ihrer Tasche enger. »Du brauchst mich morgen aber nicht zu fahren, ich nehme das Fahrrad.«

»Den ganzen Weg nach Bonn?«

»Mache ich sonst doch auch.«

»Was ist mit der Schreibmaschine?«

»Die Kursleiterin hat gesagt, wir brauchen unsere nicht mitzubringen, sie hätte welche dort.«

»Gut, wie du möchtest.«

»Bei Regen komme ich aber noch einmal darauf zurück«, schränkte Ruth ein, und Emma lachte.

»Aber immer doch. So, und nun mach, dass du wegkommst. Viel Spaß euch beiden.«

Da Ruth befürchtete, Margot könne mitbekommen, dass sie mit Adrián wandern ging, und sich anschließen wollen, beeilte sie sich, den privaten Wohntrakt zu verlassen. Zwar hatte Margot nie eine große Vorliebe für Wandertouren gezeigt, aber man konnte ja nie wissen.

Sie traf Adrián im Vestibül, wo er sich gerade mit Sebastian unterhielt. Der erblickte sie zuerst und sagte feixend: »Ich könnte jetzt den Spielverderber mimen und mich anschließen. Dann hätte Adrián jemanden dabei, der ihn im Notfall aus dem Graben hebt.«

»Ich hätte es dir gar nicht erzählen sollen«, antwortete dieser, während Ruth lachte.

»Ich gehe auf der gefährlichen Seite, dann passiert nichts«, sagte sie.

Sebastian klopfte Adrián auf die Schulter. »Na, dann habt viel Spaß. Und benehmt euch.«

»Ja, Papa«, antwortete Ruth artig.

Sie verließen das Vestibül und traten hinaus in den sonnig warmen Tag. Julia steuerte gerade ihren Wagen vom Hof, während Karl ihr nachsah.

»Ich bin mir nicht so ganz sicher, ob man ab einem gewissen Alter nicht lieber aufhören sollte, selbst zu fahren«, sagte er.

»Das hast du ihr doch hoffentlich nicht gesagt«, entgegnete Ruth.

»Ich überlege noch, wie ich es diplomatisch formuliere.«

»Falls du so weit bist, gib uns Bescheid«, kam es von Adrián. »Ich möchte an dem Tag lieber nicht im Haus sein.«

Lachend gingen sie vom Hof, winkten Julia zu und machten sich auf den Weg in den Wald. Die Sonne spann feine Fäden in das Laubdach, und in der Luft lag ein warmer, erdiger Geruch, den Ruth in tiefen Zügen einatmete. Sie ging gerne morgens spazieren, meist tat sie es allein, da es hier bisher außer Margot niemanden in ihrem Alter gegeben hatte.

»Wo gehen wir hin?«, fragte Adrián.

»Zum Ölberg, dort essen wir im Margaretenhof, danach geht es zum Drachenfels und von dort aus dann zurück zum Hotel. Das sollte für einen Neuling wie dich erst einmal reichen.«

Er ließ das unkommentiert und grinste nur. Na, vielleicht überraschte er sie ja sogar. Sie schlugen den Weg zur Fahrstraße ein, die von Königswinter hoch zum Drachenfels führte, und gingen zu jener Stelle, wo das Wegewärterhaus stand.

»Das hier ist das Nachtigallental«, erklärte Ruth und deutete auf die sanfte Senkung, ein Kerbtal, die sich rechts von ihnen erstreckte. Gras bog sich im leichten Wind, und der Wald bildete einen schattigen Saum um das Grün. Es zog sich an der Südseite des Hirschbergs entlang, in dessen Nähe sich das Hotel befand.

»Warum heißt es Nachtigallental?«

»Eigentlich nannte man es ursprünglich Mennessiefen, weil der Mennesbach hindurchfließt. Aber irgendwann vor gut hundert Jahren beschloss man, dem Tal einen romantischeren Namen zu geben.«

Sie nahmen den Weg entlang des am Nachtigallental verlaufenden Bergrückens des Drachenfelsens. Das schöne Wetter trieb etliche Ausflügler in das Gebirge, viele auch von außerhalb, wie an den Dialekten zu hören war. Hinter dem Wegewärterhaus verließen sie den vorgegebenen Pfad und nahmen eine kurze Steigung zu einer höher gelegenen Straße. Von hier aus waren es gute dreieinhalb Kilometer bis zum Margareten- und Sophienhof und noch einen halben Kilometer weiter bis zum Ölberg.

Adrián hielt inne und sah sich um. »Es ist wirklich ein Luxus, hier zu leben«, sagte er.

»Ja, das ist es in der Tat. Und dieser Weg hier gilt als einer der schönsten im Gebirge. Der Verschönerungsverein hat ihn angelegt und wendet viel Geld auf, um ihn zu erhalten und zu pflegen.«

Da die Steigung hier nur mäßig war, konnten auch wenig geübte Wanderer sie ohne große Probleme bewältigen. Der Weg führte durch den Wald, vorbei an der Wolkenburg,

Schallenberg, Jungfernhardt und bot immer wieder überwältigende Aussichten.

Sie nahmen eine kleine Abkürzung, der an Ebereschen vorbei und zu den Backofenkaulen führte.

»Brauchst du eine Pause?«, fragte Ruth spöttisch, als sie hörte, dass Adrián bereits auf dieser leichten Steigung der Atem schneller ging.

»Ähm, nein, natürlich nicht«, kam es etwas atemlos.

Sie grinste und ging weiter. Bei den Backofenkaulen handelte es sich um ein Stollennetz, das entstanden war, als man im Mittelalter damit begonnen hatte, Trachyttuff für die Herstellung von Backöfen abzubauen.

»Hier mussten zum Kriegsende hin Zwangsarbeiter Einspritzpumpen für Flugzeugmotoren herstellen«, sagte Ruth, als sie einen Moment lang bei den Stollen innehielten. »Da vorne«, sie deutete mit der Hand auf einen Bereich, der ein Stück weit entfernt lag, »lebten sie in Barackenlagern, und tagsüber mussten sie in der unterirdischen Fabrik schuften. In den letzten Kriegstagen haben sich die Menschen aus Königswinter dann hier versteckt, weil sie gehofft haben, in den Stollen vor der Bombardierung sicher zu sein.«

Adrián sah sich um, und sein Atem ging wieder ruhiger. »Und wo habt ihr euch versteckt?«, fragte er.

»Im Keller des Hotels.« Ruth konnte einen leichten Schauder nicht unterdrücken, wenn sie daran dachte – an die Angst, dass das Haus über ihnen zusammenstürzen könnte und sie in der Finsternis ausharren mussten, bis sie erstickt oder verdurstet waren. »Lass uns weitergehen«, sagte sie rasch.

Er nickte nur und berührte kaum merklich ihren Arm, was wieder dieses kribbelige Gefühl in ihrem Bauch auslöste.

Sie gingen zurück auf den Weg, der eine starke Biegung machte und durch ein wunderschönes Stück Wald führte. Die Region, die sie nun passierten, nannte man das Elsiger Feld. Nachdem sie einen halben Kilometer gewandert waren, bot sich ihnen ein wunderbarer Blick auf den Rhein.

»Karl und dein verstorbener Großvater haben den Widerstand unterstützt, nicht wahr?«, fragte Adrián, dem das Thema offenbar keine Ruhe ließ.

Sie nickte. »Ich habe davon aber erst später erfahren. Das alles war nicht ungefährlich, und sie wollten uns schützen, indem sie nichts erzählten.«

»Haben sie Widerstandskämpfer versteckt?«

»Ja. Aber im Detail hat mir Emma das nicht erzählt. Ich weiß nicht, ob sie nicht mehr wusste oder einfach nicht darüber sprechen wollte.«

Nach zwanzig Minuten kamen sie an eine Lichtung, die Useroths Wiese genannt wurde und auf der sich eine Schutzhütte befand. »Ich gönne dir hier einen Moment zum Verschnaufen und tue so, als wolle ich lediglich ein wenig friedliche Einkehr halten«, sagte sie grinsend.

»Wie überaus rücksichtsvoll, aber ich brauche keine Pause«, sagte er ein wenig kurzatmig.

Sie lachte. »Gut, dann nicht. Und du bist wirklich imstande, weiterzugehen?«

»Ich bin zu noch viel mehr imstande.«

Es gab einen Weg, der eine kaum merkliche Steigung hatte und vorbei am Fuß der Löwenburg zu einer wunderbaren Aussicht führte. Sie gingen von der Lichtung aus auf einen Fußweg, der um den Lohrberg herum zur Löwenburg führte und von dem rechter Hand ein Pfad abzweigte.

»Das sieht ziemlich steil aus«, gab Adrián zu bedenken.

»Sollen wir lieber erst einmal eine Altherrentour machen?«, fragte Ruth verständnisvoll.

Er hob die Brauen. »Gehen wir weiter.«

Der Pfad war in der Tat ziemlich steil, und selbst die wandererprobte Ruth geriet ein wenig außer Atem. Der Weg führte zum Grat des Lohrbergs hinauf, wo man für all die Anstrengung mit einer herrlichen Aussicht belohnt wurde. Adrián jedoch schien keinen Blick dafür zu haben. Er ließ sich zu Boden fallen, streckte alle viere von sich, und seine Brust hob und senkte sich in raschen Atemzügen. Sie ging zu ihm und ließ sich neben ihm nieder.

»Geht es?« Sie nahm einen Grashalm und kitzelte ihn damit unter der Nase. »Oder habe ich dich zu sehr erschöpft?«

Er öffnete ein Auge. »Ich kann mir vergnüglichere Momente vorstellen, in denen du das fragst.«

Ruth spürte, wie ihr das Blut ins Gesicht stieg, und sie ärgerte sich darüber, dass sie nicht souveräner wirkte. Sie überspielte ihre Verlegenheit und kitzelte ihn erneut mit dem Grashalm unter der Nase, bis er nieste. Daraufhin umfasste er ihre Hand und richtete sich auf. Einen irritierenden Moment lang glaubte Ruth, er würde sie küssen. Dann jedoch ließ er ihre Hand los, erhob sich und klopfte sich den Staub von der Kleidung. Begleitet von einem diffusen Gefühl der Enttäuschung, stand Ruth ebenfalls auf. Sie hätte gerne gewusst, wie es war, ihn zu küssen.

»Wo müssen wir jetzt hin?«, fragte er.

»Wieder zurück«, rief sie ihm über die Schulter zu und lief leichtfüßig den Pfad hinab.

»Wie bitte?« Er folgte ihr und holte sie rasch ein.

»Ich wollte dich nur ein wenig ärgern.«

»Ah, in der Tat, ja?«

»Bist du mir jetzt böse?«

»Nein, ich werde mich entsprechend revanchieren.«

Sie warf ihm ein keckes Lächeln zu. »Ich kann es kaum erwarten!«

Da es bergab ziemlich zügig ging, standen sie kurz darauf wieder auf der Lichtung. Inzwischen war eine Gruppe von Frauen hier eingetroffen und bereitete gerade ein Picknick vor. Ein kleiner Hund kam kläffend auf sie zugerannt und verbiss sich knurrend in Adriáns Hosenbein.

»Grundgütiger!« Je vehementer Adrián versuchte, den Hund abzuschütteln, umso mehr hielt dieser sich fest.

»Bismarck!« Eine rundliche Frau kam auf sie zugelaufen und packte den Hund am Halsband. »Aus!« Der Hund ignorierte sie. »Bismarck, aus!« Sie folgte vornübergebeugt jeder Bewegung des Tieres, während Adrián versuchte, diesem sein Bein zu entziehen.

Obwohl Ruth klar war, dass das eigentlich nicht lustig war, musste sie lachen, bis ihr der Bauch wehtat, und erst als eine Frau dem Hund ein Stück Wurst hinhielt, ließ er Adriáns Hosenbein los.

»Das findest du komisch, ja?«

Ruth wischte sich die Tränen aus den Augen. »Nein, natürlich nicht.« Sie bemühte sich um eine ernste Miene.

»Mich beschleicht das Gefühl, dass ich an deiner Seite ziemlich gefährlich lebe.«

»Wie aufregend, nicht wahr?«

Jetzt musste er selbst lachen, und ehe Bismarck erneut auf ihn losgehen konnte, verließen sie die Lichtung. An der Wegbiegung sah man auf den Ölberg, den Petersberg und den Rhein. Ruth ging mit Adrián zu dem sogenannten

Nasse-Platz, der am früheren Spindler'schen Steinbruch geschaffen worden war.

»Überwältigend«, sagte Adrián, und Ruth, die all das schon ihr Leben lang kannte und immer wieder von Neuem überrascht war von der Schönheit, die sich ihr bot, stimmte ihm zu. Nach wie vor konnte sie sich an den Ausblicken, die sich ihr boten, nicht sattsehen. »Danke, dass du mir all das zeigst.«

»Ich habe gehofft, dass du es ebenso lieben wirst wie ich«, antwortete sie. »Ich gehe so gerne wandern, aber es kommt fast nie jemand mit.«

»Gehst du immer allein?«

»Ja, in der Regel schon. Früher hat mein Vater mich mitgenommen und auch meine Großmutter, aber die war mit zunehmendem Alter nicht mehr so gut zu Fuß.«

Sie setzten ihren Weg fort und kamen schließlich am Fuß des Ölbergs an, wo sich die Gaststätten Margareten- und Sophienhof befanden. Sie kehrten in den Margaretenhof ein, bestellten kalte Limonade und danach Kaffee und Kuchen. Es war wunderbar idyllisch, und sogar das Schweigen fühlte sich gut an.

»Hast du heute noch etwas geplant?«, fragte Ruth und nippte träge an ihrer Tasse.

»Ich werde wahrscheinlich nach Bonn fahren.«

»Ausgehen?«

»Ja.« Er lächelte, und Ruth fiel ein, dass Margot etwas davon gesagt hatte, abends in Bonn tanzen zu gehen.

»Tanzen?«, fragte sie.

»Ja, voraussichtlich schon. Möchtest du mitkommen?«, fügte er wie einen nachträglichen Einfall hinzu.

Um dann das fünfte Rad am Wagen zu spielen? »Nein.«

Sie trank den letzten Schluck aus und winkte den Kellner heran, um zu zahlen. »Komm, gehen wir weiter. Wir wollen ja noch zum Drachenfels.«

Wenn ihn ihre plötzliche Aufbruchstimmung überraschte, zeigte er es nicht. Er zog seine Geldbörse hervor, aber Ruth war schneller und zahlte für sie beide.

»Die nächste Pause geht dann auf mich«, sagte er.

Anstelle einer Antwort schenkt sie ihm lediglich ein etwas gezwungenes Lächeln und schulterte ihre Tasche.

»Du übernachtest hier auf gar keinen Fall«, sagte Margots Halbbruder Tobias auf Margots Bitte hin.

»Ich möchte aber heute Nacht nicht so spät noch zurückfahren. Was stört es dich überhaupt?«

»Ich habe zu tun.«

»Und da ist es ein Problem, wenn ich mein altes Zimmer nutze? Oder erwartest du Damenbesuch, von dem ich nichts wissen soll?«

»Den würdest du gar nicht mitbekommen, selbst wenn du hier wärst. Aber mir steht nicht der Sinn nach deinem kapriziösen Gehabe und danach, darauf zu achten, dass du nachts unbeschadet nach Hause kommst.«

»Darum brauchst du dich auch nicht zu sorgen.«

»Papa reißt mir den Kopf ab, wenn ich ihm sage, du könntest hier schlafen, und ich ihm dann am nächsten Morgen gestehen muss, dass ich nicht bemerkt habe, dass du nicht heimgekehrt bist.«

»Gott bewahre!«

»In jeder Hinsicht, ja.«

Margot musste lachen. Sie und ihr Bruder hatten sich nie sehr nahegestanden, dafür war der Altersunterschied zu groß, und er war zudem in der Schweiz aufgewachsen. Er war der Sohn einer Frau, die seinerzeit dumm genug gewesen war, sich von Georg Rebein ein Kind anhängen zu lassen, zu einer Zeit, in der das noch weniger geduldet wurde – und heute war es ja schon ein Skandal. Sie waren beide noch sehr jung gewesen, und ihre Eltern waren gegen eine Ehe, sodass Tobias zu Pflegeeltern und später auf ein Internat in die Schweiz kam, wo seine Mutter mittlerweile lebte und verheiratet war. Da ihr Ehemann von dem Sohn wusste, wohnte Tobias in den Ferien abwechselnd bei ihr und bei seinem Vater, der das Sorgerecht für ihn hatte. Und da er Georg Rebeins einziger Sohn blieb, würde er darüber hinaus später alles erben und bewohnte nun die Villa.

»Ach, komm schon, Tobias«, schmeichelte sie jetzt. »Ich gehe mit Ina aus, und sie nimmt das Auto. Du musst dir also keine Sorgen machen.« Sie sah ihm an, dass ihm eine abschlägige Antwort auf der Zunge lag. »Und falls ich hier nicht übernachten kann, müsstest du mich nachts wieder ins Hotel fahren.«

»Ich?«

»Natürlich, oder denkst du, ich laufe zu Fuß hoch? Ansonsten ruf einfach Papa an, dann kommt er und holt mich ab.«

Er verdrehte die Augen. »Also gut, schlaf hier. Aber nur heute, ist das klar?«

Na bitte. Sie lächelte ihn an. »Das ist so lieb von dir.«

»Ja, sicher.«

»Rufst du Papa an und sagst ihm Bescheid? Danke.« Ehe er antworten konnte, verließ sie das Wohnzimmer und suchte ihr Zimmer auf. Es war ihr wichtig, immer mal hierherzukommen, weil sie die Vorstellung schlimm fand, der Raum könne irgendwann einmal unbewohnt wirken. In ihrem Schrank hingen noch ein paar Nachmittags- und Abendkleider, damit sie, wenn sie sich spontan entschloss, in Bonn auszugehen, immer Kleidung zur Verfügung hatte.

Sie wusste, dass Ruth und Adrián an diesem Tag wanderten, und ihr gefiel die Vorstellung zwar nicht, dass die beiden sich allein stundenlang im Siebengebirge herumtrieben, aber sie war vernünftig genug, sich ihnen nicht anzuschließen. Es wäre einer näheren Bekanntschaft mit Adrián ganz sicher nicht zuträglich, wenn Ruth leichtfüßig voranschritt, während Margot ihnen im Schneckentempo folgte und dabei keuchte wie ein Brauereipferd.

Als sie die Tür zu ihrem Balkon öffnete, strömte das Sonnenlicht in den Raum. Das Zimmer ging zum Garten hinaus, und früher, als sie noch zu jung war, um an abendlichen Feiern und Soireen teilnehmen zu dürfen, hatte sie sich auf ihrem Balkon hinter die Balustrade gehockt und zwischen den marmornen Säulen nach unten gespäht. So manch pikantes Geheimnis hatte sich vor ihren Augen abgespielt, Dinge, die sie erst als Heranwachsende verstand.

Nun war sie neunzehn, und in zwei Jahren, wenn sie volljährig war, würde sie in die Rebein-Villa ziehen, da konnten ihre Eltern und ihr Bruder sich auf den Kopf stellen. Dann blitzte der Gedanke in ihr auf, was wäre, wenn es zwischen ihr und Adrián etwas Ernstes würde. Aber damit konnte sie sich befassen, wenn es so weit war. Vorerst gedachte sie ohnehin nicht zu heiraten, sondern wünschte sich eine lange Verlobungszeit, und die wollte sie genießen, vorzugsweise in einer Umgebung, wo man nicht in jeder Richtung nur Berge und Bäume sah.

Sie drehte sich vom Balkon weg und ging zum Schrank, suchte ein hübsches Kleid für den Abend raus, dazu passende Schuhe und einen leichten seidenen Schal, falls es kühl wurde. Es klopfte, und auf ihr »Herein« hin öffnete ihr Bruder die Tür.

»Papa sagt, du kannst bleiben.« Ihm war anzusehen, dass er sich eine andere Antwort erhofft hatte.

Sie lächelte ihn zuckersüß an und bedankte sich bei ihm.

»Du bist spätestens um eins wieder hier«, fügte er hinzu. »Sonst war es das letzte Mal, dass du hier übernachtet hast.« Jetzt erwiderte er das Lächeln, während ihres zerfiel.

»Aber …«

»Ja?«

»Nichts, schon gut.« Sie seufzte. Aber immerhin war das besser als nichts. Sie würden einigermaßen zeitig losfahren, dann hätten sie noch was vom Abend. Da sie noch ein wenig Zeit hatte, ging sie hinunter in die Küche, wo die Köchin gerade bei einer Tasse Tee saß. Sie hatten hier nur noch eine Köchin und ein Stubenmädchen. Einmal die Woche kam eine Zugehfrau, die gründlich putzte, und zweimal eine Wäscherin. Die Bettwäsche wurde per Botendienst zur Heißmangel gebracht und abgeholt. Gelegentlich versuchte Margot sich vorzustellen, wie es wohl gewesen war, als man noch einen Tross von Bediensteten gehabt hatte, die einem jeden Handschlag abnahmen. Es war sicher komfortabel gewesen, aber hatte man sich nicht auch beobachtet gefühlt?

»Guten Tag, Fräulein Margot«, rief die Köchin und stellte ihr Teetasse ab.

»Bleiben Sie doch sitzen, Frau Henke. Ich möchte mir nur eine kalte Limonade holen.«

Dankbar lehnte sich die ältere Frau wieder zurück. »Ich habe vorhin Zitronenlimonade mit Minze gemacht. Sie steht im Kühlschrank auf der linken Seite.«

Margot öffnete die schwere Tür des Kühlschranks, und kalte Luft schlug ihr entgegen. Sie nahm die Flasche, goss sich ein Glas Limonade ein und stellte sie zurück.

»Wie lange bleiben Sie?«, fragte Frau Henke.

»Bis morgen.«

»Ach, wie schön. Es ist so still hier, seit Sie nicht mehr da sind.«

»Ja, dasselbe stelle ich in meinem neuen Zuhause auch immer wieder fest.«

Frau Henke lachte dröhnend. »Aber es ist doch gewiss sehr idyllisch, nicht wahr?«

Margot zuckte mit den Schultern. »Ich bevorzuge das Wort *langweilig*.«

Wieder lachte Frau Henke. »Dann hoffe ich nur, dass Sie sich die Zeit nicht lang werden lassen.«

Margot zwinkerte ihr zu und hob das Glas. »Deshalb bin ich hier.«

Sie ging zurück in ihr Zimmer und sah sich das Kleid an, während sie an ihrer Limonade nippte. Dann setzte sie sich an ihren Frisiertisch, wo sie ihre Handtasche abgestellt hatte, und entnahm dieser eine kleine Schachtel mit einem Armband, einer dazupassenden Halskette und Ohrringen. In einer halben Stunde würde sie anfangen, sich umzukleiden, und dann einen hoffentlich überaus unterhaltsamen Abend erleben.

⁂ 7 ⁂

»Bist du sicher, dass du nicht mitkommen möchtest?«, fragte Adrián. »Du kannst nach dieser Wanderung unmöglich erschöpfter sein als ich.«

»Ich…« Ruth suchte nach einer glaubhaften Begründung, ablehnen zu können. »Du weißt doch gar nicht, ob das deiner Begleitung recht ist.«

Er lachte. »Keine Sorge, ich bringe dich heim, ehe es pikant wird.«

Jetzt hob sie die Brauen. »Ah ja?«

»Na komm, du hast mir das Siebengebirge gezeigt, und ich zeige dir im Gegenzug das Nachtleben.«

Sie zögerte. »Also gut.«

»Gut, du hast eine Stunde Zeit, dich umzukleiden.«

Sie sah an sich hinab. »Wieso? Findest du mein Kleid hässlich?«

Jetzt wurde er tatsächlich verlegen. »Ähm, nein, ich dachte nur… also…«

Sie sah ihn interessiert an, während er sich wand, um aus dieser Peinlichkeit einigermaßen galant herauszukommen. »Schon gut«, erlöste sie ihn schließlich und grinste. »Das ist ein Nachmittagskleid.«

In ihrem Ankleidezimmer durchforstete sie den Schrank nach etwas Passendem. »Herein«, rief sie, als es klopfte, und kurz darauf trat Emma ein.

»Adrián hat erzählt, er führt dich heute Abend aus?«

»Na ja, *ausführen* ist sicher ein etwas zu großes Wort. Wir gehen tanzen.«

Emma lächelte. »Wie schön. Und nun findest du nichts anzuziehen?«

»Genauso ist es.«

Emma trat neben sie und betrachtete kritisch den Inhalt des Kleiderschranks. »Wie ist es mit diesem hier?« Sie holte ein blassgelbes, weiß gepunktetes Kleid hervor, dessen Saum und Ausschnitt mit rotem Satin abgesetzt war.

»Hm, ich weiß nicht ...«

Auch ein burgunderrotes wurde verworfen, ebenso ein weiß schimmerndes mit pastellfarbenen Blumen auf dem Rock sowie ein blau-weißes. Emma schob ein Kleid nach dem anderen zur Seite und holte schließlich eines heraus, das Ruth bisher nur einmal getragen hatte. Es war tannengrün mit einem schwarzen Band um die Taille, schwarz eingefasstem Ausschnitt, und unten sah der schwarze Spitzensaum der Unterröcke hervor, die dem Kleid seine Form gaben. »Zieh das an, ich bin mir sicher, es sieht hinreißend aus.«

Ruth öffnete ihr Kleid, ließ es zu Boden fallen und zog das grüne über. Kritisch betrachtete sie sich im Spiegel. »Nicht schlecht«, sagte sie.

»Nicht schlecht? Es ist entzückend.«

Das Kleid hatte einen viereckigen Ausschnitt, und die Träger waren so breit, dass sie die Schultern komplett bedeckten. Sie drehte sich vor ihrem Spiegel, und der Rock schwang spielerisch um ihre Beine. Dann griff sie sich ins Haar, überlegte, was sich damit machen ließ.

»Bring es mit einer Brennschere in Form, und steck einfach eine Spange hinein«, sagte Emma. »Mehr musst du nicht machen.« Sie ging zu Ruths Frisiertisch und zog die Schublade mit den Haarnadeln und Spangen auf. »Wie wäre es mit dieser hier?« Die Spange war schwarz und fächerförmig mit grünen Federn besetzt.

»Ich glaube, die habe ich seinerzeit sogar zu diesem Kleid gekauft«, sagte Ruth und hielt sie probeweise an ihr Haar.

»Sehr hübsch«, urteilte Emma. Sie lehnte an einer Kommode, hatte die Arme vor der Brust verschränkt und betrachtete sie. »Amüsiere dich, ja? Du warst viel zu selten aus.«

War Ruth anfangs noch unsicher, ob sie wirklich gehen sollte, so freute sie sich inzwischen auf den Abend. Sie zupfte an dem Kleid herum und sah erneut in den Spiegel. Um die Schultern würde sie einen Schal legen.

»Möchtest du auch in Bonn übernachten? Dann sage ich Tobias Bescheid, damit er das Gästezimmer herrichten lässt.«

Bei Margot? »Nein, ich komme nach Hause.« Sie ließ sich auf dem Stuhl vor ihrem Frisiertisch nieder. »Wann soll ich wieder hier sein?«

»Du bist erwachsen, nicht wahr?« Emma zwinkerte ihr zu und verließ das Zimmer, während Ruth sich mit wild klopfendem Herzen daranmachte, ihr Haar zu frisieren. Das Leben schien ihr auf einmal wunderbar und verheißungsvoll. Und als sie eine halbe Stunde später ins Vestibül trat und die Bewunderung in Adriáns Augen bemerkte, verspürte sie wieder dieses irritierend sinnliche Gefühl erwartungsvoller Freude. Sie erwiderte sein Lächeln und trat zu ihm.

»Karl stellt uns eine Hotellimousine zur Verfügung«, sagte er.

»Damit wir hochherrschaftlich vorfahren können?«

»Wohl eher, weil er nicht darauf vertraut, dass ich den Weg zurück finde.«

Der Chauffeur hatte eine der schwarzen Mercedes-Limousinen bereits vorgefahren und öffnete die Tür. Obwohl es Ende Mai bereits sommerlich warm war, waren die Abende noch recht kühl, und Ruth war froh darum, ihren Schal umgelegt zu haben. Während der Fahrt plauderte Adrián von Ungarn, das Ruth bisher noch nie gesehen hatte. Er erzählte, wie sie die Zeit nach dem Krieg erlebt hatten, von seiner Ausbildung und der Arbeit in einem der besten Hotels von Budapest.

»Vermisst du Ungarn?«, fragte Ruth.

»Ich bin noch nicht lange genug weg, um es zu vermissen«, sagte er leichthin. »Allerdings fehlen mir meine Freunde, und natürlich meine Familie. Mein Leben dort war geselliger.«

Ruth spielte mit dem schmalen Schulterband ihres Handtäschchens und versuchte sich das Leben in jener Stadt vorzustellen, die sie nur von Bildern kannte. Sie war nie gereist, das hatte sich in der Vergangenheit einfach nicht ergeben, aber sie wollte das unbedingt nachholen. »Hast du inzwischen hier auch ein paar Freunde gefunden? Du hattest doch bestimmt nicht vor, heute allein auszugehen.«

Ein kaum merkliches Lächeln spielte um seine Mundwinkel. »Nein, ich denke, ich treffe dort den ein oder anderen. Natürlich kenne ich inzwischen schon Leute, das hat sich über die Bekannten deiner Familie ergeben, aber Freunde würde ich das noch nicht nennen.«

Auf dem Hinweg konnten sie die Fähre nutzen, der Rückweg würde dann etwas länger dauern, da die Fähre nachts nicht mehr übersetzte. Sie fuhren durch Godesberg nach Bonn, und schließlich hielt der Wagen vor einem Tanzlokal, dessen Musik bis auf die Straße zu hören war und vor dem sich junge Leute gut gelaunt unterhielten.

»So, dann auf in den Kampf«, scherzte Adrián, als er dem Chauffeur zuvorkam, die Wagentür öffnete und Ruth die Hand reichte, um ihr hinauszuhelfen. Ruth lachte, drehte sich um und sah Margot, die gerade von der anderen Straßenseite kam und sie ungläubig anstarrte.

»Was für eine Überraschung«, sagte Adrián, der Ruths Blick gefolgt war.

»In der Tat.« Margots Lächeln wirkte ein wenig angestrengt, und sie wandte sich rasch ihrer Begleiterin zu. »Ina, das ist Adrián Rados, ein Verwandter aus Ungarn. Adrián, das ist meine beste Freundin Ina Steinbrück.«

Adrián reichte der jungen Frau die Hand und bemerkte, dass sie ihn musterte. Als sie seinem Blick begegnete, wandte sie die Augen rasch ab. »Gehen wir rein?«, fragte sie an Margot gewandt.

»Dafür sind wir hier, nicht wahr?« Margot hakte sich bei ihrer Freundin ein, und Adrián bot Ruth den Arm. Dass sie und Margot sich nicht besonders gut verstanden, hatte er inzwischen mitbekommen, ebenso, dass insbesondere Margot häufig um seine Aufmerksamkeit buhlte.

Sie betraten das Tanzlokal, suchten einen Tisch, an dem sie sich zu viert niederließen – einen Zweiertisch aufzusuchen wäre schlicht unhöflich gewesen –, und Adrián beobachtete Ruth dabei, wie sie mit langsamen, konzentrierten Bewegungen den Schal von den Schultern nahm und zusammenfaltete.

»Sie spielen also heute den Hahn im Korb?«, fragte Ina mit einem kleinen Lächeln. »Das wird gewiss anstrengend.«

»Ich denke, ich bin dem gewachsen.«

Sie lachte. »Warten wir es ab.«

Ruth erhob sich und reichte ihm die Hand. »Gehen wir tanzen?«

»Entschuldigt uns«, sagte Adrián.

»Aber immer doch«, antwortete Margot gelassen.

Er ging mit Ruth auf die Tanzfläche und stellte fest, dass sie eine sehr gute Tänzerin war. Das war ihm bei dem Tanzabend im Hotel gar nicht aufgefallen, aber dort war er wohl auch einfach nicht lange genug geblieben, um das zu bemerken. Er ließ den Blick durch die ausgelassene, lachende Schar junger Leute schweifen, konnte Magdalena jedoch nicht entdecken.

»Bist du nicht bei der Sache?«, fragte Ruth, und er wandte sich ihr wieder zu.

»Kurz abgelenkt«, gestand er, »aber ich bin jetzt wieder ganz der deine.«

Sie beendeten den Tanz, blieben jedoch für den nächsten gleich auf der Tanzfläche, ebenso für den darauffolgenden, tanzten, bis sie außer Atem waren. Und als Adrián Ruth schließlich zurück zum Tisch führte, sah er Magdalena, die mit einigen jungen Frauen und Männern zusammenstand und plauderte.

Sie wurde auf ihn aufmerksam und schenkte ihm ein Lächeln, von dem nur er wissen konnte, dass es ihm galt. Und was darin mitschwang, war in der Tat sehr verheißungsvoll. Da die jungen Damen derzeit als Tanzgäste hier waren, sprach nichts dagegen, sie aufzufordern und auf diese Weise unbemerkt mit Magdalena zu tanzen. Hier galten die sozialen Grenzen nicht, die sie in Herrschaften und Personal unterschieden, und die Zimmermädchen waren einfach hübsch gekleidete Frauen auf der Suche nach Zerstreuung. Dann jedoch dachte Adrián, dass sie vielleicht gerne unter sich waren und nicht auch noch heute in Gesellschaft ihrer Vorgesetzten, und so beschränkte er sich darauf, ihnen freundlich zuzunicken.

Er sah Margot mit einem jungen Mann tanzen und wandte sich Ruth zu, die gerade den Kellner herbeiwinkte. Sie war immer noch ein wenig atemlos, ihre Augen glänzten, und ihre Wangen hatten Farbe bekommen. Was ein bisschen Tanzen doch ausmachte, dachte Adrián. Bisher hatte er sie immer etwas zurückhaltend erlebt, jemand, der eher dazu neigte, sich in sich selbst zurückzuziehen, wozu auch ihre Liebe zu einsamen Wanderungen passte. Margot war ganz anders, schien leichter aus sich herauszukommen, und doch war faszinierend zu beobachten, dass beide dem Leben mit einer ganz eigenen Hingabe folgten.

Nachdem der Kellner die Bestellung aufgenommen hatte, lehnte Ruth sich auf der Bank zurück und strich sich eine Haarsträhne aus dem Gesicht. »Ich könnte fortwährend weitertanzen«, sagte sie.

Er grinste. »Tu dir keinen Zwang an.«

»Ich muss nur was Kaltes trinken, dann geht es weiter.« Sie sah zur Tanzfläche, hob die Hand und winkte jemandem zu, den Adrián nicht kannte.

»Ein Verehrer?«, fragte er.

»Ach was, nur der Bruder einer ehemaligen Schulkameradin.« Erneut grüßte sie jemanden von Weitem, dann gestikulierte sie einer Gruppe junger Frauen, dass sie noch einen Moment lang sitzen bleiben wollte.

Der Kellner brachte die Getränke, und Ruth hob ihr Glas an die Lippen, um einen tiefen Schluck zu nehmen. Sie schloss einen Augenblick lang genießerisch die Augen, und Adrián bemerkte einen winzigen Tropfen an ihrer Unterlippe. Er hatte bereits die Hand gehoben, um ihn wegzuwischen, als ihm klar wurde, wie diese Geste gedeutet werden würde, und so hielt er sich zurück.

»Oh, ihr habt kalte Getränke bestellt, wie schön«, sagte Margot, die gerade an den Tisch kam, nach Adriáns Glas griff und daraus trank. Sie stellte es wieder vor ihm ab und lächelte ihn keck an. »Komm, ich habe gerade beschlossen, dass Damenwahl ist.« Sie zwinkerte ihm zu und griff nach seiner Hand. Dann hielt sie kurz inne und wandte sich an Ruth. »Das ist doch in Ordnung, oder?«

Ruth zuckte mit den Schultern. »Ich habe ja schließlich kein Eigentumsrecht auf ihn, nicht wahr?«

Da Adrián offenbar nicht gefragt wurde und auch nicht hätte Nein sagen können, ohne Margot zu brüskieren, folgte er ihr auf die Tanzfläche. Danach wurde er weitergereicht an ihre Freundin Ina und schaffte es hernach, sich loszueisen und zur Bar zu gehen, wo er Magdalena stehen sah. Er bemerkte, dass Ruth mit jenem jungen Mann tanzte, den sie als Bruder einer ehemaligen Mitschülerin vorgestellt hatte, und wandte sich Magdalena zu.

»Wie geht es dir?«

»Gut.« Sie lächelte.

»Sehen wir uns nachher?«

Sie nippte an ihrem Glas. »Kommt darauf an, wann *nachher* ist.«

»Ich bringe Ruth nach Hause, und dann setzen wir uns unauffällig ab?«

»Woran dachtest du?«

»Es gibt ein Haus in Königswinter, da wären wir ungestört. Und niemand würde merken, dass du noch einmal weggehst. Ich lasse dich später ins Haus.«

Nachdem sie einen Moment lang schweigend darüber nachgedacht hatte, nickte sie. »Also gut. Aber es darf nicht allzu spät werden, wir haben nicht so lange Ausgang.«

»Sag einfach, ich hätte es erlaubt.«

Ein Mann erschien und forderte Magdalena auf, und Adrián blieb allein an der Bar stehen und beobachtete das Treiben. So etwas in der Art müsste sich auch im Hotel etablieren lassen. Zwar hatte Adrián nicht gerade eine Schwäche für deutsche Schlager, aber man konnte ja Mottoabende veranstalten.

Gerade lief *Es geht alles vorüber, es geht alles vorbei* von Lale Andersen, und eine Frau, die neben Adrián stand, sang leise mit. Margot tanzte mit einem Mann, der sich ein wenig enger an sie drängte, als es der Anstand erlaubte. Stirnrunzelnd betrachtete Adrián die Szene, aber da sie bisher keine Anzeichen dafür erkennen ließ, dass ihr die Nähe unangenehm war, griff er nicht ein.

»Sind all deine hübschen Begleiterinnen gerade anderweitig vergeben?«, hörte er eine Männerstimme sagen und drehte sich um. Peter Herrmann, ein Bekannter der Alsbergs und Hohensteins, der ab und zu schon mit ihm und Sebastian um die Häuser gezogen war, stand neben ihm und gab gerade eine Bestellung auf.

»Ja, wie du siehst, wurde ich aufs Abstellgleis geschoben«, scherzte Adrián.

»Nicht das Schlechteste. Meine Cousine will so oft tanzen, dass ich mir jede Pause mühsam erringen muss. Und offenbar sehe ich so abschreckend aus, dass niemand sie auffordert.«

Adrián sah zu dem Tisch, in dessen Richtung Peter nickte. Eine junge Frau saß dort und wirkte ein wenig mauerblümchenhaft. »Ich könnte anbieten, dich zu erlösen«, bot er großzügig an.

»Ach, wenn du das tun könntest. Ich konnte sie mit Mühe dazu bringen, lange genug zu sitzen, damit wir etwas trinken können.«

Adrián erhob sich und ging auf den Tisch zu. Der feindselige Blick, den ihm die junge Frau zuwarf, war alles andere als ermutigend, und er öffnete eben den Mund, als sie ihn anfauchte: »Ich habe gesehen, dass mein Cousin Sie schickt. Also sparen Sie sich die schönen Worte, ich werde nicht gerne aus Mitleid aufgefordert. Sie dürfen gehen.«

Das verschlug ihm in der Tat die Sprache, da Adrián sich – man mochte es Eitelkeit nennen oder eine gesunde Selbsteinschätzung – seiner Wirkung auf Frauen durchaus bewusst war und mit dergleichen Reaktionen nicht rechnete. Er hob die Brauen, schenkte ihr ein spöttisches Lächeln und neigte den Kopf. »Es war tatsächlich meine Idee, und ich habe Ihren Cousin gefragt, ob es ihm recht sei. Er hätte mich vorwarnen sollen.«

Jetzt weiteten sich ihre Augen, und sie starrte ihn wortlos an, aber er gab ihr nicht die Möglichkeit, ihren Fehler zu korrigieren, und wandte sich ab. Peter Herrmann, der gerade von der Bar zurückkam, schenkte er nur ein bedauerndes Schulterzucken. Er wollte zu seinem Platz zurück, als er bemerkte, dass ein junger Mann Ruth von der Tanzfläche führte. Sie humpelte und hatte das Gesicht schmerzvoll verzogen. Eilig ging Adrián auf sie zu.

»Was ist passiert?«

»Ich bin umgeknickt«, antwortete Ruth.

»Es war meine Schuld«, fügte ihr Begleiter hinzu.

»Ach, so ein Quatsch. Ich habe einfach nicht aufgepasst.« Ruth ließ sich zu ihrem Tisch bringen und setzte sich. »So ein Ärger«, sagte sie und beugte sich vor, um ihren Knöchel zu betasten.

»Ich hole etwas Eis zum Kühlen«, sagte der junge Mann und lief in Richtung Bar. Adrián nahm neben Ruth auf der Bank Platz und neigte sich leicht vor, um sie anzusehen.

»Ist es arg schlimm?«

»Es wird bestimmt gleich wieder.«

Kurz darauf kehrte der junge Mann mit ein paar Eiswürfeln zurück, die er in ein Tuch gewickelt hatte und Ruth nun um den Knöchel legte. Sie zuckte kurz zusammen und biss sich auf die Unterlippe.

»Ich hole dir noch was zu trinken«, sagte Adrián, der gerade keinen Kellner entdecken konnte und sich erhob, um zur Bar zu gehen.

Peter stand wieder dort und hielt missmutig ein Glas zwischen den Händen.

»Einen Sack Flöhe hüten ist nichts dagegen, ja?«

Adrián hob nur kurz eine Braue und antwortete nicht. »Hat deine Cousine dich aus ihren Fängen erlöst?«, fragte er stattdessen.

»Clara ist sich frisch machen gegangen.« Peter nickte unbestimmt nach links, wo ein Korridor aus dem Raum führte.

Adrián gab seine Bestellung auf und legte den Ellbogen auf den Tresen, während er wartete.

»Ziehst du nachher noch mit uns um die Häuser?«, fragte Peter und stelle sein Glas ab.

»Nein, ich werde mich etwas pikanteren Vergnügungen widmen.«

»Ah.« Ein süffisantes Grinsen erschien. »Und wer von den jungen Damen hier ist die Glückliche?«

»Ein Ehrenmann schweigt.« Adrián zwinkerte ihm zu.

»Na, dann lass dich nicht erwischen, Väter reagieren da sehr ungnädig, habe ich mir sagen lassen.«

»Ich bin mir sicher, in dem Haus in Königswinter ist die Wahrscheinlichkeit, erwischt zu werden, eher gering.«

»Ja, so ein Haus bräuchte ich auch.«

Adrián feixte. »Nur kein Neid.« Er sah auf die Uhr und ging dann mit den Gläsern zu dem Tisch, an dem Ruth saß und mit unglücklicher Miene ihren Knöchel betastete.

»Ist es inzwischen besser?«, fragte er.

»Nein, im Gegenteil.«

Er ging in die Hocke und sah sich ihren Knöchel an. Geschwollen war nichts.

»Macht Adrián dir gerade einen Antrag?«, hörte er Margot scherzen und sah von seiner hockenden Stellung auf zu ihr.

»Ganz recht«, antwortete Ruth spitz. »Mit meinem Fuß in der Hand, damit es denkwürdiger wird.«

»Sie hat sich den Knöchel verstaucht«, sagte Adrián, während er sich erhob.

»Man sieht gar nichts«, bemerkte Margot.

»Dafür spürt man es umso mehr«, entgegnete Ruth.

»Und was nun?«, fragte Adrián.

Ruth sah zur Tanzfläche und zuckte dann resigniert mit den Schultern. »Da ich heute ohnehin nicht mehr tanzen werde, können wir von mir aus fahren.«

Margot taxierte sie aus leicht verengten Augen, ein Blick,

den Adrián nicht so recht einzuordnen wusste. Ihm hingegen kam es nicht gerade gelegen, dass sie jetzt schon gehen sollten. Er sah Magdalena mit jemandem tanzen und überlegte. Aber er konnte auch nicht gut unter fadenscheinigen Gründen bleiben und sie allein zurückschicken.

»Ist gut«, sagte er schließlich. »Entschuldigt ihr mich kurz?«

Die beiden jungen Frauen nickten, und er ging zurück zur Bar, wartete, bis Magdalena den Tanz beendet hatte, und nickte ihr dann kaum merklich zu. Sie gesellte sich zu ihm und bestellte etwas zu trinken. Kurz überzeugte er sich davon, dass er von Ruths Tisch aus nicht gesehen werden konnte, dann neigte er leicht den Kopf.

»Wir müssen jetzt los, Fräulein Ruth hat sich den Knöchel verstaucht.«

Magdalena senkte kurz die Lider, schwieg, dann sah sie ihn an. »Ich sage, mir sei nicht wohl, und begleite euch. Da Fräulein Ruth dabei ist und ich vorne beim Chauffeur sitzen werde, wird sich niemand etwas dabei denken.«

Ein Lächeln umschattete Adriáns Mundwinkel. »Dann sehen wir uns draußen, ja?« Er ging zurück zu Ruth, die nun allein am Tisch saß.

»Lass uns gehen.« Sie erhob sich und humpelte einen Schritt, dann nahm sie seinen gebotenen Arm und stützte sich darauf. »Margot ist wütend auf mich, vermutlich, weil ich dich wieder mitnehme.« Sie zog eine Grimasse.

»Ich bin mir sicher, sie wird sich über mangelnde Aufmerksamkeit nicht beklagen können.« Er warf Margot einen Blick zu und winkte ihr zum Abschied zu. Sie stand mit ihrer Freundin Ina am Rand der Tanzfläche, winkte zurück und wirkte tatsächlich verärgert.

»Ihr versteht euch nicht besonders gut, ja?«

»Gelinde ausgedrückt.«

Er brachte Ruth zum Auto und half ihr hinein, als Magdalena das Tanzcafé verließ und die Straße überquerte. »Mir ist nicht gut, könnte ich mit zum Hotel fahren?«, bat sie.

»Natürlich«, antwortete Ruth, ehe Adrián etwas sagen konnte. »Steigen Sie nur ein.«

Höflich hielt Adrián ihr ebenfalls die Tür auf und stieg schließlich selbst in den Wagen. Er saß hinter Magdalena und konnte ihr hellbraunes, glänzendes Haar sehen, als sie den Kopf an die Rückenlehne schmiegte und mit dem Chauffeur plauderte.

Ruth sah schweigend aus dem Fenster, und Adrián lehnte den Kopf zurück, schloss die Augen und ließ sich vom Motorengeräusch in einen angenehmen Halbschlaf lullen, aus dem er aufschreckte, als der Chauffeur die Tür auf Ruths Seite öffnete und Nachtluft in den Wagen strömte. Er stieg aus, sah Magdalena an und nickte mit dem Kinn in Richtung Gartentor, dann reichte er Ruth den Arm und brachte sie zum privaten Eingang des Hauses.

»Du hast geschlafen«, bemerkte Ruth. »Dann habe ich dich ja heute deutlich mehr erschöpft, als ich dachte.«

»Den schlüpfrigen Unterton überhöre ich, wie sich das für einen Ehrenmann ziemt.«

Sie lachte.

Der Korridor lag still da, als sie leise hindurch zur Treppe gingen. Da standen sie nun vor dem Problem, dass es in diesem Teil des Hauses keinen Aufzug gab und Ruth nur sehr langsam und unter Schmerzen Stufe für Stufe nach oben konnte. Auf dem ersten Treppenabsatz hielt er inne.

»Warte mal kurz«, sagte er, legte den Arm um ihren

Rücken, schob den anderen unter ihre Knie und hob sie hoch.

»Das geht doch nicht«, protestierte sie flüsternd.

»Und ob das geht.«

»Wenn uns jemand sieht!«

»Dann werden wir wohl heiraten müssen«, scherzte er.

»Du bist wirklich unmöglich.«

Sie schafften es ungesehen bis in das zweite Obergeschoss, und er ließ Ruth hinunter, um sie in Emmas Wohnung zu begleiten. Georg war noch wach, und offenbar war ihm an diesem Abend die Aufgabe zugefallen, auf ihre Rückkehr zu warten.

»So früh schon?«, fragte er erstaunt, dann bemerkte er, dass sie humpelte. »Ist etwas passiert?«

»Ich habe mir den Knöchel verstaucht.«

Er legte sein Buch weg und erhob sich. »Ist es schlimm?«

»Nein, ich vermute, ein wenig kühlen reicht schon.«

»Wenn es morgen nicht besser wird, rufen wir Dr. Hartung an.«

Adrián überließ Ruth der Fürsorge ihrer Familie und verabschiedete sich. Am Gartentor wartete Magdalena bereits, und er spürte, wie das Verlangen beim Gedanken an den Fortgang der Nacht in ihm aufflammte. Allerdings würde er sich noch ein wenig gedulden müssen, da er keine der Hotellimousinen nehmen konnte, das wäre aufgefallen, und einen eigenen Wagen besaß er derzeit noch nicht.

»Man könnte sonst bemerken, dass du mich begleitest«, erklärte er den Umstand, dass sie zu Fuß nach Königswinter gehen würden.

»Ach, das macht nichts, ich finde das aufregend.«

Er ergriff ihre Hand und führte sie mit sich in die Finsternis des Waldes.

Magdalena bog ihren Körper atemlos unter Adriáns Händen, warf den Kopf zurück, und in dem düsteren Raum war nichts zu hören außer ihren keuchenden Atemzügen. Und auch nachdem ihre Gier den Gipfelpunkt überschritten hatte, rauschte ihr das Blut in den Ohren, vermischte sich mit dem rasenden Pochen von Adriáns Herzschlag, während sie an seiner Brust lag und sich darauf konzentrierte, wieder zu Atem zu kommen. Inzwischen war sie froh, dass sie mit zum Tanzen gekommen war, sie hoffte nur, dass ihr plötzliches Verschwinden nicht zu Fragen führte. Aber darum würde sie sich am kommenden Tag Gedanken machen, jetzt wollte sie erst einmal an nichts anderes denken als an sich selbst und an Fräulein Margots dummes Gesicht. Sie lächelte und malte mit der Fingerspitze kleine Kreise auf Adriáns Brust.

»Wie war die Wanderung mit Fräulein Ruth?«, fragte sie, ehe die Stille zu schwer lastete, weil sie sich nichts zu erzählen hatten.

»Schön. Und anstrengend.«

Sie schob sich hoch und küsste ihn. »Von Erschöpfung war aber nichts zu merken.«

»Das liegt allein an dir«, antwortete er galant, und einen Moment lang tat es ihr leid, dass aus ihnen nie mehr werden würde. Aber sie machte sich über seine Gefühle zu ihr keine Illusionen. Außerdem wollte sie, wenn sie mit alldem abgeschlossen hatte, mit niemandem aus dieser Familie mehr etwas zu tun haben.

»Was war das hier einmal?«, fragte sie.

»Es gehörte zum Hotel, hier konnten die Gäste absteigen, wenn sie in der Stadt waren und nachts nicht mehr hochwollten.«

Sie erhob sich, wickelte das Laken um ihren Körper und ging langsam durch das Zimmer, sah sich um, soweit es bei dieser Funzel möglich war. Die Lampen hatten auch schon bessere Tage gesehen, aber es war ein Wunder, dass die Elektrizität überhaupt noch funktionierte. »Es ist ziemlich heruntergekommen.«

»Es war bis vor zwei Jahren von den Alliierten beschlagnahmt.«

Sie berührte eine Porzellanuhr, die auf einer Kommode stand. Ob man hier noch weitere Kostbarkeiten so leicht finden konnte? »Und jetzt steht es einfach so leer?«

»Ja, ich weiß allerdings nicht, was damit geplant ist.«

Langsam nickte sie und strich über glattes Holz, über abblätternde Tapete, ging ans Fenster, schob den Vorhang leicht zur Seite, um hinausblicken zu können, aber gleichzeitig nicht von draußen gesehen zu werden. Das Haus hatte einen morbiden Charme, der das heimliche Treffen hier noch spannender machte.

»Was sage ich denn, wenn jemand merkt, dass ich viel zu spät zurückkomme?«, fragte sie und ließ den Vorhang wieder los.

»Ich sorge dafür, dass du unbemerkt ins Haus kommst«, versprach er.

Sie fragte sich, was ihre Mutter sagen würde, wenn sie hiervon wüsste. Es war ja schon problematisch, ihr zu gestehen, dass sie ihren freien Tag nicht mit ihr verbringen würde, sondern mit Freunden ausging. Ihre Mutter hatte ihr sehr erfolgreich ein schlechtes Gewissen eingeredet, dabei merkte Magdalena erst jetzt, wie gut es ihr tat, mal einen Nachmittag und Abend außerhalb der Arbeit mit Gleichaltrigen zu verbringen. Und die Nacht darauf mit Adrián in einem richtigen Bett, ohne Angst haben zu müssen, dass jemand sie dabei erwischte. Sie drehte sich zu ihm um und lehnte sich mit dem Rücken an die Kommode.

»Haben sie eigentlich je davon erzählt, wie das so war mit dem Widerstand?«, fragte sie.

»Nein, nur dass sie irgendwie beteiligt waren.«

»Stimmt es, dass im Hotel mal Parteimitglieder und hohe Offiziere der Wehrmacht gewohnt haben?«

»Davon habe ich gehört, aber Genaueres weiß ich darüber nicht.«

»Aber ihr Ungarn wart doch auf der Seite der Deutschen, nicht wahr?«

»Politisch gesehen ja, aber wir ganz sicher nicht. Und gerade weil Ungarn sich in diese fatale Abhängigkeit von den Deutschen begeben hat, wäre es viel zu gefährlich gewesen, über solche Umtriebe in der Familie Bescheid zu wissen. Karl Hohenstein hat es meiner Großmutter nach dem Krieg erzählt, aber sie hat sich sehr bedeckt gehalten.«

»Hat sich sicher gut angefühlt, letzten Endes auf der richtigen Seite gestanden zu haben, nicht wahr?« Unmittelbar danach biss sie sich auf die Zunge, hoffte, er hatte die Bitterkeit in ihrer Stimme nicht wahrgenommen und zog keine falschen Schlüsse. Allerdings bemerkte sie, dass er befremdet reagierte. »Meine Familie gehörte eher zu den, hm, Mitläufern«, erklärte sie vage.

»Verstehe.«

»Und ich, na ja, ich war noch klein, als all das losging.«

»Hast du noch Familie?«

»Nur noch meine Mutter und ein paar Verwandte ihrerseits. Mein Vater war Einzelkind.«

»Dein Vater ist im Krieg gefallen?«

Sie schwieg, dann nickte sie zögernd. »Ja, so kann man es wohl nennen.« Ihre Stimme verlor sich, und sie wandte den Kopf ab, sah zu den zugezogenen Vorhängen.

»Es tut mir leid, wenn ich traurige Erinnerungen geweckt habe.«

»Das hast du nicht.« Sie begleiteten sie ohnehin fortwährend, und sie waren der Grund, warum sie überhaupt hier stand. Dann straffte sie sich, lächelte, ging zu ihm, kniete sich aufs Bett und schlang die Arme um seinen Hals. »Lass uns ein paar erfreuliche Erinnerungen schaffen«, murmelte sie an seine Lippen, küsste ihn, ehe er antworten konnte, und er umfasste ihre Taille, erwiderte den Kuss. Sie sank auf das Kissen und zog ihn mit sich, als sie hörte, wie im Haus etwas zu Bruch ging. Mit angehaltenem Atem hielten sie inne, warteten, während Magdalena das Herz bis zum Hals schlug. Dann waren Schritte zu hören.

»Die Idee ist so dumm, dass ich mich frage, wie jemand mit mehr als einem Funken Verstand darauf kommen kann.« Ina folgte Margot zu dem Haus und sah sich immer wieder um. »Was, wenn uns jemand sieht?«

»Das Haus gehört meinen Verwandten, es kann uns also gleich sein«, antwortete Margot, ebenfalls in gedämpfter Stimme.

Ina drehte sich zu ihrem Wagen und wirkte, als wolle sie am liebsten hinüberlaufen und davonfahren. Sie seufzte. »Und was jetzt?«

Margot hob den Blick, sah an der Fassade des Hauses

hoch, verengte die Augen, als sie vermeinte, am Rande eines der Fenster einen Lichtschimmer zu bemerken. »Sieh mal«, sagte sie. »Da steht doch jemand. Eine Frau?«

»Weiß ich nicht«, antwortete Ina, sah kurz hoch und wieder zu ihrem Wagen. »Kann schon sein. Können wir jetzt gehen? Ich dachte, du musst um eins zu Hause sein.«

»Tobias ist vermutlich selbst aus und wird nichts merken. Komm.« Margot schob das kleine Tor zu dem, was einmal ein Vorgarten gewesen war, auf und betrat die Auffahrt.

»Was machst du denn da?«, fragte Ina. »Spinnst du?«

»Je länger du herumzeterst, umso verdächtiger wirken wir.«

Ina murmelte etwas, das vermutlich wenig schmeichelhaft war, und folgte Margot in den Vorgarten und die Auffahrt hinauf. Sie gingen über den Hof, und Margot drückte versuchshalber die Klinke der Tür. Verschlossen.

»Und wenn er gar nicht hier ist?«

»Ich habe aber gehört, wie er erzählt hat, er würde hierherkommen, und das mit einem ziemlich schlüpfrigen Unterton.«

Ina seufzte übertrieben. »Aber Ruth hat sich den Fuß verstaucht, mit ihr ist er gewiss nicht hier.«

»Sie *behauptet*, sie hätte sich den Fuß verstaucht. Vermutlich, weil sie nicht wollte, dass ich mir etwas dabei denke, wenn sie schon früher geht.«

»Ein Schäferstündchen könnten sie im Hotel auch haben.«

»Ah ja? Wo denn da? Die Gefahr, erwischt zu werden, ist doch viel zu groß. Und du hast es doch selbst gesehen, hier ist eine Frau im Haus.«

Margot versuchte es an einem Fensterrahmen, aber der war ebenfalls fest verschlossen.

»Wir kommen nicht rein, also lass uns verschwinden.«

Unbeirrt ging Margot weiter, versuchte, die Fensterrahmen zu öffnen, was ein vergebliches Unterfangen war. Finster lag der Garten hinter dem Haus da, und im Licht der Straßenlaternen waren nur die verwilderten Ausläufer zur Terrasse hin zu sehen.

Margot bemerkte, dass die Verandatür etwas marode wirkte, und ruckelte leicht daran herum.

»Was war das?« Nervös blickte Ina sich um.

Kurz hielt Margot inne, lauschte. »Da war nichts.«

»Es klang aber so.«

»Das war bestimmt die Tür, die ich übrigens gleich geöffnet habe.«

»Du weißt schon, dass es ziemlichen Ärger gibt, wenn die Hohensteins das herausbekommen, ja? Immerhin kann dann jeder Einbrecher rein.«

»Könnte er jetzt schon, wenn er sich anstrengt. Sie sollten mir dankbar sein, dass ich sie auf diese Schwachstelle hinweise.« Mit einem Geräusch, als gehe morsches Holz zu Bruch, gab die Tür nach. Na also! »Komm. Und pass auf, da ragt ein langer Dorn vorne raus.«

Widerstrebend folgte Ina ihr. Es war stockfinster, selbst, als ihre Augen sich an die Dunkelheit gewöhnt hatten. Der Schimmer der Straßenlaternen reichte gerade aus, um vage Umrisse in Türnähe hervorzuschälen, aber je weiter sie in den Raum traten, umso vorsichtiger mussten sie sich vorantasten.

»Hier wimmelt es bestimmt vor ekligem Getier.«

»Ach, komm schon, findest du das nicht auch abenteuerlich?«, wisperte Margot.

»Wenn wir ihn in sehr eindeutiger Situation erwischen,

finde ich das weniger abenteuerlich als vielmehr peinlich. Und überhaupt – was soll das bringen? Glaubst du, du bekommst ihn, nur, weil du ihn mit Ruth im Bett erwischt hast?«

Über das danach hatte sich Margot bisher noch keine Gedanken gemacht, ihr Vorhaben war von reiner Eifersucht vorangetrieben worden. Aber im Grunde genommen hatte Ina recht. »Wir platzen ja nicht ins Zimmer«, sagte sie. »Ich möchte nur wissen, was sie tun, ohne, dass sie das merken. Und dann sehe ich, was ich damit anfange. Zumindest habe ich dann Gewissheit.«

»Dass er Ruth möchte und nicht dich?«

»Dass er Ruth fürs Bett möchte, und das sind in der Regel nicht die Frauen, die man heiratet. Vielleicht sehen meine Eltern dann sogar ein, dass es besser ist, wenn die Alsberg-Kinder bei uns in der Villa wohnen und nicht oben im Hotel. Dann könnten wir alle wieder zurück.« Noch während sie die letzten Worte sprach, stieß sie an einen kleinen Tisch, und eine darauf stehende Vase ging mit lautem Klirren zu Bruch.

»Verdammt noch mal«, zischte Ina, während sie beide atemlos innehielten.

Nachdem kein weiteres Geräusch zu vernehmen war, gingen sie weiter. »Wo wollen wir überhaupt hin?«

»Wir sehen nach, woher der Lichtschein kommt.« Margot ertastete das Treppengeländer. Langsam stiegen sie eine Stufe nach der anderen hoch, Margot hörte das Knarzen des Holzes und das leise Knacken des Geländers und hoffte, keines von beidem würde unter ihnen nachgeben.

»Wer ist da?«, hörte sie eine vertraute Männerstimme und fuhr zusammen. Sie wandte den Kopf, versuchte, jemanden auszumachen.

»Adrián?«, fragte sie leise.

Schweigen. »Margot?«, kam es schließlich ungläubig. Dann flackerte eine altersschwache Glühbirne im Korridor auf, und Margot sah ihn auf der Galerie stehen, nur mit einer Hose bekleidet. Obwohl sie normalerweise nicht schnell in Verlegenheit geriet, stieg ihr jetzt das Blut ins Gesicht. Sie nahm die restlichen Stufen nach oben und trat in den Korridor. »Was, um alles in der Welt, tut ihr hier?«

»Dasselbe könnte ich dich fragen«, antwortete sie, nur, um überhaupt etwas zu sagen.

»Na, du hast ja Nerven.« Er war jetzt wirklich verärgert. »Ich bin erwachsen und dir keine Rechenschaft schuldig. Zudem bin ich nicht wie ein Dieb durch ein Fenster eingestiegen.«

»Verandatür«, korrigierte Margot mechanisch. Verstohlen versuchte sie, an ihm vorbei in den Raum hinter ihm zu spähen.

Er bemerkte es und stieß übertrieben hilfsbereit die halb offene Tür gänzlich auf, sodass Margots Blick direkt auf das zerwühlte Bett fiel. Von Ruth indes keine Spur. »Mit wem bist du hier?«

Er starrte sie ungläubig an. »Wie bitte?«

Ina stöhnte leise auf, und die Peinlichkeit der Situation war praktisch mit den Händen zu greifen. Beinahe schien sie erleichtert, als Schritte im Erdgeschoss zu hören waren, da sie dies vor weiteren Ausführungen abhielt. Sie waren also nicht die Einzigen, die hier eingestiegen waren. Margot hingegen empfand vielmehr Furcht, denn gewiss waren diejenigen, die ihnen bei Nacht gefolgt waren, keine angenehmen Zeitgenossen. Der Lichtkegel einer Taschenlampe ließ die Treppe in ihrer einstigen Schönheit hervortreten, und noch ehe Margot so recht wusste, wie ihnen geschah, leuchtete ihr jemand ins Gesicht, und sie schloss geblendet die Augen.

»Wilhelmina Steinbrück?«, hörte sie eine Männerstimme sagen, und der Lichtkegel wurde gesenkt. Margot blinzelte, erkannte zwei Männer in Polizeiuniform. Erleichtert atmete sie auf.

»Was tun Sie hier?«, fragte der Mann, der Ina angesprochen hatte.

»Wir, ehm …«, stotterte diese.

»Wir haben gesehen, dass hier eingebrochen wurde.«

»Wir waren tanzen und wollten uns das alte Haus ansehen«, sagte Margot und hörte selbst, wie unsicher ihre Stimme klang. »Es war nur ein kleiner Spaß, mehr nicht. Das Haus gehört meiner Familie.«

»Und daher steigen Sie durch eine aufgebrochene Tür ein?«

Adrián schwieg, und die Männer schienen erst jetzt auf ihn aufmerksam zu werden. Die Polizisten sahen ihn an, und Margot konnte die stumme Frage in ihren Gesichtern lesen. Sie kamen die Treppe hoch, leuchteten an ihm vorbei und sahen ins Zimmer, das nun, da es zusätzlich von einer Taschenlampe erhellt wurde, vollumfänglich verriet, was sich dort abgespielt hatte. Wieder sahen die Männer Ina und Margot an, dieses Mal mit kaum verhohlener Missbilligung.

»Wissen Ihre Eltern, was Sie hier treiben? Fräulein Steinbrück? Fräulein …«

»Rebein«, half Margot rasch nach.

»Es ist ein Missverständnis«, kam es nun von Adrián.

»Ja, das sagen sie alle.«

Margot breitete die Arme aus. »Sehen Sie uns doch an. Wirken wir, als kämen wir gerade von einem Schäferstündchen?«

»Nein, es sieht vielmehr danach aus, als sei die erste Dame fort und der junge Herr warte gerade auf die nächste.«

»Das ist doch absurd!«, rief Ina.

»Allerdings«, stimmte Margot zu.

»Fräulein Rebein und ich sind verwandt«, sagte Adrián. »Ich bin Adrián Rados, Karl Hohenstein ist mein Großonkel.«

Die Männer sahen sich an, dann wandten sie sich wieder den dreien zu. »Sie kommen jetzt mit.«

»Warum, um alles in der Welt?«

»Wegen öffentlicher Unzucht?«

»Öffentlich?«, fragte Margot.

»Daran stören Sie sich also, nicht an der Unzucht?«

Der ältere Polizist sah Adrián an. »Ziehen Sie sich etwas über, oder soll ich Sie so mitnehmen?«

»Lassen Sie uns doch einfach fahren«, bat Ina. »Herr Weichsel«, sie wandte sich an den jüngeren der beiden Polizisten. »Sie kennen doch meine Eltern und wissen, dass ich dergleichen nie tun würde. Es war ein kleiner Spaß, mehr nicht. Wir wussten ja nicht, dass Herr Rados hier gerade mit einer jungen Dame ...« Sie hielt inne.

»Ah ja, die Dame, von der Sie immerhin wissen, dass sie jung ist. Wo ist sie?«

»Hier ist niemand«, sagte Adrián.

»Sie schicken Ihre Geliebte einfach so weg?«

»Nein, ich ...«

»Warten auf die nächste?«, half der ältere nach.

»Nein!«

»Mitkommen. Fräulein Steinbrück und Fräulein Rebein, wir werden Ihre Eltern benachrichtigen. Und Herr Hohenstein möchte sicher auch gerne wissen, was sein Großneffe so treibt.«

Adrián ging ins Zimmer und tauchte kurz darauf im Hemd, das er im Gehen zuknöpfte, wieder auf. Herr Weichsel leuchtete noch einmal ins Zimmer, als wolle er sich vergewissern, dass dort in der Tat niemand mehr war, dann folgte er ihnen. Der ältere Polizist ging voran.

»Das verzeihe ich dir nie«, fauchte Ina, während sie an Margots Seite die Treppe hinunterging.

Margot schwieg und konnte Adriáns Blick in ihrem Nacken förmlich spüren.

»Karl?«

Er fuhr aus dem Schlaf hoch, als er die Frauenstimme vernahm, im ersten Moment orientierungslos. Dann sah er Julia, die sich ebenfalls aufgerichtet hatte, und im ersten Moment dachte er, sie hätte mit ihm gesprochen.

»Karl«, hörte er es dann erneut, und dieses Mal erkannte er Emmas Stimme und wandte den Kopf. Sie stand vor ihm in einen Morgenmantel gehüllt, das Haar zerzaust.

»Die Polizei hat gerade mit Georg telefoniert. Adrián und Margot sind auf der Wache, sie wurden im Haus in Königswinter in recht eindeutiger Situation erwischt.«

»Grundgütiger!«

»Beeil dich bitte, ich denke, Georg sollte auf keinen Fall ohne Begleitung auf Adrián treffen.«

Karl erhob sich so rasch, dass ihm einen Moment lang schwarz vor Augen wurde. »Haben Adrián und Margot …«

»Nein, das glaube ich nicht«, fiel Emma ihm hastig ins Wort. »So dumm wäre sie nicht.«

»Das dachten wir bei Valerie seinerzeit auch.«

Darauf entgegnete sie nichts, vermutlich, weil sie ihm insgeheim recht geben musste. Nachdem Emma das Zimmer verlassen hatte, kleidete Karl sich rasch an und hatte dabei das Gefühl, dass eine bleierne Müdigkeit ihn niederdrückte. Er war zu alt für dergleichen nächtliche Aufregung.

»Wirst du nachsichtig sein?«, fragte Julia.

»Damit sollte er besser nicht rechnen.« Karl knöpfte sein Hemd zu und zog ein leichtes Jackett darüber, dann kämmte er sich das Haar, vergewisserte sich, dass er einigermaßen seriös und vorzeigbar aussah, und verließ das Zimmer. Im Korridor, der zum Ausgang des privaten Wohntraktes führte, traf er auf Georg, dessen Miene so düster war, dass es wohl in der Tat gut war, ihn nicht mit Adrián allein zu lassen.

»Wahrscheinlich war das alles ein Missverständnis«, machte Karl den Versuch, die Situation zu entspannen.

»Das kann ich für ihn nur hoffen.«

»Vielleicht sind sie ja verliebt ineinander.«

»Und da treibt er sich dann leicht bekleidet mit ihr und ihrer Freundin im Haus herum? Von der Dame, die offenbar aus seinem Bett verschwunden ist, ganz zu schweigen.«

»Da war noch jemand?«

»In der Tat.«

Mit ungutem Gefühl fragte Karl sich, was für Abgründe sich ihnen gleich eröffnen würden. »Was ist mit Ruth? Sie war doch auch mit.«

»Die liegt in ihrem Bett, wie sich das um diese Zeit gehört.«

Sie stiegen in Georgs schwarzen Mercedes, und Georg startete den Motor.

»Es bringt niemandem etwas, wenn wir beide auf der Fahrt unser Leben lassen«, sagte Karl, als der Wagen schneller um die Kurve fuhr, als für ihn – und seine Insassen – gut sein konnte.

Georg antwortete nicht, verlangsamte jedoch das Tempo.

»Polizei Königswinter oder Bonn?«

»Königswinter.«

Die Scheinwerfer des Wagens warfen scharf geschnittene Lichtkegel in die Finsternis, und nur einmal kam ihnen ein anderes Auto – offenbar auf dem Weg zur Hirschburg – entgegen, ansonsten war die Straße wie ausgestorben. In Königswinter herrschte ebenfalls schläfrige Ruhe. Ein paar Nachtschwärmer strebten nach Hause.

»Wenn dieser Kerl meine Margot angerührt hat, garantiere ich für nichts«, sagte Georg.

»Warten wir erst einmal ab, was sie erzählen. Wilhelmina war dabei, es ist nicht anzunehmen, dass etwas geschehen ist.«

»Du weißt doch, wie das bei jungen Frauen ist. Die Freundin kommt mit, um Mut zu machen, und zieht sich dann zum richtigen Zeitpunkt zurück.«

Karl hätte jetzt sagen können, dass auch Georg Emma gegenüber seinerzeit nicht gerade durch Zurückhaltung geglänzt hatte, aber das war wohl nicht der richtige Zeitpunkt dafür. Der Wagen parkte vor der Polizeiwache, und die beiden Männer stiegen aus.

»Guten Abend Herr Hohenstein«, sagte der diensthabende Polizist an der Pforte. Er nickte Georg zu. »Herr Rebein. Sie möchten zu den Kindern, nicht wahr?«

Der Mann war selbst kaum älter als die drei, aber vermutlich verlieh ihm seine Erfahrung im Dienst eine gewisse Reife, die Margot und Adrián noch fehlte.

»Schulz«, rief er über die Schulter. »Bringst du die Herren Hohenstein und Rebein zu Wachtmeister Habermann?« Er sah Karl an. »Der hat die jungen Leute befragt und wird Sie zu ihnen führen.«

»Im Gefängnis sitzen sie aber nicht, oder?«, fragte Georg.

Der Polizist lachte. »Bewahre, nein.«

Sie wurden zu Wachtmeister Habermann gebracht, der gerade Wilhelminas aufgebrachten Vater beruhigte. Herr Steinbrück bemerkte Karl und Georg, fuhr zu ihnen herum und schien nur mühsam an sich zu halten. »Wenn Ihr Neffe – oder was auch immer er ist – meine Ina angerührt hat, wird das ein sehr übles Nachspiel für Sie haben.« Er drehte sich wieder zu dem Wachtmeister. »Und nun bringen Sie mich endlich zu meiner Tochter.«

Die drei saßen mit betretenen Mienen in einem Raum, der vermutlich sonst nur für Verhöre genutzt wurde. Adriáns Hemd stand am Kragen offen, und es war ersichtlich, dass er sich in aller Eile angekleidet hatte, während Margot und Wilhelmina zwar müde, aber immer noch sehr adrett wirkten.

»Was werfen Sie meiner Tochter vor?«, fragte Herr Steinbrück. »Abgesehen davon, dass dieser Kerl«, er zeigte auf Adrián, »sich in ihrer Nähe nicht benehmen kann.«

»Ich muss doch sehr bitten«, sagte Adrián.

»Sie befanden sich beide mit ihm vor einem Schlafzimmer«, erklärte der Wachtmeister. »Er war nur leicht bekleidet, das Bett war offensichtlich gerade noch benutzt worden, und die Dame, die ihn dorthin begleitet hatte, war bereits gegangen. Wir vermuten, dass er dort eine Art Liebesnest hatte, wo er sich Damen zuführen ließ.«

Karl hoffte, dass seine Gesichtszüge nicht zu offensichtlich entgleisten, und gab sich alle Mühe, ernst zu bleiben. Sicherheitshalber überließ er das Sprechen jedoch Georg, der die Sache ganz und gar nicht belustigend fand.

»Das soll doch wohl hoffentlich nicht Ihr Ernst sein«, fuhr er den Wachtmeister an. »Für was halten Sie unsere Töchter?«

»Er war mit Ruth dort«, ließ sich Margot nun vernehmen. »Die beiden haben das Tanzlokal verlassen und sind zu dem Haus gefahren.«

Ihr Vater richtete den Blick auf sie, kühl, ungnädig. »Ruth liegt in ihrem Bett, wie sich das für eine anständige junge Frau zu dieser Uhrzeit gehört.«

»Habt ihr sie heimkommen sehen?« Margot war offensichtlich nicht überzeugt.

»Allerdings. Ihr Knöchel ist verstaucht, daher hat Adrián sie heimgebracht.«

Verwirrt wandte Margot sich an Adrián. »Aber wer …«

»Ist das denn die Möglichkeit?«, fuhr Herr Steinbrück auf. »Meine Tochter begleitet ihre beste Freundin, weil diese befürchtet, ihre Cousine bringe sich in Schwierigkeiten, und dafür wird sie abgeführt wie eine Verbrecherin?«

»Sie haben beide meinen Kollegen gegenüber nichts dergleichen erwähnt«, verteidigte sich der Wachmann.

»Natürlich nicht«, sagte Georg nun. »Sie hätten Fräulein Alsberg damit in große Schwierigkeiten gebracht.«

Karls Blick hingegen fiel auf Adrián, der diesen kurz erwiderte und dann wegsah. Na, wenigstens war ihm die Sache selbst peinlich. Liebesdienste. Grundgütiger, jetzt musste er wieder daran denken, und er spürte, wie er rot anlief, so mühsam musste er sich das Lachen verkneifen.

Georg und Herr Steinbrück regelten die Formalitäten, dann durften sie ihre Töchter mitnehmen.

»Und was werfen Sie meinem Großneffen nun vor?«, fragte Karl. »Außer, dass er in meinem Haus genächtigt hat? Oder ist inzwischen die angebliche dritte Dame aufgetaucht?«

»Nein, entschuldigen Sie bitte die Unannehmlichkeiten, Herr Hohenstein.« Der Wachtmeister neigte den Kopf. »Herr Rados, Sie dürfen natürlich ebenfalls gehen.«

Adrián erhob sich, sah Karl an, der sich Mühe gab, streng auszusehen, und blieb unsicher stehen. Karl deutete auf die Tür. »Nach dir.«

Sie verließen die Polizeiwache und gingen schweigend zu Georgs Auto. Margot hatte die Schultern hochgezogen und schien sich sichtlich unwohl zu fühlen, vermutlich weil sie um das Gespräch ahnte, das ihr noch ins Haus stand.

»Tobias wird auf mich warten«, sagte sie, als sie in den Wagen stieg.

»Den habe ich angerufen, ehe ich hierhergefahren bin«, antwortete ihr Vater eisig. »Was deine Übernachtungen bei ihm angeht, dürfte sein Bedarf fürs Erste gedeckt sein.«

Margot biss sich auf die Lippen und schwieg. Adrián, der neben ihr Platz nahm, wirkte nicht minder unbehaglich, aber es war auch eine Spur von Verärgerung und Besorgnis zu erkennen. Er schien etwas sagen zu wollen, schwieg dann jedoch, und Georg startete den Motor. Das Auto setzte sich in Bewegung, und sie fuhren durch den Wald zum Hotel zurück.

Während der Fahrt sprach niemand, und daheim angekommen, stiegen sie aus, und während Margot mit ihrem Vater zusammen in die elterliche Wohnung ging, blieb Karl einen Moment lang mit Adrián draußen stehen.

»Mit wem warst du dort?«

Adrián antwortete nicht.

»Hältst du ihre Identität geheim, weil es Probleme mit den Eltern geben könnte?«

»Nein.«

Karl nickte. Dann war zumindest diese Art von Ärger nicht zu befürchten. »Ich kann dich nicht daran hindern, dir eine Geliebte zu suchen, allerdings rate ich dir nachdrücklich, weder dich noch sie ins Gerede zu bringen. Und ich sage dir geradeheraus, dass es mir lieber wäre, wenn du dir direkt eine passende Ehefrau suchst, ohne dieses Herumgetändel, von dem du vermutlich schon ausreichend genossen hast. Immerhin hast du hier eine gewisse Stellung zu wahren.«

Adrián widersprach nicht, sondern wartete höflich, bis er geendet hatte. Seufzend winkte Karl ab und bedeutete ihm, dass er entlassen war, dann ging er ins Haus. Er schaffte es, bis zum Betreten seiner Wohnung ernst zu bleiben, und konnte auch Julia in angemessenem Ernst von der ganzen Sache erzählen. Als diese jedoch schallend lachte, brach auch seine Selbstbeherrschung, und er lachte, wie er es seit Jahren nicht getan hatte.

⁂ 8 ⁂

Während Magdalena mit einem Staubtuch über die Kommode fuhr, ließ sie den Blick aus dem Fenster schweifen, sah Adrián aus dem Haus kommen und auf die Remise zugehen. Er war loyal, und das konnte man wahrhaftig von nicht vielen Männern in Magdalenas Leben behaupten. Er hätte ohne Weiteres sagen können, dass sie, Magdalena, sich noch im Zimmer aufgehalten hatte, und auf diese Weise die ganze Sache richtigstellen. Aber er hatte geschwiegen, hatte sie geschützt.

Da keine Zeit mehr gewesen war, das Haus zu verlassen, und Adrián befürchtet hatte, es könnten Einbrecher sein, hatte er ihr gesagt, sie solle sich unter dem Bett verstecken. Es sei besser, so seine Worte, wenn Männer, die Böses im Sinn hatten, sie nicht hier sahen. Und so hatte sie sich rasch ihre Wäsche angezogen und war unter das Bett gerobbt. Adrián hatte ihr Kleid und ihre Schuhe hinterhergeschoben, und während er mit den Frauen sprach, hatte sie die Hand vor das Gesicht gehalten und stetig versucht, in dem Staub nicht zu niesen.

Nachdem er gegangen war, hatte sie noch eine Weile verharrt, dann war sie unter dem Bett hervorgekrochen, hatte sich angekleidet und einen Ausgang gesucht. Die Tür war mittlerweile wieder verschlossen, ebenso die Balkontür, die jemand von außen mit etwas Schwerem verrammelt hatte.

So war ihr nur der Ausweg geblieben, eines der Fenster zu öffnen und hinauszuklettern, in der Hoffnung, niemand würde sie dabei erwischen. Hernach war sie durch die nächtliche Stadt gegangen und schließlich durch den stockfinsteren Wald zum Hotel. Das war das Unheimlichste gewesen, was sie je getan hatte – und gleichzeitig das Aufregendste. Dass ihr jemand hier auflauerte, befürchtete sie nicht. Wer legte sich schon im Wald auf die Lauer und hoffte darauf, dass irgendwann einmal eine Frau vorbeikam?

Schwieriger war es, unbemerkt ins Hotel zu gelangen, und da hatte sie tatsächlich zunächst keine brauchbare Idee. Normalerweise hätte Adrián sie über den privaten Eingang hineingelassen, aber nun stand sie davor und wusste nicht, was sie tun sollte. Der Dienstboteneingang war verschlossen, und sie konnte schlechterdings nicht einfach durch die Lobby gehen. Schließlich war ihr der rettende Gedanke gekommen, und sie war durch die Remise auf den seitlichen Hof gegangen, wo sie immer rauchte. Die Tür dort war in der Regel unverschlossen, da ein stetes Kommen und Gehen war, und sie hatte die Hoffnung, dass man sie nachts ebenfalls nicht verschloss. Ihre Hoffnung hatte sie nicht getrogen, und erleichtert war sie in das Hotel gehuscht und hatte es ungesehen in ihre Kammer geschafft.

Die ganze Angelegenheit war für Adrián und Fräulein Margot offenbar ziemlich peinlich gewesen, aber immerhin blieb ihr Name ungenannt. Hernach hatte sie Adrián allerdings noch nicht wieder getroffen, und sie fragte sich, ob er in Ungnade gefallen war und nun lieber keinen Anlass zur Klage geben wollte. Denn dass die Männer des Hauses dazu angehalten waren, sich von den weiblichen Dienstboten fernzuhalten, wusste sie.

Sie war durch den Schlafmangel am Folgetag sehr müde gewesen, aber da sie ohnehin schon abends über Unwohlsein geklagt hatte, war man nachsichtig mit ihr und wunderte sich nicht, dass sie so übernächtigt war.

Während sie zwei Gläser auf ein Tablett stellte, die Untersetzer zurück an ihren Platz legte und die Sessel neben dem Tischchen geraderückte, spürte sie, wie es in ihrem Bauch zog. Jedes Mal, wenn sie einen Liebhaber hatte, war sie Monat um Monat froh um diese Vorankündigung, die ihr sagte, dass sie nicht schwanger war. Zugleich überkam sie auch immer eine seltsame Schwermut, die Sehnsucht nach einem normalen Familienleben, einem Mann, der sie schätzte, und das Gefühl, dass eine Schwangerschaft – selbst eine ungeplante – schön und willkommen und nicht von diesen Ängsten begleitet sein sollte. Sie wusste, würde sie jetzt schwanger werden, bedeutete das entweder ein uneheliches Kind und gesellschaftliche Ächtung oder eine riskante Abtreibung.

»Was ist los?«, fragte Beate.

Magdalena wandte sich zu ihr um. »Hm?«

»Du hast so tief geseufzt.«

»Ach, nichts.« Magdalena half ihr, die benutzte Bettwäsche in den Sack am Putzwagen zu räumen.

»Ach, wir haben den Eimer mit dem Aufnehmer vergessen«, sagte Beate. »Ich gehe rasch und hole ihn.«

Magdalena nickte nur und steckte den Staubsauger ein. Sie war gerade im Begriff, ihn zu betätigen, als ihr Blick auf ein koloriertes Foto fiel, und sie ging näher, um es sich anzusehen. Die Aufnahme lag auf dem Schreibtisch und stellte eine Bucht vor hoch aufragenden Felsen dar. Das Meer schimmerte in irisierenden Tönen von Blau bis Türkis, der

Strand war weiß, und dahinter ragten in einem krassen Kontrast die dunkelbraun-grauen Felsen auf. Hier und da gab es grüne Tupfer von Gras und Gestrüpp. Es war so schön, dass Magdalena von einer tiefen Sehnsucht gepackt wurde. Und zu ihrer Schwermut gesellte sich eine düstere Traurigkeit, das Gefühl der Gewissheit, dass dergleichen Reisen ebenso wenig wie eine Familie Teil ihres Lebens werden würden. An irgendeinem Punkt in ihrem Leben hatte sie die Abzweigung dorthin verpasst, und nun blieb ihr nichts anderes mehr, als den Verbleib ihres Vaters aufzuklären und zu hoffen, dass sie all das unbeschadet überstand.

Sie sah nicht auf, als sie die Tür hörte, und sagte nur: »Das ging ja schnell.«

»Tatsächlich?«, antwortete eine Männerstimme, und erschrocken fuhr sie herum, das Foto immer noch in der Hand. Der Bewohner des Zimmers schloss die Tür hinter sich und taxierte sie mit einer Miene, in der sich Belustigung mit einem Anflug von Spott mischte. Er war schlank, hochgewachsen und trug einen kurzen, gepflegten Vollbart, der es schwierig machte, sein Alter zu schätzen.

Eilig legte Magdalena das Foto auf den Schreibtisch zurück. »Entschuldigen Sie bitte vielmals«, stammelte sie. »Es ist nur … Ich habe so etwas Schönes noch nie gesehen.«

Er sah an ihr vorbei zu der Fotografie und nickte. »Ja, Rhodos kann einem schon die Sprache verschlagen.«

»Ja«, antwortete sie kaum hörbar.

»Sie können das Bild haben, wenn Sie möchten, ich habe genug Aufnahmen von der Aussicht.«

Magdalena spürte, wie ihr das Blut in die Wangen stieg. »Das …«

»Ist nicht nötig, ich weiß. Nehmen Sie es trotzdem.«

Zögernd streckte Magdalena die Hand danach aus. »Vielen Dank«, stammelte sie.

Erneut wurde die Tür geöffnet, und Beate sah den Mann irritiert an. »Möchten Sie, dass wir später wiederkommen?«, fragte sie.

»Nein, machen Sie ruhig das Zimmer fertig. Ich bin nur hier, weil ich etwas vergessen habe.« Er öffnete eine Schublade und entnahm ihr ein Brillenetui. »Beim Lesen nützt alle Eitelkeit nichts«, scherzte er und zwinkerte ihnen zu, dann verließ er den Raum.

»Ach, das ist ja ein attraktiver Kerl«, seufzte Beate.

Magdalena schwieg und schob das Bild in ihre Schürzentasche.

»Was hast du da?«

»Nur ein Foto.«

»Woher?«

»Er hat es mir gerade geschenkt.«

Misstrauisch verengte Beate die Augen. »Ah ja?«

»Er hat bemerkt, dass es mir gefällt, und sagte, er habe noch mehr davon.«

Beate nahm den Schrubber vom Putzständer und ging zum Bad. »Da ist man einmal kurz weg«, hörte Magdalena sie murmeln.

»Und diese Geschmacklosigkeit nennt sich Straßenkreuzer?«, fragte Karl, während er mit Sebastian vor dem Schaufenster eines Autohauses stand.

Sebastians Gesichtsausdruck sagte es so deutlich, als habe er es laut ausgesprochen: altmodisch.

Karl hingegen fragte sich, was man an diesen Wagen schön finden konnte. Breiter verchromter Kühlergrill, monströs große Heckflossen, dazu lang wie eine Fregatte. Aber gut, Sebastian waren diese überdimensionierten Modelle aus Amerika vertraut.

»Sobald es geht, werde ich mir diesen Cadillac kaufen«, sagte dieser jetzt und deutete auf einen cremefarbenen Wagen. »Mein Vater hatte mal einen schwarzen Cadillac 355, meine Mutter ist immer bei Mercedes geblieben.«

Dass Minna eine vernünftige Frau mit gutem Geschmack war, das wusste Karl, aber sein Enkel bestätigte es gerade erneut. Er betrachtete den cremefarbenen Coupe DeVille und fragte sich, wie etwas derart Hässliches zum Objekt der Begierde werden konnte. Und vor allem fragte er sich, was so ein – wie nannte Sebastian es? Straßenkreuzer? – zwischen den eleganten Hotellimousinen zu suchen hatte. Denn dass dort kein amerikanisches Modell auffahren würde, das wusste Karl schon jetzt, und er würde, wenn es sein musste, einen harten Kampf darum ausfechten.

»Den Wagen kaufe ich von meinem Geld«, sagte Sebastian, »du musst also keine Sorge haben, dass ich die Hotelfinanzen damit belaste.«

»Diese Sorge hatte ich nicht.«

»Wir könnten einen oder zwei dieser Wagen als Hoteltaxi benutzen.«

Nur über meine Leiche, dachte Karl.

Sebastian wirkte nachsichtig belustigt, als erahne er diesen Gedanken, und sah, obschon ganz seine Mutter, in diesem Augenblick aus wie sein Vater. Karl war ein Familienmensch, und er vermisste seine Kinder sehr, ebenso wie es ihm großen Kummer bereitete, seine Enkelkinder so selten sehen zu können. Und so ließ dieser Moment, dieses Lächeln, eine Wärme in seiner Brust aufsteigen, die ihn in diesem Augenblick nichts anderes als glücklich sein ließ. Die Welt war groß und bot Möglichkeiten, jetzt deutlich mehr als zu Karls Zeiten, als die Kinder für gewöhnlich in der Nähe ihrer Eltern geblieben waren. Und natürlich hatte er sich nie quergestellt, wenn sie ihr eigenes Leben führen wollten, und sei es noch so weit weg. Er hatte sich nicht dagegen gesträubt, als sein Sohn Ludwig ihm mitgeteilt hatte, er werde das Hotel nicht übernehmen, ebenso, wie er Valeries Ehe akzeptiert und verstanden hatte, warum es sie und ihren Mann fortzog – wenngleich Nicolas Weggang auch in der Küche ein herber Verlust war. Aber dennoch freute er sich über jeden, der hierher zurückkam. Immerhin war Marianne in der Nähe geblieben, sodass er ihre Kinder und nun auch Enkel gelegentlich sah. Sie alle waren mit auf der Beerdigung ihrer Mutter Carlotta gewesen, was deren Sohn zutiefst gerührt hatte.

»Was wird jetzt eigentlich mit Adrián und Margot?«, wechselte Sebastian das Thema.

Karl räusperte sich. »Ich bin ihm nicht böse, falls du das meinst. Sein Vater ist allerdings sehr deutlich geworden am Telefon.«

»Nun ja, wenn der eigene Sohn Liebesdienste anbietet und aus einem ehrbaren Haus eines mit zweifelhaftem Leumund macht, ist das wohl verständlich. Welcher Vater wäre da begeistert?« Sebastian versuchte nicht einmal, seine Belustigung zu verbergen.

»Amüsant ist das wahrhaftig nicht.«

»Ach bitte, Großvater, wir sind unter uns. Willst du mir wirklich sagen, du hättest, als du wieder allein warst, nicht Tränen gelacht?«

Karl ignorierte das, konnte jedoch nicht verhindern, dass

sich seine Lippen zu einem breiten Lächeln verzogen. Er hatte am Folgetag mit seiner Schwester Johanna telefoniert und ihr alles erzählt, und sie hatte vor Lachen kaum sprechen können.

»Was ist mit Georg?«, fragte Sebastian.

»Der ist da ein wenig nachtragender, aber das war klar, immerhin geht es um Margot. Allerdings muss er ehrlich genug sein, einzusehen, dass es nicht Adriáns Schuld war, dass ihm die beiden gefolgt sind.«

Glücklicherweise war Margots Freundin dabei gewesen. Nicht auszudenken, was es für ein Gerede gegeben hätte, wären die beiden allein gewesen. Zwar glaubte Karl nicht, dass Georg und Emma Margot zu einer Ehe drängen würden, um ihren Ruf zu retten – in dieser Hinsicht hatten sich die Zeiten ein wenig geändert –, aber zu innerfamiliärem Streit hätte es dennoch geführt, und darauf konnte Karl gut und gerne verzichten.

Sie setzten ihren Weg durch die Stadt fort, während Sebastian erzählte, welche Pläne er als Nächstes umzusetzen gedachte. Adrián hatte bei seinen Großeltern um ein Darlehen gebeten, und seine Großmutter – Karls Schwester Johanna – hatte gleich angerufen und Karl gefragt, warum er nicht früher etwas gesagt hatte. »Du weißt doch, dass es am Geld nicht scheitern soll«, kam es ein wenig vorwurfsvoll von ihr.

»Ihr habt eure eigenen Kosten, für die ihr aufkommen müsst.«

»Du weißt doch genau, dass Victor überaus vermögend ist«, hatte sie geantwortet. »Adrián soll den Betrag, den ihr braucht, ruhig großzügig ansetzen.«

Karl wollte keine Schulden machen, wollte nicht von

außerhalb um Geld bitten, aber er war vernünftig genug zu wissen, dass es ohne einfach nicht ging. Und einen Kredit bei der Bank aufzunehmen wollte er nach Möglichkeit vermeiden. In diese Abhängigkeit wollte er sich nicht auch noch begeben. Er war mit Sebastian an diesem Morgen beim Notar gewesen, um einige Formalitäten zu regeln, und hernach bei der Bank, um ihm die nötigen Vollmachten zu geben. Nun spazierten sie noch ein wenig durch Bonn und unterhielten sich über seine Pläne für das Hotel.

»Du kommst mit Adrián gut aus, nicht wahr?«

»Erstaunlich gut, ja. Wir stimmen in den Ideen weitgehend überein. Dort, wo es Unterschiede gibt, entstehen sehr ergiebige Diskussionen. Und wo das Thema nun einmal aufs Tapet gekommen ist: Was wird aus dem Haus in Königswinter?«

Ja, das war in der Tat eine gute Frage. »Bisher habe ich diesbezüglich noch keine konkreten Pläne.«

»Weitere Immobilien besitzt ihr nicht, nicht wahr?«

»Nein, wir hatten einmal eine Wohnung in Godesberg in der Rheinallee, aber die ist schon lange verkauft. Und was das Haus in Königswinter angeht, so gehört es nicht dem Hotel, sondern mir. Julia hat es als Mitgift in die Ehe gebracht.«

»Wurde der Betrieb nicht aus Hotelfinanzen gedeckt?«

»Nur anteilig, das wurde dann mit den Gewinnen entsprechend verrechnet, da das Haus an den Hotelbetrieb angeschlossen wurde. Aber es war nie in Konrads Besitz, in dieser Hinsicht gab es eigentlich keine Unklarheiten. Das Erbe bezog sich seinerzeit ausschließlich auf das Hotel.«

»Gut, und wenn du das Haus verkaufst?«

»Ich bezweifle, dass es derzeit viel einbringt, und ich möchte es nicht unter Wert verkaufen.«

»Es wirkt ziemlich marode, sagt Adrián.«

»Die Substanz ist einwandfrei, aber es muss natürlich gründlich renoviert werden.«

Sebastian nickte gedankenverloren. »Verursacht es derzeit Kosten?«, fragte er schließlich.

»Nein, abgesehen vom Strom, wenn er denn mal genutzt wird.«

»Wir müssen das durchrechnen, vielleicht lohnt es sich, eine eigene Zweigstelle des Hotels im Ort aufzumachen, mit eigener Rezeption und eigener Buchhaltung. Die Alsberg-Erben können sich in das Haus einkaufen, dann könnt ihr in finanziellen Dingen ebenso verfahren wie mit dem Hotel.«

»Darüber müssten wir mit Emma sprechen.«

»Man könnte das Thema zumindest schon einmal anschneiden, noch ist es ohnehin Zukunftsmusik.«

Sie kamen bei der Hotellimousine an, mit der sie in die Stadt gefahren waren. Der Chauffeur stand daneben und wartete, während er eine Zigarette rauchte und Zeitung las. Als er Karl und Sebastian erblickte, drückte er die Zigarette aus, faltete die Zeitung zusammen und öffnete Karl die Tür. Ehe er um das Auto herumeilen konnte, um für Sebastian dasselbe zu tun, war dieser bereits eingestiegen. Man merkte ihm an, dass er ohne Dienstboten aufgewachsen war. Der Chauffeur setzte sich hinter das Lenkrad, fuhr los und fädelte den Wagen in den Verkehr ein.

»Als Erstes nehmen wir jetzt den Lichtspielraum in Angriff«, sagte Sebastian. Er schien noch etwas hinzufügen zu wollen, als der Chauffeur abrupt bremste.

Annemarie Braun bahnte sich einen Weg durch die Menschen. »Machen Sie bitte Platz, ich bin Ärztin.«

»Und ich bin der Kaiser von China«, spottete ein Mann.

Sie drehte sich rasch um, versuchte zu erspähen, wer das gesagt hatte, und drängte sich dann weiter vorwärts. Auf der Straße lag ein halbwüchsiger Junge, bleich, aber bei Bewusstsein, ein Bein grotesk verdreht, während sich unter seinem Kopf eine Blutlache ausbreitete. Rasch kniete sich Annemarie neben ihm nieder, tastete nach seinem Puls, kontrollierte die Pupillen.

»Hör mit den Spielereien auf, Mädel«, sagte ein älterer Mann, »nicht, dass du es noch schlimmer machst.«

»Ich bin Ärztin«, wiederholte Annemarie ruhig und ohne den Mann weiter zu beachten. Der Junge war ansprechbar, und der Fahrer des Wagens, der ihn erfasst hatte, fragte immer wieder mit zitternder Stimme, ob er es überleben werde, eine Frage, die Annemarie in Gegenwart des Kindes nur mit Ja beantworten konnte.

»Er ist mir einfach vor das Auto gelaufen«, rief der Mann. »War hinter seinem Ball her.«

»Der Wagen ist viel zu schnell gefahren!«, sagte ein Junge, der einen Schritt entfernt stand, ebenfalls sehr bleich.

»Nein, ist er nicht, du Rotzbengel«, ereiferte sich eine Frau, die auf der anderen Seite des Wagens stand und offenbar zu dem Unfallfahrer gehörte. Von zittriger Angst war in ihrer Stimme keine Spur.

»Kann ich helfen?«, hörte sie eine Männerstimme fragen und sah auf.

»Sind Sie Arzt oder Pfleger?«

»Nein.«

»Dann können Sie leider nichts tun.« Annemarie wandte

sich wieder dem Kind zu, sprach beruhigend auf den Jungen ein.

»Lass endlich das Kind in Ruhe!«, keifte eine Frau.

»Wär das mein Junge, hätt ich das Mädel nicht so lange ihr Kasperltheater aufführen lassen«, rief eine Männerstimme.

»Seien Sie nicht so unhöflich«, sagte der Mann, der ihr seine Hilfe angeboten hatte. Er ging in die Hocke. »Wäre es nicht besser, die Wunde zu desinfizieren?«

Ihr lag die bissige Antwort auf der Zunge, dass sie das wohl besser beurteilen könne als er. Aber er wirkte so freundlich und hilfsbereit, dass sie sich auf ein Kopfschütteln beschränkte. »Das geht nicht, weil ich nicht weiß, ob seine Halswirbel verletzt sind. Wenn ich ihn bewege, mache ich es womöglich nur noch schlimmer.«

Eine Sirene kündigte den eintreffenden Krankenwagen an, gefolgt von der Polizei. Als die Sanitäter mit der Bahre kamen, machten die Menschen ohne weitere Kommentare Platz, und Annemarie stand auf.

»Ah, Frau Kollegin«, sagte Dr. Schmidt, ein Arzt, den sie aus ihrer Zeit im Krankenhaus kannte. »Da war der Junge ja in guten Händen.« Er ging in die Knie, untersuchte das Kind und gab Anweisungen, wie es auf die Bahre gehoben werden solle. Annemarie stand auf und nickte dem jungen Mann neben sich freundlich zu. Da sie hier nun nichts mehr tun konnte und auch keine Zeugin war, verließ sie den Ort des Geschehens, um nicht im Weg zu stehen. Dieses Mal machten ihr die Leute bereitwilliger Platz. Der junge Mann begleitete sie.

»Haben Sie eine Zigarette?«, fragte sie ihn.

Er zog ein silbernes Etui hervor und reichte es ihr, sodass sie eine entnehmen konnte, danach gab er ihr Feuer.

»Sebastian Hohenstein«, stellte er sich vor.

»Von den Hohensteins oben im Hotel?«

»Ja.«

Sie nickte knapp. »Annemarie Braun.« Sie hörte, wie der Fahrer des Unfallwagens mit der Polizei diskutierte und die Schuld allein dem Jungen gab, unterstützt von seiner Begleiterin. Beide waren teuer gekleidet, kamen ganz offensichtlich aus der sogenannten besseren Gesellschaft und schienen offenbar der Überzeugung, das genüge, um glaubhaft zu sein. Schließlich war der Junge nur ein Straßenkind. Der Polizist nahm die Aussage auf, und seiner stoischen Miene war nicht zu entnehmen, was er dachte, während seine beiden Kollegen den Unfallhergang rekonstruierten und Zeugen befragten. Der Freund des Jungen stand ein wenig abseits, schien zu befürchten, man könne ihn übersehen, wagte jedoch ganz offensichtlich nichts mehr zu sagen, nachdem ihm die Frau ein paarmal rüde über den Mund gefahren war. Er wirkte eingeschüchtert, wie er da stand, so schmächtig und blass. Eine Frau jedoch zeigte auf ihn, und der Polizist wurde auf ihn aufmerksam, sprach mit ihm, die Miene freundlich und aufmerksam.

Der junge Mann stand immer noch neben Annemarie, sah zu einem Auto, das am Straßenrand parkte, und schien unschlüssig, ob er bleiben sollte.

»Lassen Sie sich nicht aufhalten«, half sie ihm. »Ich bin jetzt ohnehin mit meinem Verlobten verabredet.« Besser, sie klärte gleich die Fronten. »Er müsste jeden Moment hier sein.«

Er neigte den Kopf. »Dann wünsche ich Ihnen noch einen schönen Tag.«

»Danke, ebenso.«

Sie sah ihm nach, als er zu seinem Wagen ging.

»Na, hast du wieder ein Leben gerettet?«, hörte sie eine Männerstimme scherzen und drehte sich lächelnd um.

»Kannst du hellsehen?«

»Nein, aber du hast Blutflecken auf deinem Rock und an den Ärmelaufschlägen«, antwortete Wilhelm grinsend.

Sie sah an sich hinab und musste lachen. »Ach je. So kann ich auf keinen Fall mit dir in dieses schicke Restaurant.«

Er zog sie an sich und gab ihr einen Kuss auf das Haar. »Den möchte ich sehen, der uns daran hindert.«

Da Ruths Knöchel am Folgetag auf die dreifache Größe angeschwollen gewesen war, hatte man Dr. Hartung kommen lassen, der eine Salbe auftrug, einen Verband darum wickelte und zur Ruhe riet. Und so saß Ruth den ganzen Tag, was für sie ein nahezu unerträglicher Zustand war. Sie las Bücher, und bei schönem Wetter humpelte sie auf die Terrasse, um wenigstens im Freien herumzusitzen.

Emma hatte ihr von dem nächtlichen Vorfall erzählt. »Damit du Bescheid weißt, ehe es dir über irgendwelchen Tratsch zugetragen wird.«

»Und Margot dachte tatsächlich, ich sei mit Adrián zusammen im Haus?«

»Offiziell war sie um deinen Ruf besorgt.«

Natürlich wussten sowohl Emma als auch Ruth, dass das ziemlich weit hergeholt war, aber Ruth kommentierte das nicht weiter. Als Adrián sich an diesem Nachmittag jedoch zu ihr auf die Terrasse gesellte, lächelte sie ihn spöttisch an.

»Ich habe gehört, du warst noch ziemlich umtriebig in

jener Nacht?« Es war besser, die Sache gleich zur Sprache zu bringen und nicht darum herumzulavieren.

»Fang du nicht auch noch damit an. Mir war noch nie etwas so peinlich.«

»Daher gehst du mir wohl auch seit drei Tagen aus dem Weg, ja?«

»Ich dachte, inzwischen sei Gras über die Sache gewachsen.«

Sie grinste. »Ich befürchte, das dauert noch. Wer war denn die Glückliche? Oder Unglückliche, je nachdem. Es war sicher nicht angenehm, in diesem Moment so rüde aus deiner Gesellschaft verbannt zu werden.«

»Wo bleibt die vornehme Zurückhaltung?«

»Die verliere ich, je länger ich dich kenne.«

Er hob eine Braue, dann lächelte er ebenfalls. »Die Dame, deren Name nicht genannt wird, hat mir vergeben und die Notwendigkeit meines Handelns eingesehen.«

»Wie anständig, ihren Namen nicht zu nennen. Ist es etwas Ernstes?«

»Nein, davon war nie die Rede.«

»Ich nehme das mit dem Anstand wieder zurück.« Dabei war Ruth insgeheim erleichtert, obwohl sie sich über ihre eigenen Gefühle für ihn keinesfalls im Klaren war. Einerseits verspürte sie eine heftige Eifersucht bei dem Gedanken an jene fremde Frau, die sich nachts unter seinen Händen wand, andererseits war sie froh, dass er mit dieser keine Pläne für die Zukunft machte.

»Unanständig wäre es, ihr vorzugaukeln, sie zu heiraten.«

»Ich bin mir sicher, ihre Eltern sehen das anders.« Sie fuhr mit den Zeigefinger am Rand ihrer Kaffeetasse entlang. »Vielleicht tut sie auch nur so, als sei es ihr gleich, und hofft, dass du deine Meinung noch änderst. Oder aber sie will etwas von dir.« Auf sein Schweigen hin fuhr sie fort: »Warum sonst sollte man ein solches Risiko eingehen?«

»Möglicherweise, weil es Spaß macht?«

Sie spürte, wie ihr das Blut in die Wangen stieg.

»Du wirst wieder rot.« Er grinste.

»Du bist ein Flegel.« Sie ignorierte die Hitze in ihren Wangen. »Und nur aus Spaß geht man doch nicht das Risiko gesellschaftlicher Ächtung und Schwangerschaft ein?«

Er schien zu überlegen, ob er das Thema näher ausführen sollte, und sagte schließlich: »Sie wäre nicht so töricht, auf eine Ehe zu hoffen. Wenn sie Geld wollte, hätte sie es längst verlangt.«

Ruth zuckte lediglich mit den Schultern. »Möchtest du auch Kaffee?«, wechselte sie das Thema.

Er wirkte erleichtert. »Ja, gerne.«

Sie bestellte eine weitere Kanne und hob ihr Gesicht in die Sonne. »Du kannst dir nicht vorstellen, wie langweilig mir ist.«

»Möchtest du, dass ich dich herumtrage?«

Sie warf ihm einen schrägen Blick zu. »Du würdest das schnell bereuen, glaub mir.«

»Und wenn ich dich auf ein Pferd setze und herumführe?«

»Das habe ich mit fünf zuletzt getan.«

»Wir könnten einen Ausflug machen, vielleicht ein Picknick.«

»Hast du keine Angst, dass ich dich beim Wort nehme?«

Der Kaffee wurde gebracht, und Adrián schwieg einen

Augenblick lang, während er sich eine Tasse voll einschenkte. »Lass es drauf ankommen.«

Sie legte den Kopf schief, taxierte ihn. »Also gut. Morgen früh, wir brechen nach dem Frühstück auf.«

Anstatt überrumpelt zu wirken, wie sie es insgeheim erwartet hatte, schenkte er ihr ein Lächeln. »Gut, dann also morgen früh.«

»Was ist morgen früh?«, war Margots Stimme zu vernehmen, und sie ließ sich neben Ruth auf einen Stuhl fallen. Aufmerksam beobachtete Ruth, wie sie und Adrián miteinander umgingen. Sie selbst wäre vor Peinlichkeit nicht einmal imstande gewesen, ihn anzusehen, aber Margot war in dieser Hinsicht offenbar deutlich gelassener. Wenn es ihr unangenehm war, merkte man es ihr nicht an.

»Wir machen ein Picknick im Grünen«, erklärte Adrián ihr und wich ihrem Blick ebenfalls nicht aus.

»Oh, fein. Ich komme mit.«

Ruth versuchte nicht einmal, ihre mangelnde Begeisterung zu verbergen. »Wir werden aber nur langsam vorankommen, da Adrián mich auf einem Pferd führt.«

»Das macht nichts. Ich sage in der Küche Bescheid, damit ein Picknickkorb gepackt wird.« Sie klatschte erfreut in die Hände und griff dann nach der Kaffeekanne.

»Bedien dich ruhig«, sagte Ruth.

»Danke, das hatte ich vor.« Mit einer knappen Handbewegung rief sie den Kellner herbei und verlangte nach einer weiteren Tasse.

Verstimmt blickte Ruth in den Garten, in dem die Blumenrabatten üppig blühten. Vor allem der Rosengarten zeigte sich in verschwenderischer Pracht. Margot und Adrián versuchten sich einen Moment lang in Plauderei, diese erstarb jedoch rasch wieder. Offenbar waren beide doch nicht so unberührt, wie sie taten. Na, das versprach ja, ein unterhaltsamer Ausflug zu werden, dachte Ruth.

Es gab nicht viel, was Margot in Verlegenheit brachte, dafür hatte sie ein zu gutes Selbstbewusstsein. Die Nacht im Haus in Königswinter jedoch war ihr so unangenehm, dass sie die Erinnerung daran nur schwer ertrug. Sie hasste es, sich eine Blöße geben zu müssen, und von der Polizei wegen Unzucht abgeführt zu werden, nachdem man den Mann, in den man verliebt war, mit einer anderen Frau im Bett vorgefunden hatte – und dass da eine andere Frau gewesen war, war unstrittig –, war an Demütigung kaum zu übertreffen. Zudem war sie schuld daran, dass Adrián praktisch aus dem Bett heraus in die Polizeiwache abgeführt worden war, und bei Ina war sie vermutlich derzeit auch nicht mehr willkommen. Mochten ihre Eltern auch denken, sie habe nur in Ruths Interesse gehandelt, Ina wusste es besser.

Natürlich hatte Margot bemerkt, dass es Ruth nicht gefiel, dass sie sich bei dem geplanten Picknick anschloss, aber das war ihr gleich. Sie wollte nicht, dass dieser Missklang zwischen ihr und Adrián bestehen blieb, und gleichzeitig wollte sie nicht, dass die Beziehung zwischen ihm und Ruth womöglich enger wurde. Adrián Rados war der erste Mann, für den sie sich wirklich interessierte, und Margot war es gewohnt, dass Männer auf sie ansprachen, erst recht, wenn sie ihrerseits Interesse bekundet hatte.

Ihr Vater war nach wie vor verstimmt, und vermutlich glaubte er ihre Begründung, sie habe Ruth vor einem Fehler bewahren wollen, ebenso wenig wie ihre Mutter. Dass sie unterstellt hatte, Ruth würde den verstauchten Fuß nur vortäuschen, um sich ungestört mit Adrián zu vergnügen, warf nicht gerade ein ansprechendes Licht auf ihren Charakter, sagte er. Und daran, ein weiteres Mal bei Tobias in der Villa zu übernachten, brauchte sie vorerst gar nicht zu denken. Der war nämlich nach dieser Sache nicht gerade gut auf sie zu sprechen und sah sich in seinen Befürchtungen bestätigt. Na ja, dachte Margot, vielleicht freute er sich auch ganz einfach, dass ihm dergleichen Fragen von ihr in nächster Zeit erspart blieben.

Als sie in Richtung Vestibül lief, kam ihr Nele entgegen. »Ich begleite euch morgen«, krähte sie.

Jeder Anflug guter Laune schwand, und Margot versuchte nicht einmal, das zu verbergen. »Sagt wer?«

»Ruth. Ich frage jetzt Greta, aber kann sein, dass die nur mitkommen darf, wenn Hans auch dabei ist.«

Und als Nächstes würde Curt herumjammern, dass er ebenfalls mitwollte. Ein Kinderausflug. Großartig! Margot biss sich auf die Unterlippe und wandte sich ab. Sie ging in das Vestibül, wo ihre Mutter sich gerade mit einem Gast unterhielt. Früher einmal hatten hier Filmgrößen logiert, heute verirrten sich vermutlich nur die Gäste hierher, die sonst nirgendwo unterkamen. Es war frustrierend, dass es Margot nicht wenigstens in einen Hort mondäner Gesellschaft verschlagen hatte, wenn sie schon in einem Hotel leben musste.

Der Mann, mit dem ihre Mutter sprach, war recht gut aussehend, auch wenn Margot für Männer mit Vollbart nicht viel übrighatte. Er wohnte bereits seit einiger Zeit hier und schien auch noch etwas bleiben zu wollen, laut dem, was Margot gehört hatte. Normalerweise interessierten sie geheimnisvolle, weit gereiste Männer, aber ihn hatte sie rasch aussortiert. Sie warf einen Blick in den großen Spiegel, der halb verborgen hinter einer Säule im Foyer stand, und ging weiter zum ehemaligen Lichtspielraum, in dem seit einigen Tagen die Handwerker arbeiteten. Damit die Gäste – die paar, die da waren – nicht gestört wurden, arbeitete man hinter verschlossenen Türen. Den Baulärm hielt das allerdings nicht ab, aber der wurde in Zeiten verlegt, wenn die meisten Gäste außer Haus waren, entweder zu Wanderungen oder zu Abstechern in die Stadt.

Da sie auf ein hübsches Café in der Tat neugierig war, warf Margot einen Blick in den Raum, aber viel gab es noch nicht zu sehen. Man war damit beschäftigt, die Bestuhlung und die gesamte Lichtspielanlage abzubauen. Die Verdunklungsvorhänge hatte man bereits abgenommen, sodass das Sonnenlicht ungehindert durch die weit offenen Fenster in den Raum dringen konnte. Margot schloss die Tür wieder und sah sich Adrián gegenüber, der offenbar im Begriff war, bei den Bauarbeiten nach dem Rechten zu sehen. Er nickte ihr kühl zu, und noch ehe sie etwas sagen konnte, war er im Raum verschwunden. Verstimmt biss Margot sich auf die Unterlippe und verließ das Hotel. Im Hof kickte sie wenig damenhaft einen etwas größeren Stein auf der gekiesten Auffahrt weg.

»Betrübt, gnädiges Fräulein?«

Sie drehte sich um und bemerkte Anton, einen der Kellner, den einzigen, mit dem sie ab und zu mal ein paar Worte wechselte. Sie mochte ihn, er war amüsant und witzig, was man wahrhaftig nicht von jedem hier behaupten konnte. Mit seinem Haar in der Farbe von rötlich braunem Kupfer, den grünen Augen und dem verschmitzten Blick hatte er etwas koboldhaftes, was dadurch unterstrichen wurde, dass er kaum größer war als sie und somit für einen Mann recht klein.

»Betrübt nicht, eher ein wenig, hm, genervt.«

»Ich werde natürlich nicht indiskret fragen, von wem.«

Sie musste lachen. »Von den Umständen. Und davon, dass ich ein klein wenig selbst daran schuld bin.«

»Was für eine entwaffnende Ehrlichkeit.«

»Wenn Sie das schon für entwaffnend halten, müssten Sie mal mein Lächeln sehen.«

»Nur her damit.« Er grinste, und wieder musste sie lachen, sodass sie kein Lächeln zustande brachte.

»Entwaffnend, in der Tat.«

»Ich möchte Sie nicht aufhalten, vermutlich wollen Sie nach Hause.«

»Eine charmante Art, mich loszuwerden.« Er war schlagartig ernst geworden.

»Nein«, widersprach sie hastig, »ich wollte nur …« Sie unterbrach sich, legte den Kopf schief und beantwortete sein aufflackerndes Feixen mit einem Blick aus verengten Augen.

»Nichts für ungut«, sagte er. »Aber die Vorlage war unwiderstehlich.« Er hob die Hand und tippte sich an die nicht vorhandene Mütze. »Ich muss allerdings tatsächlich los, meine Mutter ist zu Besuch, und das bedeutet, ich werde bekocht.«

»Und ausgeschimpft, wenn Sie zu spät sind?«

»Ich glaube, für Mütter hört man nie auf, Kind zu sein, oder?« Er zwinkerte ihr zum Abschied zu, drehte sich um und ging, ein Liedchen pfeifend, auf den Fußweg nach Königswinter zu. Margot beneidete ihn ein wenig um die Leichtigkeit seines Daseins, sie wünschte, sie könnte auch so unbeschwert sein. Dann allerdings dachte sie an die Umstände, unter denen er vermutlich lebte, und überdachte diesen Wunsch wieder. Vermutlich hauste er in einer winzigen Wohnung und musste sich jede Ausgabe vom Mund absparen. Eine schreckliche Vorstellung.

⁂ 9 ⁂

Inzwischen konnte Ruth ihren Knöchel wieder einigermaßen gut belasten, wenngleich er immer noch schmerzte. Aber es war erträglich, und immerhin war es ihr nun möglich, sich zu bewegen, und sie musste nicht mehr stundenlang am selben Platz verharren und sich schonen.

Das gemeinsame Picknick war wider Erwarten schön geworden, und was sie als Ausflug zu zweit geplant hatte, war zu einem Familientag geworden, den sie in dieser Art lange nicht mehr erlebt hatte. Außer Karl, der im Hotel die Stellung hielt, waren alle mitgekommen – selbst Julia. Und Sebastian hatte sie – obschon noch gut zu Fuß – bei den steilen Steigungen gestützt. Auf ein Pferd wollte sie nicht, da sie für das Reiten nie eine Schwäche gehabt hatte. Eine Ausnahme in einer Familie, in der zu ihrer Zeit der morgendliche Ausritt eine Art Ritual gewesen war.

Später hatten sie im Nachtigallental ein Picknick gemacht, die beiden Jüngsten tobten herum, Hans lag auf dem Rücken in der Sonne, ein Grashalm zwischen den Lippen, und hing schweigend seinen Gedanken nach, während Margot nach vergeblichen Versuchen, mit Adrián ein Gespräch anzufangen, ein wenig ziellos herumstromerte, bis sich Sebastian schließlich erhob und einen kleinen Spaziergang mit ihr unternahm. Er wusste von dem Vorfall natürlich ebenso wie die übrigen – erwachsenen – Familienmitglieder, und sie nutzte offenbar die Gelegenheit, ihm ihr Leid zu klagen. Ruth stellte mit einiger Belustigung fest, dass Sebastian mehr und mehr hier in die Rolle des großen Bruders eingebunden wurde, für Margot weitaus mehr als ihr eigentlicher Bruder Tobias.

Hernach unterhielt sich Sebastian mit Adrián, der sich nun Margot gegenüber wieder etwas zugänglicher zeigte. Zwar konnte Ruth verstehen, dass er nicht gut auf sie zu sprechen war, aber dieser kühle Umgang mit ihr hatte in der Tat zu einem Gefühl ständig anhaltender Spannungen geführt. Und obwohl Ruth nicht unglücklich darüber war, dass er auf Distanz zu Margot gegangen war, so war das doch kein Zustand, den man auf Dauer beibehalten konnte. Nicht, wenn man auf so engem Raum als Familie beieinanderwohnte.

»Du bist ja schon richtig flott«, sagte Adrián, als sie nun auf die Rezeption zuhumpelte. »Ich bin mir sicher, bei einem Krückenrennen schlägt dich so schnell keiner.«

Sie hob eine Krücke und wollte ihm einen scherzhaften Stoß vor das Schienbein verpassen, verlor aber dabei das Gleichgewicht und musste von ihm gehalten werden, damit sie nicht der Länge nach hinschlug. Als sie sich wieder gefangen und so gut wie möglich die Reste ihrer Würde zusammengeklaubt hatte, sah sie sich Karl gegenüber, der die Szene mit einer Mischung aus Belustigung und kritischem Abwägen beobachtete.

»Ich wollte fragen, ob ich helfen kann«, sagte Ruth rasch.

»Bist du für die Rezeption nicht noch ein wenig zu, hm, unsicher auf den Beinen?«

»Ich dachte an das Bureau.«

»Du kannst Sebastian fragen, der sitzt gerade an den Kostenaufstellungen für die Umbauten.«

»Na schön.« Ruth wandte sich ab und humpelte zum großen Bureau, das sich Sebastian und Adrián teilten. Sie lehnte eine Krücke an die Wand, öffnete die Tür, nahm die Krücke wieder und nutzte sie, um die Tür nach Betreten des Raumes damit ins Schloss zu stoßen.

»Du hättest auch einfach sagen können, dass du Hilfe brauchst«, kommentierte Sebastian ihr Erscheinen.

»Hätte ich Hilfe gebraucht, hätte ich das gewiss getan.«

Er saß am Konferenztisch und hatte jede Menge Prospekte und Kataloge vor sich ausgebreitet. Ruth ließ sich ihm gegenüber nieder und zog einen Katalog über Caféhausbedarf heran. »Ich dachte, die Einrichtung steht schon fest?«, sagte sie.

»Nein, noch nicht.«

»Könnt ihr euch nicht auf den Stil einigen?«

»Das ist auch eine Kostenfrage.«

Sie nickte langsam. »Ich dachte, Adrián lässt Geld aus Ungarn kommen.«

»Ja, aber das reicht ja auch nicht endlos, und wir können nicht immer wieder neue Mittel anfordern.«

Ruth blätterte sich durch einen Katalog und fand auf Anhieb mehrere Einrichtungsmöglichkeiten, die ihr gut gefielen. »Schau mal, ist das nicht hübsch?« Sie zeigte ihm eine elegante, in weiß gehaltene Einrichtung, ein wenig verspielt und nostalgisch.

Sebastian warf einen Blick darauf. »Ja, wenn man überwiegend Frauen ansprechen möchte.«

»Ich sehe dort verliebte Pärchen.«

Er grinste. »Ja, frisch verliebt tun Männer so einiges. Aber sieh dir mal die Preise an. Das liegt weit über unseren Möglichkeiten.«

Ruth stützte das Kinn in eine Hand und blätterte weiter. »Hach, sieh mal hier.« Sie drehte ihm den Katalog zu.

»Ja, sehr romantisch.«

»Warum richtet ihr das Café nicht unter einer Art Motto ein? Essen in Deutschland, Kaffee in Paris.« Sie lachte.

Sebastian jedoch antwortete nicht, sondern sah auf die Seite, die Stirn nachdenklich gerunzelt. Dann blickte er auf. »Du bist ziemlich brillant, Ruth.«

»Ich weiß.« Sie lehnte sich zurück. »Warum?«

»Ich werde deine Idee mit dem Pariser Café natürlich nicht übernehmen – nein, du brauchst gar nicht zu widersprechen, mir wird schlecht bei dem Kitsch –, aber ...«

»Romantik!«

»Kitsch. Aber grundsätzlich könnte man tatsächlich versuchen, eine internationale Ausrichtung in das Hotel zu bringen. Ich komme aus den USA, Adrián aus Ungarn, warum das nicht zum Vorteil nutzen und stärker als Aushängeschild?« Er blätterte in einem Katalog und schob ihn zu ihr.

Wenig begeistert sah sich Ruth die Einrichtung an. »Und du findest meinen Vorschlag kitschig?«

»Amerikanischer Stil, das ist gerade gefragt.«

»Es ist ... bunt ...«

»Ja, genau. Und dabei stilvoll.«

»Das war meine Idee auch.«

Er ignorierte das. »Wenn es dir nicht gefällt, dann schau nach was anderem. Aber wir bleiben bei diesem Stil. Nichts gutbürgerlich Rustikales oder romantisch Verspieltes. Und gediegen langweilig lassen wir auch außen vor.«

Mit mäßigem Interesse sah sich Ruth die Einrichtungen an, dann blieb sie bei einer hängen, die ihr tatsächlich ganz gut gefiel. Schwarz glänzende Tische in Dreieckform mit gerundeten Ecken, die Beine schlichtes braunes Holz, schmal, rund und leicht schräg gestellt. Dazu Stühle in verschiedenen Farben, Dunkelrot, Moosgrün, Gelb und Hellblau in schlichten Formen, glattes Leder mit Beinen wie bei den Tischen. Außerdem moderne Lampen, Regale mit Radios, große Fotografien in Schwarz-Weiß, auf denen Filmgrößen abgebildet waren. Die Bar war eckig, jede Fläche in einer anderen Farbe.

»Was ist hiermit?« Sie hielt ihm den Katalog hin.

»Ja, das ist schon viel besser.« Mit beifälliger Miene betrachtete er das Bild. »Viel, viel besser.«

»Und preislich im Rahmen?«

»Ja, für die Tische, Stühle und die Bar ist das annehmbar, der Rest ist Dekoration, das ist nicht im Preis inbegriffen.«

»Auch das Regal nicht?«

»Nein.«

»Das sind also alles Kosten, die noch hinzukämen?«

»Ja. Und dann wird es mit dem Budget wieder eng. Aber ich spreche mit meinem Großvater, was sich da machen lässt. Vielleicht können wir woanders sparen.«

»Was ist mit dem Frühstückszimmer?«

»Das ist nicht groß, aber es muss repräsentabel sein, immerhin starten die Leute von dort aus in den Tag. Wenn es da schon aussieht, als wäre an allen Ecken gespart worden, verheißt das nichts Gutes.«

»Verstehe.«

»Aber dazu kommen wir später. Noch essen sie ja im Speisesaal. Du kannst aber die Kataloge mal durchgehen, vielleicht fällt dir dabei ein Motto ein. Ich gehe und spreche mit meinem Großvater.«

»Frühstück in Paris?«, fragte sie hoffnungsvoll.

Sebastian erhob sich und zwinkerte ihr zu. »Wir werden sehen.«

»Sie scheint ja eher nach dir zu kommen«, bemerkte Karl, als er Emma von Ruths Idee erzählte.

Emma konnte nicht umhin, stolz auf ihre Nichte zu sein. Und ein bisschen wehmütig war sie zudem, wenn sie daran dachte, wie sie seinerzeit über der Einrichtung desselben Raumes gegrübelt hatte. Für Ruth würde die Anerkennung in der Arbeitswelt leichter sein als für sie seinerzeit. Nach dem Krieg hatten die Frauen arbeiten müssen, und auch wenn die Männer sie langsam wieder zurück an den Herd drängten und Frauen die Erlaubnis des Ehemannes brauchten, um Geld zu verdienen, boten sich inzwischen einfach mehr Möglichkeiten als damals.

Und Ideen brauchten sie unbedingt, angesichts der mageren Aussichten für den Sommer. Es gab wenig Reservierungen, obwohl sie in der Hochsaison waren, und das Hotel stand zum Teil leer. Wieder einmal. Dabei hatten sie auf diesen Sommer so viele Hoffnungen gesetzt.

»Warum schließt ihr es nicht?«, hatte Margot gefragt. »Ganz ehrlich, Mama. Papa verdient genug, Karl kann sich zur Ruhe setzen und gut leben, wenn er nicht weiterhin sein ganzes Geld in dieses Loch ohne Boden steckt, Ruth und ihre Geschwister ziehen zu uns, Sebastian geht zurück nach New York – Mama, glaubst du nicht auch, da stimmt was nicht, dass er freiwillig Amerika gegen *das hier* getauscht hat? Ich meine, *New York*! Und Adrián kann ja hier in der Region in einem anderen Hotel arbeiten.«

»Oder zurück nach Budapest gehen?«, hatte Emma gefragt und ihre Tochter dabei beobachtet, aber dieser Gedanke behagte Margot nun auch wieder nicht.

»Er wollte ja offenbar nach Deutschland, nicht wahr?«, hatte sie nur geantwortet.

Margot wäre in Georgs Unternehmen gut aufgehoben. Wenn sie nicht persönlich betroffen war, konnte sie sehr überlegt und pragmatisch entscheiden, was in der Geschäftswelt viel wert war. Aber Margot wollte nicht arbeiten, das hatte sie mehrfach betont. Ihr Ziel war es, reich zu heiraten und ein mondänes Leben zu führen. Emma fand das bedauerlich, aber Georg sagte, dass diese Entscheidung ebenso zu akzeptieren sei wie ihre – Emmas – seinerzeit, ins Hotelfach einzusteigen.

Emma ging die Liste der Gäste durch, die am kommenden Tag abreisen würden. Sie würde das später an die Haushälterin weitergeben, damit diese die Zimmermädchen entsprechend anwies.

»Was denkst du?«, fragte Karl, der ihr über die Schulter sah.

»Dass es ein ruhiger Sommer wird.«

»Vielleicht ist das gar nicht so schlecht«, versuchte Karl sich an Zuversicht. »Dann können wir den Umbau vorantreiben.«

Emma gab sich alle Mühe, die Situation nicht gar zu düster zu sehen, aber das Bild, wie sie nach all den horrenden Kosten in dem leer stehenden Hotel saßen, geisterte ihr im Kopf herum. Und wenn Margot sich doch nicht irrte? Wenn ausgerechnet ihre Tochter die Einzige war, die einen klaren, unverstellten Blick auf alles hatte?

»Frau Rebein?« Der Concierge stand vor ihnen und wirkte unbehaglich.

Emma sah auf. »Was gibt es?«

»Der Etagendiener der Beletage hat gerade gesagt, dass wieder ein Diebstahl gemeldet wurde. Derzeit sucht der Gast ein weiteres Mal das Zimmer ab, aber es sieht nicht danach aus, als hätte er damit Erfolg.«

Emma schloss einen kurzen Moment lang die Augen, dann nickte sie. »Ist gut, wir kümmern uns darum.«

»Bislang war der Versuch mit dem Detektiv nicht gerade ein durchschlagender Erfolg«, bemerkte Karl, als der Concierge außer Sichtweite war.

»Das wird gewiss, lass ihm Zeit.« Emma rieb sich die Augen. »Und was machen wir jetzt?«

»Den Schaden ersetzen, mehr können wir nicht tun.«

»Gäste wird das nicht gerade anlocken.«

»Das stimmt, aber daran lässt sich jetzt nichts ändern. Wir müssen darauf hoffen, dass unser Mann die Sache in den Griff bekommt.«

Emma schwieg, da die Rezeptionisten nun wieder in Hörweite waren, einer übergab gerade einem zurückkehrenden Gast den Schlüssel, der andere nahm ein Telefonat entgegen. Emma verließ das Vestibül und ging hinaus auf den Hof. In der Remise glänzten die schwarzen Limousinen, daneben stand ihr moderner Mercedes, der die Wagen wirken ließ wie Überbleibsel vergangener Zeiten. Sie wollte gerne zuversichtlich in die Zukunft sehen, aber mittlerweile fiel ihr das zunehmend schwerer. Das Geld rann ihnen zwischen den Händen weg, und gleichzeitig sabotierte jemand all ihre Versuche, indem er die wenigen reichen Gäste auch noch bestahl. Bei dem Gedanken daran erfasste sie eine solche Wut, dass es gut für den Dieb war, in diesem Moment nicht vor ihr zu stehen. Normalerweise stellte sie sich immer schützend vor die Angestellten, aber dieses Mal konnte es niemand sonst sein. Gäste schieden aus, und die Familienmitglieder konnte man wohl ebenso getrost außen vor lassen.

Emma spazierte über den Hof, drehte sich um, sah an der Hotelfassade hoch, dachte daran, was wäre, wenn all das hier in fremde Hände ginge. Vielleicht verhalf man ihm zu neuem Glanz, vielleicht vernachlässigte man es aber auch wie den Burghof, den Karl in seiner Jugend noch als florierendes Hotel erlebt hatte und der Anfang der Vierziger von Nationalsozialisten mit Schloss Drachenburg zur Adolf-Hitler-Schule umfunktioniert worden war. Aber was auch immer mit dem Hotel geschah, es wäre nicht mehr ihres, es bekäme eine neue Geschichte, und irgendwann würde niemand mehr wissen, was es ihnen einmal bedeutet hatte.

Magdalena lag im Bett auf der Seite, einen Arm angewinkelt unter ihrem Kopf, in der anderen Hand das Foto der Bucht. Sie betrachtete es lange, obwohl der Blick ihr vor Müdigkeit immer wieder verschwamm. Schließlich richtete sie sich auf und strich ihr Kleid glatt. Eigentlich musste sie ins Bett, aber sie hatte eine Entscheidung zu treffen, und ehe sie nicht wusste, was sie tun sollte, konnte sie nicht schlafen gehen.

Sie verließ ihre Kammer und ging die Treppe hinunter zu der Tür, die zum seitlichen Hof hinausführte. Es war an diesem Abend angenehm warm, und so kurz vor Sonnenuntergang war das Licht schwer und satt mit einem goldenen Schimmer. Magdalena ließ sich auf der hölzernen Bank nieder, passte auf, dass sie auf den leicht verwitterten Planken keinen Splitter in den Finger bekam, und zündete sich eine Zigarette an. Genussvoll stieß sie den Rauch aus und sah zu, wie er sich kräuselte und auflöste.

Von der Remise her waren Schritte zu hören, dann tauchte Adriáns vertraute Gestalt auf. »Habe ich doch richtig gerochen, dass hier gerade geraucht wird. Meine Hoffnung, dass du es bist, hat mich nicht getrogen.« Er zog eine Schachtel Zigaretten hervor. »Du siehst müde aus«, bemerkte er.

»Bin ich auch, aber ich kann nicht schlafen.«

»Möchtest du bei mir schlafen?«

»Ich sehe so aus, gerade weil ich letzte Nacht bei dir geschlafen habe.« Wobei man von schlafen nicht wirklich sprechen konnte, fügte sie in Gedanken hinzu.

Er lehnte sich mit dem Rücken an die Wand und verzichtete auf eine anzügliche Erwiderung, stattdessen sah er sie aufmerksam an. »Hast du Kummer?«

Einen Moment lang war er da, dieser verlockende Gedanke, ihm alles zu erzählen, sich die Vergangenheit von der Seele zu reden. Einen Wimpernschlag später war dieser Augenblick der Schwäche vorbei, und Magdalena schüttelte den Kopf. »Nein.« Sie rauchte auf, drückte die Zigarette aus und blieb sitzen, während sich ihr Blick gedankenversunken in der Remise verlor. Trotz der Wärme waren ihre Hände kalt, und sie schob sie unter ihre Oberschenkel, lehnte sich leicht nach vorn und bemühte sich für Adrián um ein Lächeln. Sie wollte nicht, dass er sie für schwermütig hielt oder gar dachte, sie sei in ihn verliebt und deshalb so still. Nichts könnte abschreckender wirken, und sie wusste noch längst nicht, was sie wissen wollte.

»Wie kommt ihr mit dem Umbau voran?«, fragte sie, weniger, weil es sie interessierte, als vielmehr, um etwas

Unverfängliches zu sagen. Bis alles fertig war, war sie vermutlich ohnehin nicht mehr hier.

»Ganz gut. Wir haben jetzt eine Einrichtung für das Café gefunden.«

Sie nickte angestrengt. »Wird sicher sehr hübsch.«

»Ja, denke ich auch. Möchtest du noch eine Zigarette?« Er zog eine halb aus der Packung, hielt sie ihr hin, und mit leicht zitternden Fingern griff sie danach. Dass ihm dieser Umstand nicht verborgen blieb, bemerkte sie daran, wie sich seine Augen kaum merklich verengten, ehe er ein Streichholz entzündete und ihr reichte. Sie zog an der Zigarette, inhalierte den Rauch und atmete ihn aus. Schweigend rauchte sie auf und rechnete es Adrián hoch an, dass er sie nicht darüber ausfragte, was ihr fehlte. Sie erhob sich und lächelte ihm zu.

»Ich gehe schlafen, hab eine gute Nacht.«

»Ja, du auch.«

Sie sah sich um, stellte sich rasch auf die Zehenspitzen und drückte ihm einen Kuss auf den Mund, dann eilte sie zurück ins Haus und erschrak, als sie auf einmal vor Lisa stand, dem einzigen Zimmermädchen, mit dem sie nicht ganz so gut auskam. »Plauderst du draußen mit jemandem der Herrschaften?« Sie musste einen Blick auf Adrián erhascht haben, als Magdalena die Tür geöffnet hatte.

»Ich habe geraucht«, sagte sie. »Und Herr Rados kam gerade dazu. Das kann ich ihm ja schlecht verbieten.«

»Eigentlich geht man dann und bleibt nicht aufdringlich stehen.«

»Und die halb aufgerauchte Zigarette wegwerfen? Die kosten Geld.«

»Frau Weiß sagt immer wieder, wir sollen uns der Familie

nicht aufdrängen. Auf diese Weise schafft man es nicht nach oben, weißt du.«

Magdalena zuckte betont gelassen die Schultern. »Wenn es ihn gestört hat, wird er sich vermutlich beschweren.«

»Warum schläfst du eigentlich nicht längst?«

»Dich könnte ich dasselbe fragen.«

»Ich habe noch gelernt, ich möchte nämlich nicht für immer ein Zimmermädchen bleiben. Aber im Gegensatz zu manch anderem suche ich meinen Weg nicht über Männerbekanntschaften.«

»Das tue ich auch nicht.«

»Habe ich auch nicht behauptet, oder?« Lisa ging an ihr vorbei die Dienstbotentreppe hoch, während Magdalena ihr hinterherstarrte. Dann tastete sie nach dem Umschlag in ihrer Schürzentasche, zögerte und ging schließlich zum privaten Trakt des Hotels.

Es ging bereits auf Mitternacht zu, als Karl endlich in seine Wohnung kam. So spät war er lange nicht mehr zu Bett gegangen, aber seine Tochter Marianne war kurzfristig zum Abendessen gekommen. Seit der Beerdigung ihrer Mutter hatte er sie nicht mehr gesehen, sie hatte sich ungewöhnlich rargemacht, und dann stand sie plötzlich im Foyer und bat ihn, mit ihr zu essen. Sie hatten kaum Platz genommen, da erzählte sie ihm, noch während sie nach der Speisekarte griff, dass sie sich scheiden lassen würde. Beiläufig, als spräche sie von etwas Alltäglichem. *Die Kinder waren zu Besuch, Martha zahnt, mein bestelltes Porzellan ist angekommen, ich lasse mich scheiden.*

Und das nach dem ganzen Ärger mit dem aufgebrachten Gast, dessen Uhr gestohlen worden war und der auch mit einer finanziellen Entschädigung nicht zu beruhigen war. Er reiste umgehend ab. »In dieser Räuberhöhle verbringe ich keine einzige Nacht mehr.« Dieser Tag war in der Tat dazu geeignet, einem den Schlaf zu gründlich verleiden.

Karl öffnete die Tür und wäre fast auf den Umschlag getreten, der auf dem Boden lag, als habe ihn jemand unter dem Türspalt durchgeschoben. Was war das nun wieder für eine Kinderei? Er steckte ihn in die Tasche und ging zum Schlafzimmer, in dem noch Licht brannte. Julia war allerdings eingeschlafen, das Buch war ihr auf die Brust gesunken, und die Nachttischlampe warf einen warmen Schimmer auf ihr Gesicht und das graue, zu einem Zopf geflochtene Haar. Ihr Haar abzuschneiden war die einzige Mode, die sie nie mitgemacht hatte, und während Karl sie betrachtete, glomm ein Gefühl intensiver Wärme in seiner Brust auf. Er hoffte, sie überlebte ihn, denn er wusste nicht, was er für ein Leben führen würde, wenn sie nicht mehr an seiner Seite war. Er wollte nicht der Letzte sein, der übrig blieb.

Langsam ging er zu einem der beiden Sessel, die neben einem niedrigen Tisch standen, und setzte sich, wobei seine Knie knackten. Er zog die Schuhe aus und lehnte sich zurück, dachte an Marianne. Dass es so schlecht um ihre Ehe stand, hatte er nicht gewusst. Offenbar trug sie den Gedanken an eine Trennung schon länger mit sich herum und schien nur darauf gewartet zu haben, dass ihre jüngste Tochter flügge wurde, der späte Nachzügler, den sie wenige Jahre vor Ausbruch des Krieges geboren hatte. Das Mädchen war jetzt siebzehn, hatte die Schule abgeschlossen und begann eine Lehre als Medizinalassistentin in der Praxis eines befreundeten Arztes.

Karl sah zum Bett hinüber und wünschte, Julia wäre wach, damit er mit ihr darüber sprechen konnte. Er war sich sicher, nicht schlafen zu können mit dem Gedanken daran, wie groß der Leidensdruck für Marianne gewesen sein musste. Immerhin hatte sie sich getrennt, sobald sich die Gelegenheit dazu ergeben hatte. Hätte er etwas merken müssen? Ihr Ehemann hatte bei Karl schon lange sämtliche Sympathien verspielt, dabei hatten sie noch bis Anfang der Dreißiger ein recht gutes Verhältnis zueinander gehabt. Aber dann hatte sich der Mensch herausgeschält, der er in Wahrheit war, ein Anhänger menschenverachtender Politik, und mochte er es noch so sehr unter dem Deckmantel medizinischen Interesses verbergen. Es war widerlich und unentschuldbar.

Im Grunde genommen hatte Karl immer damit gehadert, dass Marianne die ganze Zeit zu ihm gehalten hatte, auch wenn er ahnte, dass ein Eheleben schon lange nicht mehr stattfand. Ihm erzählte Marianne das natürlich nicht, aber Julia hatte dergleichen angedeutet. Doch warum hatte Marianne so lange gewartet? Hatte sie darauf gehofft, er, Karl, würde merken, wie es um sie stand, und ihr anbieten zu helfen? War sie enttäuscht gewesen, weil ihm nichts aufgefallen war? Warum hatte sie ihn denn nicht darum gebeten, mit ihrer Tochter zu ihm ziehen zu dürfen, wenn sie nur der Umstand, das Kind versorgen zu müssen, bei ihrem Mann hielt?

Marianne hatte ihm erklärt, ihr seien klare Verhältnisse wichtig, und sie hatte sich nicht aus der Verpflichtung stehlen wollen, die sie den Kindern gegenüber hatte, schließlich brauchten die ihren Vater trotz allem. Aber vielleicht sagte sie das auch nur, damit er kein schlechtes Gewissen haben musste. Karl hatte das Gefühl, dass ihm sein ganzes Leben aus den Händen rutschte, und er wusste nicht, wie er das verhindern sollte. Er stand auf und ging erneut zu Julia, nahm behutsam das Buch von ihrer Brust, schob ein Lesezeichen zwischen die Seiten und legte es auf das Nachtschränkchen. Hernach knipste er das Licht auf seiner Seite des Bettes an und auf ihrer aus. Julia seufzte leise und drehte sich auf die Seite.

Langsam begann er damit, sich auszukleiden, dann nahm er den Umschlag erneut zur Hand. Ein wenig lustlos riss er ihn auf und entnahm ihm ein Foto und eine Karte. Im nächsten Moment musste er sich setzen, spürte, wie ihm die Luft knapp wurde, während er auf das Foto starrte, indes längst vergangene Erinnerungen in ihm aufstiegen. Da waren sie, alle miteinander auf einem Bild, aber es war nur einer, an dem sein Blick hängen blieb. Karl tat mehrere zittrige Atemzüge, schloss einen Moment lang die Augen, doch das Bild flackerte hinter den Lidern in der Dunkelheit auf. Langsam öffnete er die Augen wieder und sah die kleine Karte an, die mit dem Foto in dem Umschlag gewesen war und auf die jemand eine Botschaft in Druckbuchstaben geschrieben hatte. *Erinnern Sie sich?*

Teil II

Grenzgänger

⁂ 10 ⁂

Der Sommer hatte sich in leisen Tönen verabschiedet. Buntes Laub musste täglich aus dem Hof gekehrt werden, und in der Luft lag ein erdiger, holziger Duft. Als Hans in die Remise trat, bemerkte er das Netz einer Kreuzspinne, das in den rechten Querbalken gewebt war. Dann sah er Nele, die sich mit einer Freundin gerade kichernd zwei Zigaretten ansteckte. Die beiden Mädchen hatten sich hinter den Autos versteckt und glaubten sich dort unbeobachtet.

»Das möchte ich nicht gesehen haben, meine Damen«, sagte er streng, und die Mädchen drückten die Zigaretten hastig mit hochroten Gesichtern aus.

Na, da kam ja was auf ihn zu, wenn Greta erst älter wurde. Er scheuchte die Mädchen in den Garten und ging zu den Stallungen. Es gab immer noch einige Reitpferde im Hotel, wenngleich deutlich weniger als in seiner Jugend. Bei dem herrlichen Herbstwetter hatte man die Tiere auf die Koppel gebracht und holte bei Bedarf welche, wenn es die Gäste danach verlangte. Hans jedoch war nicht im Stall, weil er Zerstreuung durch einen Ausritt suchte, sondern seine Tochter und Curt, die beide verschwunden waren. Und nachdem Hans in Curts Tasche den Brief eines Lehrers gefunden hatte, in dem dieser das schlechte Benehmen des Alsberg-Sprösslings beklagte, war ihm auch klar, warum die Kinder unauffindbar waren.

Curt stand vonseiten Emmas und Georgs vermutlich einiges an Ärger ins Haus, immerhin zahlten sie Geld dafür, damit er auf das renommierte und traditionsreiche Beethoven-Gymnasium in Bonn gehen konnte, die angesehenste Jungen-Oberschule der Stadt.

Seine und Gretas Noten waren in der vierten Klasse so gut gewesen, dass beide ermutigt worden waren, die Aufnahmeprüfung für das Gymnasium abzulegen – die sie mühelos bestanden –, und nun galt es, beständig dahinter her zu sein, damit sie lernten. Curt wäre seinerzeit sogar vom Jesuitenkolleg in Godesberg genommen worden, aber das hatte Katharina nicht gewollt und ihn stattdessen auf ein humanistisches Gymnasium geschickt. Greta ging auf die höhere Mädchenschule St. Antonius in der Rheinallee in Godesberg, eine erzbischöfliche Schule.

Im Grunde genommen gelang Greta alles spielend, sie schmierte ihre Hausaufgaben hin, die immer richtig waren, aber bei denen sich ihre Lehrer ständig über die Handschrift beklagten. Bisher waren die Noten der beiden gut, aber wenn das so weiterging mit dem mangelnden Ernst beim Lernen, sah Hans den tränenreichen Abstieg entweder durch schmachvolles Wiederholen oder den Wechsel auf die Volksschule bereits vor sich. Und mit seinem Mitleid durften die beiden in dem Fall nicht rechnen.

»Curt!«, rief er, ohne eine Antwort zu bekommen. Die Luft im Stall roch nach Pferd, Heu und Leder, Staub flirrte im Licht, das durch die hohen Fenster in die Stallgasse fiel, und im Gebälk war das Flattern von Vögeln zu hören, die sich offenbar hier hineinverirrt hatten und einige Runden flogen, ehe sie wieder ins Freie entwischten. »Curt! Es wird umso schlimmer, je länger du dich versteckst!« Immer noch keine Antwort, und Hans verließ seufzend den Stall. Was waren das nur für Zeiten, in denen die Jugend immer aufmüpfiger und ungezogener wurde?

Er überquerte den Hof, um im Garten nachzusehen. Doch dort fand er nur Nele und ihre Freundin, die tatsächlich den Nerv hatten, erneut zu rauchen.

»Fräulein!«, mahnte er an Nele gewandt. »Wenn ich das noch einmal sehe, gibt es Hausarrest.«

Sie tauschte einen augenrollenden Blick mit ihrer Freundin, offenbar in der Annahme, er bemerke es nicht, wagte jedoch nicht, zu widersprechen.

»Hast du deinen Bruder gesehen?«

»Curt?«

Himmel, welchen sonst! Hans ersparte es sich, das Offensichtliche zu bestätigen, und wartete schweigend auf eine Antwort.

»Nein«, sagte sie schließlich.

»Nein«, bestätigte ihre Freundin.

Hans ließ sie stehen und kehrte zurück ins Hotel, sah in der Wohnung nach, ob sie mittlerweile zurück waren, und entschied schließlich, dass ab jetzt Emma die Suche übernehmen konnte. Er nahm den Brief mit und sah im Arbeitszimmer nach, ob sie inzwischen aus Bonn zurück war, wo sie und Sebastian ein Gespräch mit der Bank geführt hatten.

In ihrem Arbeitszimmer saß jedoch nur sein Onkel Karl, und dieser wirkte – wie schon seit Längerem – still und in sich gekehrt. Er hatte offenbar vorgehabt, Unterlagen der Angestellten durchzugehen, aber diese lagen wie vergessen auf dem Schreibtisch, indes er blind darüber hinwegstarrte. Langsam und auf eine seltsame Art angestrengt wandte sich sein Blick Hans zu. Der kam zum Schreibtisch, legte den Brief darauf und ließ sich auf einem der Besucherstühle nieder.

»Was ist das?« Karl nickte zu dem Brief hin.

»Curt hat mal wieder einen seiner Lehrer verärgert.«

»Georg soll ihn sich vornehmen und ihm ein paar Takte dazu sagen, vielleicht hilft das ja.« Er erhob sich ein wenig schwerfällig, und Hans begann allmählich, sich Sorgen zu machen über diese allzu auffälligen Verfallserscheinungen in den letzten Wochen. »Komm«, sagte Karl. »Ich möchte dir etwas zeigen.«

Mit ungutem Gefühl folgte Hans ihm, in der Erwartung, einen Bericht mit einer unguten Diagnose eines Arztes zu bekommen, die den Zustand seines Onkels erklärte. Stattdessen reichte Karl ihm, kaum, dass sie Hans' Arbeitszimmer betreten hatten, ein Foto. Die anfängliche Erleichterung wich Entsetzen.

»Woher hast du das?«

»Das hat jemand in einem Umschlag unter meiner Wohnungstür hindurchgeschoben. Zusammen mit dieser Karte.«

Hans las die drei Worte. *Erinnern Sie sich?*

»Du hast keine Ahnung, von wem das ist?«, fragte er.

»Nein.«

»Warum zeigst du es mir erst jetzt?«

»Weil ich es eigentlich ignorieren wollte. Aber ich kann nicht.«

Hans sah erneut auf das Bild. Vor seinen Augen wandelte sich das Sepia der Fotografie in Farbe, und er war wieder mittendrin in der Szenerie. Stimmen, Lachen, das diffuse Gefühl von Angst, das sich im Laufe des Abends verstärkte.

Die Gestalt, die hinter dem Fotografen entlanghuschte, die Furcht, jemand außer ihm könne sie bemerkt haben. Oh ja, er erinnerte sich. Und wie er sich erinnerte.

Sebastian trat in die Bremse, als Curt an der Remise vorbeistürmte und ihm fast vor das Auto gelaufen wäre. Er kurbelte das Fenster hinunter. »Bist du von allen guten Geistern verlassen?«, schimpfte er.

Curts Haar war verstrubbelt, und es steckten Halme von Stroh und Heu darin. »Du musst sofort kommen«, keuchte er. »Greta ist vom Heuboden gefallen und kann nicht mehr aufstehen. Sie weint ganz schrecklich.«

»Grundgütiger.« Emma stieg auf der Beifahrerseite aus und folgte Curt in den Stall, während Sebastian den Wagen in die Remise fuhr.

Als er kurz darauf den Stall betrat, hatten sich dort außer Emma und Curt auch noch zwei Stalljungen eingefunden. »Geht mal zur Seite«, befahl er den beiden und hockte sich neben Greta, die schluchzend in Emmas Arm lag, während ihr rechter Knöchel bereits anschwoll.

»Curt«, sagte Emma, »geh und sag im Haus Bescheid, dass Dr. Hartung gerufen wird. Sebastian, trägst du Greta bitte ins Haus?«

Er ging in die Knie und hob das Mädchen hoch, das einen Schmerzlaut ausstieß und noch bitterlicher weinte.

»Kann ich jetzt nie wieder laufen?«, fragte sie, unterbrochen von Schluckauf.

»Unsinn«, antwortete Sebastian und machte sich mit Greta im Arm auf den Weg in Richtung Hotel. »Das Bein ist vermutlich verstaucht oder schlimmstenfalls gebrochen, mehr nicht.«

»Was hattet ihr auf dem Heuschober überhaupt zu suchen?«, fragte Emma.

»Wir haben uns vor Papa versteckt, damit der nicht mit Curt schimpft«, schluchzte Greta.

»Was hat Curt denn angestellt?«

Diese Antwort war Greta jedoch bei allen Schmerzen nicht zu entlocken, und sie lehnte den Kopf an Sebastians Schulter, während sie weiterweinte.

»Ach, was hat das arme Herzchen denn?«, fragte eine ältere Frau aus Süddeutschland, die seit zwei Tagen bei ihnen als Gast logierte.

»Sie ist vom Heuboden gefallen.«

Die Dame lächelte. »Ach, Kindchen, das heilt wieder. Ich bin auch mal von einem Heuschober gefallen, mein Ehemann – Gott sei seiner Seele gnädig – war ein gar zu feuriger Verehrer.« Sie kicherte mädchenhaft, und Sebastian musste lachen.

»Siehst du«, sagte er zu Greta. »Das passiert nicht nur dir.«

»Aber Curt ist nicht mein Verehrer.« Das zu betonen war Greta offenbar sehr wichtig.

Noch nicht, dachte Sebastian. Noch waren sie zu jung für dergleichen Spielchen.

Hans kam durch das Vestibül auf sie zugeeilt. »Allmächtiger!«, rief er.

»Ein gebrochener Fuß, wie es aussieht«, antwortete Emma.

Hans begutachtete das Bein, was Greta aufquieken ließ. »Nicht, Papa, das tut weh«, schluchzte sie.

»Schon gut, ich fasse nichts an«, antwortete er. Er nahm Sebastian das Mädchen aus dem Arm und brachte sie in den privaten Wohntrakt.

»Dr. Hartung ist bei einem Patienten, etwas Längerwieriges, aber er schickt eine Vertretung«, sagte sein Großvater, der gerade aus dem Arbeitszimmer kam, gefolgt von Curt, der sich auf die Unterlippe biss und die Stirn bockig gekraust hatte.

»Hans hat mir eine Backpfeife verpasst«, beklagte sich Curt.

»Warum?«, fragte Emma.

»Weil ich ihm nicht geantwortet habe, während ich mit Greta auf dem Heuboden war.«

»Warum habt ihr euch versteckt?«

Curt schwieg kurz, dann sagte er: »Da kam ein Brief von der Schule.«

Seufzend schüttelte Emma den Kopf. »Also gut. Geh auf dein Zimmer, wir reden später darüber.«

»Der Brief liegt auf deinem Schreibtisch«, sagte Karl. Dann wandte er sich an Sebastian. »Wie war es bei der Bank?«

»Ich habe die Unterlagen im Auto vergessen«, sagte Sebastian. »Warte, ich hole sie rasch.«

»In der Zeit setze ich dich ins Bild«, antwortete Emma und begleitete ihn in sein Bureau.

Sebastian verließ das Hotel, ging über den Hof zu seinem Wagen und entnahm diesem eine dünne Mappe. Er hatte die Tür gerade geschlossen, als er einen cremegelben Käfer in den Hof einbiegen sah, jemand aus der Region, wie das Besatzungskennzeichen R für Rheinland verriet. Er wartete, bis der Wagen geparkt hatte, dann öffnete sich die Tür, und eine junge Frau entstieg dem kleinen VW. Sie ging um das Auto herum, schloss die Beifahrertür auf, beugte sich vor und kam mit einem Arztkoffer wieder zum Vorschein.

»Sie?«, fragte Sebastian überrascht.

»Ja, ich«, antwortete sie ein wenig spitz, und er fragte sich, ob sie ihn vielleicht nicht erkannte. »Herr Hohenstein«, fügte sie hinzu, und ein Lächeln machte ihre Züge weicher.

»Kommen Sie als Vertretung von Dr. Hartung?«

»Ganz offensichtlich. Wo ist die Patientin?«

»Ich bringe sie hin.« Er wies ihr mit einer Handbewegung die Richtung zum privaten Eingang und begleitete sie. »Da müssen Sie aus Bonn aber ziemlich zügig gefahren sein.«

»Ich hatte in der Nähe einen Hausbesuch, Dr. Hartung hat mich dort angerufen.«

Er überlegte kurz, ob er ihr anbieten sollte, ihre Tasche zu tragen, unterließ es dann jedoch lieber. Sie betraten den Wohntrakt des Hauses, und er öffnete die Tür zur Erdgeschosswohnung. Greta lag in ihrem Bett, und ihr Vater stand daneben, wirkte ein wenig ratlos. Fragend sah er die junge Frau an, die mit Sebastian den Raum betrat.

»Ich bin Dr. Annemarie Braun«, sagte sie und streckte die Hand aus, die Hans mit irritierter Miene ergriff.

Lächelnd wandte sich Dr. Braun Greta zu. »Und ich nehme an, du bist die junge Dame, die sich den Fuß gebrochen hat.«

»Hmhm«, machte Greta schniefend.

»Na, dann lass mich mal sehen.« Sie ließ sich auf dem Bettrand nieder und schob vorsichtig den Kniestrumpf nach unten. Greta stieß einen Wehlaut aus. »Das ist unangenehm, ich weiß«, sagte Dr. Braun. »Aber du bist jetzt einen Moment lang tapfer, ja?«

Hans beobachtete die Szene mit skeptischer Miene, schwieg

jedoch, während die junge Ärztin das Bein und den Fuß mit geübten Griffen untersuchte.

»Wie ist das denn passiert?«, fragte sie.

»Sie ist vom Heuboden gefallen«, sagte Hans.

»Sind Sie eine echte Ärztin?«, wollte Greta wissen, der dieser Umstand viel bedeutsamer erschien.

»So steht es zumindest in meinem Examen«, antwortete die junge Frau und zwinkerte ihr zu.

»Ich möchte auch mal Ärztin werden«, entschied Greta.

»Dafür musst du aber lernen, anstatt im Heu herumzutoben«, sagte Hans streng.

»Papa ist böse auf mich«, erklärte Greta. »Bestimmt schimpft er nachher noch, wenn mein Fuß nicht mehr wehtut.«

»Dann bekommt der Papa von mir einen Klaps auf die Finger, immerhin bist du schon genug gestraft.«

Greta kicherte, und auch Hans wirkte belustigt – ein wenig zumindest.

Dr. Braun richtete sich auf. »Sie müssen mit ihr in ein Krankenhaus, das muss vernünftig gerichtet und geschient werden.«

Greta fing wieder an zu weinen. »Ich will nicht ins Krankenhaus.«

»Du musst ja nicht dableiben«, beruhigte Hans sie. »Ich hoffe, das ist dir eine Lehre für die Zukunft.«

»Ich hoffe nicht«, widersprach Dr. Braun. »Was für eine traurige Welt wäre das, wenn Mädchen aus Angst nicht mehr auf Heuböden klettern.« Sie erhob sich und lächelte verbindlich. »Dann empfehle ich mich nun, ich muss noch zu einer weiteren Patientin. In welches Krankenhaus fahren Sie?«

»Nach Bad Honnef in das St.-Johannes-Krankenhaus«, antwortete Hans.

»Gut. Wenn später noch etwas sein sollte, melden Sie sich, dann sehe ich noch mal nach dem Rechten. Bis auf Weiteres sind Sie dort aber erst einmal in guten Händen.« Sie griff nach ihrer Tasche, und Sebastian begleitete sie hinaus.

»Haben Sie noch einen schönen Nachmittag«, sagte er.

»Vielen Dank. Das wünsche ich Ihnen auch.« Sie stellte den Koffer ins Auto, setzte sich hinter das Steuer und startete den Motor. Und erst in diesem Moment wurde Sebastian sich der Tatsache bewusst, dass er die Mappe immer noch unter dem Arm trug und sein Großvater auf ihn wartete.

Margot sah der Hotellimousine nach, mit der Hans Greta ins Krankenhaus fuhr, und bemerkte Nele, die mit einer Freundin gerade aus dem Garten kam.

»Wo fährt Hans hin?«, fragte Nele.

»Mit Greta ins Krankenhaus.«

»Warum?«

»Sag mal, hast du geraucht?« Margot neigte sich näher zu Nele und schnupperte. Die wich zurück und lief dunkelrot an.

»Blödsinn«, fauchte sie. »Warum fährt Hans Greta ins Krankenhaus?«

»Sie hat sich den Fuß verknackst, wie es aussieht.« Margot streckte die Hand aus. »Und jetzt her mit den Zigaretten.«

»Ich habe keine, das hab ich doch schon gesagt.«

Margot machte eine Bewegung, als winke sie jemanden zu sich heran. »Los, her damit. Dann könnte ich mir unter

Umständen überlegen, es meinen Eltern nicht zu erzählen.«

Neles Freundin griff in die Tasche und reichte Margot eine zerknautschte Packung Chesterfield.

»Danke.« Margot steckte die Packung ein und gab den Mädchen mit einer knappen Geste zu verstehen, dass sie entlassen waren. Danach verzog sie sich hinter die Remise, vorbei an den Fahrzeugen der Angestellten – Fahrräder mit Hilfsmotor, Motorroller und jene Gefährte, die sich seit neuestem Moped nannten. Dieses Wort, das aus Motor und Pedale zusammengesetzt war, hatte das Preisausschreiben um die Namensgebung gewonnen, und Margot fand, dass das irgendwie schick klang, modern. Ihr Bruder hatte ein Motorrad, eine BMW, aber Margot fand die leichten Mopeds schöner, und sie überlegte ernsthaft, die Fahrerlaubnis zu erwerben und sich eines zuzulegen. Sie wäre viel unabhängiger und müsste nicht immer von irgendwem gefahren werden, sofern sie keine Lust hatte, das Fahrrad zu nehmen.

Sie zog die Packung Chesterfield hervor, entnahm ihr eine Zigarette und stellte dann fest, dass sie gar keine Streichhölzer hatte. Nachdem sie kaum hörbar einen wenig damenhaften Fluch ausgestoßen hatte, vernahm sie das Klicken eines Feuerzeugs und drehte sich um.

»Darf ich Ihnen helfen, dem heimlichen Laster zu frönen, Prinzessin?«, fragte Anton und hielt ihr die Flamme hin.

Sie neigte den Kopf, zog an der Zigarette zwischen ihren Lippen und atmete den Rauch aus. »Danke. Sie sind mein Retter.«

»Ich erinnere Sie zu gegebener Zeit daran.« Er steckte sich ebenfalls eine Zigarette an und lehnte sich rücklings an die Hauswand, eine Hand in der Hosentasche, während er die andere mit der Zigarette an den Mund führte. »Und?«, fragte er. »Woran haben Sie gedacht, als Sie so versonnen die Fahrzeuge betrachtet haben?«

»Beobachten Sie mich etwa schon länger?« Sie krauste argwöhnisch die Stirn.

»Nein, ich habe eigentlich Polly bewundert, Sie standen lediglich davor.«

»Polly?«

Er deutete mit dem Kinn auf das letzte Moped der Reihe, unmittelbar neben Margot, rot mit weißen Schutzblechen und auf Hochglanz poliert.

»*Polly*?« Margot starrte das Gefährt an, dann Anton.

Er hob begütigend die Hand. »Also, damit meinte ich jetzt nicht, dass Polly hübscher ist.«

»Oh, da bin ich ja erleichtert.« Sie war hübscher als ein Moped. Na, immerhin. »Aber warum heißt es Polly?«

»Weil ich finde, es sieht aus, als würde es Polly heißen.« Sein Blick war beinahe schwärmerisch. »Können Sie fahren?«

»Nein, noch nicht. Aber ich habe vor, es zu lernen.«

»Nur zu.« Er rauchte auf, drückte den Zigarettenstummel aus und ließ ihn in einen mit Sand gefüllten Kübel fallen. Dann ging er zu dem Moped und schob es vorwärts, wobei er den Ständer nach hinten kippte. »So, ich muss jetzt los. Es war mir, wie immer, ein Vergnügen.«

»Ihnen noch viel Vergnügen mit Polly.«

»So, wie Sie das sagen, klingt es unanständig.«

»Das liegt wohl eher an Ihnen als an mir.«

Er zwinkerte ihr zu, startete das Moped und fuhr vom Hof, während Margot beschloss, gleich an diesem Abend ihren Vater darauf anzusprechen.

Langsam ging sie über den Hof und wusste nichts Rechtes mit sich anzufangen, als sie Adrián das Hotel verlassen sah. Einem spontanen Entschluss folgend ging sie zu ihm und ließ es wie eine zufällige Begegnung wirken. Er war zum Ausgehen gekleidet, trug zu seinen dunklen Hosen einen schmal geschnittenen, dunkelbraunen Ledermantel und einen passenden Hut. Wieder einmal fiel ihr auf, wie unglaublich attraktiv er war, und sie wünschte sich, er würde ihr wieder jene Aufmerksamkeit zukommen lassen, die ihr zu Beginn seines Aufenthaltes hier so gewiss erschienen war. Immer noch könnte sie sich ohrfeigen für den törichten Impuls, ihm in jener Nacht nach Königswinter gefolgt zu sein. Er musste ja den Eindruck bekommen haben, sie sei regelrecht besessen von ihm, und nichts konnte Männer mehr abstoßen.

»Fährst du in die Stadt?«, fragte sie betont nonchalant.

»Ja, ich treffe ein paar Bekannte, und wir gehen aus.«

Sie lotete in seinem Blick aus, wie es um sie beide stand, ob er ihr immer noch grollte, konnte jedoch nichts herauslesen, das sie nicht auch in Sebastians Augen sah. »Ich … Du bist mir nicht mehr böse wegen dieser Sache neulich nachts?«

»Nein, schon lange nicht mehr. Im Grunde genommen war die Angelegenheit wohl für euch unangenehmer als für mich.«

Das stimmte wohl, und immerhin sprach Ina mittlerweile wieder mit ihr. Ihre Eltern waren davon überzeugt, sie hätten das alles nur um Ruths willen getan, sodass man ihnen nicht den Umgang miteinander verbot. Eigentlich war es schon längst mal wieder an der Zeit, sie zu besuchen, und gleichzeitig konnte sie noch etwas Zeit mit Adrián verbringen. »Könntest du mich mit nach Bonn nehmen? Du kannst mich einfach im Zentrum absetzen, ich fahre mit der Bahn zu meiner Freundin.«

»Wenn ich dich mitnehme, bringe ich dich bis zur Tür und setze dich nicht einfach unterwegs ab.« Adrián deutete zur Remise. »Ich darf Hans' Wagen nehmen.«

Hans fuhr einen Opel Olympia, den er sich unmittelbar nach der Währungsreform gekauft hatte. Eigentlich war der Wagen ganz schick, wenngleich Margot die luxuriöse Ausstattung des Kapitän schöner fand, aber der war als seinerzeit teuerstes in Deutschland produziertes Auto nahezu unerschwinglich. Selbst der Mercedes ihrer Mutter war günstiger zu erwerben gewesen.

Adrián schloss den Wagen auf, beugte sich über den Fahrersitz, um die Beifahrertür zu entriegeln, und Margot stieg ebenfalls ein. Während der Fahrt entschied sie, dass Adrián sie in der Rebein-Villa aussteigen lassen sollte, denn mit ihrem Bruder war auch noch ein klärendes Gespräch fällig. Sie warf einen Blick auf die Uhr, es war bereits nach fünf, und die Chancen, dass Tobias daheim war, lagen recht gut.

Adrián steuerte den Wagen über den Weg nach Königswinter, wo sie zur Fähre fuhren. Dadurch, dass sie die Entscheidung so kurzfristig getroffen hatte, hatte sie ihrer Mutter nicht mehr Bescheid gegeben, sie würde sie später anrufen.

»Wo geht ihr heute Abend hin?«, fragte sie.

»Das weiß ich noch nicht, wir entscheiden das kurzfristig.«

Sie schwieg, beobachtete seine Hand, die den Schaltknüppel bediente, als er den Wagen verlangsamte und auf den Fähranleger zurollte. Seufzend lehnte sie den Kopf an die Ecke zwischen Tür und Sitz und verschränkte die Hände im Schoß. Die Fähre legte gerade auf der gegenüberliegenden Rheinseite ab. Träge wälzte sich der Fluss dahin, und Margots Blick verlor sich in kleinen Wellen, die ans Ufer schwappten, und den Bewegungen der Strömung. Als sie noch zur Schule gegangen war, hatte sie oft mit Freundinnen am Rhein gesessen und beobachtet, wie die Jungs von der Jungenschule die Mädchen zu beeindrucken versuchten, indem sie sich im Rhein von dem Strom treiben ließen und irgendwo weit entfernt vom Ufer wieder auftauchten. Die besonders mutigen ließen sich von den Lastkähnen mitziehen.

»Wie kommst du nachher zurück?«, fragte Adrián.

»Ich nehme die Bahn und gehe dann zu Fuß.«

Behutsam lenkte Adrián den Wagen auf die Fähre, und nachdem alle Passagiere an Bord waren, legten sie ab. Von Mehlem aus, wo sie die Fähre verließen, fuhren sie über die neu ausgebaute Bundesstraße 9 nach Bonn. Das gesamte Stadtbild hatte sich verändert, in Godesberg gab es Residenzen und Botschaften, eine amerikanische Siedlung und Kanzleien. Entlang der Bundesstraße – auch Diplomatenrennbahn genannt – war nach und nach das Regierungsviertel entstanden, die gehobene Gesellschaft residierte und speiste im Dreesen und flanierte durch die Parks. Bonn gewann genau die Art von mondänem Flair, das Margot so unbedingt erleben wollte, und sie wünschte von ganzem Herzen, dass ihre Mutter dieses Hotel endlich wieder verließ und sich dem pulsierenden Leben der neuen Hauptstadt zuwandte. Hauptstadt! Und sie, Margot, lebte irgendwo im Wald.

Sie lotste Adrián nach Poppelsdorf zur heimischen Villa.

Sowohl der Wagen als auch das Motorrad standen in der Einfahrt, was darauf schließen ließ, dass ihr Bruder daheim war. »Danke«, sagte sie, als sie ausstieg.

»Habe ich gerne gemacht«, antwortete Adrián.

Sie schloss die Tür, winkte ihm noch einmal zu, durchquerte den kleinen Vorgarten und lief die Stufen hoch zur Haustür. Auf ihr Läuten hin waren Schritte zu hören, und kurz darauf öffnete ihr Bruder die Tür. Er war offenbar gerade erst heimgekommen und hatte es sich gemütlich gemacht. Das Jackett hatte er abgelegt, die Krawatte gelockert, die obersten Hemdknöpfe geöffnet und die Ärmel über die Handgelenke aufgekrempelt. Und er wirkte wenig begeistert.

»Hatten wir einen Termin?«

Sie drängte an ihm vorbei ins Haus. »Es wäre mir neu, dass wir den brauchen, damit ich mein Elternhaus besuche.«

»Was willst du hier?«

»Mit dir reden.«

»Du übernachtest hier aber nicht. Ich möchte auf keinen Fall, dass Vater mich wieder anruft, weil er dich aus dem Gefängnis abholen muss.«

»Polizeiwache, nicht Gefängnis.«

»Nachdem du«, fuhr er unbeirrt fort, »in ein Haus eingestiegen und bei versuchter Unzucht erwischt wurdest.«

Sie verdrehte die Augen. »Mach die Tür zu, oder wolltest du noch mal weg?«

Er stieß die Tür ins Schloss und sah sie aus leicht zusammengekniffenen Augen an.

»Ich bin nicht hier, um mit dir zu streiten, sondern dachte, wir könnten uns wieder versöhnen. Du könntest mir anbieten, zum Abendessen hierzubleiben, und dann versuchen wir uns in einem freundschaftlichen Bruder-Schwester-Verhältnis.«

»Du übernachtest hier nicht.«

»Keine Sorge, ich rufe Mama gleich an und sage, dass ich später mit der Bahn heimfahre.«

Er seufzte tief und sah aus, als habe sie ihm eröffnet, dass er künftig das Elend der Welt allein zu stemmen habe. »Also gut. Ich gebe in der Küche Bescheid, dass wir heute zu zweit essen.«

»Und ich hatte schon die Befürchtung, du würdest meinetwegen jemanden ausladen müssen.«

»So weit geht die geschwisterliche Liebe nun auch wieder nicht.« Er sah sie ernst an, aber seinem Tonfall war zu entnehmen, dass er scherzte.

Margot wusste, dass ihr Vater es gerne sähe, wenn Tobias heiratete, aber ihr war die Vorstellung einer Frau, die sich hier als Hausherrin einquartierte, ein Graus. Dann würden sie vermutlich gar nicht mehr hierhin zurückziehen. Ihr Bruder war einmal verheiratet gewesen, aber die Frau war schon vor dem Krieg während einer schweren Geburt verstorben, und auch das Kind hatte nicht lange gelebt. Ob er nicht wieder heiratete, weil sie die große Liebe gewesen war oder weil er einfach nicht die Richtige fand, wusste Margot nicht, aber noch einmal würde er ein so sanftes, liebenswertes Geschöpf, mit dem selbst sie, Margot, gut ausgekommen war, wohl nicht mehr finden. Vielleicht sollte sie ihn mit Ina verkuppeln. Da lag der Altersunterschied zwar bei gut sechzehn Jahren, aber das war ja nicht so schlimm. Und mit Ina hier im Haus ließe es sich aushalten. Sie lächelte und neigte den Kopf.

»Na dann, Bruderherz, lass uns ein wenig plaudern.«

Zwei Kellner aus der Spätschicht hatten sich ins Dienstbotengesellschaftszimmer gesetzt und unterhielten sich noch ein wenig mit den Zimmermädchen, ehe sie heimfuhren. Magdalena saß abseits und sortierte Garn in einem Nähkasten, entwirrte Spulen und überprüfte die Bestände an Nadeln. So eine Fummelarbeit half ihr immer dabei, ihre Gedanken zu ordnen, und wirkte beruhigend auf sie. Und das brauchte sie gerade dringend, denn seitdem sie Karl Hohenstein das Foto hatte zukommen lassen, befand sie sich in einem Zustand ständiger Nervosität.

Von Adrián hatte sie nichts über seine Reaktion diesbezüglich erfahren. Wenn er unschuldig war und das Auftauchen des Fotos allenfalls seltsam fand, so hätte er doch in der Familie bestimmt davon erzählt. So reagierte man doch, wenn man eine Botschaft bekam, mit der man nichts anfangen konnte. Doch er schwieg, und Adrián ließ sich auch durch noch so behutsames Fragen nichts entlocken.

»Kommst du mit?«, hörte Magdalena jemanden fragen und blickte auf.

»Wie bitte?«

»Frau Weiß hat allen, die hier nicht gebraucht werden, am elften Oktober freigegeben«, erklärte Beate, »damit wir uns die Eröffnung des Hubschrauberlandeplatzes ansehen.«

Es gab nur wenig, das Magdalena noch uninteressanter fand, aber sie nickte dennoch. Sie schloss den Nähkasten und brachte ihn in die angrenzende Kammer, wo kleine Ausbesserungsarbeiten erledigt wurden und der Tisch mit dem Ständer zum Schuheputzen stand. Als sie zurück ins Dienstbotenzimmer kam, schickte Frau Weiß sie und Beate in die Beletage. In einer Suite war eine Kanne Kakao aufs Kinderbett gekippt.

»Warum sind die Blagen um diese Zeit überhaupt noch wach?«, fragte Beate augenrollend, während sie mit Magdalena zum Aufzug ging.

»Vielleicht sollte der Kakao sie müde machen.«

Sie hatten aus der Wäschekammer neue Laken und Bettbezüge geholt und hofften, rasch fertig zu werden. Im Foyer war es ruhig, und sie schoben den Putzständer unbemerkt zum Fahrstuhl.

»Wohin soll's gehen?«, fragte der Liftjunge.

»In die Beletage«, antwortete Beate, und der Fahrstuhl setzte sich in Bewegung.

Man hörte das Lärmen der Kinder bereits auf dem Korridor. Beate stöhnte gerade leise auf, als sich die Tür zum angrenzenden Zimmer öffnete.

»Ah, sehr gut«, sagte der junge Mann, der gerade im Begriff gewesen war, auf den Flur zu treten. »Sie sorgen dafür, dass Ruhe ist, ja?«

»Aber natürlich«, antwortete Magdalena und klopfte an die Tür, was jedoch im Lärm unterging.

»Liebe Güte«, schimpfte Beate und klopfte ein weiteres Mal.

Die Tür wurde von einer Frau geöffnet, die sie mit einer Miene blasierter Arroganz anblickte, die angesichts der Situation gänzlich unangebracht war. »Ah, Sie kommen, um das kleine Malheur zu beseitigen, ja?«

Angesichts des Lärms hatte Magdalena eine größere Kinderschar erwartet als die beiden Jungen, die wie wild durch das Zimmer tobten. »Der Gast im Nebenzimmer bittet um Ruhe«, sagte Beate.

Die Frau hob lediglich eine Braue, mehr war ihr dieses Anliegen offenbar nicht wert, dann winkte sie mit einer

Hand ungeduldig zum Bett. »Tun Sie, wofür Sie bezahlt werden, dann kann ich die Kinder zu Bett bringen, und umso schneller ist es hier ruhig.«

Magdalena tauschte einen raschen Blick mit Beate, dann machte sie sich daran, das Bett abzuziehen, und nahm auch den Schonbezug von der Matratze. Die Kinder tobten schreiend um sie herum, und der Jüngere kletterte auf das Bett, um darauf herumzuspringen.

»Könnten Sie den Jungen bitte vom Bett nehmen?«, sagte Magdalena. »Sonst dauert es noch länger.«

Die Frau warf ihr einen Blick zu, als sei dieses Ansinnen geradezu vermessen, hob den Kleinen jedoch runter, woraufhin er mit wildem Indianergeheul durch das Zimmer lief. Gerade als Beate sich vorbeugte, um das frische Laken festzustecken, sprang der ältere Junge – er musste sieben oder acht Jahre alt sein – von hinten auf ihren Rücken. Sie stieß einen Schmerzenslaut aus, richtete sich hastig auf, sodass der Junge taumelte, fiel und mit dem Kopf auf eine Tischkante schlug. Es blutete sofort heftig, und zu dem Heulen des Kindes kam der Schreckensschrei der Mutter. Der andere Junge, der wie erstarrt dagestanden hatte, fing nun auch an zu weinen, als er das Blut sah, das auf die Kleidung des Kindes lief und auf den Teppich tropfte.

»Stehen Sie nicht so da!«, schrie die Mutter. »Tun Sie was.«

Magdalena eilte in das angrenzende Bad, nahm eines der weichen kleinen Handtücher, tränkte es mit kaltem Wasser und brachte es der Mutter. Dann hob sie den Telefonhörer und sagte an der Rezeption Bescheid, dass ein Arzt gerufen werden sollte.

»Herr Hohenstein gibt Ihrem Mann Bescheid«, sagte sie an die Frau gewandt.

Die jedoch sah Beate an und zeigte mit einem zitternden Finger auf sie. »Das wird ein Nachspiel haben!«, fauchte sie und wandte sich wieder ihrem Sohn zu.

»Geh«, sagte Magdalena leise zu ihrer kreidebleichen Kollegin. »Ich mache das hier schnell fertig.«

Beate verließ das Zimmer rasch, und kurz darauf erschien der Vater der Jungen. »Was ist hier passiert?«, fragte er und wurde von seiner Frau ins Bild gesetzt, wobei es so klang, als habe Beate das Kind mit voller Absicht vor den Tisch gestoßen.

»Der Junge ist auf ihren Rücken gesprungen«, verbesserte Magdalena.

»Nennen Sie meine Frau eine Lügnerin?«, herrschte der Mann sie an.

»Nein, aber möglicherweise hat sie es nicht richtig mitbekommen.«

»Bist du auf den Rücken der Frau gesprungen?«, fragte der Mann seinen Sohn.

Der schwieg, aber der andere krähte: »Ja, ist er.« Offenbar ging der Schreck nicht so tief, um dieser Versuchung zu widerstehen.

»Wie auch immer, es ist wohl kaum der adäquate Umgang mit einem Kind, es zur Strafe zu Boden zu werfen.«

Da Magdalena wusste, dass eine Diskussion nichts brachte, schwieg sie und packte das gebrauchte Bettzeug in den Putzwagen. Der Teppich musste umgehend behandelt werden, sonst würden die kleinen Blutstropfen nicht rausgehen. Während die Eltern das Kind auf das frisch bezogene Bett legten, ging Magdalena mit einem Schwamm ins Bad, tränkte ihn mit kaltem Wasser und wusch die Flecken raus. Sie drückte das Wasser mit einem trockenen Tuch aus dem

Teppich und wiederholte die Prozedur mehrmals, indem sie den Schwamm immer wieder auswusch. Der kleine Junge hatte sich einem ruhigen Spiel zugewandt, der ältere wimmerte leise, dafür zeterte die Mutter nun für zwei.

»Sind Sie hier bald fertig?«, herrschte sie Magdalena schließlich an.

»Ja, gnädige Frau.« Magdalena erhob sich und schob den Wagen zur Tür hinaus. Auf dem Korridor atmete sie in tiefen Atemzügen den Zorn weg. Dann ging sie zum Aufzug und wartete. Als die Türen sich öffneten, stand Sebastian Hohenstein vor ihr.

»Was ist passiert?«, fragte er.

Sie erzählte es ihm, und er nickte. »Gut, ich kläre das. Wo ist Beate?«

»Ich weiß es nicht, vermutlich im Dienstbotenzimmer.«

Er entließ sie mit einer knappen Handbewegung, und sie stieg in den Fahrstuhl, um sich nach unten fahren zu lassen. Nachdem sie den Putzständer verstaut hatte, ging sie in das Dienstbotenzimmer, wo sie Beate auf einem Stuhl sitzend vorfand, um sie herum vier weitere Zimmermädchen, eine Küchenmagd und Frau Weiß.

»Wie geht es dir?«, fragte Magdalena.

»Mir tut der Rücken weh. Dieser kleine Teufelsbraten hat mir bestimmt was verrenkt.« Dann fiel ihr offenbar ein, dass auch das Kind verletzt war. »Was ist denn jetzt mit ihm?«

»Er blutet stark, ansonsten weiß ich es nicht.«

»Kopfwunden bluten immer stark«, sagte eines der Zimmermädchen. »Das kenne ich von meinen Neffen, die sind so wild, dass ständig einer von ihnen ins Krankenhaus muss. Sieht meist schlimmer aus, als es ist.«

»Denkst du, dass das noch Ärger gibt?«, fragte Hertha.

»Ich habe Herrn Hohenstein schon gesagt, dass es nicht meine Schuld war«, antwortete Beate.

»Herrn Sebastian?«

»Nein, Herr Hans war gerade hier unten. Er sagte, ich solle mir keine Sorgen machen, er kümmere sich um alles.«

»Der Arzt soll sicherheitshalber auch mal nach dir sehen«, sagte Frau Weiß.

»Mir geht es gut«, widersprach Beate und stand auf, wobei sie sich etwas schief hielt und das Gesicht verzog.

»Ja, das sieht man. Keine Widerworte. Leg dich ins Bett, ich gebe vorne Bescheid.«

»Das kann ich machen«, erbot sich Magdalena. Sie verließ das Dienstbotenzimmer und ging ins Vestibül, wo Herr Hans gerade einen betagten Herrn mit Arztkoffer empfing und von einem Pagen zum Fahrstuhl begleiten ließ.

»Beate hat Rückenschmerzen, Herr Hohenstein«, sagte sie, als sie an der Rezeption angelangt war.

»Ich schicke Dr. Hartung gleich zu ihr«, antwortete er. »Ist sie in ihrer Kammer?«

»Ja, sie legt sich hin.«

»Gut, ich kümmere mich um alles. Sie können auch Schluss machen für heute.«

»Danke, Herr Hohenstein. Gute Nacht.«

»Gute Nacht.«

Sie verließ das Hotel durch den seitlichen Eingang und trat hinaus in den Hof. Es war sehr kühl, aber die frische Luft tat ihr gut, und obwohl sie fröstelte, zog es sie noch nicht wieder zurück ins Hotel. Sie tastete in ihrer Schürze nach den Zigaretten, stellte dann jedoch fest, dass sie diese nicht dabeihatte. Kurz überlegte sie, die Packung aus ihrer Kammer zu holen, aber sie war so müde, dass sie vermutlich direkt ins Bett gegangen wäre, also blieb sie noch einen Moment lang stehen, die Arme um die Brust geschlungen, und hing ihren Gedanken nach.

Als sie ein Geräusch von der Remise her hörte, erwachte kurz in ihr die Hoffnung, es könne Adrián sein, der früher zurückkam. Einen Moment lang war sie enttäuscht, weil die Silhouette nicht zu ihm passte, aber eigentlich war sie ohnehin zu müde, sich mit ihm die Nacht um die Ohren zu schlagen. Ehe sie in seinem Bett zum Schlafen kommen würde, wäre es ja schon fast Zeit, wieder aufzustehen. Dabei stellte sie es sich so wunderbar vor, endlich mal wieder in einem weichen Bett zu schlafen. Sie hatte im Oktober ein paar Tage frei und würde bei ihrer Mutter nächtigen, da hatte sie dann ihr weiches Bett. Allerdings würde sie sich auch den ganzen Tag das Gejammer und Gekeife anhören müssen, ebenso wie Vorträge über ihre stetig schwindenden Möglichkeiten, je eine akzeptable Partie zu machen.

Die Gestalt war nun nahe genug, um sie als einen der Kellner auszumachen, der offenbar recht spät aufbrach, um heimzukommen. Entweder hatte er sich irgendwo festgequatscht, oder es gab eine heimliche Übereinkunft mit einer der weiblichen Angestellten. Der Mann zog eines der motorisierten Fahrräder heraus und schob es fort. Kurz darauf hörte Magdalena es über den Hof fahren. Sie warf noch einen letzten kurzen Blick zur Remise, dann wandte sie sich ab und kehrte ins Hotel zurück.

⁂ 11 ⁂

Annemaries Vater hatte als Arbeiter in einem Stahlwerk angefangen und sich aus einfachen Verhältnissen stetig hochgearbeitet. Während seine Kumpanen in ihrer Freizeit Gaststätten besuchten und ihrem Vergnügen nachgingen, saß er über Büchern, die er aus der öffentlichen Bücherei auslieh, las sich ein umfangreiches Wissen an, das es ihm erlaubte, mit Menschen, die mehr Bildung hatten als er, Gespräche zu führen. Er las die Tageszeitung komplett durch, ließ keine Seite der Wirtschaftsnachrichten aus, verschlang das Wissen, wo er es fand. Und er beeindruckte damit die richtigen Leute im Werk.

Als er heiratete – später als andere Burschen seines Alters –, konnte er ein gutes Einkommen vorweisen, und als das erste und einzige Kind geboren wurde, waren sie so weit, dass sie aus der Wohnung in ein kleines Haus zogen. Er hatte es zu einer leitenden Position im Werk gebracht, und die Familie war zu einem recht ansehnlichen Wohlstand gekommen. Weil ihren Eltern ihr kleines Häuschen gut gefiel, blieben sie dort, führten ein Leben, in dem sie ihrer geliebten Tochter nichts versagten, aber doch sparsam genug, um nichts unnütz zu verprassen. Dann war der Krieg gekommen, ihr Vater war eingezogen worden, war nach russischer Gefangenschaft heimgekommen, schweigsam, aber nicht gebrochen. Über die letzten Jahre wollte er nicht sprechen, stattdessen nahm er die Arbeit wieder auf und vermehrte das Vermögen, als es daranging, die Stadt wieder aufzubauen.

Annemarie war im letzten Kriegsjahr als Krankenschwester an die Front gegangen, um ihren Teil zu leisten, und hatte dabei ihre Berufung entdeckt. Nach dem Krieg war sie heimgekommen, und sobald es möglich war, hatte sie mit einem Medizinstudium begonnen und die Doktorprüfung mit »magna cum laude« abgelegt. Sie arbeitete im Bereich der Allgemeinmedizin, plante jedoch, ihren Facharzt in Frauenheilkunde zu machen, und hatte schon während des Studiums mit dem Thema Schwangerschaftsintoxikation promoviert.

Es war ein langer Weg gewesen, hierhin zu kommen, wo sie nun war, und den Grundstein hatte ihr Vater gelegt, um seinem Kind all das zu ermöglichen, was sie nun erreicht hatte und noch erreichen wollte. Während Annemarie nun dastand und sich damit auseinandersetzen musste, dass Wilhelm mal wieder verärgert war, weil sie zu einem Patienten gemusst und ihn dafür versetzt hatte, dachte sie daran, wie das in Zukunft funktionieren sollte.

Ja, er war stolz auf sie, das betonte er wieder und wieder, aber gelegentlich kam es ihr so vor, als sehe er sich in Konkurrenz mit ihrem Beruf. Und das führte immer wieder zu Diskussionen, die überaus anstrengend waren. Manchmal fragte sie sich nicht ohne Besorgnis, wie das erst werden sollte, wenn sie als Ärztin nachts zu einer Geburt gerufen wurde.

Der Mann, zu dem sie gefahren war, wurde von einer Krankenschwester versorgt, die regelmäßig kam, um sich um sein Bein zu kümmern, das seit dem Krieg mehr oder weniger lahm war. Er hatte immer wieder Schmerzen durch eine Wunde, die ständig aufbrach und nässte. Den Verband konnte die Schwester wechseln, aber jetzt sah es aus, als habe sich das Bein entzündet, und ein Arzt musste sich das anschauen. Es gab unzählige Kriegsversehrte, und diesen Mann hatte es noch vergleichsweise gut getroffen. Allerdings konnte Annemarie ihm für sein Bein mittlerweile nur noch wenig Hoffnung machen.

Jetzt stand sie vor der Tür seines Hauses, wechselte noch ein paar Worte mit der Schwester und hätte eigentlich nach Hause fahren und sich umkleiden können, um sich hernach mit Wilhelm zu treffen. Aber allein der Gedanke an die Vorwürfe, die er ihr unweigerlich machen würde, hielt sie davon ab, und da sie ohnehin gerade in Königswinter war, konnte sie auch kurz hoch zum Hotel fahren und nach der kleinen Greta sehen.

Sie fuhr aus der schmalen Gasse, in der das Haus des Patienten lag, musste zweimal Radfahrern ausweichen, lenkte den Wagen auf die breitere Straße und beschleunigte den Wagen. Autofahren entspannte sie, und sie kurbelte das Fenster hinunter, um den kühlen Fahrtwind im Haar zu spüren. Nachdem sie die Hirschburg passiert hatte, bremste sie ab und entschied, dass sie einen Moment des Innehaltens brauchte. Sie stoppte den Wagen und stieg aus, lehnte sich mit dem Rücken gegen den Wagen und ließ den Blick über die Landschaft schweifen. Gras bog sich im Wind, der über den Bergen die Wolken zu einem zerfasernden Grau zusammenschob. Annemarie fuhr sich mit einer Hand durch ihr schulterlanges Haar, hielt es sich aus dem Gesicht, während sie mit der anderen Hand in ihrer Manteltasche nach einem Haarband suchte.

Dass sie keines fand, ärgerte sie mehr, als dem Anlass angemessen war, und sie ließ das Haar wieder los, sodass ihr einzelne Strähnen ins Gesicht geweht wurden. Als sie Wilhelm kennengelernt hatte, hatte sie sich sofort in ihn verliebt. Er war charmant, aufmerksam und sah gut aus. Ihre Verlobung war von seiner Familie allerdings mit weitaus mehr Begeisterung aufgenommen worden als von ihrer.

»Ihr passt nicht zusammen. Du bist eine gute Partie«, sagte ihr Vater, »und das weiß er.«

»Wilhelm verdient doch selbst nicht schlecht«, verteidigte Annemarie ihn, aber ihr Vater winkte nur ab. Da sie wusste, dass ihm kein Mann gut genug für sie war, tat Annemarie das als übertriebene väterliche Besorgnis ab und war sogar ein wenig gerührt davon. Inzwischen fragte sie sich jedoch, ob er nicht doch recht gehabt hatte, zumindest was den Punkt anging, dass sie nicht zusammenpassten. Was ihre Mitgift betraf, so war Wilhelm sicher nicht darauf angewiesen. Und das Erbe war hoffentlich noch lange nicht zu erwarten.

Das Knattern eines Motorrads verriet ihr, dass sie nicht länger allein war, und sie wandte sich um. Sie kannte den Mann nicht, der gerade den Weg hoch kam und die Fahrt verlangsamte, ehe er neben ihr anhielt. »Kann ich Ihnen helfen?«, fragte er.

»Nein, alles bestens«, antwortete sie mit einem Lächeln.

Er warf einen kurzen Blick auf den Wagen, als wolle er sich vom Wahrheitsgehalt dieser Worte überzeugen, dann neigte er grüßend den Kopf, startete das Motorrad erneut und setzte seine Fahrt fort. Annemarie blieb noch einen Moment lang stehen, dann setzte sie sich wieder hinter das Steuer und fuhr los. Bis zum Hotel war es nicht mehr weit, und als sie ankam, sah sie den Mann erneut, dieses Mal stand er an sein Motorrad gelehnt da und unterhielt sich mit einer jungen Frau.

Als Annemarie an ihnen vorbei zum Hotel ging, nickte er ihr freundlich zu, was sie erwiderte, dann setzte er das Gespräch mit der Frau fort. An der Rezeption standen zwei Männer in dunklen Anzügen, und Annemarie bat darum, nach Greta Hohenstein sehen zu dürfen.

»Sie sind die Ärztin, ja?«, fragte einer von ihnen freundlich.

»Ganz recht.«

»Einen Moment bitte, ich rufe Herrn Hohenstein an.« Der junge Mann griff nach dem Telefon, und Annemarie sah sich im Vestibül um, während er leise einige Worte mit der Person am anderen Ende der Leitung wechselte. Es war wirklich ein schöner Eingangsbereich, dachte sie, mit dem Brunnen, den Säulen, den Clubsesseln, dem gold-weißen Marmorboden.

»Frau Doktor?«

Annemarie drehte sich wieder zur Rezeption.

»Herr Hans Hohenstein ist nicht im Haus, aber Herr Sebastian wird Sie zu Fräulein Greta bringen.«

Kurz darauf erschien die geschmeidige Gestalt Sebastian Hohensteins, und Annemarie ertappte sich dabei, wie ihre Lippen sich zu einem Lächeln verzogen. Irgendwie liefen sie sich immer wieder über den Weg. Er erwiderte das Lächeln, als er näher kam, und reichte ihr die Hand.

»Ich fürchte, ich komme ungelegen«, sagte sie, »aber es passte zeitlich gerade so gut.«

»Kein Problem, die junge Dame kann derzeit ja ohnehin keine weiten Wanderungen unternehmen, und von uns ist immer jemand da.«

Er begleitete sie durch das Hotel zum privaten Trakt des Hauses, öffnete die Verbindungstür, ließ ihr den Vortritt und folgte ihr dann. Als sie die Wohnung Hans Hohensteins betraten, hörten sie Kinderstimmen, und Sebastian Hohenstein führte sie in einen Salon, wo Greta auf einem Sessel saß, das eingegipste Bein hochgelegt, und mit einem Jungen Karten spielte.

»Sebastian«, empörte sich der Junge in diesem Moment. »Greta schummelt.«

»Gar nicht wahr. Du kannst bloß nicht verlieren!«

»Haltet mich da raus, ja?«, kam Sebastian Hohenstein jedem möglichen Streit zuvor.

»Guten Tag, junge Dame«, begrüßte Annemarie sie. »Wie geht es dir heute?«

»Gut«, antwortete Greta und legte die Karten hin. »Aber unter dem Gips juckt es ganz schrecklich. Papa sagt, das wird mir eine Lehre sein für die Zukunft.«

»Nun ja, darüber maße ich mir kein Urteil an«, antwortete Annemarie. »Aber gegen das Jucken kannst du leider nichts machen, du wirst es noch drei Wochen aushalten müssen.«

»Zweiundzwanzig Tage«, entgegnete Greta. »Ich habe es aufgeschrieben und streiche immer einen Tag ab.«

»Und sonst? Tut etwas weh?«

Greta schüttelte den Kopf, dass die blonden Locken flogen.

Es gab inzwischen Möglichkeiten, gebrochene Knochen durch ein Implantat im Knochenmark zu stabilisieren, diese wurde jedoch bisher nur selten angewandt. In der Regel gipste man das Bein ein, und der Heilungsprozess gestaltete sich sehr langwierig und oft auch schmerzhaft. Annemarie hatte einige Artikel darüber gelesen, dass diese Art der Behandlung inzwischen kritisch gesehen wurde, das Bein durch die mangelnde Bewegung weniger belastet werden konnte. Es drohte das Versteifen der Gelenke und Muskelatrophie. Daher war es wichtig, die Patienten genau zu beobachten.

Annemarie unterhielt sich noch einen Moment lang mit dem Mädchen, dann erhob sie sich. »Ich komme in ein paar Tagen wieder und sehe nach dem Rechten. Wenn etwas ist, ruft ihr an, ja?«

»Ja«, versprach das Mädchen.

Annemarie verabschiedete sich von ihr und dem Jungen und ließ sich von Sebastian zurück ins Hotel begleiten. Im Korridor blieb sie kurz stehen, um eine beeindruckend schöne Fotografie zu betrachten, die das Hotel im Morgendunst zeigte. Ganz zart schwebten Nebelschleier über den Boden, während das Hotel in erwachender Stille dalag. Fast erwartete man, dass die spinnwebfeinen Nebelschwaden jeden Moment zerrissen und das Zwitschern der ersten Vögel die Stille zerbrach. »Das ist großartig«, sagte sie.

»Meine Mutter hat das fotografiert«, antwortete Sebastian.

»Tatsächlich? Dann versteht sie wirklich was davon.«

»Sie ist gelernte Fotografin und hatte hier ihr eigenes Atelier, ehe sie eines in New York eröffnet hat.«

»Ah, richtig, ich hatte schon gehört, dass Sie aus Amerika kommen. Ihre Mutter muss eine beeindruckende Frau sein.«

»Da kann ich nicht widersprechen.« Er grinste jungenhaft, was auf Annemarie unwiderstehlich wirkte.

Er begleitete sie bis zum Auto und öffnete ihr sogar

galant die Tür, nachdem sie diese aufgeschlossen hatte. »Wir geben am elften Oktober einen Tanzabend, um das neue Café zu eröffnen. Wenn Sie möchten, schauen Sie doch mit Ihrem Verlobten vorbei. Und bringen Sie ruhig viele Freunde mit.«

»Das will ich gerne tun. Vielen Dank.« Sie setzte sich in den Wagen, startete den Motor und wendete. Als sie vom Hof fuhr und in den Rückspiegel blickte, bemerkte sie, dass Sebastian Hohenstein ihr nachsah. Und sie verspürte das erste Mal, seit sie Wilhelm kannte, jenes schon vergessen geglaubte Kribbeln, das vom Bauch her in die Brust stieg und den Herzschlag beschleunigte. Bestürzt und erschrocken richtete sie den Blick wieder auf die Straße.

»Die Pferde verkaufen?« Karl Hohenstein wirkte, als hätte Sebastian verkündet, er plane, das Hotel dem Erdboden gleichzumachen.

»Ich weiß, du hängst an ihnen«, sagte Sebastian, »aber seien wir ehrlich, sie kosten mehr Geld, als sie einbringen.«

»Ja, aber wir hatten immer Pferde.«

»Ich weiß, und damals hatte es ja auch Sinn, welche zu besitzen.«

Sebastian sah, wie es in seinem Großvater arbeitete, und es war unverkennbar, wie schwer es ihm fiel, sich auf diesen Vorschlag einzulassen.

»Ich kenne jedes Pferd mit Namen«, sagte Karl Hohenstein nun. »Ich habe sie ausgesucht und gekauft, einige sind schon viele Jahre hier. Es wäre herzlos, sie einfach wegzugeben.«

»Es gibt doch Hotels, die Reiterurlaub anbieten«, wandte Ruth ein, die im Sessel neben Adrián saß. Sie hatten zu viert in der Sitzecke des großen Bureaus Platz genommen, Sebastian hatte Kaffee und Kuchen kommen lassen, in der Absicht, die bittere Pille ein wenig zu versüßen, wenn das Thema in einer Art gemütlicher Plauderrunde fiel.

»Für richtigen Reiterurlaub braucht es eine entsprechende Umgebung, Wege, auf denen galoppiert werden kann, Reitplätze, so was eben. Bei uns in Amerika gibt es Landschaften, da kann man stundenlang reiten, ohne auch nur einer Menschenseele zu begegnen, aber es ist hier einfach ungeeignet, explizit Reiterferien anzubieten.«

»Aber früher sind die Leute doch auch geritten«, wandte Ruth ein.

»Ja, und heute sind sie mit dem Fahrrad und dem Auto unterwegs, man muss als Reiter ständig aufpassen. Es dürfen nicht mehr alle Wege beritten werden, das Reiten ist ein reiner Sport geworden und keine Form der Fortbewegung mehr. Das mag auf dem platten Land noch anders sein, aber auch da hält die Moderne Einzug.«

Sein Großvater wirkte so unglücklich, dass es Sebastian schwerfiel weiterzusprechen. Er warf Adrián einen Blick zu, eine stumme Aufforderung, auch mal etwas dazu zu sagen.

»Wir können ja einen Teil der Pferde behalten«, schlug dieser vor. »Die älteren, an denen du so hängst.«

Das war ja wirklich ein enorm rentabler Vorschlag. Sebastian seufzte. »Wir müssen das ja nicht übers Knie brechen, aber wenn wir uns genau umhören und die Pferde in gute Hände geben, vielleicht in der Nähe, dann könntest du sie gelegentlich besuchen.«

Sein Großvater zögerte. »Ich habe gesagt, ich lasse dir freie Hand, und dazu stehe ich weiterhin. Ich wünschte nur, du hättest dir nicht gerade die Pferde ausgesucht.«

Unter den Blicken von Ruth und seinem Großvater kam Sebastian sich vor wie jemand, der ein Messer in der Hand hielt und zum tödlichen Stoß ausholte. Und Adrián glänzte weiterhin durch vornehme Zurückhaltung. »Wir gehen das in Ruhe an, ja? Vorher stehen ja noch die Änderungen im Hotel auf dem Plan.« Dabei hatte Sebastian schon eine Idee, was man mit dem leer stehenden Stallgebäude anfangen könnte, aber sei's drum. Das musste dann eben warten. Ruth war vermutlich schon aus Prinzip gegen seine Idee, weil er ihrem Wunsch, den Frühstücksraum mit Pariser Flair zu versehen, nicht entsprochen hatte. Stattdessen hatte er mit Adrián entschieden, es klassisch zu halten und nur hier und da Bilder aus der Region aufzuhängen. Da die Umgestaltung des Raumes weniger aufwendig war als die des ehemaligen Lichtspielraumes, war der Frühstückssalon bereits vor zwei Wochen fertiggestellt worden und wurde von den Gästen sehr beifällig angenommen.

Nachdem sie das Thema um den Verkauf der Pferde nun erschöpfend und wenig zufriedenstellend fürs Erste beendet hatten, erhoben sich sein Großvater und Ruth und verließen das Bureau. Sebastian wandte sich an Adrián. »Wie wäre es damit, ein wenig hilfreichen Beistand zu leisten, wenn ich auf Widerstand stoße?«

»Ich habe eben noch Respekt vor dem Alter gelernt.«

»Respekt vor dem Alter? Willst du mich veralbern?«

Adrián antwortete nicht und schenkte sich stattdessen eine weitere Tasse Kaffee ein.

»Ich weiß ja, dass es schwer ist, aber irgendwo müssen wir nun mal einsparen.«

»Ich höre mich um und sehe, was sich hinsichtlich der Pferde machen lässt, ja? Es wäre nur besser gewesen, diesbezüglich einen Plan zu haben, ehe wir mit ihm darüber sprechen.«

Da hatte er nicht unrecht, aber hinterher war man ja immer klüger. »Also gut.« Sebastian erhob sich und ging zu seinem Schreibtisch, auf dem einige der Werbeprospekte für den Tanzabend lagen. Dass er selbst die amerikanische Staatsbürgerschaft besaß und nun das Ruder in die Hand nahm, war kein Geheimnis, und doch war es mit Hans und Karl immer noch traditionell genug, um nicht ganz mit dem Althergebrachten zu brechen. Denn der Rheintourismus würde wieder in Fahrt kommen, da war Sebastian sich sicher, und ein Hauch von Nostalgie würde sich da bestimmt gut machen. Nach der Eröffnung des Cafés konnten sie sich um den Umbau der Festsäle kümmern. Das war ihm ein besonderes Anliegen, denn gerade jetzt, in Zeiten des wirtschaftlichen Aufschwungs, war es umso wichtiger, auch Geschäftsleute anzusprechen.

»Du solltest das lieber lassen«, sagte Ruth. »Was sein Motorrad angeht, ist Tobias sehr eigen.«

»Ich habe ihn schon gefragt«, antwortete Adrián, »und er hat nichts dagegen, schließlich kann ich fahren.«

Es ging auf den frühen Abend zu, Tobias war schon nachmittags zu Kaffee und Kuchen gekommen. Eigentlich wollte er nur die Werbeprospekte abholen und in der Firma auslegen, aber er hatte nun entschieden, zum Abendessen zu bleiben, und Adrián, der nun endlich mit der Arbeit fertig war, hatte das Motorrad im Hof stehen sehen und war sofort begeistert gewesen. Als er aufstieg, sah das Ganze auch recht gekonnt aus. Er startete den Motor, fuhr los, drehte einen Schlenker über den Hof, und die Sache wäre sicher auch einigermaßen gut ausgegangen, wenn er sich nicht in dem Moment zu Ruth gedreht hätte – offenbar wollt er sichergehen, dass sie angemessen beeindruckt war –, in dem Georg in den Hof einbog. Glücklicherweise war wenigstens dieser aufmerksam und versuchte noch auszuweichen.

Hätten sie mehr Tempo draufgehabt, hätte das womöglich einen bösen Unfall gegeben, so war lediglich die rechte Seite des Wagens hinüber, und Adrián schaffte es noch, im Sturz vom Motorrad zu springen, sodass dieses krachend zu Boden ging, ohne sein Bein darunter einzuquetschen. Weh tat es vermutlich dennoch, deutete man seinen Gesichtsausdruck richtig, und dass die Sache mit dem Schmerz nicht ausgestanden war, dafür sprach Georgs Gesichtsausdruck, als er aus dem Auto stieg.

»Bist du von allen guten Geistern verlassen?«, schimpfte er, während er Adrián die Hand reichte, um ihm auf die Füße zu helfen. Der humpelte ein wenig, aber angesichts dessen, was ihm noch ins Haus stand, war das wohl selbst in seinen Augen zu vernachlässigen.

Georg starrte auf die zerbeulte Seite seines Autos, und was Adrián nun zu hören bekam, war vermutlich die schlimmste Strafpredigt, die man ihm gehalten hatte, seit er dem Kindesalter entwachsen war. »Wärest du nicht schon längst zu alt dafür, gehörtest du übers Knie gelegt und windelweich geprügelt«, schloss Georg mit einer Stimme, die ruhig und kalt war vor Zorn. Was sein Auto anging, kannte er nur wenig Nachsicht.

»Ist das Tobias' Motorrad?«, fragte er mit Blick auf die BMW.

»Ja«, antwortete Ruth an Adriáns Stelle.

Georg nickte knapp. »Na, dann viel Vergnügen dabei, ihm *das* zu erklären.«

»Ich komme natürlich für den Schaden auf.«

»Das möchte ich dir auch geraten haben.« Georg schenkte ihm einen weiteren vernichtenden Blick, stieg wieder in den Wagen und fuhr ihn in die Remise.

Adrián richtete das Motorrad auf und besah sich seufzend den Schaden.

»Es hätte schlimmer kommen können«, tröstete Ruth ihn. »Hak es einfach ab auf deiner persönlichen Liste der Peinlichkeiten, seit du hier angekommen bist.«

»Danke, das ist ein sehr tröstlicher Gedanke.«

Ruth wollte gerade antworten, als sie Tobias aus dem Hotel kommen sah. »Ich wünsche dir viel Kraft für dieses Gespräch.«

Er warf ihr einen kurzen Blick zu. »Wer wird denn schadenfroh sein?«

Sie grinste nur und sah zu Tobias, der mit raschen Schritten näher kam.

»Hast du dich verletzt?«, fragte er.

»Nicht schlimm. Aber schön, dass es hier wenigstens einen interessiert.« Ein kurzer, strafender Blick traf Ruth, die nicht einmal versuchte, zerknirscht zu wirken.

Tobias sah sich das Motorrad an und schloss schließlich mit einem »Könnte schlimmer sein«.

»Ich bezahle den Schaden natürlich«, sagte Adrián.

Das Motorrad hatte einige tiefe Schrammen und Lack-Abschürfungen.

»In Zukunft solltest du achtsamer fahren«, sagte Tobias. »Auch wenn Ruth noch so entzückend lächelt, sieh besser nach vorne.«

Ruth lief rot an, und Adrián sah mit dem kurzen Heben einer Braue zu ihr, während ein Anflug von Belustigung um seine Augen spielte. »Ich werde es mir merken für die Zukunft«, sagte er.

Tobias wandte sich an Ruth, während Adrián das Motorrad aus dem Weg schob. »Kommst du? Emma hat mich gebeten, dir zu sagen, dass wir heute zusammen essen.« Ruth begleitete ihn ins Hotel, und Tobias fragte: »Streitest du dich gerade mit Margot um diesen Kerl?«

Wieder spürte Ruth Hitze in den Wangen. »Wie kommst du darauf?«

»Als Vater gesagt hat, dass Adrián mit dem Motorrad in sein Auto gefahren ist, weil er nur Augen für dich hatte, kam Margot fast über den Tisch gesprungen.«

Unbehaglich zuckte Ruth mit den Schultern. »Nein, eigentlich tun wir das nicht.«

»Tatsächlich?«

Erneut zuckte sie mit den Schultern.

»Dass Margot ihm nachts gefolgt ist, weil sie sich Sorgen um dich gemacht hat, habe ich keinen Moment geglaubt.« Er öffnete die Tür zum Wohnbereich und ließ ihr den Vortritt.

»Ich war nicht bei ihm.«

»Ich weiß, das hatte ich auch nicht angenommen. Aber um Margots Eifersucht zu entfachen, hat offenbar der Gedanke daran gereicht, du könntest es sein. Und so wenig, wie ihr euch versteht, geht sie um nichts in der Welt so ein Risiko ein, nur aus Sorge um dich.«

Ruth antwortete nicht. Sie stiegen die Treppe hinauf, und sie wappnete sich für die Begegnung mit Margot. Tief Luft holend öffnete sie die Tür zu Emmas Wohnung.

Letzten Endes war es dann doch nicht ganz so schlimm, und Margot hatte sich schlicht und ergreifend für die Taktik entschieden, sie zu ignorieren und so zu tun, als sei nichts passiert. Hans war ausgegangen, Greta wurde das Essen in ihrem Zimmer serviert, Curt aß in der Küche, da er sich wieder einmal danebenbenommen hatte, und Nele kicherte ständig über alles Mögliche, das überhaupt nicht lustig war.

Es gab eine leichte Suppe, kross gebackenes Brot, verschiedene Sorten Käse und Aufschnitt. Da Ruth keinen rechten Appetit hatte, löffelte sie nur halbherzig ein bisschen Suppe, aß eine Scheibe Brot und trank danach übermäßig lange an einer Tasse heißer Schokolade. Dabei wanderte ihr Blick aus dem Fenster, das einen schönen Blick auf die bewaldeten Höhen bot. Es wurde wieder früher dunkel, und über den Baumwipfeln verdichteten sich graue Wolken über einem sich langsam entfärbenden Himmel zu Dunkelheit.

Magdalena kuschelte sich in das weiche Kissen und kam langsam wieder zu Atem. Dann drehte sie sich träge auf die Seite und beobachtete Adrián, der mit geschlossenen Augen dalag. Sie hob die Hand und malte die Konturen seines Gesichtes nach, lächelte ihn an, als er die Augen öffnete.

»Fühlst du dich hineichend getröstet?«, fragte sie.

»Hmhm«, kam es gedehnt. »Ich glaube, ein klein wenig mehr könnte nicht schaden.«

Sie lachte hell auf und neigte sich über ihn, um ihn zu küssen. »Ich gönne dir noch ein wenig Erholung.«

Seine Hand schob sich um ihre Taille, und er zog sie an sich, sodass Magdalena eng an ihn geschmiegt dalag. »Tut der Fuß noch weh?«, fragte sie und malte mit dem Zeigefinger kleine Muster unter sein rechtes Schlüsselbein.

»Ein wenig, aber es geht.«

»Das mit dem Auto und dem Motorrad wird sicher ein teurer Spaß, ja?«

»Frag nicht«, antwortete er seufzend.

Magdalena überlegte, wie sie das Gespräch weg vom Motorrad und hin zur Vergangenheit lenken konnte. Sie fuhr fort mit kleinen Liebkosungen, während sie nachdachte. Eine bleierne Müdigkeit ließ ihr die Glieder schwer werden, und je länger sie dalag, umso verlockender wurde der Wunsch, sich einfach in den Schlaf gleiten zu lassen. »Kommst du auch zur Eröffnung des Helikopterlandeplatzes?«, fragte sie, einfach nur, um überhaupt etwas zu sagen und wach zu bleiben.

»Ja, vermutlich schon. Wirst du da sein?«

»Einige meiner Kolleginnen gehen hin, ich werde mich ihnen wohl anschließen.«

Seine Finger streichelten ihre Hüfte bis hoch zu ihrer Taille und wieder hinunter, und Magdalena blinzelte die Müdigkeit aus den Augen. »Erzählst du mir ein wenig davon, wie das damals hier gewesen ist, im Krieg? Ich finde die alten Geschichten so aufregend.« Wie immer, wenn sie ihn um dergleichen bat, verlieh sie ihrer Stimme jenen aufgeregten Ton, der in ihrer Frage nichts als harmlose Neugier vermuten ließ.

»Du meinst den Widerstand?«

»Ja«, antwortete sie und gab einen Moment lang dem Drang nach, die Augen zu schließen.

Als sie die Augen öffnete, drang graues Frühlicht durch einen Spalt zwischen den Vorhängen. Erschrocken fuhr sie hoch. »Oh, verdammt«, rief sie und sprang eilig aus dem Bett.

Schlaftrunken regte Adrián sich und sah sie einen Moment lang irritiert an, dann richtete er sich ebenfalls auf und griff nach seinem Wecker. »Schon fast sechs.«

»Ich muss in fünfzehn Minuten fertig sein. Wie soll ich denn überhaupt unbemerkt in meine Kammer kommen?«

»Wasch dich hier, und zieh deine Zimmermädchenuniform an, dann wird sich niemand etwas dabei denken.«

»Hoffentlich hast du recht.« Sie ging in sein Bad, drehte das Wasser auf und genoss trotz der Eile, die sie hatte, den Umstand, morgens ein wenig Privatheit zu haben beim Waschen. Die Waschräume im Dienstbotentrakt waren so gestaltet, dass die Waschbecken alle nebeneinanderlagen, und lediglich Badewanne und Klosetts waren in abgetrennten Bereichen untergebracht. Zudem gab es dort nur kaltes Wasser, und sie merkte erst jetzt, wie sehr sie es vermisst hatte, morgens einfach durch das Drehen des Hahns warmes Wasser zum Waschen zur Verfügung zu haben. Nachdem sie fertig war im Bad, ging sie zurück ins Zimmer, kleidete sich zu Ende an und setzte ihr Häubchen auf.

Adrián beobachtete sie vom Bett aus, und sie hätte zu gerne gewusst, was er in diesem Moment dachte. Insgeheim hegte sie den Wunsch, dass er ein klein wenig verliebt war und nicht nur eine Frau in ihr sah, mit der man sich im Bett vergnügte. Sie selbst war zwar nicht in ihn verliebt, spürte jedoch, dass sie es unter anderen Umständen durchaus hätte sein können. Ihr stand die Vergangenheit im Weg, aber dieses Hemmnis hatte er nicht. Sie wollte Bedauern in seinem Blick sehen, wenn sie eines Tages mit ihm brach, sobald die ganze Geschichte ans Licht gekommen war.

»Hat dir schon mal jemand gesagt, wie hübsch du bist?«, fragte er.

Sie ging zu ihm, kniete sich aufs Bett und küsste ihn. »Ja, aber ich höre es immer wieder gern.«

Eilig stand sie auf, ging zur Tür, warf ihm noch eine Kusshand zu und trat auf den Korridor, nachdem sie sich davon vergewissert hatte, dass dieser leer war. Sie ging zur Dienstbotentreppe, eilte hinab und begegnete ausgerechnet Lisa als Erstes. Diese hatte sich offenbar ebenfalls ein wenig verspätet und kam aus Richtung der Treppe, die hoch zu den Dienstbotenquartieren führte. Sie sah Magdalena an, und ihr Blick zuckte kurz an ihr vorbei, als erwarte sie jemanden hinter ihr. Magdalena rechnete bereits mit einem entsprechenden Kommentar, Lisa schwieg jedoch, und sie gingen stumm nebeneinanderher.

»Ah, haben die jungen Damen nun auch den Weg aus dem Bett gefunden?«, fragte Frau Weiß, als sie das Dienstbotenzimmer betraten.

Die beiden entschuldigten sich und ließen sich am Frühstückstisch nieder. Erstaunlicherweise war Magdalena nicht so müde, wie sie es eigentlich sein müsste. Sie frühstückte und erhob sich anschließend, um mit der Arbeit zu beginnen. Wie immer schloss sie sich mit Beate zusammen, und gemeinsam holten sie den Putzwagen aus der Kammer. Beates Rücken schmerzte immer noch ein wenig, der Arzt hatte gesagt, da wäre wohl etwas verrenkt und sie solle darauf verzichten, schwer zu heben.

Die Familie war nicht leicht zu versöhnen gewesen, und es hatte vieler salbungsvoller Worte bedurft, sie zu beruhigen. Dass der Junge auf Beates Rücken gesprungen war, konnten sie nicht leugnen, wenngleich sie dies gern getan hätten. Aber sie bestanden darauf, dass es an Beate gewesen wäre, damit souverän umzugehen, anstatt das Kind davonzuschleudern. Immerhin hätte das auch alles böse ausgehen können. Dem wiederum konnte Herr Karl Hohenstein nicht widersprechen, denn dass es nur eine Platzwunde war, war in der Tat ein recht glimpflicher Ausgang der Sache. Und so kam man überein, dass das Hotel die Kosten für den Arzt trug und Beate sich entschuldigte. Zudem wurden die restlichen Tage nicht mehr in Rechnung gestellt, was die Familie nutzte, um sich einmal durch die komplette Speisekarte zu essen.

Da Beate nicht schwer heben und auch bestimmte Bewegungen nicht ohne Schmerzen ausführen konnte, hatten sie die Arbeit entsprechend unter sich aufgeteilt, was dazu führte, dass es für Magdalena etwas mehr war, was diese jedoch nicht störte. Solange sie arbeitete und in Bewegung war, musste sie nicht ständig darüber nachdenken, wie es in Zukunft weitergehen sollte. Sie war, was das anging, vollkommen planlos. Diese Art der Arbeit wollte sie nicht für immer machen, bei ihrer Mutter wohnen konnte sie jedoch auch nicht, und etwas gelernt hatte sie nicht. Von ihrer Mutter war, nachdem sie die Schule beendet hatte, immer nur der Satz gekommen, ein Mädchen ihrer Kreise müsse tanzen und parlieren können, was Magdalena schon nicht mehr geglaubt hatte, seit sie dem Backfischalter entwachsen war. Daher hatte sie sich auch die Stelle in der Pension gesucht, einerseits um etwas zu tun zu haben und eigenes Geld zu verdienen, andererseits weil sie stets im Auge hatte, irgendwann im Hotel zu arbeiten und herauszufinden, was mit ihrem Vater geschehen war.

Emsig arbeiteten sie sich durch die Zimmer und waren mit dem dritten gerade fertig, als sie auf dem Korridor bemerkten, wie ein Gast aufgeregt auf den Etagendiener einsprach. Kurz hielten sie inne und beobachteten die Szene, dann jedoch, um nicht aufdringlich neugierig zu wirken, wandten sie sich ab und widmeten sich dem nächsten Raum – Adriáns. Magdalena warf einen Blick auf das zerwühlte Bett und spürte einen Moment lang jenem Verlangen nach, das sie beide an jenem Abend in das Zimmer getrieben hatte. Sie hatten sich draußen beim Rauchen getroffen, und da Magdalena für den Tag fertig gewesen war mit der Arbeit, hatte sie zugestimmt, später mit zu ihm zu kommen. Da es inzwischen schon empfindlich kühl werden konnte, boten sich für gemeinsame Stunden nur wenig Alternativen zu seinem Zimmer.

Sie zog das Bett ab, bezog es neu, staubsaugte und wischte durch das Bad. Bei all diesen Handgriffen fragte sie sich, wie es in einem gemeinsamen Heim wäre. Würde sie dergleichen tun, während er bei der Arbeit war, in Gedanken bei einer Liebesnacht mit ihm in jenem Bett, das sie bezog? Einer Liebesnacht, die ohne die Angst vor Entdeckung war? Sie schob diesen törichten Gedanken beiseite, dachte, dass diese ganze Familie nur durch den verlorenen Krieg auf der richtigen Seite stand. Wäre alles anders gekommen, wären Männer wie ihr Vater Helden gewesen, und mochte Magdalena auch die Ideologie, die diese Männer getrieben hatte, nicht teilen, so konnte sie sich mit jener Art von Verrat, die hier stattgefunden hatte, auch nicht anfreunden. Vermutlich galten Männer wie die Hohensteins auch heute noch als Vaterlandsverräter, wenn nur erst ans Licht kam, was sich hier abgespielt hatte. Und damit wollte sie nichts zu tun haben.

Es war später Vormittag, als sie mit den Zimmern der Beletage fertig waren, und sie fanden sich zu einer kurzen Pause im Dienstbotenzimmer ein. Dort empfing Frau Weiß Magdalena mit einem Blick, den diese nicht zu deuten wusste. Gleichzeitig sah Lisa sie mit einer Art hämischer Genugtuung an, die sie irritierte und dafür sorgte, dass eine ungute Vorahnung einen Keim in ihr schlug, der hartnäckig wuchs.

»Schon wieder sie, ja?«, fragte Sebastian. »Hat man in ihrem Zimmer etwas gefunden?«

»Nein. Aber das muss nichts heißen«, antwortete sein Großvater.

Emma sah zu Julia, die wiederum Karl ansah. »Und was machen wir jetzt?«, fragte sie. »Wieder ignorieren?«

»Wer hat sie überhaupt gesehen?«, wollte Sebastian wissen.

»Eines der Zimmermädchen hat gesagt, sie sei aus Richtung der Beletage gekommen. Außerdem hat einer der Etagendiener bemerkt, dass ein Zimmermädchen dort recht früh durch den Korridor gelaufen ist, konnte jedoch nicht sagen, wer es war.«

»Dem widerspricht allerdings, dass der Gast zu der Zeit wohl noch im Zimmer war.«

»Der Etagendiener meinte selbst, er könne nicht genau sagen, wie viel Uhr es war, und der Gast ist ja selbst recht zeitig zum Frühstück aufgebrochen. Es kann durchaus sein, dass es sich überschnitten hat.«

Sie saßen in Karls Salon, wo sie sich eingefunden hatten, um in Ruhe über alles zu sprechen. Emma war sich nicht sicher, ob sie mit dem Zimmermädchen wirklich auf der richtigen Spur waren. Andererseits hatten die Diebstähle erst angefangen, nachdem sie gekommen war. Irgendwie jedoch erschien ihr das zu einfach. Der Dieb zeigte Geschick, und direkt damit beginnen, kaum, dass man die neue Stelle angetreten hatte, war doch nun wirklich zu auffällig. »Nun gut«, sagte sie, »sprechen wir mit ihr. Dann kann sie uns zumindest sagen, was sie um diese Zeit überhaupt auf der Beletage zu suchen hatte.«

»Das übernehme ich«, sagte Sebastian. »Wenn wir sie hier zu viert empfangen, fühlt sie sich womöglich wie vor einem Tribunal. Emma kann mitkommen, dann ist eine Frau dabei.«

»So machen wir es«, stimmte Karl zu, während Hans sich auf ein Nicken beschränkte und Julia zustimmend den Kopf neigte.

Emma erhob sich und begleitete Sebastian in sein Arbeitszimmer. Er saß an jenem Schreibtisch, an dem sie früher immer gesessen hatte, als sie sich das Zimmer erst mit Ludwig und später mit ihrem Bruder geteilt hatte. Nachdem ihr Vater in den Ruhestand gegangen war, war Andreas in dessen Bureau gezogen, und Emma hatte dieses für sich allein gehabt. Es war das größte der Arbeitszimmer, und in der Zimmerflucht, die dem Raum voranging, stand ein Konferenztisch, sodass diese Räumlichkeiten auch von den anderen Mitgliedern der Familie genutzt wurden, wenn Gespräche anstanden, die sie zu mehreren führen mussten. Nach Andreas' Tod war sie in sein Arbeitszimmer umgezogen und hatte den gesamten Bereich, dem er vorgestanden hatte, übernommen.

Sebastian hob den Telefonhörer, indes sich Emma auf einem der beiden Besucherstühle niederließ und ein Bein über das andere schlug. Sie hörte, wie Sebastian bei der Haushälterin anrief und diese anwies, Magdalena in sein

Bureau zu schicken. »So«, sagte er, nachdem er aufgelegt hatte. »Dann wollen wir mal sehen.«

Sie mussten eine Weile warten, vermutlich war die junge Frau gerade beschäftigt, und Sebastian nutzte die Zeit, sie über die nächsten geplanten Änderungen ins Bild zu setzen. Er hatte vor, die Zimmer nach und nach zu modernisieren, angefangen in der Beletage, wo sich die hochpreisigsten befanden, hernach das zweite Obergeschoss, wo die Zimmer etwas günstiger waren, und schließlich im dritten Obergeschoss, das am preisgünstigsten war und meist von Gästen der gehobenen Mittelschicht gebucht wurde.

»Ich dachte an Gemälde der *New York School*«, sagte er.

»Dabei solltest du aber bedenken, dass abstrakter Expressionismus nicht jedem gefällt«, gab sie zu bedenken.

»Wir müssen ja nicht alle Zimmer so ausstatten, aber vielleicht die eine oder andere Suite.«

»Das ist natürlich auch ein Kostenpunkt.«

»Ich weiß, aber wir können das ja zumindest zur Diskussion stellen. Zuerst werden wir uns jetzt um die Zimmersafes kümmern, das ist dringend nötig.«

»Auch das wird nichts bringen, wenn die Gäste hier um ihr Hab und Gut fürchten müssen. Haben wir erst einmal den Ruf, dass hier aus den Zimmern gestohlen wird, dann nützen uns die Safes auch nicht viel.«

»Nun, um das zu lösen, sind wir ja jetzt hier, nicht wahr?«, antwortete er.

In diesem Moment klopfte es an der Tür, die von der Zimmerflucht in das Bureau führte, und auf Sebastians »Herein« hin betrat eine junge Frau den Raum. Emma hatte bisher nur selten mit ihr gesprochen, aber sie war ihr aufgefallen, weil sie wirklich hübsch war mit dem kurzen hellbraunen Haar, den großen blauen Augen und dem leicht aufgeworfenen Mund. Um die Nase herum hatte sie ein paar Sommersprossen, die ihr etwas Keckes verliehen.

»Sie wollten mich sprechen, Herr Hohenstein?«

Emma hatte vorher schon bemerkt, dass ihre Art zu sprechen und die zurückhaltende Höflichkeit auf ein gutes Elternhaus schließen ließen.

»Ja, ganz recht.« Sebastian lächelte sie an. »Nehmen Sie bitte Platz..« Er deutete auf den freien Besucherstuhl, und die junge Frau setzte sich mit unsicherer Miene, die Hände im Schoß gefaltet. Emma fiel auf, dass ihre Fingerknöchel sich weiß abzeichneten.

»Wann haben Sie Ihren Dienst heute Morgen angetreten?«

Sie sah einen Moment lang zu Emma, dann wieder zu Sebastian. »Wenn Sie darauf hinauswollen, dass ich mich verspätet habe, ich habe meine Frühstückszeit dafür abgekürzt und war pünktlich in den Zimmern.«

»Sie haben Ihren Dienst nach dem Frühstück angetreten?«

Sie nickte. »Ja, Herr Hohenstein.«

»Und was hatten Sie dann heute in aller Frühe in der Beletage zu tun?«

Sie sah ihn an, während ihr die Röte vom Hals her ins Gesicht kroch. »Ich …« Sie räusperte sich und beendete das unwürdige Gestammel. »Ich bin gerufen worden, um ein Zimmer in Ordnung zu bringen.«

Sebastian runzelte die Stirn. »Vor dem Frühstück? Und das, obwohl Sie kurz darauf ohnehin in alle Zimmer gegangen sind?«

Sie hätte sich eine bessere Ausrede einfallen lassen sollen, dachte Emma, und offenbar ging das auch der jungen Frau auf.

»Wer hat Sie gerufen?«, fragte Sebastian.

Die Röte in ihren Wangen vertiefte sich. »Herr Rados.«

»Verstehe. Der ist leider gerade unterwegs, aber wenn ich ihn nachher frage, wird er das vermutlich bestätigen?«

Sie nickte nur, besann sich dann jedoch auf die Höflichkeit. »Ja, Herr Hohenstein.«

»Gut.« Sebastian neigte den Kopf. »Dann soll es das von meiner Seite aus fürs Erste gewesen sein. Sie dürfen wieder an die Arbeit gehen.«

Magdalena stand auf und wandte sich zum Gehen, hielt dann jedoch inne. »Was werfen Sie mir denn vor?«

»Bisher noch nichts«, antwortete Emma.

Die junge Frau wirkte, als wolle sie noch etwas sagen, dann drehte sie sich um und ging.

Emma wartete, bis sie die Tür hinter sich geschlossen hatte, dann wandte sie sich an Sebastian. »Was denkst du?«

»Dass sie mit Adrián ins Bett geht und der uns diese absurde Geschichte bestätigen wird, auch, wenn er sich denken kann, dass niemand sie glaubt.«

»Das würde zumindest erklären, warum sie schon zum zweiten Mal auf der Beletage zu einer ungewöhnlichen Uhrzeit gesehen worden ist.«

»Denkst du, sie war es auch, mit der Adrián in dem Haus in Königswinter war?«

»Vermutlich, aber da er ihren Namen seinerzeit schon nicht genannt hat, wird er es dieses Mal auch nicht tun.«

»Immerhin können wir nun sagen, dass sie wohl nicht unser Dieb ist. Warten wir ab, und lassen wir unseren Detektiv seine Arbeit machen.«

Magdalenas Hände zitterten, als sie sich eine Zigarette ansteckte, und während sie den Rauch ausatmete, stiegen ihr Tränen in die Augen. Sie ahnte, was man ihr vorwarf, und sie wusste nicht, wie sie aus dieser Situation wieder herauskommen sollte, ohne dass ihre Affäre mit Adrián ans Licht kam. Vermutlich würde sie ohne Zeugnis vor die Tür gesetzt werden. Und dann müsste sie wieder bei ihrer Mutter wohnen, sich den ganzen Tag das Lamentieren über vergangene Zeiten anhören und würde nie erfahren, was aus ihrem Vater geworden war.

Die Tür öffnete sich, und Beate trat hinaus. »Ah, hier steckst du. Frau Weiß sucht dich.«

Da Magdalena ihrer Stimme nicht traute, nickte sie nur.

Beate schloss die Tür hinter sich und trat näher. »Was ist passiert? Du weinst ja.«

»Es ist nichts.« Fahrig drückte Magdalena die Zigarette aus und steckte den Stummel in den dafür vorgesehenen Aschenkübel.

»Hat Herr Hohenstein dich wegen irgendetwas ausgeschimpft?«

»Nein.« Magdalena ging an ihr vorbei zur Tür. »Ich sagte doch, es ist nichts.« Sie trat in das Haus und machte sich auf den Weg zu Frau Weiß' Zimmer, wo die Haushälterin sie an ihrem Schreibtisch sitzend empfing.

»Herr Hohenstein hat mir gerade gesagt, dass du einen Grund dafür hattest, so früh eine der Räumlichkeiten der Beletage aufzusuchen?«

Magdalena nickte.

»Wie hat Herr Rados dich denn gerufen? In deine Kammer wird er wohl nicht gekommen sein, und Anrufe gehen bei mir ein.«

»Ich bin ihm sehr früh begegnet, und er hat mich in sein Zimmer geschickt.«

»Und dort hast du allein Ordnung gemacht? Wird Beate bestätigen, dass ihr dort nichts zu tun hattet?«

Magdalena hasste es, zu lügen, aber nun hatte sie sich in diese unselige Geschichte verstrickt und wusste nicht, wie sie dort wieder herauskommen sollte. Und auf keinen Fall wollte sie auch noch Beate mit hineinziehen. »Er hatte etwas verschüttet, und ich habe es aufgewischt, mehr war das nicht.« Ihre Stimme gewann zunehmend an Festigkeit.

»Nun gut. Da Herr Hohenstein dir bisher glaubt, will ich das ebenfalls tun, es sei denn, Herr Rados erzählt etwas anderes. Aber du würdest eine solche Geschichte wohl kaum zum Besten geben, wenn du dir nicht gewiss wärest, dass er diese bestätigt, nicht wahr?«

Wieder nickte Magdalena nur.

»Du kannst gehen.«

»Danke.« Magdalena verließ den Raum und begegnete im Dienstbotenzimmer Lisa, die gerade eine Tasse Tee trank und sie neugierig musterte.

Ohne eine Miene zu verziehen, nahm Magdalena eine Tasse aus dem Regal und ließ sich ebenfalls nieder. Dann griff sie nach der Teekanne und beobachtete den goldfarbenen Strahl, der sich in die Tasse ergoss, rührte Zucker hinein und lehnte sich auf dem Stuhl zurück.

»War es eigentlich ein gutes Gefühl, mich bei Herrn Hohenstein anzuschwärzen?«, fragte sie.

Lisa sah sie mit so gespieltem Erstaunen an, dass Magdalena sich fragte, ob diese sie wirklich für so dumm hielt. »Wovon sprichst du?«

Schweigend hob Magdalena die Tasse an die Lippen und verbrannte sich die Zunge an dem heißen Getränk.

»Meinst du die Sache in der Beletage heute Morgen?« Offenbar war Lisas Neugierde auf das Gespräch so groß, dass sie es bei dem Schweigen nicht belassen konnte.

»Kommt die Erinnerung nun doch?«

»Ich habe gehört, dass in aller Frühe wieder gestohlen worden ist, und da du aus dieser Richtung kamst, war es doch wohl meine Pflicht, darauf hinzuweisen. Immerhin arbeite ich schon lange hier und bin das meinem Arbeitgeber schuldig.« Lisa hob die Schultern. »Und wenn du dir nichts hast zuschulden kommen lassen, hast du ja nichts zu verbergen, oder?«

Magdalena trank schweigend den Tee aus, dann stand sie auf, da nun die Zimmer der bis mittags abgereisten Gäste auf dem Programm standen. Damit waren sie und Beate nahezu zwei Stunden beschäftigt, was einerseits gut war, da es vom Grübeln ablenkte, andererseits hätte Magdalena gerne mit Adrián gesprochen, ehe Herr Hohenstein dies tat. Als sie jedoch in einem der Zimmer die Gelegenheit bekam, auf den Hof zu sehen, bemerkte sie Adrián, der auf den Eingang des Hotels zuging, und somit schwand die Chance, ihn zuerst zu sprechen. Selbst wenn sie nun nach unten lief, konnte sie ihn schlecht im Vestibül zur Seite zerren. Sie presste die Lippen zusammen und arbeitete schweigend weiter.

Als sie mit dem Putzständer vor den beiden Fahrstühlen stand und darauf wartete, dass der, dessen Knopf sie gedrückt hatte, endlich kam, spürte sie Übelkeit in sich aufsteigen. Sie fuhr mit Beate hinunter, verließ den Fahrstuhl wieder und ging zum Dienstbotenkorridor, verstaute den

Putzständer in dem dafür vorgesehenen Raum und wollte hinausgehen, um zu rauchen, als Frau Weiß sie noch einmal zu sich rief.

»Herr Rados hat gerade bestätigt, dass er Sie zu sich gerufen hat. Die ganze Geschichte ist zwar seltsam, aber es ist nicht an mir, sie zu hinterfragen, wenn die Herrschaften sagen, dass es so gewesen ist. Ihnen sage ich aber, dass ich Sie umgehend auf die Straße setze, wenn mir unzüchtiges Verhalten zu Ohren kommt. Sie wären nicht die Erste, die versucht, über das Bett eines der jungen Herren des Hauses nach oben zu gelangen. Gelungen ist das bisher keiner, also überlegen Sie sich, ob es das Risiko wert ist.«

»Ja, Frau Weiß.«

»Dann soll es von meiner Seite aus damit gut sein.« Ein wenig ungeduldig winkte die Haushälterin sie hinaus, und Magdalena spürte, wie ihr Herz in harten Schlägen gegen ihre Brust pochte. So ganz fiel die Anspannung erst von ihr ab, als sie auf den Hof hinaustrat und einige tiefe Atemzüge in der kühlen Herbstluft tat. Sie verschränkte die Arme vor der Brust und blieb eine Zeit lang einfach nur stehen, den Kopf leicht nach hinten gelegt, sodass sie in den Himmel sehen konnte. Über ihr formten die Wolken langsam das Maul eines Drachen, das sich öffnete, schloss und schließlich im Blau zerfaserte.

⁂ 12 ⁂

Tausende Menschen strömten an diesem Tag nach Graurheindorf, wo sich das Römerbad befand, neben dem der Hubschrauberlandeplatz durch die Stadtwerke eröffnet wurde. Von hier aus würde der zwölfsitzige Großhelikopter der neuen Bonn-Brüssel-Linie seinen Dienst aufnehmen. Stationen waren Köln, Maastricht und Lüttich, der Flug würde etwas mehr als zwei Stunden dauern.

»Wir werden ganz hinten stehen und nichts sehen«, beschwerte Wilhelm sich, als Annemarie mit ihm aus dem Auto stieg. In der Nähe des Römerbads war kein Parkplatz zu bekommen gewesen, sodass sie noch ein ziemliches Stück zu laufen hatten.

»Du hättest ja ohne mich gehen können, wenn es dir zu lange dauert«, antwortete sie.

»Soll das jetzt dauerhaft einreißen?«, fragte er. »Dass ich allein überallhin gehe, weil du lieber arbeitest? Sonntags?«

»Wir hatten Notdienst. Was hätte ich der Mutter deiner Meinung nach denn sagen sollen?« Sie hatte gerade aufbrechen wollen, als eine Frau mit einem fünfjährigen Kind kam, das sich schlimm mit Wasser verbrüht hatte. Annemarie war sofort mit dem Kind in den Behandlungsraum gelaufen und hatte erste Maßnahmen ergriffen, während die Sprechstundenhilfe, die glücklicherweise noch im Haus gewesen war, einen Krankenwagen rief.

»Die Mutter hätte direkt ins Krankenhaus fahren sollen«, sagte Wilhelm.

»Sie ist eine einfache Frau und hat kaum Bildung. Sie dachte, wenn sie mit dem Kind zum Arzt fährt, kann der schon was tun.« Wenigstens war die Frau geistesgegenwärtig genug gewesen, dem Kind die Kleidung vom Körper zu reißen, nachdem es den Topf mit kochendem Wasser über Brust und Schultern gekippt hatte. Und das Gesicht war glücklicherweise verschont geblieben.

»Du hättest …«

»Nein, hätte ich nicht, verdammt noch mal. Ich musste warten, bis der Krankenwagen da war.«

»Du konntest doch ohnehin nicht viel tun, und bei der Mutter hätte auch eure Sprechstundenhilfe warten können.«

»Die hatte auch frei, das solltest du nicht vergessen.«

»Sie ist deine Angestellte und ist dank euch in Lohn und Brot. Wenn du ihr sagst, sie muss bleiben, dann bleibt sie.«

»So arbeite ich aber nicht.«

»Daher sind Frauen in leitenden Positionen auch ungeeignet, nichts für ungut.«

Annemarie schloss einen Moment lang die Augen und rang mühsam um Beherrschung. Sie bereute es bereits, dass sie mitgegangen war, denn im Grunde genommen interessierte sie die Eröffnung überhaupt nicht. Nur Wilhelm zuliebe war sie hingefahren.

»Du wusstest von Anfang an, dass ich einen Beruf habe, der mich fordert, daraus habe ich nie ein Geheimnis gemacht. Meine Arbeit beschränkt sich eben nicht darauf, repräsentativ Erste Hilfe bei Unfällen zu leisten.«

»Wenn wir verheiratet sind, wirst du das einschränken müssen, erst recht, wenn Kinder da sind.«

Annemarie antwortete nicht. Sie fühlte sich, als ob jemand eine Kette um ihre Brust gelegt hätte, die immer enger geschnürt wurde. Der Mann an ihrer Seite wurde ihr zunehmend fremd, und sie fragte sich, ob es noch Liebe war, die sie an ihn band, oder nur Loyalität und die Tatsache, dass sie in ihren Entscheidungen noch nie wankelmütig gewesen war.

Entgegen Wilhelms Befürchtungen fanden sie doch noch einen Platz, von dem aus sie etwas sehen konnten, und Wilhelms Laune hob sich ein wenig. Menschenmassen standen auf der Wiese, es war Gelächter zu hören, Stimmen, die durcheinandersprachen, das Johlen von Kindern.

Annemarie spürte, wie Wilhelm ihre Finger umfasste, versöhnlicher nun, da seine Sorge unbegründet gewesen war. Sie jedoch war keineswegs ausgesöhnt mit ihm, denn an dem, was er gesagt hatte, änderte auch diese Geste nichts. Angespannt stand sie da, ihre Hand mit leicht gekrümmten Fingern in seiner, während sie den Landeplatz beobachtete, wo sich Vertreter von Bund und Stadt eingefunden hatten. Annemarie hob ebenfalls den Blick zum Himmel, dankbar dafür, dass ihr eine weitere Konversation mit ihrem Verlobten erspart blieb.

Der Hubschrauber näherte sich aus Richtung Köln, und nun war auch das laute Surren der Rotorblätter zu hören. Um Viertel vor zwölf setzte er zur Landung an, und der Oberbürgermeister durchschnitt das blau-rote Band, das von zwei Stewardessen gehalten wurde. Das Klicken von Kameras war zu hören, als der Flughafen freigegeben wurde.

»Ist das nicht phantastisch?«, rief Wilhelm über den Lärm, den der Hubschrauber machte, hinweg.

Annemarie nickte nur. Sie blieben so lange, bis sich der ganze Rummel langsam auflöste, dann ergriff Wilhelm erneut ihre Hand, die sie ihm zwischenzeitlich unter dem Vorwand, ein Taschentuch zu suchen, entzogen hatte, und sie spazierten über die Wiese zurück zur Straße und zu Annemaries Auto. Vermutlich war das der Grund, warum er nicht ohne sie hatte fahren wollen, dachte sie ein wenig gehässig. Mit dem Auto war es eben komfortabler als mit dem Bus.

Wilhelm lud sie generös noch in ein Café ein, plauderte, als sei nichts gewesen, und schien zu glauben, ihre Stimmung sei allein von seiner Laune abhängig. Als könne sie einfach einen Schalter umlegen, nur weil er entschieden hatte, dass es nun keinen Grund mehr gab, sich aufzuregen.

»Offenbar braucht es noch einen Strauß Blumen«, witzelte er, während er seinen Tee trank. Das machte er gern, ihre Verärgerung ein wenig belustigt als weibliches Zieren abzutun. Entweder hatte sich diese Art in letzter Zeit verschlimmert, oder aber Annemarie war zu verliebt gewesen, um sie zu bemerken. Anfangs war sie immer bestrebt gewesen, dass Unstimmigkeiten zwischen ihnen rasch beseitigt wurden, aber inzwischen war sie es leid. Er verdarb ihr den Tag und dachte dann, ein bisschen Gönnerhaftigkeit mache das wieder gut.

An diesem Abend war die Eröffnung des Cafés im Hotel, aber sie hatte Wilhelm nichts davon erzählt, da sie nicht hinzugehen gedachte. Nicht, weil sie nicht gerne tanzen gegangen wäre, sondern vielmehr, weil sie ihren eigenen verwirrten Gefühlen nicht traute. Sie war nicht romantisch veranlagt und verstand nicht, was es war, das Sebastian Hohenstein in ihr auslöste. Sie kannte ihn doch kaum, hatte ihn nur zweimal gesehen, und bisher hatte er nicht die Gelegenheit gehabt, sie durch Charme oder Witz zu beeindrucken. Es erschreckte sie, dass sie so oft an ihn denken musste, daher hatte sie beschlossen, dass es das Beste war, keinerlei Risiko einzugehen und weitere Zusammentreffen, die außerhalb ihrer Arbeit lagen, zu vermeiden. Nun jedoch erschien ihr die Aussicht, abends allein tanzen zu gehen, überaus reizvoll.

Ehe sie von Bonn aus den Zug nach Mehlem nahmen und von dort aus die Fähre nach Königswinter, schlenderten Magdalena, vier weitere Zimmermädchen, sechs Kellner und einer der Rezeptionisten noch ein wenig durch die Stadt. Magdalena beobachtete, wie der Fahrer eines der neuen elektrischen O-Busse ausstieg, weil die Fahrstange seines Busses den Kontakt mit der Stromleitung verloren hatte. Es war durchaus amüsant zu sehen, mit welchen Verrenkungen er versuchte, Stange und Leitung wieder in Kontakt zu bringen.

»Und was ist, wenn der Bus ohne Sie losfährt?«, scherzte Lisa, und der Fahrer warf ihr einen bösen Blick zu.

Sie gingen weiter, und Anton unterhielt die Gruppe mit einigen unterhaltsamen Anekdoten aus seiner Zeit, ehe er ins Hotel Hohenstein gekommen war. Die jungen Frauen mochten ihn, und im Grunde sah er auch nicht schlecht aus. Aber er war für Magdalenas Begriffe zu klein. Zudem war er nur Kellner, und sie hatte andere Ambitionen, immerhin könnte sie einen Adrián Rados haben, wenn sie denn wollte. Adrián, bei dem sie inzwischen sicher war, dass er mehr für sie empfand als sie für ihn.

»Kommst du nicht mit zurück?«, fragte Beate.

»Nein, ich habe frei und besuche noch meine Mutter, wenn ich ohnehin gerade in Bonn bin.« Große Lust hatte Magdalena nicht, aber sie musste sich wenigstens ab und an mal blicken lassen. Sie verabschiedete sich von den anderen und stieg in den Bus Richtung Bahnhof, von wo aus sie zu Fuß weitergehen würde.

Während der Fahrt blickte sie versonnen aus dem Fenster, sah die Straßen vorbeiziehen, beobachtete die schicken Automobile, elegante Damen mit Einkaufstüten, Herren in Anzügen, junge Frauen, die lachend hinter jungen Männern auf Mopeds saßen, die Haare flatternd im Fahrtwind. Der Bahnhof tauchte in Magdalenas Blickfeld auf, und der Bus hielt an. Sie erhob sich und stieg mit der Masse der Fahrgäste aus, dann schlug sie den Weg zum elterlichen Haus ein. Es waren gute zwanzig Minuten Fußmarsch, aber sie genoss es, ein wenig für sich zu sein und ihren Gedanken nachzuhängen. Im Hotel waren ja ständig andere um sie herum, und wirklich allein war sie nur in ihrer Kammer.

Als Magdalena am Haus ihrer Mutter ankam, fiel ihr auf, dass der Vorgarten mit jedem Besuch heruntergekommener wirkte. Sie öffnete das Törchen, das ein knirschendes Quietschen von sich gab, und ging über den Plattenweg, dessen Fugen von Unkraut überwuchert waren, zur Treppe. Der Türgong schlug in einem melodischen Ton an – das jedenfalls hatte sich nicht geändert –, danach waren Schritte zu hören, und im nächsten Moment wurde die Tür geöffnet.

Ihre Mutter hatte den üblichen verkniffenen Zug um den Mund und musterte Magdalena, als habe diese sich in der Tür geirrt. »Findest du letzten Endes doch mal wieder den Weg zu mir?«, fragte sie dann und trat zurück, um Magdalena einzulassen. Die gab ihrer Mutter einen höflichen Kuss auf die Wange.

»Entschuldige bitte, ich hatte viel zu tun.«

»Natürlich. Ihr Mädchen von heute habt immer Besseres zu tun. Ihr arbeitet und tändelt herum, und die Familie darf sehen, wo sie bleibt.«

Magdalena unterdrückte ein Seufzen und bereute es bereits, gekommen zu sein. Sie hätte jetzt einen netten Nachmittag mit ihren Kolleginnen und Kollegen verbringen können, vielleicht wären sie noch in ein Café gegangen und hätten eine heiße Schokolade getrunken. Aber sie konnte ja schlecht auf dem Absatz kehrtmachen und wieder gehen. Da blieb nur, in den sauren Apfel beißen und den Nachmittag irgendwie überstehen.

»Soll ich Kaffee kochen?«, fragte sie.

»Nein, das mache ich schon, muss ich ja sonst auch selber machen. Setz dich schon mal.«

Gehorsam ging Magdalena ins Wohnzimmer und ließ sich auf einem der aus braunem Samt bezogenen Sessel nieder. Der gesamte Raum mochte aus der Mode gekommen sein, aber die Sessel waren bequemer als die modernen Clubsessel, die inzwischen überall standen. Magdalena streifte ihre Schuhe ab, zog die Beine an und kuschelte sich an die Rückenlehne. Als Kind hatte sie die erhabenen Ornamente auf den Möbeln immer gestreichelt, erst gegen die Richtung des Samtes, sodass sie dunkler wurden, dann wieder zurück.

»Was hast du in der letzten Zeit getrieben?«, fragte ihre Mutter und stellte das Tablett ab.

»Ich habe gearbeitet.« Magdalena beugte sich vor, um die Kaffeetasse von ihrer Mutter entgegenzunehmen.

»Auch an deinen freien Tagen?«

Magdalena zögerte. »Ich habe ein paar Freundinnen gefunden, ab und zu sind wir zusammen ausgegangen.«

»Gehörst du jetzt zu diesen frivolen Mädchen, die ihre Zeit lieber eng umschlungen beim Tanz mit britischen Soldaten verbringen als mit ihrer Familie?«

»Ich habe mit keinem einzigen Soldaten eng umschlungen getanzt.«

Ihre Mutter taxierte sie skeptisch, ging jedoch nicht weiter darauf ein. Stattdessen reichte sie ihr den Teller mit den Plätzchen, und pflichtschuldig bediente Magdalena sich und knabberte an einem mit Marmelade gefüllten Gebäckstück herum.

»Du bist in deinem noblen Hotel natürlich Besseres gewöhnt.«

»Es ist nicht *mein* Hotel, und du weißt, warum ich dort bin.«

»Willst du damit sagen, du genießt das Leben dort kein bisschen?«

»Jeden Tag die Zimmer verwöhnter Herrschaften aufräumen und nachts in einer ungeheizten Kammer schlafen? Nein, meine Auffassung von *Genuss* sieht tatsächlich anders aus.« Sie musste an Adrián denken und konnte nicht verhindern, dass ein kleines Lächeln auf ihre Lippen trat.

»Sieh nur zu, dass du dir mit deiner Vorstellung von *Genuss* keinen Bankert an Land ziehst«, antwortete ihre Mutter, die das Lächeln erstaunlich gut gedeutet hatte, dafür, dass sie ihr so wenig nahestand. »Übrigens habe ich Bertold mit seiner Frau getroffen. Das zweite Kind ist unterwegs.«

Magdalenas Lächeln erlosch, dafür trat nun eines auf die Lippen ihrer Mutter. »Wie reizend für ihn.«

»Hübsche Frau hat er, das muss man sagen. Und offenbar sehr vermögend.«

»Ja, ich weiß.«

»Den hättest du dir nicht wegnehmen lassen dürfen, das habe ich immer schon gesagt.«

Anstelle einer Antwort nippte Magdalena an ihrem Kaffee. Man konnte eine Verlobung nicht einfach so lösen, und hätte der Bund offen nach außen hin bestanden, wäre er nicht so leicht davongekommen. Aber sie hatten sich das Eheversprechen in aller Heimlichkeit gegeben, was Magdalena so herrlich abenteuerlich gefunden hatte. Seine Eltern, hatte er dies begründet, waren so furchtbar schwierig. Er müsse sie erst überzeugen. Aber da sie ja ohnehin zu heiraten gedachten, spreche ja nichts dagegen, das eheliche Beisammensein schon im Vorfeld auszukosten. Immerhin band sie ja ihr Wort. Wie unglaublich dumm sie gewesen war. Dumm und naiv.

»Du begegnest ihm ja ziemlich oft«, sagte sie schließlich.

»Nun, er wohnt ja auch in der Nähe, nicht wahr?«

Magdalena zuckte nur knapp die Schultern.

»Ich habe ihm erzählt, dass du nun Dienstmädchen bei den Hohensteins bist.«

Sie fuhr auf. »Was, um alles in der Welt, geht ihn das an?«

»Schämst du dich etwa dafür?«

»Tust du es?«

»Nein, natürlich nicht.« Offenbar erinnerte ihre Mutter sich gerade daran, woher das Geld kam, das ihr monatlich zugesteckt wurde. »Aber wenn man bedenkt, wer wir mal waren!«

Nicht schon wieder. Magdalena steckte sich das letzte

Stück Plätzchen in den Mund und spülte mit lauwarmem Kaffee nach. Anschließend schenkte sie sich die nächste Tasse ein und trank ihn dieses Mal schwarz, um den klebrig-süßen Geschmack aus dem Mund zu bekommen.

»Hast du schon ein bisschen was erfahren?«, wollte ihre Mutter nun wissen. »Oder verschwendest du dort deine Zeit?«

»Nein, habe ich nicht. Und diese Zeitverschwendung ermöglicht mir immerhin ein Auskommen.«

»Ein Modewarenhaus hier im Zentrum sucht Mitarbeiter. Du würdest sicher gut verdienen, und es ist eine gut beleumundete Stellung für eine unverheiratete Frau. Außerdem könntest du wieder hier wohnen.«

Von allen Argumenten war Letzteres das, was den Ausschlag gab. »Nein, bedaure, Mutter. Ich habe mir etwas vorgenommen, und ich führe es zu Ende. Außerdem habe ich sehr nette Menschen dort kennengelernt.«

»Aber den richtigen Mann nicht«, stellte ihre Mutter fest.

»Nein.« Es war eine sehr mühsame Unterhaltung, und Magdalena war froh, als sie sich nachmittags schließlich verabschieden und gehen konnte.

»Dann sehe ich dich vermutlich erst wieder, wenn es zeitlich zwischen all deinen Terminen passt, nicht wahr?«, merkte ihre Mutter an, als sie sie zur Tür brachte.

»Ich versuche, so bald wie möglich zu kommen.« Magdalena bekam einen kühlen Kuss auf die Wange, dann wandte sie sich ab und trat auf die Treppe vor dem Haus.

Es hatte aufgefrischt, und Magdalena zog fröstelnd die Schultern hoch. Sie schob die Hände in die Manteltaschen und machte sich langsam auf den Weg zum Bahnhof, um den Zug nach Mehlem zu nehmen. Von dort aus war es nicht weit zur Königswinterer Fähre, und den Rest des Weges würde sie zu Fuß zurücklegen.

Als sie ein Auto dicht hinter sich hupen hörte, drehte sie sich um, die Brauen zusammengezogen, eine gereizte Replik auf der Zunge, die sie gerade noch unterdrückte, als sie Adrián erkannte. Er fuhr an den Rand und stieg aus.

»Wohin des Weges, meine Schöne?«

»Zurück zum Hotel.«

»Na, so was, da möchte ich auch hin.«

»Tatsächlich? Seltsam, wie das Leben so spielt.«

»Darf ich Sie mitnehmen?«

»Wenn Sie, wie es der Anstand gebietet, Ihre Hände bei sich lassen, mein Herr.«

»Das kann ich Ihnen nur für die Dauer der Fahrt versprechen.« Er grinste, und Magdalena spürte ein warmes Rieseln in ihrer Brust. Sie öffnete die Beifahrertür und stieg ein.

»Wo warst du?«, fragte Adrián, während er den Motor startete.

»Bei meiner Mutter.«

»Wohnt die hier in der Nähe?«

»Hmhm«, machte Magdalena nur und hoffte, dass keiner, der ihre Mutter kannte, bemerkt hatte, wie sie zu diesem jungen Mann ins Auto stieg. Daran, dass sie gesehen werden könnte, hatte sie in dem Moment gar nicht gedacht. Sie warf einen verstohlenen Blick aus dem Fenster, erblickte jedoch kein bekanntes Gesicht. Aber sei`s drum, es ließe sich jetzt ohnehin nicht mehr ändern.

»Freust du dich schon auf den Tanzabend?«, fragte sie.

»Ja, ich hoffe, es wird unterhaltsamer als beim letzten Mal.«

»Ganz sicher wird es das.« Sie lehnte den Kopf an das Polster und wünschte, sie könnte ebenfalls hin. »Du bist bestimmt ein ziemlich guter Tänzer.«

»Meine Bescheidenheit verbietet mir, darauf einzugehen.«

Magdalena musste lachen. »Und verbietet deine Bescheidenheit dir auch, deine Qualitäten als Liebhaber erneut unter Beweis zu stellen?«

Er warf ihr einen kurzen Blick zu und hob die Brauen. »Möchtest du einen kleinen Abstecher nach Königswinter machen?«

»Bei unserem letzten Mal dort wurden wir ja so rüde gestört, dass ich den Charme des Hauses gar nicht voll und ganz in mich aufnehmen konnte.«

»Diese Möglichkeit solltest du unbedingt bekommen.«

Zufrieden damit, wie leicht es war, ihn an der Angel zappeln zu haben, schloss Magdalena die Augen und lauschte dem Brummen des Motors, während der Wagen Kilometer um Kilometer fraß.

»Dafür, dass es in einer Stunde schon losgeht«, bemerkte Emma, als Adrián das Hotel betrat, »bist du ja ziemlich gelassen, angesichts dessen, dass du gerade erst heimkommst.«

»Es tut mir leid, ich wurde aufgehalten.«

»Dann sieh zu, dass du dich beeilst. Ich glaube nicht, dass Sebastian die Gäste allein empfangen möchte.«

»Er ist wie ich früher«, bemerkte Karl finster, während er Adrián nachblickte, der mit raschen Schritten die Treppe hinauflief. »Genau wie ich. Konnten nicht die positiven Eigenschaften ein wenig stärker durchschlagen?«

»Was, denkst du, ist der Grund für diese Verspätung?«

»Dasselbe, was bei mir früher Grund für Verspätungen war«, brummte Karl.

Emma neigte den Kopf. »Ja, so ungefähr habe ich mir das vorgestellt. Aber wenigstens ist er noch nicht verheiratet.«

»Das nicht, aber wenn er ein Mädchen in Schwierigkeiten bringt, wird er dennoch die Konsequenzen tragen. Außerdem habe ich das Gefühl, er bandelt mit unserer Ruth an, und ich bin ihrem Großvater schuldig, nicht zuzulassen, dass sie an einen Schürzenjäger gerät, der denkt, er könne mehrere Eisen gleichzeitig im Feuer haben.«

»Margot gefällt er ebenfalls. Diese Geschichte, sie wolle Ruth vor einem Fehler bewahren, habe ich keinen Moment geglaubt. Aber ich vermute, sie ist chancenlos, und das wird dem Verhältnis zu Ruth nicht gerade förderlich sein.«

»Nun ja, zu einem jungen Leben gehört eben bisweilen auch ein gebrochenes Herz.«

»Ja, ich wünschte nur, es wäre nicht Margots Herz, das gebrochen wird.«

»Wäre dir Ruths lieber?«

»Nein, natürlich nicht. Mir wäre es am liebsten, sie wären nicht beide hinter demselben Mann her.«

Emma verließ die Rezeption, um sich anzusehen, wie weit die Vorbereitungen schon gediehen waren. Es gab einen Platz vor dem Café, den man seinerzeit als Foyer zum Lichtspielraum gestaltet hatte. Heute würde man diesen zur Tanzfläche umfunktionieren. Emma ging hinüber in den Hauptspeisesaal, wo ungeachtet der Vorbereitungen in den anderen Räumen das Abendessen serviert wurde. Vor dem Krieg war der Saal vergrößert worden, indem man die Wand zum ehemaligen Herrensalon durchbrochen hatte. Hier befand sich nun ein breiter Türbogen, wo weitere Tische standen. Der in Silber und Mahagoni gehaltene Raum versprühte nach wie vor ein Flair gediegener Eleganz.

Lächelnd ging Emma zwischen den Tischen hindurch, wünschte mal hier, mal dort einen guten Abend, dann kehrte sie zurück in die Halle. Karl stand da und lauschte mit gerunzelter Stirn den Melodien, die aus dem ehemaligen Foyer drangen.

»Ich frage mich, was dieser ohrenbetäubende Lärm noch mit Musik zu tun hat«, sagte er.

»Die jungen Leute tanzen gerne dazu.«

»Wenn man das wilde Rumgehopse noch Tanzen nennen mag.«

Emma musste lachen. »Du bist tatsächlich altmodisch«, sagte sie, weil sie wusste, wie er sich immer darüber ärgerte. »Aber als Urgroßvater kein Wunder.«

»Urgroßvater bin ich nur, weil ich jung Vater geworden bin und Marianne wiederum jung Mutter wurde.«

»Und nicht etwa, weil du schon so alt wie Methusalem bist.«

»Dafür, dass du meine Tochter sein könntest, bist du ganz schön unverschämt.«

»Der Vorteil des Alters.« Emma zwinkerte ihm zu. »Wie geht es Marianne überhaupt?«, wechselte sie das Thema.

»Gut. Heinrich wehrt sich natürlich gegen die Trennung, aber die Kinder stehen hinter ihr, und sie wird wohl zu ihrem Ältesten ziehen. Unser Anwalt hat ihr jemanden in Köln empfohlen, um ihre Angelegenheiten dort zu regeln.«

»Hast du von Carlottas Sohn noch einmal etwas gehört?« Mariannes Halbbruder.

»Seit der Beerdigung nicht mehr, aber Marianne steht wohl nach wie vor mit ihm in Kontakt.«

Ruth kam in einem hübschen Kleid – eine Chiffonkreation in Gelb-Weiß – in das Vestibül. Ihr Haar hatte sie in weiche Locken frisiert, die ihr hinten in den Nacken fielen und nach vorne hin etwas kürzer waren. Sebastian, der in ihrer Begleitung war, trug einen schicken Abendanzug, der leger und gleichzeitig elegant wirkte. Emma mochte diese Mode.

»Ist Adrián inzwischen aufgetaucht?«, fragte Sebastian.

»Ja, er kleidet sich gerade um.«

»Na, immerhin.« Er wandte sich an Ruth. »Komm, schauen wir uns an, ob alles so weit fertig ist.«

Karl sah ihnen nach, wie sie in Richtung Café gingen. »Warum nicht die beiden? Das würde doch so wunderbar passen.«

»Die Liebe fügt sich nun mal nicht immer den Wünschen der Eltern und Großeltern.«

»Bedauerlicherweise, ja.«

»Willst du auf deine alten Tage anfangen, den Kuppler zu spielen und bei deinem Enkel das tun, was du bei deinen Kindern tunlichst vermieden hast?«

»Nein, natürlich nicht.«

Emma sah auf die Uhr. Inzwischen musste Georg auf dem Weg nach Hause sein. »Ich muss noch ein bisschen was erledigen, bevor mein holder Gemahl da ist. Entschuldige mich«, sagte sie und ging ins Bureau. Es war in den letzten Tagen einiges an Papierkram liegen geblieben, da die letzten Vorbereitungen zur Eröffnung des Cafés viel Zeit von Sebastian und Adrián gekostet hatte.

In Hans' Bureau empfing sie Stille und eine Kühle, die besagte, dass vor mehreren Stunden das letzte Mal geheizt worden war. Emma hatte gar nicht mitbekommen, dass er fortgegangen war. Dann erinnerte sie sich daran, dass er gesagt hatte, er sei bei Freunden zum Essen eingeladen.

Emma ließ sich an seinem Schreibtisch nieder und suchte nach den Gehaltslisten. In der Regel war Hans gut organisiert, aber jetzt fand sie nicht, was sie suchte, und sie fragte sich, wo er sie abgelegt hatte. In den entsprechenden Ordnern war nichts, in den Registern ebenfalls nicht. Nachdem sie die großen Schubladen durchhatte, öffnete sie die breite unter der Schreibtischplatte, ohne große Hoffnung, dort fündig zu werden. Vielleicht wusste Karl, wo die Listen waren. Wie erwartet war die Schublade leer, bis auf einen Umschlag. Sie wollte die Lade gerade wieder schließen, als sie bemerkte, dass die Ecke eines Bildes aus dem Umschlag ragte, und neugierig öffnete sie die Schublade wieder. Sie zog das Bild heraus und biss sich auf die Unterlippe, als sie sah, was das Foto abbildete. Warum, um alles in der Welt, hob Hans das auf? Sie sah in den Umschlag, hoffte auf eine Erklärung und fand eine kleine Karte. *Erinnern Sie sich?*

Langsam steckte Emma Foto und Karte zurück in den Umschlag, dachte an ein Gespräch mit Karl, das mehrere Jahre zurücklag.

»Warum sprichst du nie darüber?«

»Weil es Dinge gibt, die besser im Verborgenen bleiben.«

Sie erhob sich und ging in ihr Bureau, tief in Gedanken versunken. Normalerweise war die Arbeit eine gute Ablenkung, aber nicht bei dieser Art Erinnerung, die nun in ihr aufstieg. Als sie sich an ihren Schreibtisch setzte, bemerkte sie die Gehaltslisten, die Hans offenbar vorsorglich bereits dorthin gelegt hatte. Wieder dachte sie an das Bild, sah die Gesichter von Hans und Karl und verspürte jene diffuse Angst, die sie damals bei jedem Besuch hier ergriffen hatte.

Sie stützte die Ellbogen auf den Tisch, drückte die Fingerspitzen gegen die geschlossenen Augenlider und spürte, wie dennoch Tränen herausquollen.

⁂ 13 ⁂

In einem eleganten Cocktailkleid aus türkisblauem Seidentaft betrat Annemarie am frühen Abend das Hotel. Das Kleid hatte ein enges Oberteil mit Miederstäbchen und einen weiten Rock aus gefalteten Volants mit einem Unterrock aus Seidentüll. Dazu trug sie Sandalen in derselben Farbe mit hohen dünnen Absätzen. Abgerundet wurde das Ensemble durch eine dazupassende kleine Handtasche. Ihr blondes schulterlanges Haar war aufgesteckt, und einige kürzere Strähnen umrahmten ihr Gesicht in weichen Wellen.

Im Vestibül nahm ihr ein Page den Mantel ab und wies ihr den Weg zum Café, in dessen Richtung andere junge Damen und Herren strömten, etliche Paare, wie Annemarie bemerkte. Man hatte vor dem Café eine Tanzfläche eingerichtet, sodass man im Café sitzen und davor tanzen konnte. Geplauder und Gelächter mischten sich in die Musikklänge, die über der Szenerie schwebten. Annemarie betrat die Tanzfläche, wo Tische in einem großen Halbkreis darum herum angeordnet waren für die Gäste, die im Café keinen Platz mehr fanden. Als Annemarie dieses betrat, blieb sie auf der Schwelle stehen und sah sich um.

»Kann ich Ihnen helfen?«, hörte sie eine Männerstimme fragen und wandte sich um. Vor ihr stand ein überaus attraktiver Mann von einer sehr anziehenden dunklen Eleganz.

»Adrián Rados«, stellte er sich vor.

»Annemarie Braun.«

»Darf ich Sie zu einem freien Tisch bringen? Für wie viele Personen?«

»Ich bin allein.«

Das quittierte er mit einem Blick, in den sich flüchtiges Erstaunen malte. Hoffentlich dachte er nicht, sie sei hier, um eine Eroberung zu machen.

»Herr Hohenstein hat mich eingeladen«, erklärte sie, um diese Vermutung nicht im Raum stehen zu lassen, »und normalerweise hätte mein Verlobter mich begleitet.« Sie lächelte.

»Sebastian Hohenstein? Der ist da vorne, ich bringe Sie zu ihm.«

Nun, das war auch nicht gerade Annemaries Absicht gewesen, aber sie konnte sich auch nicht gut sträuben, das wäre überaus kindisch, und so ließ sie sich von Adrián Rados zu ihm führen. Er unterhielt sich gerade mit einer jungen Frau, deren kinnlanges Haar in weiche Locken frisiert war, die eine weiß-gelbe Blüte ihr aus dem Gesicht hielt, passend zu dem Kleid in derselben Farbe. Sebastian Hohenstein wirkte erfreut, als er sie sah.

»Dr. Braun, wie reizend.«

»Annemarie bitte, Dr. Braun ist so förmlich.«

Die junge Frau sah sie interessiert an. »Sie sind die Ärztin?« Sie streckte ihr die Hand entgegen. »Ruth Alsberg.«

Annemarie versicherte, dass es ihr eine Freude war, und wandte sich an Sebastian Hohenstein. »Mein Verlobter ist heute leider nicht dabei, Sie werden mit mir vorliebnehmen müssen.«

Ruth Alsberg hatte offenbar eine Bekannte ausgemacht

und entschuldigte sich, sodass Annemarie allein bei Sebastian Hohenstein blieb, was sie nun doch etwas verlegen machte, denn auch Adrián Rados hatte sich zurückgezogen.

»Haben Sie schon einen Tisch?«

»Bisher noch nicht.«

»Kommen Sie.« Sebastian Hohenstein führte sie zu einem kleinen Tisch, an dem Platz für zwei Personen war. Sie ließ sich auf einem der Stühle nieder, und der junge Mann neigte den Kopf. »Ich muss mich noch um ein paar Gäste kümmern, danach gehöre ich ganz Ihnen.«

»Keine Umstände bitte, Herr Hohenstein.«

»Sebastian. Beenden wir die Förmlichkeiten auf beiden Seiten.« Er zwinkerte ihr zu, was eine verheerende Wirkung auf ihren Herzschlag hatte, dann wandte er sich einem jungen Paar zu, das ihm offenbar gut bekannt war. Sie legte ihr Täschchen neben sich auf dem Tisch ab, als auch schon ein Kellner auftauchte und ihre Bestellung entgegennahm. Nachdem er wieder gegangen war, ließ sie den Blick schweifen und eine seltsame Erregung machte sich in ihr breit, als atme sie eine neue Art der Freiheit, die mit dem schlechten Gewissen Wilhelm gegenüber rang. Einen Moment lang überlegte sie gar, aufzustehen und wieder zu gehen.

Ob Wilhelm ahnte, dass ihre Verliebtheit immer mehr nachließ und sie zunehmend Angst verspürte vor den Fesseln, die er anzulegen drohte? Seit einiger Zeit versuchte er sie dazu zu bringen, mit ihm zu schlafen. Dass Annemarie davor zurückschreckte, hatte nicht nur damit zu tun, dass es allem widersprach, wozu sie erzogen worden war, sondern war auch der Gewissheit geschuldet, dass es ein Zurück dann nicht mehr geben würde. Sie wäre die Seine, unabwendbar und womöglich bis an ihr Lebensende.

Der Kellner kam zurück, stellte ein hohes Glas vor ihr ab und zog sich zurück. Annemarie sah sich um, ob vielleicht Bekannte von ihr hier waren, und flüchtig keimte in ihr die Sorge, diese könnten Wilhelm davon erzählen, dass sie allein hergekommen war. Dann jedoch tat sie diese Sorge als töricht ab, wenngleich sie immer noch in ihrem Hinterkopf lauerte. Sie waren noch nicht verheiratet, und wenn nicht einmal ihr Vater ihr verbot, allein auszugehen, stand es Wilhelm erst recht nicht zu. Immerhin war sie eine erwachsene Frau, und ehe sie verheiratet waren, durfte er nicht über sie bestimmen.

»Ich hoffe, Ihnen ist die Zeit nicht lang geworden«, sagte Sebastian, als er an ihren Tisch zurückkehrte.

»Keineswegs.« Sie lächelte ihn an, als er den zweiten Stuhl zurückzog und sich darauf niederließ. »Das Café ist wirklich sehr hübsch geworden.« Das war es in der Tat mit seinen warmen Farben und den schwarz-weißen Fotografien von Größen aus Film und Musik, die teilweise koloriert waren, sodass mal ein Haarband, mal ein Kleid, mal die Farbe der Augen die Blicke auf sich zog.

»Vielen Dank. Die Idee dazu verdanken wir unserer Ruth.«

»Eine kreative junge Frau.«

»Ja, sie kommt nach ihrer Tante, die hat aus diesem Raum hier«, er umfasste das Café mit einer knappen Handbewegung, »seinerzeit einen Lichtspielraum gemacht. Vorher war es der Rauchersalon.«

»Also ein Raum mit Vergangenheit.« Annemarie verspürte eine angenehme Leichtigkeit, eine perlendes Kribbeln, das ihr vom Bauch in die Brust stieg. Nachdem sie ausgetrunken hatte, ließ sie sich von Sebastian in den angrenzenden Raum führen, wo die Musik nun richtig eingesetzt hatte und die ersten Paare sich in der Mitte zum Tanzen eingefunden hatten.

»Lassen Sie mich raten«, sagte sie. »Die Musik haben Sie ausgesucht?«

Er grinste. »Nun, ich fand Tanzschlager aus Amerika am passendsten, um ein Café in diesem Stil zu eröffnen.«

Einen Tanz nach dem anderen tanzte sie mit ihm, drehte sich, bewegte den Körper im Takt der Musik und ließ sich gänzlich mitreißen von den stetig wechselnden Rhythmen. *Mess around* von Ray Charles erklang, und Annemarie, die eigentlich eine Pause einlegen wollte, konnte nicht anders als auf der Tanzfläche bleiben. Das war eines ihrer Lieblingslieder.

Danach wurde instrumentale Tanzmusik aufgelegt, und Annemarie fächelte sich mit der Hand Luft zu. »Ich brauche erst mal einen Moment Pause«, sagte sie. »Ich bin völlig außer Atem.«

»Möchten Sie kurz an die frische Luft?« Sebastian wirkte selbst ebenfalls ziemlich atemlos.

»Sehr gerne. Aber ich möchte Sie nicht die ganze Zeit vereinnahmen.«

»Unter diesem Umständen lasse ich mich sehr gerne vereinnahmen.«

Wieder machte Annemaries Herz einen kleinen Satz, und das Gefühl prickelnder Aufregung erstickte jeden Ansatz von schlechtem Gewissen im Keim.

Die spätabendliche Kälte war im ersten Moment angenehm, dann jedoch breitete sich eine Gänsehaut auf Annemaries Armen und Beinen aus. Sie rieb sich die Oberarme, machte jedoch keine Anstalten zurückzugehen, sondern sog die kalte Luft in tiefen Zügen ein. Der Hof war von Laternen in ein warmes gelbes Licht getaucht, das einen weichen Schleier auf die unmittelbar daran grenzende Landschaft warf. Dahinter schuf die Finsternis Geheimnisse.

»Es ist schön hier«, sagte sie.

»Ja, das ist es.«

Er stand nicht so nah bei ihr, dass es aufdringlich wäre, aber nah genug, um eine gewisse Vertrautheit zu schaffen. Langsam wandte sie sich zu ihm um, hob das Gesicht, zögerte, schalt sich eine Närrin und berührte dann doch seinen Mund mit dem ihren, ganz leicht nur, wartete seine Reaktion ab und küsste ihn dann richtig. Er legte einen Arm um ihre Taille, erwiderte den Kuss und hob schließlich den Kopf, weit genug, um ihr in die Augen sehen zu können. In seinem Blick lag Erstaunen und eine vorsichtige Zurückhaltung.

»Hatten Sie nicht erzählt, Sie seien verlobt?«

»Ja, das bin ich.«

»Und auf der Suche nach einem Abenteuer?« Seiner Stimme war nicht zu entnehmen, was er davon hielt.

»Nein, eher auf der Suche nach mir selbst.«

»Verstehe.« Seine Hand lag an ihrem Gesicht, während sein Daumen behutsam über ihren Wangenknochen glitt. »Wenn es Ihnen bei der Selbstfindung hilft, mich zu küssen, stehe ich gerne zur Verfügung.« Ein Lächeln tanzte in seinen Augen, und Annemarie spürte ein Flattern in ihrem Bauch, ein Gefühl, das sie schon fast verloren geglaubt hatte.

»Ich bin unvernünftig, nicht wahr?«

»Nun, ich gestehe, ein klein wenig hatte ich auf diese Art der Unvernunft gehofft. Wenngleich ich nie so weit gegangen wäre, Sie in Versuchung zu führen.«

Das hatte er doch schon getan, ganz und gar unbewusst.

»Morgen«, sagte sie und küsste ihn erneut, »morgen werde ich wieder vernünftig sein.« Ihre Stimme verlor sich, klang verzagt. Daran, mit Wilhelm zu brechen, hatte sie nicht ernsthaft gedacht, man gab ein Eheversprechen nicht einfach auf. Aber was, um alles in der Welt, war es dann, was sie hier mit diesem Mann trieb?

»Ich glaube, ich mache einen furchtbaren Fehler«, gestand sie kaum hörbar und ließ dabei offen, ob sie den Kuss meinte oder die Ehe.

Margot amüsierte sich so gut wie schon lange nicht mehr. Sie tanzte, bis ihr schwindlig wurde, und genoss die Aufmerksamkeit, die ihr die jungen Männer zukommen ließen.

»Sie machen ja eine ganze Reihe an Eroberungen«, bemerkte Anton, der an der Bar stand, wo sie sich gerade an einem Tablett mit Häppchen bediente.

»Tja, wer hat, der hat«, scherzte sie.

Er zwinkerte ihr zu und wandte sich einem jungen Pärchen zu, das gerade an die Bar getreten war. Margot beobachtete ihn, wie er Getränke einschenkte und gefüllte Gläser reichte. Geschickte Handgriffe, die er mit einer beinahe schon beiläufigen Eleganz verrichtete.

»Kann ich Ihnen noch einen Wunsch erfüllen, Prinzessin?«, fragte er.

»Nein, momentan bin ich wunschlos glücklich.«

»Und so soll es sein.«

Sie musste lächeln, und er zwinkerte ihr zu. Dann wurde er von dem nächsten Gast in Anspruch genommen, und Margot wandte sich ab und ging zurück zur Tanzfläche wo inzwischen eine langsamere Melodie eingesetzt hatte. Margot bemerkte, dass Sebastian mit einer jungen Frau am Arm in den Raum trat. Den roten Wangen zufolge mussten sie draußen gewesen sein, und sie stellte fest, dass ihr Cousin aussah, als habe er gerade eine Eroberung gemacht.

Adrián stand bei Ruth, hatte den Kopf leicht geneigt und hörte ihr zu, lächelte, gab eine Antwort, dann lachten beide. Ruth sah hübsch aus in dem gelb-weißen Kleid, und dieses Mal bestand auch nicht die Gefahr von zu großer Ähnlichkeit, denn Margot trug ein grünes, das oben eng anlag, dann gerafft wurde und in langen Taftbahnen glockenartig fiel. Ein üppiger Unterrock aus Seidentüll gab dem Rock Form, und an den Blicken der Leute erkannte sie, dass sie die richtige Wahl getroffen hatte. An Adrián allerdings prallte die Wirkung ab, das wusste sie, als sie sich zu den beiden gesellte.

»Ein gelungener Abend, nicht wahr?«, sagte sie mit ungekünstelter Fröhlichkeit.

»Genau so hatte ich mir das schon beim letzten Mal vorgestellt«, antwortete Adrián. »Langsam bekommen wir hier wieder den Anschluss an die Moderne.«

Ein neues Lied setzte ein, und Margot sah Adrián an. »Du hast heute noch nicht mit mir getanzt.«

»Ein Versäumnis, das umgehend nachgeholt werden muss«, antwortete dieser galant.

Margot warf Ruth einen raschen Blick zu und bemerkte, dass diese lächelte. Es war das kleine, nachsichtige Lächeln einer Frau, die großzügig sein konnte, da sie wusste, sie hatte nichts zu befürchten. Entweder war sie doch nicht in Adrián verliebt, oder aber sie ahnte, dass Margot auf verlorenem Posten stand. Nun, das wollten sie ja mal sehen.

Leider verlief der Tanz sehr unspektakulär. Adrián war

höflich und achtsam, und er tanzte auch sehr gut, aber danach führte er sie zurück zu Ruth und entschuldigte sich. Die beiden blickten ihm einen Moment lang nach, dann schlug Ruth vor, an die Bar zu gehen, vermutlich, weil sie beide einfach nur herumstehend noch weniger mit sich anfangen konnten.

Anton begrüßte sie mit einem Lächeln voller Übermut und neigte den Kopf. »Was darf ich den Damen bringen?«

Während Margot noch überlegte, bestellte Ruth bereits.

»Tolle Musik«, bemerkte Anton, als er Ruth das Gewünschte brachte.

»Die hat Herr Sebastian ausgesucht«, antwortete Ruth.

»Tanzen Sie gerne?«, fragte Margot.

»Sehr sogar.«

»Warum geben Sie uns keine Kostprobe Ihres Könnens?«, neckte Margot ihn.

Er hob die Brauen. »Sie meinen, ich soll eine der Holden auffordern? Und das unter den gestrengen Augen der Herren Rados und Hohenstein? Sind Sie meiner überdrüssig, Prinzessin?«

Margot lachte und nahm ihr Glas von ihm entgegen. Kurz darauf wurde seine Aufmerksamkeit von einem jungen Mann abgelenkt, der eine Bestellung für sich und seine Begleiterin aufgab. Die Musik wechselte zu einem Quickstepp, und Anton summte die Melodie mit und bewegte sich mit übertrieben eleganten Bewegungen, während er die Getränke bereitete, auf eine Art, die die Leute zum Lachen brachte.

Ruth beugte sich vor. »Möchten Sie mit mir tanzen?«

»Ist denn Damenwahl?«

»Für mich schon.«

Er grinste. »Und Sie versprechen mir, dass ich hernach nicht auf der Straße lande?«

»Nun, uns Alsbergs gehört die Hälfte des Hotels, nicht wahr?« Sie zwinkerte ihm zu, winkte einen der anderen Kellner heran, damit er hinter der Bar übernahm, und ging mit Anton zur Tanzfläche.

Langsam glitt Margot vom Hocker und folgte ihnen in einigem Abstand, beobachtete, wie Ruth mit Anton tanzte, der in der Tat ziemlich gut war. Sie grub die Zähne in die Unterlippe und versuchte, das Gefühl einfach beiseitegedrängt worden zu sein, abzuschütteln. Sie hätte ihn ja auffordern können, wenn es sie danach verlangt hätte. Aber auf die Idee war sie nicht gekommen, immerhin war er Kellner. Als er nun jedoch mit Ruth tanzte, schien niemand daran Anstoß zu nehmen, und die Leute beobachteten die beiden vielmehr mit amüsierter Belustigung. Sogar Adrián grinste, während er am Rand der Tanzfläche stand, ein Glas in der rechten Hand.

Als der Tanz beendet war, führte Anton Ruth von der Tanzfläche, wechselte noch ein paar Worte mit ihr, die beide zum Lachen brachten, und ging zurück zur Bar. Verstimmt sah Margot ihm nach, dann wiederum ärgerte sie sich über sich selbst, da es nun wahrhaftig keinen Grund gab, ihm oder Ruth zu grollen. Sollten sie doch tanzen, wenn ihnen danach war. Es war vielmehr Ruths Art, sich ständig in den Mittelpunkt und sie, Margot, an den Rand zu drängen, die sie verärgerte. Es reichte nicht, Adrián zum umschwärmen, sie musste sich auch an Anton heranschmeißen, mit dem Margot immerhin so etwas wie eine Freundschaft verband. Wobei Freundschaft wohl das falsche Wort war, immerhin gehörte er zum Personal.

Sebastian saß im Café an einem Tisch, zusammen mit seiner hübschen Blondine. Konnte ihr Leben nicht auch so unkompliziert sein? Man ging aus, machte eine Eroberung, und im besten Fall passte es dann in jeder Hinsicht. Bei Margot passte gerade überhaupt nichts.

Ein junger Mann trat zu ihr und bat sie um den nächsten Tanz. Sie willigte ein und folgte ihm auf die Tanzfläche. Dabei streifte ihr Blick Adrián und Ruth, die in ein angeregtes Gespräch vertieft waren. Mit einem etwas zu strahlenden Lächeln wandte sie sich dem jungen Mann zu, der prompt aus dem Takt geriet. Bedauerlich, dass sie sich ihrer Wirkung stets nur bei den falschen Männern gewiss sein konnte.

⁂ 14 ⁂

Nach der überaus erfolgreichen Eröffnung des Cafés wurde das Hotel von Tagesgästen deutlich stärker aufgesucht als zuvor. Viele verbanden eine Wanderung mit einem Besuch im Café, etliche kehrten auf dem Rückweg hier ein. Im Großen und Ganzen hatte sich der Umbau gelohnt, und Emma war glücklich um die Geschäftigkeit, die im Bereich des Restaurants nun wieder summte.

Sie stand mit Hans an der Rezeption und teilte die Aufgaben für den Tag ein. Karl ging es nicht so gut, offenbar hatte er sich verkühlt und hütete nun auf Julias Weisung hin das Bett. Da Julia sich schon vor einigen Jahren aus der repräsentativen Präsenz des Hotels zurückgezogen hatte, war Emma im Grunde genommen die einzige Frau, die derzeit im Hotel arbeitete. Ruth übernahm hier und da Aufgaben, aber so richtig schien sie noch nicht zu wissen, was sie wollte.

Zwischen Emma und Hans bestand schon seit Kindertagen eine enge Vertrautheit, sie waren zusammen mit Karls Kindern miteinander aufgewachsen und verstanden sich seit jeher gut. Damals waren noch ihre Brüder dabei gewesen, und dass sie beide einen solchen Verlust zu tragen hatten, machte die Beziehung zwischen ihnen noch enger, sie waren in der Tat wie Bruder und Schwester. Mit Emmas Bruder Andreas, der ein Jahr jünger und im selben Alter wie

Hans gewesen war, hatte eine tiefe Freundschaft bestanden. Sie waren gemeinsam in den Krieg gezogen, aber nur Hans war zurückgekehrt. Aus Freundschaft und Familienbanden entwuchs Verantwortung, daher übernahm Hans die Erziehung von Andreas' Kindern ebenso wie sie und Georg.

Emma ging die Reservierungen durch, während Hans mit einigen Gästen plauderte, einer der Rezeptionisten telefonierte und der andere gerade die Post sortierte. Der Concierge war ebenfalls krank, daher würden sie hier an diesem Tag vermehrt Präsenz zeigen müssen. Sobald sie mit der Erneuerung der Zimmer fertig waren, würden sie neue Werbeprospekte drucken und darauf hoffen, dass sich die Investition gelohnt hatte.

»Frau Rebein?« Herr Schmidt, der in der Beletage wohnende Detektiv, war an die Rezeption herangetreten. »Haben Sie einen Moment Zeit für mich?«

»Natürlich. Was gibt es?«

»Ich würde lieber in einem etwas diskreteren Umfeld mit Ihnen sprechen«, antwortete er.

Das klang, als habe er endlich einen Erfolg vorzuweisen. »Kommen Sie.« Sie ging ihm voran in das an die Rezeption grenzende Arbeitszimmer und schloss die Tür.

»Wenn es Ihnen recht ist, komme ich direkt zur Sache«, sagte er. »Doch ehe ich konkreter werde, möchte ich betonen, dass ich das seit einiger Zeit beobachtet habe und erst jetzt, da ich sicher bin, mich nicht geirrt zu haben, zu Ihnen komme.«

Emma neigte abwartend den Kopf.

»Hat Ihr Neffe Curt Alsberg in letzter Zeit mehr Geld zur Verfügung als sonst?«

Es war ein Gefühl, als bekomme man einen Fausthieb in

den Magen. Emma entwich die Luft mit einem Keuchen. »Curt?«

»Ich habe ihn des Öfteren in der Beletage gesehen, auch an jenem Morgen, als Sie das unglückliche Zimmermädchen verdächtigt haben.«

»Er und Greta sind öfter im Hotel unterwegs. Sie dürfen nicht in den Gästetrakt, aber es ist nicht ungewöhnlich, dass sie das trotzdem tun.«

»Morgens in aller Frühe vor der Schule? Wenn kurz darauf ein Diebstahl gemeldet wird?«

»Vielleicht war das einfach eine unglückliche Verkettung verschiedener Ereignisse.«

In das Gesicht des Detektivs malte sich Bedauern und Mitgefühl. »Ich verstehe Ihre Gefühle, ich habe selbst zwei Söhne. Aber so leid es mir tut, er war es. Sehen Sie in seinem Zimmer nach, ich würde mich freuen, wenn ich mich geirrt hätte.«

Emma schluckte und nickte dann zögernd. »Ich werde das umgehend tun.«

»Geben Sie mir bitte Bescheid, zu welchem Schluss Sie gelangen?«

»Natürlich.«

Sie verließen das Arbeitszimmer wieder, und Emma trat zu Hans. »Komm bitte mit«, sagte sie.

»Hat er endlich etwas vorzuweisen?«, fragte Hans, nachdem sie außer Hörweite der Rezeptionisten waren.

Emma holte tief Luft, wollte den ungeheuerlichen Verdacht nicht in Worte fassen. »Er denkt, Curt war es«, sagte sie schließlich.

»Das ist hoffentlich ein Scherz.«

»Ich befürchte, er hat einen sehr konkreten Verdacht.«

»Dann irrt er sich.«

»Das hoffe ich zutiefst.«

Sie gingen in das dritte Obergeschoss, wo die Kinder ihres Bruders lebten, und schlugen direkt den Weg zu Curts Zimmer ein. Emma fühlte sich furchtbar elend, als sie in Abwesenheit ihres Neffen, der arglos in der Schule weilte, sein Zimmer durchsuchten, um einem Verdacht nachzugehen, der so ungeheuerlich war, dass er einfach falsch sein musste.

»Gut, wo fangen wir an?« Hans war ebenso unwohl wie Emma, das war unverkennbar.

»Such du unterm Bett, im Nachtschränkchen und in der Kommode, ich übernehme den Kleiderschrank.«

Sie machten sich ans Werk, und Emma öffnete zuerst die Schubladen, schob vorsichtig Kleidung beiseite, ohne etwas Verdächtiges zu entdecken. Sie öffnete die zweite Schublade, die dritte.

»Sieh mal«, sagte Hans. »Er hat einen Liebesbrief an eine Elsa geschrieben und sich dann doch nicht getraut, ihn ihr zu geben.«

»Elsa? Aus Gretas Klasse?«

»Keine Ahnung. Fängt ja früh an.«

Emma lächelte und suchte weiter. Sie öffnete die Schranktüren und stieß ganz unten auf einen Pappkarton, den sie hervorzog und öffnete. Ihr sank das Herz.

»Hans«, sagte sie, ohne aufzusehen. Sie hörte, wie er näher kam. Er blieb hinter ihr stehen, sah ihr über die Schulter, und Emma vernahm eine Zeit lang nichts anderes als seine Atemzüge, dann griff er nach der Schachtel, schloss den Deckel und hob den Blick.

»Wir erzählen meinem Onkel zunächst einmal nichts

davon, es würde ihn zu sehr aufregen, und er soll erst wieder gesund werden.«

Emma nickte. »Ist gut. Und was machen wir jetzt?«

»Überlass das mir, ich kümmere mich um Curt.«

Ruth hatte kaum die Wohnung betreten, als Nele ihr vollkommen aufgelöst entgegenstürmte. »Hans ist hier und verprügelt Curt mit einem Rohrstock.«

»Wie bitte?« Ruth sah an Nele vorbei und bemerkte Emma, die gerade aus dem Salon trat. »Was ist hier los?«

»Curt hat unsere Gäste bestohlen. Wir haben das Diebesgut bei ihm gefunden. Das Geld hat er für Spielzeug ausgegeben, die Wertgegenstände wollte er im Pfandhaus versetzen.«

Ruth konnte es nicht glauben. »Hat er das gestanden?«

»Angesichts dessen, dass er erwischt worden ist, blieb ihm nichts anderes übrig.«

»Aber warum? Es fehlt ihm doch an nichts.«

»Er hat nicht gesagt, warum er das getan hat. Vielleicht war es einfach eine Art der Rebellion.«

»Wo ist er?«

»In seinem Zimmer. Es tut mir leid, du weißt, keiner von euch wurde je geschlagen, aber angesichts der Umstände kann selbst ich ihm keine Strafe ersparen.«

Ruth biss sich auf die Lippen und ging an ihr vorbei zu Curts Zimmer, hörte immer wieder erstickte Schreie, gefolgt von Schluchzern. Ohne zu zögern, stieß sie die Tür auf, sah ihren Bruder, der die Hände auf den Schreibtisch gestemmt hatte, hinter ihm Hans mit einem dünnen Rohrstock, der, solange Ruth sich erinnern konnte, nie zum Einsatz gekommen war.

»Das reicht«, sagte sie.

»Wann es reicht, bestimme ich, und jetzt geh.«

»Aber…«

Hans deutete mit dem Stock zur Tür.

»Er hat es verstanden. Das hast du doch, Curt, nicht wahr?«

Curt antwortete nicht und mied ihren Blick. Rote Flecken prangten auf seinen Wangen, wie stets, wenn er sich für etwas schämte.

»Geh jetzt, Ruth.« Hans deutete erneut zur Tür. »Denk nicht, dass mir das Spaß macht, es kostet mich einiges an Überwindung, das kann ich dir sagen. Aber der Schaden, den dein Bruder uns zugefügt hat, ist zu groß, als dass wir es mit ein paar ermahnenden Worten abtun können. Dieses Mal beraubt er die Gäste seiner Familie, wer weiß, was der nächste Schritt ist. Und jetzt geh.«

Ruth ging zaudernd zur Tür, trat rückwärts hinaus, schloss sie hinter sich und hörte kurz darauf den nächsten Schrei. Sie presste die Hand auf den Mund und lief aus der Wohnung, eilte die Treppe hinunter und ging hinüber ins Hotel, wo sie die Tür des großen Arbeitszimmers aufriss und dieses glücklicherweise leer vorfand. Zittrig ließ sie sich an Sebastians Schreibtisch nieder, strich fahrig einige Unterlagen auseinander, wollte sehen, ob es etwas für sie zu tun gab, um sich abzulenken, und stützte schließlich die Ellbogen auf den Tisch und presste ihr Gesicht in die Hände.

Als sie die Tür hörte, hob sie den Kopf, blinzelte und wischte sich mit dem Handrücken Nässe aus den Wimpern, dann räusperte sie sich, um ihrer Stimme Festigkeit zu verleihen. »Ich nehme an, du hast es schon gehört?«

»Das mit Curt?« Adrián kam zu ihr und setzte sich ihr

gegenüber mit der Hüfte halb auf den Schreibtisch. »Ja, habe ich. Und ich nehme an, du weinst, weil Hans ihn gerade verdrischt.«

»Es kommt mir falsch vor.«

Adrián zuckte knapp die Schultern. »Eine Tracht Prügel, davon geht die Welt nicht unter, und was Curt getan hat, rechtfertigt etwas mehr Strenge durchaus.«

Ruth biss sich auf die Unterlippe und schwieg. In der Schule wurde gezüchtigt, wobei Ruth nur einmal geschlagen worden war, als sie mit ihren Freundinnen zu spät von der Pause gekommen war und es dafür Hiebe auf die Handflächen gesetzt hatte. Curt hatte das eine oder andere Mal Prügel bekommen, weil er sich danebenbenommen hatte, aber niemals war er daheim geschlagen worden. Dadurch, dass sie früh verwaist waren, sah man vieles von dem, was er anstellte, mit Nachsicht.

Adrián beugte sich vor, umfasste ihr Gesicht und strich behutsam eine Haarsträhne zurück, die auf ihrer tränenfeuchten Wange klebte. So, wie er stand, musste sie zu ihm aufblicken, und sie tat einen zittrigen Atemzug, während seine Hand an ihrer Wange seltsam verwirrende Gefühle in ihr auslöste. Sie blinzelte, wusste nicht, wie sie reagieren sollte, und spürte, wie ihr das Herz gegen die Rippen pochte.

Dann senkte Adrián den Kopf, beugte sich zu ihr hinunter und berührte ihren Mund mit dem seinen, wartete ihre Reaktion ab, und als sie still verharrte, küsste er sie. Es war Ruths erster Kuss, und zögernd öffnete sie die Lippen, ließ sich mit einem wilden Flattern in ihrem Magen auf das bestürzend sinnliche Spiel ein, zu dem Adrián sie lockte. Als er sich von ihr löste, spürte sie den Herzschlag in ihrer Kehle, ihre Wangen fühlten sich erhitzt an, und in ihrem

Bauch schien sich eine ganze Horde Hummeln zu einem wilden Tanz versammelt zu haben. Da sie nicht wusste, wie sie reagieren sollte, sah sie Adrián kurz an, dann senkte sie den Blick und ließ die Hände, mit denen sie auf einmal nichts Rechtes anzufangen wusste, erst auf den Lehnen des Stuhls liegen und faltete sie schließlich im Schoß.

»Alles gut?«, fragte Adrián.

Zögernd sah sie zu ihm auf und nickte schließlich, was Adrián zum Anlass nahm, sie erneut zu küssen. Jetzt hob sie eine Hand und legte sie um seinen Kopf, fühlte sein Haar unter ihren Fingern, strich zart über seinen Nacken. Langsam richtete er sich auf, sodass ihre Gesichter gerade weit genug voneinander entfernt waren, damit er ihr in die Augen sehen konnte. Ihre Hand lag immer noch an seinem Nacken und sein Arm um ihre Schulter, während er sich mit der anderen Hand auf der Armlehne ihres Stuhls abstützte.

»Und nun?«, fragte sie.

»Nun hat sich etwas zwischen uns verändert, nicht wahr?«

»Und was sind wir jetzt füreinander?«

»Ein Liebespaar?«, schlug er vor und küsste sie erneut.

»Das klingt irgendwie ein wenig … anrüchig«, murmelte sie an seinen Mund, als er sie lange genug dafür freigab.

»Klingt *meine Liebste* besser?«

»Ja.«

Sie spürte an ihrem Mund, dass er lächelte. »Dann nennen wir es so.«

Ruth kam sich furchtbar frivol vor, dass sie imstande war, zu küssen und zu lieben, während ihr Bruder so hart bestraft wurde, und dieser Gedanke brachte mit einem Schlag die Ernüchterung. Offenbar bemerkte Adrián die

Veränderung in ihrem Blick, denn er richtete sich jetzt wieder auf und sah sie an, die Hände rechts und links neben sich auf den Schreibtisch gestemmt, an dem er nun wieder rücklings lehnte.

»Dein Bruder?«

Sie neigte lediglich leicht den Kopf.

»Ich weiß, dass dir das nahegeht, mir ginge es nicht anders. Aber er hat etwas Schlimmes getan und trägt nun die Konsequenzen. Geh doch gleich hoch zu ihm, ich bin mir sicher, Hans prügelt nicht immer noch auf ihn ein.«

»Ja, das werde ich wohl besser tun.«

Erneut wurde die Tür geöffnet, und kurz darauf betrat Sebastian den Raum. Obwohl sie in keiner verfänglichen Situation erwischt worden waren, hatte Ruth das Gefühl, man müsse ihr sofort ansehen, was sie gerade getan hatte, und sie lief tiefrot an. Rasch erhob sie sich.

»Entschuldigt mich bitte«, sagte sie und eilte aus dem Raum. Während sie den Korridor durchquerte, rang ein irritierend körperliches Gefühl erregten Glücks mit schlechtem Gewissen und Sorge. Sie eilte die Treppe hinauf zu ihrer Wohnung und fand diese nun leer vor. Weder Hans noch Emma oder Nele waren zu sehen. Ruth ging zu Curts Zimmer und klopfte an.

»Verschwinde!«, kam es in seltsam erstickter Stimme.

»Ich bin's. Ruth.« Als keine Antwort kam, drückte sie die Klinke hinunter und betrat den Raum.

Curt lag auf seinem Bett, das Gesicht in einem Kissen verborgen, und sah nicht auf, obwohl er sie gehört haben musste. Sie ging zu ihm und setzte sich auf den Rand seines Bettes.

»Es tut mir leid«, sagte sie.

Ihr Bruder richtete sich halb auf und sah sie aus roten Augen an. »Was denn? Du konntest ihm den Stock ja wohl kaum aus den Händen reißen. Außerdem ist es mir gleich, ist nicht die erste Tracht Prügel, die ich einstecken muss. Auch wenn Hans fester zugeschlagen hat als meine Lehrer.« Er ließ sich wieder aufs Bett fallen.

»Ich hätte dazwischengehen sollen.«

»Nein, hättest du nicht. Dann wäre er auf dich auch noch wütend gewesen. Und verdroschen hätte er mich ja doch.« Er drehte sich um und schob sich rücklings hoch, sodass er halb aufrecht saß, gegen das Kopfende des Bettes gelehnt. »Viel schlimmer ist, dass es nun alle wissen.«

»Dass du geschlagen wurdest?«

Er starrte sie an. »Nein. Verstehst du nicht? Sie wissen jetzt alle, dass ich gestohlen habe. Dieser ganze Ärger, und nun erzählen sich alle, dass ich es war.«

»Hast du dir darum nie Gedanken gemacht?«

Er schüttelte den Kopf.

»Was dachtest du denn, wie lange du so weitermachen kannst? Und dann diese ganzen Verdächtigungen. Was, wenn sie dem Zimmermädchen nicht geglaubt hätten? Es wäre auf der Straße gelandet.«

Die einzige Antwort war ein knappes Schulterzucken.

»Ist es dir egal?«

Wut flammte in seinem Blick auf. »Ja. Tatsächlich ist es mir egal.«

»Warum hast du das denn getan? Du musst doch nur etwas sagen, und Georg kauft dir, was immer du möchtest.«

Curt antwortete nicht, dann sagte er schließlich: »Emma und Hans hatten kein Recht, in meinem Zimmer herumzuspionieren.«

»Ist das alles, was dir dazu einfällt?« Trotz ihres Mitgefühls wurde Ruth langsam ärgerlich. »Hast du kein Bewusstsein dafür, dass du Unrecht getan hast? Du schadest dem Hotel mit deinem Benehmen. Einem Hotel, das später einmal zur Hälfte dir gehören wird.«

»Und wer sagt, dass ich das möchte?«

Ruth erhob sich und strich ihr Kleid glatt. »Du wirst hier leben, bis du volljährig bist, danach kannst du machen, was du willst. Aber bis dahin tust du nichts, was diesem Haus schadet.«

»Jetzt sprichst du wie Hans.«

»Weil er recht damit hatte, dein Benehmen zu sanktionieren. Nur mit der Methode war ich nicht einverstanden.«

»Dann verschwinde doch zu ihm.«

»Siehst du nicht ein, dass es falsch war?«

Curt schwieg trotzig, die Arme vor der Brust verschränkt, und Ruth gab es auf. Sie verließ sein Zimmer und ging zurück ins Hotel. Allerdings mied sie das Arbeitszimmer, in dem außer Adrián nun auch noch Sebastian war, und trat hinaus in den Hof. Die kalte Herbstluft war genau das, was sie nun brauchte, um wieder einen klaren Kopf zu bekommen.

»Was läuft da zwischen dir und Ruth?«, fragte Sebastian.

»Wir sind ein Paar.«

»Ah ja. Und was ist mit diesem Zimmermädchen?«

»Das hat nichts mit Ruth zu tun.«

»Sie wird dir da schwerlich zustimmen.«

Adrián setzte sich an seinen Schreibtisch und rief im Café an, um Tee bringen zu lassen, eine starke, ostfriesische Mischung.

»Willst du das wirklich so weiterlaufen lassen? Ruth als offizielle Freundin und dieses Mädchen zur Befriedigung deiner körperlichen Bedürfnisse?«

»Ich werde es beizeiten beenden.«

»Dann tu das lieber früher als später.«

»Sagt der Mann, der mit einer verlobten Frau von der Feier verschwunden ist.«

Nun war es an Sebastian, sich zu rechtfertigen. »Das war nur eine einmalige Sache.«

»Von dir aus?«

»Nein, von ihr aus. Sie war offenbar unglücklich, vielleicht hat sie sich mit ihrem Verlobten gestritten.«

»Und da bandelt sie gleich mit einem anderen Mann an?«

»Keine Ahnung, was dahintersteckt, ich habe natürlich nicht so indiskret nachgefragt.«

»Wart ihr im Bett?«

»Natürlich nicht!« Sebastian wirkte ehrlich erstaunt. »So eine ist sie nicht.«

»Und das weißt du nach ein paar kurzen Treffen und ein paar verstohlenen Küssen?«

»Woher weißt du, dass sie mich geküsst hat.«

»Weil du es gerade bestätigt hat.«

Sebastian zog einen Stapel Unterlagen heran. »Mehr war es nicht.«

Da Adrián die Frau nicht kannte, wollte er keinen Disput über ihren Anstand vom Zaun brechen, vor allem angesichts dessen, dass er selbst sich derzeit sicher nicht moralisch einwandfrei verhielt.

»Was sagst du zu der Angelegenheit mit Curt?«, wechselte er das Thema.

»Er kann froh sein, dass Hans ihn verprügelt hat und nicht ich.« Sebastian, der gerade dabei gewesen war, etwas aufzuschreiben, ließ den Stift nun ruhen und sah Adrián an. »Nicht einmal, als wir deine Geliebte verdächtigt haben, die Diebin zu sein, hat er etwas gesagt. Hat einfach nur seelenruhig dagesessen und sich das angehört, die kleine Ratte.«

Das nahm Adrián ihm in der Tat ebenfalls übel. Magdalena hatte es nun wahrhaftig schwerer gehabt als er, aber sie arbeitete hart und versuchte, ihr Leben selbst in die Hand zu nehmen. Allein dafür, sie dieser Verdächtigung ausgesetzt zu haben, hätte er ihn am liebsten eigenhändig geschüttelt.

»Und anstatt dass es ihm leidtut«, fuhr Sebastian fort, »badet er in Selbstmitleid.«

»Was passiert jetzt?«

»Fürs Erste bekommt er Hausarrest, danach muss man dann weitersehen. Außerdem wird Georg ihm das Taschengeld streichen, Emma hat mit ihm telefoniert. Da steht Curt auch noch ein recht unerfreuliches Gespräch ins Haus.«

»Man müsste natürlich wissen, warum er es getan hat.«

»Dazu sagt er nichts.«

»Dann bringt Hausarrest vermutlich nicht viel.«

»Das mag sein, aber was soll man sonst tun?«

»Gibt es jemanden, dem er vertraut?«

»Greta. Aber die ist noch zu klein, um solche Gespräche mit ihm zu führen.«

Adrián nickte nur und wandte sich seinen Unterlagen zu, starrte jedoch nur blind hinein. Der Kuss mit Ruth ging ihm nach, und er wollte in diesem Moment nichts lieber, als bei ihr zu sein und sie wieder und wieder zu küssen.

»Na, immerhin ist dir nach der ganzen Sache noch zum Lächeln zumute«, bemerkte Sebastian.

»Was machen wir denn jetzt?«, hörte Ruth Emma fragen und blickte durch die halb offene Tür in den Salon, wo ihre Tante mit Hans saß. Sie war nahezu eine Stunde spazieren gewesen, und die Wärme in der Wohnung ließ ihre Wangen prickeln.

»Ah, Ruth.« Emma blickte auf. »Warst du aus?«

»Nur ein wenig spazieren.« Ruth mied Hans' Blick und betrat den Salon.

»Bist du mir böse?«, fragte Hans, und nun sah sie ihn doch an.

»Nein ... Ja ... Ich weiß es nicht.«

»Verstehe.«

Sie ließ sich auf einem Sessel nieder und schlug ein Bein über das andere. »Ist Curt in seinem Zimmer?«

»Ja«, antwortete Emma. »Und da bleibt er vorerst auch.«

»Warum sitzt ihr nicht in deiner oder Hans' Wohnung?«

Emma hob die Brauen. »Möchtest du, dass wir gehen?«

»Nein, ich wundere mich nur.«

»Unten könnten wir entweder von Margot oder Greta gehört werden, und mir ist lieber, die Sache bleibt erst einmal unter uns«, antwortete Hans. »Karl und Julia wissen es derzeit auch noch nicht.«

»Und was ist mit Nele?«

»Die wird nichts erzählen, allein um Curts willen.«

Ruth nahm sich eine Kaffeetasse, und Hans griff nach der Kanne und schenkte ihr ein. Sie verstand das als Friedensangebot und nickte ihm zu, dann rührte sie Sahne in den Kaffee und setzte die Tasse an die Lippen. »Wie handhaben wir das nun den Gästen gegenüber?«

»Wir geben die Wertgegenstände zurück, das gestohlene Geld haben wir ja ohnehin schon erstattet.«

Es klopfte, und kurz darauf betrat Adrián den Salon, und Ruths Herz machte einen Satz. Er grüßte in die Runde und schenkte Ruth ein hinreißendes Lächeln.

»Essen wir nachher zusammen zu Abend?«

Ruth spürte, wie ihr unter den Blicken von Emma und Hans das Blut ins Gesicht stieg, während sie Adriáns Lächeln erwiderte. »Sehr gerne.«

»Gut, ich hole dich um sechs ab, ja?« Damit verabschiedete er sich und verließ den Salon wieder.

»Hast du uns etwas zu sagen?«, fragte Emma.

Eigentlich gab es keinen Grund, es nicht zu erzählen, denn weder hatten sie sich Geheimhaltung geschworen, noch war vonseiten der Familie Widerstand gegen diese Verbindung zu erwarten. Und Adrián hatte ahnen müssen, dass sein Auftauchen Fragen aufwarf, er war also offenbar entschlossen, es ebenfalls von Anfang an öffentlich zu machen.

»Wir sind ein Paar«, antwortete sie.

»Seit wann?«, fragte Hans.

»Seit heute.«

»Und wann hatte er vor, uns das mitzuteilen?«, wollte Emma wissen.

»Ich weiß es nicht. Aber ich bin ja schließlich erwachsen, nicht wahr?«

»Das sollte gewiss kein Angriff sein«, kam es beschwichtigend von Hans.

»Es klang aber so.«

»Ich denke nur«, sagte Emma, »er könnte darüber durchaus auch mit uns sprechen.«

»Das wird er sicher noch tun.« Ruth hörte selbst, wie gereizt ihre Stimme klang. Sie biss sich auf die Unterlippe und bemühte sich um Gelassenheit. »Wir essen jetzt einfach zu Abend, mehr nicht.«

Emma seufzte und beschränkte ihre Reaktion dann auf ein Nicken. »Ist gut.«

»Genieß den Abend«, sagte Hans und lächelte ihr aufmunternd zu. »Man ist nur einmal jung.«

Während Ruth den Raum verließ, fragte sie sich, ob es Emma wohl störte, dass sie und nicht Margot das Rennen bei Adrián gemacht hatte. Andererseits wäre das überhaupt nicht Emmas Art.

Ein Blick auf die Uhr sagte ihr, dass sie noch eine gute halbe Stunde Zeit hatte, und so schaute sie noch kurz in Neles Zimmer vorbei. »Wie geht es dir?«, fragte sie.

Ihre Schwester saß am Schreibtisch, hatte ihr den Rücken zugedreht und zuckte nur mit den Schultern. Ruth schloss die Tür und trat näher zu ihr. »Was machst du?«

»In mein Tagebuch schreiben.«

Ruth blieb einige Schritte von ihr entfernt stehen, damit nicht der Eindruck entstand, sie lese über die Schulter mit. Neles Hand bewegte sich über das Papier, dann legte sie den Füllfederhalter ab und drehte sich zu Ruth um. »Warst du bei Curt?«

»Vorhin, ja. Er wollte mich nicht sehen.«

Nele schwieg für die Dauer einiger Lidschläge, dann sagte sie: »Mich auch nicht.« Ihr blondes Haar war im Nacken zu einem lockeren Zopf gefasst, aus dem sich einige Strähnen gelöst hatten und ihrem Gesicht etwas verlieh, das halb kindlich, halb erwachsen wirkte. Sie kam nach ihrer Mutter, sowohl vom Aussehen als auch vom Wesen her. Curt war ganz sein Vater – äußerlich zumindest.

»Geben wir ihm ein paar Tage Zeit«, entgegnete Ruth.

»Warum hat er das getan?«

»Das wollte er mir nicht sagen.«

Nele senkte leicht den Kopf, und eine Haarsträhne fiel ihr ins Gesicht. Sie strich sie zurück und sah wieder auf. »Und was machen wir, wenn er das wieder tut?«

»Mach dir darum keine Gedanken, wir geben acht, dass es dazu nicht kommt.«

Ein leichtes Stirnrunzeln war die einzige Antwort, die Nele darauf gab, gefolgt von einem halbherzigen »Ja, gut«.

»Wo isst du zu Abend?«

»Hier mit Hans, Greta und Curt.«

»Wird Curt mit euch essen wollen?«

»Vermutlich nicht, aber Hans hat ihm verboten, sich zurückzuziehen, er sagt, das wäre in dieser Situation gänzlich falsch. Curt wird nicht auf ihn hören. Das wird gewiss ein Spaß.« Ein tiefes Seufzen folgte ihren Worten.

Ruth bekam ein schlechtes Gewissen, weil sie ihre Schwester mit dem ganzen Ärger alleinließ. Sie verließ das Zimmer und ging zurück in den Salon, wo Hans inzwischen allein saß.

»Emma ist bei Curt«, erklärte er. »Sie versucht noch einmal, mit ihm zu sprechen, ehe Georg heimkommt.«

»Ich esse mit euch«, erklärte sie.

»Warum?«

»Weil ich mir nicht einfach einen schönen Abend machen kann, während Nele in dieser gedrückten Stimmung mit euch am Tisch sitzt.«

»Und wenn ich ausdrücklich möchte, dass du gehst?«

»Aber …«

»Kein Aber, Ruth. Es ist natürlich deine Entscheidung, aber es ändert sich ja nichts, wenn du dir nun auch noch den Abend verderben lässt. Nele und Greta sind Curt vom Alter her am nächsten, und ich denke, sie bekommen vielleicht eher Zugang zu ihm. Du zählst schon zu den Erwachsenen, dir gegenüber wird er ebenso verstockt sein, wie er es bei mir und Emma ist. Du verdirbst dir den Abend also für nichts und wieder nichts.«

Zögernd – und mit schlechtem Gewissen angesichts ihrer Erleichterung – willigte Ruth schließlich ein, das gemeinsame Abendessen mit Adrián nicht ausfallen zu lassen, und ging hinunter ins Vestibül, wo er bereits auf sie wartete.

»Du siehst aus, als könntest du eine Aufmunterung gebrauchen«, sagte er und nahm ihre Hand.

Es war ein seltsames Gefühl, als seine Finger sich um ihre schlossen, fremd und gleichzeitig von einer aufkeimenden Vertrautheit. »Eine kleine Aufmunterung wäre in der Tat nicht schlecht«, antwortete sie.

»Na, dann wollen wir mal sehen, was sich machen lässt.«

Wärme stieg in Ruth auf und eine kribbelige Freude, die ihr das Gefühl gab, leicht trunken zu sein. Sie ging mit Adrián in den Speisesaal und stellte fest, dass er einen Tisch für sie hatte reservieren lassen.

»Ich habe mit Curt gesprochen«, sagte sie. »Aber er wollte mir nicht sagen, warum er gestohlen hat.«

»Die Sache ist noch sehr frisch, lasst ihm ein paar Tage.«

Sie öffnete die Speisekarte und las sich das Tagesmenü durch, traf ihre Wahl, klappte die Karte zu und sah Adrián an. Abgesehen von einigen belanglosen Schwärmereien war sie einmal in ihrem Leben verliebt gewesen, und das hatte sich vollkommen anders angefühlt. Es hatte etwas Verzehrendes, Verzweifeltes gehabt, etwas, das ihr Denken ununterbrochen um diese Hilflosigkeit unerwiderter Liebe kreisen ließ. Sie hatte geglaubt, dass sich die Liebe so anfühlen musste. Bei Adrián war es, als lodere eine kleine Flamme in ihr, die in diesem Fall jedoch nichts Verzehrendes hatte, sondern stets aufs Neue genährt wurde, eine anhaltende Wärme, die unvermittelt aufflackern konnte und sich erschreckend sinnlich anfühlte.

Adrián klappte die Karte nun ebenfalls zu und erwiderte ihren Blick, lächelte. »Gehen wir nachher noch ein wenig spazieren?«

»Im Dunkeln, Herr Rados? Wollen Sie mich auf Abwege führen?«

»Lassen Sie sich überraschen, meine Liebe.«

Ein aufregendes Kribbeln stieg in ihrem Bauch auf, und ihr Lächeln mochte ihm Antwort genug sein.

⁂ 15 ⁂

Die ganze Sache hatte etwas Liederliches gehabt, das konnte Annemarie nicht leugnen. Sie war verlobt und hatte sich an diesen Mann herangeworfen wie eine Dirne. Und doch konnte sie kein echtes Bedauern verspüren, weil sie diesen Kuss herbeigeführt hatte. Was sie allerdings plagte, war ein unsagbar schlechtes Gewissen, denn – als hätte Wilhelm es geahnt – auf einmal zeigten sich wieder all jene Charakterzüge, wegen derer sie sich seinerzeit in ihn verliebt hatte. Er war charmant und aufmerksam, interessierte sich für ihre Arbeit und war unverkennbar stolz auf sie, als sie ein Kind durch beherztes Eingreifen vor dem Ersticken rettete. Gut, bei Letzterem spielte wohl eine Rolle, dass dies bei Freunden von ihm bei Tisch passiert war und Annemarie als Einzige sofort und richtig reagiert hatte. Seine Verlobte als Lebensretterin – ja, darauf konnte man in der Tat wohl stolz sein. Annemarie wünschte, dass er dies auch dann zeigte, wenn ihre Arbeit weniger spektakulär war, denn sie war immer wichtig, auch wenn nicht gleich ein Leben auf dem Spiel stand.

Ihre Eltern merkten, dass etwas nicht stimmte, aber sie fragten nicht, sondern ließen sie nur spüren, dass sie jederzeit zu ihnen kommen konnte, wenn sie reden wollte. Vermutlich hätten sie sogar Verständnis für die Sache mit Sebastian. Das würde jedoch die Verwirrung und das schlechte Gewissen nicht mindern, denn Annemarie hasste jede Art von Hintergehen und Betrug. Und genau das hatte sie getan – sie hatte Wilhelm hintergangen und mit einem anderen Mann betrogen. Und das nur aus Wut und Verzweiflung heraus. Wenn sie sich wenigstens damit herausreden könnte, dass Sebastian diesen Moment der Unsicherheit ausgenutzt hatte. Doch es war ihre Schuld, einzig und allein. Und nun spukte ihr dieser Mann, den sie kaum kannte, fortwährend in den Gedanken herum.

»Du bist nicht bei der Sache«, bemerkte Wilhelm, als sie gemeinsam zu Mittag aßen, und sie lächelte ihn entschuldigend an.

»Es tut mir leid.«

»Du hast einen anstrengenden Beruf, ich weiß. Und ich wusste ja von Anfang an, dass er dich auch außerhalb der Arbeitszeit in Anspruch nimmt.«

Bildete sie es sich nur ein oder schwang trotz seines Lächelns ein Vorwurf in seinen Worten mit? Oder spielte ihr Gehirn ihr einen Streich, weil sie sich fast schon wünschte, es wäre so, da es einfacher war, ihr Handeln gegenüber einem rücksichtslosen Wilhelm zu rechtfertigen als einem aufmerksamen und verständnisvollen.

»Du hast von deinen Plänen gesprochen«, sagte sie, als wolle sie ihm zeigen, dass sie durchaus zugehört hatte.

Er nahm den Faden umgehend wieder auf. »Ich habe das Gefühl, dass viel großartiges Potenzial verschenkt wird, wenn man diesen enormen wirtschaftlichen Aufschwung nur als kleiner Angestellter erlebt.«

»Nun, ein kleiner Angestellter bist du mitnichten, oder?«

Sein Lächeln wurde breiter. »Ich fühle mich geehrt, meine Hübsche. Aber ich bleibe unter meinen Möglichkeiten.«

»Du bist immerhin leitender Angestellter.« Wilhelm hatte eine Ausbildung zum Industriekaufmann abgeschlossen und hätte später auch ein Studium im Bereich der Wirtschaft begonnen, wäre der Krieg nicht dazwischengekommen. Danach hatten sich so gute berufliche Möglichkeiten geboten, dass er die Studienpläne nicht erneut aufgenommen, sondern sich in einem Unternehmen für Industriebedarf beworben hatte.

»Ich möchte höher hinaus.«

Dafür hatte Annemarie natürlich Verständnis. »Und an was dachtest du?«

»An ein eigenes Unternehmen.«

»Bedeutet das nicht zuerst immer ein Verlustgeschäft?«

»Nicht, wenn man es richtig angeht.« Er taxierte sie. »Du zweifelst an der Idee, nicht wahr?«

»Nein, das nicht.«

»Aber?«

»Ich frage mich nur, ob es klug ist, eine gut bezahlte Stelle aufzugeben, um sich auf etwas einzulassen, dessen Ausgang man nicht absehen kann.«

»Du meinst, mir fehlt die nötige Weitsicht, weil ich, im Gegensatz zu dir, keine Universität besucht habe?«

Annemarie fragte sich, wie man ihre Worte derart auslegen konnte. »Nein«, antwortete sie nur.

»Aber du hältst die Idee für falsch?«

»Nein, ich denke nur, dass du dich auf ein risikoreiches Unternehmen einlässt, und das, obwohl du doch gut verdienst.«

»Machst du dir Sorgen, dass ich uns nicht ernähren kann?«

»Nein, natürlich nicht.«

»Weil du selbst genug Geld hast, vermutlich.«

Annemarie spürte, wie sich hinter ihrer Stirn ein Druck aufbaute, und schloss einen Moment lang die Augen. »Du hast mich nach meiner Meinung gefragt, nicht wahr? An meiner Arbeit hast du doch auch beständig etwas auszusetzen, und nun bist du verärgert, weil ich in Bezug auf dein Berufspläne nicht so antworte, wie du es dir erhofft hast?«

»Ah, verstehe, es geht nur um eine billige Retourkutsche.«

»Nein. Ist gut, vergiss einfach, was ich gesagt habe.«

»Ich habe dir nie deine berufliche Befähigung abgesprochen, sondern lediglich beklagt, dass alles andere hinter deiner Arbeit anstehen muss.«

»Das stimmt doch gar nicht. Außerdem habe ich dir ebenfalls nicht deine Fähigkeiten abgesprochen.«

»Doch, indem du mir unterstellst, ich könnte es ohne meinen Arbeitgeber zu nichts bringen.«

Die Schmerzen in ihrem Kopf wurden stärker, und es fühlte sich an, als lege sich eine Eisenklammer um ihre Schläfen, die zunehmend fester angezogen wurde. »Tut mir leid, dann habe ich das wohl missverständlich ausgedrückt.«

Er nickte nur und setzte seine Mahlzeit fort. Annemarie griff über den Tisch hinweg nach seiner Hand und drückte sie. Einen Moment lang wirkte die Geste einseitig, dann erwiderte Wilhelm den Druck und lächelte. Die Stimmung war dennoch dahin. Kurz darauf zahlte er, und sie erhoben sich, um das Restaurant zu verlassen. Da sie beide zurück an die Arbeit mussten, verabschiedeten sie sich, nachdem sie das kurze Stück Weg, das sie gemeinsam gehen konnten, zurückgelegt hatten. Wilhelm lächelte, aber daran, dass er ihr keinen Kuss zum Abschied gab, erkannte Annemarie, dass er nach wie vor verstimmt war.

Sie ging in die Praxis, wo Dr. Hartung gerade ein Kind behandelte, das an Keuchhusten erkrankt war. Das Wartezimmer war voll besetzt, und so zog sich Annemarie in das andere Behandlungszimmer zurück und ließ sich von der Sprechstundenhilfe die erste Patientenkarte bringen. In der Schublade des Schreibtisches fand sie ein leichtes Schmerzmittel, das sie mit einem Glas Wasser nahm, ehe die erste Patientin das Zimmer betrat.

Bis in den späten Nachmittag hinein arbeitete sie, danach standen noch einige Hausbesuche an, die sie mit Dr. Hartung aufteilte. Als sie den Namen Greta Hohenstein bemerkte, biss sie sich auf die Lippen, vermied, darum zu bitten, hingeschickt zu werden.

»Übernimmst du das?«, fragte Werner Hartung in diesem Moment. »Du hast ja einige Patienten in Königswinter, dann mache ich die Patienten in Bonn.«

»Ist gut.« Annemarie versuchte das gänzlich unwillkommene Gefühl von Vorfreude zurückzudrängen. Es war ja gar nicht gesagt, dass sie Sebastian überhaupt über den Weg lief, und wenn sie klug war, versuchte sie, das um jeden Preis zu vermeiden. Sie nahm die Patientenkarten an sich, packte ihre Arzttasche und ging hinaus zu ihrem Auto. Am besten wäre es, wenn sie zuerst ins Hotel Hohenstein fuhr, dann hatte sie Zeitdruck und würde sich nicht lange aufhalten können. Aber natürlich tat sie das nicht, sondern besuchte erst alle anderen Patienten in Königswinter.

Es war stockfinster, als sie den Weg hoch ins Siebengebirge nahm, aber das kannte sie ja schon, und so lenkte sie ihren Käfer sicher über die Straße, bis die Lichter des Hotels in Sicht kamen. Sie fuhr in den Hof, parkte auf der Stellfläche für Besucher in der Nähe der Remise und griff nach ihrem Arztkoffer. Kälte umfing sie, als sie aus dem Auto stieg, und sie lief in raschen Schritten zum Eingangsportal des Hotels. Die Rezeptionisten kannten sie bereits, und so grüßte man sie lediglich freundlich und wies einen Pagen an, sie in den privaten Wohntrakt zu begleiten.

»Guten Abend.« Hans Hohenstein öffnete die Tür und trat zurück, um sie einzulassen. »Meine junge Dame ist kaum noch ruhig zu halten.«

»Das macht nichts, sie darf den Fuß ja wieder belasten.« Annemarie übergab ihm ihren Mantel, den er an die Garderobe hängte. »Kinder haben da noch einen natürlichen Instinkt, wie weit sie mit ihren Kräften kommen, und schonen sich eher als wir Erwachsenen.«

Greta saß auf einem Sessel im Salon und sah Annemarie erwartungsvoll an. Die rieb sich die Hände, damit sie das Bein nicht mit kalten Fingern anfassen musste.

»Wie geht es dir?«, fragte sie.

»Gut. Papa lässt mich aber noch nicht im Garten spielen.«

»Ich habe ihm schon gesagt, dass er dir ruhig wieder ein bisschen mehr Freiheiten geben darf.«

Greta warf ihrem Vater einen Hab-ich-doch-gesagt-Blick zu und grinste Annemarie an. Die ließ sich auf einem Hocker nieder und betastete das Bein. »Tut das weh? Und das?« In konzentrierten Handgriffen befühlte sie den Knochen, drehte den Fuß leicht erst in die eine, dann in die andere Richtung und befand, dass alles sehr gut verheilt war. »Das Klettern auf hohe Bäume und Heuböden solltest du aber vorerst noch unterlassen.«

»Macht ohne Curt ohnehin keinen Spaß.«

Annemarie hatte keine Ahnung, was Curt davon abhielt,

mit ihr zu toben, aber sie lächelte. »Na, dann findest du sicher andere Spiele, die dir gefallen.«

»Gewiss«, antwortete ihr Vater.

Annemarie erhob sich.

»Darf ich Ihnen noch eine Tasse Tee anbieten?«, fragte Hans Hohenstein.

»Das ist sehr nett, aber ich muss direkt weiter.«

Er brachte sie zum privaten Ausgang, dankte ihr noch einmal und verabschiedete sich. Als Annemarie über den Hof ging, bemerkte sie eine Silhouette, die an ihr Auto gelehnt dastand, und ihr wurden die Knie weich.

»Ich vermute, Sie haben einen Grund dafür, mir aus dem Weg zu gehen«, sagte Sebastian, als sie bei ihrem Auto ankam.

Sie tat einen tiefen Atemzug und umfasste den Griff der Tasche mit beiden Händen. »Ich … Mir ist klar, wie mein Verhalten gewirkt haben muss.«

»Mir ist klar, dass nicht zu erwarten steht, dass Sie Ihre Verlobung wegen eines Kusses lösen«, antwortete er. »Aber wir können ja normal miteinander umgehen.«

Sie neigte kaum merklich den Kopf, dann ging sie zur Beifahrertür, schloss diese auf und stellte ihre Tasche in den Wagen. Dabei streifte ihr Arm Sebastians, und ihr wurde bewusst, wie nahe sie ihm war. Sie richtete sich auf, schloss die Autotür wieder und sah ihn an.

»Ich … Ich habe einen Fehler gemacht.«

»Ja, so weit waren wir neulich Abend auch schon.« Sie hörte das Lächeln in seiner Stimme. »Aber wenn dem so war und das nichts zu sagen hatte, müssen Sie doch keine Angst davor haben, mir zu begegnen, nicht wahr?«

Sie antwortete nicht.

»Es sei denn«, fuhr er fort, »Sie haben Sorge, es könnte ein weiteres Mal geschehen.«

Als sie immer noch nicht antwortete, hob er die Hand an ihre Wange, und sie fragte sich, was ihr Wort wert war, wenn sie ihre Verlobung mit so leichter Hand aufs Spiel setzte. Dennoch machte sie nicht einmal den Versuch, ihm zu widerstehen, sondern kam ihm entgegen, als er den Kopf senkte und sie küsste. Er schlang die Arme um ihre Taille, während sie die ihren um seinen Nacken legte, ihn enger an sich zog und zuließ, dass er sie weiterküsste. Atemlos löste sie sich von ihm, wollte sagen, dass sie damit aufhören musste, und zog seinen Kopf dann doch wieder zu sich hinunter.

Dann wandte sie sich abrupt von ihm ab. »Ich muss vollkommen verrückt geworden sein.« Sie presste die Hand an den Mund, als könne sie den Kuss einfach fortwischen.

»Sollen wir ein wenig spazieren gehen und uns näher kennenlernen?«, schlug Sebastian vor. »Vielleicht finden Sie mich ja dann so abscheulich, dass Sie künftig gar nicht mehr in Versuchung geraten.«

Annemarie stieß einen Laut aus, der halb Lachen, halb Aufschluchzen war. »Dafür hat ja nicht einmal ein ganzer Abend mit Ihnen auf dem Fest gereicht.«

»Da haben wir ja auch nur ein wenig gesellschaftliches Geplauder betrieben und zusammen getanzt.«

Sie fuhr sich mit der Hand durch das Haar und verstrubbelte es damit vermutlich gänzlich. »Ich weiß nicht, was ich jetzt tun soll.«

»Kommen Sie.« Er berührte leicht ihren Arm, und zögernd begleitete sie ihn, als er über den Hof auf den Waldsaum zuging.

»Ist das nicht zu gefährlich im Dunkeln?«

»Ich werde anständig bleiben«, versprach er, und sie musste trotz allem lachen.

Die Kälte wirkte belebend, und es war genau die richtige Entscheidung gewesen, ein wenig zu laufen. Annemarie atmete die herbstlich kalte Abendluft, in der der harzige Geruch des Waldes lag, in tiefen Zügen ein. »Kennen Sie sich ausreichend aus, um zu garantieren, dass wir auch wieder zurückfinden?«

»Wir gehen nicht weit genug vom Hotel weg, dass diese Gefahr besteht.«

Stumm gingen sie weiter, und Annemarie wusste, dass er es ihr überließ, als Erste das Schweigen zu brechen. »Ich weiß nicht, ob ich meinen Verlobten heiraten möchte«, sagte sie schließlich.

»Das habe ich mir fast gedacht.«

»Es ist wohl sehr offensichtlich«

»Eine glückliche Verlobte küsst keine anderen Männer.«

»Mann, nicht Männer.«

»Bildlich gesprochen.«

Sie musste lächeln, obwohl ihr wahrhaftig nicht danach war. »Ich liebe Wilhelm, oder zumindest habe ich ihn geliebt. Was es jetzt ist, weiß ich nicht.«

»Gibt es Umstände, die eine Trennung erschweren?«

»Ich habe mein Wort gegeben, es ist ein offizielles Eheversprechen. Das löst man nicht einfach so.« Zweige knackten unter ihren Füßen, und sie hörte das leise Rascheln von Laub, durch das der Wind strich. Wieder schwiegen sie eine Weile, dann sagte Annemarie: »Wilhelm wirft mir ständig vor, dass mir meine Arbeit zu wichtig sei. Dabei wusste er das von Anfang an.«

»Nun ja, einiges mag sich nach dem Krieg geändert haben, aber für viele Männer ist der Platz einer Frau immer noch in der Küche und bei den Kindern.«

»Und wie sehen Sie das?«

»Meine Mutter hatte ihr eigenes Atelier, seit ich denken kann, meine Tante Emma arbeitet seit ihrem fünfzehnten Lebensjahr, sogar meine verwöhnte Tante Valerie hat gearbeitet, wobei sie das tatsächlich nur aus Langeweile und Liebhaberei getan hat, ihr Mann verdient inzwischen genug, dass sie es nicht tun muss, wenn sie es nicht will.«

»Das ist ja auch gut so. Mir geht es ja nicht darum, dass jede Frau arbeiten soll, aber man sollte ihnen auch keine Steine in den Weg legen, wenn sie es möchten. Meine Mutter hat auch nicht gearbeitet, das brauchte sie nie, da mein Vater sehr wohlhabend ist.«

»Tatsächlich?«

»Sie klingen erstaunt.«

»Nein, ich ... Eigentlich weiß ich nicht, in welche Kreise ich Sie gesteckt hätte.«

»Meine Eltern haben nie ein prunkvolles Leben geführt. Wir leben in einem hübschen kleinen Haus, fahren gewöhnliche Autos, aber meine Mutter hat eine Haushaltshilfe, wir mussten auch nach dem Krieg nicht jeden Pfennig umdrehen. Aus finanziellen Gründen hätte ich nicht Ärztin werden müssen, mir fehlte es an nichts. Aber ich wusste seit dem Krieg, dass ich Medizin studieren möchte, und es war ein langer, arbeitsreicher Weg. Das lasse ich mir nicht nehmen, von keinem Mann.« Sie hatte die Fäuste geballt, hörte selbst, wie leidenschaftlich, fast schon aggressiv ihr Tonfall klang, und atmete aus, entspannte die Hände wieder.

»Das verstehe ich. Meine Mutter hätte meinen Vater

auch nicht geheiratet, wenn sie dafür die Fotografie hätte aufgeben müssen. Und sie hatte es finanziell nun wahrhaftig nicht nötig als Schwester von Georg Rebein.«

»Von den Rebein-Werken?«

»Ja.«

»Mit denen hatte mein Vater auch oft zu tun. Er hat in der Metallindustrie gearbeitet.«

»Dann kennen sie sich bestimmt.«

»Gut möglich.« Annemarie bemerkte, dass sie nun in der Nähe des Hotelgartens waren. Offenbar gingen sie gerade in einem Bogen um das Hotel herum, und Sebastian hatte recht, hier konnte man sich in der Tat nicht verlaufen, man sah immer die Lichter des Hotels. »Was mache ich denn jetzt?«, fragte sie verzagt.

Sebastian ergriff ihre Hand und blieb stehen. »Alles, wozu ich raten würde, wäre furchtbar eigennützig.«

Sie nickte nur, dann küsste sie ihn wieder.

Karl gab den Telefonhörer weiter an Julia, die nun ihrerseits mit ihrer Tochter Valerie sprach. Die Telefontechnik hatte sich wirklich unglaublich entwickelt, es war, als stünde Valerie neben ihnen und wäre nicht viele Stunden entfernt in Genf in der Romandie. Sie hatte vier Kinder, von denen die älteste Tochter seit sechs Jahren verheiratet war und nun das zweite Kind erwartete. Die zweitjüngste Tochter lernte in Lausanne Hotelfach – der Apfel fiel nicht weit vom Stamm –, und dann waren da noch die Zwillinge, zwei Jungen, die sich angekündigt hatten, als die Familienplanung für Valerie ursprünglich bereits abgeschlossen gewesen war. Karl erinnerte sich noch zu gut an ihren verzweifelten Anruf, als sie erfahren hatte, dass sie schwanger war, und dann an den in Tränen aufgelösten, als ihr eröffnet worden war, dass es offenbar gleich zwei Kinder waren. Und natürlich war ihr Mann an allem schuld. Karl vermutete, dass Nicolas in der folgenden Zeit nur wenig zu lachen gehabt hatte.

Die Geburt war in der Tat schwer gewesen, und obwohl Valerie ein Kindermädchen hatte, war es eine anstrengende Zeit, als die beiden noch klein gewesen waren. Doch als die Jungen erst einmal da waren, war sie selbstverständlich glücklich darüber, sie zu haben, und wollte sie nicht mehr missen. Nun waren sie siebzehn, und Valerie beklagte, dass sie so weit weg ziehen würden, der eine zum Medizinstudium an die Sorbonne, der andere nach Zürich, um Jurist zu werden.

Aber da mussten alle Eltern durch, dachte Karl. Irgendwann wurden die Kinder flügge, und dann sah man sie nur noch, wenn sie mal zu Besuch kamen. Im besten Fall lief es so, wie seinerzeit bei ihnen im Hotel, wo die Kinder dort arbeiteten, wo sie geboren waren, aber auch das war heutzutage nicht mehr selbstverständlich, wo die weite Welt mit ihren Möglichkeiten lockte.

Karl verließ den Salon, um sich nach dem Gespräch mit Valerie nun unangenehmeren Wahrheiten zu widmen. Dass Curt die Gäste bestohlen hatte, enttäuschte ihn eher, als dass es ihn wütend machte. Konrads Enkel – ausgerechnet! Es war zwar nicht anzunehmen, dass er die Diebstähle fortsetzte, aber wer konnte schon wissen, was er sich als Nächstes ausdachte? Karl hatte mit ihm gesprochen, aber Curt hatte verstockt und trotzig reagiert, wofür er sich von Hans prompt eine Backpfeife eingefangen hatte.

»Du warst in deiner Jugend auch nicht unbedingt einfach«, erinnerte Karl ihn.

»Genau aus dem Grund bin ich so streng zu ihm«, antwortete Hans.

Georg hatte Curt das Taschengeld gestrichen, so lange, bis der gesamte Betrag, den er von dem entwendeten Geld ausgegeben hatte, erstattet war. Und das konnte dauern.

»Du kannst es im Hotel abarbeiten«, hatte Karl ihm vorgeschlagen, aber Curt hatte nur geschwiegen und war schließlich in sein Zimmer geschickt worden.

Karl ging in die Hotelbibliothek, die still und dunkel dalag. Es gab eine gemütliche Leseecke, und ein Türbogen führte in ein Lesezimmer. Früher einmal war es so gewesen, dass jeder Gast hier ein und aus gehen und sich nach Belieben Bücher mitnehmen konnte. Später wurden diese dann von den Etagendienern wieder in die Bibliothek gebracht. Irgendwann jedoch war es um die Rückgabe der Bücher schlecht bestellt gewesen, und inzwischen saß ein Mitarbeiter in der Bibliothek, um darauf zu achten, dass nur im Lesezimmer gelesen wurde. Wer ein Buch ausleihen wollte, musste sich bei ihm melden und die Zimmernummer nennen. Jetzt, nach acht, war die Bibliothek geschlossen, aber wer dennoch ein Buch haben wollte, konnte sie in Begleitung eines der Rezeptionisten oder Etagendiener aufsuchen.

Karl mochte diesen Raum, der so viele schöne Erinnerungen barg, mochte den Geruch nach Leder, Büchern und Holzpolitur. Er ging zum Fenster und sah hinaus in den Hof, beobachtete Autos, die in den Hof fuhren und denen Besucher für das Café oder das Restaurant entstiegen, sowie Menschen, die das Hotel gerade verließen und sich auf den Heimweg machten. Zwei Kellner, die gerade Feierabend hatten, schoben Fahrräder über den Hof.

Ein Paar näherte sich dem Hotel, und Karl erkannte seinen Enkel Sebastian in Begleitung einer jungen Frau. Sie gingen Hand in Hand, lösten jedoch die Finger voneinander, als sie den Hof betraten, was ihrer Beziehung zueinander den Anschein des Anrüchigen oder Verbotenen gab. Dann gingen sie zu einem kleinen Wagen, standen voreinander und unterhielten sich. Der Hof leerte sich, und Sebastian sah sich um. Dann, als habe er sich vergewissern wollen, dass sie allein waren, zog er die junge Frau an sich und küsste sie. Karl wandte sich vom Fenster ab.

Er verließ die Bibliothek und ging in das Arbeitszimmer von Sebastian und Adrián, wo er Letzteren vorfand, eng umschlungen mit Ruth. Da offenbar keiner von ihnen die Tür gehört hatte, räusperte Karl sich vernehmlich und klopfte an den Türrahmen. Die beiden fuhren auseinander, und Ruth lief rot an.

»Kann ich dich sprechen?«, fragte er an Adrián gewandt.

»Natürlich.« Er wandte sich an Ruth. »Sehen wir uns später noch?«

»Ja, gerne.« Ihr Lächeln hatte etwas Schüchternes, und Karl stellte fest, dass Adrián ernsthaft hingerissen davon war.

»Ich habe gehört, du hast dich Georg und Emma gegenüber offiziell erklärt«, sagte er, nachdem Ruth den Raum verlassen hatte.

»Ja.«

»Das ist sehr gut. Ruth ist erwachsen und braucht keine Einwilligung eines Vormundes mehr, daher ehrt es dich, dennoch die Form zu wahren.«

Adrián neigte den Kopf. »Das hielt ich für selbstverständlich.«

»Nun, mit Widerstand musstest du ja auch nicht rechnen.« Karl ging durch den Raum, blieb vor einer Fotografie stehen, die das Hotel in den Zwanzigern zeigte, eine Aufnahme in den frühen Abendstunden im Sommer. Leise Wehmut stieg in ihm auf. Es waren Zeiten, als seine Kinder noch hier gewohnt und Konrad noch gelebt hatte. Dann wandte er sich wieder Adrián zu. »Was ist mit deiner Geliebten?«

Das Unbehagen war zwar kaum merklich, aber Karl entging es dennoch nicht. »Ich vermute, Ruth rechnet selbstverständlich damit, dass du neben ihr keine andere hast.«

»Das hat nichts mit ihr zu tun.«

Karl lachte freudlos. »Ja, diese Töne habe ich in meiner Jugend auch angeschlagen, als ich dachte, ich müsste jede körperliche Freude mitnehmen. Du wirst Ruth ebenso wenig davon überzeugen können wie ich Julia seinerzeit. Und es kann ja nicht dein Ziel sein, sie von Anfang an unglücklich zu machen, oder?«

»Ich werde sie nicht betrügen, wenn wir verheiratet sind.«

»Aber vorher schon?«

Adrián schwieg.

»Du wirst die Sache beenden, oder ich erzähle Ruth davon, und dann kann sie dir sagen, was sie davon hält und ob sie die Versicherung, es habe nichts mit ihr zu tun, zufriedenstellt.«

Adrián krauste die Stirn und antwortete nicht.

»Also, sind wir uns einig?«

Nach einigem Zögern nickte Adrián schließlich.

»Gibst du mir dein Wort?«

»Ja.«

»Ich bekomme es mit, wenn du wortbrüchig wirst.« Karl

sah Adrián eindringlich an. »Ruth bedeutet mir viel, sie ist Konrads Enkeltochter. Ich lasse nicht zu, dass jemand sie verletzt.«

»Ich habe nicht vor, sie zu verletzen.«

»Dann weißt du ja, was du zu tun hast.«

Magdalena fuhr sich müde mit der Hand über die Augen und suchte in ihrer Schürzentasche nach den Zigaretten. Es war ein langer Tag gewesen, und sie wollte nur noch rauchen und dann ins Bett. Dass der Mann, von dem sie das Photo bekommen hatte, ein Detektiv war, hatte sie überrascht, und irgendwie war dieser Anstrich von Geheimnis auch faszinierend. Beate war sogar ein wenig ins Schwärmen geraten, leider war der Mann aber kurz nach Aufklärung der Angelegenheit abgereist. Magdalena hätte zu gerne gewusst, wer denn nun der Dieb gewesen war, aber die Familie äußerte sich nicht dazu. Auf jeden Fall war niemand entlassen worden.

»Oh«, sagte sie, als sie in den Hof trat. »So eine Überraschung.«

Adrián lächelte und gab ihr Feuer. Er stand hier offenbar schon länger, denn seine Zigarette war bereits aufgeraucht.

»Hast du auf mich gewartet?«

»Ist das so offensichtlich?«

»Du wirkst ziemlich verfroren.« Sie zog an der Zigarette, schob die linke Hand unter den rechten Oberarm, um sie zu wärmen. Es war wirklich kalt geworden.

Er zündete sich eine neue Zigarette an, und aus irgendeinem Grund wirkte das, als wolle er Zeit schinden, denn eine Rechtfertigung ihr gegenüber, um mit ihr hier draußen zu stehen, brauchte er ja nun wahrlich nicht.

»Sehen wir uns morgen?«, fragte sie. »Ich habe früher frei.«

Er stieß den Rauch in einem langen Atemzug aus. »Wir werden uns künftig nicht mehr treffen können, zumindest nicht auf die Art wie bisher.«

Magdalena starrte ihn an, zweifelte offenkundig an, ihn richtig verstanden zu haben. »Wie darf ich das verstehen?«

»Ich bin mit Ruth zusammen, wir sind ein Paar.«

Davon hatte Magdalena munkeln hören im Dienstbotenzimmer, hatte dem jedoch keine Bedeutung geschenkt. Adrián hatte von Anfang an viel Zeit mit Fräulein Ruth verbracht, aber selbst an dem Abend, als er mit ihr tanzen war, hatte er die Nacht mit Magdalena verbracht – war gar nur um ihretwillen überhaupt erst gekommen. Und so hatte sich Magdalena dergleichen Spekulationen mit dem stillen Lächeln einer Frau, die um ein Geheimnis wusste, angehört. Nun jedoch war sie vollkommen vor den Kopf gestoßen. Damit hatte sie nicht gerechnet, nicht damit, dass *er* es wäre, der sie, Magdalena, verließ. Vielmehr hatte sie sich ausgemalt, wie sie ihn trösten würde, wenn sie ihre Beziehung beendete.

»Es tut mir leid«, schloss Adrián, für den damit offenbar alles gesagt war und der ihr Schweigen womöglich als stille Zustimmung deutete.

»Es ist also vorbei? Einfach so?«

Nun war er sichtlich irritiert. »Uns beiden war doch klar, dass das nicht endlos so gehen würde. Wir hatten Spaß miteinander, und nun haben sich die Umstände geändert.« Dann schien ihm ein anderer Gedanke zu kommen. »Wenn es mehr für dich war …«

»Nein«, fiel sie ihm rasch ins Wort. »Das war es nicht.«

Auf keinen Fall sollte er denken, sie würde sich nun in Liebe nach ihm verzehren. »Aber du stehst hier und erzählst mir einfach so, es sei vorbei. Ich komme mir vor wie etwas, das man nach der Benutzung wegwirft.«

»Ich denke, wir sind beide auf unsere Kosten gekommen. Abgesehen davon warst du es, die die Sache seinerzeit begonnen hat. Davon, dass ich dich verführt und – wie du es nennst – benutzt habe, kann doch wohl keine Rede sein.«

»Du hast sehr bereitwillig mitgemacht.«

»Ja, und ich streite ja auch nicht ab, dass es mir gefallen hat. Aber damals war ich nicht gebunden, jetzt bin ich es.«

Magdalena rauchte die Zigarette auf, bemerkte, wie ihr dabei die Hand zitterte, und hoffte, ihre Stimme würde den Aufruhr, der in ihr tobte, nicht verraten. Sie ließ den Stummel einfach zu Boden fallen, umfasste ihren Oberkörper und schob die Hände in die Achseln. »Und wenn ich dir nun sage, dass ich schwanger bin?«

Er sah sie vollkommen entgeistert an. »Bist du es?«

Nein, sie war es nicht, aber sollte er ruhig ein wenig schmoren. Ohne eine Antwort zu geben, wandte sie sich ab und kehrte ins Hotel zurück. Um ein Aufschluchzen zu verhindern, biss sie sich so feste in die Unterlippe, dass sie Blut schmeckte. Dabei war sie sich ihrer Sache so sicher gewesen. Kurz überlegte sie, sich tatsächlich schwängern zu lassen und ihm das Kind unterzuschieben, aber was würde das bringen? Er würde sie sicher nicht heiraten, sondern lediglich seiner Verantwortung als Vater nachkommen, und sie wäre die mit dem unehelichen Kind, geächtet und verachtet. Nein, das war keine Lösung.

Glücklicherweise begegnete ihr niemand, als sie in ihre

Kammer eilte, wo sie die Tür hinter sich ins Schloss drückte, sich aufs Bett warf und in Tränen ausbrach. Sie drückte ihren Kopf in das Kissen, erstickte jeden Laut darin, damit niemand, der zufällig vorbeikam, sie hörte und ihr womöglich ein Gespräch aufzwang.

Erst als die Schluchzer langsam verebbten, hob sie den Kopf und rollte sich auf den Rücken, starrte blicklos an die Decke, die lediglich durch das kleine Viereck des Fensters von bläulichem Nachtlicht erhellt wurde. Nicht nur, dass sie es war, die schon wieder verlassen wurde, noch dazu hatte sie nichts erfahren, was sie nicht schon vorher gewusst hatte. Sie stand wieder ganz am Anfang. Nur haftete nun auch noch der Makel an ihr, Adrián Rados' abgelegte Geliebte zu sein, denn auch wenn keiner es aussprach, so ahnten es doch einige, allen voran Frau Weiß. Das alles hätte sie ertragen, hätte sie erfahren, was sie wissen wollte, und am Ende alles aus eigener Kraft beendet. Nun stand sie da, ihrer Würde beraubt, und war nichts anderes gewesen als eine Bettgespielin, derer man sich entledigt, wenn es nicht mehr passte.

»Verdammt noch mal«, murmelte sie und brach wieder in Tränen aus.

Dann überlegte sie, was sie nun tun konnte. Sich einen anderen Geliebten suchen? Aber wen? Sebastian Hohenstein hatte bisher keinerlei Interesse an ihr gezeigt, und Hans Hohenstein nahm sie zwar durchaus wahr, hatte aber von Anfang an jede stumme Einladung ignoriert. Er musste Ende vierzig sein und war damit fast dreißig Jahre älter als sie, aber wann hätten Männer je Skrupel gehabt, es mit Frauen zu treiben, die jung genug waren, ihre Töchter zu sein? Außerdem war er durchaus attraktiv, eine Strafe wäre es gewiss nicht, seine Geliebte zu werden. Und ein erfahrener Liebhaber war er zudem sicher auch, es mochte also durchaus ein Genuss sein und auch eine gewisse Genugtuung mit sich bringen, wenn sie ihn später zusammen mit Karl Hohenstein seiner Taten überführte. Denn dass beide mit dem Verschwinden ihres Vaters zu tun hatten, stand für sie außer Frage.

Doch sie konnte es drehen und wenden, wie sie wollte, es sich schönreden und auf ihre Verführungskunst setzen – es reizte sie kein bisschen, mit Hans Hohenstein zu schlafen. Es war ihr momentan unvorstellbar, dies mit einem anderen Mann als Adrián zu tun. War sie womöglich doch in ihn verliebt? Oder war es einfach ihr verletzter Stolz und die Tatsache, dass es Spaß gemacht hatte? Sie versuchte, sich ein Leben an seiner Seite vorzustellen, und stellte fest, dass sie nichts von alldem reizte, was außerhalb seines Bettes stattfand. Also doch keine Liebe.

Sie richtete sich auf und ging zum Waschtisch, goss eiskaltes Wasser in die Schüssel und spritzte es sich ins Gesicht, kühlte die brennenden Augen. War sie wirklich diese Art von Frau geworden? Eine Frau, die sich durch Betten schlief, bis sie wusste, was es zu wissen gab? Wäre sie überhaupt dazu imstande, es wieder und wieder zu versuchen, bis sie endlich am Ziel war? Nein, dachte sie, nein, gewiss nicht.

Natürlich hatte Margot es sofort bemerkt, sie versuchten ja nicht einmal, ein Geheimnis daraus zu machen, gingen Hand in Hand spazieren, aßen gemeinsam zu Abend, tauschten verliebte Blicke. Im Grunde genommen war das ja zu erwarten gewesen, aber es traf sie dennoch, denn sie hatte die Hoffnung, dass es von seiner Seite aus doch nur Freundschaft gewesen war, nie ganz aufgegeben. Dabei hatte es zu Beginn so gewirkt, als sei er an ihr, Margot, deutlich mehr interessiert. Hatte sie das alles verdorben, als sie ihm nachts in das Haus in Königswinter gefolgt war? Sie wusste es nicht, und es war müßig, darüber nachzudenken.

Als sie spätabends beschloss, sich noch ein wenig ins Café zu setzen, bemerkte sie Adrián und Ruth dort, und als reiche das nicht, ihr die Nacht gründlich zu verleiden, scherzte Ruth mit Anton, brachte ihn zum Lachen, Margot sah, wie er antwortete, dabei grinste und hernach auch Adrián in das Lachen einfiel. Na, großartig. Anton blickte auf, bemerkte sie, schenkte ihr ein Lächeln, das sie ein klein wenig versöhnte, und da es nun recht peinlich gewesen wäre, einfach umzukehren, unterdrückte Margot ihren Widerwillen und ging an den Tisch des glücklichen Paares.

»Guten Abend«, sagte sie ein wenig zu steif und schickte ein Lächeln hinterher, damit niemand auf die Idee käme, es sei ihr zuwider, sie alle drei hier nett beieinander zu sehen und dazu noch gute Miene zu machen. Die Unterhaltung erlahmte auch prompt, und Anton, der die Bestellung der beiden offenbar bereits entgegengenommen hatte, fragte sie nach ihren Wünschen.

»Irgendwas, von dem ich gut schlafen kann«, sagte sie.

»Ich werde kreativ sein.«

»Na, das hoffe ich doch.«

Margot ließ sich auf einem Stuhl nieder. Vermutlich störte sie, aber eine Alternative gab es nicht, weder konnte sie nun einfach wieder gehen noch sich woanders hinsetzen. Das eine wie das andere hätte seltsam gewirkt, zudem wohnte sie nun einmal hier und konnte nicht verhindern, dass ihr Adrián und Ruth immer wieder über den Weg liefen. Dass beide zweifellos um ihre Gefühle für ihn ahnten, daran zweifelte sie nicht, aber sei's drum, das ließ sich nun einmal nicht ändern.

»Wie geht es Curt?«, fragte sie, weniger, weil es sie interessierte, als vielmehr, um keine peinlichen Pausen aufkommen zu lassen. Ihre Mutter hatte ihr von der Geschichte erzählt, allerdings war sie offenbar die Letzte gewesen, die davon erfuhr. Sie habe, so ihre Mutter, ja an der Angelegenheit ohnehin nicht viel Interesse gezeigt. Vermutlich hatte sie es ihr überhaupt nur deshalb erzählt, damit sie es nicht beiläufig irgendwo erfuhr.

»Den Umständen entsprechend«, antwortete Ruth und hatte offenbar nicht vor, mehr dazu zu sagen.

»Die Sache wird sich nicht wiederholen«, fügte Adrián hinzu.

»Das habe ich auch nicht angenommen.« Nun gut, vielleicht ließ sich ihre Frage wirklich so deuten, immerhin hatte sie sich für Curt nie besonders interessiert.

Anton kehrte zurück, stellte ein Glas vor ihr ab, zwinkerte ihr zu und kehrte um. Sie sah ihm nach, wie er zur Bar ging und sich dort mit einem der Kellner unterhielt. Dann wandte sie sich wieder Ruth und Adrián zu, plauderte ein wenig mit ihrer Cousine über gemeinsame Bekannte, nippte dabei immer wieder an ihrem Glas und erhob sich schließlich, als dieses leer war, da es aufdringlich gewirkt hätte, noch länger sitzen zu bleiben. Sie wünschte beiden eine gute Nacht und verließ das Café.

Im Vestibül entschied sie sich dagegen, in die elterliche Wohnung zu gehen, und verließ stattdessen das Hotel, um ein wenig frische Luft zu schnappen. Als sie im Hof stand, bereute sie ihren Entschluss schnell, denn es war wirklich kalt. Da sie aber nicht so recht etwas mit sich anzufangen wusste, blieb sie draußen und ging ein paar Schritte, um sich aufzuwärmen, während sie sich die Oberarme rieb. Als sie an der Remise ankam, hörte sie ein Geräusch, das wie ein leises Schluchzen klang. Sie hielt inne, lauschte und machte das Geräusch dann im seitlichen Hof aus.

Kurz zögerte sie, da sie das im Grunde genommen nichts anging, aber was, wenn jemand in Schwierigkeiten war? Seufzend ging sie durch die Remise an den parkenden Autos und dem Platz für die Mopeds und Fahrräder vorbei und trat in den seitlichen Hof. Dort stand eine junge Frau, schon bettfertig gekleidet, zierlich und leicht vorgebeugt, offenbar, weil sie fror. Vor ihrem Gesicht glomm es rot auf, und an dem Geruch bemerkte Margot, dass die Frau rauchte und dabei immer wieder leise Schluchzer ausstieß.

»Geht es Ihnen gut?«, fragte sie, und die Angesprochene fuhr zusammen, hielt sich den Ausschnitt ihres dicken Morgenmantels unter dem Kinn zusammen, als bestünde in Margots Gegenwart Anlass zur Schamhaftigkeit.

Die junge Frau brauchte einige Versuche, um eine Antwort zu artikulieren. »Ja.«

Der seitliche Hof war nur durch die Laterne an der Remise in milchiges Licht getaucht, aber Margot erkannte das Zimmermädchen dennoch. Auch wenn man es ihr gegenüber nicht offen ansprach, so erfuhr sie die Dinge, die im Hotel vor sich gingen, dennoch, und dass diese Frau verdächtigt worden war, im Hotel gestohlen zu haben, und dann von Adrián gewissermaßen gerettet worden war, wusste sie.

»Waren Sie das seinerzeit im Haus in Königswinter?«, fragte sie geradeheraus.

Die Frau antwortete nicht, sondern warf ihr nur einen flüchtigen Blick zu, ehe sie erneut an der Zigarette zog.

»Ist nicht schlimm, ich habe mich damals vermutlich schlimmer blamiert als Sie.«

Die Frau schniefte und kramte in der Tasche ihres Morgenmantels herum, wurde offenbar fündig und zog ein Taschentuch hervor, mit dem sie sich die Nase putzte. »Und wenn schon.«

Angesichts dessen, dass Adrián nun mit Ruth offiziell zusammen war, war die Verzweiflung dieser Frau wohl verständlich. Aber was hatte sie denn gedacht? Dass Adrián sie heiraten würde?

»Machen Sie sich nichts draus, ich habe ihn auch nicht gekriegt.« Margot wusste nicht, warum sie das sagte, aber irgendwie erweckte diese Frau, die denselben Mann verloren hatte wie sie, in ihr ein gewisses Mitgefühl. Und Margot war wenigstens nicht mit ihm im Bett gewesen.

Die Frau sah sie an, dann nickte sie, rauchte auf, murmelte: »Entschuldigen Sie mich«, und ging rasch ins Haus. Margot stieß den Atem aus und stand nun allein im Hof. In letzter Zeit lief nichts, wie sie es sich wünschte, und das war sie nicht gewohnt. Erst der Umzug hierher, dann die Sache mit Adrián. Außerdem machte ihr Bruder keine Anstalten, sich in Ina zu verlieben, auch wenn diese offenbar nicht abgeneigt war – Tobias sah immerhin gut aus und galt unter den Frauen als sehr charmant, außerdem war er reich. Er hingegen hatte Margot gesagt, er habe nicht vor, sich mit einem Kind zu verheiraten.

»Sie ist so alt wie ich«, hatte Margot sich empört und in ihrem Erstaunen, so leicht durchschaubar zu sein, die ganze Sache nicht einmal abgestritten.

»Eben.«

»Aber du brauchst doch eine Frau, die noch Kinder kriegen kann.«

»Frauen Ende zwanzig sind auch noch gebärfähig.«

»Eine Frau, die dann noch unverheiratet ist, ist das vermutlich aus guten Gründen.«

»Womöglich ist sie sogar wählerisch«, hatte er gespottet.

Margot hasste es, wenn er sich über sie lustig machte, aber sie hatte den Disput nicht weitergeführt, da das ohnehin müßig gewesen wäre. Mit dem Umstand einer neue Ehe würde sie sich arrangieren, wenn es so weit war.

Sie wandte sich ab und wollte zurück ins Haus gehen, als sie erneut hörte, wie die Tür des Dienstboteneingangs geöffnet wurde. In der Annahme, es sei wieder die Frau, drehte sie sich um und erblickte Anton.

»Sie haben frei?«, fragte sie.

»Nein, ich stehle mich heimlich davon.«

Margot wusste nicht, was sie gerade ritt, aber sie empfand den dringenden Wunsch, an ihm ihre Wirkung auf Männer zu testen. Sie lächelte ihn an, ließ ihre Zähne zwischen halb geöffneten Lippen sehen und bemerkte mit einiger Genugtuung, dass er darauf reagierte. »Mir ist langweilig«, fügte sie hinzu.

»Tatsächlich? Gehören Sie um diese Zeit nicht ohnehin ins Bett?«

»Werden Sie gerade unanständig?«

Jetzt war seine Verwirrung offenkundig. »Es würde mir nicht im Traum einfallen.«

»Das ist nicht gerade ein Kompliment.«

»Nein, ich meinte, ich würde nicht… also ich würde schon, aber…«

Sie lachte. »Schon gut, ich will Sie nur ärgern.«

Die Augen leicht verengt, taxierte er sie, schien ausloten zu wollen, was sie dachte. »Wirkt mein Schlaftrunk nicht?«, fragte er schließlich.

»Ich befürchte, nein, ich bin hellwach. Was war da überhaupt drin?«

»Mein Geheimnis.« Sie verschränkte frierend die Arme vor der Brust, und ihm ging offenbar erst jetzt auf, dass sie für diese Kälte gänzlich unpassend gekleidet war. »Was tun Sie hier überhaupt in diesem wenig geeigneten Aufzug?«

»Ich brauchte etwas frische Luft.«

»Und dafür nehmen Sie eine Lungenentzündung in Kauf?«

»Es war etwas unüberlegt, ich weiß. Daher werden Sie jetzt auch auf meine Gesellschaft verzichten müssen, da ich ins Haus gehen werde.«

»Tun Sie das, wenngleich ich ungern verzichte.«

Das lief ja besser als gedacht, und Margot spürte, wie ihre Laune sich wieder ein wenig hob. Ihre Wirkung auf Männer hatte also nicht nachgelassen. Sie hob die Hand, winkte ihm zu. »Gute Nacht.«

»Gute Nacht.«

Sie hörte, wie er den Ständer des Mopeds wegschob und das Gefährt in den Seitenhof schob, um zu wenden. Dann trat sie eilig durch das Portal in die warme Lobby und spürte, wie ihr die Hitze in den Wangen kribbelte.

»Wo warst du?«, hörte sie Ruth fragen, die gerade mit Adrián aus der Richtung des Cafés kam.

Margot wusste, dass dieser plötzliche Drang, eine gehässige Antwort zu geben, ganz und gar unangebracht war, aber die Worte waren heraus, noch ehe sie recht darüber nachgedacht hatte. »Ich habe die abgelegte Geliebte deines Verlobten getröstet«, sagte sie und ließ die beiden stehen. Irgendwie fühlte sich das trotzdem gut an.

⁂ 16 ⁂

Es war Hans schwergefallen, Curt zu schlagen, auch wenn dieser so tat, als habe er es aus reinem Vergnügen getan. Aber dergleichen konnte er einfach nicht durchgehen lassen, und bei dem Jungen war nicht die Spur einer Einsicht zu bemerken. Grundsätzlich hielt Hans nicht viel davon, ein Kind zu schlagen, er selbst war ebenfalls nicht so erzogen worden, und es war für ihn das letzte Mittel der Wahl. Er hatte keines der Kinder je zuvor geschlagen. Wäre es jedoch möglich gewesen, Curt diese Verstocktheit mit einer weiteren Tracht Prügel auszutreiben, hätte Hans trotz allem nicht gezögert, genau das zu tun. Aber er wusste, dass er auf diese Art nicht weiterkommen würde. Also ließ er die Sache zunächst auf sich beruhen und hoffte, dass Curt sich Greta anvertrauen und er auf diese Art erfahren würde, was in dem Jungen vorging.

»Aber Papa«, hatte Greta gesagt. »Ich kann doch nicht einfach seine Geheimnisse verraten.«

»Das sollst du auch nicht, Liebes, ich möchte nur wissen, was ich tun kann, um ihm zu helfen.«

Das hatte sie eingesehen – zumindest hoffte Hans das. Als er an diesem Morgen die Wohnung verlassen wollte, um im Hotel an die Arbeit zu gehen, wartete jedoch ein gänzlich anders geartetes Problem auf ihn. Er hatte sich gerade das Jackett angezogen, als der Türgong angeschlagen wurde. Das war ungewöhnlich, denn den privaten Eingang nutzten nur die Familie oder enge Freunde, die zu Besuch kamen. Der Gong schlug erneut an, und während er zur Tür ging, fragte er sich, ob Greta etwas vergessen hatte und wieder zurückkam. In dem Fall konnte sie sich auf etwas gefasst machen, einfach die erste Stunde zu schwänzen. Er riss die Tür auf, einen Tadel auf den Lippen, der ungesagt erstarb.

»Nun starr mich nicht an, als hättest du einen Geist vor dir«, sagte Inge und versuchte allen Ernstes, sich an ihm vorbei in die Wohnung zu drängen.

»Was, um alles in der Welt, tust du hier?«

»Wir waren mal verheiratet.«

»Waren, ganz recht.«

»Ja, ehe du mich öffentlich als Ehebrecherin gebrandmarkt hast, um die Scheidung durchzubekommen.«

Das verschlug ihm einen Moment lang die Sprache, und sie nutzte diesen Augenblick der Unaufmerksamkeit und schlüpfte unter seinem Arm hindurch in die Wohnung. Er drehte sich und knallte die Tür ins Schloss. »Was willst du? Und mach schnell.«

»Begrüßt man so die Mutter seines Kindes? Wo ist Greta überhaupt?«

»In der Schule, wo sonst?«

»Ah ja, stimmt. Auf welche Schule geht sie?«

»Was willst du?«, wiederholte er.

Sie stieß einen entnervten Seufzer aus und verdrehte die Augen – wahrhaftig, als hätte er nicht viel mehr Grund dazu. »Ich will nicht lange darum herumreden. Ich brauche Geld.«

»Und da kommst du ausgerechnet zu mir?«

Sie sah sich um und lächelte schmal. »Nun, du lebst nicht gerade in Armut, nicht wahr?«

»Du hast wirklich nicht die geringste Ahnung. Abgesehen davon steht dir mein Geld nicht zu, also mach, dass du verschwindest.«

»Ich habe meinen übereilten Entschluss seinerzeit schon sehr bald bereut, aber du musstest ja sofort die Scheidung einreichen.«

Hans beschränkte sich darauf, ungläubig die Brauen zu heben, und offenbar wurde ihr selbst klar, wie absurd ihr Vorwurf klang.

»Ich weiß, dass ich keine vorbildliche Ehefrau war, aber jeder macht Fehler, nicht wahr?«

»Wie oft hast du mir Hörner aufgesetzt?«

Sie schwieg und hatte sogar den Anstand, verlegen zu wirken. Dann ging sie zum Angriff über. »Willst du behaupten, du seiest mir immer treu gewesen?«

»Ja, das war ich in der Tat.«

Sie versuchte sich an einem ungläubigen Blick. »Ich war mir eben unsicher, was ich wollte«, sagte sie schließlich.

»Unsere Tochter wolltest du offenbar nicht, sonst hättest du sie nicht einfach bei Julia gelassen und wärst abgehauen.«

»Hätte ich sie mitnehmen sollen?«

Gott bewahre! »Nein, du hättest dich auf deine Pflichten als Ehefrau und Mutter besinnen sollen.«

Sie wandte sich ab, ging durch den Korridor, ließ die rechte Hand über eine Kommode gleiten. »Es sieht noch genauso aus wie früher.«

»Dachtest du, ich hätte alles verbrannt, um nicht an dich erinnert zu werden?«

Sie drehte sich wieder zu ihm um. »Ich weiß, dass du wütend bist, aber ich sagte ja schon, es war ein Fehler. Der Mann, mit dem ich zusammen war, hat sich als Luftnummer herausgestellt, und zurück konnte ich nicht, dank deines Scheidungsprozesses. Ich war dann eine Zeit lang mit jemand anderem zusammen, der gesagt hat, er wolle mich heiraten. Der hatte dann aber eine andere, und nun sitze ich praktisch ohne Geld auf der Straße.«

Hans schwieg.

»Ich vermute, du empfindest eine gewisse Genugtuung.«

»Nein, dem wäre so, wenn ich in den letzten Jahren noch mit irgendwelchen Gefühlen an dich gedacht hätte, aber tatsächlich bist du mir inzwischen egal.«

Das traf sie sichtlich, auch wenn sie versuchte, gelassen zu wirken. »Ich kann doch nicht auf der Straße leben.«

»Nun, *hier* lebst du nicht.«

»Gib mir wenigstens Geld.«

»Nein.«

»Himmel!« Sie wurde nun richtig wütend, hatte ja nicht lange gedauert. »Karl war seinerzeit der Mutter von Marianne gegenüber nicht so unleidlich.«

»Das willst du doch jetzt nicht allen Ernstes miteinander vergleichen?« Und als von ihr keine Antwort kam, sagte er: »Warum gehst du nicht zu deinen Eltern?«

»Und gestehe ihnen, dass ich mit allem gescheitert bin? Nein, die empfinden mich dank der Scheidung ja schon als Schande.«

»Das ist nicht mein Problem. Du kannst nach deinem Brief und all den Geständnissen nicht allen Ernstes erwartet haben, dass ich die Ehe aufrechterhalte.«

»Ich … Gib mir Geld, dann gehe ich.«

»Das kann ich nicht, wir sind selbst sehr knapp. Das Hotel verschlingt alle Reserven.«

Sie stieß ein spöttisches Lachen aus. »Georg schwimmt im Geld.«

»Das stimmt, damit habe ich allerdings nichts zu tun.«

»Dann leih es dir von ihm, und gib es mir.«

Er starrte sie an. »Bist du toll?«

»Wenn du mir nichts gibst, werde ich Greta in der Schule aufsuchen.«

»Untersteh dich.«

Nun hatte sie ihn, das wusste sie, als sie langsam zu ihm zurückschlenderte. »Ich sage ihr, dass du mich weggeschickt hast, dass ich nicht gehen wollte, aber du hättest mir keine Wahl gelassen. Und nun, da ich zurück zu ihr möchte, lässt du mich nicht, sodass ich sie heimlich sehen muss.«

Hans griff nach ihrem Handgelenk und umfasste es so fest, dass sie aufkeuchte. »Wie war das?«, fragte er leise.

»Lass mich los, du tust mir weh.«

Sein Griff verstärkte sich noch ein wenig, und nun stieß sie einen leisen Schrei aus. »Lass mich los!«

»Wenn du es wagst, dann wirst du mich von einer Seite kennenlernen, von der du lieber nichts wüsstest. Mir ist gleich, was du tust, aber meine Tochter hältst du aus alldem raus.«

»Sie ist auch meine Tochter.«

»Nicht mehr.«

»Das wird sie anders sehen.«

Hans hielt nach wie vor ihr Handgelenk und sah sie eine Weile schweigend an. Dann ließ er sie los. »Ich habe kein Geld für dich. Und ich kann auch Georg nicht fragen, da es ja vermutlich keine einmalige Sache bleiben wird.«

»Nein, ich komme nicht wieder, das verspreche ich.«

Er stieß nur ein kurzes, bitteres Lachen aus.

»Ich ...«

»Du hast damals, ohne lange zu diskutieren, eingewilligt, auf jeden Umgang mit Greta zu verzichten. Du hattest es so eilig, von mir fortzukommen, dass das Kind dir gänzlich egal war, sonst hättest du sie mitgenommen oder zumindest darum gekämpft, dass sie bei dir sein kann.«

»Thomas wollte sie nicht, er sagte, entweder ohne Kind oder gar nicht. Ich dachte, er wünschte sich eigene mit mir, aber er wollte sich einfach nicht damit belasten.«

Hans zuckte lediglich mit den Schultern.

»Ich stehe vor dem Nichts, ich habe kein Geld, kein Zuhause, und meine Eltern werden mich zwar aufnehmen, mich aber immer spüren lassen, dass ich gescheitert bin.«

»Die Verantwortung dafür trägst du, nicht ich oder Greta. Wir haben hier unsere eigenen Sorgen und Probleme. Du hast eine Entscheidung getroffen, und du kannst jetzt nicht mir anlasten, dass du damit nicht so gut gefahren bist, wie du es dir gewünscht hast. Ich habe schließlich nie den Versuch gemacht, dich daran zu hindern, zu tun, was du willst.«

Sie antwortete nicht, sondern rieb gedankenverloren ihr Handgelenk. »Warst du nicht froh, als ich weg war? Es lief doch ohnehin nicht mehr.«

»Nein, ich war nicht froh, ich habe mir furchtbare Sorgen gemacht. Zumindest bis ich deinen Brief gefunden habe.«

»Das wollte ich nicht.«

Wieder zuckte er nur mit den Schultern. »Wie auch immer.«

»Wirst du mir Geld geben?«

Er betrachtete ihr blasses Gesicht, das er einmal so geliebt hatte. »Ich habe selbst nichts, wirklich. Uns geht es nach dem Krieg nicht gut. Und Georg versorgt inzwischen als Vormund Andreas' Kinder finanziell und steckt ständig Geld in das Hotel, Emma zuliebe.«

Sie straffte sich, und der Ausdruck von Resignation fiel von ihrem Gesicht ab. »Sieh zu, dass du mir genug gibst, damit ich erst einmal wieder auf die Beine komme. Oder ich sorge dafür, dass Greta nicht bei dir bleiben möchte.«

Hans öffnete die Tür. »Raus!«

Sie gehorchte, blieb aber im Türrahmen noch einmal stehen. »Glaub mir, ich mache es. Ich komme in drei Tagen wieder, bis dahin hattest du ja sicher Zeit, Georg zu fragen.« Damit drehte sie sich um, ging in die Eingangshalle und verließ das Haus.

Mit einem Knall schlug Hans die Tür zu, dann rieb er sich die Augen. »Verdammt noch mal.« Er atmete tief ein, langsam wieder aus, dann durchquerte er den Korridor, verließ seine Wohnung und ging von dort durch die Verbindungstür hinüber ins Hotel.

In seinem Arbeitszimmer war noch eines der Zimmermädchen zugange und schloss gerade das Fenster, durch das frische, kalte Luft in den Raum geströmt war. Aus irgendeinem Grund machte ihr lasziver Blick ihn an diesem Morgen wütend. »Warum dauert das so lange?«, herrschte er sie an, und sie fuhr zusammen.

»Entschuldigung, zwei von uns sind krank.«

Er nickte knapp und ließ sich an seinem Schreibtisch nieder. Die Papiere waren durcheinandergeraten und lagen über die Tischplatte verstreut. »Warum sieht es hier so aus?«

»Ich hatte das Fenster geöffnet und vergessen, vorher die Tür zu schließen, da hat der Durchzug einiges herumgewirbelt. Ich habe aber alles wieder aufgehoben.«

Na, großartig. Hans warf der jungen Frau einen vernichtenden Blick zu, unter dem sie die Schultern hob und sich auf die Lippen biss, als wolle sie ein Schluchzen unterdrücken. Hauptsache, sie heulte hier jetzt nicht auch noch los.

»Verzeihung«, brachte sie erstickt hervor, beendete rasch ihre Arbeit und floh aus dem Raum.

»Hoppla«, sagte Emma, die an der Tür beinahe mit ihr zusammengestoßen wäre. »Was ist denn mit ihr los?«, fragte sie, nachdem sie die Tür hinter sich geschlossen hatte.

»Sieh dir meinen Schreibtisch an, dann weißt du es.«

»Ach je«, seufzte Emma. »Soll ich dir helfen?«

»Nein, lass nur.« Hans sortierte die Unterlagen neu, während Emma sich ihm gegenüber niederließ.

»Was ist los? Hast du schlecht geschlafen?«

Er legte die Papiere, die er in der Hand hielt, ab und blickte auf. »Inge war da.«

Sie riss ungläubig die Augen auf, und ihm wurde klar, wie die Antwort in Bezug auf die Frage wirken musste. »Nein, nicht über Nacht. Heute Morgen.«

»Warum? Was wollte sie?«

»Geld.«

Emma wirkte nicht verwundert. »Aha, Geld. Na, was auch sonst?«

»Stimmt, was auch sonst?«

»Wenn ihr an dir oder Greta gelegen wäre, hätte sie das alles nicht getan, nicht wahr?«

»Es geht mir nicht darum, dass ich mich in Liebe nach ihr verzehre, Emma. Hätte sie vor der Tür gestanden und versucht, über all das damals zu reden, hätte ich ihr zugehört – trotz allem. Dann hätte ich ihr womöglich sogar Kontakt mit Greta eingeräumt. Aber sie stand da, fragte dreist nach Geld und sagte, falls ich nicht zahle, würde sie Greta aufsuchen und sie gegen mich aufbringen.«

»Wie sollte sie das tun?«

»Ich bin nicht rund um die Uhr neben Greta, es gibt immer Möglichkeiten. Sie kann sie einfach in der Schule besuchen.«

»Sie weiß doch gar nicht, auf welche Schule Greta geht.«

»Es dürfte nicht schwer sein, herauszufinden, welche Schule das einzige Hohenstein-Kind aufsucht.«

Emma schürzte die Lippen und dachte nach. »Wie viel will sie?«

»Sie war nicht sehr konkret, aber sie möchte eine Summe, die ausreichend genug ist, um wieder auf die Beine zu kommen.«

»Vermutlich wartet sie erst einmal ab, was du ihr anbietest.«

»Da kann sie lange warten.«

»Aber sie wird wiederkommen.«

»Ja, in drei Tagen.«

Langsam nickte Emma. »Gut, ich sage Georg, er soll daheim bleiben.«

»Und dann?«

»Es ist besser, er regelt das, du bist zu emotional. Außerdem hast du ohnehin kein Geld.«

»Das habe ich ihr gesagt, sie sagte, ich solle es mir von Georg leihen.«

»Gut, dann sind wir jetzt konsequent und überlassen das ab hier Georg.«

Hans schwieg und fuhr fort, Unterlagen zu sortieren. »Mir gefällt es nicht, mich hinter ihm zu verstecken.«

»Das tust du nicht, aber dich kann sie manipulieren, ihn nicht. Und Georgs Einfluss sollte man nicht unterschätzen.«

Das sollte man in der Tat nicht, sein Wort hatte schon vor dreißig Jahren in der Gesellschaft Gewicht gehabt. Vielleicht war das in der Tat das Beste, Inge hatte immer schon eine Art distanzierter Bewunderung und Respekt für Emmas Mann empfunden. »Also gut.«

Emma lächelte. »Schön, dann Kopf hoch, wir bringen das in Ordnung, ja?«

Hans glaubte noch nicht so recht daran und würde auf jeden Fall noch mit seinem Onkel sprechen, um seine Meinung dazu zu hören.

Die Zimmer wurden nach und nach neu eingerichtet, bekamen modernere Möbel, neue Teppiche und Bilder. Die Suiten der Beletage wurden zudem jeweils mit einem Fernsehapparat ausgestattet. Das war ein teurer Spaß, aber auf Dauer würden die Besucherzahlen den Einsatz hoffentlich lohnen. Moderner Komfort, eingebettet in ein nostalgisch anmutendes Ambiente inmitten einer sagenumwobenen Landschaft. Das sollte man so auf jeden Fall in die neuen Werbeprospekte schreiben.

»Was ist jetzt eigentlich mit den Pferden?«, fragte Ruth, die sich an diesem Vormittag zu Sebatian ins Bureau gesellt hatte.

»Das weiß ich noch nicht. Mein Großvater hängt so an ihnen, und ich bringe es, ehrlich gesagt, nicht übers Herz, sie ohne seine erklärte Einwilligung zu verkaufen. Aber sie einfach durchfüttern kostet viel Geld.«

»Lass uns noch mal herumfragen, ob ein Hof in der Umgebung Reitpferde haben möchte, dann wären sie nicht weit weg. Wenn das nicht klappt, müssen wir uns etwas anderes überlegen. So viele sind es ja auch nicht.«

Früher einmal waren die Stallungen voll gewesen mit Pferden für den privaten Bedarf, Kutschpferden und Pferden für die Gäste, hatte sein Großvater ihm erzählt. Aber das waren auch Zeiten gewesen, als die Tiere für jeden weiteren Weg als unentbehrlich gegolten hatten. Jetzt waren sie Luxus. Sebastian legte die noch zu bezahlenden Rechnungen auf den Ausgangsstapel für die Bank. Das würde er am kommenden Morgen erledigen, danach mussten die Belege zu Hans in die Buchhaltung. Er sah auf die Uhr und erhob sich.

»Wo gehst du hin?«, fragte Ruth.

»Ich bin verabredet.«

»Diese Ärztin?«

»Woher weißt du davon?«

»Sie ist auffallend oft hier, das lässt nur einen Schluss zu.«

»Sie sieht nach Greta.«

»Hmhm, jeden zweiten Tag, ja? Und verbringt dabei mehr Zeit mit dir als mit ihr? Gretas Bein geht es doch wieder gut.« Ruth stützte ihr Kinn in die Hand und sah ihn an. »Außerdem habe ich euch gesehen, als ihr euch unbeobachtet geglaubt hat, das war schon sehr eindeutig.«

Sebastian antwortete nicht.

»Ich dachte, sie sei verlobt.«

»Es ist kompliziert.«

»Ja, danach sieht es aus.«

Er verließ das Bureau, ging in seine Suite, zog anstelle

des formellen Jacketts einen Pullover über sein Hemd und einen warmen Mantel darüber. Dann band er sich einen Schal um, griff nach den ledernen Handschuhen und nach seinem Autoschlüssel für den neuen Wagen, der seit einigen Tagen in der Remise stand, ein Opel Olympia, für den er sich letzten Endes entschieden hatte, damit er nicht übermäßig viel Geld für ein Auto ausgab, während woanders überall gespart werden musste. Allerdings legte er noch hundertsechzig Mark drauf für die Ausstattung mit Heizung. Der Opel Olympia wurde als eine Art deutscher Chevrolet beworben, damit war er von seiner Wunschmarke ja nicht allzu weit entfernt, und tatsächlich war die zweitürige weiße Limousine ziemlich schick.

»Eine komfortablere Alternative zum Käfer«, hatte Annemarie gespöttelt, als er sie zu seiner ersten Fahrt mit dem neuen Wagen abgeholt hatte.

Es war jedes Mal ein Versteckspiel, wenn sie sich sahen, was Sebastian durchaus aufregend fand. Allerdings war es auch nervenaufreibend, und er bemerkte, dass er zunehmend eifersüchtig auf Wilhelm Rheinberg reagierte. Allein der Gedanke daran, dass er Annemarie küsste und berührte, war ihm unerträglich. Schließlich bestand die Verlobung nach wie vor. Da er sie weder an ihrer Wohnung noch an der Praxis abholen konnte, trafen sie sich in der Regel an der Fähre in Königswinter.

Er sah sie bereits von Weitem, wie sie dastand, gekleidet in einen dunklen Mantel, während der Wind mit ihrem blonden Haar spielte. Als sie ihn bemerkte, winkte sie ihm zu, lächelte und kam ihm die letzten Meter entgegen. Sie öffnete die Tür, ließ sich auf dem Beifahrersitz nieder und rieb sich die Hände.

»Schön warm hast du es hier.« Sie war hübsch mit ihren von der Kälte geröteten Wangen. »Ich mag es, wenn du mich verliebt ansiehst«, sagte sie und zwinkerte ihm zu.

Wenn es nach ihm ginge, würde er sie den ganzen Tag so ansehen, er war noch nie so verliebt gewesen. Nein, dachte er, verliebt klang zu schwach, er war verrückt nach ihr, und sie ahnte nicht einmal, wie schwer ihm das derzeitige Arrangement fiel.

»Wo fahren wir hin?«

»Ich dachte, einfach drauflos, bis wir ungestört sind.«

»Das klingt traumhaft.«

»Wie lange hast du Zeit?«

»In einer Stunde muss ich zurück in die Praxis.«

Sebastian lenkte den Wagen aus der Stadt hinaus und fuhr zur Margarethenhöhe. Hier war zu dieser Jahreszeit nur wenig los, und mit mehr als ein paar winterfesten Wanderern ab und zu mussten sie nicht rechnen. Er parkte, schaltete den Motor aus, streifte die Handschuhe ab und zog Annemarie an sich, um sie zu küssen. Und das tat er lange und ausgiebig, während sie sich an ihn drängte, die Arme um seinen Hals geschlungen hatte und seine Küsse mit derselben Ungeduld, die ihn trieb, erwiderte.

Obwohl sich der Wagen schnell abkühlte, erlaubte Annemarie Sebastian, die Knöpfe an ihrem Mantel zu öffnen und die Hand hineingleiten zu lassen. Ihr Atem ging schneller an seinem Mund, und sie umfasste sein Handgelenk, als er sich offenbar zu kühn vorwagte.

»Nicht«, sagte sie leise.

»Keine Sorge, die Umstände sind nicht gerade geeignet dafür, verführt zu werden«, antwortete er, und sie lachte leise.

»Dann lass uns den Hunger nicht noch weiter anreizen, ja?«

Seufzend zog er die Hand zurück. Ein klein wenig zumindest, und als sie sich erneut küssten, waren seine Liebkosungen etwas zurückhaltender. Erst das harte Klopfen an der Scheibe ließ sie auseinanderfahren. Sebastian drehte sich um und sah in das wütende Gesicht einer älteren Frau, die nun allen Ernstes auch noch die Tür aufriss.

»Ja, schämen Sie sich eigentlich nicht? Sich hier so verderbt aufzuführen, wo alle Welt Sie sehen kann?«

Irritiert blickte Sebastian sich auf der in leichtem Dunst getauchten, menschenleeren Ebene um. »Alle Welt?«

»Werden Sie nicht unverschämt!«

Ein Mann – offenbar der Ehegatte – legte ihr die Hand auf die Schulter. »Komm, Else, lass die jungen Leute.«

»Und wenn Kinder sie sehen?«

»Die Gefahr besteht sicher nicht«, entgegnete Sebastian, während Annemarie den Kopf gesenkt und sich leicht abgewandt hatte, offensichtlich, um nicht erkannt zu werden.

»Erzählen Sie mir nichts über Gefahren!«, keifte die Frau. »Na, Ihrer Begleiterin ist das wohl angemessen peinlich. Einen Ehering sehe ich bei Ihnen nämlich nicht, Bürschchen.« Sie musterte ihn eindringlich. »Sie sind doch der Hohenstein-Spross. Der aus Amerika. Haben Sie die verlotterten Sitten von dort mitgebracht?«

»Wie es aussieht, waren wir es, die dafür gesorgt haben, dass es hier überhaupt wieder etwas gibt, wo man Sitten einführen kann.«

Die Frau lief rot an. »Das ist doch wohl …«

»Jetzt lass ihn doch, Else.« Der Mann schob sie vom Auto weg, und Sebastian zog die Tür wieder ins Schloss.

»Wie furchtbar peinlich«, sagte Annemarie.

»Eher für die Dame als für uns.«

Sie sah dem Ehepaar hinterher und nickte kaum merklich. Die Stimmung war dahin, und der Moment, wo sie sich hatte abwenden müssen, um nicht erkannt zu werden, ließ die Eifersucht klebrig zwischen den Ritzen des Schweigens hervorquellen.

»Siehst du deinen Verlobten heute?«

Einen Moment lang wirkte Annemarie irritiert, als müsse sie überlegen, wovon er sprach. »Ja, heute Abend.«

»Was macht ihr, wenn ihr euch seht?«

Sie zuckte die Schultern. »Essen gehen, reden …«

»Küsst ihr euch?«

»Du weißt, dass ich das nicht vermeiden kann.«

Er sagte dazu nichts.

»Es ist anders als mit dir, und ich bin nie diejenige, die den Anfang macht.«

»Schläfst du eigentlich mit ihm?« Nun war die Frage heraus, die in ihm brannte, seit er sie das erste Mal geküsst hatte.

Sie sah ihn lange schweigend an, wirkte enttäuscht. »Nein«, antwortete sie schließlich und begann, ihren Mantel zuzuknöpfen. »Habe und werde ich nie. Und nun bring mich bitte zurück zur Fähre.«

Sie hatten noch ein wenig Zeit, er hätte sie noch nicht fahren müssen, aber Sebastian insistierte nicht, das tat er nie, wenn sie ihn um etwas bat. Und nun, das wusste er, hatte er es verdorben. Er hätte die Situation mit der alten Dame durch einen Scherz so hinbiegen können, dass sie darüber lachten. Aber er hatte die Gelegenheit genutzt, seine Eifersucht auf ihr abzuladen.

»Es tut mir leid«, sagte er, während er sie zur Fähre fuhr.

Sie neigte nur leicht den Kopf und sah weiterhin aus dem Fenster. Als sie an der Fähre ankamen, wünschte sie ihm einen schönen Tag und öffnete die Wagentür. Er beugte sich über den Beifahrersitz, hinderte sie daran, die Tür ins Schloss zu stoßen. »Wann sehe ich dich wieder?«

»Ich rufe dich an.« Damit wandte sie sich ab und ging zur Fähre, die gerade anlegte.

Wütend auf sich selbst schlug Sebastian mit der flachen Hand aufs Lenkrad, dann wendete er den Wagen und fuhr schneller als erlaubt davon.

Sie ließ ihn absichtlich im Unklaren darüber, ob sie schwanger war. Dessen war sich Adrián gewiss, und das ärgerte ihn. Und so beschloss er an diesem Tag, die Sache direkt anzusprechen. Er rief bei Frau Weiß an und bat sie, Magdalena in sein Bureau zu schicken. Kurz darauf erschien sie, das Kinn aufmüpfig gehoben.

»Bist du schwanger?«, kam er rundheraus auf sein Anliegen zu sprechen, als sie auf dem Stuhl vor seinem Schreibtisch Platz nahm.

Ein spöttisches Funkeln trat in ihren Blick. »Und wenn?«

»Lass die Spielchen, ja?«

Sie krauste die Stirn. »Du könntest diese Distanziertheit aufgeben. Ich sitze hier wie eine Angeklagte, dabei war ich bis vor Kurzem noch deine Geliebte.«

Er erhob sich, kam um den Schreibtisch herum und setzte sich ihr gegenüber auf den anderen Stuhl. »Ich bin nicht dein Ankläger. Wenn du schwanger bist, bin ich sicher nicht weniger schuld als du. Aber ich wüsste es gerne.«

Nach kurzem Zögern schüttelte sie den Kopf. »Nein, ich bin nicht schwanger. Kann ich jetzt gehen?«

Erleichtert stieß er den Atem aus. »Hör zu, es tut mir leid, ja? Ich wollte dich nicht verletzen.«

»Das hast du nicht.«

Das wiederum war wenig glaubhaft, und Adrián fragte sich nicht zum ersten Mal, ob er irgendetwas gesagt und getan hatte, was sie hatte denken lassen, für ihn wäre es mehr gewesen als eine Bettgeschichte. In diese Richtung hatte er nie auch nur einen Moment gedacht, sie hatten ja nicht einmal eine richtige Unterhaltung geführt. Ihre Gespräche hatten sich auf Allgemeines beschränkt, meist auf ihr Interesse an der Vergangenheit und daran, ob das Hotel seinerzeit dem Widerstand angehört hatte. Auf das Thema war sie mit geradezu kindlicher Neugierde immer wieder gekommen, was Adrián äußerst ermüdend gefunden hatte. Aber da er sich trotz allem nicht von ihr im Bösen trennen wollte, umfasste er ihre Hand und drückte sie leicht, dann erhob er sich.

»Ich möchte dich nicht länger aufhalten.«

Sie wusste, dass sie damit entlassen war, und stand ebenfalls auf.

»Es war schön mit dir, wirklich. Und wenn ich jemals den Eindruck erweckt habe, dass mein Interesse weiter gehend ist, dann entschuldige ich mich dafür.«

»Nein, es ist alles gut.« Sie zwang sich ein Lächeln auf die Lippen und verließ den Raum.

Inzwischen vermutete er, dass sie mit ihm ins Bett gegangen war in der Hoffnung, er würde sich hernach in sie verlieben. Und das zeigte, dass sie die Männer doch nicht ganz so gut kannte. Er wusste nicht, welche Erfahrungen sie vor ihm gemacht hatte, sie hatte nicht darüber gesprochen, und er hatte nicht gefragt.

Adrián setzte sich wieder an die Arbeit und hatte gerade den Füllfederhalter zur Hand genommen, als die Tür erneut geöffnet wurde. Dieses Mal war es Ruth, und er spürte, wie ihm das Herz schneller ging. Sie schenkte ihm ein spitzbübisches Lächeln und kam um den Schreibtisch herum zu ihm, schloss die Arme um seinen Hals und gab ihm einen Kuss.

»Ich habe gerade dieses Zimmermädchen hier aus dem Raum kommen sehen«, sagte sie. »Muss ich mir Sorgen machen?«

Er zog sie auf seinen Schoß und küsste ihren Hals. »Nein, du weißt doch, dass es vorbei ist. Ich musste nur noch einmal mit ihr sprechen, damit nichts unklar ist.«

»Was sollte denn unklar sein?«

»Sie hatte sich wohl Hoffnungen auf mehr als eine, hm, Affäre gemacht.«

»Und hast du diese Hoffnungen womöglich genährt, um zum Zug zu kommen?«

»Denkst du, dass ich das nötig hätte?«

Sie entzog sich ihm spielerisch, als er erneut versuchte, sie zu küssen, dann sah sie ihn ernst an. »Frauen denken in dieser Hinsicht oft anders als Männer.«

Er seufzte. »Ich weiß. Aber nein, ich habe ihr nichts vorgespielt.«

»Wolltest du die Sache neben mir weiterführen?«

»Ich habe es nicht, das ist doch das Wichtigste, nicht wahr?«

Sie umfasste sein Gesicht mit den Händen, sah ihm in die Augen, als wolle sie den Wahrheitsgehalt dieser Aussage ausloten. Dann küsste sie ihn erneut, umschlang dabei seinen Kopf mit beiden Armen, spielte mit seinem Haar. »Gehen wir ein wenig raus? Oder hast du viel zu tun?«

»Nichts, was ich nicht auch später erledigen könnte. An was dachtest du?«

»Einfach ein wenig spazieren. Sebastian ist gerade zurückgekommen, das Bureau wäre also nicht gänzlich unbesetzt.« Sie rutschte von seinem Schoß und stand auf. »Ich hole nur schnell meinen Mantel.«

»Ist gut. Wir treffen uns im Vestibül.« Adrián legte einen Ordner auf Sebastians Schreibtisch, dann war er ebenfalls gerade im Begriff, den Raum zu verlassen, als die Tür sich öffnete, mit mehr Nachdruck als nötig geschlossen wurde und Sebastian das Vorzimmer betrat.

»Ich gehe mit Ruth aus«, begrüßte Adrián ihn. »In ein bis zwei Stunden bin ich wieder zurück.«

»Wie nett für euch.«

Da Sebastian nicht den Eindruck erweckte, als wolle er sich über den Umstand seiner schlechten Laune auslassen, und es Adrián im Traum nicht einfiel, diesbezüglich zu insistieren, während Ruth auf ihn wartete, nickte er ihm nur freundlich zu und verließ den Raum. Dass Sebastian sich mit einer Frau eingelassen hatte, die verlobt war, war vermutlich innerhalb der Familie ein offenes Geheimnis, wenngleich niemand darüber sprach.

Zehn Minuten später traf er zeitgleich mit Ruth im Vestibül ein. Sie hakte sich bei ihm unter und verließ mit ihm zusammen das Hotel. Einige verirrte Schneeflocken schwebten durch die Luft, und die sanft gerundeten Gipfel des Siebengebirges lagen in grauem Dunst. Der Raureif von letzter Nacht überfor bereits wieder, und in Kürze würde es anfangen zu dämmern. Zwischen den entlaubten Zweigen der Bäume hingen feine Schwaden, und in den Büschen waren weiß gefrorene Spinnweben zu sehen. Froststarres Laub knirschte leise unter den Stiefeln.

»Mir gefällt diese Jahreszeit«, gestand Ruth. »Die meisten mögen den Sommer am liebsten, aber ich glaube, ich bin ein Herbstkind.«

Sie gingen in den Wald und schlugen den Weg in Richtung Drachenfelsruine ein. Um diese Zeit und bei dieser Witterung war kaum ein Spaziergänger unterwegs. Ein älteres Ehepaar, das seinen Hund dabeihatte, kam ihnen entgegen und grüßte im Vorbeigehen.

»Wie ist das werte Befinden der Familie?«, fragte die Frau an Ruth gewandt.

»Sehr gut, vielen Dank.«

Sie setzten ihren Weg fort, und Adrián stellte fest, dass ihn die Steigung inzwischen nicht mehr außer Atem brachte und er die kleine Wanderung sogar genießen konnte. Die Stille im Wald war angenehm, und als sie oben auf der Plattform ankamen, von wo aus ein gewundener Weg zur Drachenfelsruine führte, lag diese wie ausgestorben vor ihnen.

»Seit wann gibt es das Hotel hier?«, fragte Adrián und sah zu einem Gebäude, das in Nebel gehüllt dalag und über dem gespenstisch anmutend die Silhouette der Drachenfelsruine aufragte. Rechteckige Fenster wechselten mit Rundfenstern, was das Gebäude zu einer interessanten Erscheinung machte.

»Seit Mitte der Dreißiger. Es ist ganz schön, ich war einmal darin, als mein Vater noch gelebt hat. Das Treppenhaus ist gewunden und ganz aus Buchenholz und durch die Fenster hell erleuchtet. Der Eingangsbereich ist aus schwarzen und weißen Fliesen und wirklich groß, eigentlich mehr ein Saal. Möchtest du es mal sehen?«

»Ein anderes Mal.« Er legte den Arm um sie und zog sie an sich, küsste ihr Haar.

»Dann lass uns zurückgehen, ehe es dunkel wird. Ich kenne mich hier zwar gut aus, aber im Dunkeln müssen wir bei der Kälte dennoch nicht herumirren.«

Adrián gönnte sich noch einen kurzen Blick, um die phantastische Aussicht zu genießen. Der Rhein wand sich silbergrau durch die Landschaft und zwischen winzig kleinen Häusern entlang, mittendrin die längliche Insel Nonnenwerth. Zur linken Seite erstreckte sich das Gebirge in sanften, dicht bewaldeten Hügeln.

»Ich glaube, an diese Aussicht gewöhne ich mich nie«, sagte er.

»Daran habe selbst ich mich noch nicht gewöhnt. Ich stehe jedes Mal hier, und mir stockt der Atem, weil es so schön ist.«

Hand in Hand gingen sie langsam den Weg zurück, wobei Ruth sie so führte, dass sie einen Bogen liefen und sich der Spaziergang dadurch noch ein wenig verlängerte. Sie überholten eine Familie mit zwei Kindern, ein Junge, der murrend hinterherging und über die Kälte schimpfte, und ein kleines Mädchen, das so wild vorneweg lief, dass es mehrmals zur Mäßigung ermahnt wurde.

»Ich würde gerne etwas Richtiges lernen«, sagte Ruth. »Eine Ausbildung. Bisher arbeite ich einfach so mit, aber auf Dauer wird mein Schulwissen nicht genügen. Das ist heute nicht mehr so wie damals, als Emma angefangen hat.«

»Und die Ausbildung würdest du im Hotel machen?«

»Das weiß ich noch nicht, vielleicht auch woanders. Hans darf ausbilden, bisher hat er das nur nie gemacht, weil wir im Hotel ja niemand Fremden in die Zahlen sehen lassen.«

»Hast du ihn mal darauf angesprochen?«

»Nein, noch nicht, weil ich mir noch nicht sicher war, was ich eigentlich möchte. Aber ich glaube, das würde mir gefallen. Und danach kann ich ja mal sehen, wohin mich mein Weg führt.«

Sie waren abgebogen und folgten nun einer Art Pfad, wo rechts und links felsige Wände aufragten, in die sich Baumwurzeln klammerten. Der Boden war morastiger geworden, aber nicht in einem Maße, der das Gehen erschwerte.

»Hörst du das?« Ruth hielt inne, neigte lauschend den Kopf.

»Was meinst du?«

Sie hob die Hand, gebot Ruhe. Da vernahm er es auch – ein zarter Laut, kaum hörbar. Er wandte sich um, versuchte auszumachen, woher das Geräusch kam. Ruth ließ seine Hand los, ging ein paar Schritte vor, sah sich um, lauschte und lief dann zu einem dichten Wurzelgeäst.

»Adrián, komm rasch!«

In das Geäst verkeilt stand ein Korb mit Babykatzen, die sich leise maunzend aneinanderdrückten, zitternd und großäugig. Offenbar war jemand nicht gewillt gewesen, den Wurf in seinem Zuhause großzuziehen.

»Wer macht denn so etwas?« Ruth griff nach dem Korb und zog ihn vorsichtig hervor, stellte ihn auf dem Boden ab und nahm eines der Kätzchen hinaus, barg es in ihren behandschuhten Händen.

»Immerhin hat derjenige die Katzen nicht ertränkt, das kommt auch vor.«

Sie warf ihm einen strafenden Blick zu. »Nein, stattdessen lässt er sie hier erfrieren.«

»Vielleicht hat er gehofft, jemand findet sie.«

»Verteidigst du diese Person womöglich gerade?«

»Nein, ich denke nur, die Kätzchen haben Glück im Unglück gehabt.«

Sie wirkte versöhnt, was wohl auch dem Umstand geschuldet war, dass die Katzen ihre Aufmerksamkeit auf sich zogen. Fünf waren es, eine schwarze, zwei getigerte, eine getigerte mit weißer Brust und eine grau-schwarz gemusterte, das war jene, die Ruth gerade in den Händen hielt.

»Sie werden erfieren, wenn wir sie nicht schnell wärmen«, sagte sie.

»Den Weg zum Hotel schaffen sie sicher noch.«

Ruth warf ihm einen Blick zu, und er wusste, was das bedeutete. Gehorsam nahm er seinen Schal ab und deckte die Kätzchen damit zu. Ruth legte ihren eigenen ebenfalls darüber, und er polsterte den Korb seitlich mit seinen gefütterten Handschuhen. Dann nahm er den Griff, und während Ruth das Katzenbaby in ihrem Mantel direkt an der Brust barg – beneidenswertes Kätzchen –, trug Adrián den Korb zum Hotel.

»Wir werden dieses Jahr zu Weihnachten eine Feier für die Angestellten geben«, sagte Karl, als Emma sich zu ihm in Hans' Arbeitszimmer gesellte. »Ich habe schon mit Adrián darüber gesprochen. Wir reservieren den kleinen Speisesaal für den zwanzigsten.«

Natürlich hatte es jedes Jahr eine kleine Aufmerksamkeit und ein Essen für die Angestellten gegeben, aber eine richtige Feier wie vor dem Krieg bisher noch nicht wieder. Emma freute sich, dass es dieses Jahr klappte. »Wo ist Hans?«, fragte sie.

»Irgendwo im Hotel unterwegs. Hat er es dir erzählt?«

Sie sah ihn vorsichtig an, wollte wissen, wovon er sprach, ohne zu viel zu verraten. »Von heute Morgen?«

»Ja, Inges unverschämter Auftritt. Hans hat mir gesagt, Georg würde sich darum kümmern.«

»Das wird er, ich habe schon mit ihm gesprochen.«

Karl lehnte sich auf seinem Stuhl zurück und legte die Fingerspitzen aneinander. »Denkst du, dass das wirklich etwas bringt?«

»Bei Hans weiß sie, wo sie die Daumenschrauben anbringen muss, er ist verletzbar, wenn es um Greta geht. Bei Georg dürfte sie es in dieser Hinsicht schwerer haben, der wird von ihren Drohungen nicht beeindruckt sein. Im Gegensatz zu ihr kennt er viele einflussreiche Leute und kann ihr das Leben sehr schwer machen.«

»Dann hoffen wir mal, dass es etwas bringt.«

Das hoffte Emma auch zutiefst. Ehe sie etwas antworten konnte, wurde angeklopft, und im nächsten Moment betrat Sebastian den Raum.

»Entschuldigt die Störung, ich habe hier die Unterlagen über die Ausgaben für die Zimmer. Hans braucht das für die Buchhaltung.« Er legte eine Mappe auf den Tisch und wollte sich zum Gehen wenden, als Karl ihn zurückrief.

»Hattest du einen netten Nachmittag heute?«, fragte er.

Sebastian drehte sich wieder zu ihm um und verengte misstrauisch die Augen. »Durchaus, ja.«

»Hm, ja, genau danach klang es. So nett offenbar, dass du jeden Sinn für Anstand vergessen hast, nicht wahr?«

Sebastian schwieg.

»Eine Frau Waltz war heute hier und hat beklagt, dass mein Enkel in aller Öffentlichkeit unzüchtige Handlungen an einer jungen Frau vorgenommen hat.«

»Ich habe an der menschenleeren Margarethenhöhe in meinem Auto eine Frau geküsst«, entgegnete Sebastian.

»Nun, ganz so menschenleer offenbar doch nicht.«

»Niemand hat die alte Schachtel gezwungen, in mein Auto zu starren.«

»Ich vermute mal, es dürfte jemandem, der vorbeigeht, nicht entgangen sein, auch wenn er nicht explizit hineinsieht.«

Einen Augenblick lang presste Sebastian die Lippen zu einem zornigen Strich zusammen, dann sagte er: »Ich bin wohl mitnichten der Erste, der eine Frau in seinem Auto küsst. Es besteht kein Anlass, eine große Sache daraus zu machen.«

»Ich war selber einmal jung«, antwortete Karl, »und war damals wahrlich kein Kind von Traurigkeit. Allerdings gibt es Grenzen, und die setzen wir hier sowohl in Bezug auf das Benehmen in der Öffentlichkeit als auch darauf, sich nicht mit Frauen anderer Männer einzulassen.«

Nun flackerte es kurz in Sebastians Blick. »Sie wird für klare Verhältnisse sorgen.«

»Dann hoffe ich, dass sie das eher früher als später tun wird.«

»Kann ich jetzt gehen?«

»Nur zu.« Karl deutete mit der Hand zur Tür, und Sebastian wandte sich ab und verließ das Zimmer.

»Der Apfel fällt nicht weit vom Stamm, hm?«, fragte Emma. Sebastians Vater war verlobt gewesen, als er sich mit dessen Mutter eingelassen hatte, und das hatte einiges an Ärger mit sich gebracht.

»Ich hatte mir gewünscht, das kein zweites Mal durchmachen zu müssen.«

»Immerhin haben sich die Zeiten geändert.«

»Aber eine Verlobung löst man auch heute nicht so einfach. Wer ist diese Annemarie Braun eigentlich? Weißt du, aus was für einer Familie sie stammt?«

»Nein, aber das dürfte ja nicht schwer herauszukriegen sein.«

»Bei der Gelegenheit sollten wir auch ein wenig über ihren Verlobten nachforschen. Wenn das jemand mit viel Einfluss ist, sollten wir Sebastian von ihr abschirmen und versuchen, die Sache mit Fingerspitzengefühl zu lösen.«

»Du wirst nicht verhindern können, dass er sie weiterhin sieht.«

»Nein, aber wir können es in die richtigen Bahnen lenken.«

Daran glaubte Emma zwar nicht, aber versuchen konnten sie es.

⁂ 17 ⁂

Das Schneetreiben setzte ein, als Margot gerade auf dem Weg hoch zum Hotel war. Ihr blieb wirklich nichts erspart. Sie hatte eine Freundin in Bonn besucht, und weil das länger gedauert hatte als geplant, hatte Tobias keine Zeit mehr gehabt, sie heimzufahren.

Sie hatte den Zug nach Mehlem genommen, war hinunter zur Fähre gegangen und befand sich nun auf dem Fußweg ins Siebengebirge. Eigentlich hätte es ein schöner Spaziergang sein können, aber Margot mochte keinen Schnee, vor allem nicht, wenn sie nicht das entsprechende Schuhwerk trug. Vermutlich kam sie mit nassen, kalten Füßen im Hotel an und hatte noch am selben Abend einen Schnupfen. Leise vor sich hin schimpfend stiefelte sie den Weg hinauf, die Hände tief in den Taschen vergraben, den Schal bis über das Kinn gezogen.

»Wer wird denn bei dem herrlichen Vorweihnachtsschnee schlechte Laune haben?«, hörte sie eine vertraute Stimme und drehte sich um.

»Anton? Dieses Mal ohne weibliche Begleitung?«

Er grinste. »Polly vertraue ich bei dem Wetter nicht so recht. Sie hat ihre Tücken, wie jede Frau.«

Margot beschränkte sich auf einen knappen Blick und ein Lächeln, in das er alles deuten konnte.

»Und was ist nun der Grund für Ihre schlechte Laune?«

»Der Schnee«, antwortete er.

»Wie kann man denn keinen Schnee mögen?«

»Ich mag ihn gemütlich vom Fenster aus mit einer Tasse Tee in der Hand und einem Buch auf dem Schoß.«

»Für den Tee kann ich gleich gerne sorgen.«

»Das klingt herrlich.« Margot beschloss, es sich mit ihrer kleinen Katze gemütlich zu machen. Sie liebte das Tierchen, seit Ruth den Korb mit den Katzen in das Hotel gebracht hatte, und sie wollte es am liebsten fortwährend herzen. Wenn sie auf dem Sofa oben in der Wohnung der Alsbergs saß, schlief der kleine Kater oft auf ihrem Schoß, geborgen an ihrem Bauch.

»Freuen Sie sich schon auf den Weihnachtsball morgen?«, fragte Anton.

»Ja. Der letzte Ball ist lange her, und ich war noch zu jung, um lange wach bleiben zu dürfen. Sie feiern einen Tag später, nicht wahr?«

»Ich kann mein Glück kaum fassen, dass ich an diesem Abend keinen Dienst habe.«

»Bestand denn die Gefahr?«

»Ja, ich hätte einspringen müssen für einen kranken Mitarbeiter, aber der ist wieder auf dem Damm.«

Obwohl es erst drei Uhr war, war es im Wald schon recht düster, und schwere graue Wolken schoben sich über die Baumwipfel.

»Wir gehen das erste Mal gemeinsam spazieren«, stellte Anton fest.

»Nun ja, welchen Anlass hätten wir bisher auch gehabt?«, scherzte Margot.

»Wenn ich dafür öfter in den Genuss komme, kann ich sehr kreativ im Schaffen von Anlässen sein.«

Margot wollte eine spöttische Antwort geben, als sie ausglitt, Halt suchend mit den Armen ruderte und spürte, wie Anton sie mit festem Griff um ihre Taille auffing. Sie richtete sich auf, drehte sich zu ihm um, fand sein Gesicht dicht vor ihrem, und der Dank erstarb ihr auf den Lippen. Im nächsten Moment beugte Anton sich vor und küsste sie. Zuerst war Margot vollkommen perplex und erwiderte den Kuss, dann riss sie sich los, starrte den jungen Mann an und presste den Handrücken an die Lippen.

Anton schien in diesem Moment klar geworden zu sein, was er getan hatte, und er wirkte erschrocken. »Es tut mir leid«, stammelte er. »Ich weiß nicht, was über mich gekommen ist.«

Langsam senkte Margot die Hand, indes er sich ein weiteres Mal entschuldigte. Als er ein drittes Mal betonte, dass das nicht hätte passieren dürfen, riss ihr der Geduldsfaden. »Ja, schon gut. Wir sind beide erwachsen, oder?«

Jetzt lief er rot an. »Ähm, ja. Ich hatte nur Sorge, Sie empfinden mich als unverschämt.«

»Das tue ich auch. Aber machen wir keine große Sache daraus, sonst wird es wirklich peinlich.«

Er nickte nur, wirkte immer noch unsicher.

»Ich erzähle es niemandem, Sie müssen nicht um Ihre Arbeit fürchten.«

Ein kaum merkliches Aufblitzen von Erleichterung war in seinen Augen zu erkennen. Es war durchaus schon vorgekommen, dass ein zu übermütiger junger Mann versucht hatte, Margot zu küssen, aber noch keiner hatte deshalb um seine Existenz fürchten müssen. Das berührte Margot fast noch mehr als der Kuss selbst. Und der war eigentlich ziemlich gut gewesen. Da kein Mensch gesehen hatte, wie sie, Margot, sich von einem Kellner küssen ließ, konnte sie diese kleine Erinnerung ganz alleine für sich ruhig ein wenig auskosten.

»Kommen Sie«, sagte sie, »ehe wir hier festfrieren.«

Sie setzten ihren Weg fort, schweigend, bis das Hotel endlich in Sicht kam. Bevor sie sich im Hof trennten, sah Anton sie an, holte tief Luft, als müsse er seinen Mut sammeln. »Sie küssen phantastisch«, sagte er, dann wandte er sich ab und ging zum Hotel.

Ein kleines Lächeln stahl sich auf Margots Lippen, und trotz der nassen Füße hatte sie nun erstaunlich gute Laune.

Annemarie wehrte Wilhelms immer drängender werdende Liebkosungen ab und hinderte ihn daran, mit der Hand in ihre Bluse zu gleiten. Er hörte auf, sie zu küssen, und sah sie vorwurfsvoll an.

»Du bist mir immer noch böse.«

Sie wand sich aus seinen Armen. »Was erwartest du denn? Erst hältst du mir lang und breit einen Vortrag darüber, dass ich zu wenig Zeit für dich habe, und äußerst dich gehässig über meine Arbeit und meine Patienten ...«

»Eine fette alte Schachtel, die einen Arzt braucht, weil sie nicht allein aus dem Sofa kommt. Da hätte jeder gelacht.«

Annemarie wollte keine erneute Diskussion, keinen erneuten Streit, daher widersprach sie nicht. »Und dann denkst du, wenn du mich küsst, wird alles wieder gut, und bist beleidigt, weil ich dich nicht fummeln lasse.«

»Fummeln?«

Sie schwieg.

»Wir werden heiraten. Und was ich jetzt tue, wird etwas

sein, das in unserer Ehe ständig geschehen wird. Warum also diese Scheu?«

Die Vorstellung daran, dass er täglich mit Fug und Recht ihren Körper anfassen durfte, löste einen so jähen Widerwillen in ihr aus, dass Annemarie wusste, sie musste endlich handeln. Sie konnte sich nicht weiterhin zwischen zwei Männern aufreiben, das war doch überhaupt nicht ihre Art. Und vielleicht war Sebastians Eifersucht ja berechtigt, immerhin hatte sie die Sache mit ihm vorangetrieben, und nun wollte sie weder ihn loslassen noch diese unselige Verlobung lösen.

»Vielleicht«, sagte sie zögernd, »vielleicht ist das alles ja nicht richtig.« Sie trat ans Fenster seines Wohnzimmers. Schon mit hierherzukommen erschien ihr nun als Fehler.

»Was meinst du?«

Sie drehte sich langsam zu ihm um, lehnte sich mit dem Rücken ans Fensterbrett. »Ich frage mich, ob wir beide überhaupt zusammenpassen, ob wir nicht zu übereilt gehandelt haben.«

»Wovon sprichst du?«

»Von uns.«

»Du bereust unsere Verlobung?«

Annemarie fuhr sich mit der Zungenspitze über die Lippen, überlegte, wie sie es am besten formulierte. »Ich ... *Bereuen* ist vielleicht das falsche Wort, wir hatten ja durchaus auch schöne Zeiten. Aber je länger wir zusammen sind, umso mehr zeichnet sich ab, dass wir nicht zusammenpassen. Dafür kannst du nichts, aber ich ebenso wenig.«

Er sah sie an, schweigend, abwartend, die Stirn leicht gekraust.

»Vielleicht sollten wir alles noch einmal ... überdenken.«

Sein Schweigen war nervenzerrend, und vermutlich war es genau aus diesem Grund sehr zielgenau eingesetzt, denn Annemarie wand sich zunehmend unter seinem Blick.

»Nein«, sagte er schließlich.

»Wie bitte?«

»Nein, ich überdenke es nicht. Die Entscheidung ist aus meiner Sicht nicht überdenkenswert, ich werde dich heiraten, daran bestand zumindest aus meiner Sicht kein Zweifel.«

»Aber du merkst doch selbst, dass wir uns nur noch streiten.«

»Ja, aber liegt das an mir? Du hast in die Ehe mit mir eingewilligt, und du wusstest, was auf dich zukommt. Als Ehefrau und Mutter hast du andere Prioritäten.«

»Du hast mir nie gesagt, dass ich meine Arbeit einschränken muss.«

»Das habe ich, ehrlich gesagt, nicht einmal für erwähnenswert gehalten. Das Recht ist diesbezüglich in jeder Hinsicht auf meiner Seite. Du darfst nicht einmal ohne meine Erlaubnis arbeiten gehen, wobei ich dir das nie verbieten würde. Nur eben in Maßen, wenn es mit deinen häuslichen Pflichten vereinbar ist.«

Das war so absurd, dass Annemarie im ersten Moment nicht einmal eine Antwort darauf einfiel. »Und ich habe für selbstverständlich gehalten«, sagte sie schließlich, »dass mein Glück dir auch etwas bedeutet.«

»Aber das tut es doch. Du wirst ja weiterhin arbeiten, aber du wirst auch eine Mutter sein, und als solche hast du Pflichten, die nicht weniger wichtig sind, im Gegenteil.«

Wieder hatte Annemarie das Gefühl, ihr schnüre ein Ring um die Brust den Atem ab.

»Ich dachte, du wolltest Kinder«, kam es nun von Wilhelm.

»Natürlich möchte ich Kinder.«

»Na also.« Er lächelte. »Dann lass uns doch diesen albernen Disput beenden. Wir bekommen Kinder, und du wirst dennoch weiter als Ärztin arbeiten. Wo genau ist denn nun das Problem?«

Er verstand es einfach nicht, verstand nicht, dass sie nur noch stritten. Und Annemarie hatte recht konkrete Vorstellungen davon, was sie wollte. »Du würdest immer schimpfen, wenn ich deiner Meinung nach zu viel arbeite.«

»Wenn die Familie zu kurz kommt, ja.«

»Und wer entscheidet, ob sie zu kurz kommt? Meine Mutter würde jederzeit die Kinder betreuen, und falls ich nachts zu einem Patienten muss, bist du ja auch noch da.«

Er glotzte sie an, als habe sie den Verstand verloren. »Ich soll nach einem langen Arbeitstag nachts auch noch Kinder hüten?«

»Siehst du? Wir haben noch nicht einmal Kinder und streiten schon deswegen.« Sie war den Tränen nahe.

»Weil du völlig absurde Vorstellungen hast.«

»Dann such dir doch bitte eine Frau, die deine Vorstellungen teilt. Das dürfte die überwiegende Masse der Frauen sein.«

Wieder sah er sie schweigend an, und Annemarie hätte am liebsten ihre Tasche genommen und wäre einfach gegangen. Aber sie musste das jetzt durchstehen, und so wartete sie, während sie versuchte, sich das Unbehagen nicht ansehen zu lassen.

»Ich werde nicht zulassen, dass du diese Verlobung löst, Annemarie. Und wenn ich rechtlich dagegen angehen muss.«

»Das wird auf Dauer aber nicht zum Erfolg führen. Und was für eine Ehe wäre das, in der ich ständig unzufrieden bin?«

»Das wärest du nicht. Denkst du, ich wüsste nicht, was gut für dich ist?«

Annemarie rang um Ruhe, aber sie wusste, wenn sie nicht sofort ging, würde sie einige sehr hässliche Dinge sagen. »Ich muss los«, sagte sie unvermittelt und griff nach ihrer Tasche.

Er versuchte nicht, sie aufzuhalten, was entweder bedeutete, er war sich seiner Sache sehr sicher, oder das Gespräch wühlte ihn mehr auf, als er zugeben wollte. Mit einem distanzierten Abschiedsgruß verließ Annemarie die Wohnung und eilte durch das großzügige Treppenhaus hinab. Es war immer wichtig, darauf zu achten, dass die Vermieterin nicht bemerkte, dass sie allein mit Wilhelm dort oben gewesen war, denn in dem Fall drohte ihm der Rauswurf. Damenbesuch war nicht gestattet, ebenso wenig wie Herrenbesuch in Annemaries Wohnung.

Sie trat hinaus auf die Straße und atmete die frische Luft in tiefen Zügen ein, dann ging sie zu ihrem Wagen, schloss auf, setzte sich hinein und blieb einen Moment einfach sitzen, die Hände auf dem Lenkrad, tief durchatmend mit wild klopfendem Herzen. Aber es war gesagt, es war endlich gesagt. Gleich an diesem Abend würde sie Sebastian anrufen und mit ihm sprechen, das war nach diesem unharmonischen Abschied bei ihrem letzten Besuch längst überfällig. Mit diesem Vorsatz startete sie den Wagen und fuhr los.

Die kleinen Katzen waren mit viel Begeisterung empfangen worden und lagen nun in einem großen Korb, den Julia aus den Tiefen des Speichers hatte holen lassen, direkt am Heizofen. Das grau-schwarze Kätzchen hatte Ruth direkt für sich beansprucht, während Curt mit einer Freude, die sie lange nicht mehr an ihm erlebt hatte, das getigerte mit dem weißen Bauch haben wollte. Die beiden anderen getigerten gingen an Nele und Greta, und Margot nahm das schwarze.

Tatsächlich war auch Hans sehr angetan von den Katzen. Allerdings waren sie noch klein, und noch sollten sie nicht getrennt werden. Überhaupt war da das Problem mit der Versorgung, keiner von ihnen hatte Erfahrung damit, so kleine Katzen zu füttern. Der Tierarzt, der noch am selben Abend herbeigerufen worden war, empfahl, einen Finger in Milch zu tunken und ihn von den Kätzchen absaugen zu lassen, nur war das keine Dauerlösung, da das viel zu lange dauerte und die Kleinen hungrig waren. Am nächsten Tag fuhr Emma und kaufte Babyflaschen für Neugeborene, und damit funktionierte es. Allerdings war es eine langwierige Angelegenheit, und bei Nele, die anfangs begeistert dabei war, machte sich schnell Langeweile breit. Curt zeigte zu ihrer aller Erstaunen viel Geduld und übernahm die Aufgabe gerne zusammen mit Greta.

»Nach den Hausaufgaben«, fügte Hans hinzu, was mit murrender Zustimmung bedacht wurde.

Als Ruth nachmittags in das Arbeitszimmer kam, stellte sie fest, dass Sebastian überraschend gute Laune hatte.

»Hat sie dich lange genug mit Schweigen gestraft?«, fragte sie.

»Sie hat vorhin angerufen, falls du das meinst.«

»Dann ist der Tag ja gerettet.«

»Ja, und die morgige Feier auch, sie wird nämlich kommen.«

»Mit ihrem Verlobten?«, fragte Ruth ein wenig gehässig, worauf er nur mit einem finsteren Blick antwortete.

Sie setzte sich an Adriáns Schreibtisch und heftete Unterlagen ab. Er hatte sie darum gebeten, damit er selbst den ganzen Tag über Präsenz im Hotel zeigen konnte. So hatte Hans mehr Zeit für die Buchhaltung. Da war durch die Ausgaben einiges zusammengekommen.

»Wie sieht es überhaupt aus mit den noch fälligen Umbauarbeiten?«, fragte sie.

»Die laufen schleppend an, es fehlt an Geld.«

»Warum fragt ihr nicht Georg?«

»Georg ist nicht unsere Bank.«

»Was ist mit Adriáns Familie?«

»Das wäre tatsächlich unser nächster Schritt, aber da sträubt mein Großvater sich, er meint, wir hätten von der Seite schon so viel genommen. Mein Vater schickt auch Geld, und dagegen kann Großvater nichts sagen, da er der Haupterbe ist und das Geld in das Hotel nach eigenem Ermessen investieren kann.«

Ruth heftete die Unterlagen ab und ordnete sie so, dass sie direkt an Hans gegeben werden konnten. Als sie damit fertig war, stand sie auf und ging ins Hotel, um Adrián Gesellschaft zu leisten. Er war jedoch nicht an der Rezeption, und so ging Ruth durch die Räume, sah in den Speisesaal, ins Café, in den von einer Glaskuppel überdachten Innenhof und kehrte dann zurück ins Vestibül, da es ein vergebliches Unterfangen war, ihn im ganzen Hotel zu suchen. Bis sie damit durch war, konnte er längst wieder an der Rezeption sein.

Als sie erneut am Café vorbeikam, wäre sie fast mit einem Mann zusammengestoßen. Ruth entschuldigte sich mechanisch und wollte weitergehen, als der Mann einen

Ausruf des Erstaunens ausstieß. »Na, so was, die kleine Ruth Alsberg ist erwachsen geworden?«

Sie hob den Blick, nahm nun das Gesicht des Mannes genauer in Augenschein und spürte, wie sie rot wurde. Peter Henricks, der einzige Mann, in den sie jemals wirklich verliebt gewesen war – vor Adrián, verstand sich. Und obwohl er keines dieser schwärmerischen Gefühle mehr in ihr weckte, war da immer noch die Erinnerung an jenen Sommer, in dem sie so verliebt gewesen war und gleichzeitig so verzweifelt, weil er sie nicht beachtet hatte. Es war eine Art nostalgischer Verklärung, mit der man die erste große Liebe betrachtete.

»Diese Entwicklung war zu erwarten, nicht wahr?«, scherzte sie und brachte ihn damit zum Lachen. Was hätte sie vor einigen Jahren dafür gegeben, von ihm witzig gefunden zu werden.

»Ja, in der Tat.« Er betrachtete sie gespielt kritisch. »Und ich muss sagen, das Ergebnis kann sich sehen lassen.«

Er flirtete mit ihr, und wieder spürte Ruth, dass sie rot wurde. »Ich danke vielmals«, war alles, was ihr dazu einfiel.

Ein Schmunzeln und ein Zwinkern waren die Antwort. »Du hast nicht zufällig Zeit für einen Kaffee?«

»Leider nicht.«

»Bedauerlich. Sehen wir uns morgen auf der Feier?«

»Ich werde auf jeden Fall da sein.«

»Und dieses Mal beim Gang über die Treppe der Beletage nicht über den Saum stolpern?«

»An so etwas würde sich nur ein Flegel erinnern.«

»Ich vergesse es auf der Stelle wieder.«

Sie lachte, dann verabschiedete sie sich von ihm und ging, immer noch lächelnd, zurück ins Vestibül. Als sie jedoch Margot bemerkte und deren Blick, der lauernd und spöttisch zugleich war, verflog ihre gute Laune.

»Gut, dass Adrián dieses schwärmerische Getue nicht bemerkt hat.«

Ruth verdrehte nur die Augen und ging weiter. Sie war nicht schwärmerisch gewesen, kein bisschen, sie hatte sich lediglich über das Kompliment gefreut. Und ja, es war ein klein wenig Genugtuung dabei, seinen Flirt ins Leere laufen zu lassen, nachdem er sie seinerzeit wie ein Kind behandelt hatte, obwohl sie schon siebzehn gewesen war. Eine schüchterne, linkische Siebzehnjährige zwar, aber wahrhaftig kein Kind mehr.

Wie erwartet hatte sich Adrián inzwischen wieder an der Rezeption eingefunden und hieß eine Familie mit zwei kleinen Kindern willkommen. Ihr erster Impuls war es, ihm zu erzählen, dass ihre frühere große Liebe hier eingetroffen war, dann jedoch tat sie es doch nicht. Männer konnten auf dergleichen sehr irrational reagieren. Sie wartete darauf, dass er das Gespräch mit der junge Familie beendet und der Rezeptionist den Schlüssel überreicht hatte, ehe sie sich zu ihm gesellte. Ein Page brachte das Gepäck zum Aufzug, und die Kinder liefen um die Wette, um hernach zu streiten, wer denn nun zuerst im Aufzug war.

»Herrje«, sagte Adrián, während sie den Streit hörten. »Damit warten wir aber noch ein wenig, ja?«

»Mit dem Aufzug nach oben zu fahren?«, fragte sie und sah ihn unschuldig an.

Nun spielte ein leicht anzügliches Lächeln um seine Mundwinkel. »Damit könnten wir direkt beginnen, wenn du erlaubst.«

»Geduld ist eine Tugend, mein Lieber.«

Hans saß in der Alsberg-Wohnung und sah seiner Tochter zu, die auf dem Boden kniete und ihre Katze herzte.

»Sie ist so flauschig«, sagte Greta.

»Ja, aber vielleicht hat sie gelegentlich auch gerne mal ihre Ruhe.«

»Sie schläft ja bei mir.« Greta hielt das Kätzchen im Arm, das sich in der Tat wohlig zusammenrollte. Sie schmiegte ihre Wange an das weiche Fell. »Curt hat mir erzählt, er ist jetzt gar nicht mehr ständig wütend«, sagte sie übergangslos.

»Auf wen war er denn wütend?«

»Auf alle, seit seine Großmutter gestorben ist.«

»Es waren schwere Zeiten, Greta. Wir alle haben Menschen verloren.«

»Ja, aber ich habe ja noch dich, Margot hat sogar beide Eltern, aber Curt hatte nie eine Mutter, dann ist sein Vater gestorben, dann sein Großvater und schließlich seine geliebte Oma. Er sagt, ihm tut es immer hier weh«, sie deutete auf jenen Bereich, wo sich die Rippen über dem Bauch trafen, »weil diese Wut immer größer wird und nicht hinausdarf.«

»Hat er deshalb gestohlen?«

Greta zuckte die Schultern. Dazu würde sie sich nichts entlocken lassen. »Vor der Schule stand gestern so eine Frau«, wechselte sie dann auch gleich das Thema. »Die hat mich angestarrt.«

Alarmiert neigte Hans sich vor. Inge hatte sich bisher nicht wieder gemeldet, was ihn einerseits mit Erleichterung erfüllte, gleichzeitig jedoch eine beständige Unruhe in ihm vibrieren ließ. »Was wollte sie?«

Wieder ein Schulterzucken.

»Wie sah sie aus?«

»Blond. Ich bin dann gegangen, ich musste ja heim.«

Hans schloss für einen kurzen Moment die Augen. So dreist wäre sie nicht, Greta einfach in der Schule zu besuchen. Immerhin wollte sie Geld von ihm, und ehe sie nicht ganz sicher war, dass da nichts zu machen war, würde sie sich diese Chance nicht gänzlich verderben. Dennoch setzte sich das Unbehagen nun mit kleinen Widerhaken in seiner Brust fest.

Er plauderte noch ein bisschen mit Greta, um sie von dieser Frau abzulenken, dann ließ er sie mit ihrer Katze allein und verließ die Wohnung, um Emma aufzusuchen. Diese hatte leicht gerötete Wangen und strahlte, als sie ihm die Tür öffnete. Georg war an diesem Tag früher heimgekommen, und offenbar hatten sie die freien Stunden zu nutzen gewusst. Ein Anflug von Bedauern, dass dieser Aspekt in seinem Leben deutlich zu kurz kam, ergriff ihn.

»Ich hoffe, ich störe nicht.«

»Du störst nie, das weißt du doch.« Sie führte ihn in den Salon, wo Georg stand, ein Glas in der Hand hielt und ein entspanntes Lächeln zeigte, das sich Emma gegenüber kaum merklich wandelte von schlichter Freundlichkeit in jenes, das ein zufriedengestellter Liebhaber seiner Geliebten schenkte. Und das nach all den Jahren. Hans seufzte.

»Ich möchte euch nicht lange stören.«

»Du störst nie«, sagte Georg, ebenso wie Emma zuvor. »Was gibt es denn?«

»Greta sagte, eine Frau habe vor der Schule gestanden und sie beobachtet. Der Beschreibung nach könnte das Inge gewesen sein.«

Georg nickte langsam. »Sie hat sich bisher aber nicht wieder gemeldet, oder?«

»Nein.«

»Dann war sie vielleicht trotz allem neugierig auf ihre Tochter und wollte sie einfach nur sehen«, mutmaßte Emma.

»Sie würde nicht das Risiko eingehen, am Ende kein Geld von dir zu bekommen.«

»Vielleicht hat sie meine Antwort doch als endgültiges Nein genommen und möchte nun versuchen, Greta gegen mich aufzubringen.«

»Und was sollte ihr das bringen?«, fragte Georg. »Sie wird sie nicht zu sich nehmen wollen, sie kann ja, wie es aussieht, nicht mal sich selbst durchbringen.«

»Frauen können in dieser Hinsicht irrational sein, wenn sie ihr Kind nach langer Zeit wiedersehen. Sie könnte Muttergefühle für sie entwickeln.«

»Ausschließen kann man dergleichen natürlich nicht«, antwortete Georg. »Aber wir alle kennen doch Inge, du besser als jeder andere von uns. Wird sie nicht alles versuchen, um an das Geld zu kommen? Denkst du, sie wirft so schnell die Flinte ins Korn, um dann mit ihrem Kind in eine ungewisse Zukunft aufzubrechen, wohl wissend, dass du die Sache nicht auf sich beruhen lassen wirst und sie zudem das Gesetz bricht, das dir Greta zugesprochen hat? Darüber hinaus ist Greta nicht auf den Kopf gefallen, sie wird sich nicht so leicht gegen dich aufbringen lassen.«

Hans hoffte, dass das stimmte. Er ertrug alles, nur nicht, Greta zu verlieren.

»Sie wird sich wieder melden«, sagte Georg. »Und dann werde ich mit ihr sprechen. Danach ist hoffentlich Ruhe.«

Das würde Hans allerdings erst glauben, wenn es so weit war.

⁂ 18 ⁂

Magdalena bat darum, in den Privaträumen aufräumen und sauber machen zu dürfen. Das Zimmermädchen, das diese Aufgabe sonst immer mit Lisa übernahm, war seit längerer Zeit krank, und es war fraglich, ob sie überhaupt zurückkam. Die Wohnräume mitzuputzen war mit einigem Mehraufwand verbunden, der sich jedoch in der Bezahlung niederschlug. Der Hauptgrund war jedoch, dass sie sich Informationen erhoffte. In Hans Hohensteins Arbeitszimmer war sie nicht fündig geworden, allerdings war sie dort auch nicht lange genug ungestört gewesen. Es hatte ihr einen Stich versetzt, dass das Foto ihres Vaters lieblos in eine Schublade geworfen worden war. Andererseits bewies das, dass Karl Hohenstein mit seinem Neffen darüber gesprochen hatte.

Sie teilten sich die Wohnungen auf, und Magdalena bat direkt, die unteren beiden zu übernehmen.

»Wo das alte Ehepaar und der alleinstehende Vater einer Tochter leben und demnach am wenigsten zu tun ist«, antwortete Lisa schnippisch.

»Dann mach du es halt«, entgegnete Magdalena.

»Nein, schon gut. Ich arbeite lieber für mein Geld.«

»Was soll das denn heißen?«

»Nun, dass du gewisse Vorteile in der Horizontalen gesucht hast, weiß doch inzwischen jeder. Ebenso, dass du nun abserviert wurdest und dir wegen des Kerls die Augen ausheulst.«

Magdalena wollte eine bissige Antwort geben, aber das erschien ihr unwürdig und hätte Lisa nur in dem, was sie sagte, bestätigt. So beschränkte sie sich auf einen verächtlichen Blick und ein spöttisches Herabziehen der Mundwinkel, ehe sie die Tür zur Wohnung von Hans Hohenstein öffnete. Dieser war derzeit im Hotel unterwegs, was ihr nur recht war, so wie er sie beim letzten Mal angefahren hatte.

Sie begann mit den Schlafzimmern, wo immer am meisten zu tun war, und arbeitete sich dann von Raum zu Raum. Die Betten waren bereits gemacht, die Kleidung räumten die Herrschaften selbst weg, und so war sie mit Hans Hohensteins Zimmer schnell fertig und hatte noch Zeit, rasch in die Schubladen zu schauen, ohne dabei etwas zu entdecken. Sie machte in Gretas Zimmer weiter, aber da man die Mädchen von klein auf dazu anhielt, Ordnung zu halten – immerhin mussten sie später einmal einen Haushalt führen –, wischte sie lediglich Staub und räumte Wäsche in den dafür vorgesehenen Wäschekorb.

Hernach machte sie Ordnung im Esszimmer und im kleinen Salon, die beiden einzigen Räume, die rege genutzt wurden. In allen anderen Zimmern musste nur rasch staubgewischt werden. In der Wohnung der Hohensteins gab es noch weniger zu tun, Julia Hohenstein hatte sich schon lange mit den veränderten Zeiten, in denen man nur wenig Personal brauchte, abgefunden und sorgte selbst dafür, dass alles aufgeräumt war. Da sie sich jedoch noch in der Wohnung aufhielt, konnte Magdalena dort nicht mehr Zeit verbringen als nötig.

Während sie in Karl Hohensteins Schlafzimmer stand,

das allem Anschein nach nur noch der Form halber bestand, kam ihr alles auf einmal so furchtbar hoffnungslos vor. Halbherzig zog sie die Schublade seines Nachtschränkchens heraus und schloss sie rasch wieder, als sie Schritte hörte. Während sie mit dem Staubtuch über das hölzerne Kopfteil des Bettes fuhr, entfernten sich die Schritte wieder. Erneut öffnete sie die Schublade, aber außer einem vergessenen Roman lag dort nichts. Sie blätterte das Buch rasch durch, aber es barg keinerlei Geheimnisse. Die Hoffnungslosigkeit wich einer plötzlichen, überbordenden Wut, und sie folgte dem kindischen Impuls, einige Seiten mitten aus dem Roman zu reißen, in der Hoffnung, Karl Hohenstein läge etwas an dem Buch. Sie stopfte die Seiten in die Schürzentasche und ging hinüber zu Julia Hohensteins Schlafzimmer.

Auf dem Bett lagen zwei Kissen und zwei Decken. Kaum vorstellbar, dass die beiden es in dem Alter noch miteinander trieben, dachte Magdalena gehässig. Aber vielleicht lagen sie auch einfach nur beieinander und stellten sich vor, wie sie es als junge Leute getan hatten. Sie wischte Staub und verließ den Raum. Der Rest war schnell gemacht, und sie ging hinauf in die Wohnung der Rebeins, wo Lisa gerade in Fräulein Margots Zimmer zugange war.

»Ist das in der kurzen Zeit überhaupt gründlich geworden?«, fragte sie spitz.

»Ach je, Lisa«, seufzte Magdalena. »Erst sagst du mir, ich würde mir die Wohnungen aussuchen, in denen wenig zu tun ist, und doch erwartest du, dass ich ebenso lange brauche wie du? Was denn nun?«

Da Lisa wohl bewusst wurde, dass sie in der Tat widersprüchlich reagiert hatte, schwieg sie und versuchte sich an einem Blick verächtlicher Herablassung, der an Magdalena jedoch abperlte. »Wo soll ich weitermachen?«, fragte sie stattdessen.

»Im Schlafzimmer der Rebeins«, antwortete Lisa, und Magdalena wandte sich ab.

Sie hatte munkeln hören, dass Georg Rebein in der Vergangenheit Schleusern geholfen hatte, Menschen aus dem Land zu schaffen. Damals hätte man ihn einen Landesverräter und Straftäter genannt, aber heute feierte man solche Leute ja als Helden. Magdalena fragte sich, ob sich in seiner Vergangenheit nicht etwas finden ließ, das ihn mit den Nazis in Verbindung brachte, immerhin hatte er als Industrieller unter ihnen gearbeitet. Dann könnte sie Hans Hohenstein damit erpressen, die Wahrheit über die Geschehnisse öffentlich zu machen. Unter Lisas Aufmerksamkeit – ihre Mitarbeiterin sah bestimmt gerade sehr genau auf die Uhr – konnte sie sich hier natürlich nicht länger aufhalten als möglich, aber vielleicht ergab sich ja ein anderes Mal die Gelegenheit.

Das Hotel war festlich geschmückt, und Annemarie bekam einen Eindruck davon, wie es zu seinen Glanzzeiten ausgesehen haben musste. Der Portier neigte den Kopf, als sie das Vestibül betrat, wo sie von einem elegant gekleideten Sebastian in Empfang genommen wurde. Er war überglücklich gewesen bei ihrem Anruf und hatte sie gebeten, an diesem Abend zu kommen, eine Entscheidung, bei der Annemarie nicht lange hatte überlegen müssen.

Nun, da sie hier war, erschien der Nachmittag mit Wilhelm auf einmal erstaunlich weit weg, und doch war er überaus präsent. Sie ließ den Mantel von ihren Schultern gleiten, den Sebastian ihr abnahm und an einen Pagen weiterreichte, der ihn zur Garderobe brachte. Annemarie trug ein elegantes Abendkleid in einem satten Goldton, dessen Saum mit seidenschimmernder brauner Stickerei verziert war. In Sebastians Blick lag ein warmes Glimmen, und sein Lächeln war so glücklich, wie er es in der Öffentlichkeit bei ihrem Erscheinen eben wagen durfte.

»Wie schön, dass es so kurzfristig geklappt hat«, sagte er, gab ihr die Hand und legte die andere auf ihre Schulter, etwas, das zwar vertraulich, aber nicht außerhalb des Rahmens reiner Höflichkeit war.

»Ich habe mit Wilhelm gesprochen.« Es war vielleicht das Beste, das Thema direkt aufs Tapet zu bringen.

Sebastian drängte sie nicht, weiterzusprechen, sondern neigte nur fragend den Kopf.

»Er weiß nun«, fuhr sie fort, während sie an seinem Arm zum Festsaal ging, »dass ich darüber nachdenke, die Verlobung zu lösen.«

»Und wie hat er darauf reagiert?«

»Wie zu erwarten. Er wird nicht so ohne Weiteres loslassen, womöglich gar rechtliche Schritte einleiten.«

Sebastian nickte zögernd. »Und was wird dann geschehen?«

»Es wird Unannehmlichkeiten geben, aber letzten Endes kann er mich nicht dazu zwingen, ihn zu heiraten.«

»Und deine Eltern?«

»Die mochten ihn von Anfang an nicht.«

»Fraglich, ob sie mich lieber mögen, nachdem ich dich derart auf Abwege geführt habe.«

»Wenn ich mich recht erinnere, war es eher umgekehrt.«

»Das ist wohl nichts, was man seinen Eltern gesteht.«

Ein Lachen kitzelte sie in der Kehle. »Meine Eltern sind einiges gewöhnt.«

»Da bin ich ja begierig, mehr zu erfahren.«

Wieder lachte sie. »Die delikaten Details spare ich mir für die Zeit nach der Hochzeit auf.«

»Wenn du mich fest an der Kandare hast?«

»Das habe ich doch jetzt schon.« Übermütig lächelnd betrat sie an seiner Seite den Festsaal, ein Raum, der in Cremeweiß und Gold gehalten war, mit schweren, samtenen Vorhängen in einem dunklen Beige, die seitlich gerafft waren und die hohen Fenster und Verandatüren freigaben, schwarz spiegelnd vor der abendlichen Finsternis.

»Wohin führt diese Treppe?«, fragte sie.

»Zur Beletage. Früher einmal sind die Damen des Hauses hier sehr elegant hinabgeschwebt, inzwischen ist sie eigentlich nur noch Dekoration und eine Abkürzung, wenn Gäste nach einem Fest zurück in ihre Zimmer gehen. In dem Fall brauchen sie nicht erst ins Vestibül.«

Die Musik spielte bereits, und Paare hatten sich auf der Tanzfläche eingefunden.

»Komm«, sagte Annemarie. »Ich möchte tanzen, bis sich alles in mir dreht.«

Sebastian grinste. »An mir soll es nicht scheitern.«

Und er tat ihr den Gefallen, tanzte einen Tanz nach dem anderen mit ihr. Gelegentlich zuckte der Gedanke daran auf, dass gemeinsame Bekannte von Wilhelm und ihr sie sehen könnten. Doch auch wenn sie versuchte, diesen immer wieder resolut beiseitezuschieben, konnte sie nicht leugnen, dass eine gewisse Unruhe sie erfasst hatte. Wenn sie ins Gerede kam, würde sich eine Trennung zwar vielleicht leichter durchsetzen lassen, ihr Ruf jedoch wäre dahin, und das war durchaus ein Problem, wenn sie als Ärztin weiterhin ernst genommen werden wollte. Sie brachte es jedoch auch nicht über sich, sich von Sebastian zu trennen und mit jemand anderem zu tanzen.

»Die Sache mit der alten Dame seinerzeit hatte übrigens noch ein Nachspiel für mich«, erzählte Sebastian, als er sie zum Büfett führte. »Sie hat es tatsächlich meinem Großvater erzählt.«

»Hat sie mich erkannt?«

»Nein, sie sagte nur, ich hätte in der Öffentlichkeit unzüchtige Handlungen an einer Frau vorgenommen.«

»Ah ja?« Ein Grinsen drängte sich auf Annemaries Lippen, obwohl das alles nun wahrhaftig nicht lustig war.

»Mein Großvater war natürlich sehr ungehalten.« Ein kurzes Zögern war erkennbar, ehe er weitersprach. »Er hat geahnt, dass du die Frau in meinem Auto warst, und hat gesagt, er dulde es nicht, wenn ich mit der Frau eines anderen Mannes anbandle.«

Das Grinsen erlosch, und Annemarie blickte sich um, suchte mit den Augen den Raum nach dem alten Herrn ab.

»Er ist nicht hier«, beruhigte Sebastian sie. »Diese Feiern sind nicht mehr das Rechte für ihn, und er ist froh, wenn er nicht dabei sein muss. Das Ehepaar Rebein, Adrián und ich vertreten das Hotel. Hans wollte eigentlich auch kommen, aber der war wohl nicht in Stimmung.«

»Wie werden sie reagieren, wenn du dich dafür entscheidest, deine Zukunft mit einer Frau wie mir zu verbringen?«

»Es ist meine Entscheidung, nicht ihre. Sie befürchten wohl eher den Ärger, den es mit sich bringt, wenn wir etwas anfangen, solange du noch verlobt bist. Wenn du diese Verlobung gelöst hast, sieht die Sache ja ganz anders aus.«

Ja, wenn. Momentan schien sich das schwierig zu gestalten, dabei wollte Annemarie so gerne klare Verhältnisse. Ihr grauste jetzt schon vor der nächsten Begegnung mit Wilhelm.

»Meine Eltern werden Verständnis haben, immerhin war mein Vater selbst auch verlobt, als er meine Mutter kennenlernte.«

»Tatsächlich?«

»Ja. Er und seine Verlobte passten wohl ebenso wenig zusammen wie du und dein Wilhelm.«

Irgendwie war es beruhigend zu wissen, dass sie zumindest von dieser Seite keine Verurteilung zu befürchten hatte. »War es nicht schwierig, zu dieser Zeit eine Verlobung zu lösen? Noch schwerer als heute? Noch dazu, wenn der Mann sich von der Frau trennen wollte?«

»Ja, aber mein Vater war sehr konsequent in seiner Entscheidung. Darüber hinaus gab es Umstände, die ein Zusammenleben unmöglich machten, aber davon hat er erst nach Lösung der Verlobung erfahren.«

»Welche waren das?«

»Das erzähle ich dir irgendwann mal in Ruhe.«

Sie kehrten zurück auf die Tanzfläche, wo nun eine langsame Melodie spielte. So eng, wie sie es gerade wagen durften, bewegten Annemarie und Sebastian sich im Takt der Musik, langsam, wiegend. Dann spürte sie seinen Atem an ihrem Hals, als er seinen Mund dicht an ihr Ohr brachte. »Bleib bei mir heute Nacht«, murmelte er.

Sie antwortete nicht sofort, da sie wusste, dass dieser Schritt unumkehrbar war. Vielleicht machte es ihm Mut, dass sie wenigstens nicht rundheraus ablehnte, er verzichtete jedoch darauf, zu insistieren, was sie ihm hoch anrechnete. Und das gab letzten Endes den Ausschlag. »Ja«, flüsterte sie.

Ein tiefes Einatmen war zu hören, dann schlossen sich seine Finger um ihre Hand. »Gehen wir?«

»Wird man dich nicht vermissen? Der Abend hat doch eben erst begonnen.«

»Adrián wird mich würdig vertreten, und momentan macht es nicht den Eindruck, als würde ich hier dringend gebraucht.«

Ihr Herz schlug so hart, dass es ihr in den Ohren dröhnte, während sie an seiner Seite den Saal verließ. Sie machte sich keine Gedanken darum, ob jemand sie bemerkte, sie konnte an nichts anderes denken als an das, was sie ihm Begriff war zu tun. Hand in Hand gingen sie im Vestibül über die Treppe hoch in die Beletage, wo Sebastians Suite lag. Er öffnete die Tür, ließ ihr den Vortritt, folgte ihr und schloss hinter ihnen ab.

Einen Moment lang stand Annemarie nur da, versuchte, sich zu sammeln. Obwohl ihre Mutter – bei aller Offenheit und Vertrautheit – bei diesem Thema sehr vage geblieben war, wusste sie als Ärztin natürlich genau, was geschehen würde. Rein technisch war sie bestens aufgeklärt. Allerdings konnte sie nicht verhehlen, dass sie dennoch ein klein wenig Angst vor dem hatte, was kam, davor, wie es sich anfühlen würde.

Sebastian ging zum Grammophon und legte eine Platte auf. Ein von Knistern begleitetes langsames Tanzlied erklang, und er kam zu ihr, zog sie an sich und tanzte mit ihr. Sie spürte, wie die Anspannung von ihr abfiel und sie gelöster wurde. Eine Weile bewegten sie sich im Takt der Musik, dann senkte Sebastian den Kopf und küsste sie, ließ ihr Zeit, es sich anders zu überlegen. Seine Hand glitt liebkosend über ihren Rücken, und Annemarie spürte, wie der Reißverschluss ihres Kleides geöffnet wurde. Sie ließ es über die Schultern zu Boden gleiten und stand nun nur noch in ihrem Unterkleid vor ihm. Wieder küsste er sie, und schließlich hob er sie hoch und trug sie zum Bett.

»Du siehst wirklich hinreißend aus.«

Ruth drehte sich um und hatte die Stimme bereits der richtigen Person zugeordnet, ehe sie Peter Henricks erblickte. »Vielen Dank.« Sie trug ein blaues Kleid von Dior, das Emma ihr extra für diesen Abend gekauft hatte und das mit ihren blauen Augen harmonierte. Dazu ein silbernes Armband und eine Kette mit einem kleinen Anhänger, der mit Saphirsplittern besetzt war. »Das Kompliment gebe ich übrigens gerne zurück.«

Ruth hatte den ganzen Abend getanzt, meist mit Adrián, der nun mit ein paar Bekannten zusammenstand und sich unterhielt. Sie hatte ihn beobachtet und festgestellt, wie vertraut ihr vieles bereits war – seine Art, das Gesagte mit knappen Gesten zu unterstreichen, sein leicht schiefes Lächeln, wenn er jemanden hochnahm, das Lachen, die Weise, wie er den Kopf neigte, wenn er zuhörte. Als spürte er, dass sie ihn betrachtete, wandte er ihr den Blick zu und schenkte ihr ein Lächeln, von dem nur sie wusste, dass es ihr allein galt. Hernach war sie ein wenig durch den Saal geschlendert und schließlich am Büfett von Peter angesprochen worden.

»Ich danke dir vielmals«, beantwortete er ihr Kompliment. Er nickte zum Saal hin. »Eine gelungene Feier.«

»Ja. Ich hoffe, das bedeutet eine Wendung hin zum Besseren.«

»Es ging euch nicht gut in letzter Zeit, nicht wahr? Meine Mutter hat erzählt, dass es schwer ist, das Hotel wieder in Gang zu bringen.«

»Das ist wohl kein Geheimnis. Aber inzwischen hat sich einiges gebessert, nicht zuletzt, weil wir Adrián und Sebastian haben. Für Hans und Emma ist es zu viel, und Karl tut zwar, was er kann, aber er hat irgendwann auch einfach seinen Ruhestand verdient.«

Peter stellte nun das Glas ab, das er in der Hand gehalten hatte. »Ich habe gesehen, dass ihr den Garten beleuchtet habt.«

»Ja, die Veranda zumindest, damit man auch mal frische Luft schnappen kann, wenn einem danach ist.«

»Magst du einen Moment mit mir rauskommen? Euren Garten habe ich immer sehr gemocht.«

»Sicher, warum nicht?« Ruth ging mit ihm zur Veranda, öffnete eine der Türen, und eisige Kälte schlug ihr entgegen. »Das wird kein langes Vergnügen, das verspreche ich dir jetzt schon.«

»Kurze mag ich ohnehin lieber, die sind intensiver.«

»Wenn du unanständig bist, wirst du allein gehen müssen.«

»Es würde mir nicht im Traum einfallen.«

Sie schenkte ihm einen Blick, der besagte, er solle sich selbst beim Wort nehmen, dann verließ sie mit ihm den Saal.

Er zündete sich eine Zigarette an, und Ruth stieg der Geruch nach Tabakqualm in die Nase. Sie rieb sich die Oberarme und hoffte, dass er schnell wieder hineinwollte, denn ihn einfach stehen zu lassen erschien ihr unhöflich. Und so schmeichelhaft ihr seine Aufmerksamkeit auch war, das Gefühl hatte sich recht schnell abgenutzt, und hier mit ihm zu stehen hatte nur wenig Reiz. Da sie befürchtete, ihr würden beim Sprechen die Zähne aufeinanderschlagen, war es ein sehr schweigsames Beieinanderstehen.

Schließlich hatte Peter fertig geraucht und drückte den Zigarettenstummel in einem dafür vorgesehenen Kübel aus. Er hätte auch im Saal rauchen können, aber klar, an der frischen Luft war es natürlich schöner, wenn man dabei einen Smoking trug und kein Cocktailkleid. Als er sich ihr zuwandte, dachte sie, er wolle nun zurück in den Saal, doch er schlang den Arm um ihre Taille, zog sie an sich und küsste sie. Vollkommen perplex hielt Ruth inne, dann schob sie ihn von sich, nicht heftig, aber bestimmt.

»Tut mir leid, wenn das unerwartet kam«, sagte er.

Ruth wollte antworten, als sie eine Gestalt an der Verandatür ausmachte. Grundgütiger, das durfte doch nicht wahr sein. »Adrián?«

Nun wandte sich auch Peter zur Tür, sah Ruth dann fragend an, der Adriáns Schweigen Unheil verkündend erschien.

»Mein Verlobter«, brachte sie mit zittriger Stimme hervor – ob vor Kälte oder Schreck, ließ sich nicht unterscheiden.

»Das wusste ich nicht, entschuldige bitte.« Er neigte den Kopf und ging an Adrián vorbei zurück in den Saal.

Ruth folgte ihm und blieb vor Adrián stehen. »Gehen wir?«, fragte sie.

Er nickte nur und folgte ihr.

»Das war ein Missverständnis«, erklärte sie direkt.

»In der Tat?«

»Ja. Er hat wohl geglaubt, ich sei an ihm interessiert.«

»Das könnte daran liegen, dass du dich allein mit ihm im Dunkeln auf der Veranda herumtreibst.«

»Ich kenne ihn schon lange und habe mir nichts dabei gedacht.«

»Er offenbar schon.«

»Das ist doch nicht meine Schuld.«

»Man kann aber auch nicht gerade behaupten, dass du dich nach Kräften gewehrt hast, nicht wahr?«

»Ich war überrascht.« Sie tat einen tiefen Atemzug. »Was wolltest du überhaupt draußen?«

Er hatte den Blick einen Moment lang abgewandt, dann sah er sie wieder an. »Ich habe dich gesucht, und Margot sagte, sie habe bemerkt, dass du mit deinem Verflossenen in den Garten gehst.«

Margot. Das war ja klar. »Es war nichts, ich ... Außerdem ist er nicht mein Verflossener.«

»Sondern?«

»Ein Bekannter von früher.«

»Der dir nie etwas bedeutet hat?«

Ruth zögerte. »Da war ich doch erst siebzehn, das war nichts Ernstes.«

»Und seine Aufmerksamkeit hat dir wohl nicht geschmeichelt?«

Wieder zögerte sie.

»Ich würde sagen«, fiel er ihr ins Wort, »du verschaffst dir Klarheit über deine Gefühle, ehe wir das Gespräch fortsetzen.« Damit nickte er ihr kühl zu und ließ sie stehen.

Mit gesenktem Kopf, ohne nach links oder rechts zu blicken, verließ Ruth den Saal, indes sie mit den Tränen kämpfte. Sie schaffte es gerade noch aus dem Vestibül hinaus, als der erste Schluchzer ihr über die Lippen quoll.

Hastig stieß sie die Tür zum privaten Trakt auf und eilte die Treppe hinauf in das dritte Obergeschoss, lief in die Wohnung und in ihr Zimmer, wo sie sich auf das Bett warf und hemmungslos weinte. Er würde mit ihr brechen, ganz gewiss würde er das, und das alles nur, weil sie so dumm gewesen war, sich einen Moment lang hinreißen zu lassen. Er würde sie für liederlich halten, und womöglich dachte Peter dasselbe, nachdem sie sich von ihm hatte küssen lassen, obwohl sie – wenn auch noch nicht offiziell – verlobt war. Sie drückte ihr Gesicht in das Kissen und erstickte die Schluchzer, die in einem Schluckauf verebbten. Zurück blieb schließlich eine mit Wut gemischte Verzweiflung. Wut auf Margot, aber auch auf Adrián. Immerhin war er nun wahrhaftig kein unbeschriebenes Blatt, was Frauen anging.

Als die Tür geöffnet wurde, dachte sie im ersten Moment, es sei ihre Cousine, und fuhr bereits wütend herum. Herein kam jedoch Emma, die in ihrem silberdurchwirkten schwarzen Cocktailkleid dastand und sie ansah. »Darf ich mich zu dir setzen?«

Ruth nickte und setzte sich auf, kramte nach einem Taschentuch. Ihre Tante ließ sich auf dem Rand des Bettes nieder und ließ ihr Zeit, ein wenig zu Atem zu kommen.

»Du hast mit Adrián gestritten?«

»War das so offensichtlich?«

»Nun, wenn ihr erregt diskutiert und du danach fast fluchtartig den Saal verlässt und nicht wiederkommst, liegt der Schluss nahe, nicht wahr?«

Ruth zerknüllte das Taschentuch in ihren Händen, strich es glatt, zerknüllte es erneut zu einem Ball und presste die Finger darum. »Adrián wird mich verlassen.« Wieder brach ihr die Stimme.

Emmas Augen weiteten sich kaum merklich. »Was könntest du so Schlimmes getan haben, dass er das auch nur in Erwägung zieht? Noch dazu an so einem herrlichen Abend und nachdem ihr so harmonisch getanzt habt?«

Mit einer nahezu trotzigen Geste wischte Ruth sich mit dem Taschentuch die Tränen weg. »Peter Henricks ist wieder hier«, antwortete sie.

Es brauchte einen kurzen Moment, ehe Emma ihn einordnen konnte, das erkannte Ruth an der leicht gekrausten Stirn und dem Blick, der eine kurze, nachdenkliche nach innen Gekehrtheit zeigte. »Er hat Medizin in Köln studiert, ja?«

Ruth nickte. »Früher war ich mal sehr verliebt in ihn.«

»Verstehe.«

»Er hat mich damals wie ein Kind behandelt, und irgendwie war es eine kleine Genugtuung, dass er sich so intensiv um mich bemüht hat, jetzt, wo ich nicht mehr an ihm interessiert bin. Ich habe ein wenig mit ihm kokettiert, und dann waren wir auf der Veranda, haben uns unterhalten. Er hat die Zeichen wohl falsch gedeutet und mich geküsst.«

»Und das hat dir gefallen?«

»Nein, ich war vielmehr überrascht, vielleicht war ich auch nicht entschieden genug darin, ihn abzuwehren, es dauerte einen Moment. Und plötzlich stand Adrián vor uns.« Ruth machte eine kurze Pause. »Margot hat ihm erzählt, dass wir aus dem Saal gegangen sind, sonst hätte er es gar nicht erfahren und die Sache wäre nur ein kleiner Ausrutscher geblieben.«

Emma nickte nachdenklich. »Das war sehr hässlich von Margot, ich werde mit ihr sprechen.«

»Nein, bitte nicht. Das werde ich selbst tun.« Ruth rollte das Taschentuch zwischen ihren Fingern zu einer Wurst.

»Ich werde mich, was Adrián angeht, natürlich nicht einmischen. Allerdings solltest du wissen, dass er mit seiner Geliebten erst auf Karls Drängen hin gebrochen hat. Aus seiner Sicht hatte das nichts mit seiner Beziehung zu dir zu tun, diese junge Frau stillte lediglich seine körperlichen Bedürfnisse, solange du das noch nicht tun kannst.«

Ruth stieg das Blut ins Gesicht, wobei sie nicht recht wusste, ob aus Wut oder aus Verlegenheit. »Ah ja, es hatte nichts mit mir zu tun?«

»Das hatte es für ihn wohl wirklich nicht, Männer denken in dieser Hinsicht anders. Ich sage das auch nicht, um dich gegen ihn aufzubringen, er hat ja getan, was Karl verlangt hat. Aber er ist nun wahrhaftig nicht in der moralischen Position, dich zu verurteilen, weil du einen Moment lang überrumpelt warst.«

Ruth nickte zögernd.

»Möchtest du wieder mit nach unten kommen?«

»Nein, mir ist nicht mehr nach Feiern.« Sie wollte weder Peter noch Adrián begegnen.

»Dann wünsche ich dir eine gute Nacht.« Emma erhob sich und lächelte ihr aufmunternd zu. »Und Kopf hoch, morgen sieht die Welt wieder viel freundlicher aus.«

»Hoffentlich.«

Nachdem ihre Tante das Zimmer verlassen hatte, blieb Ruth noch eine Weile auf dem Bett sitzen, dann stand sie auf und zog ihr Kleid aus.

☆☆ 19 ☆☆

Als Annemarie die Augen aufschlug, wusste sie im ersten Moment nicht, wo sie war, dann kam die Erkenntnis, und sie schlang die Arme um das Kopfkissen, ein träges Lächeln auf den Lippen. Es war so unbeschreiblich schön gewesen, und es hatte sich richtig angefühlt, es mit diesem einen Mann zu tun.

Eine Weile sah sie ihn einfach nur an, wie er dalag und schlief, beobachtete, wie seine Brust sich unter ruhigen Atemzügen hob und senkte. Dann drehte sie sich um und warf einen Blick auf die Wanduhr. Es war Samstag, und sie hatte frei, aber es würde natürlich auffallen, wenn sie morgens im Cocktailkleid das Hotel verließ. So weit hatte sie nachts gar nicht mehr gedacht. Sie richtete sich auf und bemerkte, dass sich nun auch Sebastian regte.

»Wolltest du unbemerkt verschwinden?«, fragte er in dem schläfrigen Versuch eines Scherzes.

»Nein, ich möchte nur fort sein, ehe das ganze Haus wach ist und bemerkt, dass ich noch im Abendkleid bin.«

Sebastian öffnete die Augen, lächelte sie an und zog sie zurück aufs Bett. Anstatt sie jedoch zu küssen, beugte er sich nur über sie und strich ihr das Haar aus dem Gesicht. »Es war schön letzte Nacht«, sagte er. »Unglaublich schön.«

Behutsam streichelte sie seine Wange, sein Haar. »Ja, das war es in der Tat. Aber ich sollte jetzt dennoch gehen.«

»Ich besorge dir ein Kleid von Margot, sie hat ungefähr die gleiche Figur wie du. Ruth wäre mir lieber, aber die ist ein Stück kleiner, das würde nicht passen. Geh in der Zeit in Ruhe unter die Dusche. Du wirst hier rausspazieren, ohne Angst haben zu müssen, in Verlegenheit zu geraten.«

»Und welche Erklärung wirst du Margot gegenüber abgeben?«

»Da fällt mir schon etwas ein.«

Annemarie dankte ihm und ging ins Bad, erhitzte den Boiler und drehte den Wasserhahn auf. In einem dampfenden Strahl plätscherte das Wasser in die Keramikwanne, und Annemarie ließ es einen Moment lang einfach nur über ihren Körper laufen, über den sie in der letzten Nacht so viel mehr erfahren hatte. Er war zu Empfindungen fähig, von denen sie nicht einmal geahnt hatte. Nie im Leben würde sie dergleichen mit Wilhelm teilen können, allein der Gedanke daran war ihr unmöglich.

Sie wusch sich das Haar, wählte eine Seife aus einer kleinen Schale aus und stellte, nachdem sie sich abgeduscht hatte, den Wasserhahn aus. Als sie in ein Handtuch gewickelt ins Zimmer zurückkehrte, lag ein hellgrünes Tageskleid auf dem Bett.

»Ich habe Margot um ein Kleid gebeten und um Diskretion. Sie hat mich seltsam angesehen und gesagt, sie könne nicht garantieren, dass mir ihre Kleider passen.«

Annemarie lachte schallend. »Sie wollte dich veralbern.«

»Das hoffe ich. Margot kann ich in dieser Hinsicht schwer einschätzen.«

»Nun, wenn dich die Leute demnächst mit befremdlichen Blicken mustern, weißt du, warum.«

Er zog sie an sich und nestelte an ihrem Handtuch.

»Das ist es mir wert«, murmelte er, während er ihren Hals küsste.

Sofort ging ihr das Herz schneller, und es brauchte ihre gesamte Selbstbeherrschung, ihn in die Schranken zu weisen. »Ich sollte jetzt wirklich gehen.«

»Hmhm.«

Sie hielt das Handtuch fest, damit es nicht zu Boden fiel, ließ zu, dass Sebastian ihr noch einen Kuss raubte, und machte sich dann entschieden von ihm los. »Nein, wirklich. Ich muss jetzt gehen.«

Er küsste sie rasch noch ein weiteres Mal, dann ließ er sie los, und sie suchte ihre Wäsche zusammen, warf das Handtuch aufs Bett und zog sich an, wohl wissend, dass Sebastian sie beobachtete.

»Schließt du bitte mein Kleid?«, fragte sie und drehte ihm den Rücken zu.

Er zog den Reißverschluss hoch und küsste ihren Nacken. »Dein Mantel hängt neben der Tür, ich habe ihn aus der Garderobe geholt.«

»Du bist ein Schatz.« Damit blieb ihr dieser Gang erspart und der wissende Blick des Pagen.

Nach einem letzten Kuss verließ sie das Zimmer und ging über den Korridor zur Treppe. Gänzlich ungesehen kam sie natürlich nicht aus dem Hotel, denn Emma Rebein stand an der Rezeption, und obwohl sie ein professionelles Lächeln aufgesetzt hatte, konnte sie den Moment der Überraschung nicht gut verbergen. Aber sei's drum. Annemarie nickte ihr freundlich zu und verließ das Hotel. Die frische, kalte Luft tat ihr gut, allerdings hatte Nachtfrost über dem Schnee eine harschige Schicht gebildet, und sie hoffte, dass ihr Käfer die steile Abfahrt ohne Probleme meisterte.

Die Sorge erwies sich jedoch als unbegründet, denn die Strecke war in den Morgenstunden bereits befahren worden und eher matschig als glatt. Sie lenkte den Wagen behutsam hinunter nach Königswinter und setzte mit der Fähre nach Mehlem über, um von Godesberg aus die Bundesstraße 9 nach Bonn zu nehmen. Zunächst fuhr sie in ihre Wohnung, um sich umzukleiden. Erst in ihren eigenen Sachen fühlte sie sich wieder wie sie selbst. Dann frisierte sie sich das Haar neu, band es zu einem Zopf und sah auf die Uhr. Sie hatte geplant, an diesem Tag in der Praxis die Buchhaltung zu machen, und da ihr ohnehin gerade zu viele Dinge im Kopf herumschwirrten und sie nicht allein zu Hause sitzen wollte, beschloss sie, direkt zu fahren. Mittags würde ihr Vater sie dann dort zum Essen abholen.

Ein seltsames Gefühl hatte sie ergriffen, ein Hochgefühl gemischt mit einem erbärmlich schlechten Gewissen, denn obwohl sie Wilhelm gegenüber keinen Zweifel daran gelassen hatte, dass sie keine gemeinsame Zukunft mit ihm sah, waren sie offiziell immer noch verlobt. In ihrem Innern jedoch gehörte sie nicht mehr zu ihm, und vielleicht hatte genau das sie dazu getrieben, überhaupt so weit zu gehen. Und sie wusste, wenn sie die Zeit zurückdrehen könnte, würde sie wieder so entscheiden. Dabei war sie immer der Ansicht gewesen, dass zu diesem Schritt zwingend die Ehe gehörte, und im Grunde genommen dachte sie das immer noch. Aber sie wollte Sebastian ja heiraten, und sie war sich sicher, dass er der Richtige war. Das hatte sie bei Wilhelm zwar auch geglaubt, aber dieses Mal fühlte es sich anders an.

Sie griff nach ihrer Tasche und ihrem Schlüssel und verließ die Wohnung, um in die Praxis zu fahren. Darüber, wie es nun weiterging, würde sie sich später Gedanken machen, denn diese Nacht mochte sie in ihrem Entschluss gefestigt haben, aber die Probleme gelöst hatte sie mitnichten. Bei dem Gedanken an die unangenehmen Gespräche, die ihr noch bevorstanden, erfasste sie ein gewisser Überdruss, den sie jedoch entschieden beseiteschob. Sie parkte den Wagen vor der Praxis, stieg aus und ging zu dem vertrauten Gebäude. Rasch schloss sie die Tür auf und begann als Erstes damit, den kleineren der beiden Behandlungsräume zu heizen. Dann setzte sie Teewasser auf und suchte die Unterlagen raus, ordnete sie vor sich. Das Pfeifen des Teekessels riss sie aus der Arbeit, und sie eilte in die kleine Küche, wickelte ein Tuch um den Griff, nahm den Kessel vom Feuer und hängte ein Tee-Ei hinein. In den Minuten, während der Tee zog, sah sie aus dem Fenster, beobachtete vorbeieilende Passanten, die die letzten Weihnachtseinkäufe tätigten. Sie selbst hatte bereits alle Geschenke – auch das für Wilhelm. Wieder dieses Gefühl des Überdrusses.

Sie nahm das Tee-Ei aus der Kanne, trug diese zu ihrem Schreibtisch und verbrachte die nächsten Stunden damit, konzentriert die Buchhaltung abzuarbeiten. Auf diese Weise verflog die Zeit bis Mittag wie im Flug, und die Arbeit hatte sie tatsächlich davon abgehalten, die ganze Zeit an Sebastian und Wilhelm zu denken. Sie legte den Federhalter beiseite, hob die Arme über den Kopf und streckte den Rücken, dehnte den Körper erst nach links, dann nach rechts und wollte sich eben wieder der Arbeit widmen, als sie jemanden zur Tür hereinkommen hörte. Ein Blick auf die Uhr sagte ihr, dass ihr Vater früh dran war.

Lächelnd erhob sie sich und verließ das Behandlungszimmer, um im Vorraum abrupt stehen zu bleiben. Das Lächeln zerfiel und mit ihm die gute Laune, an deren Stelle nun ein überwältigendes schlechtes Gewissen trat. »Guten Tag, Wilhelm.«

Er trat zu ihr, wollte sie küssen, aber sie wich zurück und drehte das Gesicht weg. »Woher wusstest du, dass ich hier bin?«, fragte sie rasch, um keine unangenehmen Schweigepausen aufkommen zu lassen.

»Ich war bei deiner Wohnung, und nachdem ich dich dort nicht angetroffen habe, fiel mir ein, dass du heute arbeiten wolltest.« Er konnte sich noch so bemühen, er schaffte es nicht, den leisen Vorwurf aus der Stimme zu halten. »Gehst du mit mir essen?«

»Ich bin mit meinem Vater verabredet.«

»Und danach?«

»Ich weiß nicht, ob das klug ist.«

»Wir sind verlobt.«

Sie rieb sich die Oberarme, fror in dem ungeheizten Vorraum. »Was ich gesagt habe, war mein Ernst.«

»Was ich gesagt habe, ebenfalls der meine. Ich werde dich nicht einfach so aufgeben. Und ich kann mir kaum vorstellen, dass du es auf eine öffentliche Auseinandersetzung ankommen lassen möchtest.«

Sie schloss einen kurzen Moment lang die Augen, öffnete sie wieder und sah Wilhelm an. »Es hat keinen Sinn mehr, merkst du das nicht? Möchtest du eine Ehe führen, in der wir ständig miteinander kämpfen?«

»Das haben wir früher auch nicht, und ich bin mir sicher, dort kommen wir wieder hin. Du bist eine rechtliche Verpflichtung eingegangen mit deinem Eheversprechen, und ich will diese Ehe.«

Annemarie zögerte, dann stieß sie in einem Atemzug aus: »Es gibt einen anderen Mann.«

Einen endlos langen Augenblick starrte Wilhelm sie an. »Wer?«, stieß er schließlich hervor.

»Spielt das eine Rolle?«

»Ich habe doch wohl das Recht, es zu erfahren, nicht wahr?«

Das hatte er wohl in der Tat. »Sebastian Hohenstein.«

»Vom Hotel?«

Sie nickte nur.

»Und wie lange geht das nun schon so?« Seine Stimme war sehr ruhig, Unheil verkündend ruhig.

»Das spielt doch keine Rolle. Das zwischen uns ist vorbei.«

»Ich werde das nicht zulassen.«

»Letzte Nacht habe ich mit ihm geschlafen.« Es war heraus, ehe Annemarie recht wusste, was sie da sagte. Vielleicht, um der Sache etwas Endgültiges zu geben. Wie auch immer, zurücknehmen konnte sie es nicht mehr, und so stand sie einfach nur da und beobachtete, was sie mit dem Gesagten angerichtet hatte. Aber vielleicht war es auch das Beste so. Wilhelm würde keine Frau haben wollen, die nicht mehr unberührt war. Er kam auf sie zu, und sie wappnete sich bereits für die unweigerlich folgenden Beschimpfungen, die Wut, das Toben in maßlosem Zorn. Nicht gewappnet war sie jedoch dafür, dass er ihr eine Ohrfeige verpasste, die sie taumeln ließ.

Sie stieß einen Schrei aus und fing sich gerade noch an der Empfangstheke ab.

»Hure«, stieß Wilhelm hervor und ohrfeigte sie ein weiteres Mal. Dieses Mal verlor sie den Halt und fiel.

Zitternd schob sie sich von ihm weg, hob die Hand, wollte ihn auf Abstand halten. »Hast du den Verstand verloren?« Tränen ließen ihre Stimme klein klingen, schluckten den wild aufbrandenden Zorn, die Fassungslosigkeit.

Dann war er über ihr, drückte sie zu Boden, schloss die Hände um ihre Kehle, schlug ihren Kopf gegen die Fliesen, dass sie einen Moment lang schwarz sah. Sie wehrte sich gegen ihn, versuchte, seine Hände von ihrem Hals zu lösen. Sein Gesicht verschwamm, und graue Flecken tanzten vor ihren Augen. Sie hörte, wie er etwas schrie, konnte jedoch nicht verstehen, was er sagte, indes ihr eigener Mund nur noch unartikulierte Laute formte.

Dann wurde der Druck auf einmal von ihrer Brust genommen, die Hände um ihren Hals lockerten sich, und mit letzter Kraft wand sie sich unter ihm hervor, keuchte, rang um Atem, während ihr Tränen über die Wangen liefen. Wilhelm rang mit ihrem Vater, war diesem jedoch trotz seines Alters unterlegen. Lange Jahre harter körperlicher Arbeit in dem Stahlwerk, dessen Leiter er später geworden war, hatten ihrem Vater eine drahtige, kräftige Gestalt verliehen und eine Kraft, die es ihn auch mit deutlich jüngeren Männern aufnehmen ließ.

»Warst du gerade dabei, mein einziges Kind zu töten?«, fragte Helmut Braun, während er Wilhelm gegen die Theke schleuderte.

Der wehrte sich nicht mehr, sondern sah Annemarie an, die Augen aufgerissen, als verstünde er selbst nicht, was gerade geschehen war. »Ich … Sie ist mit mir verlobt, aber getrieben hat sie's mit einem anderen!«, schrie er.

»Raus hier!«, brüllte Helmut Braun. »Raus, aber sofort!«

Wilhelm stolperte zur Tür, sah sich dann noch einmal um. »Annemarie, ich wollte nicht …« Dann war er auf der Straße und aus ihrem Blickfeld.

Annemarie schmerzte der Hals, Schlucken war kaum möglich, und jeder Schluchzer fühlte sich an, als reibe jemand mit Sandpapier an ihrer Luftröhre entlang. Sie hustete immer noch und konnte nicht aufhören zu weinen. Ihr Vater schloss sie wortlos in die Arme, streichelte ihren Rücken und wartete darauf, dass sie sich beruhigte. Dann führte er sie zu einem Stuhl und ging in die Küche, von wo er kurz darauf mit einem Glas Wasser zurückkehrte. Behutsam trank Annemarie schluckweise und verzog das Gesicht vor Schmerz.

»Was hat diesen Kerl veranlasst, so etwas zu tun?«, fragte ihre Vater. »Krude Verdächtigungen und Eifersucht?«

Annemarie sog den Atem tief ein und stieß ihn langsam wieder aus. »Ich habe ihm bei unserem letzten Treffen gesagt, dass ich keine Zukunft mit ihm sehe, und ihm, weil er keine Ruhe geben wollte, heute gestanden, dass es einen anderen Mann gibt.«

»Wer?«

»Sebastian Hohenstein.«

»Karl Hohensteins Enkel?«

Sie nickte nur.

»Verstehe. Und war an dem, was Wilhelm behauptet hat, etwas dran?«

Annemarie spürte, wie sie rot wurde. Dann nickte sie zögernd und mied den Blick ihres Vaters.

»Kein anständiger Kerl?«

»Doch, das ist er gewiss.«

»Und warum macht er dich dann zu seiner Geliebten, obwohl er wissen muss, dass du verlobt bist?«

»Es ist letzte Nacht passiert, und er hat mich nicht gedrängt, falls du das denkst.«

Ihr Vater nickte. »Ist es ihm ernst?«

»Ja. Und mir auch.«

»An deinen Motiven zweifle ich nicht, aber Männer sind zuweilen nicht ganz so aufrichtig, wenn sie wissen, worauf sie hoffen dürfen.«

Annemarie nahm einen weiteren Schluck. Die Schmerzen würden vermutlich den Tag über anhalten, vielleicht auch länger, und später wären Male zu sehen, sodass sie gezwungen sein würde, auch im Warmen zumindest ein Seidentuch zu tragen, wollte sie neugierige Blicke und Fragen vermeiden.

»Ich vermute, dir ist nicht mehr danach, essen zu gehen«, sagte ihr Vater, aber sie ergriff seine Hand und drückte sie.

»Doch«, antwortete sie. Und wenn es nur ein wenig Suppe war. »Komm, gehen wir.«

Was für eine Nacht. Was für eine unglaubliche und absolut phantastische Nacht. Obwohl er kaum geschlafen hatte, fühlte Sebastian sich so vital wie schon lange nicht mehr. Er hatte spontan beschlossen, mit seinen Großeltern zu frühstücken, und auf sein fröhliches »Guten Morgen« einen Blick seines Großvaters geerntet, in dem sich Argwohn und Nachsicht mischten. Schließlich war es kein Geheimnis, was dieser von seiner Beziehung zu Annemarie hielt, und vermutlich ahnte er, dass Sebastian die Nacht in überaus angenehmer Gesellschaft verbracht hatte. Aber auch wenn er dies tat – es war Sebastian ernst. Dagegen konnte auch ein Karl Hohenstein nichts einzuwenden haben.

Nach dem Frühstück ging er zur Rezeption, blieb dort eine Stunde, begrüßte zwei neue Gäste, regelte einen Zimmerwechsel, weil die Familie sich erst nach ihrer Ankunft entschlossen hatte, doch lieber ein größeres, höherpreisiges Zimmer zu beziehen. Da sie nach wie vor einigen Leerstand hatten, war das ohne viel Aufwand zu erledigen.

Später zog er sich ins Arbeitszimmer zurück und ging noch einmal die Pläne durch für den Umbau der Konferenzräume. Im Januar hatten sie keine Buchungen angenommen und würden nur das Restaurant und das Café für die Tagesgäste öffnen, da die Bauarbeiten zu laut waren, um sie Gästen zuzumuten, die in ihren Zimmern nach Ruhe suchten. Da die Tagesgäste zu dieser Jahreszeit sehr überschaubar waren, ließ sich das zeitlich alles gut einrichten. Außerdem würden neue Werbeprospekte gedruckt und verteilt werden.

Die Tür ging auf, und Ruth betrat das Bureau, blass und übernächtigt. Sie grüßte ihn kurz, dann zuckte ihr Blick zu Adriáns Schreibtisch, ehe sie Sebastian fragte, ob er etwas für sie zu tun hatte.

»Nein, momentan nicht.« Er wollte ihr vorschlagen, sich noch einmal hinzulegen, aber das wäre nicht gerade ein Kompliment, und so unterließ er es.

Als Adrián kurz darauf eintrat und beide nur einen raschen Blick wechselten, schwiegen und so taten, als wäre der jeweils andere nicht im Raum, war Sebastian klar, dass die Ursache für Ruths Aussehen nicht in zu langem Feiern begründet lag. Er räusperte sich und wollte sich erheben, um die beiden allein zu lassen, aber Ruth stand hastig auf und verließ den Raum. Adrián, der mittlerweile an seinem Schreibtisch saß, blickte einmal kurz auf und widmete sich dann wieder seinen Unterlagen.

»Was ist passiert?«, fragte Sebastian.

»Frag Ruth«, antwortete Adrián nur.

»Ist das jetzt nicht etwas albern?«

Nun sah Adrián hoch. »Ich spreche damit nicht von meinen Befindlichkeiten, aber es ist etwas delikat, und daher steht es mir nicht zu, es herumzuerzählen. Wenn sie es dich wissen lassen möchte, darf sie das gerne tun.«

Seufzend ging Sebastian zur Tür und verließ das Arbeitszimmer. Eigentlich ging ihn das alles nichts an, aber er mochte Ruth und wollte sie nicht traurig sehen. Außerdem war er selbst gerade so glücklich, dass er jeden anderen auch so sehen wollte. Er fand sie nach einigem Suchen im Café, wo sie gerade einen Tee trank und aus dem Fenster sah.

»Sprich dich aus«, sagte er, als er sich ihr gegenüber niederließ. Er bestellte einen Kaffee und wandte sich dann wieder ihr zu.

»Wovon redest du?«

»Soll ich erst einmal eine Zeit lang den Trottel spielen und so tun, als wüsste ich nicht, was zwischen dir und Adrián vorgefallen ist?«

Sie krauste die Stirn, dann zuckte sie die Schultern. »Jemand, in den ich vor Jahren mal verliebt war, war gestern Abend da und hat mit mir geflirtet. Und ich war wohl nicht ausreichend auf der Hut, denn er hat sich ermutigt gefühlt, mich zu küssen. Na ja, und ausgerechnet in dem Moment kam Adrián dazu.«

»Verstehe.«

»Aber es hat mir überhaupt nichts bedeutet.«

Im ersten Moment, das musste Sebastian sich eingestehen, wäre er ebenfalls verärgert und zutiefst eifersüchtig gewesen. Aber inzwischen hatten beide eine Nacht darüber schlafen können, und mit einigem Abstand sah alles meist viel weniger schlimm aus, als man es im ersten Moment empfunden hatte. »Und warum sprecht ihr heute nicht einfach darüber?«

»Er sagte, er wolle erst wieder mit mir reden, wenn ich mir Klarheit über meine Gefühle verschafft habe.«

»Nun, die hast du doch, oder?«

Ruth stützte ihr Kinn in die Hand. »Die hatte ich doch gestern schon, aber er hat mir gar nicht zugehört und mich sofort verurteilt.«

»Wie hättest du denn an seiner Stelle reagiert?«

Ruth schwieg.

»Na also.« Sebastians Kaffee kam zeitgleich mit dem Concierge, der gerade an den Tisch trat und sich für die Störung entschuldigte.

»Es gibt ein etwas delikates Problem, Herr Hohenstein.«

Sebastian erhob sich, nicht ohne Ruth noch einmal aufmunternd zuzunicken, dann verließ er mit dem Concierge das Café.

»Was ist denn passiert?«

»Ein Gast hat das Hotel verlassen, ohne zu bezahlen.«

»Wie das?«

»Er hat den Schlüssel an der Rezeption abgegeben, ist hinaus, um seinen Koffer in den Wagen zu laden, und kam nicht mehr zurück.«

Der Rezeptionist, der den Schlüssel angenommen hatte, war vollkommen aufgelöst, wenngleich es nicht seine Schuld war. Er hatte die Rechnung ordnungsgemäß vorbereitet, und er konnte dem Gast mitnichten verbieten, seinen Koffer vorab ins Auto zu bringen. Dass jemand einfach wegfuhr, war bisher noch nicht vorgekommen.

»Aber wir haben doch den Namen, nicht wahr?«

»Ja.«

»Dann dürfte es ja kein Problem sein, ihm die Rechnung schriftlich zuzustellen. Vielleicht war er in Gedanken und hat es vergessen, das soll vorkommen.« Sebastian sah sich das Rezeptionsbuch an. »Wie lange war er hier?«

»Zwei Wochen.«

Ein Wolfgang Schmidt, Sebastian erinnerte sich an ihn, ein distinguiert wirkender Herr, der lange Wanderungen unternommen und hin und wieder mit dem Auto in die Stadt gefahren war. Kein typischer Zechpreller. »Schicken Sie die Rechnung auf dem Postweg, und sehen wir, was passiert. Wo wohnt er?«

»In München.«

»Haben wir eine Telefonnummer?«

»Nein, nur die Adresse.«

»Versuchen Sie, die Nummer herauszubekommen.« Sebastian klopfte dem unglücklichen Rezeptionisten auf die Schulter, ehe er zurück ins Café ging.

Ruth trank ihren Tee aus und Sebastians Kaffee hinterher, dann blieb sie noch eine Weile sitzen und starrte aus dem Fenster hinaus in die schneebedeckte Landschaft. Natürlich hatte Sebastian recht, sie selbst hätte wohl auch nicht anders reagiert, hätte sie Adrián dabei erwischt, wie er seine Jugendliebe küsste. Vermutlich hätte sie zunächst auch keine Argumente gelten lassen und ihm gar eine eifersüchtige Szene gemacht.

»Wie ich sehe, muss ich mir keine Sorgen darum machen, dass mein Kaffee kalt wird«, scherzte Sebastian, als er an den Tisch zurückkehrte.

»Ja, mir war daran gelegen, dass du ihn auf jeden Fall heiß trinkst«, antwortete Ruth.

Sebastian zwinkerte ihr zu und ließ sich ihr gegenüber auf dem Stuhl nieder. »Wo waren wir stehen geblieben?«

»Bei Adriáns Eifersucht.«

»In Maßen begründete Eifersucht, so ehrlich solltest du zu dir selber sein.«

Sie nickte lediglich zögernd. Was Emma gesagt hatte, stimmte jedoch. Am Morgen sah die Sache nicht mehr ganz so dramatisch aus, wenngleich sie die Kühle, mit der Adrián ihr begegnet war, immer noch schmerzte. Andererseits war sie auch nicht unbedingt herzlicher zu ihm gewesen.

Sebastian trank eine Tasse Kaffee, dann erhob er sich und ging zurück an die Arbeit, nicht, ohne ihr gut zuzureden, sich wieder mit Adrián zu versöhnen.

»Immerhin wollte er mir nicht erzählen, was vorgefallen ist, das spricht nicht gerade für unversöhnlichen Zorn.«

Ruth erhob sich kurze Zeit später ebenfalls, in just dem Moment, als Peter Henricks das Café betrat. Er bemerkte sie direkt und kam zu ihr.

»Das gestern tut mir leid. Ich hätte es nicht getan, hätte ich gewusst, dass es jemanden in deinem Leben gibt. Du hättest es mir sagen sollen.«

»Das hätte ich gewiss getan, hätte ich gewusst, worauf du hoffst.«

»Ich dachte, das wäre offensichtlich.«

»Dann habe ich wohl nicht gelernt, die Zeichen richtig zu deuten.«

»Nein«, sagte er rasch. »An dir lag es gewiss nicht. Ich war sicher zu draufgängerisch. Aber du hast mich einfach umgehauen, es tut mir leid, dass ich nicht ein bisschen früher wieder hierhergekommen bin. Ehe es den anderen für dich gab.«

Ruth spürte, dass sie rot wurde, und wusste nicht, was sie darauf antworten sollte.

»Möchtest du, dass ich zu ihm gehe und mit ihm spreche, alles auf mich nehme?«

»Nein, schon gut, ich mache das.« Sie schenkte ihm ein zögerndes Lächeln. »Danke.«

Er neigte den Kopf, lächelte ebenfalls.

Als sie zurück zum Arbeitszimmer ging, hatte sich ihre Laune ein wenig gebessert. Adrián war allein im Raum, als habe Sebastian geahnt, dass sie hierherkommen würde. Ruth hob das Kinn und trat aus dem Vorzimmer mit dem Konferenztisch in das eigentliche Arbeitszimmer. Adrián blickte auf, in den Augen eine Haltung vorsichtiger Erwartung.

»Du hast dich von deiner Geliebten nur getrennt, weil Karl das verlangt hat«, ging Ruth in Angriffsstellung. »Aber du hast den Nerv, mir einen Kuss, den ich nicht einmal gewollt habe, zum Vorwurf zu machen.«

Adrián sah sie aufmerksam an. »Hat Sebastian dir das erzählt?«

»Nein.«

»Nun, es stimmt. Aber es hatte nichts mit dir zu tun.«

»Ja, natürlich nicht. So wie das mit Peter nichts mit dir zu tun hatte.«

Adrián verengte die Augen kaum merklich. »Bei mir und dieser Frau waren keine Gefühle im Spiel.«

»Bei mir und Peter ebenfalls nicht. Von meiner Seite zumindest.«

»Von seiner schon?«

»Ja. Ebenso wie vonseiten des Dienstmädchens, das sich ganz offensichtlich die Augen nach dir ausgeheult hat.«

Adrián stieß den Atem langsam aus. »Ich weiß, dass ich gestern Abend zu hart zu dir war. Es tat mir im Nachhinein leid, vor allem angesichts dessen, dass du nicht zurückgekommen bist. Du hattest dich so auf die Feier gefreut.«

»Von deinem Bedauern war heute Morgen nicht viel zu spüren.«

»Von deiner Versöhnungsbereitschaft ebenfalls nicht.«

Sie konnten das nun endlos fortführen, aber dazu fehlte Ruth die Lust, zudem war ihr Ärger auf ihn verraucht. Sie ging zu ihm, strich ihm das Haar zurück, und er erhob sich, küsste sie. Als die Tür geöffnet wurde, löste Adrián sich von ihr.

»Sebastian hat ein Gespür für den richtigen Zeitpunkt«, sagte er, und Ruth musste lachen.

»Ah, wie ich sehe, hängt der Himmel wieder voller Geigen. Ich muss jetzt aber leider stören. Adrián, wir haben ein Problem. Die Baumaterialien für die Konferenzräume wurden gerade geliefert.«

»Die sollten doch erst im Januar kommen und nicht so kurz vor Weihnachten.«

»Nicht nur das, es wurde offenbar auch etwas vergessen, dafür wurden andere Dinge doppelt geliefert. Hans diskutiert gerade mit den Lieferanten. Sieh bitte, ob wir Platz machen können, damit alles über den seitlichen Hof geliefert werden kann. Fahr am besten alle Autos aus der Remise. Die Mopeds und Fahrräder können stehen bleiben, daran kommen wir gut vorbei.«

Ruth begleitete Adrián zur Tür und gab ihm noch einen raschen Kuss. Dann ging sie ins Vestibül, um zu sehen, ob sie an der Rezeption helfen konnte.

Margot konnte nicht leugnen, dass sie durchaus ein schlechtes Gewissen hatte. Erst hatte es ihr eine Art oberflächlicher Befriedigung verschafft, zu sehen, wie Ruth und Adrián im Streit auseinandergingen, dann jedoch hatte sich diese schal und schäbig angefühlt. Was hatte sie überhaupt davon? Würde Adrián sich nun in Liebe und Dankbarkeit ihr zuwenden? Wohl kaum. Im Nachhinein ärgerte sie dieser kindische Impuls, ihn einfach hinter Ruth hergeschickt zu haben. Andererseits – niemand hatte Ruth dazu gezwungen, mit diesem Mann anzubandeln. Hätte sie einfach nur dagestanden und sich mit ihm unterhalten, hätte es die gesamte unerfreuliche Szene wohl nicht gegeben.

Allerdings ging sie ihr dennoch lieber aus dem Weg, denn auf eine direkte Auseinandersetzung hatte sie nicht die geringste Lust. Das gelang ihr bis mittags, dann jedoch begegneten sie sich im Hof. Vor ihr wegzulaufen wäre wirklich albern gewesen, also blieb Margot stehen und sah ihr entgegen.

»Wir haben uns wieder vertragen.«

»Alles andere wäre auch ziemlich kindisch gewesen, angesichts dessen, dass ihr heiraten möchtet.«

»Warum hast du es ihm überhaupt erzählt?«

»Konnte ich denn wissen, dass du mit dem Typen gleich herumknutschst?«

»Werde nicht vulgär, ja?«

»Nun, ich bin nicht diejenige, die zwei Männer gleichzeitig zappeln lässt.«

»Nein, du bist diejenige, die neidisch ist, weil ich den Mann bekomme, den du haben möchtest, und die keine Gelegenheit auslässt, mich das spüren zu lassen. Und dabei übersiehst du jemanden, der viel besser zu dir passen würde als Adrián.«

Margot hob die Brauen, lachte spöttisch. »Ach ja? Wen hattest du mir denn zugedacht?«

»Als wüsstest du das nicht selbst. Die Blicke musst du doch bemerken, ebenso die Hoffnung seinerzeit, dass du ihm anbietest, mit dir zu tanzen.«

»Du sprichst doch wohl nicht von Anton, oder?«

»Doch. Er hat mit mir vorliebgenommen, obwohl er viel lieber mit dir getanzt hätte, das kann dir doch nicht entgangen sein.«

Wieder lachte Margot, dieses Mal jedoch eher verärgert als spöttisch. »Ja, das würde dir so gefallen, ja? Für dich den ungarischen Adligen und für mich einen rothaarigen Zwerg, der darüber hinaus nur Kellner ist.«

Ruth schwieg, sah an ihr vorbei, und ihre Augen weiteten sich erschrocken. Böses ahnend drehte Margot sich langsam um und bemerkte Anton, der das Haus gerade verlassen hatte. Seine Miene gab nicht preis, ob er etwas gehört hatte oder nicht. Er nickte ihnen freundlich zu.

»Meine Damen.« Dann ging er zu seinem Moped und schob es über den Hof.

Margot starrte ihm hinterher, dann sah sie wieder zu Ruth. Die wiederum schüttelte nur den Kopf, eine steile Falte zwischen den Brauen. »Du bist ja völlig vernagelt.« Damit drehte sie sich um und ließ sie stehen.

Annemarie hatte den Nachmittag bei ihren Eltern verbracht, ihnen alles erzählt, von dem fortwährenden Streit mit Wilhelm, ihren Zweifeln, die immer stärker geworden waren, davon, wie sie Sebastian kennengelernt und sich verliebt hatte. Und von letzter Nacht, in deren Folge Wilhelm auf sie losgegangen war.

»Mir ist bewusst, dass ich nicht so weit hätte gehen sollen«, schloss sie. »Aber ich weiß, er ist der Richtige.«

»Das hoffe ich für dich, Liebes«, antwortete ihre Mutter. »Du weißt, wie wir dazu stehen, uns wäre es lieber, er würde dir erst den Ring an den Finger stecken. Aber jetzt ist es nun einmal geschehen, wir alle haben unsere schwachen Momente.«

»Ich habe nicht vor, seine Geliebte zu werden, es ist uns ernst.«

Sie unterhielt sich bis in den Abend hinein mit ihren Eltern darüber, wie es nun weitergehen sollte, über die Möglichkeiten, die Verlobung zu lösen.

»Angesichts dessen, dass er gewalttätig geworden ist und ich ihn gewaltsam von dir fortziehen musste, da er dabei war, dich zu erwürgen, dürfte es nicht schwer sein, Argumente zu finden.«

»Ich kann es immer noch nicht glauben«, sagte ihre Mutter. »Nicht auszudenken, wenn dein Vater nicht rechtzeitig dort gewesen wäre.«

Dass Wilhelm sie wirklich hatte töten wollen, glaubte Annemarie nicht einmal, aber er hätte es in seinem blinden Zorn vermutlich getan, einem Zorn, der ihn vergessen ließ, mit welchen Kräften er auf sie einwirkte. Vermutlich hätte er später mit ihrer Leiche dagesessen, geweint und sich bittere Vorwürfe gemacht. Aber dann wäre es zu spät gewesen, Annemaries Leben beendet, das ihrer Eltern vernichtet – denn davon hätten sie sich niemals erholt –, ebenso wie Wilhelms, das im Gefängnis geendet wäre. Und all das ausgelöst durch unbedachte Worte. Aber seine Reaktion hatte Annemarie einfach nicht absehen können, er war noch nie gewalttätig gewesen.

Abends verabschiedete sie sich von ihren Eltern und fuhr erst zu ihrer Wohnung, um sich umzukleiden, dann machte sie sich auf den Weg zum Hotel, wobei sie die Steigung sehr langsam fahren musste, da es wieder geschneit hatte. Oben angekommen, parkte sie, stieg aus und lief rasch über den Hof zum Portal. Sebastian stand mit Adrián Rados an der Rezeption und unterhielt sich mit dem Concierge. Als er sie erblickte, leuchtete sein Gesicht auf, und er kam auf sie zu, nahm ihre Hand und lächelte sie auf eine Art an, in der nur Annemarie die Erinnerungen an die letzte Nacht lesen konnte.

»Ich hatte gehofft, dass du kommst«, sagte er. »Ich habe heute Nachmittag versucht, dich zu erreichen, aber du warst nicht zu Hause.«

»Ich war bei meinen Eltern.« Nun wurde ihr Lächeln ein wenig angestrengt. »Essen wir zusammen zu Abend?«

»Gerne. Jetzt?«

Sie wollte schon Ja sagen, aber dann war ihr nichts lieber, als die Erinnerungen an den Mittag mit Wilhelm mit Schönerem zu überlagern, in Sebastians Armen zu liegen, während sie es ihm erzählte, und ihm nicht förmlich gegenüberzusitzen. »Nein, lieber etwas später.«

Er deutete ihren Blick richtig, das erkannte sie daran, wie sein Lächeln sich veränderte. »Wir nehmen die Treppe vom Festsaal aus, da ist momentan niemand.«

»Ist gut.«

Annemarie vermutete, dass jeder ahnen konnte, wohin sie gemeinsam gingen, aber in diesem Moment war ihr das gleich. Sie wollte bei ihm sein, über die Konsequenzen würde sie später nachdenken. Sie gingen hoch in die Beletage, betraten Sebastians Suite und lagen sich bereits in den Armen, kaum, dass die Tür geschlossen war. Sebastian streifte ihr das Kleid ab, während sie ihm das Jackett von den Schultern schob, die Knöpfe seines Hemdes öffnete. Ihre Körper fanden sich zwischen kühlen Laken, die Annemarie in dem noch ungeheizten Raum erschauern ließen, ein Schauer, der zu einem gänzlich anders gearteten wurde, als Sebastian sich daranmachte, ihren Körper auf ein Neues zu erforschen, zu liebkosen, all das wiederzuentdecken, was ihm aus der Nacht zuvor noch so vertraut sein musste, während er sie dazu ermutigte, dasselbe bei ihm zu tun. Dann jedoch hielt er inne, in jenem Moment, als sie selbstvergessen den Kopf zurückbog, ihm seinen Hals bot. Er sah auf sie hinab, berührte ihre Kehle, schweigend, die Augen geweitet.

»Wer war das?«

Sie öffnete die Augen, spürte, wie wieder die Tränen hineinstiegen. »Ich erzähle es dir später, ja? Bitte.«

Er zauderte, dann nickte er, und sie zog ihn erneut an sich, küsste ihn, wölbte ihm ihren Körper entgegen, um ihn alles andere vergessen zu machen. Es war noch schöner als beim letzten Mal, nun, da sie wusste, wie sie sich bewegen musste, als sie dem Rhythmus folgte, den er vorgab, die Gier sich in immer schnelleren Wellen entlud, die sie atemlos werden ließen wie eine Ertrinkende.

Später, als sie eng umschlungen dalagen, erzählte Annemarie ihm alles, von Wilhelms Besuch bei ihr, von seinem Zorn, davon, wie er auf sie losgegangen war und ihr Vater gerade noch rechtzeitig gekommen war. In Sebastians Augen stand ein Ausdruck fassungslosen Entsetzens.

»Grundgütiger«, murmelte er und berührte erneut ihren Hals, neigte den Kopf, küsste ihn. »Warum hast du es ihm erzählt?«

»Ich weiß es nicht. Vielleicht wollte ich einfach zeigen, dass mein Entschluss endgültig ist. Und ich konnte ja nicht wissen, dass er so reagiert. Wut, ja, aber doch nicht eine solche Gewalt.«

»Er ist ein mieser kleiner Schuft. Am liebsten würde ich …«

Sie verschloss ihm den Mund mit den Fingern. »Bitte, sprich es nicht aus. Lass ihn hier keinen Raum bekommen. Was er getan hat, war schlimm. Aber machen wir daraus keine nicht enden wollende Geschichte. Ich bin einfach nur froh, wenn es vorbei ist.«

Es war ihm anzusehen, dass es ihm schwerfiel, es dabei zu belassen, aber Sebastian tat ihr den Gefallen und schwieg. Stattdessen küsste er sie wieder, und seine Hand bewegte sich suchend unter der Decke.

Eine Stunde später stand Annemarie unter der Dusche, während Sebastian die Heizung in seinem Zimmer entfachte. Nach dem Duschen setzte sie sich an den Frisiertisch und kämmte sich das Haar, fand einen Föhn und war gerade dabei, sich zu frisieren, als Sebastian mit feuchtem Haar das Bad verließ. Er kleidete sich an, während sie sich die Haare hochsteckte, passend für ein Abendessen in eleganter Umgebung. Gemeinsam verließen sie das Zimmer, und der Etagendiener wandte den Blick ab, als wolle er nicht bemerken, dass Sebastian nicht allein in seinem Zimmer gewesen war.

Er führte sie in den Speisesaal, wo ihnen ein Kellner beflissen entgegeneilte. »Für zwei Personen, Herr Hohenstein?«

»Ja, bitte.«

Sie wurden an einen kleinen Tisch geführt, und Sebastian rückte ihr den Stuhl zurecht, dann setzte er sich ihr gegenüber, und der Kellner brachte ihnen die Speisekarte, wobei er Annemarie die für Damen reichte, in der keine Preise standen.

»Bleibst du über Nacht?«, fragte Sebastian, als sie sich über die Karten hinweg ansahen.

»Ich möchte nicht, dass es zu Gerede kommt, und das wird es unweigerlich.«

»Aber was, wenn dieser Kerl vor deiner Wohnung auf dich wartet?«

»Ich fahre zu meinen Eltern, mein Vater hegt nämlich dieselben Befürchtungen wie du.« Zwar widerstrebte es Annemarie, sich aus ihrer Wohnung vertreiben zu lassen, aber sie wollte es auch nicht auf eine erneute Begegnung mit Wilhelm ankommen lassen, erst recht nicht, wenn sie nachts allein zu Hause ankam. Sie senkte den Blick wieder auf die Karte, als sie eine gar zu vertraute Stimme ihren Namen rufen hörte, in verwaschenen Silben, als sei derjenige nicht mehr ganz nüchtern.

»Annemarie!«

Sie erstarrte, drehte sich um. Wilhelm stand mitten im Speisesaal und deutete mit einem leicht zitternden Finger auf sie, dann auf Sebastian.

»Wollen Sie es diese Nacht wieder mit meiner Verlobten treiben?«, schrie er, und nun hatte er die Aufmerksamkeit aller Gäste ebenso wie der Kellner. Einer kam zu ihm, versuchte, ihn dazu zu bewegen, den Saal zu verlassen, aber Wilhelm schlug seinen Arm weg. »Aus dem Weg, oder ich verpass Ihnen eine!«, rief er, dann sah er Annemarie an und kam auf sie zu, aber Sebastian war schneller, sprang auf und versetzte ihm einen Stoß vor die Brust, der ihn taumeln ließ.

»Wagen Sie es nie wieder, sie anzufassen!«, sagte er drohend ruhig.

»Sie schlafen mit meiner Verlobten und wollen mich daran hindern, sie anzurühren?« Wilhelm versuchte, an ihm vorbeizukommen, aber Sebastian hinderte ihn daran.

»Wenn Sie jemals wieder Hand an sie legen oder sie in irgendeiner Art bedrohen, bringe ich Sie eigenhändig um.«

Hans Hohenstein kam in den Saal geeilt mit Adrián Rados an seiner Seite, gerade rechtzeitig, denn Wilhelm machte Anstalten zuzuschlagen, und auch Sebastian ging in Stellung, um ihn abzuwehren und notfalls die Fäuste spielen zu lassen.

»Wir beruhigen uns jetzt alle wieder«, sagte Hans Hohenstein und schob sich zwischen Sebastian und Wilhelm. »Kommen Sie.« Seine Hand auf Wilhelms Schulter wirkte mäßigend, jedoch bestimmt genug, um sich nicht einfach so abschütteln zu lassen. »Jetzt reden wir darüber wie Erwachsene.«

Offenbar war es die Ruhe, die der Ältere ausstrahlte, die Wilhelm zur Besinnung kommen ließ. Sebastian wirkte immer noch, als könne er nur mit Mühe an sich halten, und Adrián Rados stand neben ihm, als warte er drauf, rechtzeitig eingreifen zu können.

Annemarie, die die Blicke und die mit den Händen zu greifende Peinlichkeit kaum mehr ertrug, erhob sich und verließ ebenfalls in raschen Schritten den Saal, gefolgt von Sebastian.

Hans Hohenstein sah sich zu ihr um. »Gehen wir in mein Arbeitszimmer.« Wilhelm war immer noch an seiner Seite und warf Annemarie einen wilden Blick zu. Als Sebastian ihre Hand nahm, wollte er erneut auffahren, woran ihn

Hans Hohensteins Griff hinderte. Sie gingen in das Arbeitszimmer, und Hans Hohenstein rief im Café an, um Kaffee zu bestellen.

»Nicht die richtige Uhrzeit, aber vermutlich in der jetzigen Situation das Beste, um ein wenig Nervenstärke zu erlangen. Setzen Sie sich.« Das war sowohl an Wilhelm als auch an Annemarie gerichtet. Sebastian blieb stehen, wirkte, als sei er zu unruhig, um sich hinzusetzen.

»Einen solchen Auftritt möchte ich nie wieder sehen«, sagte Hans Hohenstein. »Das nur vorab. Wir sind hier keine Hafenspelunke.« Er wandte sich an Wilhelm. »Was werfen Sie meinem Neffen vor?«

Nun, ein Neffe war Sebastian zwar nicht direkt, aber vermutlich kam diese Bezeichnung dem Verwandtschaftsgrad am nächsten.

»Er hat mit meiner Verlobten geschlafen.«

Hans Hohenstein nickte, und der Blick, der Sebastian traf, war eine Mischung aus Tadel, Ärger und einer Spur von Verständnis, Letztere jedoch nicht allzu ausgeprägt und nicht ausreichend, um auf Nachsicht hoffen zu dürfen. »Ich möchte nicht leugnen, dass das ein schweres Vergehen war, jedoch denke ich, uns allen wäre geholfen, wenn wir diese Angelegenheit mit der entsprechenden Diskretion behandeln. Angesichts der Umstände werden Sie die Verlobung nicht aufrechterhalten, denke ich.«

»Doch, das möchte ich in der Tat. Ich möchte sie nicht verlieren.«

Annemarie barg ihre zitternden Hände in ihrem Rock. »Du hast versucht, mich umzubringen«, sagte sie.

Nun hatte sie die Aufmerksamkeit Hans Hohensteins. »Wie bitte?«

Sie löste das Tuch von ihrem Hals und bog den Kopf zurück. »Das war seine Reaktion darauf, als ich ihm alles gestanden habe. Mein Vater konnte Schlimmeres verhindern. Gleich, wie sehr er hier herumpöbelt, es ist aus und vorbei.«

Wilhelm schien von den sichtbaren Spuren seines Handelns schockierter zu sein als Sebastian und Hans Hohenstein. »Annemarie, ich … ich …« Er rang nach Worten.

Sie jedoch schüttelte den Kopf. »Es gibt dazu nichts mehr zu sagen. Ja, ich habe nicht moralisch einwandfrei gehandelt, aber ehe ich das getan habe, habe ich dir gesagt, dass ich die Verlobung lösen möchte. Du warst es, der mich nicht gehen lassen wollte.«

Hans Hohenstein hatte sich ihnen gegenüber hingesetzt, lehnte sich nun zurück und schlug ein Bein über das andere, eine Haltung, die entspannt wirkte und Ruhe ausstrahlte. »Die Angelegenheit ist zu ernst, als dass wir sie heute Abend hier übers Knie brechen können.«

Die Tür wurde geöffnet, und ein Kellner erschien mit einem Tablett, von dem er vier Kaffeetassen nahm, die er auf dem Tischchen zwischen ihnen abstellte, außerdem ein Sahnekännchen und eine Zuckerdose. Mit einer Geste bedeutete Hans Hohenstein ihnen, sich zu bedienen, und obwohl Annemarie nicht nach Kaffee war, machte sie den Anfang, um ihre Hände zu beschäftigen. Wilhelm tat es ihr nach.

»Ich wollte nur mit dir sprechen«, sagte er zu ihr.

»Nach dem, was heute passiert ist?«

»Gerade deshalb. Ich hatte versucht, dich anzurufen, aber du warst nicht daheim. Dann bin ich zum Haus deiner Eltern gefahren, aber dort stand dein Wagen nicht. Schließlich habe ich es hier probiert.«

»Darüber, wie es weitergeht«, sagte Hans, »werden Sie sicher allein mit Frau Dr. Braun und ihren Eltern sprechen wollen. Ich für meinen Teil kann lediglich versichern, dass mein Neffe seine Hände bei sich behalten wird, bis die Angelegenheit geregelt ist.«

»Das ist doch wohl nicht deine Sache«, fuhr Sebastian auf.

»Doch, mein Lieber, das ist es in der Tat. Über dein Verhalten sprechen wir später noch in aller Ruhe, und das wird kein erfreuliches Gespräch, das kann ich dir versprechen.« Er wandte sich wieder an Wilhelm. »Verbleiben wir so?«

Was hätte Wilhelm auch antworten sollen? Er beschränkte sich auf ein knappes Nicken, mit dem Hans Hohenstein sich zufriedengab.

»Dann werde ich jetzt einen Pagen rufen, der Sie hinausbegleitet. Ich möchte Sie bitten, unser Haus erst wieder zu betreten, wenn die Sache zu aller Zufriedenheit geregelt ist.«

»Er«, Wilhelm nickte zu Sebastian hin, »schläft mit meiner Verlobten, und ich bekomme Hausverbot?«

»Nun, *ihm* kann ich keins erteilen, nicht wahr?« Hans Hohensteins Lächeln war entwaffnend, und Wilhelm sah wohl ein, dass weitere Diskussionen nur verschwendete Zeit waren. Ein Page wurde über das Telefon herbeigerufen, und kurz darauf ging Wilhelm, nicht, ohne an der Tür stehen zu bleiben und Annemarie noch einmal anzusehen, wobei er jedoch vergeblich nach den richtigen Worten rang und den Raum schließlich verließ.

»Möchten Sie, dass ich Sie mit einer der Hotellimousinen nach Bonn bringen lasse?«, fragte Hans Hohenstein an Annemarie gewandt.

»Nein danke. Ich bin mit dem Auto hier.« Sie erhob sich nun ebenfalls. »Ich sollte wohl jetzt auch gehen.«

»Fühlen Sie sich bitte nicht hinausgeworfen. Sie wollten mit Sebastian essen gehen, tun Sie das ruhig erst, ehe Sie gehen.«

»Nach Wilhelms Auftritt?« Sie verzog die Lippen zu einem bitteren Lächeln. »Nein, ich werde direkt fahren, das ist wohl das Beste.«

»Ich bringe dich zu deinem Wagen«, sagte Sebastian.

»Tu das«, entgegnete Hans Hohenstein. »Und danach kommst du zu mir.«

Sebastian nickte und wandte sich Annemarie zu, öffnete ihr die Tür und ließ ihr den Vortritt. Im Korridor umfasste er ihre Hand, und sie erwiderte den Druck. Schweigend gingen sie ins Vestibül, wo Adrián mit dem diensthabenden Rezeptionisten stand und sie ansah, ihr grüßend zunickte, was Annemarie erwiderte. Sebastian holte ihren Mantel von der Garderobe, half ihr hinein, dann verließen sie das Hotel. Schnee knirschte unter ihren Schritten, und es war schneidend kalt.

»Es tut mir leid«, sagte sie kaum hörbar.

»Ihm muss es leidtun, nicht dir.«

»Ich glaube, das tut es. Aber was Herr Hohenstein sagt, stimmt, wir hätten uns zurückhalten müssen, für klare Verhältnisse sorgen.«

Er hob die Hand an ihre Wange und küsste sie, dann löste sie sich von ihm und schloss den Wagen auf. »Lass uns ein paar Tage Abstand zu allem gewinnen. Meine Eltern werden dich sicher auch kennenlernen wollen. Ich rufe dich an, wenn ich so weit bin.«

»Nimm dir so viel Zeit, wie du brauchst.«

Sie küsste ihn ein weiteres Mal, dann setzte sie sich in ihr Auto, startete den Motor und schaltete das Warmluftgebläse ein. Langsam fuhr sie über den Hof und bemerkte im Rückspiegel, dass Sebastian ihr nachsah, bis die erste Kurve sie seinen Blicken entzog.

Teil III

☆

Enthüllungen

⁂ 20 ⁂

Der Februar hielt die Landschaft in frostigem Griff. Schneematsch überfror nachts erneut, sodass Raureif darauf glitzerte, und ein kalter Wind bog die entlaubten Zweige. Dadurch, dass es im Januar keine Buchungen gegeben hatte, war nicht ganz so viel zu tun gewesen wie sonst, und daher hatte Magdalena mehr freie Zeit zum Grübeln gehabt. Zudem überraschte es sie, wie weh es tat, Adrián mit Ruth Alsberg zu sehen – immer noch. Ob sie wohl schon ihre Unschuld an ihn verloren hatte? Bei Sebastian Hohenstein und dieser Ärztin hatte es ja nicht lange gedauert. Aber natürlich würde man alles zu ihren Gunsten regeln, ebenso wie Ruth nicht befürchten musste, von Adrián geschwängert und verlassen zu werden. Falls er vor der Ehe überhaupt so weit ging und nicht doch die nötige Zurückhaltung übte. Nur für sie, Magdalena, würde niemand sich um einen guten Ausgang bemühen.

Sie fragte ein wenig herum, was die Vergangenheit des Hauses Hohenstein anging, und kam auch auf Georg Rebein zu sprechen. »Ist es nicht im Nachhinein heikel, Bauteile für Zugwaggons hergestellt zu haben?«

»Möchten Sie Herrn Rebein falsche Sympathien unterstellen?«, hatte Frau Weiß geantwortet.

»Natürlich nicht. Es interessiert mich nur.«

»Dann fragen Sie ihn doch am besten selbst.«

Im Grunde genommen war es gleich, ob er freiwillig geholfen hatte oder gezwungen worden war, in der Öffentlichkeit ließe sich bestimmt Letzteres so drehen, dass er wie ein ehemaliger Nazisympathisant dastand. Dagegen sprach zwar, dass er vielen Menschen geholfen hatte, vor den Nazis zu fliehen, aber auch das ließe sich gewiss in der Glaubwürdigkeit erschüttern. Es bräuchte nur hier und da das eine oder andere Wort eingestreut in einer Unterhaltung. Magdalena war es leid, dass sie sich ständig dafür schämen musste, wer ihr Vater gewesen war. Ja, aus heutiger Sicht war es natürlich falsch, aber damals war er eben mit dem System marschiert und hatte versucht, das Beste für sich und seine Familie rauszuholen, hatte vermutlich gedacht, dass das, was er tat, richtig war.

Allerdings musste alles, was sie plante, gut durchdacht sein, denn wenn sie Karl Hohenstein mit allem konfrontierte, hieß es, vorbereitet zu sein. Es würde nur eine Chance geben, und wenn sie die vertat, war es das vermutlich gewesen. Nach wie vor versuchte sie, in den Zimmern der Hohensteins etwas zu finden, doch das hatte sich bisher als vergebliches Unterfangen herausgestellt.

»Was hat Papa damals zu dir gesagt?«, fragte Magdalena, als sie mit ihrer Mutter beim Kaffee saß.

»Das habe ich dir doch ein ums andere Mal erzählt«, antwortete die.

»Erzähl es mir doch bitte noch einmal. Vielleicht fällt dir ja noch etwas ein, was du damals vergessen hat.«

Der Blick ihrer Mutter zeigte deutlich, was sie von der Unterstellung hielt, sie sei vergesslich, aber zu Magdalenas Erstaunen begann sie, ohne langes Lamentieren, zu erzählen. »Er hat mich angerufen und mir gesagt, dass sie nun im

Hotel Hohenstein angekommen seien, wo sie in den nächsten Tagen residieren wollten. Es war im Frühherbst, es war bitterkalt, aber an diesem Tag war es schön gewesen, und dein Vater hatte beschlossen, einen Spaziergang zu machen, sobald der offizielle Teil vorbei war.« Ihr Blick war versunken, wie so oft, wenn sie ganz und gar in die Vergangenheit eintauchte. Sie griff nach ihrer Tasse und nahm einen Schluck Kaffee, dann erzählte sie weiter. »Es hat ihm dort gut gefallen, er sagte, die Umgebung sei wunderschön und man hätte sie höflich willkommen geheißen, obwohl er den Eindruck hatte, dem Hotelier gefiele ihre Anwesenheit nicht sonderlich.« Wieder nahm sie einen Schluck Kaffee, schmatzte kaum hörbar, als müsse sie dem Aroma nachspüren. »Mehr hat er nicht gesagt. Er fragte dann noch nach dir, meinte, ich solle dich grüßen und dir einen Kuss geben.«

Magdalena versuchte, sich alles bildlich vorzustellen, die Männer, die gemeinsam aßen und später tranken, lachend, sich bestens unterhaltend. Irgendwann war der Moment gekommen, wo sie beschlossen hatten, Erinnerungsfotos zu schießen, jene drei Abzüge, die ihre Mutter besaß – Magdalena hatte ihr noch nicht erzählt, dass jenes Bild, das ihre Mutter ihr überlassen hatte, nicht mehr in ihrem Besitz war. Man hatte also Fotos gemacht, hatte die beiden Hoteliers hinzugebeten.

»Kann ich die Fotos noch einmal sehen?«

»Du hast doch eins.«

»Ja, aber vielleicht sind auf den anderen Details anders.«

Ihre Mutter erhob sich, ging zur Kommode und zog eine Schublade heraus. Darin befand sich ein Umschlag, den sie Magdalena reichte. Die entnahm ihm die Fotos und betrachtete sie. Es war kaum ein Unterschied zu den anderen zu sehen. Auf einem war ein junger Mann zu erkennen, der seitlich stand, als sei er erst im Nachhinein dazugestellt worden, und Magdalena vermutete, dass er der Fotograf der anderen beiden Bilder sein musste, denn dieses war etwas verschwommener als die anderen. Vermutlich hatte der Dienstbote, dem die Kamera in die Hand gedrückt worden war, nicht viel Ahnung vom Fotografieren gehabt. Auf dem einen Bild sah Hans Hohenstein, ebenso wie auf Magdalenas, an dem Fotografen vorbei, dieses Mal jedoch nicht angespannt, sondern es wirkte, als sei er lediglich nicht aufmerksam. Betrachtete man das vorherige allerdings, dann wirkte dieses gänzlich anders. Etwas hatte seine Aufmerksamkeit im Bild vorher gefesselt, und nun hielt er Ausschau danach, ob es erneut zu sehen war.

»Kann ich mit den Männern sprechen, die damals dabei gewesen sind?«

»Die sitzen entweder in Haft, sind außer Landes geflohen oder wurden hingerichtet. Was versprichst du dir davon? Wenn sie etwas Verdächtiges bemerkt hätten, hätten sie es doch erzählt.«

Das stimmte natürlich. Ob ihr Vater auch außer Landes geflohen wäre? Oder war er das womöglich, weil ihm klar geworden war, dass Deutschland den Krieg verlor und die Konsequenzen für Menschen wie ihn furchtbar werden würden? Sie versuchte, diesen Gedanken zu verdrängen, aber er setzte sich wie ein kleiner Stachel hartnäckig in ihr fest, schmerzte bei jeder Berührung. Und dort blieb er auch in den Tagen nach dem Besuch. Als sie am nächsten Morgen im Arbeitszimmer von Hans Hohenstein stand, zog sie die Schublade unter der Schreibtischplatte auf und entnahm dieser das Foto. Erst wollte sie es einfach nur ansehen, noch einmal in das Gesicht ihres Vaters blicken, das gelöste Lächeln. Sie hatte vorgehabt, das Bild zurückzulegen, entschied sich dann jedoch dagegen und steckte es ein.

Die Hoffnung, dass Anton ihre Worte nicht gehört hatte, wurde recht bald zerschlagen, denn er schenkte Margot kaum mehr als einen Gruß im Vorbeigehen. Keine Scherzworte, kein Lachen mehr. Im Grunde genommen sollte ihr das egal sein, er war ein Angestellter, mehr nicht. Aber sie bemerkte zunehmend, dass dieses Schweigen schmerzte und dass sie ihn vermisste. Allerdings kam es auch nicht infrage, ihm nachzulaufen und gar um seine Aufmerksamkeit zu buhlen.

Margot verbrachte viel Zeit damit, ihre Freundinnen in Bonn zu besuchen und auszugehen. Silvester hatten sie im Familienkreis gefeiert, das war tatsächlich sehr schön gewesen, und es machte ihr auch nichts mehr aus, Ruth mit Adrián zu sehen. Ihre Gefühle für ihn waren von einem Moment auf den anderen erloschen wie ein Strohfeuer. Viel konnte er ihr demnach nicht bedeutet haben, und inzwischen war es ihr gleich, dass er sich nicht für sie entschieden hatte.

Sie kam erstaunlich gut mit Annemarie Braun zurecht und stellte fest, dass sie Sebastians Freundin sehr nett fand. Dass sie derzeit so einen harten Kampf um ihn ausfocht, tat ihr ausgesprochen leid. Und nach allem, was Margot mitbekam, machte ihr ehemaliger Verlobter es ihr besonders schwer, versuchte gar, mit einem Rechtsbeistand eine Entschädigung einzuklagen. Zwar wäre er damit selbstverständlich erfolglos, aber es sorgte für Gerede, und das war wohl der Sinn der Sache.

Margot fand das würdelos, aber Männer waren in ihrem verletzten Stolz nun einmal seltsam. Das brachte sie wieder zu Anton, der sie so offensichtlich mied. Ja, was sie gesagt hatte, war nicht nett gewesen, aber sie hatte ihm damit ja nicht seine Qualitäten als Freund abgesprochen. Außerdem war sie zornig gewesen, da sagte man eben seltsame Dinge. Und er war selbst ja wohl vernünftig genug, nicht zu denken, dass jemals mehr zwischen ihnen sein konnte als Freundschaft, gleich, was Ruth behauptete, in jener Gönnerhaftigkeit der Besitzenden. Allerdings hatte sie einen Moment lang zugelassen, dass er sie küsste, vielleicht hatte ihn das ermutigt. Unwillkürlich hob sie die Hand an die Lippen und seufzte. Unter anderen Umständen … Aber sie war es leid zu grübeln und verdrängte entschieden jeden Gedanken an Anton, auch wenn stets dabei der Schatten eines unwohlen Gefühls blieb.

Als sie das Vestibül betrat, bemerkte sie einige Männer, dem Anschein nach offenbar Geschäftsleute, die sich gerade an der Rezeption anmeldeten. Einer von ihnen warf Margot ein Lächeln zu, das sie erwiderte. Was die Gäste anging, war auf jeden Fall eine Verbesserung zu bemerken. Und vielleicht brachten diese Leute, die nun aus Amerika und England kamen, ja das mondäne Flair, nach dem sich Margot in dieser Einöde so sehnte.

Der Mann hatte sich wieder der Rezeption zugewandt, und Margot ging ins Café, wo Anton an diesem Tag Dienst hatte. Sie setzte sich an einen Tisch am Fenster und bestellte eine heiße Schokolade. »Wie geht es dir?«, fragte sie und ärgerte sich über die Floskel. Aber sie wollte irgendetwas sagen, um das unangenehme Schweigen zwischen ihnen zu brechen.

»Gut«, antwortete er. »Und selbst?«

»Auch gut.« Das war ja fürchterlich.

Als er gegangen war, um das Bestellte zu holen, wandte sich Margot ab und sah aus dem Fenster. Der Winter hatte etwas Trostloses, als wisse er, dass es Zeit sei, sich zu verabschieden und Platz zu machen für den Frühling, wolle aber die Landschaft noch nicht aus seinem klammen Griff entlassen. Als Anton mit dem Kakao zurückkam, dankte sie ihm, was er mit einem förmlichen Nicken zur Kenntnis nahm.

Wieder drehte Margot sich zum Fenster und beobachtete das Treiben im Hof. Sie löffelte die Sahne von dem Kakao und trank hernach in langsamen Schlucken. Als eine Gruppe von Männern das Café betrat, blickte sie auf und erkannte die Geschäftsleute, die kurz vorher angekommen waren. Der Mann, der sie angelächelt hatte, sah sie, wirkte erstaunt, dann lächelte er, sagte etwas zu seinen Begleitern, die daraufhin ebenfalls zu ihr blickten und ihm dann ein verständnisinniges Grinsen schenkten, als er sie allein ließ und zu Margot kam.

»Was für ein erfreulicher Zufall, dass wir uns gleich zweimal über den Weg laufen«, sagte er mit starkem britischem Akzent.

»Angesichts dessen, dass die Möglichkeiten zur Zerstreuung hier begrenzt sind, ist es nicht ganz so überraschend, nicht wahr?« Er lachte, dann neigte er leicht den Kopf, und Margot, die die Frage schon kannte, ehe sie gestellt wurde, deutete auf den freien Platz. »Ja, Sie dürfen.«

»Ich bin höchst erfreut.« Sein Deutsch klang ein wenig altmodisch, aber das hatte durchaus seinen Reiz. »Reisen Sie allein?«

»Nein, ich wohne hier.«

Er hob fragend die Brauen.

»Meine Cousins sind die Hotelerben, und da meine Eltern für den Jüngeren die Vormundschaft haben, haben sie auch die Treuhandverwaltung über das Erbe.«

»Interessant.«

»Na ja, wie man es nimmt, nicht wahr?« Sie bemerkte, dass Anton zu ihr hinübersah, und obwohl das albern war, glomm doch ein Anflug von Genugtuung in ihr auf. Dabei bestand überhaupt kein Anlass dazu, ihn eifersüchtig zu machen.

»Es ist sicher sehr nett, hier zu wohnen. Die Landschaft, der Ausblick.«

»Mich zieht es, ehrlich gesagt, eher in die Stadt. Die Landschaft kann ich auch in meinen Mußestunden genießen.« Sie trank den letzten Schluck Kakao.

»Darf ich Sie einladen?«, fragte der Mann.

»Wenn Sie mir vorher sagen, wie Sie heißen.«

»Verzeihung, wo habe ich nur meine Manieren?« Er schenkte ihr ein jungenhaftes Lächeln. »James Winterborn.«

»Margot Rebein.«

»Sehr erfreut.«

»Ganz meinerseits. Und nun, da wir die Förmlichkeiten hinter uns gebracht haben, können Sie mir erzählen, woher Sie kommen.«

»Aus Cambridge.« Er winkte Anton heran, um zu bestellen. Margot lehnte sich auf ihrem Stuhl zurück und gab sich betont entspannt, während sie beobachtete, wie James Winterborn seine Bestellung aufgab und sie fragte, was sie wünsche. Nun wandte sich auch Anton ihr zu, und sie tauschten einen raschen Blick, in dem noch der Anflug früherer Vertrautheit lag. Und auf einmal kam ihr der Flirt mit diesem Engländer schal und reizlos vor.

»Ich kann unseren Karamellkaffee empfehlen«, sagte Anton, und sie bemerkte, dass sie bereits recht lange schwieg.

»Ach, tatsächlich?« Ihr Schweigen war ja nun kein Grund, unverschämt zu werden und so zu tun, als sei sie eine Fremde hier. »Ich bleibe bei normalem Kaffee, vielen Dank.« Sie wartete nicht, bis er weg war, als sie sich James Winterborn erneut mit einem entzückenden Lächeln zuwandte.

Adrián stand vor dem größeren Konferenzraum, hatte die Hände in die Seiten gestemmt und sah sich alles an. Ja, das war gelungen, wirklich gelungen. Die Räume hatten einen wunderbaren Ausblick, waren hochwertig und gleichzeitig zweckmäßig eingerichtet und für Geschäftsleute hoffentlich der richtige Anreiz. Zudem boten sie an, Zimmerkontingente zu reservieren, was, wie Adrián den Reservierungen für den kommenden Monat entnehmen konnte, durchaus gut aufgenommen wurde. Sie hatten das Hotel den ganzen Januar hindurch geschlossen gehabt, und nun, da sie es im Februar wieder eröffneten, waren die Besuchszahlen recht vielversprechend. Wie erfolgreich das veränderte Konzept sein würde, würden sie sehen, wenn alles wieder richtig ins Laufen kam.

»Zufrieden?«, fragte er an Karl gewandt, der nun ebenfalls hinzukam.

»Ja, durchaus.« Er betrat den Raum, sah sich um, ließ seine Hand über Stühle gleiten, ging zum Fenster, sah hinaus und drehte sich schließlich um. »Das habt ihr gut hinbekommen.«

Adrián nahm das Lob mit einem Lächeln an. »Der Raum kann auch als Tagungsraum genutzt werden. Die Tische wurden zu einem langen zusammengestellt, können aber auch an der Wand zu einem Büfett geschoben werden, während die Stühle anders angeordnet werden. Daher auch das Podest vorne.«

»Reichen die Stühle dafür?«

»Wir haben in der Mitte zwischen beiden Räumen einen Bereich abgegrenzt, wo wir noch mehr Stühle lagern werden, die müssen nur erst bestellt werden.«

Karl öffnete die Tür, sah in den Zwischenraum und betrat von dort aus den anderen Konferenzraum. Auch hier fiel sein Urteil beifällig aus.

»Der kleinere der beiden gefällt mir fast noch besser.«

»Ja, mir auch. Aber das liegt wohl auch daran, dass das rechts einfach die schönere Wand ist.« Der ehemalige Festsaal war auf der einen Seite mit Stuck und Blattgold verziert gewesen, jene Wandseite, wo man seinerzeit das Orchester platziert hatte.

»Habt ihr inzwischen herausbekommen, was es mit diesem Wolfgang Schmidt auf sich hat?«

»Nein, die Post ist zweimal zurückgekommen, und eine Telefonnummer gibt es zu dieser Adresse nicht. Ich vermute, die gesamten Angaben waren falsch«, erzählte Adrián, während sie langsam zurück ins Vestibül gingen. »Sebastian hat die Polizei eingeschaltet, und es wird jetzt gefragt, ob er diese Nummer schon in anderen Hotels abgezogen hat.«

»Eine sehr ärgerliche Geschichte.«

Ja, vor allem angesichts dessen, dass er oft im Restaurant und im Café gesessen und sich alles aufs Zimmer hatte anschreiben lassen. Da kam in zwei Wochen schon ordentlich was zusammen. »Ich hoffe, die Polizei wird fündig.«

»Wenn nicht, können wir es nicht ändern und müssen es eben als Verlust abschreiben. Künftig sehen wir uns mehr vor, allerdings ist es das erste Mal, dass uns dergleichen passiert. In all den Jahren, in denen ich nun schon im Hotel arbeite, hatten wir nur einen solchen Fall, und da war es in der Tat das Versehen eines gar zu zerstreuten Gastes, der das Geld schriftlich angewiesen und sich tausendmal überschwänglich entschuldigt hat. Damals hat mein Vater das Hotel noch geleitet.«

Sie passierten den von einer Glaskuppel überwölbten Innenhof, der zu dieser Jahreszeit nicht genutzt wurde. »Wenn alles gut läuft«, fuhr Adrián fort, »wollen Sebastian und ich dieses Jahr die Silvesterfeier wiederbeleben.«

»Tatsächlich?« Ein Leuchten war in die Augen des alten Mannes getreten. »Das wäre schön, wenn ich das noch erleben dürfte.«

»Wir tun unser Bestes.«

Karl klopfte ihm auf die Schulter, dann trennten sie sich, als Adrián zur Rezeption ging und Sebastians Großvater den Weg zum privaten Wohntrakt einschlug. Er wollte später noch mit Julia in die Stadt, und Adrián hatte angeboten, sie zu fahren.

»Wenn ich Julia das vorschlage, wird sie das so verstehen, als sei sie zu alt zum Fahren«, antwortete Karl. »Und dann wird der Rest des Tages sehr unerquicklich für mich.«

Das konnte Adrián sich lebhaft vorstellen. Er schmunzelte und wandte sich an der Rezeption dem Reservierungsbuch zu. Da nicht die klassische Reisezeit war, hatten sie überwiegend Paare oder Geschäftsleute hier sowie einige ältere Herrschaften. Das sah auf jeden Fall schon deutlich besser aus als im Jahr zuvor zur selben Zeit. Er verließ die Rezeption und ging hinaus in den seitlichen Hof, um eine Zigarette zu rauchen. Ruth war mit einer Freundin in Königswinter unterwegs und würde erst abends zurückkommen. Fürs Wochenende hatte sie eine Wanderung mit ihm geplant, und er erschauerte bereits beim Gedanken daran, bei dieser Kälte durch den Wald zu laufen. Aber sie war der Meinung, dass er die Umgebung noch viel zu wenig kannte, dafür, dass er hier lebte und eines der größten Hotels der Region leitete. Am ersten Weihnachtstag hatten sie sich offiziell verlobt, und er plante für den Sommer bereits eine Reise nach Ungarn, damit sie seine Familie kennenlernen konnte.

Die Tür öffnete sich, und Magdalena trat hinaus, blieb bei seinem Anblick jedoch wie erstarrt stehen. Adrián neigte den Kopf.

»Wie geht es dir?«, fragte er freundlich. Seit er im Arbeitszimmer mit ihr gesprochen hatte, waren sie nicht mehr miteinander allein gewesen, und es war offensichtlich, dass sie ihm aus dem Weg ging.

»Gut.« Sie steckte sich eine Zigarette an, und er bemerkte, dass sie überaus angespannt war, was ihn erstaunte. Es war doch nun schon eine Weile her, und sie hatte mehrfach betont, dass nichts weiter zwischen ihnen war. Aber vielleicht hatte sie das auch lediglich behauptet, um ihre Würde zu wahren. Da er nicht so recht wusste, worüber er mit ihr sprechen sollte, und sie ihrerseits keine Anstalten machte, ein Gespräch zu beginnen, wuchs das Schweigen zwischen ihnen, wurde unangenehm. Adrián rauchte auf, drückte die Zigarette aus und warf sie in den Kübel.

»Hab noch einen schönen Tag«, sagte Adrián und ging ins Haus zurück.

Sie murmelte eine Antwort, dann fiel die Tür hinter ihm ins Schloss. Es tat ihm leid, dass die Trennung sie ganz offensichtlich so mitnahm, er hatte ihr nicht wehtun wollen. Hätte er gewusst, was die Beziehung für sie bedeutete, hätte er sich gar nicht erst darauf eingelassen. Dann wurde seine Aufmerksamkeit abgelenkt, als zwei amerikanische Offiziere mit ihren Ehefrauen das Hotel betraten und das Café ansteuerten. Es schien in der Tat allmählich bergauf zu gehen.

Nachdem Inge sich so lange nicht gemeldet hatte und Hans zunächst in einem Zustand angespannter Erwartung Tag für Tag befürchtet hatte, von ihr zu hören – an der Schule hatte sie sich glücklicherweise nicht wieder blicken lassen –, hegte er die vorsichtige Hoffnung, sie wolle es in der Tat nun gut sein lassen. Umso schockierter war er, als er nach einem langen Arbeitstag in die Rezeption gerufen wurde und Inge dort stehen sah.

»Was, um alles in der Welt …«

»Du hast die Tür nicht geöffnet.«

»Möglicherweise, weil ich nicht in meiner Wohnung war.«

Sie lehnte mit aufreizender Gelassenheit an der Rezeption. »Daher bin ich nun hier.«

Hans deutete mit einem Nicken an, ihm zu folgen. »Warst du an Gretas Schule?«, fragte er, während sie in Richtung des Wohntraktes gingen.

»Ja. Ich habe meine Tochter vermisst.«

»So siehst du aus«, murmelte Hans.

»Für dich unvorstellbar, was?«

»Allerdings.«

»Sie ist hübsch geworden. Und sie kommt ganz nach dir.«

Hans kommentierte das nicht.

»Ist sie glücklich bei dir? Oder hätte sie gerne eine Mutter?«

»Sie hat Emma und Julia. Und ja, sie ist glücklich.«

»Sie geht aufs Gymnasium.«

»Ja.« Hans gelang es selbst Inge gegenüber nicht, den Stolz aus seiner Stimme herauszuhalten. Das erste Hohenstein-Mädchen mit Abitur. »Warum hast du dir eigentlich so lange Zeit gelassen, ehe du mich wieder aufgesucht hast?«

»Franz hatte gesagt, ich könne zu ihm zurück, letzte Woche hat er mich dann aber wieder auf die Straße gesetzt.«

Das war bedauerlich, denn ansonsten hätte jener Franz ihm eine Menge Ärger erspart.

»Wohin wollen wir?« Inge hatte wie selbstverständlich den Weg zu seiner Wohnung eingeschlagen und wirkte nun erstaunt, angesichts dessen, dass er zur Treppe ging.

»Du möchtest doch Geld, nicht wahr?«

Sie nickte nur.

»Georg ist da. Du kannst ihn direkt selbst darum bitten.«

»Wie bitte?« Inge war abrupt stehen geblieben, und Hans, der weitergegangen war, hielt inne und drehte sich zu ihr um. »Los, worauf wartest du?«

»Aber … Warum Georg?«

»Er hat Geld, ich nicht. Darum.«

»Aber ich kann da doch nicht einfach so reinplatzen.«

»Konntest du bei mir doch auch.«

»Das ist etwas anderes.«

»Nein. Wir sind geschieden, und uns verbindet nichts mehr. Wenn du also finanzielle Gefälligkeiten möchtest, frag jemanden, der Geld hat. Und jetzt komm.«

Sie presste die Lippen zu einem schmalen Strich zusammen, hob in einer trotzigen Geste den Kopf und folgte ihm. Hans läutete an der Rebein-Wohnung, und kurz darauf wurde ihnen von Emma geöffnet. Deren Lächeln zerfiel, als sie Inge sah.

»Du.«

»Ja«, antwortete Inge schnippisch. »Auch sehr erfreut.«

Emma trat zurück und ließ sie eintreten. Schweigend bedeutete sie ihnen, sie zu begleiten, und führte sie zum Salon, wo Georg in einem Sessel saß und bei ihrem Eintreten aufblickte, das Buch zuschlug, in dem er gerade gelesen hatte, und sich erhob. »Inge. Ich würde gerne sagen, ich sei erfreut, dich zu sehen.«

»Ebenso«, antwortete Inge. »Ich weiß nicht, was hier gespielt wird, aber ich wollte Geld von Hans, und er hat mich zu dir gebracht.«

»Das mag daran liegen, dass deine Forderungen von ihm nicht erfüllbar sind.«

»Angesichts dessen, dass das Hotel gerade mit viel Geld umgebaut wird, fällt es mir schwer, das zu glauben.«

Georg seufzte mit ungeduldiger Nachsicht, als habe er ein begriffsstutziges Kind vor sich. »Hans ist nicht der Haupterbe, das solltest du in der Zeit eurer Ehe bereits mitbekommen haben. Es ist nicht sein Geld, das im Hotel steckt, sondern meines, das von Sebastian Hohensteins Eltern und der Familie Rados aus Ungarn. Hans ist ein leitender Angestellter des Hotels, nicht dessen Eigentümer, daran ändert auch nichts, dass er den Namen Hohenstein trägt.«

Inge sah Hans an, als erwarte sie Schützenhilfe, aber der zuckte nur mit den Schultern. »Wie auch immer, er weiß, was passiert, wenn er mir kein Geld gibt. Mir ist egal, ob es von dir oder von ihm kommt.«

Wieder lächelte Georg, und Hans bemerkte, dass Inge die Hände ineinander verschlungen hatte, ein Zeichen dafür, dass ihre selbstsichere Art nur aufgetragen war. Normalerweise hatte Georg eine starke Wirkung auf Frauen. Sein Charme, sein gutes Aussehen mit dem markanten Gesicht, dem immer noch vollen – wenngleich nun von Grau durchzogenem – dunklen Haar und den blauen Augen hatten immer schon eine große Anziehungskraft auf sie ausgeübt, und auch Inge hatte sich dieser anfangs nicht entziehen können. Recht bald jedoch wich diese Faszination einer gehörigen Portion Respekt, denn Georg ließ sich nicht um den Finger wickeln und war wohl der Erste gewesen, der sie durchschaut hatte.

»Inge«, sagte er nun. »Du kannst Hans drohen, seine Tochter gegen ihn aufzubringen, aber da du von ihm keine Mittel zu erwarten hast, ist das müßig, nicht wahr? Oder denkst du, irgendein Gericht wird dir das Kind zusprechen, wo du nicht einmal für dich selbst sorgen kannst? Mit deinem Leumund? Du kannst Unfrieden stiften, mehr nicht. Also, womit willst du *mir* denn nun drohen, damit ich dir das Geld gebe?«

Sie schwieg.

»Siehst du, das habe ich mir gedacht.« Er ging zu seinem Sekretär und kam mit einem Scheck in der Hand zurück. »Hier, nimm das, eine einmalige Zuwendung. Und danach wirst du diese Papiere unterschreiben, die ich vorbereitet habe.«

Sie starrte ihn an, und Hans ahnte, dass sie geplant hatte, es nicht bei dieser einen Zahlung zu belassen.

»Was ist? Möchtest du das Geld?«

»Ich«, sie schluckte nervös, »ich werde aber nicht irgendein Dokument unterschreiben.«

»Inge, es ist spät, ich hatte einen langen Tag, und mir ist nicht nach Spielchen. Nimm das Geld, unterschreib und verschwinde aus unserem Leben. Ansonsten zerreiße ich den Scheck, und du kannst dich mit unseren Anwälten auseinandersetzen, wenn du es noch einmal wagst, Greta zu nahe zu kommen.«

Es war offensichtlich, dass Inge mit sich rang, dann riss sie Georg den Scheck aus der Hand, was dieser mit einem Heben der Brauen beantwortete. Hernach reichte er ihr einen Füllfederhalter, und sie unterzeichnete die vorbereiteten Dokumente.

»So«, sagte Georg. »Damit dürfte die leidige Angelegenheit vom Tisch sein. Und nun geh.«

Inge wandte sich an Hans. »Fahr doch zum Teufel«, fauchte sie.

»Hans«, richtete Georg sich an ihn. »Begleitest du sie zur Tür, oder soll ich das tun? Nicht, dass sie unterwegs noch etwas mitgehen lässt.«

Inge fuhr zu ihm herum. »Ich habe noch nie etwas gestohlen!«

Georg beachtete sie nicht.

»Komm«, sagte Hans. »Ich bringe dich.«

Sie stürmte an ihm vorbei, und er folgte ihr. Beinahe tat sie ihm ein wenig leid, allerdings reichte der Gedanke an Greta, um jeden Anflug von Mitgefühl im Keim ersticken zu lassen.

»Das war es dann, nehme ich an«, sagte er, als er die Tür für sie öffnete.

»Ja, sieht wohl so aus.« Inge faltete den Scheck und steckte ihn in die Tasche. »Er hat mich unterschreiben lassen, auf jede weitere Forderung zu verzichten und mich von dem Kind fernzuhalten.«

Hans nickte nur.

»Du hast dich ja geschickt aus der Affäre gezogen.«

»Was hätte ich sonst tun sollen? Ich konnte deine Forderungen nicht erfüllen. Und du wärst doch immer wiedergekommen«

Sie sagte nichts dazu. »Wie auch immer. Leb wohl.«

»Leb wohl.« Er schloss die Tür hinter ihr und ahnte, dass er sie nie wiedersehen würde.

⁂ 21 ⁂

Der März war immer noch bitterkalt, und Annemarie fröstelte, als sie die Praxis an diesem Freitagmittag abschloss. Es standen noch einige Hausbesuche an, aber die übernahm Dr. Hartung, sodass sie bis Montag freihatte, wenn nicht gerade ein Notfall reinkam. Sie war mit ihren Eltern zum Essen verabredet, und hernach würde sie hoch zum Hotel fahren.

Wenige Tage nach Wilhelms peinlichem Auftritt hatte Annemarie Sebastian mit ihren Eltern bekannt gemacht, und dieser hatte vor deren strengen Augen bestanden. Karl Hohenstein hatte ihn begleitet und der ganzen Sache damit den nötigen Ernst gegeben. Er hatte ihrem Vater gegenüber zugesagt, dass Sebastian sich ihr, solange sie unverheiratet waren, nicht in einer Art nähern würde, die der Anstand verbot. In dieser Hinsicht waren sie sich sofort einig gewesen, und das Thema kam danach nicht wieder zur Sprache.

Inzwischen ging Annemarie im Hotel ein und aus, und Sebastian war ein gern gesehener Gast bei ihren Eltern. Es hätte alles bestens sein können, wenn Wilhelm nicht beschlossen hätte, ihr das Leben schwer zu machen. Dass er nicht auf eine Fortführung der Verlobung hoffen konnte, musste ihm schnell klar geworden sein, aber er setzte ihr dennoch zu. Bonn war keine Kleinstadt, erst recht nicht, seit es zur Hauptstadt erhoben worden war. Aber was Getratsche anging, kam es Annemarie doch vor wie ein Dorf, und ihr war, als sei ihr *Vergehen* in aller Munde.

»Annemarie.«

Sie drehte sich langsam um, wollte den unwillkommenen Moment der Begegnung mit dem Mann, dem sie die Stimme sofort zuordnen konnte, hinauszögern. »Was willst du?«

»Ich habe in den letzten Wochen viel Zeit gehabt, um nachzudenken«, sagte Wilhelm. Er war blass und hatte abgenommen.

»Worüber denn?«

»Über uns. Es gab doch einmal tiefe Gefühle zwischen uns, die können doch nicht von einem Moment auf den anderen verflogen sein.«

»Es war ja auch nicht von einem Moment auf den anderen, sondern ein langsam schleichender Prozess.«

Er nickte ernst. »Mir ist klar geworden, dass ich zu wenig kompromissbereit war, was deine Arbeit anging.«

»Das stimmt, aber vermutlich lag das daran, dass wir einfach verschiedene Vorstellungen vom Leben haben. Ich mache dir keinen Vorwurf deswegen.«

»Muss es denn wegen dieser unseligen Geschichte wirklich vorbei sein? Ich bin bereit, mich zu ändern, und ich verzeihe dir sogar deine Affäre mit diesem Hotelier.«

Annemarie konnte kaum glauben, dass er tatsächlich noch eine Chance für sie sah. »*Du* verzeihst mir? Wäre mein Vater nicht rechtzeitig gekommen, hättest du mich vermutlich umgebracht.«

Er schüttelte entschieden den Kopf. »Nein, das hätte ich nicht. Ich war wütend, aber ich bin nicht verrückt. Und ich liebe dich.«

»Wilhelm, du kannst doch nicht ernsthaft erwarten, dass es für uns noch eine gemeinsame Zukunft gibt.«

Er rang nach den richtigen Worten, schien sie zu finden und unter Annemaries fassungslosem Blick wieder zu verlieren. »Gib mir doch wenigstens noch eine Chance«, bat er schließlich lahm. »Es gab doch mal tiefe Gefühle zwischen uns«, wiederholte er.

Verglichen mit dem, was sie für Sebastian empfand, erschienen ihr diese Gefühle im Nachhinein wie eine oberflächliche Schwärmerei, aber das konnte sie ihm natürlich nicht gestehen. »Ich war verliebt in dich, das stimmt, aber Wilhelm, du hast doch selbst gesehen, dass es nicht funktioniert. Vielleicht reißt du dich eine Zeit lang zusammen, aber sobald wir verheiratet sind und ich von dir abhängig bin in der Frage, ob ich arbeiten darf oder nicht, wird es wieder wie vorher, vielleicht sogar schlimmer. Du kannst mir verbieten, arbeiten zu gehen, du hättest sogar das Recht, meine Arbeit für mich zu kündigen. Darauf kann und will ich mich nicht einlassen.« Sie bemühte sich um ein Lächeln. »Lass uns wenigstens im Guten auseinandergehen, ja?«

»Ich werde das nicht akzeptieren, Annemarie.«

»Himmel!« Sie verlor die Geduld. »Ich liebe dich nicht mehr, und ich werde dich nicht heiraten, gleich, wie sehr du mir noch zusetzt. Du hast dort drin«, sie deutete auf die Praxis, »versucht, mich zu erwürgen, und vorher hast du mich geschlagen. Und dann denkst du, ich würde dich trotz allem heiraten? Bist du irre?«

Seine Augen verengten sich, aber er schwieg, und sie wandte sich ab. Dann griff er unvermittelt nach ihrem Arm. »Bitte, denk wenigstens darüber nach.«

»Nein, und jetzt lass mich los.« Sie befreite ihren Arm

mit einem Ruck und lief zu ihrem Wagen. Als sie darin saß, bemerkte sie, dass Wilhelm ihr nicht nachgelaufen war, wie sie zunächst befürchtet hatte, sondern immer noch am Praxisgebäude stand und ihr nachsah. Unfassbar, dass er nach wie vor dachte, sie würde sich auf ihn einlassen, ihn gar heiraten. Sie fuhr zu ihren Eltern und erzählte ihnen von dem Besuch.

»Ich habe gehört, er ist finanzielle Verpflichtungen eingegangen, und da er zu der Zeit noch mit einer Mitgift rechnen konnte und damit, in eine wohlhabende Familie einzuheiraten, kann es durchaus sein, dass er mit einer Klage einen gewissen Erfolg hat«, sagte ihr Vater.

»Das heißt, er hat mir diese Szene gemacht, weil er Geld braucht?«, fragte Annemarie ungläubig.

»Ich habe von Anfang an gesagt, er ist ein Mitgiftjäger«, antwortete ihr Vater.

»Aber er hat doch genug verdient.«

»Offenbar nicht ausreichend, um seine laufenden Kosten zu decken.«

Annemarie saß am Tisch und nahm einen Löffel Kartoffelsuppe. »Die gelingt keinem so gut wie dir«, sagte sie zu ihrer Mutter. Sie selbst war in der Küche nicht gerade begabt, konnte zwar kochen, aber sie tat es ohne jede Leidenschaft. »Wilhelm hat sich selbstständig gemacht, vielleicht läuft das nicht so gut, wie er behauptet hat. Aber wie auch immer, das ist nicht mein Problem. Er hat mir von diesen Verpflichtungen nicht einmal etwas erzählt. Und er kann nicht von mir verlangen, dass ich ihn heirate, damit er seine Schulden loswird.«

»Von mir sieht er keinen Pfennig«, sagte ihr Vater. »Gleich, wie lange er klagt. Und da die Dinge sind, wie sie sind, wird ihm irgendwann das Geld für einen Anwalt ausgehen, wenn das nicht schon längst passiert ist.«

Annemarie aß und blickte dabei aus dem Fenster hinaus in den Garten, der immer noch winterstill dalag.

»Was hast du heute für Pläne?«, fragte ihre Mutter.

»Ich weiß es noch nicht. Es war eine sehr anstrengende Woche, ich werde wohl einfach früh zu Bett gehen.«

»Warum bleibst du nicht zum Abendessen und schläfst dann hier?«, fragte ihre Mutter. »Ich backe später noch einen Quarkstrudel.«

Eine von Annemaries Lieblingsspeisen. »Ja, ich bleibe gerne.« Am kommenden Tag war sie mit Sebastian verabredet und würde das Wochenende über im Hotel bleiben – selbstverständlich in einem eigenen Zimmer. Es kam gelegentlich vor, dass sie im Hotel schlief, und normalerweise hielten sie und Sebastian sich an die Vereinbarung, die sie mit ihren Eltern und seiner Familie getroffen hatten. Einmal waren sie schwach geworden, wie das eben so war, wenn man diese Grenze einmal überschritten hatte und wusste, wie verlockend das war, was dahinter wartete.

Sie rief Sebastian an und erzählte ihm, dass Wilhelm sie aufgesucht und allen Ernstes versucht hatte, sie davon zu überzeugen, die Beziehung mit ihm wieder aufzunehmen.

»Er kann nicht ernsthaft erwartet haben, dass du dich darauf einlässt«, sagte Sebastian.

»Ich weiß nicht, er wirkte verzweifelt.«

»Ist er zudringlich geworden?«

»Nein, glücklicherweise nicht. Er hat mich festgehalten, als ich wegwollte, mich dann aber auch direkt wieder losgelassen.«

Sebastian schwieg.

»Ich denke, er hat es verstanden.«

»Schläfst du heute bei deinen Eltern?«

»Ja, aber nicht seinetwegen. Er wird es nicht wagen, vor meiner Wohnung auf mich zu warten, das wäre viel zu riskant, immerhin könnte meine Hauswirtin ihn bemerken.«

»Mir ist trotzdem wohler, wenn ich weiß, dass er dir nichts tun kann.«

Weil sie nicht das ganze Telefonat lang über Wilhelm sprechen wollte, wechselte sie das Thema und fragte ihn nach den Vorbereitungen für den anstehenden Osterball. Er erzählte ihr, was er geplant hatte, aber es blieb ein Missklang in seiner Stimme, der sich auch bei aller Begeisterung für seine Pläne nicht verlor.

Im Restaurant wurde bereits das Souper serviert, als Magdalena noch einmal in eines der Zimmer im zweiten Obergeschoss geschickt wurde. Ein Gast hatte darum gebeten, Ordnung im Zimmer zu machen, ehe er zu Bett ging. Als sie den Raum betrat, kam der Mann gerade aus dem Bad, ein Handtuch um die Hüften.

»Ah, Sie sind schon da.« Er deutete mit dem Kinn auf die Unordnung. »Na, dann tun Sie mal was für Ihr Geld.«

Magdalena warf ihm einen raschen Blick zu und wandte sich dann ab, um verstreute Kleidung aufzusammeln. Das Zimmer musste doch heute Morgen erst aufgeräumt worden sein, wie hatte der Kerl denn in dieser Zeit hier gehaust? Als sie gerade das Bett gemacht hatte und sich umdrehte, bemerkte sie, dass er das Handtuch von den Hüften gewickelt hatte und sie in einem Sessel sitzend betrachtete. Rasch wandte sie sich ab und beeilte sich, das Zimmer in Ordnung zu bringen, was nicht ganz so schnell ging, wie sie es gerne hätte.

»Möchten Sie sich vielleicht noch auf andere Weise etwas dazuverdienen?«, hörte sie ihn fragen und mied es, ihn anzusehen, denn dass er auf ihren Anblick ganz und gar unangemessen reagierte, hatte sie bereits bei ihrem ersten flüchtigen Hinsehen erkennen können.

»Nein, ich bin mit meiner Bezahlung zufrieden«, antwortete sie und stellte drei gebrauchte Gläser und eine Tasse auf ein Tablett, um es mit aus dem Zimmer zu nehmen. Als sie sich umdrehte, bemerkte sie, dass der Mann aufgestanden war und sie ansah, als überlege er, was er als Nächstes tun sollte. Magdalena beschloss nun, dass ihr jede Höflichkeit gleich war, und verließ rasch das Zimmer. Auf dem Korridor hielt sie einen Moment inne und wartete darauf, dass sich ihr nun wild schlagendes Herz wieder beruhigte. Hatte der Mann einen Übergriff auf sie vorgehabt? Oder wollte er sie dazu bringen, ihm für Geld zu Willen zu sein?

Rasch brachte sie das Tablett weg und eilte ins Dienstbotengesellschaftszimmer, wo Frau Weiß sich gerade mit einer der Köchinnen unterhielt. Als sie Magdalena bemerkte, verstummte sie. »Sie sehen ja aus, als sei Ihnen gerade ein Geist begegnet«, sagte sie dann.

»Mir ist gerade ein äußerst unangenehmer Mensch begegnet«, antwortete Magdalena. »Das ist schlimmer als ein Geist.«

Frau Weiß wechselte noch ein paar Worte mit der Köchin, dann nickte sie und drehte sich zu Magdalena um, signalisierte ihr, dass ihre Aufmerksamkeit nun ganz und gar ihr gehörte. »Was ist passiert?«

In wenigen Worten schilderte Magdalena ihr von der

Begegnung, und Frau Weiß' Augen weiteten sich. »Das ist ja unfassbar«, entgegnete sie. »Und er hat wirklich nicht versucht, übergriffig zu werden?«

»Nein, glücklicherweise nicht. Aber ich war trotzdem sehr erschrocken.«

»Natürlich, wer wäre es nicht.«

»Hat er denn extra nach mir verlangt?«

»Nein, ich denke, er hätte das bei jedem hübschen Zimmermädchen gemacht.«

Magdalena knabberte an ihrer Unterlippe, nickte, fühlte sich auf eine diffuse Weise besudelt. Das Ganze war widerlich gewesen. »Was soll ich jetzt tun?«, fragte sie.

»Ich befürchte, wir können nicht viel machen. Er wird behaupten, dass Sie lügen, und sich jede derartige Unterstellung empört verbitten.«

»Das heißt, wir lassen es einfach auf sich beruhen, bis er diese Nummer bei der Nächsten abzieht?«

»Ich schicke euch beim nächsten Mal zu zweit zu ihm, dann wird es hoffentlich zu keinem weiteren Zwischenfall kommen. Und ich gebe Frau Rebein Bescheid.«

Mehr konnte Magdalena wohl nicht erwarten, und so nickte sie nur mit einem schalen Gefühl im Mund. Hätte sich jemand auf diese Weise vor Fräulein Margot oder Fräulein Ruth entblößt, wäre sicher nicht so drumherum taktiert worden, sondern man hätte den Mann direkt zur Rede gestellt. Diskret zwar, aber unmissverständlich.

»Hier«, sagte Frau Weiß und stellte eine Tasse vor ihr ab. »Trinken Sie einen Tee, Kindchen, danach sieht die Welt wieder freundlicher aus.«

Magdalena war das nicht einmal eine Antwort wert.

⁂ 22 ⁂

Es war noch dunkel, als Adrián in Ruths Auftrag vom hoteleigenen Weckdienst aus dem Schlaf gerissen wurde. Er kämpfte sich mühsam aus den Tiefen seines Traums hoch, griff nach dem Telefonhörer, murmelte eine schlaftrunkene Antwort und versuchte, sich aus der bleiernen Umarmung des Schlafs zu befreien. Als das Telefon erneut klingelte, wusste er, dass er das Ringen zumindest in der ersten Runde verloren hatte.

»Schläfst du immer noch?« Ruth.

»Nein.« Die Antwort kam in einem heiseren Nuscheln über seine Lippen.

»Dann ist es ja gut. Ich warte im Frühstückszimmer auf dich.«

Er kämpfte sich in eine halb aufrechte Position. Nicht einmal das erste graue Frühlicht war zu sehen. Ruth hatte mit keinem Wort erwähnt, dass sie die Wanderung mitten in der Nacht beginnen wollten. Er sank auf das Kissen zurück und schreckte erst vom schrillen Läuten des Telefons wieder auf.

»Ich bin wach«, nuschelte er.

»Fräulein Alsberg lässt ausrichten, Sie möchten bitte in fünf Minuten im Frühstückszimmer sein«, ließ sich die Stimme des Rezeptionisten vernehmen.

»Sie wissen schon, dass ich Ihr Vorgesetzter bin, ja?«

»Fräulein Alsberg ist Frau Rebeins Nichte.«

Damit war die Hierarchie offenbar ausreichend geklärt.

»Richten Sie ihr aus, ich bin in *zehn* Minuten unten.« Adrián kam sich bei diesen Worten ein wenig rebellisch vor.

Der Rezeptionist sah das offenbar ähnlich, denn ein Grinsen hatte sich in seine Stimme geschlichen, als er »Ich gebe ihr Bescheid« sagte, in einem Ton, der etwas Verschwörerisches hatte.

Adrián stand auf, duschte, rasierte sich, kleidete sich an und stand dreißig Minuten später im Frühstückszimmer. Ein Rebell, wie er im Buche stand. Nur dass diese nicht dem tadelnd-kritischen Blick einer Ruth Alsberg ausgesetzt waren.

»Na ja, vielleicht ganz gut, dass du jetzt ausgeschlafen bist. Der Weg wird anstrengend, aber es ist eine zauberhafte Wanderstrecke.«

Ausgeschlafen, in der Tat. Adrián unterdrückte ein Gähnen und setzte sich zu ihr an den Tisch. In sein Bewusstsein war vor allem das Wort *anstrengend* gesickert.

»Frühstücke nicht zu reichhaltig, ein voller Bauch wandert nicht gern.«

Adrián schenkte sich eine Tasse Kaffee ein.

»Die Rastmöglichkeiten sind auch relativ eingeschränkt, ich würde es also lieber bei einer Tasse Kaffee belassen.«

Adrián durchforstete seine Erinnerungen nach einem Moment, in dem er einen Fehler gemacht hatte, für den sie ihn nun bestrafte.

»In der Küche haben sie ein Picknick vorbereitet.« Sie deutete auf das Wandergepäck auf dem Boden, einer der beiden Rucksäcke sah prall aus, wie aufgepumpt. Keine Frage, welchen davon er tragen würde.

Sie brachen eine halbe Stunde später auf, und wieder wurde Adrián bewusst, wie schön es hier war. Wie verwunschen das von Sagen umwobene Siebengebirge wirkte, wenn man es im morgendlichen Dunst auf sich wirken ließ. Als sie losmarschierten, tastete sich das erste Frühlicht über die Berge, und außer ihnen war noch niemand unterwegs.

»Wo gehen wir hin?«, fragte er.

»Zur großen Rosenau. Das dürfte auch für dich gut zu bewältigen sein.«

Das hoffte er zumindest. Offenbar war er inzwischen doch etwas wandererfahrener, denn obwohl er ein wenig außer Atem geriet, fand er recht schnell seinen Rhythmus. Er hatte sogar die Muße, die Gegend zu bewundern. Das Hotel war wirklich – er stellte es immer wieder fest – außerordentlich schön gelegen. Eingebettet in samtiges Grün, das nun im Winter einem rötlichen Braun gewichen war, in dem vereinzelt Tupfer immergrüner Bäume zu erkennen waren.

»Was machst du eigentlich jetzt nach deinem Schreibmaschinenkurs?«, fragte er. »Du erzählst wenig davon.«

»Ich möchte Stenographie lernen. Es wäre schön, wenn ich eine richtige Ausbildung im Hotelbereich machen könnte. Hans sagte, er hört sich um und empfiehlt mich.«

»Du machst die Ausbildung nicht im Hotel deiner Familie?«

»Ich möchte woanders lernen, wo mir nicht jeder Fehler nachgesehen wird, weil man es einfach nett findet, dass ich mich auch einbringe.«

»Ich habe nicht den Eindruck, dass Hans in dieser Hinsicht nachsichtig ist.«

»Mit dir und Sebastian nicht, mit mir wird er es sein,

glaub mir. Und ich möchte auf eigenen Füßen stehen und nicht immer nur die Tochter, Nichte, Enkelin, Großnichte oder was auch immer der Hoteliers sein.«

»Ehefrau?«

Sie lachte. »Ja, auch das nicht. Die Ehefrau des Hoteliers. In einem anderen Hotel bin ich eine Angestellte wie alle anderen und lerne mit ihnen.«

Adrián nickte. Er verstand. Sie schwiegen, während sie weitergingen, und je weiter der Morgen fortschritt, umso öfter begegnete ihnen der ein oder andere Wanderer. »Warum heißt der Berg Rosenau?«, fragte er.

»Dort stand die Burg der Herren von Rosowe«, erklärte Ruth. »Oder Rosenau, wie sie auch genannt wurden. Wann die errichtet wurde, weiß man heute allerdings nicht mehr so genau. Inzwischen steht dort auch nur noch ein kleiner Rest am südöstlichen Teil der Bergkuppe. Es handelt sich um einen Trachytfelsen, der im dreizehnten Jahrhundert von Agnes von Rosenau an das Kloster Heisterbach verkauft worden ist – mitsamt der Burg.«

»Am Heisterbacherrott waren wir doch auch schon, nicht wahr?«

»Ja. Das hast du dir gut gemerkt.« Sie sah ihn an, als sei sie eine Lehrerin, die einen erstaunlich gelehrigen Schüler vor sich hatte. »Auf jeden Fall war ein Teil der Kaufbestimmung, dass die Burg abgerissen werden soll. Vermutlich ist das auch geschehen. Aber da wir hier im romantischen Siebengebirge sind, stellt sich das alles natürlich ein bisschen anders dar. Laut der Sage ist die Burg langsam verfallen, und zwar ging dem Ganzen die Geschichte einer jungen Frau voraus, die Tochter des letzten Ritters der Rosenau, die am Abend vor ihrer Vermählung verschwunden ist. Man soll sie nach langer Suche in einem unterirdischen Verlies in der Nähe von Heisterbach gefunden haben. Weil sie eine solche Qual erleiden musste, soll die Ritterstochter mit ihrem Gemahl auf einen anderen Wohnsitz gezogen sein und die Burg verfallen lassen haben. Der Vater war bereits vor Gram verstorben.«

»Und du zweifelst an dieser Version.«

»Zu Recht, da die Ausgrabungen bestätigen, dass die Burg abgerissen wurde.«

Als der Dunst langsam unter den buttergelben Strahlen der Sonne zerfaserte, kamen sie auf der Rosenau an. Inzwischen gab es auf der Felskuppe ein hübsches Hotel, das zum Verweilen einlud. Sie gingen zur Terrasse, bestellten Kaffee und genossen die herrliche Aussicht. Zu ihrer Rechten lag Bonn, und der Rhein schimmerte silbrig im Licht der Sonne. Adrián ließ seinen Blick über die Ortschaften rheinabwärts gleiten, dann nach links zum Nonnenstromberg und Petersberg. Von hier aus hatte er eine gänzlich neue Perspektive auf die Wolkenburg, den Hirschberg und den Drachenfels.

»Gibt es auch noch eine kleine Rosenau?«, fragte er.

»Ja, die liegt südwestlich in Richtung Rhein«, antwortete Ruth. Sie neigte den Körper leicht vor. »Siehst du die bewaldete Senkung zwischen dem Nonnenstromberg und dem Petersberg? Du musst es im Frühling sehen, wenn die ersten Knospen und das erste Grün kommen. Und im Herbst ist es auch herrlich, da schimmert es in allen Farben. Ich könnte stundenlang hinschauen und würde nicht müde, es mir anzusehen. Überhaupt habe ich das Gefühl, egal, wie oft ich hier bin, ich werde einfach nicht satt.«

Das konnte Adrián nachvollziehen. Er lächelte, legte den

Arm um sie und zog sie an sich. Inzwischen war er froh, dass Ruth ihn zu dieser Wanderung überredet hatte.

»Du bist hier schon ziemlich heimisch, ja?«, fragte sie.

»So gut, wie das innerhalb kurzer Zeit eben möglich ist.«

Sie nahm seine Hand, drückte sie. Adrián ließ den Blick auf dem Hirschberg verweilen, in dessen Nähe das Hotel lag. Im Grunde genommen konnte ein Tag, der so wundervoll begonnen hatte – nun, begonnen vielleicht nicht, aber er wollte nicht kleinlich sein –, nur noch ganz und gar vollkommen sein.

»Beruhige dich, Annemarie«, sagte Sebastian. »Ich verstehe kein Wort.«

»Wilhelm.« Ihre Stimme drohte wieder zu kippen. »Die Polizei hat ihn tot aus dem Rhein geborgen.« Die letzten Worte gingen in einem Schluchzen unter. »Ich habe ihn doch gestern noch gesehen, wie kann er dann heute Morgen tot am Rheinufer gelegen haben?«

»Und es besteht kein Zweifel?«

»Nein, er ist mit der Strömung ziemlich weit abgetrieben, aber die Polizei hat ihn anhand seiner Brieftasche identifiziert. Sie waren heute Morgen bei seinen Eltern, die natürlich prompt alles erzählt haben, von mir, von dir, einfach alles. Daher waren sie vorhin auch bereits bei mir.«

Sebastian wurde kalt. »Und was wollten sie?«

»Fragen, wann ich ihn zuletzt gesehen habe.«

»Was hast du ihnen gesagt?«

»Die Wahrheit, dass er gestern bei mir war und dass wir uns nicht im Guten getrennt haben.«

»Warum hast du das erzählt?«

»Weil wir uns auf der Straße gestritten haben, und es

ist besser, sie erfahren das von mir als von irgendwelchen Nachbarn.«

»Wie ist er gestorben? Ein Unfall?«

»Er hat eine Kopfwunde, und die Polizei mutmaßt, dass ihn jemand niedergeschlagen und in den Rhein geworfen hat. Ich habe gesagt, er könne sich die Wunde auch bei einem Sturz zugezogen haben, aber sie sagten, sie würden in alle Richtungen ermitteln.«

Sebastian stieß langsam den Atem aus. »Das ist doch sicher auch nicht verkehrt, oder?«

»Das nicht, aber es klang, als würden sie eher dazu tendieren, dass er gewaltsam zu Tode gekommen ist.« Ihre Stimme war klein und zittrig geworden, was sich bei ihr ganz und gar ungewohnt ausnahm.

Nachdem Sebastian den Hörer aufgelegt hatte, versuchte er, sich wieder seiner Arbeit zu widmen, konnte sich jedoch nicht konzentrieren, und so erhob er sich schließlich und ging in Hans' Arbeitszimmer.

»Annemaries ehemaliger Verlobter wurde heute Morgen tot aus dem Rhein geborgen.«

Hans starrte ihn an. »Ein Unfall?«

»Möglicherweise, aber die Ermittlungen gehen auch in Richtung Tötungsdelikt.«

Hans schwieg und drehte einen Füllfederhalter zwischen den Fingern. »Verstehe. Vermutlich werden sie auch hierherkommen, nicht wahr?«

»Vermutlich.«

Sie kamen am frühen Abend, nachdem Sebastian den halben Tag in angespannter Erwartung verbracht hatte. Warum das so war, konnte er selbst nicht so genau erklären, er hatte sich immerhin nichts zuschulden kommen lassen.

Vielleicht war das einfach ein Gefühl, das sich unweigerlich einstellte, wenn ein Verbrechen vermutet wurde und die Polizei ermittelte. Immerhin hatte er mit der Verlobten des Toten geschlafen, selbst wenn er das nicht erwähnte, würde das vermutlich irgendwann zur Sprache kommen.

Er stand an der Rezeption, als die Beamten das Vestibül betraten. »Wir möchten zu Sebastian Hohenstein«, sagte derjenige, der sich als Heiner Roloff vorstellte.

»Das bin ich, meine Herren.«

»Können wir irgendwo ungestört sprechen?«

»In meinem Bureau.« Sebastian wies mit der Hand den Weg und ging voran.

Die beiden Ermittler schwiegen, bis Sebastian die Tür des Arbeitszimmer hinter ihnen geschlossen hatte. Er bot ihnen einen Platz am Konferenztisch an und setzte sich dazu, was hoffentlich etwas zwangloser wirkte, als wenn er ihnen an seinem Schreibtisch gegenübersaß. Entspannt schlug er ein Bein über das andere und sah die beiden abwartend an.

»Ich nehme an, Sie wissen bereits, warum wir hier sind«, sagte Kommissar Roloff.

»Ja, meine zukünftige Verlobte hat mich heute Mittag angerufen.«

Die Ermittler nickten, als sei das zu erwarten gewesen. Angesichts dessen, dass ihn ihr Auftauchen nicht erstaunt hatte, muss ihnen das spätestens jetzt klar geworden sein. »Ihre künftige Verlobte ist Annemarie Braun, die ehemalige Verlobte von Wilhelm Rheinberg?«

»Ja.«

»Wie ist er mit der Tatsache, seine Verlobte an Sie zu verlieren, umgegangen?« Während Kommissar Roloff Fragen stellte, schrieb sein junger Begleiter mit.

»Er war natürlich nicht erfreut.«

»Gab es offene Auseinandersetzungen?«

Sebastian zögerte, und der Kommissar hob die Brauen. »Er war einmal hier, als Dr. Braun und ich zu Abend gegessen habe. Dabei wurde er ausfallend, und wir haben ihn des Hotels verwiesen.«

»Und er ist einfach so gegangen?«

»Nein, Hans Hohenstein, der Cousin meines Vaters, hat ihn in sein Arbeitszimmer gebeten, um die Sache in aller Ruhe zu klären und für klare Verhältnisse zu sorgen.«

»Gab es vorher also keine klaren Verhältnisse?«

»Es war etwas kompliziert.«

»War Frau Dr. Braun noch mit ihm verlobt, als sie damit angefangen hat, Sie zu treffen?«

Wieder zögerte Sebastian. »Ja«, antwortete er schließlich.

»Wie weit ist Ihre Beziehung gediehen, während Annemarie Braun noch mit dem Verstorbenen verlobt war?«

»Weit genug, um uns darüber im Klaren zu sein, dass sie die Verlobung lösen wird und wir heiraten wollen.«

»Laut seiner Eltern – und Sie bestätigen das ja gerade – haben Sie sich also in eine intakte Verlobung gedrängt und das Paar auseinandergebracht?«

»Nein, natürlich nicht.«

»Wie darf ich das dann verstehen?«

»Die Verlobung war nicht intakt. Das wird Ihnen Frau Dr. Braun sicher bestätigt haben.«

Der Kommissar ging nicht darauf ein. »Laut seiner Familie löste sich Annemarie Braun erst dann von ihrem Verlobten, als Sie auf der Bildfläche erschienen sind und sich mit ihr getroffen haben.«

»Ich weiß ehrlich gesagt nicht, was das mit Wilhelm Rheinbergs Unfalltod zu tun haben soll.«

»Die Zusammenhänge lassen Sie unsere Sorge sein.«

Sebastian schwieg und harrte der Fragen, die noch kommen würden.

»Wie hat Herr Rheinberg darauf reagiert, dass es einen Nebenbuhler gibt?«

»Er war selbstverständlich nicht erfreut.« Sebastian fragte sich, was Annemarie den Beamten erzählt hatte. Wussten sie von dem Übergriff auf sie?

»Und er hat versucht, sie zurückzubekommen?«

»Ja, durchaus.«

»Wie sind Sie damit zurechtgekommen?«

»Wie soll ich damit schon zurechtkommen? Er war mit ihr verlobt, es ist doch klar, dass er nicht von einem Moment auf den anderen loslassen wird.«

Kommissar Roloff lächelte. »Und es gab keinen Streit zwischen Ihnen? Keine offene Auseinandersetzung?«

»Nein. Bis auf das eine Mal, als er hier aufgetaucht ist und später Herrn Hohenstein gesprochen hat, sind wir uns nicht begegnet.«

»Das Gespräch, in dem endlich die Verhältnisse geklärt wurden.«

»Genau das.«

Der junge Beamte klappte wie auf Stichwort das Notizbuch zu, und die beiden erhoben sich.

»Wir kommen auf Sie zu, wenn wir noch Fragen haben«, sagte Kommissar Roloff.

»Jederzeit.«

Sebastian brachte die beiden ins Vestibül, wo sie sich von ihm verabschiedeten. An der Rezeption stand Adrián in Wanderkleidung und unterhielt sich mit dem Concierge.

»Was ist passiert?«, fragte er, als Sebastian sich dazugesellte.

Sebastian bedeutete ihm mit einem Kopfnicken, mitzukommen. »Annemaries Verlobter wurde tot im Rhein gefunden«, erklärte er, als sie außer Hörweite waren.

Adrián sah ihn ungläubig an. »Kein Unfall, oder warum ist die Polizei hier?«

»Sie ermitteln in mehrere Richtungen.«

»Also denken sie, dass du etwas damit zu tun haben könntest?«

»Die ganze Sache ist einfach Routine, sie müssen jeder Spur nachgehen.«

»Ah, und eine dieser Spuren führt sie ins Hotel. Na, großartig.«

»Ich habe mit der Sache nichts zu tun.«

»Es reicht, dass sie denken, du hättest. Und das gerade jetzt, wo das Hotel wieder einigermaßen in die Gänge kommt.«

»Ist das deine einzige Sorge?«

»Da ich vermute, dass du niemanden umgebracht hast, ja, in der Tat. Kannst du dir vorstellen, wie das auf die Gäste wirkt, wenn sich das herumspricht? Und das alles nur, weil du deine Hosen nicht anbehalten konntest.«

»Du hast es nötig.«

»Ich habe nicht mit einer Frau geschlafen, die verlobt ist und deren Verlobten man hernach aus dem Rhein fischt.«

»Diesen Ausgang hat ja wohl niemand vorhersehen können. Im Übrigen warten wir jetzt erst einmal ab. Vielleicht stellt sich ja demnächst heraus, dass es ein Unfall war.«

»Das will ich hoffen.«

Karl erfuhr von der leidigen Angelegenheit, als er abends aus Köln kam. Er war bei seinem Enkel Alexander gewesen, in dessen Haus seine Tochter Marianne seit ihrer Trennung lebte. Es hatte den Tag sehr genossen und festgestellt, dass Marianne förmlich aufblühte, seit sie nicht mehr mit Heinrich zusammenlebte. Es war wohl in der Tat höchste Zeit für diesen Schritt gewesen, wenngleich Heinrich sich nach wie vor gegen eine Scheidung sträubte, weil er um seinen Ruf fürchtete. Die Kinder standen zwar aufseiten ihrer Mutter, aber natürlich liebten sie nach wie vor den Vater, der seine recht fragwürdigen Ansichten immerhin vor ihnen verbarg. Und Marianne war daran gelegen, keinen Keil zwischen ihn und die gemeinsamen Söhne und Töchter zu treiben. In dieser Hinsicht musste Heinrich nichts befürchten. Aber natürlich ging es nicht darum, sondern um das Gerede der Leute.

Und nun, da Karl im Hotel ankam, erwartete ihn ein Gerede gänzlich anderer Art. Allerdings versetzte ihn die Nachricht in weniger Aufregung, als das bei den anderen Familienmitgliedern der Fall war – ein Vorteil des Alters. »Ich würde sagen«, kommentierte er die Sache, »wir warten jetzt erst einmal ab.«

»Etwas anderes bleibt uns in der Tat nicht übrig«, fügte Emma hinzu, und ihr war anzusehen, dass sie sich zumindest gedanklich weiter damit beschäftigen würde.

»Weiß dein Vater von der Angelegenheit?«, fragte er Sebastian später. Ludwig war über die ganze Geschichte mit Annemarie wenig erfreut gewesen, hatte aber Verständnis, immerhin kannte er ihre Situation ja selbst nur zu gut. Seinem Sohn hätte er allerdings eine unkompliziertere Liebesbeziehung gewünscht, aber so etwas verlief ja selten nach Wunsch oder Plan.

»Nein, bisher noch nicht. Warum ihn beunruhigen, wenn an der Sache vielleicht nichts dran ist?«

Sebastian allerdings war beunruhigt, das war unübersehbar, doch angesichts dessen, dass die Polizei ihn im Zusammenhang mit dem Tod des ehemaligen Verlobten seiner Geliebten befragt hatte, war das wohl auch kein Wunder.

»Das war die richtige Entscheidung«, sagte Julia. »Es klingt alles dramatischer, als es tatsächlich ist. Der Mann wurde tot im Rhein gefunden, und die Polizei geht nun einmal in so einem Fall allen Möglichkeiten nach. Wir sollten froh sein, dass das so ist, und da wir alle wissen, dass du mit der Sache nichts zu tun hast, solltest du dich auch nicht nervös machen lassen.«

Sebastian nickte nur.

»Wie kommt Annemarie mit allem zurecht?«, fragte Julia.

»Sie ist schockiert«, antwortete Sebastian. »So ein Ende hat sie sich selbstverständlich nicht für ihn gewünscht.« Er saß auf einem Sessel im Salon und vergrub das Gesicht in den Händen. Julia streckte die Hand aus und legte sie ihm beruhigend auf die Schulter, strich über sein Haar, eine großmütterliche Geste, zu der sie in all den Jahren zu selten die Gelegenheit gehabt hatte. Wieder wurde Karl schmerzlich bewusst, dass die Kinder so weit weg von ihm aufgewachsen waren.

Julia sagte dasselbe, nachdem Sebastian später gegangen war. »Ich hätte gerne mehr von ihnen gehabt.«

Karl hatte immerhin noch Mariannes Kinder in seiner Nähe, und für die war Julia im Grunde auch immer die Großmutter gewesen – eine Rolle, die sie gerne übernommen hatte –, da Marianne zu ihrer leiblichen Mutter zwar ein recht freundschaftliches, aber auch kein mütterliches Verhältnis gehabt hatte. Das brachte ihn wieder auf den Gedanken an Carlotta, an ihre Beerdigung und daran, wie die Weggefährten von früher immer weniger wurden. Vor einigen Monaten hatte Karl ihr Grab besucht und ihr Blumen gebracht, seine Art, sich im Guten von ihr zu trennen. Mit ihrem Sohn stand Marianne weiterhin in Kontakt, aber Karl hatte sich nie für diesen interessiert, und das änderte sich auch auf seine alten Tage nicht. Allerdings freute es ihn für Carlotta, dass dieser es zu etwas gebracht hatte. In der Hinsicht hatten die Zeiten sich zum Besseren verändert, man konnte sich aus eigener Kraft aus seinem Stand herausarbeiten.

Er spielte mit Julia noch eine Partie Karten und ging hernach mit ihr zu Bett. Es war eine gute Entscheidung gewesen, sich inzwischen gänzlich aus dem Geschäft zurückzuziehen und die Zeit mit der Familie zu verbringen. Er zeigte zwar immer noch Präsenz und wollte auch über Zahlen auf dem Laufenden gehalten werden, aber außer mit Ratschlägen mischte er sich nicht ein. Adrián und Sebastian bekamen das alles mit Hans und Emma an ihrer Seite gut hin. Gelegentlich spielte Karl sogar mit dem Gedanken, mit Julia für einige Zeit zu Valerie in die Schweiz zu fahren. Oder gar nach Amerika zu Ludwig. In all den Jahren hatte ihn die Arbeit an das Hotel gefesselt, da war an Reisen nicht zu denken gewesen. Dann kam der Krieg, und danach fehlte das Geld. Und jetzt war ihm, als würde die Zeit dafür langsam knapp.

⁂ 23 ⁂

In den ersten beiden Tagen nach Wilhelms Tod war Annemarie in einem Gefühl der Unwirklichkeit gefangen gewesen. Dieses wurde abgelöst von einem überwältigenden Schuldbewusstsein, als habe sie selbst ihn in den Rhein gestoßen. Wieder und wieder dachte sie an ihre letzte Begegnung, fragte sich, ob sie diese Verzweiflung hätte erkennen müssen. Aber sie hatte sie ja erkannt, dachte sie. Nur war sie ihr lästig gewesen. Andererseits, was hätte sie tun sollen? Zu ihm zurückkehren, wie er das gewollt hatte? War er in seiner Verzweiflung an den Rhein gegangen, war unaufmerksam gewesen und gestürzt? Denn dass er sich aus verschmähter Liebe in die Fluten warf, passte ganz und gar nicht zu ihm.

Sie hatte sich den Montag freigenommen, weil sie Sorge hatte, zu unkonzentriert zu sein, und das hatten die Patienten nicht verdient. Dienstagmorgen jedoch hielt sie es daheim nicht mehr aus. Ihre Eltern hatten ihr gesagt, sie könne zu ihnen kommen, wenn sie nicht allein sein wolle, aber das war auch nicht das, was sie brauchte, denn Wilhelms Tod hing die ganze Zeit über ihr wie eine Glocke, die einem die Luft zum Atmen nahm. Sie brauchte Ablenkung, und die fand sie nun einmal am besten in ihrer Arbeit.

»Sind Sie schon wieder so weit?«, fragte Dr. Hartung, als sie morgens in der Praxis erschien.

»Ja, ich muss arbeiten, sonst sitze ich die ganze Zeit nur daheim und grüble.«

Obwohl sie eine respektvolle Distanz wahrten und sich nach wie vor siezten, hatten sie gleichzeitig eine recht vertraute Beziehung zueinander, aber so musste das wohl sein, wenn man sich eine Praxis teilte und gemeinsam Patienten betreute. Annemarie hatte ihm erzählt, dass sie die Verlobung gelöst und einen anderen Mann kennengelernt hatte. Ihr war es lieber, er erfuhr es von ihr als durch Getratsche. Und getratscht wurde. Besonders bewusst wurde ihr das an diesem Morgen, als Blicke sich auf sie hefteten, denn selbstverständlich hatte sich herumgesprochen, dass der abservierte Verlobte der Frau Doktor gestorben war, und vermutlich rankten sich nun die wildesten Geschichten darum. Dass die, ach so ehrbare, Annemarie Braun die Nacht in der Umarmung Sebastian Hohensteins verbracht hatte, wusste man sich zu erzählen. Und das, obwohl sie da noch verlobt gewesen war.

Und natürlich hatte sich auch Wilhelms peinlicher Auftritt im Hotel durch Geschwätz verbreitet, war aber inzwischen einigermaßen in Vergessenheit geraten, denn die Familie Hohenstein galt als sehr angesehen. Und dass die Männer der Familie eher draufgängerisch waren, war schon zu Zeiten von Sebastians Urgroßvater bekannt gewesen. Vermutlich haftete dem Ganzen sogar ein Anflug von Nostalgie an, ja, vielleicht war die eine oder andere ältere Dame seinerzeit selbst in einen der Herren Hohenstein verliebt gewesen. Wie auch immer, das Gerede verlor sich im Laufe der Zeit. Nun jedoch wurde die Geschichte wieder sensationsheischend aufgewärmt.

Annemarie beschloss, die Blicke und das Getuschel zu

ignorieren, und konzentrierte sich auf ihre Arbeit. Sie war eine gute Ärztin, und das wussten die Patienten. Und war man auch noch so empört, wenn man krank oder verletzt war, war das Bedürfnis, gut versorgt zu werden, nun einmal stärker.

Als sie gerade zur Mittagspause gehen wollte, erschien die Polizei in der Praxis, was natürlich nicht unbemerkt vonstattenging. Die Patientin, die Annemarie gerade entließ, würde nun einiges zu erzählen haben, und Dr. Hartung, der gerade ein Rezept ausstellte, machte kein Hehl daraus, dass ihm das Auftauchen der Polizisten nicht gefiel.

»Wir halten Sie nicht lange auf«, sagte der Kommissar – Roloff, wenn Annemarie sich richtig erinnerte. »Wir würden nur gerne Frau Dr. Braun einige Fragen stellen.«

Dr. Hartung nickte knapp, und sein Blick streifte Annemarie, die sich unweigerlich verkrampfte. In dem Moment jedoch, als er sie ansah, schmolz der Unwille in seinen Augen zu einem Glimmen warmer Aufmunterung, und er nickte zu ihrem Behandlungszimmer hin. Annemarie atmete langsam aus.

»Kommen Sie bitte mit«, sagte sie und bemerkte, dass die Patientin die Praxis nur langsam verließ und dabei immer wieder über die Schulter sah. Am liebsten hätte Annemarie sie hinausgeschoben und die Tür hinter ihr zugeknallt. Sie atmete tief durch und führte die Männer in das Behandlungszimmer, schloss die Tür hinter ihnen und setzte sich ihnen gegenüber an den Tisch, während die Polizisten auf den Besucherstühlen Platz nahmen. Um ihre Hände ruhig zu halten, faltete sie sie vor sich auf der Schreibtischplatte.

»Also, meine Herren, womit kann ich dienen?«

»Die Untersuchungen haben bestätigt, dass er einen kräftigen Schlag auf den Kopf bekommen hat«, sagte Herr Roloff. »Infolgedessen muss er das Bewusstsein verloren haben.«

Annemaries Herz begann heftiger zu klopfen. »Und das haben Sie nicht schon beim Bergen der Leiche festgestellt?«

»Doch, aber wir wollten erst die Untersuchungen abwarten.«

Annemarie verbarg ihre bebenden Hände unter dem Tisch. »Oder aber er hat sich den Kopf angeschlagen, als er in den Rhein gestürzt ist.«

»Das ist die Frage, nicht wahr?«

»Kann ein Rechtsmediziner die Frage nicht klären?«

»Ein Schlag mit einem stumpfen Gegenstand, und er hat auf jeden Fall noch gelebt, als ihm die Wunde zugefügt wurde.«

Mit leicht schief gelegtem Kopf lauschte Annemarie den Ausführungen, die Stirn gerunzelt, nachdenklich. »Ich würde Ihnen wirklich gerne helfen, aber ich weiß nicht, wer ihn genug gehasst haben könnte, um ihm dergleichen zuzufügen«, sagte sie schließlich. »Falls es sich überhaupt um eine Gewalttat gehandelt hat und er nicht schlicht und ergreifend mit dem Kopf aufgeschlagen ist.«

»Was ist mit Ihrem künftigen Verlobten? Wir haben gehört, er habe Herrn Rheinberg mit dem Tod gedroht, falls er sich Ihnen noch einmal ungebührlich nähern sollte.«

Annemaries Herzschlag war so hart, dass ihr das Blut in den Ohren rauschte. »Das war nur so dahergesagt. Er war wütend, weil Wilhelm einen Tag zuvor einen … Übergriff auf mich gewagt hat.«

In Kommissar Roloffs Blick glomm Wachsamkeit auf, während er sie taxierte, und sie wusste, dass ihm keine Regung entging. »Ein Übergriff welcher Art?«

Sie zögerte.

»Möchten Sie, dass wir für die Befragung eine Frau hinzuziehen?«

»Nein«, antwortete Annemarie rasch. »Es war nicht diese Art von Übergriff. Er hat mich geschlagen und hernach gewürgt. Mein Vater kam in diesem Moment und hat Schlimmeres verhindert.«

»Haben Sie die Sache zur Anzeige gebracht?«

»Nein.«

Argwöhnisch krauste Kommissar Roloff die Stirn, und sein jüngerer Kollege, der rasch zu ihm geschaut hatte, tat es ihm nun nach.

»Ich wollte die Sache nicht aufbauschen, sondern mir war daran gelegen, die Verlobung ohne viel Aufhebens zu lösen. Es ging mir nicht darum, Wilhelm im Gefängnis zu sehen, ich wollte lediglich nicht mehr seine Verlobte sein.«

»Obwohl er, laut Ihrer Worte, versucht hat, Sie zu erwürgen?«

»Ich nehme nicht an, dass er mich töten wollte, er war einfach außer sich vor Wut, weil ich ihm gestanden habe, dass es einen anderen Mann gibt.«

»Und weiter?«

»Er schien selbst erschrocken von dem, was er getan hat. Und dann kam er abends ins Hotel, wollte Sebastian Hohenstein zur Rede stellen und hat mich dort beim Abendessen mit ihm angetroffen. Da ist er ausfallend geworden, und da Herr Hohenstein wegen des Übergriffs ohnehin wütend war, hat er diese Drohung ausgesprochen. Es war natürlich nicht ernst gemeint.«

»Und als Herr Rheinberg sich Ihnen erneut genähert hat, wie hat Herr Hohenstein da reagiert?«

»Er war natürlich nicht erfreut, aber er hat nicht viel dazu gesagt.«

»Und in derselben Nacht stirbt Herr Rheinberg. Das wirft Fragen auf, nicht wahr?«

»Herr Hohenstein hatte keinen Grund, ihm etwas zu tun. Wir wollen heiraten, daran änderte dieser Besuch nichts.«

Die Polizisten nickten.

»Gut, dann haben wir für heute keine weiteren Fragen mehr.« Herr Roloff erhob sich, gefolgt von seinem jüngeren Kollegen. »Wir finden selbst hinaus.«

Annemarie wartete, bis die Tür ins Schloss gefallen war, dann griff sie zum Telefon.

Emma schmiegte sich an Georgs Brust und beobachtete, wie sich das erste Licht zwischen den Vorhangfalten hindurchtastete. Sie spürte Georgs Hand liebkosend auf ihrem Rücken und ihrer Hüfte, lächelte, als sie an die vergangene Nacht dachte. Als sie jung und frisch verheiratet gewesen waren, hatten sie ständig miteinander geschlafen, später war es weniger geworden, was in der Natur der Sache lag. Aber glücklicherweise war Emma nie das passiert, was sie von einigen Freundinnen gehört hatte, bei denen dieser Aspekt der Ehe irgendwann seinen Reiz verlor und kaum mehr stattfand. Nach Margots Geburt war es zeitweise sehr wenig geworden, da ihr Körper einige Zeit brauchte, um sich von den Folgen der Geburt zu erholen. Was Emma immer wieder erstaunte, war, dass sich die Art der körperlichen Liebe änderte, dass sie mit zunehmender Vertrautheit intensiver wurde und dass sie sie jetzt, mit Ende vierzig beinahe noch mehr genoss als früher. Der Druck, Kinder zu gebären, lastete nicht mehr auf ihr, seit sie sich damit abgefunden hatte, kein weiteres zu bekommen. Lächelnd liebkoste sie Georgs Brust, streckte sich, dann löste sie sich widerwillig aus seiner Umarmung.

»Ich befürchte, ich muss langsam aufstehen«, sagte sie.

Seufzend griff er nach dem Wecker. »Ja, es wird wohl in der Tat Zeit. Ich bin auch schon spät dran.«

Sie erhob sich und griff nach ihrem Morgenmantel, ging ins Bad, duschte, putzte sich die Zähne und kehrte danach in ihr Zimmer zurück, wo sie sich vor den Frisiertisch setzte, während Georg, der in das andere Bad gegangen war, sich ankleidete. Ihre Blicke trafen sich im Spiegel, und sie lächelten sich an. Wieder durchfuhr sie dieses Gefühl der Erleichterung, das sie seinerzeit verspürt hatte, als klar gewesen war, dass Georg als Industrieller zu wichtig gewesen war, um im Krieg verheizt zu werden. Sie hatten so viele Freunde und Angehörige verloren, und Emma wusste nicht, ob sie es ertragen hätte, auch noch ihn zu verlieren.

Er trat zu ihr, küsste sie. »Ich würde gerne zum Frühstück bleiben, aber ich muss mich wirklich beeilen.«

»Ist gut.« Sie zog ihn ein weiteres Mal zu sich hinunter, küsste ihn lange, dann gab sie ihn frei.

»So ein intensiver Abschied?« Er lachte. »Ich komme doch wieder.«

Emma verspürte immer noch die Schrecken der letzten Kriegswochen und kämpfte diese mit einem Lächeln zurück. »Bis heute Abend. Lass es nicht zu spät werden.«

»Ich tue mein Bestes.«

Nachdem Emma mit Margot gefrühstückt hatte, ging sie ins Bureau und begann mit der Arbeit. Frau Weiß hatte ihr erzählt, dass es Probleme mit einem Gast gab, der sich vor einem der Zimmermädchen entblößt hatte. Sie hatten sie beim folgenden Mal zu zweit hingeschickt, aber es war dasselbe Spiel gewesen, und offenbar hatte es ihn amüsiert, dass die junge Frau sich nun Verstärkung mitgebracht hatte, was er mit entsprechenden Anzüglichkeiten kommentiert hatte.

Emma hatte am Vortag mit Hans darüber gesprochen, und der wiederum war an den Gast herangetreten, der diese Unterstellung mit Entschiedenheit von sich gewiesen hatte. Offenbar gingen den Mädchen ihre schlüpfrigen Phantasien durch, hatte er hinzugefügt. Bei so hübschen jungen Frauen fühle er sich schon fast ein wenig geschmeichelt, sagte er, allerdings hoffe er, mit dergleichen kein weiteres Mal belästigt zu werden, sonst könne er diese Unterkunft keineswegs weiterempfehlen, denn wer wolle schon, dass einem das weibliche Personal nachstelle und einen verleumde. Hans hatte sich zähneknirschend entschuldigt, und nun hofften sie, dass es zu keinem weiteren Zwischenfall kam, denn dann mussten sie sich überlegen, was zu tun wäre. Es war nicht das erste Mal, dass männliche Gäste sich den Zimmermädchen gegenüber derart anzüglich verhielten, so etwas war leider ein immer wiederkehrendes Ärgernis.

Sie war gerade im Begriff, die Gehaltsunterlagen durchzugehen, als das Telefon klingelte. »Hotel Hohenstein, Emma Rebein«, meldete sie sich, während sie die Klammer um die Dokumente löste. Dann hielt ihre Hand inne, verharrte, wurde zitternd an den Mund gehalten, während Emma fassungslos lauschte und kaum fähig war, eine Antwort zu artikulieren.

Na ja, das war ganz nett, aber wirklich Spaß machte das nicht, dachte Margot, nachdem James sie geküsst hatte. Er konnte das zwar gut, aber es fehlte das feine Kribbeln, das gewisse Etwas. Besser also, sie beließen es bei dem einen Mal. Und da sie mit diesem Gefühl offenbar allein dastand, während ihm die Sache ganz offenkundig gefallen hatte, bedurfte es einigen Fingerspitzengefühls, um ihn von nun an auf Distanz zu halten. Er war für eine Woche hier in Bonn, danach ging es weiter nach Köln und später noch irgendwo anders hin, Margot hatte schon wieder vergessen, wohin genau. Anschließend würde er nach England zurückkehren, und bisher machte es nicht den Eindruck, als sei ihm an etwas anderem gelegen als an ein wenig Zerstreuung vor Ort. Und da Margot sich lediglich aus Langeweile auf ihn einließ, war ihr das nur recht.

Sie gingen zur Veranda, wo keine weiteren Annäherungen mehr möglich waren, setzten sich an einen der Tische und bestellten Tee und heiße Schokolade. Es war noch sehr kalt, und dementsprechend war die Veranda nicht gut besucht. Die meisten Gäste bevorzugten es, im Café oder im Restaurant zu sitzen, nur einige wenige Verfrorene saßen an den Tischen vor ihren heißen Getränken.

»Margot?« Sie blickte auf, als Karl auf die Veranda trat und sie ansprach. Er war blass, fand sie, und angesichts der seltsamen Art, wie er sie ansah, war sie sofort alarmiert.

»Was ist los?«

»Können wir kurz allein sprechen?« Er sah James an. »Entschuldigen Sie bitte.«

»Kein Problem.« James neigte den Kopf, und Margot erhob sich, nun wirklich beunruhigt.

»Was ist passiert?«, fragte sie, als sie alleine waren.

»Dein Vater hatte einen schlimmen Unfall auf der Bundesstraße«, sagte er. »Er liegt im Krankenhaus und …«

Einen absurden Augenblick lang dachte Margot, er würde sich das ausdenken. »Wo ist meine Mutter? Warum erzählt sie es mir nicht selbst? Wir haben doch eben noch zusammen gefrühstückt, da war alles gut.«

»Sie ist fast zusammengebrochen, Hans ist bei ihr. Daher habe ich erboten, es dir zu sagen.«

»Aber …« Langsam sickerte die Nachricht vollumfänglich in ihr Bewusstsein. Ihr Vater, ihr geliebter Vater dem Tode nahe im Krankenhaus. »Wie schlimm ist es?«

»Ziemlich schlimm, Liebes. Aber sie haben Hoffnung.«

Hoffnung. Vor dem Krieg hatte man auch Hoffnung. Hoffnung, dass Onkel Andreas zurückkehrte und der lustige Jacob, Hans' Bruder. Margot grub die Zähne in die Unterlippe, wandte sich abrupt ab und lief ins Hotel, riss die Tür zu Hans' Bureau auf, aber da war ihre Mutter nicht. In ihrem eigenen Arbeitszimmer ebenso wenig. Margot lief in den privaten Wohntrakt und hoch in ihre Wohnung. Sie fand ihre Mutter schließlich im Salon in enger Umarmung mit Hans. Ihr Kopf ruhte an seiner Schulter, und als er Margot bemerkte und den Griff um ihre Mutter lockerte, wirkte es, als falle sie jeden Moment ohne den Halt, den er ihr bot. Sie hob den Kopf, die Augen seltsam geweitet und glasig, das Gesicht so bleich, dass die Haut durchscheinend wirkte. Wenn es eines letzten Beweises bedurft hätte, dass Karl die Wahrheit sagte, dann war es der Anblick ihrer Mutter.

»Es ist deine Schuld«, fauchte Margot, die auf einmal nicht wusste, wohin mit ihrem Schrecken und der Wut. »Wenn du nicht unbedingt hierhergewollt hättest, hätte er bei diesem Wetter da draußen nicht über die Bundesstraße gemusst. Er ist viel zu spät hier weggekommen, wahrscheinlich musste er sich beeilen. Nur deswegen ist jetzt dieser Unfall passiert!« Ihre Stimme wurde immer lauter.

»Margot!«, rief Hans sie scharf zur Ordnung.

»Das geht dich überhaupt nichts an«, schrie Margot ihn bar jeden Respekts an. »Was hast du hier überhaupt zu suchen? Aber wenn ich euch so sehe, wird mir schon klar, warum Mama unbedingt hierherziehen wollte.«

Ihre Mutter löste sich von Hans, kam auf sie zu, und um Margots Mund zuckte es verächtlich. Klar, jetzt würden wieder die Ausflüchte kommen, die ganzen Entschuldigungen. Und so traf es sie vollkommen unvorbereitet, als ihre Mutter ausholte und ihr eine kräftige Ohrfeige verpasste. Margot stieß einen Schrei aus und hob die Hand an die Wange.

»Geh mir aus den Augen«, sagte ihre Mutter mit einer Kälte, die Margot noch nie bei ihr gehört hatte.

Sie taumelte rückwärts, wandte sich abrupt ab und verließ den Salon, rannte aus der Wohnung, griff im Vorbeigehen ihren Mantel von der Garderobe und lief hinaus in den Garten. Dort suchte sie sich die Laube, die am weitesten vom Haus entfernt lag, setzte sich auf die Bank, schlang die Arme um den Oberkörper und fing an zu weinen, harte Schluchzer, die in Brust und Kehle schmerzten. Tränen liefen ihr in heißen Rinnsalen über die Wangen, tropften von ihrer Nasenspitze, und immer wieder hob sie den Arm, um sie mit dem Ärmel wegzuwischen.

Das Sonnenlicht war zu einem milchigen Graugelb geworden, als die Schluchzer langsam verebbten und in ein schluckaufartiges Einatmen übergingen. Erschöpft lehnte Margot den Kopf zurück, schloss die brennenden Augen und rieb sich frierend die Oberarme, was jedoch nicht half, da die Kälte tief aus ihrem Innern zu kommen schien.

Als sie die Augen wieder aufschlug, bemerkte sie, dass sie nicht mehr allein war. »Was willst du?«, fragte sie kaum hörbar.

»Adrián hat mir erzählt, was passiert ist«, sagte Ruth und kam näher, ließ sich ebenfalls auf der Bank nieder. »Es tut mir so leid.«

Margot nickte nur. *Wären meine Eltern nicht euretwegen hierhergezogen, wäre das alles nicht passiert.* Sie sprach es nicht aus, denn es war ja tatsächlich nicht Ruths Schuld, dass ihr Vater nun im Krankenhaus lag. Ruth, deren Vater in einem Krieg gefallen war, der Margots Vater verschont hatte, weil er reich und zu wichtig für die Industrie war. Ruth, der schon in frühester Kindheit die Mutter genommen worden war, während Margot ihre eigene so schlimm vor den Kopf gestoßen hatte, dass fraglich war, ob diese ihr jemals verzieh. Ihr Ehemann lag im Krankenhaus, und anstatt dass sie sich beistanden, kam Margot mit einer derartigen Unterstellung. Dabei hatte sie nie, niemals ernsthaft angenommen, dass Hans für ihre Mutter mehr war als ein Bruder. Sie hatte einfach nur ihre Wut rausschreien, ihre Mutter zu einer Reaktion zwingen, den größtmöglichen Schaden anrichten wollen. Und währenddessen lag ihr Vater im Krankenhaus und starb vielleicht. Wieder traten Margot die Tränen in die Augen.

»Kann ich etwas für dich tun?«, fragte Ruth.

Ja, am besten gehst du, dachte Margot. Sie beließ es jedoch bei einem Kopfschütteln. Irgendwie war es ja auch ganz gut, nicht mehr allein zu sein.

»Deine Mutter ist ins Krankenhaus gefahren«, fuhr

Ruth fort. »Und ich habe mich gewundert, dass du sie nicht begleitest, aber Emma wollte dazu nichts sagen. Da haben wir uns Sorgen gemacht.«

»Wer ist wir?«

»Sebastian, Adrián und ich.« Ruths Atem stand in weißen Wölkchen vor ihrem Gesicht. »Und auch, wenn du mich hasst, dachte ich, meine Gesellschaft ist besser, als wenn du ganz allein bist.«

»Ich hasse dich doch nicht, du dumme Gans«, antwortete Margot müde und mit vom Weinen heiserer Stimme. Ihr tat die Kehle weh. »Ich möchte nur nicht hier wohnen. Aber das ist ja nicht deine Schuld.« Natürlich wusste Ruth so gut wie sie, dass Margot ihr das dennoch stets zum Vorwurf gemacht hatte. »Ich habe meiner Mutter gerade schlimme Dinge gesagt.« Sie biss sich auf die Lippen, als könne sie damit nachträglich alles Ausgesprochene zurücknehmen. »Wirklich schlimme Dinge. Ich würde gerne zu meinem Vater ins Krankenhaus fahren, aber angesichts dessen, was ich ihr vorgeworfen habe, kann ich ihr nicht unter die Augen treten und an ihrer Seite bei meinem Vater wachen.« Den sie mit ihren Worten ebenfalls verraten, dessen Ehe mit ihrer Mutter sie infrage gestellt hatte. Was war bloß in sie gefahren?

»Deine Mutter war noch nie unversöhnlich.«

»Das ist aber nicht der Moment, zu ihr zu fahren und sie zu einer Aussprache zu zwingen. Ich würde ja gerne ins Krankenhaus, aber ich habe Angst. Ich möchte meinen Vater nicht dem Tode nahe sehen und lieber hier darauf hoffen, dass die erlösende Nachricht kommt. Und ich möchte nicht an seinem Bett stehen und meiner Mutter eine Versöhnung aufnötigen, zu der sie ganz offenbar noch nicht bereit ist. So viel zumindest schulde ich ihr.«

Ruth fragte nicht nach, was genau vorgefallen war, sondern nickte nur langsam.

»Ich rede oft so unbedacht daher«, sagte Margot. »So wie damals bei Anton.«

»Das zumindest könntest du doch ohne Weiteres aus der Welt schaffen.«

»Und dann?«

»Das kommt darauf an, was du eigentlich willst. Seine Freundschaft oder mehr.«

Margot wusste es selbst nicht, und sie hatte in diesem Augenblick auch nicht die Nerven, darüber nachzudenken. Ihr tat der Kopf weh, und sie wollte auf einmal nichts lieber, als sich ins Bett verkriechen, die Decke über den Kopf ziehen und darauf warten, dass jemand mit guten Nachrichten anrief.

»Warum gehst du nicht rein«, sagte Ruth, »trinkst etwas Heißes und ruhst dich aus? Du siehst ganz verfroren aus?«

Ein kurzer Anflug von Belustigung flog über Margots Lippen. »Du oder ich?«

»Na ja, ich gestehe, etwas Wärme wäre nett.«

»Geh ruhig rein, ich komme gleich nach. Ein bisschen möchte ich noch allein sein.«

»Wenn was ist, weißt du, dass du immer kommen kannst, ja? Letzten Endes sind die Familienbande doch stärker als alles andere, nicht wahr?«

Margot nickte nur, und Ruth erhob sich. Sie sah ihr nach, wie sie durch den Garten zurück zum Haus ging, und legte den Kopf zurück, blickte hoch in das von Weinlaub umrankte Dach der Laube, in das sich das karge Sonnenlicht wob.

Annemarie hatte ihn darauf vorbereitet, dass die Polizei einem neuen Verdacht nachging, aber dennoch war Sebastian nicht auf die wie im Stakkato abgeschossenen Fragen vorbereitet. Und dieses Mal war er froh darüber, dass sein Großvater darauf bestanden hatte, anwesend zu sein. Er war es schließlich auch, der dem Ganzen ein Ende bereitete.

»Das sind alles vollkommen unhaltbare Verdächtigungen, für die Sie nicht den geringsten Beweis haben«, sagte er. »Mein Enkel wird nun überhaupt nichts mehr beantworten, und zu Ihrer nächsten Befragung werde ich unseren Anwalt dazurufen.«

Kommissar Roloff schwieg einen Moment lang. »Ihr Enkel ist amerikanischer Staatsbürger, nicht wahr?«

»Ja. Tut das etwas zur Sache?«

»Nein, es hat mich lediglich interessiert. Bei einem Mord wird er sich trotz allem hier verantworten müssen.«

»Ich habe keinen Mord begangen«, entgegnete Sebastian, und sein Großvater legte ihm beruhigend die Hand auf den Arm.

»Für heute werden wir keine weiteren Fragen beantworten. Bei Ihrem nächsten Besuch wird ein Anwalt zugegen sein.«

Kommissar Roloff neigte den Kopf. »Natürlich.« Er stand auf und deutete seinem jungen Kollegen mit einem Nicken an, dass sie hier fertig waren. »Das soll es für heute gewesen sein. Wir empfehlen uns.«

Sie verließen das Arbeitszimmer, und Sebastian stieß einen Seufzer aus. Das wurde ja schlimmer und schlimmer.

»Ich rufe Rechtsanwalt von Falkoven an«, sagte sein Großvater. »Er soll sich um alles kümmern. Dieser ganze

Ärger, und ausgerechnet heute kommen sie, wo wir so um Georg bangen müssen.«

»Es tut mir leid.«

»Das ist nicht deine Schuld, auch wenn ich mir ein wenig mehr Besonnenheit und Zurückhaltung von dir gewünscht hätte, was diese Frau angeht.«

»Diesen Ausgang konnte ich doch nicht erahnen.«

»Nein, das konntest du nun wirklich nicht.« Sein Großvater erhob sich und wirkte auf einmal sehr alt. »Wenn Georg stirbt, weiß ich nicht, was werden soll. Emma ist stark, aber ich weiß nicht, ob sie daran nicht doch zerbricht.«

Als das Telefon sich mit einem schrillen Läuten meldete, fuhren beide auf, und Sebastian griff rasch nach dem Hörer, um diesen unmelodischen Klang zu unterbrechen. »Sebastian Hohenstein.« Es knisterte in der Leitung, und nach kurzem Warten hatte er seine Mutter am Telefon.

»Sebastian?«

»Ja, Mutter.«

»Hans hat mich angerufen, er sagte, im Auftrag von Emma, und erzählte, dass etwas mit Georg sei. Dann war die Verbindung weg. Ist etwas passiert?«

Sebastian warf einen Blick auf die Uhr. In New York war es noch nicht einmal halb sechs, und da rief Hans seine Mutter mit so einer Botschaft an? War er noch gescheit? »Er hatte einen Unfall, mehr weiß man bisher noch nicht.«

»Liegt er im Krankenhaus? Ihr müsst doch zumindest gehört haben, was genau ihm fehlt?«

Da Sebastian wusste, wie nah seine Mutter ihrem Bruder stand, versuchte er, möglichst vage zu bleiben. »Ja, er liegt im Krankenhaus, und Emma ist gerade dort. Es ist noch nicht sicher …«

»Weich mir nicht die ganze Zeit aus, Sebastian! Wie steht es um ihn?«

Sebastian holte tief Luft. »Es ist nicht sicher, ob er überlebt.«

Seine Mutter schwieg so lange, dass er dachte, die Verbindung sei tot, dann vernahm er ein leises Aufschluchzen. Ausgerecht seine Mutter, die nie weinte.

»Mutter, hör zu, ich sehe zu, dass ich etwas in Erfahrung bringe, dann rufe ich dich an, ja?«

»Ja«, kam es kaum hörbar.

»Ist Vater da?«

»Der sitzt hier neben mir.«

Wenigstens war sie nicht allein. Sebastian war froh, dass er ihr nichts von den Verdächtigungen, denen er ausgesetzt war, erzählt hatte. Sonst hätte sie auch diese Sorge noch gehabt. »Ich rufe später noch mal an«, sagte er sanft. »Sobald ich was Neues weiß.«

»Ja, bitte tu das.«

Er beendete das Gespräch und stand auf.

»Wie geht es ihr?«, fragte sein Großvater.

»Was denkst du?« Sebastian verließ den Raum und ging in Hans' Bureau. Der saß an seinem Schreibtisch, schien jedoch nicht zu arbeiten. »Wie, um alles in der Welt, kommst du dazu, meine Mutter mitten in der Nacht anzurufen und ihr so eine Botschaft zu überbringen?«, fuhr Sebastian ihn an.

»Es tut mir furchtbar leid, wirklich. Ich hatte nicht an die Zeitverschiebung gedacht. Die ganze Sorge um Georg … Normalerweise wäre mir so etwas gleich eingefallen, aber …« Er verstummte, und Sebastians Wut fiel in sich zusammen.

»Schon gut, ich hätte dich nicht so anfahren sollen.« Er

ließ sich auf einen Stuhl ihm gegenüber fallen. »Ich weiß nur gerade selber nicht mehr, wo mir der Kopf steht.«

»Was wollte die Polizei von dir?«

Sebastian erzählte von dem nun sehr konkreten Verdacht, den der Kommissar geäußert hatte.

»Die Kopfverletzung kann er sich doch auch beim Sturz zugezogen haben.«

»Ja, das habe ich auch gesagt. Aber die ganzen Umstände kommen noch erschwerend hinzu.«

»Letzten Endes bleiben ihnen nur Vermutungen, einen Mord muss man beweisen können.«

Sebastian war trotz allem nicht beruhigt. Wo er in der Nacht auf Samstag gewesen sei, hatte der Beamte gefragt. Im Hotel, so seine Antwort. Könne das jemand bezeugen? Nein, er habe nachts geschlafen, aber er wäre gar nicht unbemerkt an dem diensthabenden Rezeptionisten vorbeigekommen. Und der Dienstboteneingang über den seitlichen Hof? Ja, das wäre möglich gewesen, hatte Sebastian eingeräumt, allerdings hätte man ja das Auto hören müssen. Zwangsläufig? Auch wenn man für einen Moment hinten im Bureau war? Möglicherweise nicht, hatte Sebastian gesagt, aber woher hätte er denn vorher wissen sollen, wann der Rezeptionist nicht vor Ort war? Durch die Glastüren. Unbemerkt? Der Kommissar hatte geschwiegen. Und wenn Sie mit dem Fahrrad gefahren sind? Daraufhin hatte Sebastian beinahe lachen müssen. Die Fähre fuhr nachts nicht. Ob der Beamte wisse, wie lange man in dem Fall mit dem Rad nach Bonn unterwegs sei.

»Ich hoffe, dass die Sache sich bald aufklärt. Es war ein Unfall, es kann nichts anderes gewesen sein.«

Es ging auf den Abend zu, als Margot das Hotel verließ und auf den Hof trat. Sie hatte mit ihrem Bruder telefoniert, der jedoch auch nicht mehr wusste als sie, und hernach hatte sie ein wenig geschlafen. Jetzt tat ihr der Kopf weh, und sie fühlte sich wie gerädert. Langsam spazierte sie über den Hof und atmete die frische kalte Luft ein.

Sie war im Begriff, zum Hotel zurückzugehen, als sie eine vertraute Gestalt bei den Mopeds stehen sah und einem Impuls folgend zur Remise ging. Anton musste sie gehört haben, denn er blickte auf, und sein Gesicht verschloss sich sofort, setzte jene Maske distanzierter Höflichkeit auf, die er in letzter Zeit ständig vor ihr trug. Er nickte ihr zu und wollte gerade den Ständer zurückschieben, als Margot rasch ein paar Schritte vortrat und die Hand auf den Sitz der Maschine legte.

»Es tut mir leid«, kam es ihr atemlos über die Lippen.

Anton hielt inne, dann nickte er. »Keine Ursache.«

»Du hörst mir nicht zu. Ich sagte, es tut mir leid.«

Jetzt sah er sie an, lange und aufmerksam. »Was tut dir leid? Die Worte, mit denen du mich belegt hast? Der rothaarige Zwerg, der deiner nicht würdig ist, da er nicht mit einem goldenen Löffel im Mund geboren wurde?«

»Ich war wütend auf Ruth, daher habe ich das gesagt.«

»Das mag sein, aber für diese Wut kann ich nichts, nicht wahr? Immerhin musst du seit dem Kuss gewusst haben, wie es um meine Gefühle für dich steht. Ich erwarte nicht, dass du dasselbe empfindest, wenngleich ich es gehofft hatte, aber Respekt, den darf ich erwarten, nicht wahr?«

Sie nickte nur.

»Dann sind wir uns ja einig. Und nun entschuldige mich bitte.« Er wandte sich erneut seinem Moped zu, als Margot die Hand vom Sitz nahm und ihm diese stattdessen auf den Arm legte, näher zu ihm trat, ihren Mut zusammennahm und ihm einen Kuss auf die Lippen drückte, sich ein winziges Stück zurückzog, weil sie nicht wusste, ob das, was sie tat, nicht eine unglaubliche Torheit war.

»Man kann uns sehen.« Antons Atem streichelte ihr Gesicht.

»Sollen es alle sehen.« Wieder berührte sie seinen Mund mit dem ihren, spürte, wie ein leichtes Zittern sie überkam, die Angst, zurückgewiesen zu werden. Dann jedoch schlossen sich Antons Arme um sie, und er küsste sie.

»Das ist keine Spielerei von dir, nicht wahr?«, fragte er, während er sie eng umschlungen hielt.

»Nein.«

»Ich habe gesehen, wie du diesen Engländer geküsst hast.«

»Das war nur eine kleine Verwirrung.« Sie neigte den Kopf vor und küsste ihn erneut, dann legte sie die Arme um seinen Nacken und den Kopf an seine Schulter, wollte nur noch von ihm gehalten werden. »Fahr nicht heim«, murmelte sie, während seine Hand ihren Rücken streichelte. »Bleib diese Nacht bei mir.«

Seine Hand hielt inne. »Ich … Wir können doch nicht …«

Sie löste sich von ihm. »Bleib einfach nur bei mir. Ich dachte nicht an … Na ja, daran eben. Ich möchte nur nicht allein sein. Meine Mutter ist bei meinem Vater, und sie möchte mich nicht sehen.«

Nun weiteten seine Augen sich erstaunt. »Warum nicht?«

»Ich habe schlimme Dinge zu ihr gesagt. Ich bin so unbedacht, wenn ich wütend bin …« Ein bebender Atemzug füllte ihre Brust, die sich anfühlte, als befände sich eine

Klammer darum. Sie nahm seine Hand. »Komm«, sagte sie leise, und er folgte ihr über den Hof und in den privaten Eingang des Hotels. Sie schwiegen, während sie nach oben gingen, und Margot spürte ihren Herzschlag in der Kehle, als sie die Tür öffnete und mit ihm die Wohnung betrat. »Hast du schon etwas gegessen?«, fragte sie.

»Nein«, antwortete er zögernd.

»Warte im Salon, ich lasse etwas kommen.«

»Was ist mit dir?«

»Ich kann nicht essen.«

»Ich sitze doch nicht in eurer Wohnung und esse vor dir.«

Sie musste lächeln, dann wurde sie wieder ernst. »Ich halte dich immerhin davon ab, nach Hause zu gehen.«

»Ich bin immer noch freiwillig hier.«

Sie nickte, dann ging sie mit ihm in den Salon, und sie setzten sich auf das Sofa. Margot streifte die Schuhe ab und machte es sich gemütlich, zog Anton an sich und küsste ihn wieder und wieder. »Du musst mich für furchtbar frivol halten«, sagte sie. »Ich sitze hier und küsse dich, während mein Vater im Krankenhaus liegt und möglicherweise den morgigen Tag nicht erlebt.« Ihre Stimme brach.

»Nein, ich halte dich nicht für frivol. Jeder braucht in dieser Situation wohl einen Menschen, an dem er sich festhalten kann.«

Margot strich ihm das Haar aus der Stirn, ließ die Finger über seine Wange gleiten. »Dann halt mich bitte fest«, flüsterte sie. »Die ganze Nacht.«

Er zog sie an sich, und sie legte den Kopf an seine Schulter, schloss die Augen, genoss es, wie seine Hände immer wieder über ihren Rücken glitten. Vielleicht muss es so sein, dachte sie. Ein Mensch geht aus deinem Leben, ein anderer kommt hinzu. Und dann, als hätte sie ihren Vater mit diesen Worten verabschiedet, brach eine so heftige Angst über sie hinein, dass sie in Antons Armen zitterte und ihre Zähne aufeinanderschlugen. Tränen quollen zwischen ihren Augenlidern hervor, und alles, was sie hörte, war Antons Stimme an ihrem Ohr, die leise Zärtlichkeiten murmelte.

⁂ 24 ⁂

Als Margot die Augen aufschlug, lag sie im Bett. Durch die Vorhänge sickerte das Tageslicht, und einen Moment lang war sie verwirrt, wusste nicht, ob es morgens war oder nachmittags. Dann bemerkte sie, dass sie voll bekleidet war, und richtete sich auf. Anton saß schlafend in ihrem Sessel, eine Haltung, die furchtbar unbequem sein musste. Leise kam sein Name über ihre Lippen, und er fuhr auf, stöhnte dann und rieb sich den Nacken.

»Oh, verdammt«, entfuhr es ihm. Dann sah er sie an und wurde flammend rot. »Verzeihung.«

Ein Lächeln flog über ihr Gesicht und zerfiel wieder. »Hat das Telefon geklingelt?«

»Ich habe nichts gehört.«

Das bedeutete wohl, dass alles unverändert war. Margot stieß den Atem in einem langen Seufzer aus und strich sich das Haar zurück. Dann schwang sie die Beine aus dem Bett und erhob sich. »Entschuldige mich bitte.« Sie verließ den Raum und verschwand im angrenzenden Bad, machte sich frisch, putzte ihre Zähne, spritzte sich Wasser ins Gesicht und kehrte schließlich in ihr Zimmer zurück, wo sie direkt in den Ankleideraum ging. »Das Badezimmer ist direkt nebenan«, sagte sie und hörte, wie Anton das Zimmer verließ. Diese morgendlichen Rituale zu teilen hatte etwas seltsam Intimes.

Sie ließ ihr Kleid von den Schultern gleiten, Unterkleid und Wäsche folgten. Dann zog sie sich frische Wäsche an und suchte ein Kleid heraus. Gerade als sie es über die Schultern gestreift hatte, hörte sie, wie Anton zurück ins Zimmer kam. Als sie aus dem Ankleidezimmer trat und er bemerkte, dass ihr Kleid noch offen stand, wurde er ein weiteres Mal feuerrot und wandte sich rasch ab.

»Verzeihung.«

»Schon gut. Würdest du mir bitte das Kleid schließen?« Sie drehte sich um.

Er trat hinter sie und zog den Reißverschluss hoch, dann drehte sie sich zu ihm um, legte den Arm um seinen Nacken und küsste ihn. »Hast du das schon bei anderen Frauen gemacht?«, fragte sie dann. »Reißverschlüsse geschlossen? Und gar vorher geöffnet?«

»Nur bei einer«, antwortete er zögernd. »Und es stellte sich heraus, dass sie nicht die Richtige war.« Da war es wieder, das Verletzliche in der Stimme, die Angst, dass sie nur ein wenig mit ihm kokettierte, weil es ihr gerade nicht gut ging und er eben verfügbar war.

»Du hattest gerade die große Ehre, der Erste zu sein, der das bei mir durfte«, sagte sie und bemerkte das Lächeln, das sich in seine Mundwinkel schlich. »Und jetzt komm frühstücken.«

»Frühstückst du mit?«

»Ja.«

Sie gingen ins Esszimmer und deckten gemeinsam den Tisch, dann schickte Margot Anton in den Salon und rief in der Küche an, damit das Frühstück hochgeschickt wurde. Kurz darauf saßen sie gemeinsam am Tisch, aßen frisch gebackenes Brot, das von außen kross und von innen noch warm war, bestrichen es mit Süßrahmbutter und Kompott. Margot schenkte ihnen Kaffee ein, während Anton die Sahne nachgoss.

»Wann musst du arbeiten?«, fragte sie.

»In gut drei Stunden. Ich fahre heim, rasiere mich, ziehe mich um und komme dann wieder.«

Margot rührte mit einem kleinen Silberlöffel in ihrer Kaffeetasse. »Ich rufe nachher meinen Bruder an und fahre nach Bonn in unsere Villa. Vielleicht bleibe ich da ein paar Tage und hoffe, dass ich doch noch ins Krankenhaus zu meinem Vater kann.«

»Ja, tu das.«

Unwillkürlich war die Angst wieder da, jene Angst, die ihr am Abend zuvor das Atmen erschwert hatte. »Ich weiß nicht, was ich tun soll, wenn er …«

»Sprich es nicht aus«, sagte Anton. »Warte ab, was kommt, und verlier die Hoffnung nicht.«

Margot nickte zaghaft. »Wenn alles ausgestanden ist, erzähle ich meinen Eltern von dir. Ich möchte kein Versteckspiel, das ist unwürdig.«

»Denkst du, sie werden es akzeptieren?«

»Ja, werden sie.« Daran hatte Margot tatsächlich nicht den geringsten Zweifel. Anton jedoch schon, wie sein Gesichtsausdruck unmissverständlich zeigte.

Nachdem sie das Frühstück beendet hatten, brachte Margot ihn zum privaten Ausgang des Hauses, und ehe sie sich verabschiedeten, standen sie in der Halle und küssten sich. Schließlich lösten sie sich atemlos voneinander, als Anton sagte: »Ich muss nun wirklich los, wenn ich nachher pünktlich zur Arbeit erscheinen möchte.«

»Und darf man erfahren«, kam Hans' Stimme aus Richtung seiner Wohnungstür, »wie es zu deuten ist, dass Sie hier in unserer Halle stehen und heute Nacht offenbar nicht daheim waren?«

Margot und Anton fuhren auseinander. »Hans.« Sie spürte, wie ihr Gesicht heiß wurde. »Ich …« Sie wandte sich an Anton. »Geh ruhig, ich kläre das.«

»Nein, er geht nicht. Und da wir ihn bezahlen, wird er hierbleiben und sich erklären, vorausgesetzt, ihm liegt daran, auch weiter in Lohn und Brot zu stehen.«

Anton war blass geworden. »Ich … Fräulein Margot ging es nicht gut und …«

»Und da haben Sie sich erboten, ihr nachts beizustehen, da sie sonst ja keine Angehörigen hier hat?«, half Hans freundlich aus.

»Ich habe ihn gebeten zu bleiben«, mischte Margot sich nun ein. »Wenn du jemandem böse sein willst, dann mir.«

Er streifte sie nur mit einem knappen Blick. »Du kommst schon noch dran, keine Sorge.« Wieder sah er Anton an. »Haben Sie die Nacht mit ihr verbracht? Eine klare Antwort bitte.«

»Bei ihr, nicht mit ihr.«

Hans hob die Brauen.

»Er hat auf dem Sessel geschlafen«, sagte Margot, »wenn du es genau wissen willst. Und jetzt lass ihn bitte gehen, damit er pünktlich ist. Ich erkläre dir alles, versprochen. Und wenn dir das nicht reicht, kannst du ihn später immer noch zur Rechenschaft ziehen.«

»Also gut.« Hans gab mit einem knappen Kopfnicken sein Einverständnis, und Anton war entlassen.

»Hast du etwas von meiner Mutter gehört?«, fragte Margot.

»Nein. Aber da du ja in der letzten Nacht nichts Besseres zu tun gehabt hast, als dir einen Liebhaber zu nehmen, kann der Schmerz nicht allzu groß gewesen sein.«

Tränen schossen Margot in die Augen. »Was weißt du denn schon?«, fuhr sie ihn an. »Mir ging es nicht gut, ich habe abscheuliche Dinge zu Mama gesagt, und vorher habe ich abscheuliche Dinge über Anton gesagt, obwohl ich wusste, dass er mich liebt. Aber er war mir nicht gut genug, ich wollte jemanden wie Adrián, ich war neidisch auf Ruth und … Dann war ich allein auf dem Hof, ich wusste nicht, zu wem ich gehen sollte, niemand im Haus ist mir wirklich nah. Und dann stand Anton plötzlich da, und ich habe mit ihm gesprochen …« Margot fröstelte in der kalten Eingangshalle und schniefte. »Ich habe ihn gebeten zu bleiben, und er ist geblieben.«

Hans schwieg, aber das Eis in seinem Blick schmolz.

»Er ist so anständig«, sagte Margot. »Der anständigste Mann, den ich kenne. Hätte Sebastian Antons Zurückhaltung bei Annemarie gezeigt, wäre ihm manch hässliche Szene erspart geblieben. Und hätte Adrián dergleichen bei diesem Zimmermädchen getan, wäre dieses nicht zu Unrecht des Diebstahls bezichtigt worden. Aber keinem der beiden droht ihr, sie auf die Straße zu setzen. Nur bei Anton tut ihr das, weil er gesellschaftlich unter euch steht und ich eine von euch bin.«

»Das ist nicht wahr«, widersprach Hans. »Meine eigene Mutter war Wäscherin, das waren seinerzeit in der Hierarchie der Dienstboten die Niedrigsten der Niedrigen.«

»Deine Mutter war doch Bäckerin.«

»Ja, später, nachdem sie meinen Vater geheiratet hat. Aber vorher nicht. Erzähl mir also nicht, ich würde ihn aufgrund seines Standes ablehnen. Und was Sebastian und Adrián getan haben, heiße ich ebenfalls nicht gut.«

Margot knabberte an ihrer Unterlippe und nieste. Vermutlich hatte sie sich verkühlt.

»Komm rein«, sagte Hans und deutete auf die Tür. »Reden wir in Ruhe.«

Sie folgte ihm in die Wohnung, wo der Tisch noch vom Frühstück gedeckt war. »Ist Greta schon zur Schule?«

»Ja, schon längst. Ich wollte eigentlich gerade nach Bonn fahren, ansonsten hätte ich von deinem Besuch wohl nichts mitbekommen.« Er schenkte ihr Kaffee ein.

»Ich will dich nicht aufhalten.«

»Das tust du nicht.«

Margot wärmte die Finger an der Tasse. »Es tut mir so furchtbar leid, was ich gesagt habe. Ich war so wütend.«

»Ist schon gut. Du solltest dich eher bei deiner Mutter entschuldigen als bei mir.«

Sie nickte nur und trank einen Schluck Kaffee. »Nimmst du mich nachher mit nach Bonn und lässt mich bei unserer Villa raus?«

»Ja, natürlich.«

Er drängte ihr kein Gespräch auf, und Margot trank schweigend den Kaffee und ließ sich eine neue Tasse einschenken. »Ich werde Mama und Papa von Anton erzählen, wenn Papa wieder gesund ist.«

»Das ist gut. Dennoch wird er hier nicht wieder übernachten.«

»Aber ich bin so allein …« Wieder war da diese Kälte, die tief aus ihrem Innern zu kommen schien.

»Du hast deine Cousinen und Curt, Karl und Julia, mich und Greta.«

»Du weißt, dass Ruth und ich uns nicht so nahe sind. Ja, wir verstehen uns tatsächlich besser inzwischen, aber wir sind keine engen Freundinnen, werden es vielleicht nie. Und Karl mag mich nicht.« Sie sah Hans an, dass er widersprechen wollte. »Du weißt, dass er das nicht tut. Er möchte mich mögen, aber das lässt sich nicht erzwingen. Bei Julia weiß ich es nicht, ich vermute, sie kann nicht viel mit mir anfangen. Na ja, und bei dir kann ich nicht übernachten. Das Gerede würde mehr Schaden anrichten, als wenn Anton mich schwängern und verlassen würde.«

»Du weißt schon, dass diese Distanz zu Ruth und Karl hausgemacht ist, nicht wahr?«

»Ja, ich weiß, dass es meine Schuld ist, aber nun ist es halt so. Vielleicht wird es irgendwann besser, aber ich brauche jetzt jemanden.«

»Bleib bei Tobias in Bonn. Ihr seid Geschwister, und keiner sollte in so einer Situation allein sein.«

»Der hat meine Gesellschaft noch nie gebraucht.«

»Versuch es trotzdem, wenn auch nur für ein oder zwei Nächte, bis dahin müsste die Krise überstanden sein. So oder so.«

Margot trank den Kaffee aus und stand auf. »Ich rufe ihn an und sage ihm Bescheid, dass ich komme.«

»Nimm das Telefon im Salon. Ich warte draußen auf dich.«

Margot trat in den Salon, hob den Hörer und wählte die Rebein-Villa an. Kurz darauf meldete sich Tobias, hastig, in der Stimme eine Mischung aus Hoffnung und Angst. »Ich bin es«, sagte sie leise. »Hast du etwas aus dem Krankenhaus gehört?«

»Nein, bisher noch nicht.«

»Ich möchte für ein paar Tage zu dir kommen«, sagte sie und befürchtete, er würde ihr Ansinnen ablehnen. In Gedanken klaubte sie bereits Argumente zusammen, um ihn umzustimmen.

»Ja, bitte komm.«

Dieser Tage schien alles aus dem Ruder zu laufen. Magdalena war es, als befände sich das Hotel unter einer Glocke, die alles lähmte, jede Bewegung verlangsamte, das Atmen erschwerte. Dabei war mehr zu tun als je zuvor. Es war beinahe so, als wirke die Mordanschuldigung geradezu als Besuchermagnet. Und dass nun auch noch der angesehene Georg Rebein dem Tode nahe im Krankenhaus lag, gab dem Ganzen einen Anstrich des Hochdramatischen.

Mehrmals überlegte sie, dass jetzt doch der ideale Zeitpunkt war, Karl Hohenstein zu drohen, Georg Rebeins Ruf in der Öffentlichkeit anzuschwärzen. Aber dann wiederum dachte sie, dass dergleichen eher auf sie zurückfallen würde. Jemanden treten, der schon am Boden lag. Nein, das ging nicht. Noch dazu, da sie keinerlei Beweise dafür hatte, dass er wirklich etwas Schlimmes getan hatte. Sie würde schlicht und ergreifend Rufmord begehen, aber auch dazu wäre sie bereit, wenn sie das der Wahrheit um ihren Vater näher bringen würde. Und dann kam der erste konkrete Hinweis, ausgerechnet aus dem Dienstbotentrakt von der alten Alice, Julia Hohensteins Zofe, die hier ihren Altersruhesitz hatte und oftmals einfach unbemerkt im Dienstbotenzimmer saß und nähte oder vor sich hin döste. Sie hätte eine Wohnung beziehen können, die Hohensteins hätten das bezahlt. Aber sie wollte hierbleiben, liebte die Plauderstunden mit den Herrschaften.

»Das Hotel hat schon ganz anderes überstanden«, sagte sie, als beim Nachmittagskaffee die Sprache auf die derzeitigen Umstände kam. »Es gab so viele Skandale im Laufe der Jahre.« Sie knabberte an einem Keks.

»Was war das Schlimmste bisher?«, fragte eine der beiden Küchenmägde.

»Es gab einiges, das aufsehenerregend war, aber wirklich schlimm wurde es erst während des Krieges, als man hier die ganzen Widerstandskämpfer versteckt hielt. Himmel, was hatten wir eine Angst, vor allem, als dann zu Kriegsende hin diese Nazischergen hier einquartiert wurden.«

»Und was ist dann passiert?« Die Küchenmagd bekam große Augen.

»Das Personal wusste seinerzeit nicht viel«, sagte Frau Weiß. »Herr Hohenstein wollte, dass nur wenige Leute eingeweiht sind, um sich, die Widerständler, aber auch all die Umstehenden zu schützen. So hätten wir im Falle einer Internierung glaubhaft beschwören können, von nichts gewusst zu haben.«

»Selbst die Damen Alsberg und Hohenstein«, fuhr Alice fort, »haben vieles erst im Nachhinein erfahren.«

»Aber Sie wussten von allem?«, fragte Magdalena.

»Vor einer Zofe kann man nicht viel geheim halten. Ich glaube nicht, dass es im Leben der Herrschaften etwas gibt, das ich nicht weiß. Abgesehen natürlich von den sehr intimen Geheimnissen, die niemanden etwas angehen.«

Jemand kicherte albern.

»Haben die Nazis die Männer bemerkt?«, fragte die Küchenmagd.

»Es waren nicht nur Männer, drei Frauen waren darunter. Es war sehr gefährlich, und die beiden Herren Hohenstein konnten nur mit viel Mühe Ruhe vorgaukeln. Was haben die Parteimitglieder hier gefeiert und geprasst. Zwei von ihnen stiegen den Zimmermädchen nach, und ich glaube, die gingen auch tatsächlich mit ihnen ins Bett, ich weiß nicht, ob aus Verlangen oder um sich abzulenken, da eine diffuse Angst auch sie ergriffen hatte. Jeder ahnte, dass es etwas zu verbergen gab, und jeder tat alles, damit es verborgen blieb. In der Küche wurde gekocht, was das Zeug hielt, man sprach zu laut, lachte zu laut. Und dann verschwand einer von ihnen.«

Magdalena hielt den Atem an.

»Mir ist er vorher nicht aufgefallen, er war recht still, stieg auch keiner Frau nach. Aber er hat beobachtet, war sehr aufmerksam. Und dann war er verschwunden, einfach so. Und was haben sie ihn gesucht, mir war himmelangst. Alles haben sie auf den Kopf gestellt, sind gegangen und hernach wiedergekommen. Aber seine Sachen waren ja auch fort, und so dachte man schließlich, dass er geflohen sei, gemeinsame Sache mit den Widerständlern gemacht hat.«

»Und?«, fragte die Küchenmagd. »Hat er?«

»Nein«, spuckte Alice. »War einer von denen, durch und durch. Hatte so was Lauerndes, sah einen an, als könne er bis auf die Seele blicken. Das war unheimlich. Ich hatte in seiner Gegenwart sogar Angst, was Falsches zu denken.«

»So ging es mir auch«, bestätigte Frau Weiß.

Magdalena schwieg, starrte auf ihre Hände, die auf der Tischplatte ruhten, mochte in diesem kalten, lauernden Mann nicht ihren Vater sehen. Aber was wussten die schon? Alte Weiber, mit denen die Phantasie durchging.

»Hatte er Familie?«, hörte sie sich fragen.

»Keine Ahnung«, antwortete Frau Weiß.

»Doch, da war was.« Trotz ihres Alters schien sich Alice besser zu erinnern. »Frau und Kind, hieß es. Na, die dürften ohne ihn besser dran gewesen sein.«

»Nicht, wenn sie seines Geistes gewesen sind.«

»Ach, das waren doch so viele, die hernach nichts mehr davon wissen wollten. Aber er war schon gut dabei, vermutlich hätte er sich nicht rausreden können. Und es sind so viele am Galgen gelandet, da war die Familie mit einem verschollenen Vater wohl besser dran als mit dem Stigma der Hinrichtung.«

Magdalana verkrampfte die Hände ineinander, dass die Knöchel weiß hervorstanden. Was wussten die schon? Wieder und wieder dachte sie das. Was wussten die schon? Sie wartete auf weitere Ausführungen, als Frau Weiß sich abrupt erhob.

»Ende der Plauderstunde, meine Herrschaften. Die Pflicht ruft.«

Alle bis auf Alice erhoben sich, und Magdalena erfuhr, dass jener Geschäftsmann wieder darum bat, das Zimmer aufzuräumen.

»Ich gehe nicht mit«, sagte Lisa. »Der ist widerlich.«

»Dieser Kerl wieder?«, fragte Marthe, eine der Hilfsköchinnen, die groß und kräftig war und eine tiefe Stimme hatte. Jetzt trat sie vor und schob Lisa zur Seite. »Mach mal Platz, Mädchen. Und gib mir deine Schürze und die Haube.«

»Was …« Frau Weiß starrte sie an.

»Möchten Sie weiterhin warten, dass die Herrschaften das Problem mit Fingerspitzengefühl lösen?«

»Ich …«

»Also, Kindchen«, sagte sie an Magdalena gewandt. »Du gehst allein hin. Ich komme dann später dazu, wenn er so richtig in Fahrt ist, ja?«

Die Sache versprach interessant zu werden. »Gut, machen wir das so«, antwortete Magdalena.

»Aber die Herrschaften …«

»Haben andere Sorgen momentan«, beendete Marthe den Satz.

Magdalena ging über die Dienstbotentreppe hoch in die Beletage, wo der Mann sie in der Suite wieder einmal nur im Handtuch begrüßte, das er beiseitewarf, kaum, dass die Tür hinter ihr geschlossen war. »Allein dieses Mal?«, fragte er. So ein attraktiver Mann, und dann so etwas. Hatte der das wirklich nötig? Kam er sonst nicht zum Zug?

»Meine Kollegin kommt jeden Moment«, murmelte sie und wandte sich nun doch rasch ab, um aufzuräumen. Er schien extra die größtmögliche Unordnung zu machen, um sie lange aufzuhalten. Als es klopfte, atmete Magdalena erleichtert auf und eilte zur Tür, während der Mann sie grinsend beobachtete, ein Glas in der Hand, an dem er nippte, als befände er sich auf einer Party. Das war einfach nur bizarr.

»Na, so ein Prachtexemplar aber auch«, dröhnte Marthe. Die Schürze spannte um ihre Taille, aber dafür saß das Häubchen umso adretter. Magdalena hatte Mühe, ernst zu bleiben, während der Mann sie entgeistert anstarrte. Marthe kam zu ihm, drängte sich an ihn, und Magdalena wandte sich ab, um nicht hinsehen zu müssen, als Marthe den Mann beherzt umarmte und ihm mit jenen Armen, die so geschickt Teig kneten konnten, fast die Luft abdrückte.

»Raus mit dir«, rief sie Magdalena über die Schulter

zu. »Ich hatte lange keinen Kerl mehr, und der hier ist mal wirklich ansehnlich.«

Magdalena bemerkte, dass aus dem erschreckten Blick des Mannes blankes Entsetzen geworden war.

»Das ist ein Missverständnis«, sagte er und versuchte, sich aus Marthes Umarmung zu winden. »Ich wollte gerade unter die Dusche.«

»Da tue ich's am liebsten«, schnurrte Marthe und presste ihm die Lippen auf den Mund.

Magdalena floh aus dem Raum, lief bis zur Dienstbotentreppe und lachte, bis sie Seitenstiche bekam. Dann ging sie hinunter ins Dienstbotenzimmer, wo sie gespannte Blicke erwarteten. Kurz darauf erschien Marthe und riss sich das Häubchen vom Kopf, warf die Schürze hinterher, grinste. »Der hat schlappgemacht, noch ehe ich zur Sache gehen konnte.«

»Was ist denn da los?«, fragte Adrián, als eine Welle von Gelächter durch den Korridor zu ihnen schwappte.

Ruth, die die Tür zum seitlichen Hof bereits geöffnet hatte, zuckte mit den Schultern. »Offenbar hat wenigstens das Personal gute Laune.« Sie zog die Schultern in der Kälte hoch. Langsam konnte es ruhig wieder wärmer werden. Sie ließ ihren Blick über die Mopeds, motorisierten Fahrräder und die beiden Motorräder gleiten, die ordentlich aufgereiht dastanden. Georg hatte ihr angeboten, ihr ein Moped zu kaufen, dann brauchte sie nicht immer überall mit dem Fahrrad hin, und bei dem Gedanken an ihn stiegen ihr prompt wieder die Tränen in die Augen.

»Er wird es schaffen«, sagte Adrián und legte ihr tröstend den Arm um die Schultern.

»Das kannst du doch auch nur vermuten«, antwortete sie und wischte sich die Tränen aus den Wimpern. »Nicht einmal die Ärzte wissen, wie es weitergeht.«

Sie standen im seitlichen Hof, und Adrián zog eine Zigarettenpackung hervor. Es war die zweite an diesem Tag. Er hatte schon die ganze Zeit im Café geraucht und in seinem Arbeitszimmer – ein Zeichen dafür, dass ihn die Sache stärker beschäftigte, als er zugeben wollte. Außerdem bekam er mit, wie schlecht es Sebastian gerade ging. Sein Onkel lag im Krankenhaus, und über ihm hing der Mordverdacht wie ein Damoklesschwert. Darüber hinaus musste er seine Mutter am Telefon beruhigen und seine eigenen Sorgen verschweigen, um sie nicht noch mehr zu belasten. Den Rest hatte ihm dann der Zeitungsartikel an diesem Morgen gegeben.

Hotelerbe unter Mordverdacht

Aufgemacht war der Artikel als kleine Sensation, effektheischend und voller Spekulationen. Auch Annemarie kam nicht gut weg, wenngleich man sich bei ihr auf Dr. Annemarie B. beschränkte, um ihren Ruf zu schützen. Als gäbe es so viele Ärztinnen mit diesem Namen, dass nicht jeder gleich darauf kam, wer gemeint war.

»Wer hat überhaupt mit der Zeitung gesprochen?«, fragte sie.

Adrián zuckte die Schultern. »Jemand aus Wilhelm Rheinbergs Familie, jemand vom Personal, ein Patient, die Möglichkeiten sind vielfältig. Wie auch immer, der Schaden ist angerichtet.«

»Und was wird jetzt?«

»Warten wir es ab. Falls der Verdacht falsch war, kommt hoffentlich eine Richtigstellung.«

»Ja, als Randnotiz auf der letzten Seite«, murmelte Ruth.

»Mal den Teufel nicht an die Wand, ja?«

Sie zitterten noch eine Weile in der Kälte, und jeder schien die Rückkehr ins Hotel hinauszögern zu wollen. Aber es half ja alles nichts, und so gingen sie ins Haus, Ruth in der bangen Erwartung eines Anrufs in ihrer kurzen Abwesenheit. Ihr Nacken schmerzte vor Anspannung, und jedes Klingeln des Telefons schreckte sie auf, weil sie befürchtete, dass nun die schlechte Nachricht kam. Sie wollte so gerne Hoffnung darauf haben, dass Georg zu ihnen zurückkehrte, aber der Tod war seit ihrer Kindheit so allgegenwärtig gewesen, sie hatte so viele Menschen im Familien- und Bekanntenkreis verloren, dass tief in ihr bereits eine Art von Resignation nistete. Und doch stieß sie die ganze Zeit über stumme Stoßgebete aus, hoffte so sehr, dass ihr Gefühl sie trog.

Im Arbeitszimmer war es angenehm warm, und Ruth setzte sich an Sebastians Schreibtisch, um Dokumente abzuheften, die er für sie bereitgelegt hatte. Sie war froh um die Beschäftigung, die sie vom Grübeln abhielt, und sie vermutete, dass es Sebastian ähnlich ging, angesichts dessen, wie verbissen er sich schon frühmorgens als Erster in die Arbeit stürzte. Als sie alles erledigt hatte, erhob sie sich.

»Ich hätte später noch einige Briefe zu schreiben«, sagte Adrián. »Wenn ich sie dir an der Schreibmaschine diktiere, geht es schneller.«

»Klar. Ich komme ja gleich wieder, ich muss nur ein wenig an die frische Luft.« Ruth verließ das Arbeitszimmer, holte ihren Mantel und trat aus dem Hotel hinaus in die Kälte. Sie spazierte den Weg bis zum Eselpfad, der zum Drachenfels führte. Bei dieser Kälte war nicht viel los, aber es fanden sich doch einige Wanderer ein, ein paar Familien mit kleinen, noch nicht schulpflichtigen Kindern waren unterwegs, zwei davon mit Hunden, die ausgelassen vorwegliefen. Unten an der Talstation konnten Esel gemietet werden, ein Vergnügen, das heutzutage von den Kindern genutzt wurde. Ruth hatte alte Aufnahmen von Touristen auf Eseln gesehen, man hatte sogar Esel zum Hotel gebracht, um Urlauber abzuholen, die einen Ausflug ins Siebengebirge machen wollten.

Vor ihr lag Schloss Drachenburg, erbaut im neugotischen Stil von einem Mann, der aus kleinbürgerlichen Verhältnissen stammte und dann an der Pariser Börse durch Spekulationen zu großem Reichtum gekommen war. Ruth hatte Stephan von Sarter nicht kennengelernt, er war gestorben, als Karl noch jung gewesen war. Sie war einmal im Schloss gewesen, in dem immer noch sein Wappen als Freiherr hing, auf dem eine Waage abgebildet war. Das war auch sein Lebensmotto gewesen: Wäge und wage. Ruth hatte das seinerzeit beeindruckt, und insgeheim war dies auch ihr Motto geworden.

Es war ein prunkvoller Bau mit Türmen, Zinnen und Erkern, aber Ruth hatte noch nie eine Schwäche für historisierende Bauten gehabt. Entweder historisch oder modern, für sie gab es nichts dazwischen. Nachgemacht historisch langweilte sie. Interessant fand sie indes, dass das Schloss bereits vor dem Hotel eine zentrale Warmluftheizung gehabt hatte. Auf Hohenstein war noch bis ins Jahr 1905 mit Öfen und Kaminen geheizt worden. Das Schloss hatte eine recht bewegte Geschichte, war Anfang der Dreißiger ein katholisches Jungeninternat gewesen – wobei man damals gewisse Anzüglichkeiten wie die Venus-Skulptur bedeckt hatte – und Anfang der Vierziger von der Deutschen Arbeitsfront gekauft worden, um eine Adolf-Hitler-Schule einzurichten. Im Park, der inzwischen vollkommen verwildert war, waren die Schüler militärisch ausgebildet worden.

Nachdem das Schloss durch Artilleriebeschuss schwer beschädigt worden war, hatten es amerikanische Soldaten besetzt, und hernach waren dort Flüchtlinge untergebracht worden. Inzwischen stand es leer, und so recht schien niemand etwas damit anfangen zu können. Kriegsschäden waren beseitigt worden, aber der Bauschutt wurde einfach in den Park gekippt. Schade drum, dachte Ruth. Vermutlich würde das Schloss über kurz oder lang abgerissen werden.

Langsam spazierte sie ein Stück den Weg entlang und kehrte dann um, ging am Burghof vorbei zurück in Richtung Hotel. Der Burghof war schon eher nach Ruths Geschmack, ein wahrhaft altes Gebäude, ebenfalls eine Zeit lang im Besitz von Stephan von Sarter. Und mittlerweile ein beinahe ebenso trauriger Anblick wie das Schloss. Während sie zum Hotel zurückkehrte, war sie fast noch niedergeschlagener als vorher. Sie ging zum Stall, hörte das leise Schnauben der Pferde, atmete den Geruch nach Pferd und Heu, streichelte samtige Mäuler und drahtige Mähnen. Es war verständlich, dass Karl sich nicht von den Tieren trennen wollte, und Ruth teilte Sebastians Auffassung nicht, es seien nur Fresser, die nichts einbrachten.

Sie ging durch den Stall und blickte auf den umzäunten Platz hinter dem Hotel. Früher einmal waren die Jungpferde hier ausgebildet worden. Aber was sprach denn dagegen, hier einen richtigen Reitplatz anzulegen und zusätzlich Reiterurlaub anzubieten? Sie würde mit Karl darüber sprechen und ahnte, dass sie offene Türen einrannte. Mit Hans' Unterstützung würde sich womöglich sogar Sebastian überzeugen lassen. Adrián hätte auch noch ein Wort mitzureden, aber da machte sie sich bezüglich ihrer Überzeugungskraft nur wenig Sorgen.

⁂ 25 ⁂

Seit jenem Vorfall mit dem Geschäftsmann im Zimmer sah Magdalena Marthe mit anderen Augen. Bisher war die Hilfsköchin für sie lediglich eine etwas zu große und recht reizlose Frau gewesen. Inzwischen wusste sie, dass sich hinter dem burschikosen Äußeren ein sehr feinfühliger Geist verbarg. Sie hatte im Krieg ihren Mann und einen Sohn verloren – Letzterer gerade sechzehn Jahre alt, der zu Kriegsende hin zur Waffe gegriffen hatte. Außerdem hatte sie noch drei erwachsene Kinder, zwei Töchter und einen Sohn, der gerade volljährig geworden war.

»Ist der Kerl eigentlich abgereist?«, fragte sie, als sie am Tisch saßen und Tee tranken.

»Nein, aber er hat auch niemanden mehr zu sich kommen lassen.« Frau Weiß blätterte durch eine Kladde. »Er reist in zwei Tagen ab, da ist bereits notiert, dass das Zimmer für den nächsten Gast vorbereitet werden soll. Wenn diese unselige Geschichte nicht dafür sorgt, dass hier bald keiner mehr absteigt, dann ist in nächster Zeit ordentlich was zu tun.«

»Die Geschichte mit Herrn Sebastian?«, fragte Lisa.

»Natürlich, welche sonst?«

»Es wird die Leute höchstens neugieriger machen, Sie werden sehen«, sagte Marthe. »Die sind so, das ändert sich nicht. Früher haben sie zugesehen, wie sich in der Arena

Menschen gegenseitig umgebracht haben. Und so ist es heute noch, außer, dass ein bisschen Zivilisation drübergepinselt wurde.«

»Unsere Marthe ist ja richtig belesen«, sagte Lisa, wobei nicht klar wurde, ob sie spottete oder es ernst meinte.

Marthe lächelte nur. Sie ließ sich nie aus ihrer stoischen Ruhe bringen, und Magdalena wünschte sich, sie könnte den Menschen ebenso gelassen begegnen. Als sie eine halbe Stunde später auf dem Hof hinter der Remise stand und rauchte, dachte sie immer noch darüber nach, wie man es schaffte, mit solchen Verlusten fertigzuwerden und immer noch lachen und Besonnenheit zeigen konnte. Magdalena hätte schon wegen weniger schreien und die Wände hochgehen können.

In diesem Moment zum Beispiel, als sie Adrián bemerkte, der gerade seinen Wagen parkte und ausstieg, kurz den Kopf wandte, sie aus den Augenwinkeln zu bemerken schien, dann noch einmal zu ihr blickte, ihr zuwinkte, lächelte und dann in Richtung Hof verschwand. Magdalena sah ihm nach und verspürte wieder diese mit Wut vermischte Traurigkeit, die sie dazu treiben wollte, zu schreien und Dinge zu zertrümmern. Sie war – und erstmals gestand sie es sich ein – verliebt in ihn, schrecklich verliebt, und die Hoffnungslosigkeit vermischte sich mit der Erinnerung genossener Nähe zu etwas, das schon an Verzweiflung grenzte. Hätte es eine Möglichkeit gegeben, ihn zu halten? Hatte sie ihm zu deutlich gezeigt, dass sie die Affäre als das sah, was sie eben war – eine Affäre? Andererseits, wäre es ihm ernst gewesen, hätte er vermutlich um sie gekämpft, sie zu halten gesucht. Aber er hatte sie fallen lassen, kaum, dass er Fräulein Ruth an der Angel hatte. Oder sie ihn.

Langsam drückte sie den Stummel ihrer Zigarette aus und warf ihn in den Kübel, ehe sie ins Haus zurückkehrte. Wenn sie erst herausbekommen hatte, was mit ihrem Vater geschehen war, würde sie ihr Leben neu sortieren. Sie würde jedoch sicher nicht zu ihrer Mutter zurückkehren, sich Tag und Nacht das Genörgel anhören und ständig diesem Blick ausgesetzt sein, der besagte, dass nichts, was sie tat, gut genug war. Aber wem in ihrem Leben hatte sie je genügen können außer ihrem Vater? Und was würde sie tun, wenn sich nun herausstellte, dass auch dieser sie letzten Endes verlassen hatte?

Tobias legte den Hörer auf und kehrte zurück zu dem Sessel, auf dem er kurz zuvor gesessen hatte. »Er wird gerade ein weiteres Mal operiert«, sagte er.

Sie hatten die ganze Zeit darauf gewartet, dass Margots Mutter sich meldete, und es dann schließlich nicht mehr ausgehalten und selbst angerufen. Aber es gab in der Tat nichts Neues, und so mussten sie sich weiterhin gedulden. Margot saß in dem Sessel neben Tobias, die Füße untergeschlagen, und setzte ihr Glas an die Lippen. »Ich würde so gerne zu ihnen.«

»Lass uns später zusammen fahren. Deine Mutter hat mich darum gebeten, ihre einiges zu bringen, da sie das Krankenhaus nicht verlassen möchte.«

Margot nickte zögernd.

»Sie wird dir nicht mehr böse sein«, sagte Tobias. »Sie war nie nachtragend.«

»Ich habe auch nie etwas so Ungeheuerliches gesagt.«

»Du hast schon viel Ungeheuerliches gesagt.«

Sie schnitt ihm eine Grimasse, trank noch einen Schluck

und stellte das Glas vor sich auf dem Couchtisch ab. Die ganze letzte Nacht hatten sie geredet, und Margot hatte ihm von ihrem Streit mit ihrer Mutter erzählt. Tobias hatte allerdings nicht so schockiert reagiert, wie sie erwartet hatte.

»Du warst wütend und aufgebracht – ich denke, es wird mit einer ernsthaft vorgebrachten Entschuldigung abgegolten sein. Überhaupt ist das Wichtigste nun, dass Vater wieder gesund wird.«

Margot nickte unglücklich, und sie schwiegen eine Zeit lang, jeder seinen Gedanken nachhängend.

»Ich werde übrigens heiraten«, sagte Tobias dann in die Stille hinein.

Margot hob den Blick, sah ihn erstaunt an. »Tatsächlich? Wen?«

»Sie heißt Isabelle Dumont.«

»Eine Französin?«

»Nein, nur französischstämmig. Sie kommt aus Köln. Für sie ist es auch die zweite Ehe, ihr erster Mann ist im Krieg gefallen, da war sie noch sehr jung.«

»Seit wann kennst du sie?«

»Wir haben uns vor gut zwei Jahren kennengelernt, seit einem Jahr ist es etwas Ernsthaftes.« Er zwinkerte ihr zu. »Daher wären deine Bemühungen mit Ina selbst dann, wenn sie älter gewesen wäre, müßig gewesen.«

Margot wurde bei dem Gedanken daran rot, dann zuckte sie die Schultern. »War den Versuch wert, nicht wahr? Warum hast du nichts davon erzählt?«

»Ich habe es unserem Vater und deiner Mutter erzählt. Bei dir war mir klar, dass es auf eine Reihe ermüdender Dispute hinausläuft, daher wollte ich damit warten, bis es offiziell ist.«

»Und die Dispute befürchtest du jetzt nicht?«

»Nein, jetzt hast du andere Sorgen.«

Wieder schnitt sie ihm eine Grimasse und zupfte einen losen Faden aus ihrem Kleid. »Ich habe auch jemanden kennengelernt«, sagte sie dann. »Aber ich befürchte, das wird dich ziemlich schockieren.«

»Mich schockiert so schnell nichts.«

»Er ist einer unserer Kellner.«

Tobias wirkte in der Tat eher verblüfft als schockiert. »Welcher?«

»Anton.«

»Sagt mir nichts. Wie sieht er aus?«

»Rote Haare, ein bisschen größer als ich.«

»Ah, der. Ein ziemlich lustiger Geselle, nicht wahr?«

»Hm, ja, schon.«

»Was sagen Vater und Emma dazu?«

»Die wissen noch nichts. Ich weiß es ja selbst erst seit Kurzem.«

»Verstehe.«

Margot dachte an Anton, daran, wie sich seine Küsse angefühlt hatten, seine Hände auf ihrem Rücken, und ein kleiner Schauer durchrieselte sie. »Ich sage es ihnen, wenn es Papa wieder gut geht.« Falls es ihm jemals wieder gut ging.

Eine halbe Stunde später verließen sie das Haus und fuhren zum Hotel. Dort wurden sie direkt von Adrián, Sebastian und Ruth bestürmt, ob sie etwas Neues wüssten. Auch Karl und Hans kamen hinzu, fragten, ob Emma sich gemeldet hätte und ob sie helfen könnten.

»Wir brauchen nur ein paar Dinge für Mama, weil sie im Krankenhaus bleiben möchte«, sagte Margot. Sie ging hinauf in die Wohnung, packte Hygieneartikel, Wäsche und Kleidung zum Wechseln ein. Sie fragte sich, wo ihre Mutter schlief und ob sie überhaupt schlafen konnte. Da die Besuchszeiten sehr streng waren, wartete sie wahrscheinlich irgendwo im Krankenhausfoyer darauf, wieder zu ihrem Mann gelassen zu werden. Mit der kleinen Tasche in der Hand ging sie zurück ins Vestibül, wo Tobias wartete und sich mit Adrián und Ruth unterhielt.

»Wenn wir etwas tun können, sagt Bescheid«, kam es von Ruth.

Margot lächelte. »Ja, das machen wir.«

Sie verabschiedeten sich und gingen hinaus zu Tobias' Wagen. Sie nahmen die Fähre bis Mehlem, fuhren nach Godesberg, und von dort aus war die Strecke bis zum Marienhospital dank der Bundesstraße rasch bewältigt. Inzwischen wusste Margot, wie es zu dem Unfall gekommen war. Ein Mann war zu schnell gefahren, hatte die Kontrolle über sein Auto verloren und war auf die andere Spur geraten, direkt vor ihren Vater, der den Zusammenstoß nicht mehr hatte verhindern können. Während der Unfallverursacher weitgehend unverletzt geblieben war, waren beide Autos nurmehr Schrotthaufen, und Georg Rebein lag im Krankenhaus. Margot hatte eine unglaubliche Wut auf den anderen Mann. Hätte es nicht diesen treffen können statt ihren Vater?

Nachdem Tobias vor dem Krankenhaus geparkt hatte, gingen sie zusammen zum Foyer, wo Margot ihre Mutter bereits sah, noch ehe sie zur Tür herein waren. Sie saß auf einem Besucherstuhl, die Arme vor der Brust verschränkt, leicht vorgebeugt, als habe sie Schmerzen.

»Mama?« Emma Alsberg sah auf. Ihr Gesicht war sehr

blass mit dunkel umschatteten Augen. Seit vorgestern schienen sich weitere feine Linien in ihr Gesicht gegraben zu haben, und ihre Lippen wirkten nahezu blutleer. Margot traten die Tränen in die Augen. »Es tut mir so leid, Mama.«

Ihre Mutter stand auf und zog sie wortlos an sich. »Schon gut, mein Liebes«, sagte sie schließlich kaum hörbar an ihr Ohr, während Margots Körper sich unter stummen Schluchzern verkrampfte.

Als sie sich wieder aufrichtete und die Tränen abwischte, bemerkte sie, dass Tobias die Tasche abgestellt hatte und sich mit einem Arzt unterhielt, der gerade das Foyer betreten hatte.

»Emma?« Er kam zu ihnen zurück und umarmte ihre Mutter. »Dr. Franke sagt, wir können einen Moment lang zu ihm.«

Der Arzt trat näher. »Ich wollte gerade zu Ihnen, Frau Rebein. Die letzte Operation verlief gut, Ihr Mann ist vor einer halben Stunde aufgewacht, und ich denke, wir können nun ein wenig Optimismus zeigen. Sie dürfen kurz zu ihm, und Ihr Sohn und Ihre Tochter können gerne mit.«

Niemand stellte den Irrtum richtig, und in Margots Bewusstsein hämmerte nur das Wort *Optimismus*. Sie verspürte ein flatterndes Gefühl in der Brust, eine Mischung aus Angst und vorsichtiger Erleichterung.

»Hast du ihn bisher noch nicht gesehen?«, fragte sie ihre Mutter.

»Nein, und ich bitte seit gestern darum.«

Sie folgten dem Arzt auf die Station, ein Bereich, der bei Margot umgehend Beklemmungen auslöste. Es war still, und nur das Quietschen der Sohlen auf dem glatten Boden war zu hören. Das weißliche Licht wirkte kalt und steril, und die vorherrschenden Farben waren Grau und ein bleiches Grün.

»Er ist noch nicht über den Berg«, erklärte der Arzt. »Wichtig ist, dass es nicht zu inneren Blutungen kommt.«

Sie folgten Dr. Franke in ein Zimmer, das durch die zugezogenen Vorhänge im Halbdunkel lag. Margot kam es vor, als versinke ihr Vater in dem Bett, eine bleiche Gestalt, reglos, die Augen geschlossen.

»Animieren Sie ihn nicht zum Sprechen, das strengt möglicherweise zu sehr an. Es ist schon gut, einfach nur da zu sein. Sie haben zehn Minuten, dann holt eine Schwester Sie ab.« Damit nickte er ihnen freundlich zu und verließ den Raum.

Margots Mutter trat langsam an das Bett ihres Mannes und zog sich einen Stuhl heran, auf dem sie sich niederließ. Sie griff nach seiner Hand, und er wandte den Kopf, öffnete die Augen, bemühte sich um ein Lächeln, dann sah er an ihr vorbei Margot an.

»Hallo, meine Kleine.« Seine Stimme war rau und klang, als bringe er die Worte unter großer Anstrengung heraus. Margot lief an die andere Seite des Bettes und legte die Hand auf seine Schulter.

»Hallo, Papa.«

Er öffnete den Mund, schien etwas sagen zu wollen, aber Emma Rebein drückte seine Hand. »Nicht so viel sprechen, das strengt dich zu sehr an.«

Tobias trat zu ihnen ans Bett, lächelte und blieb hinter Emmas Stuhl stehen.

»Vertrittst du mich würdig?«, kam es in jener matten Stimme, in der Margot nicht die ihres Vaters erkennen konnte.

»Ja, Vater. Du kannst dir viel Zeit nehmen, in Ruhe wieder gesund zu werden. Alles läuft gut, du musst dir keine Gedanken machen.«

Georg Rebein nickte kaum merklich und schloss die Augen. Seine Brust hob und senkte sich, und Margot betrachtete die Schläuche und Apparaturen. Er hatte ein gebrochenes Bein und einige gebrochene Rippen, ansonsten war er, was das anging, recht glimpflich davongekommen. Schlimmer sah es mit den inneren Verletzungen aus, und er war bereits zweimal operiert worden. Sie fragte sich, ob er eingeschlafen war, in diesem Moment öffnete er wieder die Augen.

»Erzähl mir ein wenig«, bat er Margot, und sie begann mit belanglosen Plaudereien vom Hotel, Dinge, die keine Antwort von ihm erzwangen, aber dafür sorgten, dass keine Stille einkehrte, die an eine Totenwache erinnerte.

Schließlich wurde die Tür geöffnet, und eine Krankenschwester trat ein. »Das reicht für heute«, sagte sie resolut.

»Kann ich später noch einmal zu ihm?«, bat ihre Mutter.

»Nein, der Patient braucht Ruhe.«

Sie verabschiedeten sich von ihm, und Margot sah ihrer Mutter an, wie schwer ihr dies fiel. Er lächelte sie an, ein Lächeln, das aufmunternd wirken sollte und Margot die Tränen in die Augen trieb.

»Warum kommst du nicht mit und ruhst dich aus?«, fragte Tobias.

Sie schüttelte den Kopf. »Nein, ich muss da sein, wenn sich etwas ändert, im Guten wie im Schlechten.« Sie hob die Hand und strich Margot über die Wange. »Bleibst du in Bonn?«

»Ja, ich komme morgen früh wieder.«

»Das ist gut.« Ihre Mutter lächelte. »Dann sehen wir uns morgen. Wenn sich etwas ändert, rufe ich an.«

Sie verabschiedeten sich von ihr, und auf dem Weg zum Parkplatz fragte Margot ihren Bruder, was er für ein Gefühl bei der Sache hatte.

»Ich weiß es nicht, aber ich denke, wir werden es in den nächsten zwei Tagen erfahren.« Seine Stimme klang indes wenig zuversichtlich.

Hans hatte in der Regel keine Probleme, sich zu konzentrieren, aber derzeit fiel es ihm sehr schwer. Seine Gedanken kreisten um Georg, um Margot, um Emma, die mit diesem Verlust – da war er sich sicher – nicht so ohne Weiteres fertigwerden würde. Wieder ein Weggefährte weniger. Nach Andreas und Jacob würden sie womöglich auch Georg verlieren.

Er hatte einen Fehler in der Buchhaltung entdeckt, eine Kleinigkeit, die jedoch recht gut zeigte, dass Sebastian nicht bei der Sache war. Hans rechnete noch einmal alles nach, dann wollte er nach seinem Füllfederhalter greifen, um den Fehler zu korrigieren, konnte diesen nicht finden und suchte zunehmend genervt seinen Schreibtisch ab. Schließlich zog er die Schublade unter der Schreibplatte auf, wollte sie gerade wieder schließen, als ihn etwas stutzen ließ. Er öffnete sie erneut, suchte mit einem Blick die wenigen Dinge, die er dort abgelegt hatte, und bemerkte, dass das Foto nicht mehr dort lag. Er sah in den Umschlag, obwohl er wusste, dass er es nicht wieder hineingesteckt hatte. Möglicherweise hatte sein Onkel es an sich genommen, er würde ihn später fragen.

Im nächsten Moment flog die Tür auf, und Greta stürmte

ins Bureau. »Papa, wir hatten eine Stunde eher Schulschluss.«

»Wie oft habe ich dir schon gesagt, du sollst anklopfen?«

Sie warf ihre Schultasche in die Ecke. »Herr Abelt sagte heute, meine Handschrift sei absurd, aber er musste mir trotzdem eine Eins geben, weil alles richtig war.«

»Eine Eins, tatsächlich?«

Sie nickte und lümmelte sich auf einen der Besucherstühle. »Darf ich dafür heute bei Antonia übernachten? Ihre Eltern sind einverstanden.«

»Mitten in der Woche? Du hast morgen Schule.«

»Antonias Vater bringt uns beide zusammen hin.«

»Du kennst die Regeln, Liebes. Dergleichen nur am Wochenende.«

»Ach, komm schon, Herzenspapa.«

Er versuchte dem Blick ihrer blauen Augen standzuhalten, merkte aber, wie der Widerstand langsam schmolz. »Du hast doch sicher Hausaufgaben auf.«

Ihr triumphierendes Lächeln sagte ihm, dass er dabei war zu verlieren. »Schon erledigt. Die letzten beiden Stunden gab es Vertretungsunterricht, und in einer der beiden habe ich in der Schule direkt die Aufgaben gemacht.«

Er konnte jetzt natürlich weiterhin auf der Regel beharren, dass sie nur am Wochenende woanders übernachten durfte, und letzten Endes würde sie gehorchen müssen, hörte sich selbst aber angesichts ihres bittenden Blickes sagen: »Also gut, ausnahmsweise.«

Sie stand auf, lief um den Tisch und schlang ihm die Arme um den Hals, um ihm hernach fast die Luft abzudrücken. »Danke, du bist der Beste.«

»Ich weiß«, antwortete er halb erstickt.

»Ich packe ein paar Sachen zusammen, dann fährt mich Sebastian nach Bonn.«

Offenbar hatte sie bereits damit gerechnet, dass er mit seinem Nein auf verlorenem Posten stand. »Morgen nach der Schule kommst du direkt nach Hause.« Ein kleines bisschen Autorität zu zeigen konnte sicher nicht schaden.

»Klar, Papa«, antwortete sie leichthin und war zur Tür hinaus.

Als das Telefon läutete fuhr er zusammen und griff nach dem Hörer. Es war Tobias, der ihn über Georgs gesundheitlichen Zustand aufklärte. Er hatte seine letzte Operation offenbar gut überstanden, sei auch ansprechbar, aber es sehe immer noch kritisch aus.

»Sprechen fiel ihm sehr schwer, aber er hat sich darüber gefreut, dass wir da waren.«

»Wie geht es Emma?«

»Gut, sie ist immer noch im Krankenhaus. Ich fahre morgen früh zu ihr und sehe, was ich tun kann.«

»Wie kommst du im Werk zurecht?«

»Ich muss nachher hin, einiges aufarbeiten.«

Hans fragte nach Margot, erfuhr, dass sie sich gut hielt, und legte schließlich auf. Dann erhob er sich und ging in die Wohnung seines Onkels. Julia, das erfuhr er, hatte sich ein wenig hingelegt, und Karl saß mit einem Buch im Salon.

»Kaum bin ich wieder gesund, fängt sie an zu kränkeln«, sagte er, als Hans den Raum betrat. »Hast du Zeit für eine Tasse Tee?«

»Gerne. Bleib sitzen, ich mache das schon.« Er ging zum Telefon, rief im Café an und ließ Tee kommen.

»Hast du etwas Neues von Georg gehört?«

»Tobias hat vorhin angerufen.« Hans brachte ihn mit dem wenigen, was er wusste, auf den neuesten Stand.

»Ich hoffe, er schafft es. Er würde so furchtbar fehlen.«

»Ja, das würde er.« Und doch würden sie auch das schaffen, ebenso wie sie den Verlust von Andreas und Jacob überstanden hatten. Der Einzige, der ihn nicht ertragen hatte, war Konrad gewesen, dem es, im wahrsten Sinne des Wortes, das Herz gebrochen hatte. Karl hatte seinerzeit gerade von Jacobs Tod erfahren, als Konrad an einem Herzanfall starb. Julia hatte befürchtet, Karl sei der Nächste, weil er an den Verlusten so schwer trug. Aber Himmel, was hätten sie denn ohne ihn hier getan? Hans war nach einer schweren Schussverletzung seinerzeit als kriegsuntauglich eingestuft worden und hatte die letzten drei Kriegsjahre daheim verbracht. Das war, kurz nachdem er mit Andreas in ein Scharmützel geraten war, das diesen das Leben gekostet hatte. So sinnlos das alles.

»Hast du eigentlich das Foto aus meiner Schublade genommen?«, wechselte er das Thema.

»Welches Foto?«

»Das Erinnerungsfoto von jener unseligen Nacht.«

Karls Augen weiteten sich erstaunt. »Es ist nicht mehr da?«

»Nein, ich habe überall gesucht.«

»Hast du es verlegt?«

»Nein.«

Karl schwieg, krauste nachdenklich die Stirn. »Dass das Bild von jemandem hier aus dem Haus ist, dürfte ja klar sein, wie wäre es sonst in meine Wohnung gelangt?«

Die Tür wurde geöffnet, und Anton betrat den Raum, ein Tablett mit Teegeschirr in der Hand. Mut hatte der Kerl,

Hans hier so ohne Weiteres unter die Augen zu treten. Das ließ hoffen, dass er es tatsächlich ernst meinte mit Margot.

»Der Tee, die Herren«, sagte er und stellte das Tablett ab.

Hans nickte ihm zu. »Vielen Dank.«

Nachdem Anton den Raum verlassen hatte, wandte sich Hans wieder seinem Onkel zu. »Es kommen dennoch etliche Leute infrage.«

»Wenn du überlegst, wer hier unbemerkt in den Räumen ein und aus gehen kann, schränkt das den Kreis der Möglichkeiten doch ein wenig ein, denkst du nicht?«

Nachdem Sebastian Greta bei ihrer Freundin abgesetzt hatte, fuhr er zu Annemarie, wobei es da hieß, sich nicht erwischen zu lassen, denn die Vermieterin, die ohnehin keinen Männerbesuch duldete, war auf ihn ganz besonders schlecht zu sprechen. Annemarie hatte ihm erzählt, dass die Dame um den Ruf ihres Hauses fürchtete, da »dieser Amerikaner« den Verlobten ihrer Mieterin ermordet hatte. Aus ihrer Sicht stand die Schuld zweifelsfrei fest, immerhin wusste man ja, dass die Amerikaner in Cowboymanier jeden erschossen, der ihnen komisch kam. Dass Wilhelm Rheinberg ertrunken war, war da nur ein unwichtiges Detail. Sie hatte Annemarie gedroht, sie aus der Wohnung zu werfen, sollte diese ihr Lotterleben offen sichtbar in diesem ehrbaren Haus ausleben.

»Soll ich wirklich kommen?«, hatte Sebastian gefragt.

»Ja«, war Annemaries Antwort gewesen. »Ich lasse mir doch von der alten Vettel nicht vorschreiben, was ich zu tun oder zu lassen habe.«

Beide wussten, dass es moralisch gesehen nicht richtig war, was sie taten, und dass sie erneut ihr Versprechen brachen, als sie wortlos in Annemaries Schlafzimmer gingen. Nur dieses eine Mal, sagten sie, als müssten sie sich voreinander dafür rechtfertigen, dass keiner von ihnen dazu fähig war, dem Verlangen nach dem jeweils anderen zu widerstehen.

»Ich mag gar nicht daran denken, dass wir ein Jahr warten sollen bis zur Hochzeit«, sagte Annemarie, als sie an seiner Brust lag, immer noch atemlos, in der Stimme eine träge, satte Zufriedenheit.

Ein Jahr hatten ihnen ihrer beider Familien nahegelegt, um das Gerede so gering wie möglich zu halten. »Immerhin«, so ihr Vater und Hans, »habt ihr beide berufliche Ziele. Ihr würdet nicht nur eurem Ruf schaden, sondern auch dem beruflichen Ansehen.«

Vermutlich war das vor allem bei Annemarie das ausschlaggebende Argument. Aber so lange sollten sie sich mit verstohlenen Küssen begnügen? Sebastian nahm sich vor, sich zurückzuhalten, aber er konnte sich nicht dafür verbürgen, nicht doch das eine oder andere Mal schwach zu werden.

»Was wäre, wenn du schwanger würdest?«, fragte er. »Ich passe zwar auf, aber passieren kann immer mal was.«

»Keine Sorge«, sagte sie. »Ich wäre eine Närrin, dergleichen einem Mann in alleiniger Verantwortung zu überlassen.« Ein kleines Lachen tanzte in ihrer Stimme.

»Ich vermute, das ist vernünftig.«

»Du vermutest richtig.« Sie streckte sich und wurde ernst. »Was tun wir, wenn die Polizei keine Ruhe gibt?«

»Ich habe inzwischen einen guten Anwalt. Und viel mehr können wir nicht tun.«

»Mein Vater sagt, wir sollen auf das Rechtssystem vertrauen.«

»Die Meinung deines Vaters in Ehren, aber das sagt sich leicht, solange man nicht selbst mit einem Fuß im Gefängnis steht.«

»Das tust du auch nicht. Einen Mord muss man nachweisen können, und da du es nicht warst, dürfte ihnen das schwerfallen.«

Ein großer Trost war das nicht, denn die Angst blieb dennoch. Aber da ihnen in der Tat nichts anderes übrig blieb, als zu warten, mussten sie es aussitzen, eine andere Wahl hatten sie nicht. Sebastian hob ihr Gesicht an seines heran und küsste sie. »Denken wir einen Moment lang nicht an Wilhelm Rheinberg.«

»Hmhm«, murmelte sie und kuschelte sich enger an seine Brust.

Nachdem sie sich ein weiteres Mal geliebt hatten, löste Annemarie sich aus seinen Armen und stand auf. »Lass uns ein wenig rausgehen«, sagte sie.

»Wo möchtest du hin?«

»Weiß ich nicht, einfach nur raus. Ich sitze seit Tagen entweder in der Praxis, hier oder bei meinen Eltern.«

»Auf die andere Rheinseite?«

»Ja, gerne.« Sie griff nach ihrem Morgenmantel und verließ das Schlafzimmer. Kurz darauf hörte Sebastian, wie die Tür zum Bad geschlossen wurde, danach rauschte Wasser. Er hätte sich gerne zu ihr gesellt, und die Vorstellung, wie sie unter der Dusche stand, ließ es ihm schwer werden, einfach hier zu warten. Aber da sie ihn nicht eingeladen hatte, sie zu begleiten, vermutete er, dass sie allein sein wollte. Also wartete er geduldig, bis sie wieder erschien, in ein großes Handtuch gewickelt, während sie ein weiteres wie einen Turban um ihr Haar geschlungen hatte. Sein Blick schien seine Gedanken allzu deutlich zu offenbaren, denn Annemarie sagte nur: »Untersteh dich.«

»Ich wollte nicht ...«

»Doch, du wolltest.« Sie grinste. »Ich habe gehört, kalt duschen soll hilfreich sein. Verzichte einfach darauf, den Boiler zu heizen.«

»Und ich dachte, dergleichen Sprüche kämen erst nach Jahren der Ehe.«

Sie zwinkerte ihm zu und ging in das angrenzende winzige Ankleidezimmer, entzog sich seinen Blicken. Seufzend stand er auf und ging ins Bad, das dampfig war und in dem ein zarter, blumiger Duft hing. Er duschte rasch, nahm ein Handtuch aus dem Schrank neben der Tür und kleidete sich an. Annemarie stand im Korridor und war gerade dabei, einen dezenten Lippenstift aufzutragen, als er das Bad verließ.

»Wo werden wir eigentlich wohnen?«, fragte sie.

Sebastian lagen bereits die Worte »Im Hotel« auf der Zunge, als er innehielt. Das war so selbstverständlich und naheliegend – für ihn zumindest –, dass er in der Frage eine Stolperfalle witterte. Tatsächlich hatten sie sich nie darüber unterhalten, wo sie wohnen würden. Und sie brauchte vom Hotel zur Praxis deutlich länger als von ihrer Wohnung aus.

»Ich sehe schon«, antwortete sie, »dass du dir des Problems gerade erst bewusst wirst.«

»Traditionell wohnt der Haupterbe immer im Hotel«, antwortete er und bemerkte eine Schluckbewegung in ihrer Kehle, eine Starre in ihren Schultern. »Aber mit Traditionen kann man brechen, nicht wahr?«

»Ich bleibe nicht für immer in Dr. Hartungs Praxis«, sagte sie, »aber vorerst schon. Später kann ich sehen, ob ich mich in Königswinter oder Rhöndorf niederlasse.«

Natürlich wäre es deutlich unbequemer, jeden Tag von Bonn aus zum Hotel zu fahren, als einfach nur durch die Tür zu gehen, andererseits wohnte Hans derzeit in der Wohnung, die eigentlich Sebastian gehörte, und ihn mit Greta auszuquartieren kam natürlich nicht infrage, ebenso wenig wie er Karl und Julia darum bitten konnte, ihren Lebensabend in einer Wohnung in Königswinter oder Godesberg zu beschließen.

»Wie sieht es mit Godesberg aus?«, fragte er, während er seinen Mantel anzog. »Treffen wir uns in der Mitte.«

Sie lächelte. »Das klingt nicht schlecht.«

Beim Verlassen der Wohnung und des Hauses galt es, achtsam zu sein, nicht dass sie einem anderen Mieter oder der Vermieterin über den Weg liefen. Sebastian hatte ein Stück weit die Straße hinunter geparkt, um kein Gerede aufkommen zu lassen, und da er gerade erst unter der heißen Dusche gestanden hatte, fror er nun ein wenig auf dem Weg zum Wagen. Als sie darin saßen, startete er den Motor und schaltete direkt das Gebläse für die Heizung an.

Sie fuhren zur Margarethenhöhe. »Lass uns das letzte Mal durch ein paar erfreulichere Erinnerungen tilgen«, sagte er.

»Nur zu gerne.« Annemarie legte den Kopf zurück und sah aus dem Fenster.

Die Margarethenhöhe glich einem Pass, der den östlichen Ausgang des Siebengebirges markierte. Nördlich lag der Ölberg, südlich der Lohrberg. In den Zwanzigerjahren hatte man die Verbindung zwischen Königswinter und Ittenbach weiter ausgebaut, und inzwischen befanden sich zu beiden Seiten der Straße Wanderparkplätze. Auf einem davon stellte Sebastian den Wagen ab, und sie stiegen aus. Sie passierten das Hotel Margarethenkreuz, das früher einmal ein landwirtschaftlich genutztes Gut gewesen war sowie das Votivkreuz, das der Margarethenhöhe ihren Namen gegeben hatte. Gegenüber lag der Margarthenhof und am Fuße des Lohrbergs der Sophienhof.

Hand in Hand spazierten sie die Straße entlang, passierten das Forsthaus Lohrberg, ein Backsteinbau, dessen obere Etage in Fachwerk gehalten war.

»Herrlich ist es hier«, seufzte Annemarie entspannt. »Ich mache das viel zu selten, einfach spazieren gehen und ein wenig Abstand von allem bekommen.«

»Dann werde ich dich, wann immer es geht, daran erinnern.«

Sie lächelte und drückte seine Hand fester. Ein Ehepaar kam ihnen entgegen, und Sebastian lag bereits ein Gruß auf den Lippen, als die Frau vor Annemarie ausspuckte und dann so eilig weiterging, dass ihr Mann Schwierigkeiten hatte, ihr zu folgen. Annemarie indes war wie erstarrt, und Sebastian, der einen Moment brauchte, um zu erfassen, was da gerade passiert war, drehte sich um.

»Hatten Sie keine Kinderstube?«, rief er der Frau hinterher, die jedoch weiterlief und so tat, als habe sie nichts gehört.

Sie setzten ihren Spaziergang fort, aber die Stimmung hatte sich verändert, und Sebastian hätte gerne gesagt, dass das Benehmen der Frau eine Ausnahme war, aber er entdeckte in den Augen mehrerer Leute, die ihnen entgegenkamen, Vorsicht bis hin zu offener Feindseligkeit.

»Der Wilhelm war ein anständiger Bursche«, sagte ein älterer Mann. »Hatte was Besseres verdient.«

»Und ich sag noch, such dir was Anständiges«, fügte sein Begleiter hinzu.

»Mit Verlaub«, sagte Sebastian, »aber Dr. Brauns Privatleben geht Sie nichts an.«

»Privatleben«, höhnte der Erste, »hat's ja nicht so privat gehalten, als sie es offen mit Ihnen getrieben hat im Hotel.«

Sebastian spürte, wie er rot anlief vor Zorn. »Komm, Annemarie, gehen wir.«

Annemarie sah sich nach den Männern um und stolperte dann hinter ihm her, während er ihre Hand umfasst hielt.

»Die Frau nehmen und den Verlobten umbringen – ihr kriegt schon beide noch, was ihr verdient!«, rief ihnen einer der Männer nach, aber Sebastian reagierte nicht mehr.

»Lass uns fahren«, bat Annemarie.

»Wir sollen uns von diesen Leuten vertreiben lassen?«

»Nenn es, wie du willst, aber ich möchte hier nicht bleiben. Bitte, Sebastian.«

Er blieb stehen. »Also gut, komm. Fahren wir zum Hotel?«

»Nein, bitte bring mich heim. Ich möchte allein sein.«

Sebastian wollte widersprechen, sah ihr aber an, dass dies vergeblich sein würde, und so fügte er sich.

⁂ 26 ⁂

Es dauerte nach der Operation fünf Tage, ehe die Ärzte erklärten, ab jetzt gehe es mit Georgs Genesung aufwärts und die Krise sei überstanden. Emma war am Tag nach der Operation in die Villa zu Tobias und Margot gegangen, da ihre Kräfte keine weitere Nacht in der Eingangshalle des Krankenhauses erlaubt hätten.

»Wenn Papa sieht, wie ausgezehrt und entkräftet du aussiehst«, hatte Margot gesagt, »dann hat er auch noch ein schlechtes Gewissen, und das tut ihm sicher nicht gut.«

Als sie nun nach einem Besuch im Krankenhaus zu erzählen wusste, dass es Georg besser ging, flog Margot ihr um den Hals. »Darf ich ihn besuchen?« Das war ihr stets nur morgens für wenige Minuten gestattet worden.

»Ja, wir gehen heute Nachmittag gemeinsam hin.«

»Und wann darf er nach Hause?«

»Das wird noch dauern, Liebes. Er war sehr schwer verletzt und muss noch beobachtet werden. Aber Hauptsache, es geht wieder bergauf mit ihm.« Es war Emma so bedeutsam vorgekommen, dass er ausgerechnet an jenem Morgen verunglückt war, nachdem sie eine so schöne Nacht miteinander verbracht hatten und Emma einmal mehr bewusst geworden war, wie froh sie sein konnte, ihn im Krieg nicht verloren zu haben. Als habe sie damit das Unglück sozusagen heraufbeschworen. Sie stieß ein stummes Dankesgebet nach dem anderen aus, während sie am Fenster stand, hinaussah in den Garten, in dem Georg seinerzeit als Kind gespielt hatte, so wie Margot später. Der Garten, in dem sie als seine Verlobte gesessen und sich vorgestellt hatte, wie sie in diesem Haus mit ihm leben würde. Der Garten, in dem sie sich frisch verheiratet in einer Sommernacht auf dem Gras geliebt hatten und Emma sich furchtbar lasterhaft und verwegen vorgekommen war.

»Mama«, hörte sie Margot nun sagen und drehte sich um. Etwas im Ton ihrer Tochter verriet ihr, dass diese etwas auf dem Herzen hatte. »Mama, ich muss dir etwas erzählen.«

Emma krauste besorgt die Stirn, und ihr wurde bewusst, wie wenig Aufmerksamkeit sie Margot in letzter Zeit geschenkt hatte, auch schon vor dem Unfall. »Was ist denn, Liebes?«

Ein tiefes Luftholen ging Margots Worten voraus. »Es gibt einen Mann«, begann sie, zögerte und sprach rasch weiter. »Ich liebe ihn und möchte mit ihm zusammen sein.«

Erleichterung stieg in Emma auf, und sie spürte, wie die Anspannung von ihr abfiel. »Das ist wunderbar, Liebes. Kennen wir ihn?«

»Du ja, Papa vermutlich vom Sehen her. Er arbeitet im Hotel. Anton Bernhard.«

»Dieser lustige Kerl, den wir ins Café versetzt haben?«

»Ja.«

»Ich wusste, dass ihr euch gut versteht, aber dass mehr dahintersteckt, habt ihr recht gut verborgen.« Sie lächelte, damit es nicht wirkte, als würde sie Margot mit diesen Worten tadeln.

»Ich wusste es ja selbst nicht, und ich habe so schlimme

Dinge über ihn gesagt, als Ruth etwas in der Art angedeutet hat. Glücklicherweise hat er mir verziehen.«

»Du bist gelegentlich recht unbedacht in deinen Äußerungen, das stimmt.« Emma bemerkte, dass Margot rot anlief.

»Es tut mir so leid, Mama.«

»Das sollte kein Vorwurf sein, du machst dir das Leben dadurch nur zuweilen sehr schwer.«

»Ja, ich weiß. Aber zwischen mir und Anton ist alles wieder gut, und mit Ruth habe ich mich auch versöhnt.«

»Das freut mich zu hören.«

Margot schwieg einen Moment lang. »Ich bin froh, dass du nichts gegen Anton hast«, sagte sie schließlich.

»Was sollte ich gegen ihn haben?«

»Er entstammt ja nicht gerade euren Kreisen.«

Euren, nicht *unseren.* Das war in gewisser Weise ein Fortschritt, denn Margot war in der Tat fürchterlich eingebildet gewesen, wenngleich Emma wusste, dass das ihrer Erziehung geschuldet war, einer Erziehung, in der sie stets der verwöhnte Mittelpunkt gewesen war. »Die Zeiten haben sich schon in meiner Jugend geändert, Margot. Letzten Endes entstammen wir alle Familien, die über Arbeit zu Geld gekommen sind. Abgesehen von Julia, die alter preußischer Adel ist, sind wir alle Bürgerliche. Und Julias Familie war verarmt, finanziell gerettet wurden sie seinerzeit von den Hohensteins, der Preis dafür war, dass Julia Karl heiratete.«

»Das wusste ich gar nicht.«

»Das war ja auch lange vor deiner Zeit.« Emma zwinkerte ihr zu.

»Die beiden wirken so harmonisch.«

»Na ja, auch eine arrangierte Ehe muss nicht immer schlecht sein, und früher waren das eben noch andere Zeiten.«

»Dann hatte Julia ja Glück, dass sie einen anständigen Ehemann bekommen hat.«

»Wobei Karl in seiner Jugend auch nicht gerade ein Ausbund an Tugend war.«

»Das dachte ich mir, sonst gäbe es keine Marianne.« Margot musste grinsen. »Es klingt auf jeden Fall nach einer spannenden Geschichte.«

»Lass sie dir von Julia erzählen, wenn es dich interessiert.«

»Mal sehen, vielleicht tue ich das sogar.« Margot stand von ihrem Sessel auf und strich ihr Kleid glatt. »Denkst du, Papa wird auch nichts gegen Anton haben?«

»Da bin ich mir sogar ganz sicher. Er wird sich freuen.«

»Es gibt Zweifel«, erklärte Kommissar Roloff. »Der Winkel ist nicht stimmig.«

»Das heißt?« Sebastian hatte gerade die erleichternde Information aus dem Krankenhaus bekommen und war im Begriff gewesen, seine Mutter anzurufen – denn diese hatte ihm aufgetragen, dies ungeachtet von Tages- und Nachtzeit zu tun –, als die Polizei erneut vor der Tür stand.

»An der Kopfwunde lässt sich erkennen, ob der Täter größer war, kleiner oder etwa gleich groß. Ob er Rechts- oder Linkshänder war. Die Größe kommt nicht so recht hin, denn hätten Sie ihn auf diese Weise niedergeschlagen, hätte der Schlag nicht so ausgesehen, wie er das normalerweise tut. Aber ich will Sie nicht mit Details behelligen, daher nur so viel, es bestehen inzwischen erhebliche Zweifel.«

»Ach was?« Sebastians Nerven lagen blank seit dem Ausflug mit Annemarie, von der er seither nicht mal einen Anruf erhalten hatte. Ihm gegenüber waren die Leute zurückhaltender. Sie hingegen war in den Augen vieler die Hure, die Frau, die sich zwei Männer nahm. Er hatte, wenn überhaupt, aus Eifersucht gehandelt. Dazu hätte es nicht kommen müssen, hätte sie, die skrupellose Verführerin, ihn nicht erst umgarnt. Zudem stand seine Existenz nicht auf dem Spiel, was sie von ihrer nicht so ohne Weiteres behaupten konnte.

»Sie verstehen sicher, dass wir in alle Richtungen ermitteln müssen. Inzwischen gehen wir von einem Unfall oder Selbstmord aus. Oder aber ein Tötungsdelikt, das von einem deutlich kleineren Mann ausgeführt wurde.«

Dass sich Wilhelm Rheinberg aus verschmähter Liebe das Leben nahm, konnte sich Sebastian nun wiederum nicht vorstellen, aber er würde den Teufel tun und das laut aussprechen. »Wie schön, dass sich das jetzt zeigt, nachdem ich und Frau Dr. Braun bereits in der Zeitung verunglimpft wurden.«

»Das ist nicht unsere Schuld. Wir machen unsere Arbeit, mehr nicht.«

Dem konnte Sebastian natürlich nicht widersprechen, aber es ärgerte ihn dennoch. Er verabschiedete die Männer, die in der Tat nur gekommen waren, um ihm zu sagen, dass er nicht mehr verdächtigt wurde, und griff zum Telefon. *Nicht mehr verdächtig.* So unspektakulär und beiläufig wurde das gesagt, und doch hing der Verdacht öffentlich nach wie vor über ihm, von Annemarie ganz zu schweigen.

»Die Polizei war gerade hier«, sagte er.

»Ich weiß, sie waren vorher bei mir.«

»Warum hast du mich nicht angerufen?«

Sie klang, als hätte sie geweint. »Ich war erst bei meinen Eltern, es tut mir leid.«

»Es sollte kein Vorwurf sein.« Und doch klang es wie einer.

»Wilhelm hatte Schulden, hohe Schulden. Er konnte einen Teil davon tilgen, doch dafür musste er sich auf einen windigen Kreditgeber einlassen, und der Kredit von der Bank war auch noch offen. Die Zinsen stiegen schließlich ins Unermessliche. Vermutlich wurde er bedroht, aber da weiß man nichts Näheres.« Ihre Stimme brach. »Er war so verzweifelt und brauchte Geld. Wenn er etwas gesagt hätte … Mein Vater hätte ihm gewiss ein Darlehen gegeben, wenn auch nur, um Ruhe zu haben. Aber dass er stirbt … das wollte doch niemand. Ich fühle mich so elend.«

»Du konntest das doch nicht wissen.«

»Aber ich habe gemerkt, wie es um ihn stand, wie verzweifelt er war. Es ist, als hätte ich ihn eigenhändig in den Rhein gestoßen.«

»Denkst du, er hat sich das Leben genommen?«

»Ja. Verzweifelt genug war er dazu. Erst dachte ich, es sei in der Tat ein Unfall, aber als ich nun von all seinen Problemen erfahren habe … Wilhelm ist nie belastbar gewesen, und ich glaube nicht, dass er allein einen Ausweg gefunden hätte. Ich habe ihm abgeraten, habe ihm gesagt, er solle seine Arbeit behalten …« Sie stieß den Atem aus. »Verdammt noch mal.« Wieder weinte sie. »Wir reden später, Sebastian.« Damit hängte sie auf.

Sebastian rieb sich die Augen, wusste nicht, was er jetzt tun sollte. Im Grunde genommen war die Tatsache, dass er entlastet war, die zweite gute Nachricht an diesem Tag gewesen, er war jedoch nicht fähig, sich darüber zu freuen. Wilhelm Rheinberg war sicher kein durch und durch angenehmer Mensch gewesen, hatte Annemarie fast umgebracht vor Eifersucht. Dennoch konnte Sebastian ein aufkeimendes schlechtes Gewissen nicht leugnen. Er hätte darauf warten müssen, dass die Verhältnisse geklärt waren, ehe er mit Annemarie ins Bett ging, das hätte ihr einiges erspart. Und nun schlug sie sich mit Schuldgefühlen herum und hielt ihn auf Distanz.

Es klopfte an der Tür des Bureaus, und Hans trat ein. »Sie sind schon gegangen, habe ich gesehen. Das war ja ein kurzer Besuch.«

»Sie wollten mir nur sagen, dass ich mir keine Sorgen mehr machen muss.«

»Das ist doch großartig. Warum machst du dann so ein Gesicht?«

Sebastian erzählte ihm von dem Gespräch mit Annemarie und dem Spaziergang an der Margarethenhöhe, der diesem vorausgegangen war.

»Für dich dürfte die Sache bald ausgestanden sein«, sagte Hans. »Nicht jedoch für sie.«

»Und was heißt das nun? Soll ich mich von ihr fernhalten?«

»Solange sie dies wünscht, ja.«

»Großartig«, murmelte Sebastian.

»Du kannst sie nicht zwingen, weißt du.«

»Ja, schon klar.«

Hans setzte sich mit der Hüfte auf Adriáns Schreibtisch. »Wenn es ernst ist zwischen euch – und das will ich wohl hoffen –, wird sie über kurz oder lang wieder deine Nähe suchen. Aber dräng sie ihr nicht auf.«

»Ich wäre gerne für sie da.«

»Dann schmoll nicht, solange sie nicht zugänglich ist, und öffne ihr die Tür, wenn sie dazu bereit ist.«

Das war furchtbar unbefriedigend, und Sebastian hatte noch nie der Dinge, die da kamen, geduldig harren können. Aber jetzt blieb ihm wohl in der Tat nichts anderes übrig.

»Das ist eine ganz wunderbare Idee«, sagte Karl, als Ruth ihm von ihren Plänen, die Pferde in den Hotelbetrieb einzubinden, erzählte.

Sie saßen in Hans' Arbeitszimmer bei einer Tasse Tee, und Sebastian hatte ihnen die guten Nachrichten eröffnet. Ermutigt durch Adriáns Blick und Lächeln – er war ebenfalls angetan gewesen von der Idee –, hatte Ruth das Thema angesprochen. Erwartungsgemäß hielt sich Sebastians Begeisterung in Grenzen, allerdings wirkte der nicht ganz bei der Sache, daher fiel der Protest nur halbherzig aus.

»Das sind hohe Kosten.«

»Die durch die Gäste wieder reinkämen«, widersprach Adrián.

Sebastian warf ihm einen schrägen Blick zu. »Auf einmal bist du dafür, ja?«

»Hm, ja.«

Ruth lächelte. »Ich kann sehr überzeugend sein.«

»Das glaube ich gern.« Sebastian wandte sich an Hans. »Was denkst du?«

»Ich würde sagen, wir rechnen es durch, ehe wir uns entscheiden. Die Haltungskosten kennen wir ja bereits, aber der Ausbau des Reitplatzes kostet Geld. Und dann ist da noch die Frage, ob wir den Reitbetrieb vom Hotel trennen, also ob man extra Ferien bucht, bei denen einem ein Pferd zugeteilt wird, oder ob jeder Gast nach Belieben reiten darf.«

»Ersteres«, sagte Ruth. »Und für diese Art von Urlaub ändern wir dann die Preise. Wir können auch einige Pferde aus dem Betrieb nehmen und gegen Geld an die Gäste vermieten.«

»Früher durften die Gäste reiten, wann immer sie wollten«, wandte Karl ein.

»Früher war das auch ein adäquates Fortbewegungsmittel«, widersprach Sebastian. »Heute ist es Luxus, entsprechend lässt man die Leute dafür zahlen.«

»Heißt das, du bist nicht mehr gänzlich abgeneigt?«, fragte Ruth.

»Ich bin doch ohnehin überstimmt.«

»Es wäre trotzdem schön, wenn wir dich überzeugen könnten, anstatt einfach nur zu überstimmen.«

Sebastian sah sie an, und ein flüchtiges Lächeln spielte um seinen Mund. »Du bist ziemlich gut, weißt du das?«

»Ja. Aber ich höre es immer wieder gerne.«

Die Männer lachten.

»Also gut«, sagte Hans. »Dann wäre das abgemacht. Ich setze mich an die Berechnungen, dann sehen wir weiter.«

Karl war glücklich darüber, dass seine geliebten Pferde bleiben durften, und er schenkte Ruth einen Blick voller Wärme und Dankbarkeit. Sie lächelte ihn an und senkte den Blick hernach auf den Zettel, der vor ihr lag.

»Wir wollten außerdem noch darüber sprechen, die Silvesterfeier wiederzubeleben.«

»Ist es dafür nicht noch etwas früh?«

»Angesichts der Kosten kann es dafür nie früh genug sein«, kam es von Hans. »Das wird ein teurer Spaß, und wir müssen sehen, ob wir das dieses Jahr schon bezahlen können.«

»Für die nächsten Monate liegen bereits ziemlich viele Reservierungen vor«, sagte Adrián. »Wir sind zwar noch nicht ausgebucht, aber im Sommer könnte das tatsächlich was werden.«

»Die Werbeprospekte sind gut angekommen«, fügte Sebastian hinzu. »Das war in der Tat eine sinnvolle Investition. Jetzt ist die Frage, ob es nicht wichtiger wäre, neue Hoteltaxis zu kaufen. Silvester können wir auch ein Jahr später groß feiern.«

»Die Autos können doch warten«, widersprach Ruth.

»Finde ich nicht. Wir können die Leute nicht ständig in diesen altmodischen Karren durch die Gegend fahren.«

»Wenn ich meinen Vater um Geld bitte, könnten wir unter Umständen beides finanzieren«, wandte Adrián ein.

»Auf gar keinen Fall.« Hans schüttelte entschieden den Kopf. »Wir kaufen die Autos selbst, und wenn das nicht klappt, dann warten wir eben noch.«

»Wir brauchen doch auch gar nicht mehr so viele Limousinen«, sagte Ruth. »Viele Gäste kommen im eigenen Wagen, und die, die mit dem Zug ankommen, holen wir ab, dafür reichen zwei oder drei. Wir verkaufen unsere alten, und währenddessen springt ihr mit deinem und Sebastians Auto ein.«

»Und danach sehen wir, wie weit wir mit dem Erlös kommen«, ergänzte Hans. »Die Idee hatte ich auch schon, bisher wollten aber weder Sebastian noch dein Verlobter etwas davon wissen.«

Ruth warf Adrián einen Blick zu, und der zuckte nur mit den Schultern. »Wir wollten nicht vorübergehend mit provisorischen Lösungen arbeiten.«

»Als ob es die Gäste interessiert, ob das Auto euch privat gehört oder dem Hotel. Wichtig ist, dass es gepflegt und komfortabel ist.«

Wirklich überzeugt wirkten Sebastian und Adrián nicht, aber sie widersprachen auch nicht länger. In der Tat ließe sich die Silvesterfeier sehr werbewirksam vermarkten, deutlich wirksamer als neue Hotellimousinen.

Nach der Besprechung verließ Ruth mit Karl den Raum, während sich die anderen noch über einige finanzielle Details austauschten. »Danke, dass du dich meiner Pferde angenommen hast«, sagte Karl. Er drückte leicht ihren Arm und ging zum privaten Wohntrakt.

⁂ 27 ⁂

Nachdem Margot über eine Woche in der Bonner Villa gelebt hatte, stellte sie fest, dass sie sich tatsächlich auf eine Rückkehr ins Hotel freute. Das lag weniger daran, dass sie auf einmal eine Schwäche für die Abgeschiedenheit hatte, sondern vielmehr an Anton. Sie betrat das Vestibül und ging als Erstes ins Café, in der Hoffnung, ihn dort anzutreffen.

»Er kommt erst in einer Stunde«, erklärte ihr der Kellner an der Bar, und ein wenig enttäuscht ging sie zur Rezeption, wo sich Hans und Sebastian eingefunden hatten.

»Schön, dass du wieder da bist«, sagte Hans. »Wie geht es deinem Vater?«

»Ich war gestern bei ihm, und es geht zwar langsam, aber doch stetig bergauf. Leider wird er noch eine Weile im Krankenhaus bleiben müssen, unter Umständen muss er ein weiteres Mal operiert werden, aber das entscheidet sich erst in den nächsten Tagen. Und wenn er heimdarf, dann wird er zunächst in Bonn wohnen, damit er es nicht weit hat zu den Kontrollen im Krankenhaus. Danach kommt er dann hierher, damit er sich erholen kann. Tobias vertritt ihn derzeit ja ganz gut im Werk.«

»Hauptsache, er ruht sich dann auch tatsächlich aus«, antwortete Hans. »Er konnte ja noch nie gut lange still sitzen.«

»Es wird ihm nichts anderes übrig bleiben.« Margot ging in die elterliche Wohnung und war gerade im Begriff, ihr Zimmer aufzusuchen, als sie ein Geräusch aus dem Salon hörte, als würden Schubladen geöffnet. Sie hielt inne, dann war sie mit einigen raschen Schritten am Salon und stieß die Tür auf. Das Zimmermädchen fuhr zusammen.

»Fräulein Margot«, stieß sie aus und sah furchtbar erschrocken aus. Ihre Hand ruhte am Griff einer Schublade, aber da sie in der anderen Hand einen Staubwedel hielt, war nicht zu sagen, ob sie gerade Staub wischte oder in den Schränken herumsuchte.

»Ich hatte ein Geräusch gehört und wollte nur kurz nachsehen«, sagte Margot. »Lassen Sie sich nicht stören.« Sie verließ den Salon wieder, ließ jedoch die Tür offen stehen. Wenn ihre Mutter wieder hier wäre, würde man nachsehen müssen, ob etwas fehlte.

Als sie ihr Zimmer betrat, stellte sie fest, dass sie es vermisst hatte, ebenso wie den Ausblick aus dem Fenster, von dem aus man die bewaldeten Berge sah, die im Sommer von diesem wunderbar samtigen Grün waren. Vielleicht würde sie hier ja doch noch heimisch werden. In Bonn hatte sie recht wenig mit sich anzufangen gewusst, was zum Teil natürlich daran gelegen hatte, dass sie sich Sorgen um ihren Vater machte, aber wohl auch, weil sie aus ihrem alten Leben langsam herauswuchs.

Sie beobachtete, wie die Pferde auf die Koppel geführt wurden, und sah Ruth zusammen mit Adrián, die sich offenbar unbeobachtet glaubten und in leidenschaftlicher Umarmung dastanden, gänzlich in einen nicht enden wollenden Kuss versunken. Ein seltener Anfall von Übermut ergriff sie, und sie öffnete das Fenster, beugte sich vor, nahm einen Tannenzapfen aus der Schale, die seit Herbst zu Dekorationszwecken auf der Fensterbank stand, und warf ihn zielgenau auf Adriáns Kopf.

Die beiden fuhren auseinander, und Adrián blickte auf, brauchte einen Moment, ehe er sie bemerkte. »Gab es keine diskretere Art, sich bemerkbar zu machen?«, rief er.

»Doch, aber die wäre weniger amüsant gewesen.« Margot lehnte sich mit verschränkten Armen auf das Fensterbrett. »Und denkt daran – wenn ich euch sehen kann, können andere es auch.«

»Du bist eine Spielverderberin«, kam es von Curt aus dem Fenster über ihr, und Margot blickte auf.

Nun musste auch Ruth lachen. »Bist du schon fertig mit den Hausaufgaben?«, fragte sie hernach streng.

»Ich höre nichts«, antwortete Curt, »du bist zu weit unten.« Damit wurde das Fenster zugeschlagen.

Margot winkte den beiden noch einmal kurz zu und zog sich ebenfalls zurück, sah auf die Uhr und warf einen kurzen Blick in den Spiegel. Noch gute vierzig Minuten, und da Anton immer etwas früher kam, standen die Chancen gut, noch ein paar Minuten mit ihm abzweigen zu können.

Zwei Kellner plauderten am Stellplatz für die Fahrräder miteinander, während der eine sein Fahrrad aufschloss und der andere an seinem Moped hantierte. Abgesehen von den beiden waren der Platz und die Remise leer. Margot hatte ihrer Mutter erzählt, dass Anton eine Nacht bei ihr verbracht hatte – besser, sie erfuhr es von ihr als von Hans. Sie war erwartungsgemäß nicht begeistert gewesen, aber sie hatte auch Verständnis gehabt.

»Ich wäre allerdings glücklich«, hatte sie hinzugefügt, »wenn das kein weiteres Mal vorkommt.«

Das hatte Margot ihr versprochen, erleichtert, dass dem Geständnis kein langer Disput gefolgt war. Sie ging in den Hof und zog ein Zigarettenetui hervor.

»Wenn du einmal damit anfängst, ist es schwer, wieder die Finger davon zu lassen«, hatte Tobias sie gewarnt, nicht wissend, dass sie diesem Laster schon länger frönte, aber Margot hatte den Einwand ignoriert. Wenn sie es nicht mehr mochte, würde sie schon damit aufhören können.

Das Knattern eines Motors riss sie aus ihren Gedanken, und sie drehte sich um, sah auf die Uhr und stellte fest, dass Anton nahezu zwanzig Minuten zu früh dran war. Mit einem breiten Lächeln ging sie zum Unterstand und wartete auf ihn.

»Guten Tag, Prinzessin«, begrüßte er sie und stellte das Moped ab.

Da er zögerte und nicht recht zu wissen schien, wie er sie begrüßen sollte, nahm Margot ihm die Entscheidung ab, legte die Arme um seinen Hals, zog ihn an sich und küsste ihn sacht auf den Mund. »Guten Tag, mein holder Ritter«, scherzte sie.

»Hm, Ritter, ja, das gefällt mir.« Er schlang die Arme um ihre Mitte und küsste sie erneut, dieses Mal länger und inniger. »Ich hatte Sorge, dass du zurückkommst und das alles nur eine romantische Verwirrung war.«

»So grausam könnte ich nie sein«, sagte sie. »Außerdem hast du mir furchtbar gefehlt.« Wieder küssten sie sich. »Weißt du, dass du genau die richtige Kusshöhe hast?«

Jetzt grinste er breit. »Danke, das klingt netter als *Zwerg.*«

»Habe ich dir nie erzählt, dass ich eine Schwäche für Zwerge habe?«, murmelte sie an seinem Mund.

»War es nicht eben noch ein Ritter?«

»Ritterliche Zwerge.«

Beide brachen in Gelächter aus, ein albernes Lachen, das zugleich ungemein befreiend war. »Bis wann arbeitest du?«, fragte sie und wischte sich die Tränen aus den Augen.

»Bis nachts.«

»Was hältst du von einem sehr späten Souper?«

»Nach zwölf?«

»Ja. Oder wird dir das zu spät zum Heimfahren?«

»Keineswegs. Aber werden die Leute nicht reden?«

»Muss ich dich verstecken?«

»Musst du?«

»Nein. Meine Mutter weiß Bescheid, Hans ebenfalls, und die anderen werden sich ihren Teil denken. Na ja, Ruth wird es ebenfalls ahnen, und dann weiß Adrián es wohl auch. Ein Abendessen mit dir wird meinem Ruf also keinen irreparablen Schaden zufügen.«

»Da bin ich ungemein erleichtert.«

Sie streichelte seine Wange, strich ihm das Haar aus der Stirn, stellte fest, dass seine blauen Augen winzige bernsteinfarbene Einsprengsel hatten.

»Ich habe morgen frei«, sagte er. »Machen wir einen kleinen Ausflug?«

»Woran dachtest du?«

»Ich zeige dir, wo ich wohne.«

Sie hob die Brauen.

»Ganz ohne Hintergedanken. Wir fahren nach Rolandswerth, und dann führe ich dich durch meine Wohnung. Danach lade ich dich zum Essen ein.«

»Das klingt wunderbar.«

Sie lösten sich nach einem letzten Kuss voneinander und gingen langsam zusammen zum Haus. Nach kurzem

Zögern umfasste Margot seine Hand, und er erwiderte den Druck. Und als sie so gemeinsam das Hotel durch das Vestibül betraten anstatt durch den Dienstboteneingang, wusste sie, dass es bei dieser Entscheidung kein Zurück mehr geben würde.

»Hast du vor, dich von ihm zu trennen?«, fragte ihre Mutter, und Annemarie, die auf einem Sofa im elterlichen Wohnzimmer saß, schüttelte den Kopf.

»Natürlich nicht. Ehrlich gesagt weiß ich aber auch nicht, wie ich mit ihm zusammenbleiben kann.« Annemarie schloss die kalten Hände um den Kakaobecher, den ihre Mutter ihr gereicht hatte. In letzter Zeit fror sie ständig. »Wilhelm hat sich zum Schluss hin wirklich schäbig verhalten, aber es gab auch eine Zeit, da habe ich ihn sehr geliebt. Und dass es so mit ihm endet, habe ich nicht gewollt.«

»Wenn er sich das Leben genommen hat, dann war es seine Entscheidung, nicht deine.«

Das machte es nicht besser, denn es fühlte sich dennoch so an, als habe sie ihn dazu getrieben. Wie sollte sie mit Sebastian glücklich werden, wenn eine solche Last auf ihren Schultern ruhte? Ein Schauer durchfuhr sie, und Gänsehaut kroch unter dem Pullover ihre Arme hoch. Sie liebte Sebastian, aber derzeit ertrug sie seine Nähe nicht, würde sich am liebsten die ganze Zeit allein in ihrer Wohnung verkriechen. Dr. Hartung hatte ihr freigegeben und ihr gesagt, sie solle erst einmal zur Ruhe kommen. Seither überlegte Annemarie, ob er ihr damit nicht zu verstehen geben wollte, dass sie erst wiederkommen sollte, wenn nicht mehr über die Sache getratscht wurde.

»Wenn du ihn nicht heiratest, werden die Leute erst

recht reden«, sagte ihre Mutter, als habe sie Annemaries Gedanken gelesen. »Sie werden sagen, dass das nur ein Strohfeuer war und dein schlechtes Gewissen dich deinen Fehler hat erkennen lassen. Und du hättest alles geopfert für einen Mann, der dir nichts bedeutet – so zumindest stellt es sich für die Leute dar. Dass Wilhelm dir schon vor Sebastian zugesetzt hat und du Zweifel hattest, wird niemanden interessieren. Ebenso wenig, dass ihn deine Arbeit gestört hat. Im Gegenteil. Auch das wird man dir anlasten.«

Annemarie nickte nur. All die Blicke, das Getuschel, während Sebastian sein Leben weiterführen konnte wie bisher. Natürlich war es nicht seine Schuld, wie alles gekommen war, aber sie war sich sicher, wäre es umgekehrt gewesen, hätte man ebenfalls sie verurteilt, hätte sie als Dirne bezeichnet, die sich in eine Verlobung gedrängt und die Verlobte in den Tod getrieben hätte. Wie man es drehte und wendete, sie war die Schuldige. Am schlimmsten war der Moment gewesen, als die Frau vor ihr ausgespuckt hatte, diese Respektlosigkeit. Vielleicht war es ihr Sohn gewesen, den Annemarie im Krieg im Lazarett gepflegt hatte. Oder ihre Enkelin, der sie auf die Welt geholfen hatte. Aber danach fragte keiner. Als ginge es diese Leute an, mit wem sie das Bett teilte, während das, was sie tatsächlich betraf – Annemaries Fähigkeiten als Ärztin –, keine Rolle zu spielen schien.

»Ich werde natürlich nicht mit ihm brechen«, wiederholte sie. »Aber gerade brauche ich einfach etwas Abstand. Um mit allem, was passiert ist, irgendwie zurechtzukommen.«

»Wenn du denkst, es wird alles besser, wenn du dich daheim verkriechst, soll es mir nicht einfallen, dir diesen

Glauben zu nehmen«, antwortete ihre Mutter. »Du bist erwachsen und musst tun, was du für richtig hältst.«

Annemarie trank die heiße Schokolade in langsamen Schlucken, ohne nur den Anflug von Wärme zu verspüren, die Kälte in ihr wollte nicht weichen. Unwillkürlich dachte sie an die Hitze, die Sebastians Berührungen in ihr auslösten, die Wärme, die tief aus ihrem Bauch kam, wenn er sich in ihr bewegte. Sie biss sich auf die Unterlippe, starrte in die Tasse, tat mehrere zitternde Atemzüge. Ihr war, als gleite ihr ganzes Leben aus den Fugen.

»Du trauerst nicht um Wilhelm«, sagte ihre Mutter. »Sondern du erträgst die Umstände nicht und das, was sein Tod ausgelöst hat.«

»Ich kann nicht genau sagen, was ich empfinde. Möglicherweise trauere ich um ihn, um den Menschen, den ich damals kennengelernt habe und der ja immer noch da war, auch wenn ich seine anderen Seiten stärker wahrgenommen habe und nicht mit ihnen leben konnte. Und ja, ich ertrage es nicht, unter welchen Umständen er aus dem Leben geschieden und was hernach alles geschehen ist.«

Ihre Mutter antwortete nicht, und Annemarie trank den letzten Rest Schokolade und stand auf. Sie wollte heim, wollte ins Bett, sich die Decke über den Kopf ziehen und keinen Menschen sehen. Als sie das Haus verließ, bemerkte sie, wie sich eine Gardine am Fenster der Nachbarn bewegte. Am liebsten hätte sie wie ein trotziges Kind die Zunge rausgestreckt. So beließ sie es bei einem Winken, um der Person am Fenster zu zeigen, dass sie sie bemerkt hatte. Dann wandte sie sich abrupt ab und ging zu ihrem Wagen. Wieder überkam sie der nur allzu vertraute Überdruss, und einen Moment lang fragte sie sich, wie es wäre, nicht bei ihrer Wohnung anzuhalten, sondern in eine andere Stadt zu fahren und noch mal von vorne anzufangen.

Die Arbeitszimmer wurden stets abends aufgeräumt, damit sie morgens fertig waren und die Herrschaften direkt mit der Arbeit beginnen konnten, ohne dass sie dabei gestört wurden. Da die Räume Magdalena inzwischen fest zugeteilt wurden – auf ihr eigenes Bestreben hin, denn sie hoffte immer noch darauf, verräterische Spuren zu finden, und hatte noch lange nicht alle Schränke und Schubladen durchgesehen –, fing sie so früh es ging damit an, um mehr Zeit zu haben. Als sie von Fräulein Margot nachmittags überrascht worden war, hatte sie sich fast zu Tode erschreckt. Was für eine unglückliche Verkettung von Umständen, denn eigentlich hatte Lisa die Räumlichkeiten der Rebeins übernehmen wollen. Aber die Gelegenheit war so günstig gewesen, da keiner von ihnen daheim war, dass Magdalena sich dieses Mal endlich durchgesetzt hatte. Und ausgerechnet da kam die Tochter des Hauses heim.

Sie öffnete die Tür zu Hans Hohensteins Bureau und atmete den Geruch von Zigaretten ein. Im Raum herrschte ein warmes, dämmriges Licht, das von der Lampe auf dem Schreibtisch herrührte, deren fein ziselierten Glasschirm Magdalena so oft bewundert hatte. Eine ähnliche stand auf dem Schreibtisch ihres Vaters.

»Entschuldigen Sie bitte«, sagte sie zu Karl Hohenstein, der am Schreibtisch saß und sie ansah. »Ich komme später wieder.«

»Nein, kommen Sie bitte.«

Zögernd und nichts Gutes ahnend trat Magdalena ein.

»Schließen Sie die Tür.«

Sie tat wie geheißen.

»Und nun setzen Sie sich.«

Mit steifen Schritten ging sie zu den Besucherstühlen und ließ sich vorsichtig auf der Kante des Stuhls zu ihrer Rechten nieder. Karl Hohenstein betrachtete sie, die Stirn leicht gerunzelt, aber nicht unfreundlich. Um ihre Unruhe zu überspielen verschränkte sie die Hände im Schoß.

»Ich hätte es schon früher bemerken müssen«, begann er. »Aber wir Menschen sind wohl so, dass uns nicht auffällt, was uns nicht auffallen darf.«

Magdalena schwieg, neigte den Kopf, spürte den harten Schlag ihres Herzens.

»Sie haben seine Augen, die werde ich nie vergessen. Und er erzählte, dass er eine Tochter habe, die Magdalena hieß. Daran erinnere ich mich, weil mein Neffe erwähnte, seine Cousine heiße ebenso.«

Noch immer schwieg Magdalena, indes ihr das Schlucken schwer wurde und in der Kehle schmerzte.

»Das Foto. Die ganze Zeit über habe ich überlegt, wer dahinterstecken könnte, und dann sagte Hans, es sei auf einmal fort. Ich habe mir die Aufteilung der Dienste angesehen, und da kamen nur Sie oder Beate Duncker infrage. Und in diesem Moment wurde es mir bewusst, das, was mir von Anfang an vage vertraut an Ihnen war. Ich habe mit Adrián gesprochen, ihn ein wenig ausgefragt, und er sagte mir, Sie hätten viel Interesse an der Vergangenheit des Hauses gezeigt.« Karl Hohenstein zeigte ein geisterhaft anmutendes Lächeln. »Wissen Sie, es hat schon einmal eine junge Frau gegeben, Stubenmädchen war sie seinerzeit, die den Weg in unser Haus gefunden hat, auf den Spuren ihrer eigenen Vergangenheit. Die Geschichte wiederholt sich auf beinahe aberwitzige Art, und doch wieder nicht. Mein Vater hat ein Verbrechen begangen. Nun, ich wohl auch, aber während mein Vater aus Lust gehandelt hat, tat ich es aus Verzweiflung.«

Magdalena wartete stumm, während sie den Stoff ihrer Schürze zwischen den Händen zerknitterte. Unter Karl Hohensteins intensivem Blick fühlte sie sich auf einmal klein, verletzlich. »All die Jahre«, kam es ihr schließlich in zittrigen Worten über die Lippen, nachdem er nun in Schweigen verfallen war, »haben meine Mutter und ich nicht gewusst, was aus ihm geworden ist.« Der Versuch, ihrer Stimme Festigkeit zu verleihen, zerfiel direkt wieder. »Wir konnten nicht glauben, dass er uns einfach so verlassen hat.«

»Daher haben Sie beschlossen, der Sache auf den Grund zu gehen, ja? Herauszubekommen, wonach Polizei und hochrangige Funktionäre vergeblich gesucht haben.«

Sie nickte zögernd.

»Adrián wusste nichts über die Geschehnisse von damals.«

»Das war mir klar, aber irgendwo musste ich anfangen, und Herrn Hans hätte ich auf diese Weise wohl nicht zum Reden bekommen.«

»Nein, das wäre in der Tat vergeblich gewesen.« Karl Hohenstein zündete sich eine weitere Zigarette an, und Magdalenas Hände glitten fahrig über die Packung in ihrer Schürzentasche. Er bemerkte es, und ein kaum merkliches Lächeln glitt über seine Lippen, ließ erahnen, wie attraktiv er als junger Mann gewesen sein musste. Er reichte ihr das silberne Etui und hernach Feuer. »Ich kann es Ihnen erzählen, wenn das Ihre Seelenpein lindert.«

Argwöhnisch musterte sie ihn. »Dass Sie ein solches Risiko eingehen, kann ich nicht glauben.«

Ein leises Lachen war zu hören. »Risiko? Welches Risiko denn?«

»Ich könnte zur Polizei gehen«, antwortete sie und befürchtete gleichzeitig, dass sie sich damit der einzigen Möglichkeit beraubte, jemals die Wahrheit zu erfahren. Vielleicht war der alte Mann närrisch und plauderte einfach drauflos. Möglicherweise litt er unter Senilität, und sein Neffe ahnte nicht einmal, was hier geschah. Dagegen sprach allerdings der wache, aufmerksame Blick, mit dem er sie taxierte. »Ich gehe kein Risiko ein, mein liebes Kind. Ich erzähle es Ihnen, wenn Sie möchten. Wenn nicht, dann lassen wir es an dieser Stelle gut sein, und Sie verzichten auf weitere Anspielungen und auf laienhafte Ermittlungen hinter unserem Rücken.«

Dass ihre Bemühungen derart verächtlich gemacht wurden, tat weh, aber Magdalena widersprach nicht. Aus seiner Sicht war es wohl tatsächlich kaum mehr als der stümperhafte Versuch, längst Vergangenes in Erfahrung zu bringen. Da erfolgreich zu sein, wo die Polizei versagt hatte. »Erzählen Sie«, antwortete sie leise.

Er stieß eine Qualmwolke aus und räusperte sich. »Sie hatten sich hier einquartiert, über mehrere Tage. Es ging um Besprechungen, indes sie es sich gut gehen ließen. Einige von ihnen stiegen unseren weiblichen Angestellten nach, sie haben geprasst, gelacht und sich amüsiert. Meinem Neffen und mir schmeckte das nicht, aber wir konnten auch nichts dagegen tun, denn das hätte sie misstrauisch werden lassen. Ihr Vater war zurückhaltender, stiller. Dafür konnte er gut beobachten, und das hat er getan, Tag für Tag. Hätte er es einfach gut sein lassen, wäre er mit seinen Leuten wieder abgereist, und Sie wären nicht vaterlos aufgewachsen.«

Ein zittriger Atemzug machte Magdalena die Brust weit, während sie darauf wartete, dass der alte Mann fortfuhr.

»Wir haben Männer und Frauen aus dem Widerstand hier versteckt, und wir wussten, dass wir alle im Lager landen, wenn das herauskam. Der Krieg tobte in seinem letzten Jahr, und es stand zu viel auf dem Spiel, als dass wir uns hätten heraushalten können. Grundgütiger, was haben wir eine Angst gehabt, als sich all diese Männer hier einquartierten, durch das Hotel liefen und wir ständig befürchten mussten, dass jeden Moment alles ans Licht kommen würde.« Sein Blick verlor sich, als stünde ihm die Vergangenheit in fortlaufenden Bildern vor Augen. »Dann, eines Abends, schien es auf einmal so weit zu sein, dass alles verloren war. Es fing harmlos an, die Männer haben geschlemmt, es war eine ausgelassene Stimmung, und jemand kam auf die Idee, ein Foto zu machen. Sie riefen mich und meinen Neffen zu sich, wollten ein Bild mit den Hoteliers haben. Wir stellten uns neben sie, und ausgerechnet in dieser Nacht wurden zwei verletzte und von der Polizei gesuchte Männer zu uns gebracht. Ich weiß bis heute nicht, wie auch nur irgendjemandem hatte entgehen können, wen wir gerade beherbergten, aber nun waren die Männer da und mussten versorgt und vor allem versteckt werden. Hans hatte bemerkt, dass etwas nicht stimmte, ihm war die plötzliche Betriebsamkeit aufgefallen. Er hatte auf ein weiteres Foto bestanden und schließlich darauf, dass auch der Fotograf mit aufs Bild gehörte und man doch zur Erinnerung noch ein weiteres machen solle. Hernach glaubten wir die Gefahr fürs Erste gebannt, unsere Leute hatten gut und schnell reagiert.« Karl Hohenstein atmete langsam den Zigarettenrauch aus, tat einen letzten Zug und drückte die Zigarette hernach im Aschenbecher aus, indes Magdalenas zwischen ihren Fingern verglomm.

»Aber nicht nur Hans hatte etwas bemerkt, sondern auch Ihr Vater argwöhnte, dass etwas nicht stimmte, und so ging er auf die Suche, und er suchte gründlich. Ging nonchalant von Raum zu Raum, sah sich überall um, entdeckte Blutspuren draußen vor dem Portal, ein kleiner Rest, der übersehen worden war. Und schließlich fand er die beiden Männer und ahnte, was hier vor sich ging.«

»Ich wusste, dass er uns nicht verlassen hat.« Magdalena drückte die Zigarette so heftig aus, dass sie sich die Fingerkuppe verbrannte. Ihre Hand zuckte zurück, und Ascheflocken flogen auf die Schreibtischplatte.

»Er stand vor uns, stimmte kein großes Geschrei an, er war ein besonnener Mann. Aber es war klar, dass es für uns alle kein Entkommen geben würde, und er ließ keinerlei Zweifel an dem, was uns blühte.«

»Da haben Sie ihn getötet.«

»Ich selbst nicht, aber im Grunde genommen macht das keinen Unterschied mehr, denn ich habe dabei geholfen, ebenso gut hätte ich selbst zum tödlichen Schlag ausholen können.«

»Blieb keine andere Möglichkeit, als ihn kaltblütig zu ermorden?«, fragte Magdalena, und der in ihrer Brust aufwallende Zorn ließ ihre Stimme hoch und schrill klingen.

»Es waren nicht alle damit einverstanden, und es entbrannten wilde Diskussionen. Mein Neffe kam hinzu, verschloss die Tür, sagte, dass man vermutete, der Mann würde sich in der allgemeinen Ausgelassenheit mit einem Mädchen vergnügen. Er hatte bereits geahnt, dass etwas nicht stimmte.« Ein kurzes, trockenes Husten unterbrach ihn, dann fuhr er fort: »Wir stritten lange darüber, was wir tun sollten. Einige stimmten dafür, ihn einzusperren, bis sie alle fort seien und keine Beweise auf ihre Existenz hindeuteten. Als wäre es ihnen nicht möglich, durch gezielte Befragungen dergleichen herauszubekommen. Irgendwer vom Personal wäre eingeknickt und hätte etwas verraten. Diese Möglichkeit kam einfach nicht infrage. Er stand nur da, sah uns an, während ihm bereits klar war, worüber wir noch diskutierten, nämlich, dass er diesen Raum nicht lebend verlassen würde.«

Tränen stiegen Magdalena in die Augen, und sie blinzelte sie trotzig fort, sah einen Moment wieder klar, ehe Karl Hohenstein erneut vor ihr verschwamm.

»Er lächelte nur, als das Urteil schließlich fiel. Angst hatte er nicht, das musste man ihm lassen.«

»Wie haben Sie ihn getötet?«

»Mit einem gerollten Tuch erdrosselt, es musste schnell und ohne Blutspuren gehen, das schränkte die Mittel ein. Die Details möchte ich Ihnen gerne ersparen, aber der Mann, der es getan hat, war schnell, es war nur ein kurzer Todeskampf, falls Sie das tröstet.«

Magdalena fuhr auf, wollte auf ihn losgehen, ihm mit den Fingernägeln das Gesicht zerkratzen. »Sie … Mörder«, spuckte sie.

Karl Hohenstein blieb ruhig. »Ich habe mit mir gehadert, lange Zeit. Aber die Wahl stand zwischen ihm und uns, viele gute, rechtschaffene Menschen, die für das Land gekämpft hatten, und ein Mann wie Ihr Vater, der dabei half, es in den Abgrund zu führen.«

»Was er tat, tat er in der Gewissheit, dass es richtig war.«

»Ja, damit reden sich alle im Nachhinein raus. Sie hätten es nicht gewusst, sie hätten geglaubt, sie täten das Richtige. Aber wenn selbst wir es gewusst haben, wie kann es ihm dann entgangen sein? Himmel, wie kann es irgendjemandem entgangen sein? Was haben die Leute denn geglaubt, wohin all die Menschen verschwinden, die aus ihren Häusern geholt wurden?«

Magdalena wollte antworten, aber ihre Stimme entglitt ihr.

»Er glaubte«, fuhr Karl Hohenstein erbarmungslos fort, »er stünde auf der richtigen Seite, auf der Seite der Herren, der Mächtigen. Und das wurde ihm zum Verhängnis, schlicht und ergreifend.«

»Er … er hat niemanden ermordet.«

»Nein, er hat nur dabei geholfen. Macht es das besser?«

Magdalena schwieg, grub die Zähne in die Unterlippe. »Wo wurde er begraben?«

»Das weiß ich nicht.«

Und selbst wenn, würde er es ihr vermutlich nicht erzählen. »Sie werden das laut machen«, sagte sie. »Sie werden gestehen, Beihilfe zu einem Mord geleistet zu haben, Sie und Ihr Neffe. Denn auch ein Mord an einem Mann wie meinem Vater ist ein Mord.«

»Mein liebes Kind, ich werde gar nichts laut gestehen. Sie haben Ihre Gewissheit, und ich selbst habe mit meinem Gewissen schon lange meinen Frieden gemacht.«

Magdalena stieß ein hartes Lachen aus. »Tatsächlich? Und wenn ich nun verbreiten werde, dass Georg Rebein gemeinsame Sache mit den Nazis gemacht hat? Dass er Teil dieser gigantischen Maschinerie gewesen ist?«

In Karl Hohensteins Augen blitzte etwas auf, das Magdalena nicht genau benennen konnte. Vorsicht? Eine Drohung? »Dort, wo Sie sich jetzt hinbewegen, wird das Eis sehr dünn, meine Liebe. Georg Rebein hat etlichen Menschen zur Flucht verholfen, Menschen, von denen noch genug leben, um als Leumundszeugen zu dienen, so er sie denn bräuchte. Und davon abgesehen ist es doch schon nahezu ein schlechter Scherz, dass Sie Ihren Nazischergen von einem Vater rächen wollen, indem Sie Georg Rebein als Nazihelfer verunglimpfen. Möchten Sie es wirklich darauf ankommen lassen?«

Es war aussichtslos, das wusste Magdalena, und mehr als ein verzweifeltes Aufbäumen war es nicht gewesen. Es war vorbei, so einfach war das. Etwas, das ihr Leben seit ihrer Kindheit überschattet hatte, war still und unspektakulär zu Ende gegangen.

»Ihr Vater hat sehr liebevoll von Ihnen gesprochen und hat Sie nicht verlassen«, sagte Karl Hohenstein. »Vielleicht ist das ein Trost.«

Mochte sich Magdalena auch noch so anstrengen, sie konnte nicht verhindern, dass ihr die Tränen in warmen Rinnsalen über die Wangen rannen und ihr die Kehle schmerzte, als wachse ein Klumpen darin stetig weiter an. »Also gut. Ich werde Ihr Haus morgen in aller Frühe verlassen.«

»Das müssen Sie nicht.«

Ungläubig starrte sie ihn an.

»Ich weiß, dass Sie Gründe hatten zu kommen, aber Sie sind nicht Ihr Vater, Sie haben Ihr eigenes Leben. Behalten Sie in Erinnerung, dass er Sie geliebt hat, aber vergessen Sie ebenfalls nicht, wer er war. Er hätte uns alle, ohne zu zögern, ausgeliefert und dem Tod überantwortet.«

Magdalena schluckte, zerknüllte die Schürze zwischen ihren Händen zu einem Ball. »Niemals bleibe ich hier!«

»Das ist Ihnen überlassen. Wenn Sie gehen wollen, stellt Ihnen mein Neffe ein Zeugnis aus.«

»Ich … ich … Er soll gleich damit anfangen!« Magdalena sprang so hastig auf, dass der Stuhl hintenüberkippte. Ohne sich noch einmal nach ihm umzusehen, verließ sie fluchtartig den Raum.

⁂ 28 ⁂

»Ich bin entzückt, dass du bereits draußen auf mich wartest.« Mit einem eleganten Schlenker war Anton vor Margot zum Stehen gekommen. »Steig auf, Prinzessin.«

Sie nahm hinter ihm Platz und legte die Hände um seine Mitte, dann fuhr er auch schon los, und Margot, die das erste Mal auf einem Moped saß, brauchte einen Moment, um sich daran zu gewöhnen. Danach jedoch gefiel ihr die Fahrt. Sie spürte, wie der Wind ihr ins Gesicht und durch das Haar fuhr, und sie genoss es, Anton so nahe bei sich zu spüren.

Sie fuhren zum Fähranleger und stiegen vom Moped, um auf die Fähre, die gerade auf der anderen Seite angelegt hatte, zu warten. Inzwischen wusste wohl das ganze Haus Bescheid darüber, wie es zwischen ihnen stand, denn wenn sich die Sache nicht bereits herumgesprochen hatte, als sie Hand in Hand das Hotel betreten hatten, so hatte es spätestens nach ihrem gemeinsamen Abendessen die Runde gemacht. Und obwohl die Kellner gut geschult waren, hatte es neugierige Blicke gegeben, einer hatte Anton gar zugezwinkert, als sie beim Essen zusammensaßen.

»Hat deine Familie eigentlich noch etwas gesagt?«

»Nein, ich glaube, Sebastian war ohnehin der Einzige, der keine Ahnung gehabt hat.« Er war erstaunt gewesen, hatte sich aber offenbar für sie gefreut, sofern man das bei

Sebastian derzeit sagen konnte. Der sah ja momentan mit nichts so richtig glücklich aus.

Gute zehn Minuten mussten sie warten, ehe die Fähre wieder auf ihrer Rheinseite anlegte, und während Anton das Moped schob, bezahlte Margot Billetts für sie beide.

»Die Rückfahrt geht aber auf mich«, sagte Anton, dessen männlicher Stolz es offenbar nicht vertrug, dass sie ihn zu der Fahrt einlud.

Als sie nebeneinander an Deck standen und aufs Wasser blickten, stellte Margot fest, dass sie, wenn sie Absätze trug, gleich groß waren. Das war schon mal gut, denn würde sie ihn überragen, hätte sie das schon ein klein wenig gestört. Sie umfasste seine Hand, spürte, wie er ihre Finger leicht drückte, und dachte, dass das Leben so wunderbar einfach sein konnte.

Die Fähre legte in Mehlem an, und von dort aus war es nicht weit bis Rolandswerth, ein ursprünglich recht hübscher kleiner Ort, dem man die Spuren des seit dem Krieg herrschenden finanziellen und menschlichen Elends ansah. Inzwischen ging es allerdings wieder bergauf, was wohl auch der Tatsache zu verdanken war, dass Bonn inzwischen Regierungssitz war.

Das Haus, vor dem Anton schließlich hielt, war aus altem, verwittert wirkendem Backstein. Margot stieg ab und sah an der Fassade hoch und dann wieder zu der massiven Holztür, deren Griff aus schwarzem Eisen war, blank gewischt von vielen Händen, die ihn im Laufe der Jahre umfasst hatten.

»Es ist von innen hübscher als von außen.« Eine kaum merkliche Unsicherheit hatte sich in Antons Stimme geschlichen, als gehe ihm gerade auf, dass dies womöglich nicht das war, was Margot erwartet hatte oder gar gewöhnt war.

»Ich finde es sehr pittoresk. Und nun komm, spann mich nicht länger auf die Folter.«

Ein zögerliches Lächeln erschien, dann öffnete Anton die Tür mit einem Schlüssel und führte Margot die Treppe hinauf. Der Boden war mosaikartig mit Steinfliesen belegt, die Treppe aus nachgedunkeltem Holz, auf dem die Schritte hallten. Es schien immer drei Wohnungen pro Etage zu geben, das Haus war drei Etagen hoch.

Antons Wohnung lag im zweiten Stockwerk, und er war eben im Begriff, die Tür zu öffnen, als er erneut zögerte. »Es ist sehr klein, aber sobald ich …«

»Jetzt mach schon auf, ich dachte mir fast, dass du keine Villa bewohnst.«

Anton öffnete die Tür und ließ ihr den Vortritt in den schmalen Flur. Es gab einen kleinen Schrank, in dem sich, wie sie nun bemerkte, als Anton ihr die Jacke abnahm, die Garderobe befand. »Geradeaus ist das Wohnzimmer.«

Sie betraten einen schönen Raum, mit einem Sofa und zwei Sesseln, die sich um einen niedrigen Tisch gruppierten. Wirklich gemütlich, dachte Magot. Auf der linken Seite stand eine Anrichte, und es gab sogar einen Schrank mit einem Fernsehapparat. Durch die hohen Fenster wirkte der Raum größer, als er eigentlich war, und es bot sich ein zauberhafter Blick auf den Rhein und die Insel Nonnenwerth. »Der Ausblick ist durchaus Wohnraum erweiternd«, sagte sie und trat ans Fenster. Dann wandte sie sich wieder zu ihm um. »Zeigst du mir den Rest?«

Er nickte und führte sie in eine winzige Küche. »Kannst du eigentlich kochen?«, fragte er.

»Überprüfst du bereits meine hausfrauliche Eignung?«, spöttelte sie, und er wurde rot, was sie zum Lachen reizte. »Ja, ich kann kochen. Meine Mutter wollte, dass ich es lerne, sie sagte, die Zeiten ändern sich und die Haushalte mit Köchin werden rar gesät sein. Außerdem hatte ich Hauswirtschaft in der Schule.«

»Ich kann auch kochen, muss ich ja, wenn ich nicht verhungern will.« Er grinste. »Aber ich befürchte, was ich fabriziere, kann ich dir nicht vorsetzen.«

»Ich lasse es gerne drauf ankommen.«

»Hinter der Küche ist das Esszimmer.« Er öffnete die Tür zu einem kleinen Zimmer mit einem Tisch mit sechs Stühlen darum. Auf einer Seite war eine Anrichte mit mehreren Schubladen, in der Ecke stand ein Vitrinenschrank mit Geschirr – wobei allerdings ersichtlich war, dass es sich um einen Junggesellenhaushalt handelte, denn irgendwie passte nichts so richtig zusammen. Die Küche war außer durch die Tür noch mit einer Anreiche verbunden, deren Sichtschutz sich beiseiteschieben ließ, sodass man das Essen praktischerweise über eine schmale Theke in den Raum reichen konnte.

Sie traten wieder hinaus auf den Flur. »Hier ist mein Schlafzimmer.« Anton deutete auf eine Tür, ohne Anstalten zu machen, diese zu öffnen. Er wurde schon wieder rot, was Margot zum Lachen reizte.

»Ist es so unordentlich, dass du es nicht zeigen magst?«

»Nein, aber ich kann doch nicht …«

»Papperlapapp. Jetzt zeig schon.«

Er öffnete die Tür zu einem Raum, der ebenfalls schön hell war durch die hohen Fenster und mit einem Schrank, einem Bett mit Nachtschränkchen und einem kleinen

Sekretär ausgestattet war. Während im Wohnzimmer ein Gemälde an der Wand hing, das den Rhein im Dämmerlicht zeigte, war das Schlafzimmer vergleichsweise karg. Hier brauchte es wohl die Hand einer Frau, die ein wenig Persönlichkeit hineinbrachte.

Sie ging zum Bett und setzte sich. Die Matratze war bequem, nicht zu weich und nicht zu hart. Ja, es mochte in der Tat für zwei Personen reichen, wenngleich Margot sich auf Dauer natürlich ein richtiges Ehebett wünschen würde. Wenn sie so weit waren, von Heirat zu sprechen … Sie sah sich um, stellte sich vor, wie es sein mochte, hier zu leben. Es hätte etwas, dachte sie. Natürlich war es nicht das, was sie für sich selbst erwartet hatte, nein, das wahrhaftig nicht. Aber die Vorstellung, dass dieses kleine Reich ihres war, in das er und sie sich zurückzogen, in dem sie gemütliche Abende zu zweit verbrachten, in dem sie sich nachts liebten und das Margot einrichten konnte, wie es ihr gefiel, ja, das hatte etwas.

»Gefällt es dir?«, fragte Anton.

Sie lächelte. »Ja, das tut es.«

Er setzte sich neben sie aufs Bett. »Als ich bei dir war und gesehen habe, wie du lebst … Ich meine, ich wusste das ja vorher schon, aber es dann wirklich vor mir zu sehen, das war etwas anderes. Die Selbstverständlichkeit, mit der du Personal rufst und mit schönen und teuren Dingen hantierst … Da war ich mir nicht sicher, ob du und ich wirklich …« Er sprach nicht weiter, als befürchte er, dass seine Worte das, was zwischen ihnen noch so neu und zerbrechlich war, zerstören könnten.

Margot umfasste seine Hand. »Wenn das alles wäre, was mein Leben ausmacht, würde ich dir zustimmen und sagen, dass es unverzichtbar ist. Vielleicht gefällt mir alles hier gut, weil ich in dich verliebt bin.«

»Und möglicherweise fallen dir die Mängel auf, sobald du nicht mehr alles durch die Augen einer frisch Verliebten siehst«, fügte Anton hinzu.

»Möglicherweise, ja.« Sie berührte mit der Fingerspitze seine Handfläche, fuhr die Linien nach und dann nacheinander über seine Finger.

»Und du denkst dennoch, dass es mit uns funktionieren wird?« Nun war es heraus, und sie sah ihm an, dass er Angst vor der Antwort hatte, Angst davor, dass er gerade etwas zerstörte, das er so sehr herbeigesehnt hatte.

Sie zog ihn an sich und küsste ihn. »Das wissen wir erst, wenn wir es ausprobiert haben, nicht wahr?«

Sebastians Vater schwieg, während sein Sohn ihm am Telefon die ganze Geschichte um den Tod von Annemaries Verlobtem erzählte. Nun, da die Sache ausgestanden war, hatte er beschlossen, dass seine Eltern davon wissen durften.

»Warum erfahren wir das alles erst jetzt?«, fragte Ludwig Hohenstein.

»Ich wollte nicht, dass ihr euch Sorgen macht.«

»Wenn meinem Sohn eine Anklage wegen Mordes droht, wüsste ich das durchaus gerne. Deine Sorge um mein Wohlbefinden in Ehren, Sebastian, aber dergleichen zu verschweigen treibt meinen Blutdruck vermutlich höher, als wenn du es erzählt hättest. Wusste dein Großvater davon?«

»Natürlich, hier konnte es ja keinem verborgen bleiben. Sogar die Zeitungen haben darüber geschrieben.«

»Es wusste also die ganze Stadt, ja? Hattest du wenigstens einen guten Anwalt?«

»Ja.«

»Und die Sache ist jetzt endgültig vom Tisch?«

»Wie es aussieht, ja.«

»Dann ist es ja gut.«

»Sei mir nicht böse, aber ich konnte es nicht erzählen, und erst recht nicht, nachdem Georg den Unfall hatte und Mutter ohnehin schon außer sich war vor Sorge. Großvater und Hans haben sich hier um alles gekümmert.«

»Was ist mit der jungen Frau?«

Jetzt war es an Sebastian zu schweigen. »Sie hält mich momentan auf Distanz«, antwortete er schließlich.

»Aber sie war es nicht, die ihn getötet hat?«

»Nein, natürlich nicht.« Annemarie hatte ihm am Telefon erklärt, dass man sie durchaus auch in dieser Hinsicht befragt hatte, aber sie war Linkshänderin, das passte also wiederum nicht. Die Kreditgeber wurden ebenfalls befragt. Das waren zwar sehr unangenehme Zeitgenossen, ihr Geld sahen die aber durch Wilhelm Rheinbergs Tod nun erst recht nicht wieder. Zudem hatten sie andere Methoden, hatte der Kommissar gesagt, ohne weiter darauf einzugehen, welche das waren.

Sebastian beendete das Gespräch und überließ es seinem Vater, seiner Mutter die ganze Geschichte zu erzählen. Diese Diskussion musste er sich nun wahrhaftig nicht antun. Während er zum Arbeitszimmer ging, fragte er sich, ob die Sache ebenso gründlich bearbeitet worden wäre, hätte er diesen hoch bezahlten Anwalt nicht gehabt. Alles war erst so eindeutig erschienen, dass er sich selbst bereits mit einem Fuß im Gefängnis gesehen hatte. Andererseits musste dergleichen bewiesen werden, und daran wäre es möglicherweise ohnehin gescheitert. Aber der Verdacht hätte immer in der Luft gehangen und ihn stets verfolgt. Der Mann, dessen Schuld nicht bewiesen werden konnte. Die Geliebte, die gar Mitwisserin war. Nun war Annemarie zwar keine Mitwisserin, aber die Frau, die einen anständigen Kerl durch Untreue in den Tod getrieben hatte. Sebastian hörte das Getratsche, er war ja nicht taub, wenngleich man tunlichst vermied, dergleichen in seiner Gegenwart zu äußern. Letzten Endes wurde es ihm aber doch immer zugetragen. War es da ein Wunder, dass Annemarie ihn auf Abstand hielt?

Das Bureau war leer, was Sebastian nur recht war, ihm stand nicht der Sinn nach Geplauder. Er setzte sich an die Buchhaltung, schaffte es jedoch nicht, sich auf die Zahlenkolonnen zu konzentrieren. Normalerweise war Mathematik für ihn immer die beste Möglichkeit gewesen, sich abzulenken, diese klare Logik, die dabei half, die Gedanken zu ordnen.

Nachdem er sich mehrmals verrechnet hatte, gab er es auf und ging ins Vestibül, um Präsenz zu zeigen. Eine junge Familie bekam gerade ihren Schlüssel ausgehändigt, und der Page brachte das Gepäck zum Aufzug. Sebastian zog das Reservierungsbuch zu sich und sah sich die Buchungen an. Es wurden für diesen Tag noch vier weitere Gäste erwartet, davon eine Familie. Zwei Gäste reisten an diesem Tag ab, das war insgesamt ein guter Schnitt, sie hatten nicht mehr allzu viel Leerstand.

Hans und sein Großvater betraten das Vestibül, in ein ernstes Gespräch vertieft. Sie nickten ihm im Vorbeigehen zu und verließen das Hotel. Sebastian blickte ihnen nach, fragte sich, was es zu besprechen gab, das eine solche Miene rechtfertigte. Lief es doch nicht so gut wie gedacht? Oder standen neue Probleme an?

Er folgte ihnen und trat aus dem Hotel hinaus in den Hof, sah, wie sie zur Remise gingen. Erst wollte er ihnen nach, dann bemerkte er den cremeweißen Käfer, der gerade in den Hof fuhr. Er hielt inne, beobachtete, wie der Wagen hielt und Annemarie ausstieg. In ihrem zartgrünen Kleid mit dem dazupassenden Schal wirkte sie wie ein Versprechen des Frühlings. Sie richtete sich auf, bemerkte ihn und ging langsam um das Auto herum. Da Sebastian die ganze Zeit über befürchtet hatte, sie würde mit ihm brechen, sank ihm angesichts ihrer ernsten Miene das Herz. Als sie näher kam, konnte er Unsicherheit in ihren Augen flackern sehen, und er öffnete den Mund, wollte etwas sagen, suchte nach den richtigen Worten. Ihr Blick versank einen Moment lang in dem seinen, und möglicherweise fand sie dort, was sie erwartet hatte, denn die Unsicherheit erstarb unter einem zögerlichen Lächeln.

Magdalenas Großmutter hatte stets darauf geschworen, dass es vor jeder Entscheidung guttat, darüber zu schlafen, denn meist hatte man einen Tag später einen klareren, unverstellteren Blick auf Dinge, die einem am Abend zuvor noch unlösbar erschienen waren. Dass heute alles freundlicher aussah, konnte Magdalena nicht guten Gewissens behaupten, doch als sie frühmorgens in das Dienstbotenzimmer kam, stellte sie fest, dass ihre Welt zwar aus den Fugen war, sie sich ansonsten jedoch drehte wie bisher. Die anderen Zimmermädchen saßen bereits beim Frühstück, nur Beate kam ein paar Sekunden nach ihr in den Raum gehetzt, warf ihr ein verschmitztes Lächeln zu und setzte sich an den Tisch. Alles war wie immer. Natürlich, warum auch nicht?

Magdalena, die an diesem Morgen bereits fort sein wollte, setzte sich ebenfalls. Um sie herum wurde geplaudert, es fielen Scherzworte, Frau Weiß rief hin und wieder zur Ordnung. Das Leben lief weiter wie immer, und als Frau Weiß die Dienste verteilte, hätte Magdalena aufstehen und sagen müssen, dass ihre Zeit hier beendet war, aber sie verließ dennoch mit Beate an ihrer Seite nach dem Frühstück den Raum und ging hoch in die Beletage.

»Was ist los mit dir?«, fragte Beate. »Hast du schlecht geschlafen? Du siehst unwohl aus.«

»Ich habe Kopfschmerzen, das ist alles«, antwortete Magdalena, die in der Tat das Gefühl hatte, als zerspringe ihr der Schädel. Irgendwie tat es dennoch gut, an diesem Morgen die gewohnten Handgriffe zu verrichten, wenngleich ihr nicht der Sinn nach Geplauder stand. Glücklicherweise gehörte Beate nicht zu den Menschen, die auf Biegen und Brechen ein Gespräch herbeizuführen suchten, sondern akzeptierte Magdalenas Schweigsamkeit ohne viel Aufhebens oder gar beleidigt zu sein.

Die ganze Nacht über hatte Magdalena darüber nachgedacht, welche Konsequenzen Karl Hohensteins Geständnis für ihr Leben haben würde, um zu dem Schluss zu kommen, dass jede Konsequenz nicht wegen seiner Worte zu erwarten war, sondern trotz allem. Sie könnte bleiben, könnte ihr Leben weiterleben. Oder aber sie gab alles auf und fing woanders noch einmal von vorne an. Vorher jedoch war ein Gespräch mit ihrer Mutter fällig, denn diese würde natürlich alles wissen wollen. Und sich wieder in ihr Leben einmischen, versuchen, sie dazu zu zwingen, alles öffentlich zu machen, obwohl sie nichts davon beweisen konnte. Keinesfalls würde ihre Mutter die Sache auf sich beruhen lassen.

Sie arbeitete schweigend an Beates Seite und ging mit ihr durch die Zimmer der Beletage, deren Bewohner bereits beim Frühstück saßen. Da es einige Gäste gab, die sich das Frühstück aufs Zimmer bringen ließen, würden sie diese Räumlichkeiten später herrichten. Und dann standen noch die Suiten der Gäste an, die an diesem Tag abreisten. Magdalena ging hinunter in den Hof hinter der Remise und zog eine Zigarette hervor. Noch während sie den ersten tiefen Atemzug tat, bemerkte sie Karl und Hans Hohenstein, die neben einem Auto standen und sich unterhielten. Karl Hohenstein sah zu ihr, neigte kaum merklich den Kopf, und sie wandte sich rasch ab. Sah er darin, dass sie noch hier war, gar eine Art Kapitulation? Hastig tat sie den nächsten Zug, hörte Schritte auf dem Kies und hielt das Gesicht stoisch abgewandt.

»Er hat es mir erzählt«, sagte Hans Hohenstein.

Magdalena sah zur Remise, wo ein Wagen gerade von einem Chauffeur auf den Hof und von dort auf den Weg, der nach Königswinter führte, gelenkt wurde. Sie atmete langsam aus und nahm einen Zug von ihrer Zigarette, wobei ihre Hand inzwischen kaum merklich zitterte.

»Wir hätten es nicht getan, hätten wir die Wahl gehabt«, fuhr Hans Hohenstein fort.

»Man hat doch immer die Wahl, oder nicht?«

»Denken Sie das tatsächlich?«

Nein, natürlich nicht. Sie wusste, dass es Situationen gab, die festgefahren waren, wo eben nicht mehr zur Wahl stand, welchen Weg man einschlug. Magdalenas Mutter hätte die Wahl gehabt, sich das Scheitern ihrer Ideen einzugestehen, sich einzugestehen, dass ihr Vater möglicherweise doch nicht der Mensch war, für den sie ihn gerne halten wollte. Sie hatte die Wahl gehabt, Magdalena ein Leben zu ermöglichen, das nicht von Bitterkeit und dem ständigen Hervorkramen alter Erinnerungen geprägt war, von denen Magdalena nicht einmal mehr wusste, ob es ihre eigenen waren oder die der Mutter.

Sie, Magdalena, hingegen hatte keine Wahl gehabt. Für sie gab es nur jenen Weg, den ihre Mutter ihr vorgegeben hatte. Der Weg, der zu der Quelle der Erinnerungen führte, die Suche nach Antworten. Und nun würde ihre Mutter ihr weiterhin zusetzen, würde die Sache herumerzählen, und wer konnte schon wissen, welchen Ärger sie sich damit über kurz oder lang zuziehen würden? Könnte Magdalena überhaupt noch irgendwo arbeiten, wenn laut würde, dass sie ihre Arbeitgeber öffentlich verleumdete?

Als sie Hans Hohensteins abwartenden Blick bemerkte, wusste sie, dass sie ihm die Antwort immer noch schuldig war. »Ich weiß nicht, ob man nicht doch irgendwie noch einen anderen Weg finden kann, wenn man ihn denn finden will.«

»Diese Angst und die Verzweiflung kann man nur nachempfinden, wenn man sie erlebt hat. Keiner von uns wollte zum Mörder werden.«

»Ich wollte keine Halbwaise werden.«

»Das wollte so manch ein Kind nicht, aber angezettelt und bejubelt wurde der Krieg von Menschen wie Ihrem Vater. Und er war einer von ihnen, ganz und gar.«

Die Glut an dem Zigarettenstummel verbrannte Magdalena die Fingerspitzen, und mit einem erschrockenen Luftschnappen ließ sie ihn zu Boden fallen, wo er vor ihren Füßen verglomm.

»Mein Großvater sagte, Sie möchten uns verlassen.«

Magdalena nickte.

»Er sagte aber auch, dass er ihnen angeboten hat zu bleiben.«

»Ja, das hat er.«

»Und Sie haben sich entschieden?«

Magdalena schüttelte zögernd den Kopf.

»Lassen Sie mich wissen, wie Ihre Wahl ausfällt.«

»Ja, natürlich.«

Er nickte ihr freundlich zu und ging zurück ins Hotel. Magdalena folgte ihm langsam, trat durch jene inzwischen schon so vertraute Tür und ging über den Dienstbotenkorridor zur Treppe. Das Geländer war kühl und glatt unter ihrer Hand. Ihr ganzes Leben lang hatte die Ungewissheit über den Verbleib ihres Vaters wie ein Schatten über ihr gelegen, und ihre Mutter hatte stetig dafür gesorgt, dass das auch so blieb, hatte immer wieder gesagt, man vermute, ein Verbrechen sei geschehen, eines, in das die Hoteliersfamilie verwickelt war. Und als sich im Nachhinein herausstellte, dass Männer und Frauen vom Widerstand dort untergetaucht waren, erhärtete sich diese Vermutung noch. Aber es war nichts nachweisbar, und es schien auch so, als sei nach dem Krieg niemand daran interessiert, was mit Magdalenas Vater geschehen war. Hätte sie nicht einfach ein schönes Bild von ihm als Erinnerung konservieren können? Ihn in Frieden ruhen lassen? Was hatte Magdalena denn nun am Ende? Eine Wahrheit, die niemandem mehr nützte.

Als sie die Beletage betrat, hatte Beate bereits mit der nächsten Suite angefangen. Sie schüttelte gerade das Bett auf. »Na endlich, das hat ja ewig gedauert. Ich dachte schon, du kommst gar nicht mehr.«

Magdalena sah an ihr vorbei zum Fenster, hinter dem

sich das bewaldete Gebirge erhob. Das Leben begann stetig von Neuem, hatte ihre Großmutter einmal gesagt. Als Kind hatte Magdalena damit nicht viel anfangen können, aber nun wusste sie, dass das stimmte. Ihre Mutter mochte ihre Vergangenheit beeinflusst haben, aber die Zukunft lag offen vor ihr. Langsam drehte sie sich zu Beate um, zögerte, traf eine Entscheidung. »Wo sollte ich denn sonst hin?«

Epilog

Es war die erste große Silvesterfeier im Hotel seit Ausbruch des Krieges, ein Ereignis, das sich selbst die in der Ferne weilenden Mitglieder der Familie Hohenstein nicht entgehen lassen wollten. Nicht nur Marianne erschien, um mit ihnen das Jahr 1955 zu begrüßen, sondern auch Valerie war mit Nicolas und den Zwillingen angereist, Johanna mit Victor aus Ungarn, Henrietta aus London und sogar Ludwig und Minna hatten mit ihrem Jüngsten die weite Reise auf sich genommen. Es war ein überwältigendes Wiedersehen, bei dem etliche Tränen flossen und man sich wieder und wieder bestätigte, dass das letzte Mal einfach viel zu lange her war.

»Wiedersehen am Drachenfels«, hatte Johanna lachend gesagt und sich bei Karl eingehakt. »Wir müssen uns unbedingt öfter besuchen.«

Damit hatte sie zweifellos recht.

Es waren kurzweilige Tage gewesen bis Silvester, sie hatten Weihnachten zusammen im großen Kreis gefeiert, was schon allein dadurch besonders schön war, weil Sebastian und Annemarie ihre Verlobung offiziell machten. Im kommenden Frühjahr würde es wohl eine Doppelhochzeit geben, denn auch Adrián und Ruth würden sich das Jawort geben.

An Silvester war auch Margots Liebster zugegen, der Weihnachten mit seiner Familie verbracht hatte. Georg hatte sich mit der Wahl seiner Tochter erstaunlich schnell arrangiert, Karl hatte durchaus mit etwas Widerstand gerechnet, da Georg öfter den Eindruck gemacht hatte, keiner sei ihm für seine Margot gut genug. Aber da Margot glücklich und auch deutlich umgänglicher war als früher, war Georg offenbar zufrieden.

Magdalena Schürmann war geblieben, stillschweigend und ohne viel Aufhebens. Das Thema kam nicht mehr zur Sprache, weder zwischen ihr und ihren Dienstherren noch zwischen Karl und Hans. Und obwohl Karl seit Langem seinen Frieden gemacht hatte, war ihm, als könne er erst in diesem Moment wirklich mit allem abschließen.

Am Silvesterabend waren die Festsäle voll wie seit Langem nicht mehr. »Wie in alten Zeiten«, sagte Julia, und Karl wurde das erste Mal bewusst, dass er diese durchaus vermisste. »Heute vor fünfzig Jahren«, fuhr Julia fort, »haben wir Konrad kennengelernt.« Konrad, Ruths Großvater und Karls Onkel, der seinerzeit so abrupt im Leben der Hohensteins aufgetaucht war und dort seinen festen Platz erobert hatte.

Die beiden Festsäle waren durch das Öffnen der Flügeltüren zu einem gemacht worden, eine Seite, auf der getanzt wurde, und eine für das Büfett. Die Tische bogen sich unter der Fülle an Speisen und Getränken, die von livrierten Kellnern serviert wurden. Frauen trugen elegante Abendkleider, Schmuck funkelte an Hälsen, Armen und Ohrläppchen, das Licht der Kristallleuchter brach sich auf dem polierten Parkett.

Zum Erstaunen aller ließ Sebastian keine moderne Musik zu Beginn aufspielen, sondern die Kapelle stimmte *Cheek to Cheek* an.

»Für meine Großeltern«, rief Sebastian, und als Karl Julia aufs Parkett führte, applaudierten die jungen Leute. Johanna schloss sich mit Victor an, und Marianne tanzte mit ihrem ältesten Sohn. Kurz darauf kamen auch die jüngeren Leute aufs Parkett. Es folgte *Guilty* von Russ Columbo – ein Lied, zu dem sie zu ihrem dreißigsten Hochzeitstag getanzt hatten. Julia lächelte Karl an, und in ihren Augen schimmerte es. Karl erwiderte das Lächeln und neigte den Kopf, um sie zu küssen.

Kurz vor Mitternacht strömten die Gäste nach draußen, um das angekündigte Feuerwerk zu sehen, während Karl mit Julia auf den Balkon seines Salons trat. Als das Feuerwerk losging, musste Karl erneut an jene Nacht 1904 denken, indes buntes Licht über ihnen wetterleuchtete. Er beobachtete die Menschenmenge unter ihm, die Gäste, die Familie, und einen Moment lang wünschte er sich, er könnte – nur für einen Tag – die Zeit um fünfzig Jahre zurückdrehen und dort unten stehen, während Konrad das erste Mal in ihrem Leben auftauchte und Alexander noch lebte.

Und während er das Feuerwerk betrachtete, stellte er sich vor, wie sie dort alle am Rand der Menge standen, all die alten Weggefährten: Konrad mit seiner Katharina und Andreas, Alexander mit Agnes und Jacob, Philipp, ja sogar seine Eltern. Und Karl überlegte, was sein Vater dazu sagen würde, wie er, Karl, zusammen mit seinem Onkel das Hotel durch zwei große Kriege und zwölf Jahre Diktatur gebracht hatte. Wie er jenen Moment bewerten würde, wo Karl das erste Mal vor der Wahl gestanden hatte, wie weit er gehen würde, um seine Familie und das Hotel zu retten, mit allen Menschen, die dazugehörten. Er stellte sich vor, wie sein

Vater den Kopf hob, über die Menschen hinweg zu ihm blickte und ihm anerkennend zunickte.

»Lass uns nächstes Jahr nach Florenz fahren«, sagte er zu seiner Frau. »Zu unserem fünfundfünfzigsten Hochzeitstag.«

Julia sah erstaunt zu ihm auf. »Das wäre großartig. Und es ist dir wirklich ernst?«

»Wenn nicht jetzt, wann dann?«

Personenübersicht

Familie Hohenstein
Karl Hohenstein, Hotelier
Julia Hohenstein, seine Frau
Sebastian Hohenstein, gemeinsamer Enkel (Sohn von Ludwig und Georgs Schwester Minna)
Hans Hohenstein, Karls Neffe (Sohn von Karls Bruder Alexander)
Adrián Rados, Enkel von Karls Schwester Johanna

Familie Rebein
Emma Rebein (geb. Alsberg), Karls Cousine (Tochter von Konrad und Katharina)
Georg Rebein, ihr Mann
Margot Rebein, ihre gemeinsame Tochter

Familie Alsberg
Ruth, Andreas Alsbergs Tochter (Emmas Nichte)
Helene, ihre Schwester
Curt, ihr Bruder

Personal
Herr Hartmann, Concierge
Erna Weiß, Haushälterin
Magdalena Schürmann, Zimmermädchen

Anton Bernhard, Kellner
Hertha, Zimmermädchen
Beate, Zimmermädchen
Lisa, Zimmermädchen
Marthe, Hilfsköchin

Sonstige
Erika Schürmann, Magdalenas Mutter
Annemarie Braun, Ärztin
Wilhelm Rheinberg, Annemaries Verlobter
Wilhelmina Steinbrück, Margots Freundin